DARK SHADES WITHIN YOUR LUST

DARK SHADES WITHIN REIHE - BAND 1

S. H. ROXX

Dark Shades Within Your Lust

Romantikthriller, Band 1

© S. H. Roxx, Neuauflage 2024; Das Buch erschien bereits 2018 unter dem Titel „Among The Shades Of Love: Devotion & Fear"

ISBN: 978-3-7597-9476-5

Verlag: BoD • Books on Demand GmbH, In de Tarpen 42, 22848 Norderstedt

Druck: Libri Plureos GmbH, Friedensallee 273, 22763 Hamburg

Covergestaltung: © S. H. Roxx unter der Verwendung von canva.com

Bildmaterialien: © canva.com

Korrektorat: Meike Friedrich

Kontakt: shroxx.autor@gmail.com, www.shroxx.com; Impressumsanschrift siehe Buchende

Anmerkung der Autorin: Die Geschichte erschien bereits 2018 unter dem Titel „Among The Shades Of Love: Devotion & Fear". Es handelt sich hierbei um eine überarbeitete Neuauflage.

Für alle, die schon einmal hinters Licht geführt wurden.

PROLOG

SPÄTER

*F*lucht ist eine Reaktion auf Gefahren, Bedrohungen oder als unzumutbar empfundene Situationen. Ein *heimliches und eiliges Verlassen eines Aufenthaltsortes oder Landes. Die eilige Bewegung weg von der Bedrohung ist oft ziellos und ungeordnet.*

So steht es zumindest in Wikipedia. Ich dachte zu wissen, was Flucht bedeutet. Ich floh vor meiner alkoholabhängigen Mutter aus Detroit nach Manhattan. Ich floh vor den Auseinandersetzungen mit meinem Vater, wenn mir das egoistische Arschloch mal unter die Augen kam. Aber was Flucht jetzt für mich bedeutet, nimmt ganz andere Dimensionen an.

Ich dachte, Geldnot sei das Schlimmste, das jemandem widerfahren könnte. Nicht zu wissen, wie man an das nötige Geld kommen könnte, um seine Miete und Rechnungen zu bezahlen, oder überlebenswichtige Dinge zu kaufen. Stattdessen zu wissen, niemanden zu haben, der einem aushelfen könnte. Auf sich alleine gestellt zu sein – pleite.

Momentan frage ich mich, wie ich meine damalige Situation als unangenehm empfinden konnte, während ich gerade aus

Todesangst und mit gebrochenem Herzen drauf und dran bin, meine heiß geliebte Stadt – mein auserwähltes Zuhause – für immer zu verlassen. *Das* ist wirklich unangenehm. Nicht zu wissen, wohin man gehen soll. *Das* ist wirklich unangenehm. Angst vor dem zu haben, was passiert, wenn man mich findet. *Das* ist wirklich unangenehm.

Lieber wäre ich gerade ein frierender Obdachloser unter einer Brücke. Oder eine Motte, die an die Wand geklatscht wird, nachdem man sie im Schrank entdeckt hat. Vor einem Menschen zu flüchten, der mir alles bedeutet, und zu realisieren, dass man heutzutage niemandem vertrauen kann – *das* ist wirklich unangenehm.

Mehr als das. Es ist die Hölle auf Erden, in die ich mich selbst katapultiert habe.

KAPITEL 1

HEUTE

»Fuck, was?« Ich staune nicht schlecht, als mir der schmierige Mechaniker die Rechnung für mein repariertes Fahrzeug vorlegt. »Eintausenddreihundert Dollar? So viel habe ich damals für den verfluchten Wagen bezahlt!«

Der Mann mittleren Alters fährt sich durch seine fettigen Haare und deutet mit dem Zeigefinger auf meinen abgefuckten Wagen. »Ich habe dir doch gesagt, dass die Reparatur für diese Schrottkarre kostspieliger werden könnte«, erinnert er mich.

Ich seufze. »Ich weiß. Ich habe auch mit dieser Summe gerechnet ... Nur ohne die Eins vorne dran.«

Er lächelt amüsiert. »Außerdem habe ich dir gesagt, dass es sich nicht lohnt, den Wagen zu reparieren.«

Dessen bin ich mir ebenfalls kläglich bewusst. Es ist mir ein Rätsel, wie mein rostiger Ford Mondeo überhaupt fünfzehn Jahre und zweihunderttausend Kilometer durchgehalten hat.

»Aber ich brauche ihn. Ich arbeite nicht in Manhattan, sondern in Queens. Seit der Wagen hier ist, bin ich schon zwei Mal zu spät gekommen«, erkläre ich frustriert. Das erinnert mich daran, auf die Uhr zu sehen.

Scheiße, ich muss dringend los – in dreißig Minuten muss ich im Hotel sein, sonst killt mich mein Boss.

»Scheiß drauf, ich muss weg. Ich nehme an, der Wagen bleibt hier, bis ich bezahlt habe? Ich kann dir jetzt zweihundert Dollar geben, den Rest muss ich irgendwie in Raten bezahlen. Ich habe die Kohle nicht.«

Der Mechaniker nickt. »Ich gebe es meinem Boss weiter, bis dahin bleibt er hier.«

Nachdem ich ihm widerwillig die zweihundert Dollar gegeben habe, eile ich zur U-Bahn und erwische gerade noch so die Linie Sieben, die mich direkt zu dem Hotel, in dem ich arbeite, führt.

Als Zimmermädchen zu arbeiten, macht mir nicht sonderlich viel Spaß – eigentlich finde ich es zum Kotzen, dreckige Bettwäsche zu wechseln –, aber ich brauche das Geld. Ich muss meinen Boss nun zusätzlich darum bitten, Überstunden machen zu dürfen, da ich meiner Mitbewohnerin bereits meinen Teil der Miete vom aktuellen Monat schulde. Und in drei Tagen beginnt bereits der nächste. Juli.

Als ich endlich aus der überfüllten U-Bahn aussteige, werfe ich einen Blick auf das riesige *Flair Residence* Hotel. Wenn man es von außen betrachtet, nimmt man gewiss nicht an, was sich im Inneren abspielt. Mein Boss, der Hotelmanager, ist ein richtiges Ekelpaket. Er glotzt den Zimmermädchen – inklusive mir – ständig auf die Brüste und bei den Dingen, die er mir manchmal nachruft, wird mir auf Anhieb schlecht. Früher hätte ich ihm für seine unangebrachte, ordinäre Wortwahl eine reingehauen, aber ich muss mich zusammenreißen, sonst kann ich meine Koffer packen und zurück zu meiner Alki-Mom nach Detroit ziehen, vor der ich direkt nach meinem High-School Abschluss vor über zwei Jahren geflüchtet bin.

»Hey, Sam«, begrüßt mich die blonde Empfangsdame an der Rezeption, deren Namen ich bis heute nicht kenne. »Mr Fields hat mich gebeten, dich zu ihm in sein Büro zu schicken.« Ihre nach unten gezogenen Mundwinkel und der Ausdruck in ihren großen blauen Augen bedeuten nichts Gutes.

»Okay, danke«, murmele ich nervös und eile zu dem Fahrstuhl, der mich nach oben zu Mr Fields Büro bringt. Als Mr Fields mir die Tür öffnet, lächelt er mich boshaft an. Bei seinem Anblick würde ich am liebsten sofort kotzen. »Na sieh mal einer an, heute nur fünf Minuten zu spät.«

»Es tut mir leid, mein Wagen steht noch immer beim Mechaniker«, versuche ich mich zu verteidigen. »Ich mache mich sofort an die Arbeit.«

Mr Fields, das Arschloch, schüttelt den Kopf. »Das wird nicht nötig sein. Sie sind entlassen.« *Was?*

Ich erstarre. »Aber -«

»Es gibt genug Zimmermädchen, die ihren Job genauso gut wie Sie erledigen, Miss Woods, und zusätzlich noch die Uhr lesen können«, meint er gehässig. Dann lässt er sich selbstzufrieden in seinen Ledersessel fallen. »Packen Sie Ihre Sachen und verschwinden Sie.«

Sengende Wut steigt in mir auf und Druck bildet sich hinter meinen Augen. Ich habe das Gefühl, mich gleich nicht mehr kontrollieren zu können, also verlasse ich eilig sein Büro und laufe zur Garderobe. Vor dem Mistkerl werde ich sicher nicht anfangen zu heulen, diese Genugtuung gebe ich ihm nicht.

Ich packe in Windeseile alles, was sich in meinem Spind befindet, in meine Umhängetasche, und schlage die Tür gewaltsam zu, bevor ich in den Flur des Hotels zurückstürme. In der Lobby winke ich dem Empfangsmädchen zum Abschied. Sie wirft mir einen mitfühlenden Blick zu, ganz so, als hätte sie verstanden, warum ich mich nach wenigen Minuten wieder aus dem Staub mache.

Vor dem Hotel mache ich verzweifelt Halt.

»Fuck«, fluche ich lauthals vor mich hin. Ein vorbeigehender Passant sieht mich erschrocken von der Seite an. »Was ist?« Soll er sich doch trauen, irgendetwas zu mir zu sagen. Doch er starrt sofort auf den Boden und macht sich vom Acker. Sein Glück.

Was mache ich jetzt nur? Ohne Job kann ich nicht in New York bleiben, ich kann meinen Teil der Miete nicht mehr aufbringen und Claire, meine Mitbewohnerin, wird mich vor die Tür setzen …

Okay, das wird sie nicht tun, weil sie meine beste Freundin ist, aber sie sollte es. Claire hilft mir stets aus der Patsche, egal ob es um Geld oder anderen Kram geht. Auf sie ist immer Verlass – so wie darauf, dass bei mir eine Sache nach der anderen schiefläuft. Sie ist meine aufrichtigste und einzige Freundin hier. Mal sehen, wie lange noch, wenn mein chaotisches Leben sie mit in den Abgrund reißt.

Während ich auf die Bahn warte, gehe ich im Kopf alle Zahlungen, die ich noch tätigen muss, durch. Da wären zum einen die siebenhundert Dollar, die ich Claire noch von der Miete des aktuellen Monats schulde. Dann noch mal siebenhundert Dollar, die ich ihr in spätestens drei Tagen für die kommende Miete schuldig bin. Die eintausendeinhundert Dollar, die noch beim Mechaniker offen sind und die zweihundert Dollar, die ich monatlich meiner Mutter überweise und ohne die sie nicht auskommt, da sie wie gewohnt ihr gesamtes Sozialgeld für Whisky ausgibt.

Wären also zweitausendsiebenhundert Dollar, *ein Klacks*. Und dann brauche ich ja auch noch etwas, um zu leben. Bisher habe ich es nie bereut, nach Manhattan gezogen zu sein, im Gegenteil – das war mit Abstand das Beste, das ich in meinem Leben getan habe. Aber im Moment frage ich mich, warum die Mieten hier so beschissen hoch und die Jobs so schlecht bezahlt sind. Darüber hat sich offenbar noch nie jemand Gedanken gemacht.

Als ich endlich unsere kleine Wohnung an der Upper West Side erreiche, schleudere ich meine Umhängetasche durch das Wohnzimmer und lasse mich dramatisch auf den Fußboden fallen.

»Sam«, stößt Claire schockiert hervor und springt unverzüglich von der kleinen roten Couch auf, für die sie so lange gespart hat. »Was ist passiert?«

Ich lasse die Schultern hängen und heule drauf los. »Das Arschloch hat mich entlassen.«

»Was? Fuck.« Sie lässt sich neben mir auf dem schönen Parkettboden nieder und legt mir einen Arm über die Schulter. »Du findest einen neuen Job, Sam.«

»Aber wer weiß, wann. Außerdem brauche ich das Geld jetzt.

Ich kann dir nicht ewig am Geldbeutel hängen, du solltest dir eine neue Mitbewohnerin suchen«, schluchze ich.

»Spinnst du?«, fragt sie irritiert. »Wir schaffen das schon irgendwie. Ich lege sowieso immer ein paar Überstunden ein und du zahlst die Miete einfach, wenn du das Geld hast.«

Ich schnaube verzweifelt. Dann erzähle ich ihr von den offenen Rechnungen und erwähne dabei auch das Geld, welches ich meiner Mutter schicken muss, woraufhin sie genervt das Gesicht verzieht.

»Du weißt, dass es eigentlich umgekehrt sein sollte, oder? Schließlich ist sie deine Mom. Und sie gibt sich nicht gerade viel Mühe dabei, trocken zu werden«, betont sie verärgert.

Sie hat recht – seit ich denken kann, hängt meine Mutter an der Flasche, und seit ich denken kann, helfe ich ihr, wo ich kann. Etwas zurückbekommen habe ich in keinerlei Hinsicht, aber sie ist schließlich meine Mutter – ich muss für sie da sein, oder? Ich muss ihr helfen, egal wie scheiße sie sich mir gegenüber immer verhalten hat, wenn sie einen Rausch hatte. Und den hatte sie so ziemlich immer.

Seit mein Vater uns zu meinem sechzehnten Geburtstag – genau, mein *Geburtstag* – verlassen hat, wurde es nur noch schlimmer. Sie war sogar schon nachmittags in einer anderen Welt, verlor ihren Job und wusste oft nicht mal, welchen Wochentag wir hatten. Trotzdem habe ich es irgendwie geschafft, die High-School zu beenden, während ich mich nebenbei um sie kümmern musste, aber meinen Traum von einem Studium musste ich an den Nagel hängen. Wir hatten kein Geld und für ein Stipendium hat es nicht gereicht.

Meinen zweiten Traum – New York – hingegen wollte ich mir nicht nehmen lassen. Es war meine einzige Chance, von dieser Scheiße in Detroit wegzukommen. Also habe ich im Internet nach Leuten in Manhattan gesucht, die auf der Suche nach Mitbewohnern sind, und bin auf Claire gestoßen. Nachdem ich die Jobzusage vom Hotel erhielt, habe ich meine Koffer gepackt und bin gegangen.

Einfach so. Ich wusste, dass ich mich endlich von meiner Mom lösen muss, weil sie toxisch für mein Leben und mich ist.

Sie hat mich nur aufgehalten und mit ihr an meiner Seite wäre ich nie weitergekommen.

»Sam«, flüstert Claire eindringlich. »Mach dir keinen Kopf, bisher haben wir doch auch alles geschafft. Vielleicht bekommst du in nächster Zeit wieder ein paar Aufträge von deiner Agentur oder du könntest deinen Vater bitten, dir zu helfen. Er hat doch genug Kohle.«

Ich rolle mit den Augen. »Du weißt, dass mein Vater viel zu sehr mit seiner neuen perfekten Familie beschäftigt ist, um sich um mich zu kümmern. Außerdem bin ich über die Distanz zwischen uns froh, seit er in Miami lebt. Würde er mir aushelfen, würde er sicher verlangen, dass ich ihn öfter besuchen komme und dann gute Miene zum bösen Spiel mache. Keine Chance.« Als Claire bloß bedauerlich die Lippen zusammenpresst, betone ich ernst: »Ich hasse die zwei Schlampen, mit denen er zusammenlebt.«

Claire unterdrückt ein Lachen, aber trotzdem bilden sich süße Grübchen auf ihren Wangen. »Du meinst, deine Stiefmutter und deine Stiefschwester?«

»Genau die. Du weißt doch, wie die sind. Mit denen halte ich es keine zwei Minuten aus.«

»Aber dann bleibt noch die Agentur – das wird schon!«, versucht sie mich aufzumuntern.

»Ja, vielleicht … Ich rufe mal meinen Agenten an«, räume ich schließlich ein. Ein bisschen Optimismus schadet ja nicht.

Vor zirka einem Jahr wurde ich auf der Straße von einem winzigen Kerl mit starkem Bartwuchs angesprochen und kurz darauf in seiner Modelagentur unter Vertrag genommen. Ab und zu war ich bei Castings und konnte ein paar kleine Rollen in lächerlichen Werbespots ergattern – gegen eine winzige Gage. Aber Geld ist Geld und Job ist Job. Bloß gegen einen Werbespot, in dem ein Mittel gegen Scheidenpilz vorgestellt wird, habe ich mich gewehrt. Ich will schließlich nicht, dass die gesamte Welt denkt, ich hätte da unten irgendwelche Probleme. Oder mein Gesicht damit assoziiert.

Claire macht uns in der winzigen Küche, die Teil unseres Wohnzimmers ist, ein paar Sandwiches, und ich gehe in mein

Zimmer, um meinen Agenten Trey anzurufen. Seine Stimme zu hören, heitert mich hoffentlich ein klein wenig auf. Er besitzt diese niedliche Art, Wörter zu betonen, und hat den Hauch eines schwulen Touchs in der Stimme. Vermutlich, weil er es ist.

»Hey, Sammy Sam Sam«, flötet er ins Telefon, nachdem er abhebt. »Alles klar bei dir? Lange nicht gesehen, Puppe.«

Ich räuspere mich. »Deswegen rufe ich an. Ich bräuchte mal wieder ein paar Aufträge – egal welcher Art. Hast du was für mich?«

»Zurzeit ist nicht viel los, Schätzchen. Ich werde mich mal umhören, aber mach dir keine großen Hoffnungen, okay?«

Mist.

»Klar, danke«, murmele ich resigniert.

Trey seufzt theatralisch. »Du bist nun mal kein typisches Model, das weißt du doch, Schätzchen. Ich meine, ich liebe dein Aussehen – einer 1,60m großen, schwarzhaarigen Schönheit mit Kurven kann kein Mann widerstehen, aber in der Modelbranche ist dein Typ nun mal eben nicht sehr gefragt. Eher der Typ, der so dürr ist, dass man ihn mit einer Taschenlampe röntgen könnte.«

»Ich weiß«, erwidere ich geknickt, muss aber lächeln.

Mir ist bewusst, dass er recht hat. Ich bin kein typisches Model und habe auch nicht vor, eines zu werden. Mir gefallen meine Kurven, ebenso meine großen Brüste, und ich liebe es, mich zu schminken. Ich bin eben kein Natural-Beauty-Typ. Somit fallen schon mal die Hälfte aller Aufträge weg, weil genau diese Art von Typ gesucht wird.

Wir beenden das Telefonat, nachdem Trey mir versprochen hat, sich zu melden, sollte es einen passenden Job für mich geben. Als ich zu Claire in die Küche schlendere, sieht sie mich erwartungsvoll an, doch ich schüttele lediglich den Kopf. Sie reicht mir wortlos ein Sandwich und wir lassen uns auf zwei großen Kissen auf dem Fußboden neben der Couch nieder.

»Soll ich Jacob und Aiden anrufen? Die muntern dich doch immer auf«, fragt sie sanft.

Die beiden sind die besten Freunde von Claire und seit ich hier wohne auch gute Freunde von mir geworden. Sie sind drei Jahre älter als Claire und ich, also dreiundzwanzig, schon mit dem

College fertig und arbeiten nun in einem Bürohochhaus an der Upper East Side. Was sie dort genau machen, habe ich immer noch nicht verstanden, genauso wenig, warum irgendwelche Firmen die beiden überhaupt einstellen, da sie verrückt sind. Auf positive Weise natürlich.

»Ne, lass mal. Heute keine Männergesellschaft«, entscheide ich und stopfe mir das Sandwich in den Mund. »Ich hätte allerdings Lust, auszugehen und mich volllaufen zu lassen.«

Claire blinzelt verdattert. »Du gehst doch sonst nicht so gerne aus.«

Ich zucke mit den Schultern. »Na ja, zur Feier des Tages …«

Claires Grübchen, die sich immer bilden, sobald sie lächelt, ziehen mich in ihren Bann. Ihr Gesicht ist mit Sommersprossen übersät und ihre Haare sind rotbraun – sie kommt ganz nach ihren schottischen Vorfahren. Während ich sie ausführlich betrachte, frage ich mich, warum sie bisher nicht als Model entdeckt wurde. Sie sieht wirklich besonders aus. Jetzt muss ich lächeln, weil sie mir einst dasselbe gesagt hat.

»Also, in welche Bar stürzen wir uns heute Abend?«, frage ich und verschlinge den Rest des Sandwiches.

»Such dir eine aus, heute wird überall was los sein. Immerhin ist Freitag.«

»Dann die *Manolos*«, beschließe ich. Ich räume unsere Teller in die Spüle und gebe ihr anschließend einen Kuss auf die Wange.

»Du bist die Beste, danke für alles.«

Claires Strahlen lässt mich für ein paar Sekunden die Sorgen, die so schwer auf mir lasten, vergessen.

KAPITEL 2

»Ganz schön voll hier«, stelle ich überrascht fest, als wir die Cocktailbar betreten. »Lass uns an die Bar setzen.« Claire kneift mir in den Hintern, als sie dicht hinter mir herläuft. »Du siehst heiß aus in dem kleinen Schwarzen. Sex würde dir sicher dabei helfen, abzuschalten.«

»Claire«, seufze ich, nehme an einem der freien Barhocker Platz und lege meine Clutch auf den Tresen. »Du weißt, dass ich nichts von One-Night-Stands mit Fremden halte.« Zumindest denke ich das, ich hatte noch nie einen.

Meine beste Freundin zuckt gelassen mit den Schultern. »Ich wollte es nur mal angemerkt haben, Süße.«

Wir bestellen bei der vollbusigen Barfrau zwei Appletini und kaum serviert sie uns diese, sind sie auch schon in einem Zug ausgetrunken.

»Noch zwei, bitte!«, ruft Claire der Barfrau zu, die daraufhin verschmitzt grinst. »Was ist das eigentlich mit dir und Aiden?«, fragt sie mich zusammenhangslos und unvermittelt, als hätte sie nur darauf gewartet, mich darüber ausquetschen zu können. Claire schafft es selten, ihre Gedanken für sich zu behalten, ähnlich wie ich. Und seit ich nun zum dritten Mal mit Aiden geschlafen habe, müssen sie die Ungeduld und Neugierde wahrlich aufgefressen haben.

»Nichts Ernstes«, gebe ich ohne viel darüber nachzudenken zu. »Wir sind nur Freunde, mehr nicht.«

Sie wirft mir einen ähnlichen Blick zu, wie die Barfrau ihr gerade eben. »Freunde also, hm? Wie schläft es sich so mit einem Freund?«, zieht sie mich auf und betont dabei das Wort *Freund* so, als wäre es etwas Unanständiges.

Ich lache. »Was willst du wissen? Wie groß sein Schwanz ist?«

»Vielleicht.« Sie grinst und nimmt einen Schluck von dem neuen Appletini. »Ich finde es gut. Also das mit Aiden und dir.«

»Ach ja?« Ich nehme einen noch größeren Schluck.

»Ja, unverbindlich ist immer gut«, erwidert sie knapp.

Weil ich weiß, dass sie dabei an ihren Ex, diesen Fuckboy, denkt, drücke ich sanft ihre Hand. »Hast du noch was von James gehört?«, erkundige ich mich vorsichtig.

Sie schüttelt den Kopf. »Nicht, seit er mit dieser Schlampe zusammen ist.«

Die Schlampe, von der sie spricht, ist ihre gleichaltrige Cousine. James und sie haben sich auf einer Familienfeier, auf die Claire ihn mitgenommen hat, kennengelernt, und fanden es anscheinend passend, im Schlafzimmer von Claires Eltern miteinander zu vögeln. Fuckboy, sag ich ja.

»Du wirst jemand besseren finden, das weißt du«, tröste ich sie.

Sie ext den Appletini. »Ich weiß, aber zurzeit will ich mich nicht auf jemanden festlegen. So wie du eben. Wir sind jung, wir sollten unseren Spaß haben.«

Ganz so stimmt das auch nicht. Es ist nicht so, als ob ich mich nicht festlegen wollen würde. Ich habe nur bisher niemanden kennengelernt, für den es sich gelohnt hätte. Ich hatte eine kurze Beziehung mit einem Typen an meiner High-School und jetzt schlafe ich ab und zu mit Aiden. Mehr Abenteuerliches bietet mein Liebesleben nicht.

Aiden wäre es zwar wert, sich fest zu binden, aber irgendetwas hindert mich daran, das mit uns exklusiv zu machen. Oder gar eine richtige Beziehung daraus zu machen. Irgendwie fehlt mir bei ihm dieser spezielle, feurige Funke, der nötig ist, um eine langfristige Partnerschaft einzugehen. Ich mag ihn, aber ich empfinde nichts Romantisches für ihn.

»Noch zwei, bitte«, ordere ich bei der Barkeeperin, um die Gedanken an mein Liebesleben aus meinem Kopf zu verbannen. Selbst dieses ist trostlos.

～

Nachdem ein Typ hartnäckig versucht hat, Claire zum Tanzen zu überreden, hat sie nun doch nachgegeben. Ich beobachte die beiden aus dem Augenwinkel und muss lachen, weil der Kerl wirklich keine Ahnung hat, wie er sich bewegen soll. Claire scheint Spaß zu haben, also gönne ich es ihr und nippe alleine weiter an meinem mittlerweile sechsten Appletini.

»Noch einen, Süße?«, fragt Brooke, die Barfrau, meine neue beste Freundin.

»Wieso nicht, her damit!« Meine Zunge ist allmählich taub, sodass ich selbst über mich lachen muss, während ich lispele, als hätte ich einen S-Fehler.

»Sam«, ruft Claire mir zu, als sie mir Hand in Hand mit diesem Typen im Polohemd entgegenkommt. »Wir fahren zu ihm, ist das okay für dich?«

Ich starre zuerst ihn, dann sie eindringlich an. Er sieht zwar nicht aus, als wäre er ein Manhattans Most Wanted Serienkiller, geschweige denn als könne er sich überhaupt verteidigen, sollte ihn jemand angreifen, aber man weiß ja nie. »Geht doch lieber zu uns«, schlage ich besorgt vor. »Ich bleibe sowieso noch hier.« Ich deute auf meinen vollen Appletini.

»Okay«, stimmt Claire zu. »Ist das auch sicher okay für dich? Ich kann auch hierbleiben.«

»Neeein«, betone ich unnötig laut. »Schon okay, hab deinen Spaß.« Ich unterdrücke einen kleinen Rülpser, der mir vom vielen Alkohol die Kehle hochsteigt. *Wuäh.*

Claire lacht laut auf, dann küsst sie mich auf die Wange.

»Bis später Süße, und mach ab jetzt langsam!«

Ich nicke, doch sofort als sie aus der Bar verschwindet, exe ich den Appletini. Der saure Nachgeschmack hat mir sowieso schon die Kehle verätzt, also nehme ich es nicht so wörtlich mit dem »langsam«. Die Grenze habe ich längst überschritten.

Ich betrinke mich nicht oft, da ich damit zu viele schlechte Erinnerungen an meine Mutter verbinde, aber heute darf ich definitiv eine Ausnahme machen und mich mal selbst bemitleiden, anstatt immer nur sie, wenn sie wieder Liebeskummer wegen meines Loser-Vaters hat.

Ich sehe mich in der Bar um, beobachte die betrunkenen Kerle bei ihren Anmachversuchen und bewege mich im Sitzen zum Rhythmus der Musik. Alles dreht sich, obwohl ich meinen Kopf kaum bewege. Trotz des furchtbaren Beginns dieses Tages, endet er wenigstens halbwegs nett. Ich amüsiere mich.

»Was meinst du, Brooke, soll ich auch Barfrau werden?«, frage ich vollkommen überzeugt von meiner neuen Idee. Brooke hält einen Daumen in die Höhe und unmittelbar darauf wird sie von irgendeinem fetten Bürohengst niedergequatscht. *Okay, doch nichts für mich.*

Ich lasse meinen Kopf baumeln, stütze ihn mit meiner Faust an der Schläfe ab und seufze in mich hinein. Da höre ich eine männliche Stimme zu mir sagen: »Dieses schöne Lächeln hätte ich mir in Echt nicht ganz so traurig vorgestellt.«

Hä?

Als ich nicht reagiere, höre ich die raue, durchaus verführerisch klingende Stimme hinzufügen: »Die Zahnpasta-Werbung.«

Oh.

Vor einem halben Jahr habe ich den wohl größten meiner bisherigen Aufträge ergattert – ich durfte für eine bekannte Zahnpasta-Marke Werbung machen. Der Spot dauerte zwar nur ein paar Sekunden, trotzdem war ich unheimlich stolz darauf. Außerdem habe ich damit bisher am meisten verdient.

»Tja, Werbung kann täuschen«, nuschele ich vor mich hin.

»Ich nehme an, es ist okay, wenn ich Ihnen einen Drink spendiere? Ihrer scheint leer zu sein«, fragt die mysteriöse Stimme selbstsicher, und ich werfe sofort einen besorgten Blick auf meinen Appletini. Ich hätte schwören können, dass er gerade eben noch voll war.

»Warum nicht«, antworte ich, ohne den Mann anzusehen.

Dreißig Sekunden später lächele ich bei dem Anblick des vollen Martiniglases.

»Was führt Sie alleine hierher?«

Gott, ich habe echt keinen Bock auf Smalltalk. Spricht der Kerl eigentlich gerne mit einem Rücken?

»Wenn der Drink bedeutet, mit Ihnen quatschen zu müssen, lehne ich ihn wieder ab«, lalle ich genervt.

»Behalten Sie ihn, Miss Woods.«

Wtf?

Als der Kerl meinen Namen ausspricht, läuft mir ein kalter Schauer über den Rücken. Ruckartig drehe ich mich auf dem Barhocker um einhundertachtzig Grad um. Ich bin kurz davor, den ominösen Stalker zu beschimpfen, doch dann erstarre ich mit einem Mal.

Wow.

»Sie haben ihn vorhin der Barfrau mitgeteilt«, erklärt dieser Gott freundlich.

Ich habe keine Ahnung mehr, wovon er oder wir überhaupt gerade sprechen. *Verdammt, ist der heiß.*

»W-was?«, krächze ich.

»Ihren Namen.« Als der große, dunkelhaarige Typ mich anlächelt, verwandelt sich der unangenehme Schauer in prickelnde Gänsehaut.

Verdammt. Der Mann ist riesig, zumindest wirkt er so, trägt einen mit Sicherheit übertrieben teuren Anzug und seine Zähne sind weißer als alle, die ich bisher gesehen habe. Sein Lächeln ist eine glatte Eins. Er wäre wahrscheinlich eher für den Werbespot geeignet gewesen als ich. Sein markanter Kiefer und seine ausgeprägten Gesichtszüge lassen ihn wie das perfekte Model aussehen. Das dunkle, seidige Haar ist an seinen Seiten kurz geschnitten, oben trägt er es länger, und ist perfekt nach hinten gestylt, ohne ihn dabei schmierig wirken zu lassen wie diese albanischen Kerle aus den Mafiafilmen.

»Haben Sie heute einen schlechten Tag, Miss Woods?«, fragt der Gott. Seine grauen – oh nein, blaugrauen – Augen funkeln und glänzen, was das Zeug hält. Ich verliere mich in ihnen und vergesse beinahe, auf seine Frage zu antworten.

»Ähm, ja ... einen beschissenen«, antworte ich leise und versuche, nicht so dämlich dabei zu lispeln. Meine Zunge wiegt eine glatte Tonne.

Er schmunzelt mich an. »Ihr Aussehen passt so gar nicht zu Ihrem Mundwerk.«

Was soll denn das heißen? Klar, ich drücke mich nicht immer wie die feine Dame aus, die auf teure Events und Dinner eingeladen wird und ein hübsches Häufchen Geld auf dem Konto hat. Das mag wohl daran liegen, dass beides nicht auf mich zutrifft. Keine teuren Dinner, keine Kohle. Wozu also eine Fake-Schicki-micki-Attitüde?

Ich runzele die Stirn. »Tja, und ihre Fragen passen so gar nicht zu meiner Laune.« Der bissige Tonfall ist mir gut gelungen.

Er hebt eine seiner dichten, perfekt gezupften Augenbrauen und wirkt augenblicklich einschüchternd. Diese natürliche Strenge in seinem Blick weist mich wortlos zurecht. »Fühlen Sie sich von mir belästigt, Miss Woods?«

Der Gott nimmt einen Schluck von seinem Scotch und lehnt sich lässig mit einem Arm an den Bartresen. Sein Blick verfolgt jede meiner Bewegungen. In dem schwachen Licht, das die Bar von sich gibt, kann ich ihn noch mal intensiv mustern. Seine Anzughose und sein Jackett sind dunkelblau, perfekt seinen blaugrauen Augen abgestimmt. Die schwarze Krawatte zu dem weißen Hemd ist zwar langweilig, ebenso wie die teuren Anzugschuhe und die fette, silberne Uhr an seinem linken Handgelenk – klassisch für einen Businesskerl in New York –, trotzdem sieht er anders aus als die Bürohengste, die mir bisher über den Weg gelaufen sind. Er wirkt mächtiger, sexyer, weltgewandter und trotzdem noch irgendwie jungenhaft. Nicht ganz so verbissen und einfältig.

Sein Blick wird fordernder, je länger ich zögere zu antworten. Also sage ich schließlich: »Nein, fühle ich mich nicht. Ich hatte nur, wie eben schon erwähnt, einen echt *beschissenen* Tag. Eigentlich ist es ein echt beschissenes Leben.« Den Appletini muss ich jetzt auf jeden Fall wieder exen. Sobald dies geschehen ist, bedeute ich Brooke, mir den nächsten zu servieren.

Heute werde ich mich definitiv übergeben müssen.

»Erzählen Sie mir doch mehr davon. Ich bin ein guter Zuhörer und kann sie gewiss verstehen.«

»Das bezweifle ich«, antworte ich entschlossen. Dann lache ich laut auf. »Sie sehen nicht aus, als wüssten Sie, was Geldprobleme sind.«

»Verstehe«, meint er knapp. »Das tut mir leid für Sie. So schlimm kann es aber doch nicht sein, oder? Als Model verdient man doch auch gut.« Wenn er wüsste…

Ich antworte nicht, sondern nippe an meinen mittlerweile siebten – oder achten? – Appletini. Fuck, warum schmecken die so verdammt lecker?

»Überhaupt mit Ihrem Aussehen«, fügt er schamlos hinzu.

Der Gott scheint nicht gerade schüchtern zu sein.

»Wollen Sie meine Lebensgeschichte hören oder warum stellen Sie verdammt noch mal so viele Fragen?«, platzt es aus mir hervor.

Er schmunzelt einfach, lässt sich nicht aus der Bahn werfen. Es nervt, wie kontrolliert er ist.

»Okay, bitte, wie Sie wollen, aber sagen Sie nicht, ich hätte Sie nicht gewarnt!«, fahre ich hoch und hebe beide Hände in die Höhe, dann drehe ich mich komplett zu ihm um. Dabei rutscht mein kurzes Kleid meine Oberschenkel hoch und sein Blick fällt in der Sekunde auf meine nackten Beine. Seine gierigen Augen, die ich brennend auf meiner Haut spüre, ignorierend, fahre ich aufbrausend fort: »Weil ich von meiner Alki-Mom aus Detroit fliehen musste und nicht zu meinem Arschloch von Vater nach Miami ziehen wollte, bin ich in der Hoffnung, ein schönes Leben alleine führen zu können, hierhergezogen. Was ich dabei nicht bedacht habe, sind die scheißteuren Mieten an der Upper West Side, die ich mir trotz Mitbewohnerin nicht leisten kann, nicht zu vergessen das lächerliche Gehalt, das man als Zimmermädchen in einem Scheißhotel in Queens verdient. Aber was soll's? Ich wurde ja sowieso von meinem Arschloch von Chef heute entlassen! Also brauche ich mir eigentlich auch keine Gedanken mehr über die Schulden, die ich beim Mechaniker habe, machen, oder die Schulden meiner Mutter, wegen denen sie vermutlich bald ihr Haus verliert. Denn dieses Geld kann ich sowieso nicht auftreiben und ohne Collegeabschluss finde ich wahrscheinlich nicht mal einen neuen Job und lande genau wie meine Mutter auf der Straße.«

Puh. Ich hätte nicht gedacht, mein abgefucktes Leben so kurz zusammenfassen zu können, und bin überrascht über die vielen Schimpfwörter in den wenigen Sätzen. Das war sogar für meine Verhältnisse ein neuer Rekord.

»Nun, Miss Woods, Sie hatten recht«, sagt der Gott ruhig. »Diese Probleme sind mir neu. Überhaupt die Geldprobleme.«

Wie bitte?

Ich starre ihn mit offenem Mund an. Was bildet der sich eigentlich ein? Zum krönenden Abschluss lächelt er mich auch noch unverschämt an.

»Soll mich das jetzt irgendwie aufmuntern oder warum erzählen Sie mir das?«, fahre ich ihn an.

»Nein. Aber vielleicht muntert es Sie auf, wenn ich Ihnen sage, dass ich Ihnen eventuell helfen kann – sofern Sie das möchten«, erklärt er mit seinen gefährlichen, blaugrauen Augen. Sie stürmen und funkeln, verwirren meinen Verstand.

Der Gott steht nun aufrecht vor mir, holt eine Geldklammer aus Edelstahl aus seiner Anzughose und hält mir eine Visitenkarte entgegen. Ich betrachte erst seine großen, männlichen Hände, und sehe ihm dann verwirrt in die schönen Augen, die mich ganz automatisch in ihren Bann ziehen.

»Rufen Sie mich an oder besser noch, kommen Sie morgen in mein Büro. Dann können wir uns gerne unterhalten.« Er streift sein perfekt gebügeltes Jackett glatt und nickt mir zu. »Auf Wiedersehen, Miss Woods.«

Erst, als ich ihn aus der Bar gehen sehe, bemerke ich, dass ich die Luft angehalten habe, und atme angestrengt aus. Neugierig halte ich die Visitenkarte ins Licht, um zu sehen, was darauf steht.

Alexander Black – Black Group Int.

Der Name kommt mir bekannt vor, doch die vielen Appletinis lassen nicht zu, dass mein Gehirn den Gedanken weiterspinnt.

»Alexander Black«, flüstere ich beeindruckt vor mich hin. Schon allein der Name klingt sexy. Ob sich seine Eltern dasselbe gedacht haben, als sie sich für diesen Namen entschieden haben? Wohl eher nicht.

»Mr Black ist ein großes Tier in der Anwaltsszene«, flüstert Brooke mir zu, während sie die Bar neben mir sauber wischt. »Er ist einer der erfolgreichsten Jungunternehmer und einer der reichsten. Ihm gehört die Black Group.«

Oh. Auf einen Schlag fällt es mir wieder ein – die Black Group – das riesige Hochhaus, an dem ich fast täglich vorbeilaufe. Vor kurzem habe ich auch einen Zeitungsartikel gelesen, in dem stand, dass Mr Black allein mit seinen privaten Investitionen mehrere Millionen Dollar jährlich verdient. Damals dachte ich allerdings, Mr Black sei ein ergrauter, schmieriger Kerl im Alter eines Großvaters und kein recht junger, begehrenswerter Mann.

Das mulmige Gefühl in meinem Magen unterbricht meine schwärmerischen Gedanken abrupt.

»Brooke, die Rechnung bitte«, sage ich eilig, während ich meine Geldbörse aus meiner schwarzen Clutch hole. Ich muss eindeutig nach Hause.

»Mr Black hat mich gebeten, deine Getränke auf seine Kreditkarte zu verbuchen.« Sie zwinkert mir zu.

»Aber er ist doch gleich gegangen, nachdem er mir seine Visitenkarte überreicht hat?«, frage ich verwirrt.

Brooke lächelt und lehnt sich über die Bar. »Das hat er mir schon lange, bevor er dich angesprochen hat, gesagt. Er hat wohl ein Auge auf dich geworfen.«

Ähm … Okay. Ich weiß nicht so recht, was ich davon halten soll, also kommentiere ich die Aussage nicht.

Als ich endlich an der frischen Luft bin, weiß ich nicht so recht, ob dieses mulmige Gefühl in meinem Magen schlimmer wird wegen des Alkohols oder wegen der Tatsache, dass mich ein Multimillionär den ganzen Abend über, während ich mich wie eine Ghettobraut betrunken habe, beobachtet hat.

Ich rufe mir ein Taxi herbei und gebe dem Fahrer meine Adresse durch, ehe ich mich in den weichen Ledersitz presse und die Stadt bei Nacht durch die Glasscheibe betrachte. Früher dachte ich, bei Nacht wären alle Städte grau und leblos, aber ich wurde eines Besseren belehrt. New York, Manhattan, strahlt mehr

Leben aus als ich selbst. Ich liebe die Skyline, von der ich ein großes Gemälde an meiner Wand über meinem Bett hängen habe. Ich liebe die Personen, die in Manhattan leben, die Frauen sind alle sehr schick und verstehen etwas von Mode. Sogar wenn ich morgens die Upper West Side entlanglaufe, sehe ich nur perfekt geschminkte – und meistens mit Botox verschönerte – Gesichter. Die vielen Bürohochhäuser waren das Faszinierendste, das ich nach meinem Umzug gesehen habe. An jeder Ecke gibt es Restaurants, Einkaufsmöglichkeiten und natürlich prägen die vielen Bars das Nachtleben. An meinem ersten Tag in New York besuchte ich die Museumsmeile entlang der Fifth Avenue, wovon ich auf Anhieb begeistert war. Fast so sehr wie von unserem Doorman Peter. Wer hat schon einen Doorman? Detroit ist nicht mal ansatzweise vergleichbar mit dieser Stadt, als lägen beide auf verschiedenen Planeten. Ich liebe alles an Manhattan – ich wäre todtraurig, die Stadt verlassen zu müssen. Hier ist mein Zuhause, hier fühle ich mich wohl und sicher. Nirgendwo anders würde ich mehr leben wollen, egal wie hart die Lebensumstände hier sind.

»Miss Woods«, begrüßt mich Peter wie gewohnt höflich, als er mir die Tür zum Gebäude meiner Wohnung öffnet.

»Peter, ich habe gerade an Sie gedacht.« Ich lächle ihn an, als ich an ihm vorbei zu den Fahrstühlen gehe.

Sechs Stockwerke lang hoffe ich, Claires Begleitung nicht in der Wohnung vorzufinden. Mir wäre wahrscheinlich noch übler, würde ich die beiden aus dem Zimmer neben meinem stöhnen hören. Doch zu meiner Überraschung ist die Wohnung dunkel, als ich sie betrete. Noch im Wohnzimmer steige ich aus meinem viel zu engen Kleid und schlüpfe aus den viel zu hohen Heels, dann klopfe ich leise an Claires Tür, um zu sehen, ob sie auch wie ausgemacht nach Hause gefahren ist.

Keine Reaktion. Ich betrete das Zimmer. Als ich das grelle Licht meiner Handy-Taschenlamoe auf sie richte, atme ich erleichtert aus. Nun kann ich sie auch leise schnarchen hören.

Nachdem ich nun weiß, dass sie alleine und wohlauf in ihrem Bett liegt, lasse ich mich neben sie fallen und genieße es, nicht alleine einschlafen zu müssen.

KAPITEL 3

*D*ie dritte Tasse Kaffee schafft es schließlich, mich wiederzubeleben. Obwohl ich hundemüde und stockbesoffen war, konnte ich nicht länger als bis zehn Uhr vormittags schlafen. Claire schläft noch immer tief und fest, während ich auf der Couch sitze und meinen Kaffee schlürfe.

Ob sie gestern mit dem Polohemd-Typen Sex hatte? Vermutlich. Ich beneide sie um ihre lockere Art. Andererseits weiß ich, dass sie diese erst hat, seit James ihr auf übelste Weise das Herz gebrochen hat.

Ich krame in meiner Clutch vom Vorabend und ziehe die Visitenkarte heraus, von der ich sogar geträumt habe. Wenn ich an Mr Black denke, setzt mein Herz für einen kurzen Moment aus. *Wie heiß er war.* Was er wohl meinte, als er mir sagte, er könne mir eventuell helfen? Einen Job? Ihm gehört eine riesige Anwaltskanzlei. Ich kann mir nicht vorstellen, dass er mich in einem seiner Büros einstellen würde, immerhin habe ich ihm gestern mitgeteilt, dass ich Zimmermädchen war. Ob er eine Reinigungskraft sucht?

Leise husche ich in mein Zimmer und krame mein Notebook unter meinem Bett hervor. Im Suchfenster von Google gebe ich Alexander Black ein und sofort füllt sich der Bildschirm mit Artikeln aus Klatschzeitschriften, Zeitungen, Finanz-Websites und der Homepage der Black Group Int., die ich unverzüglich öffne.

Die Homepage erinnert mich an Mr Black selbst – sie ist stilvoll, ähnelt anderen Anwaltskanzlei-Homepages und ist doch irgendwie einzigartig. Aus ihr entnehme ich kaum Informationen, daher schließe ich die Seite wieder und öffne eine der Klatschzeitschriften. Die Überschrift lautet: *Mr Black und die Hure.*

Ich blinzele verdattert. Was ich dem Artikel entnehmen kann, ist zwar nicht so schlimm wie die Überschrift, aber ein besonders gutes Licht wirft es nicht auf ihn. Eine Frau – genauer gesagt, eine Hostess – berichtet von ihrer heißen Nacht mit Mr Black und behauptet, er hätte sie gebucht, allerdings nicht bezahlt.

Schwer vorstellbar. Zum einen, da ich nicht glaube, er müsse eine Frau buchen, und zum anderen, da ich noch weniger glaube, er habe sie im Anschluss nicht bezahlt. Wie es scheint, regnet es bei dem Kerl Dollarscheine, daher ist der Artikel eher unglaubwürdig. In einem anderen Artikel stellt sich eine Journalistin die Frage, warum man noch nie eine Frau an seiner Seite gesehen hat. Ausschließlich seiner Angestellten natürlich. Als ich auf eine Liste der Organisationen, die der Gott unterstützt, stoße, starre ich beeindruckt auf den Bildschirm. Eine Menge Hilfsorganisationen für Kinder aus ärmlichen Verhältnissen, Missbrauchsopfer und Krebspatienten. *Wow.* Er scheint mit seinem Geld wohl auch etwas Gutes zu tun.

»Wie lange bist du schon wach?« Claires Stimme lässt mich aufschrecken, und ich schlage sofort das Notebook zu, ganz wie kleine Jungs, die gerade von ihrer Mom dabei erwischt worden sind, wie sie ihren ersten Porno im Internet gucken.

»Gott, Claire«, fluche ich. »Du hast mich erschreckt!«

Sie lächelt verschlafen. »Wieso, was machst du?«

Ich erhebe mich vom Bett und wühle ihr durch die ohnehin zerwühlten Haare. »Nichts, komm – ich habe Kaffee gekocht.«

Bevor wir die Küche erreichen, macht Claire auf dem Absatz kehrt und stürmt zurück in mein Zimmer, wo ich sie schließlich auf meinem Bett wiederfinde. Sie starrt beeindruckt auf das Notebook, lächelt dann und sagt: »So so, Alexander Black.«

»Warum bist du immer so neugierig?«, frage ich seufzend.

Trotzdem muss ich lachen, weil sie irgendwie genauso gestört ist wie ich. »Der hat mir gestern einen Job angeboten, oder zumindest glaube ich das.«

»Im Ernst? Als Anwältin, oder was?« Sie prustet los.

»Das habe ich mich auch gefragt«, gestehe ich schulterzuckend und stimme in ihr Lachen mit ein. »Keine Ahnung, er war ganz schön komisch und irgendwie…«

»Heiß«, beendet sie meinen Satz. »Der ist ja extrem heiß!« Sie deutet auf ein paar Bilder der Google-Galerie, die ich selbst noch nicht erforscht habe.

»Zeig mal her«, flüstere ich und lasse mich neugierig zu ihr auf das Bett fallen. Claire folgt meinem gierigen Blick und lässt mich keine Sekunde lang aus den Augen.

»Ja, er ist verdammt gutaussehend«, gebe ich zu, ganz so, als hätte ich das nicht ohnehin schon gewusst.

»Wie alt ist der denn? Warte, ich suche ihn in Wikipedia«, murmelt sie konzentriert und tippt in die Tastatur. »Er ist erst achtundzwanzig. Sieh dir sein Vermögen an, verdammte Scheiße!«

»Achtundzwanzig?«, wiederhole ich überrascht. »Nicht schlecht.« Deswegen wirkt er so jung geblieben. Er *ist* jung.

»Absolut nicht schlecht«, pflichtet sie schwärmerisch bei.

Nachdem wir noch weitere dreißig Minuten das Netz nach Mr Black durchforschen, lassen wir uns auf die Couch im Wohnzimmer fallen und ich erzähle ihr detailliert von unserem Zusammentreffen in der Bar. Nach einigen *Ohs* und *Ahs* strahlt sie mich über beide Ohren an.

»Du wirst doch hingehen, oder?«

Ich zögere. »Ich weiß nicht. Was könnte das denn schon für ein Job sein? Ich will mich nicht blamieren oder so.«

Sie lacht laut auf. »Blamieren?« Stirnrunzelnd schüttelt sie den Kopf. »Er hat dich doch gebeten, zu kommen, also wirst du verdammt noch mal dorthin gehen und dir sein Angebot anhören. Oder um ihn wenigstens noch mal im nüchternen Zustand zu bewundern.«

»Du hast recht«, lenke ich kurzerhand ein. »Ich werde hingehen.«

Während ich mich also im Badezimmer für mein *Vorstel-*

lungsgespräch in Schale werfe, sitzt Claire wie üblich auf der Toilettenschüssel und labbert mich voll. Nicht einmal, als ich in die Dusche steige, verlässt sie das Zimmer, aber das macht mir nichts aus. Bei mir kann sie immerhin nichts sehen, was sie nicht selbst von sich kennt, und außerdem bin ich es so oder so schon gewöhnt. Sie berichtet mir von dem Kerl im Polohemd und dass es wohl Probleme gab, als sie miteinander schlafen wollten. Wir einigen uns darauf, dass es am Alkohol und nicht an ihr lag. Nach dem dritten Versuch hat sie ihn wohl vor die Tür gesetzt. Ich bin froh darüber, denn ich mag fremde Männer in unserer Bude nicht, dulde es aber ihr zuliebe.

Anschließend entscheiden wir uns für ein Kostüm, bestehend aus einem schwarzen Bleistiftrock, einer weißen Bluse und einem schwarzen Blazer. Es ist das einzige Kostüm, das ich besitze, und es hat mir schon einmal Glück bei einem Job gebracht, also hoffentlich auch heute.

»Du siehst elegant und heiß aus. Perfekt!«, spricht Claire mir gut zu, als ich in meine schwarzen Absatzschuhe steige. »Viel Glück.«

Nervös packe ich meine Handtasche und steuere auf die Wohnungstür zu. »Danke! Wirst du zu Hause sein, wenn ich wiederkomme?«

»Ich treffe mich mit Jacob und Aiden zum Mittagessen«, eröffnet sie mir. »Er hat gefragt, ob du auch kommst.«

»Aiden?«

Sie nickt. »Vielleicht nehme ich sie danach mit zu uns. Wir könnten heute irgendetwas mit ihnen unternehmen oder einfach hier abhängen?«

»Klar, warum nicht«, antworte ich schulterzuckend. »Ich geh dann mal. Bis später, Bitch.«

Das Bürohochhaus ist größer, als ich es in Erinnerung habe. Mehrere Menschen drängen sich eilig durch das Drehkreuz, welches zum Gebäudeinneren führt, und etliche Taxis halten und fahren direkt auf der Straße vor dem Eingang. Hier herrscht purer

Stress – ich kann den Menschen förmlich ansehen, wie sehr sie sich nach dem Wochenende sehnen.

Sobald ich den Kampf mit mir selbst gewonnen habe, dränge ich mich ebenfalls durch das Drehkreuz aus Glas. Der Empfangsbereich fasziniert mich ebenso wie die schönen Frauen, die ihn schmücken. Plötzlich fühle ich mich ganz klein, unsichtbar und fehl am Platz.

»Miss Woods?«, ruft eine weibliche Stimme hinter mir. Als ich mich verwirrt umdrehe, erblicke ich eine große Blondine, Mitte dreißig, mit einem Headset am Ohr. Sie nickt mir hastig zu und plappert dann irgendetwas in das Ding an ihrem Ohr. »Kommen Sie, ich begleite Sie zu Mr Blacks Büro.«

Was zum Teufel?

»Woher wissen Sie, dass ich auf der Suche nach Mr Black bin?«, will ich irritiert wissen, als wir einen der Fahrstühle betreten.

Sie schenkt mir ein aufrichtiges Lächeln. »Er hat Sie angekündigt und erwartet.«

»Oh«, murmele ich überrascht. »Aber woher wussten Sie, dass *ich* Miss Woods bin?« Ich verstehe es immer noch nicht ganz.

»Er hat es mir gerade eben durch das Headset mitgeteilt«, antwortet sie höflich und deutet auf ihr Ohr.

»Der Empfangsbereich ist videoüberwacht?« Das scheint mir die einzig logische Erklärung dafür zu sein.

Sie nickt eindringlich. »So wie jede andere Etage.«

»Verstehe«, antworte ich. Der Gott hockt also den ganzen Tag vor dem Bildschirm und kontrolliert, wer kommt und geht? Vielleicht war es auch bloß ein Zufall.

Oder er hat tatsächlich bereits auf mich gewartet.

Die Fahrt zieht sich in die Länge und ich staune nicht schlecht, als wir den letzten Stock des Hochhauses erreichen. Die digitale Anzeige oberhalb der Fahrstuhltüren teilt mir mit, dass es sich um den fünfunddreißigsten Stock handelt.

»Kommen Sie, Miss Woods«, fordert Blondie mich auf und bedeutet mir, ihr zu folgen. »Rose, Mr Blacks Assistentin, wird Sie zu seinem Büro bringen. Ich wünsche einen angenehmen Tag.«

Ich lächele. »Ebenfalls, danke.« Dann werfe ich der blonden

Frau, die identisch aussieht wie die Frau, die mich gerade eben hier abgesetzt hat, einen nervösen Blick zu.

Sie nickt mir zu, umkreist den runden Empfangsbereich aus Glas, hinter dem sie gerade eben noch gesessen hat, und steuert zielstrebig auf mich zu. Ich entdecke zwei Sicherheitsbeamte, die links und rechts neben dem Fahrstuhl postiert sind. Sie starren mich an. Ich bin mir nicht sicher, wie ich reagieren soll, aber aus irgendeinem Grund winke ich ihnen zu und laufe rot an, als die Assistentin deswegen kichert.

»Bitte folgen Sie mir, Miss Woods«, bittet sie mich amüsiert.

Während wir zirka zehn Büroräume passieren, lasse ich die Eindrücke auf mich wirken. Ich wusste zwar, dass es sich um eine große Anwaltskanzlei handelt, aber nicht, dass Mr Black hier ein richtiges Imperium aufgebaut hat. Mindestens zwanzig Mitarbeiter, ausgenommen der Assistentin, sind auf dieser Etage beschäftigt. Wenn man bedenkt, dass dies nur eine von fünfunddreißig Etagen ist, bin ich wirklich beeindruckt. Ich habe gelesen, dass er selbst nicht mehr offiziell als Anwalt fungiert – das hat er natürlich nicht mehr nötig, wenn so viele für ihn arbeiten. Lang hat er den Beruf dann ja nicht unbedingt ausgeübt.

Insgesamt sieht alles hier sehr elegant und modern eingerichtet aus. Die Wände sind allesamt weiß gestrichen, ein paar Pflanzen sind aufgestellt und lassen die Räume etwas lebendiger wirken, an jeder Tür ist ein Metallschild angebracht, auf dem man den Namen des Mitarbeiters und das Firmenlogo der Black Group Int. entnehmen kann.

Als ich auf einem etwas größeren Schild den Namen *Alexander Black* lese, bleibe ich abrupt stehen. Mein Herz schlägt so schnell, dass ich kaum Luft holen kann.

»Mr Black erwartet Sie, treten Sie ruhig ein«, versichert mir die Blondine, doch ich warte, bis sie außer Sichtweite ist, richte mein sorgfältig ausgewähltes Kostüm und atme mehrmals tief durch.

Dann klopfe ich sanft. Niemand öffnet. Ich werde nur noch nervöser. Langsam drücke ich die Türschnalle Richtung Boden und stecke meinen Kopf durch den Spalt. Mr Black – der Gott höchstpersönlich – sitzt auf einem großen Bürosessel aus schwarzem Leder und starrt in einen der vier riesigen Bildschirme, die an der gegenüberliegenden Wand angebracht sind.

»Miss Woods«, sagt er mit tiefer Stimme, als er sich zu mir umdreht. Er erhebt sich prompt aus dem königlichen Stuhl. »Schließen Sie die Tür hinter sich.« Der dominante Unterton in seiner Stimme stellt irgendetwas mit meinem Magen an. Er flattert.

Ohne Zögern trete ich ein, schließe die Tür hinter mir und bleibe stumm mitten im Raum stehen. Das Büro ist wie erwartet modern, aber kühl eingerichtet. Hier fehlen eindeutig Pflanzen.

»Setzen Sie sich doch«, bittet er mich.

»Woher wussten Sie, dass ich kommen werde?«, frage ich nervös und setze mich auf einen der Metallstühle vor seinem Schreibtisch.

Als er hinter mich tritt, legt er eine Hand auf meine Schulter. Ich erschaudere. Seine Berührung löst ein Kribbeln in meinem Unterleib aus, und ich versuche nicht auf der Stelle zu erröten. Kurz darauf nimmt er mir gegenüber Platz und seine blaugrauen Augen mustern mich bis ins Detail. Und das nicht einmal unauffällig.

»Ich habe es gehofft«, gesteht er. Die anthrazitgraue Krawatte rundet seinen schwarzen Anzug perfekt ab.

»Ehrlich gesagt, Mr Black, weiß ich eigentlich gar nicht, warum ich hier bin.« Meine Stimme hört sich wie ein nerviges, piepsendes Geräusch an und ich huste, um es zu töten.

»Ich würde Ihnen gerne einen Vorschlag machen«, erklärt er. »Sind Sie dafür offen?«

Still nicke ich; unsicher, was mich erwartet.

»Gut«, sagt er zufrieden. »Zuerst aber müssen Sie dieses Dokument hier unterschreiben.« Er reicht mir einen Zettel und legt einen metallenen Kugelschreiber darauf. »Wenn ich bitten darf.«

»Was ist das?«, will ich wissen.

»Lesen Sie es sich durch, Miss Woods.«

Also werfe ich einen Blick darauf, aber schon beim zweiten Absatz mache ich Halt. *Die Antragnehmerin erklärt sich hiermit einverstanden, das Gespräch mit Mr Black vertraulich zu behandeln und die Schweigepflicht stets zu wahren...*

»W-w-was?«, stottere ich.

»Das dient nur zu meiner Sicherheit. Alles, was wir in diesem Raum besprechen, wird in diesem Raum bleiben. Sind Sie damit einverstanden, Miss Woods?« Sein Blick durchbohrt mich, legt mir die richtige Antwort bereits in den Mund.

Ich wackele unsicher auf dem Metallstuhl hin und her. Es scheint, als hätte ich sowieso keine andere Wahl. »Na gut«, stimme ich letztendlich zu. *Was ist schon dabei?*

Mit einer kurzen Handbewegung verleihe ich dem Schreiben meine Unterschrift und reiche es ihm über den Schreibtisch. Zufrieden nimmt er es entgegen und verstaut es in einer der oberen Schubladen neben sich.

»Sie sehen heute sehr gut aus«, behauptet er daraufhin unvermittelt. »Haben Sie sich erholt?«

Verlegen starre ich auf meine Hände. »Ja, gestern war -«

»Sie müssen sich dafür nicht rechtfertigen. Deswegen sind wir ja hier«, unterbricht er mich verständnisvoll.

Ich ziehe eine Augenbraue hoch. »Sie möchten mir einen Job anbieten?«

»Nicht direkt«, erwidert er mysteriös lächelnd. »So in der Art.«

Ich platze fast vor Neugierde. »Könnten Sie etwas explizierter werden, Mr Black?«

Als ich seinen Namen ausspreche, blitzt Verlangen in seinen Augen auf. Seine Gesichtszüge spannen sich merklich an. Irgendetwas an ihm macht mir Angst und löst gleichzeitig ein nicht nachvollziehbares Flattern in meiner Bauchgegend aus. Ich beobachte, wie sich seine vollen Lippen zu einem verführerischen Lächeln formen.

»Nun, Miss Woods, Sie brauchen Geld und ich habe welches. Stimmen Sie mir zu?«

Ich nicke. Das ist perfekt zusammengefasst.

»Wie wäre es mit einer Abmachung zwischen uns beiden?«

»Einer Abmachung?«, wiederhole ich skeptisch.

»Genau, eine Abmachung. Sie inkludiert bestimmte Leistungen und Pflichten, die Sie zu erfüllen haben. Verstehen Sie das?«

Ich verstehe kein Wort. Trotzdem nicke ich mechanisch.

Mr Black erhebt sich langsam und stützt sich mit beiden Händen auf dem Glastisch ab. »Sie fühlen sich zu mir hingezogen und ich fühle mich zu Ihnen hingezogen. Stimmen Sie mir zu?«

Mein Herz schlägt ungesund schnell bei seinen nüchternen, direkten Worten. Ich vermeide jeglichen Blickkontakt und starre konsequent auf seine männlichen Hände. Er fühlt sich zu mir hingezogen?

»Stimmen Sie mir zu? Sie können mir sagen, wenn ich mich irre, Miss Woods.« Die Art, wie er meinen Namen ausspricht, macht mich ganz befangen. Er wirkt so einschüchternd und anziehend zugleich – eine extreme Mischung.

»Ich … Ahm … Ja«, antworte ich stockend und kann es selbst kaum glauben, dass ich die Frage überhaupt beantworte.

Mr Gott Black nickt selbstzufrieden. »Ich wünsche Sie mir in meinem Bett und ich möchte mit Ihnen all das anstellen, was ich in meiner Fantasie bereits getan habe. Ich will sie ficken, mit Ihnen vögeln, Liebe machen … Nennen Sie es, wie Sie wollen.«

Ich springe abrupt auf, als ich verstehe, worauf das hier hinausläuft. *Was soll der Scheiß denn?*

»Wie bitte?«, fahre ich ihn an. »Was haben Sie gesagt?« Es kann sich hierbei nur um einen Hörsturz handeln, den ich zu erleiden scheine. Das Schwindelgefühl lässt mich wohl fantasieren.

Er lässt sich von meiner Überrumpelung nicht aus der Fassung bringen, setzt sich wieder auf seinen Stuhl und fährt ruhig und selbstsicher fort: »Ich habe keine Lust, Ihnen ewig den Hof zu machen. Deswegen schlage ich Ihnen einen Deal vor: Ich bezahle Ihre Schulden, die Schulden Ihrer Mutter, kaufe Ihnen einen neuen Wagen und gebe Ihnen einhunderttausend Dollar.«

Ich bin sprachlos. Völlig baff. Ich schaffe es nicht, ein einziges Wort aus mir heraus zu quetschen. Mir wird noch schwindeliger, und ich muss mich ungewollt wieder auf den Stuhl setzen.

»Dafür müssen Sie eine Abmachung unterschreiben, die ein paar Klauseln mit sich bringt. Das bedeutet, Sie werden mir vier

Wochen lang zur Verfügung stehen und mir gewisse Wünsche erfüllen«, fährt er unbeeindruckt von meinem Schwindelanfall fort.

Ich schlucke bitter.»Wünsche?«

Das Arschloch nickt.»Sie begleiten mich auf diverse Anlässe. Als meine Partnerin.«

Oh. Ich soll also seine Freundin spielen, verstehe ich das richtig? Das wäre an sich ja kein schlechter Deal für mich, allerdings störe ich mich ein klitzeklein wenig daran, dass der Kerl mich außerdem wie eine Hure für Sex bezahlen will.

»Denken Sie darüber nach. Wenn Sie Interesse haben, lade ich Sie zu einem Abendessen ein und wir besprechen den Vertrag in intimerer Atmosphäre.«

Das würde dem Schwein wohl so passen.

Gott sei Dank erhalte ich mein Sprachvermögen wieder und komme wieder zu klaren Gedanken. Denkt er, ich sei käuflich? Ich würde meinen Körper an ihn verkaufen?

Ich möchte ihm am liebsten ins Gesicht schlagen.

»Was zum Teufel glauben Sie eigentlich, wer Sie sind?«, frage ich ihn angewidert.»Und wofür halten Sie mich? Ich bin nicht zu kaufen!«

Mr Black lacht leise auf. Er lacht tatsächlich!»Ich mag ihren Charakter, Miss Woods. Sie sind nicht auf den Mund gefallen.«

»Ich … Hallo? Haben Sie verstanden, was ich gerade gesagt habe?«, werde ich nun lauter und ungehaltener.»Was bilden Sie sich ein? Ich bin keine Nutte!«

Seine Augen verengen sich, sein Blick wird kühl.»Das habe ich nie behauptet. Mit jemandem zu schlafen, zu dem man sich hingezogen fühlt, hat nichts mit Prostitution zu tun.«

Ich lache hohl auf.»Aber von dieser Person dafür bezahlt zu werden, schon!« Warum spreche ich überhaupt noch mit diesem Hurenbock?

Ich wirble herum und laufe schäumend auf die Tür zu, als er sich vor mich wirft und mir den Weg versperrt.

»Hauen Sie bloß ab!«, warne ich ihn.

»Miss Woods, denken Sie doch mal darüber nach. Wir verbringen eine nette Zeit zusammen, Sie werden in aller Öffentlichkeit als meine erste und einzige Partnerin abgelichtet, was Ihnen wiederum sicher ein paar mehr Aufträge als Model verspricht, vielleicht finden Sie sogar einen neuen Job. Dazu bekommen Sie noch einen Haufen Geld von mir und zusätzlich bringe ich die Schulden Ihrer Mutter in Ordnung. Natürlich komme ich in den vier Wochen für alles, was Sie benötigen werden, auf. Das neue Auto gehört Ihnen auch nach Ablauf unseres Arrangements«, versucht er mich zu überzeugen, aber ich drücke ihn grob von mir weg.

Er bewegt sich keinen Zentimeter weit, stattdessen greift er nach meinem Handgelenk. »Ich lasse Ihnen Bedenkzeit. Wenn Sie sich entschieden haben, rufen Sie mich an.«

Entsetzt schüttele ich den Kopf und werfe ihm einen verachtenden Blick zu. »Lassen Sie mich los, Mr Black.«

»Daran, wie Sie meinen Namen sagen, könnte ich mich glatt gewöhnen«, meint er teuflisch lächelnd und tritt schließlich beiseite. »Vergessen Sie die Verschwiegenheitserklärung nicht, Miss Woods«, erinnert er mich noch einschüchternd, als ich nicht zögere und das Büro verlasse.

In Windeseile stürme ich in den Flur und zum Fahrstuhl. Einer der beiden Sicherheitsmänner betätigt den Knopf, sodass ich direkt einsteigen kann, als ich ihn erreiche.

»Fuck«, fluche ich, nachdem sich die Türen geschlossen haben.

Ist das gerade wirklich passiert?

KAPITEL 4

*K*aum habe ich dieses beschissene Gebäude verlassen, greife ich nach dem Handy in meiner Handtasche. Ich muss Claire davon erzählen, die wird ausflippen. *Stopp.* Ich darf Claire nicht davon erzählen, ich habe diese dumme Verschwiegenheitserklärung unterzeichnet. Was könnte mir wohl im schlimmsten Fall drohen? Hätte ich den Dreck doch nur zu Ende gelesen! Wahrscheinlich könnte er mich verklagen oder so. Das Geld für einen Prozess habe ich ja bekanntlich nicht, also werde ich wohl die Klappe halten müssen.

Ich beschließe, zu Fuß nach Hause zu laufen, um mich abzureagieren und Geld zu sparen.

Ich habe ja schon von Frauen gehört, die ihre Jungfräulichkeit im Netz versteigern, um dicke Kohle damit zu machen, aber so etwas? Der Mistkerl hat mir ohne mit der Wimper zu zucken gesagt, dass er mit mir ins Bett will. *Ficken, vögeln, Liebe machen – nennen Sie es, wie sie wollen.*

Das war wohl das Unverschämteste, das jemals jemand zu mir gesagt hat. So verdammt dreist. Viel schlimmer noch als die ekelhaften Bemerkungen meines Ex-Chefs.

So attraktiv und anziehend ich Mr Black auch finde, aber das geht doch zu weit. Ich denke darüber nach, warum ein Mann in Mr Blacks Position eine Frau dafür bezahlen muss, sich als seine Partnerin auszugeben. Dem liegen doch mit Sicherheit tausende Frauen zu Füßen, auch wenn sie nur an sein verdammtes Geld wollen. Das wäre dann doch eine perfekte Win-Win-Situation.

Ich erstarre, als mir der Zeitungsartikel der Klatschzeitung ins Gedächtnis schießt. Die Hostess, die behauptet hat, sie hätte mit ihm geschlafen und er wollte sie nicht bezahlen. *Oh du meine Güte.* Hatte er das auch mit mir vor?

Gefühlte Stunden später atme ich erleichtert aus, als ich mein Wohnhaus erreiche. Peter, der Doorman, öffnet mir höflich die Tür und ich nicke ihm kurz angebunden zu, verschwinde daraufhin sofort im Fahrstuhl. Als ich kurz darauf unsere Wohnungstür aufsperre, erschrecke ich mich beim Anblick von Aidens halb nacktem Oberkörper. Sein Bauch ist mit Tätowierungen übersät, aber das wusste ich schon.

»Hey, Sam«, sagt er lächelnd, als ich meine Tasche und den Blazer ablege.

»Hey«, erwidere ich knapp. Mir ist jetzt nicht nach Smalltalk zumute. Ich bin immer noch aufgewühlt.

Aiden hebt eine Augenbraue. »Ein bisschen mehr Freude würde nicht schlecht.«

»Sorry«, murmele ich. »Natürlich freue ich mich, dich zu sehen. Ich bin nur schlecht gelaunt.« Stirnrunzelnd betrachte ich seinen nackten Oberkörper. »Warum bist du eigentlich halb nackt?«

Aiden lacht. Sein fast schulterlanges, braunes Haar fällt ihm dabei ins Gesicht. Wie immer sieht er richtig gut aus – braun gebrannt, Dreitagebart, makellose Haut. »Es hat fast fünfunddreißig Grad, mir ist heiß. Und eure Klimaanlage ist kaputt.«

»Unsere Klimaanlage ist kaputt?«, frage ich entsetzt. Nicht das auch noch.

»Ja«, seufzt er und schlingt einen Arm um meine Taille. »Du siehst gut aus.«

Ich zwinge mich zu lächeln, schaffe es aber nicht. »Danke, Aiden.«

»Wenn du Aufmunterung brauchst, gib Bescheid.« Sein anzügliches Grinsen bringt mich dann doch dazu, zu lächeln.

41

»Schon klar«, murmele ich und gebe ihm einen Klaps auf die Schulter. »Du bist unausstehlich!«

Er lacht auf und lässt mich sofort los, als Claire und Jacob das Wohnzimmer betreten.

Claire strahlt mich an. »Erzähl schon! Wie war es? Hast du einen Job?«

Ach, nein, der Mistkerl hat mir nur Geld angeboten, damit ich mit ihm vögele. »Nein, leider. Meine Qualifikationen haben wohl doch nicht gepasst.« So klingt es doch viel besser.

»Wie schade!«, seufzt Claire. »Das tut mir leid.«

»Mir tut es leid«, jammere ich.

Jacob, der trotz der Hitze eine Lederjacke trägt, um gut auszusehen, sieht mich schief von der Seite an. »Jetzt krieg dich mal wieder ein, *Kylie*, du wirst schon was finden!«

Ich fange an zu lachen und verdrehe die Augen. Nur weil ich Kylie Jenner bewundere und mir jeden Tag ihre Instagrampics ansehe, nennt er mich einfach *Kylie*.

»Eins muss man dir lassen, du siehst ihr verdammt ähnlich«, meint Aiden daraufhin. »Die Lippen, die Haare, die kleine Nase. Nur sind deine Augen mehr bernsteinfarben als ihre.« Da stalkt offenbar noch jemand anderes täglich ihre Bilder.

»Danke für das Kompliment, aber ich denke, würde ich wie Kylie Jenner aussehen, wäre ich jetzt gerade nicht hier, sondern auf irgendeinem Promi-Event«, pruste ich. Die beiden schaffen es wirklich immer, mich aufzumuntern.

Ich wühle im Kühlschrank, während die drei es sich auf der Couch bequem machen, und Claire versucht unseren Vermieter zu erreichen, um ihn über die kaputte Klimaanlage zu informieren.

»Der schickt morgen jemanden vorbei, könntest du also zu Hause bleiben?«, ruft sie mir zu. »Sonntags bin ich ja immer auf diesen nervigen Firmenevents.«

Claire arbeitet für ein kleines Unternehmen, welches sich durch Investments finanziert. Zu ihrem Glück arbeiten nur wenige Mitarbeiter für ihren Chef, den Firmeninhaber, somit bekommt sie gutes Geld und ihre Arbeit wird sehr wertgeschätzt.

Da sie die vermutlich hübscheste Mitarbeiterin des Unternehmens ist, schleppt ihr Chef sie ständig auf irgendwelche Firmenessen, Events oder Vernissagen, um potenzielle Investoren anzulocken.

Ich nicke. »Klar. Sag mal, haben wir nichts zu essen? Ich verhungere!«

»Ich bin für Pizza«, wirft Jacob ein.

Nach gut einer Stunde sitzen wir um den Wohnzimmertisch versammelt und stopfen Pizza Margherita in uns hinein. Jacob und Claire unterhalten sich über irgendwelche gemeinsamen Freunde, die ich nicht kenne, und Aiden versucht mich weiterhin mit seiner charmanten Art aufzumuntern.

Schon merkwürdig, dass ich ständig an Mr Black denken muss. Ich sehe Aiden aufmerksam an, tue so, als ob ich seinen Worten lausche, wiederhole aber innerlich immer wieder das bizarre Gespräch zwischen Mr Black und mir. Für einen kurzen Moment – nur einen klitzekleinen – habe ich in Betracht gezogen, das Angebot anzunehmen. Unverzüglich habe ich den Gedanken jedoch wieder aus meinem Kopf verbannt. Das wäre doch verrückt, oder?

»Hörst du mir zu?«, fragt Aiden.

»Sorry, was sagtest du?« *Vergiss Mr Black, vergiss Mr Black, vergiss Mr Black ...*

»Ob ich morgen vorbeikommen soll, wenn du auf den Kerl wartest, der die Klimaanlage repariert?«, wiederholt er hoffnungsvoll.

»Ach so, klar, warum nicht«, stimme ich zu.

Während ich vom letzten fettigen Stück Pizza abbeiße, beobachte ich neugierig Jacob und Claire. Warum sie nie in Erwägung gezogen hat, etwas mit ihm anzufangen, ist mir unklar. Ebenso wie Aiden ist er wirklich ein Hingucker, jedoch hat er blondes Haar und helle Augen. Vom Typ her genau das, was Claire sucht. Ihr Ex-Freund, James der Fuckboy, sieht Jacob unheimlich ähnlich, nur dass Jacob weitaus muskulöser gebaut ist. Kein Wunder bei dem Sport, den er und Aiden täglich betreiben. Nach der Arbeit finden sie noch die Motivation ins Fitnessstudio zu gehen, am Wochenende gehen sie morgens laufen. Allein bei dem

Gedanken an Sport zieht sich mir der Magen zusammen und ich bekomme Brechreiz.

Plötzlich klopft es an der Tür.

»Erwartest du noch jemanden?«, frage ich Claire überrascht, die verwirrt den Kopf schüttelt.

Ich schleppe mich zur Tür, öffne sie, aber niemand steht davor. Ich sehe mich verwirrt im Flur um, da entdecke ich ein silbernes Kuvert auf der Fußmatte. Als ich es aufhebe, sticht mir ich das Firmenlogo der *Black Group Int.* ins Auge. Ich zucke zusammen. Hastig schiebe ich mir das Kuvert unter die Bluse und schließe die Tür.

»Da hat sich wohl jemand einen Streich erlaubt«, lüge ich. »Ich werde mal duschen und mich umziehen.«

Ich lasse sie mit den beiden Jungs alleine im Wohnzimmer und laufe nervös ins Badezimmer, wo ich ungestört bin. Ich schließe die Tür hinter mir ab und hole ungeduldig das Kuvert aus meiner Bluse hervor.

Neben einem Scheck über eintausendeinhundert Dollar entdecke ich einen Zettel, auf dem in schöner Handschrift geschrieben steht: *Ich erhöhe den Einsatz.*

Moment mal, warum sind es genau eintausendeinhundert Dollar? Woher weiß er, wie viel ich meinem Mechaniker schuldig bin? Und wo ich wohne?

Was bedeutet außerdem, er erhöhe den Einsatz? Schon allein, dass ich mir diese Frage stelle, macht mich wütend. Es ist scheißegal, wie viel Geld er mir bietet, ich werde mich keinesfalls auf diesen verkorksten Deal einlassen.

Ich stelle mich vor den Spiegel und versuche vergebens meine Kurzatmigkeit in den Griff zu kriegen. *Vergiss das, Sam. Das würde nicht gut ausgehen. Willst du wirklich so tief rutschen?*

Den Scheck in meiner Hand zu halten, der mir einen Teil meiner Schulden vom Hals schaffen könnte, ist beschissen. Es ist so verlockend, ihn einfach zu behalten und einzulösen, um mein Auto zurückzubekommen. Und der Rest klingt so verdammt einfach. Zu einfach.

Warum sollte mir ein heißer Millionär so viel Geld für meine

Gesellschaft bieten? Dafür, dass ich mit ihm schlafe und mich als seine Partnerin ausgebe? Das stinkt doch gewaltig. Mit einem mulmigen Bauchgefühl stelle mich unter die kalte Dusche, um einen klaren Kopf zu bekommen. Mr Black wird nicht aufgeben, das steht fest. Er wird mich so lange bearbeiten, bis ich nachgebe.

Werde ich nachgeben?

~

Als sich Aiden und Jacob gegen zehn Uhr abends von uns verabschieden, bin ich erleichtert, mich endlich in meinem Bett verkriechen zu können. Claire wünscht mir eine gute Nacht, und als ich wenig später ihr entzückendes Schnarchen durch die Wand höre, greife ich augenblicklich nach meinem Handy und der Visitenkarte des Arschlochs.

Ich wähle eine der fünf Nummern, die darauf angegeben sind. Mailbox. Die zweite Nummer leitet mich ebenfalls an eine Mailbox seines Büros weiter. Bei der dritten Nummer läutet es schließlich.

»Miss Woods«, begrüßt mich die mir vertraute Stimme und ich bekomme prickelnde Gänsehaut. Natürlich wusste er, dass nur ich es sein kann, die ihn so spät noch anruft.

»Mr Black«, erwidere ich trocken. »Würden Sie bitte damit aufhören? Schicken Sie nicht noch einmal so eine Karte, und ich möchte auch keinen Scheck von Ihnen.«

Ich höre sein stumpfes Lachen durchs Telefon und ärgere mich. »Interessiert es Sie denn gar nicht, um wie viel ich den Einsatz erhöhen würde?« *Doch.*

»Tut es nicht«, lüge ich. »Sie interessieren mich ebenso wenig.«

»Lügen Sie mich bitte nicht an, Miss Woods. Ich verachte Menschen, die lügen«, ermahnt er mich. »Wenn Sie den Scheck nicht einlösen, werde ich Ihren Mechaniker höchstpersönlich bezahlen.«

»Wie bitte? Ich meine, woher wissen Sie eigentlich, wer mein verdammter Mechaniker ist?«, frage ich entsetzt. Oder beeindruckt?

»Wie Sie sicher annehmen können, habe ich meine Quellen, um an Informationen zu gelangen.« Seine Stimme klingt am Telefon noch viel besser als in echt, so... teuflisch heiß.

»Lassen Sie das bitte bleiben. Ich versuche wirklich, höflich zu sein, aber Sie machen es mir verdammt schwer«, erkläre ich genervt. »Mehr habe ich Ihnen auch nicht zu sagen. Auf Wiederhören.«

Aus irgendeinem Grund warte ich seine Antwort ab, und sie trifft mich härter als gedacht: »Vielleicht möchte ich gar nicht, dass Sie so höflich zu mir sind. Vielleicht gefällt mir genau das an Ihnen.« Ich schweige. »Machen Sie es uns nicht unnötig schwer. Gehen Sie den Deal mit mir ein.«

Nachdem ich tief Luft geholt habe, rufe ich mir vor Augen, was für ein Mistkerl er ist. Ich muss widerstehen. »Ich mache es uns sogar ganz einfach, indem ich ihn ablehne. Lassen Sie mich in Ruhe, Mr Black.«

Im selben Moment, als ich den Anruf beende, höre ich ihn »zweihunderttausend Dollar« sagen und weite ungläubig meine Augen.

Er hat *verdoppelt*? Wenn er in nur einem Tag die Summe verdoppelt, versiebenfacht sie sich, wenn ich eine Woche lang zögere?

Scheißegal!, ruft meine innere Stimme mir ermahnend zu, und ich schüttele mir rasch die unnötigen Gedanken aus dem Kopf.

Meine Antwort bleibt Nein. Auf jeden Fall. Komme, was wolle.

Hoffentlich.

KAPITEL 5

*D*as Zuknallen der Wohnungstür reißt mich viel zu früh aus meinem unruhigen Schlaf. Schlaftrunken schleppe ich mich in die Küche, um Kaffee zu kochen, anders überlebe ich nicht. Auf der Marmorplatte der Küchentheke entdecke ich eine Notiz von Claire, daneben ein paar Scheine.

Komme heute spät. Habe dir was fürs Essen da gelassen. Kuss, Claire

Ich weiß, dass sie es nur gut meint, und ohne sie wäre ich zurzeit am Ende, aber bei dem Gedanken, vom Geld meiner Mitbewohnerin zu leben, wird mir schlecht. Auf *ihre* Kosten. Gleichzeitig bin ich ihr unendlich dankbar, denn ich würde sie nie offen darum bitten, auch wenn ich es dringend bräuchte. Und nicht jeder wäre bereit, einem aus der Patsche zu helfen – gerade, wenn es um Geld geht.

Das Klingeln meines Handys lässt mich die Folge *Keeping Up With The Kardashians* pausieren. Als ich den Namen meiner Mutter auf dem Display lese, wird mir erneut schlecht.

»Hi, Mom«, sage ich gedehnt.

»Samantha«, lallt sie. *War so klar.*

»Mom, es ist gerade mal zehn Uhr vormittags. Hast du schon getrunken?«, frage ich besorgt, mehr aber resigniert.

Da meine Mutter stets betrunken ist, oder wenigstens einen Schwips hat, erinnere ich mich kaum an ihre nüchterne Stimme, erkenne es aber trotzdem sofort, wenn sie es sich wieder hat gutgehen lassen.

»Natürlich nicht! Ich habe nur gestern Abend ein Glas Wein getrunken, Samantha«, belehrt sie mich unglaubwürdig, wie sie es immer tut.

Ich rolle mit den Augen. »Mom, ich weiß, wann du lügst. Und gerade lügst du.«

Schweigen tritt ein. Dann höre ich sie laut ins Telefon schluchzen: »Ich habe wieder einen Brief bekommen, Samantha. Die wollen mir das Haus wegnehmen.«

Mein Herzschlag verdoppelt sich. »Was? Was genau steht da drin?«

Sie versucht mir, so gut sie in ihrem betrunkenen und weinerlichen Zustand kann, den Brief vorzulesen. Mir laufen ungewollt Tränen über die Wangen. Scheiße, die Sache ist ernst.

»Mom, das ist ganz übel. Die drohen damit, dich in dreißig Tagen aus dem Haus zu schmeißen, solltest du nicht endlich deine offenen Zahlungen begleichen«, versuche ich so gefasst wie möglich zu erklären.

»Was soll ich denn nur machen? Ich habe keine siebentausend Dollar, Samantha. Warum bist du nur ausgezogen?«

Jedes Mal, wenn ihr etwas Schlimmes widerfährt, führt sie das auf meinen Auszug zurück, egal ob es auch nur im Entferntesten etwas damit zu tun hat. Ich bin stets an allem schuld, so war es schon immer.

»Hilfst du mir, Samantha? Das bist du mir schuldig«, jammert sie.

Am liebsten würde ich sie anschreien, ihr sagen, dass ich ihr absolut nichts schuldig bin und sie es doch ist, die mir so viel schuldet und gleichzeitig zu verdanken hat, aber ich schaffe es nicht. Wie immer lasse ich alles über mich ergehen, um einen Streit zu vermeiden.

»Ich… Ich werde dir helfen, Mom«, sage ich stattdessen, obwohl ich absolut keine Ahnung habe, wie ich das anstellen soll. Sie schluchzt noch immer. »Wirklich?«

»Ja«, verspreche ich. »Ich regle das schon, Mom.«

»Oh, Sam«, flüstert sie plötzlich ganz sanftmütig und dankbar. »Du bist die beste Tochter der Welt.« *Der typische Stimmungswechsel eines Alkoholikers.*

Ich lege auf und schleudere mein Handy mit solch einer Gewalt gegen die Couch, dass es wie ein Boomerang zu mir zurückfliegt.

Während ich wie verrückt im Wohnzimmer auf und ab tigere, gehe ich alle Möglichkeiten durch, um meiner Mom und mir selbst aus der Scheiße zu helfen – nur um dann festzustellen, dass es keine gibt.

Ich starre mein Handy an.

Doch, es gibt eine.

Dann tue ich das, was ich bisher vehement vermieden habe – meinen Egoisten von Vater anrufen.

»Samantha, hallo«, stößt er kühl hervor. »Alles in Ordnung? Du rufst selten an.« Bei seiner Stimme dreht es mir sofort den Magen um, zu viele schlechte Erinnerungen steigen unwillkürlich in mir hoch.

»Ich weiß, tut mir leid«, sage ich, obwohl ich es gar nicht so meine. »Ich brauche deine Hilfe. Ich wurde entlassen.« Warum um den heißen Brei herumreden?

»Das tut mir leid für dich«, erwidert er emotionslos. »Du brauchst also Geld?«

»Ja, Dad.«

»Nun, ich bezahle doch gerade für Katys College und wir renovieren das Haus …«

Ein frustriertes Seufzen entfährt mit. »Dad, Katy ist nicht deine Tochter, sondern ich, schon vergessen? Auch wenn du dich damals einfach aus dem Staub gemacht hast, heißt das nicht, dass du dich deiner Verantwortung als Vater entziehen kannst!«

»Beruhige dich doch, Samantha. Du kommst doch selbst nie auf mich zu. Es scheint immer so, als würdest du keinen Kontakt zu mir wollen«, wirft er mir vor.

»Na ja, nachdem du mich für deine neue Familie hast sitzen

lassen und mich nicht mal zu deiner Hochzeit letztes Jahr eingeladen hast, was erwartest du dir, *Dad*?«

Er seufzt schwer. »Du wärst ohnehin nicht gekommen, das wissen wir doch beide.«

»Das hat doch nichts damit zu tun!«, fahre ich hoch. »Ach vergiss es, du würdest mir sowieso nicht helfen! Tut mir leid, dass ich dich belästigt habe.« Ich lege auf.

Egoist! Dass er mich nicht zurückruft, beweist nur, dass ich wie immer recht habe. Er interessiert sich nicht für mein Leben, er macht sich auch keine Sorgen, wenn es mir schlecht geht. Oder ich finanziell am Ende bin. Er ist ein Arschloch, das nur an sich selbst denkt – ich hätte ihn niemals anrufen dürfen. Jetzt erzählt er sicherlich gleich seiner perfekten nüchternen Frau und ihrer perfekten Studentin von Tochter, was ich nicht für ein schlechter Mensch bin, weil ich ihn nur anrufe, wenn ich etwas von ihm brauche.

Ich hasse ihn.

Ohne es verhindern zu können, breche ich in Tränen aus und rolle mich wie ein Embryo auf dem Fußboden zusammen.

Was soll ich jetzt nur tun?

Nachdem ich mich knapp zwei Stunden lang in Selbstmitleid gesuhlt habe, habe ich es geschafft, Aiden anzurufen und ihn gebeten, schon früher herzukommen. Alleine sein liegt mir echt nicht, schon gar nicht, wenn ich mich wie ein unnützes Stück Scheiße fühle. Außerdem bin ich es gewohnt, Claire an meiner Seite zu haben. Das Gefühl, die Kontrolle über mein Leben zu verlieren, zerrt an meinen letzten Nerven.

Schon seit mein Vater uns verlassen hat, war klar, dass ich diejenige sein muss, die die Kontrolle übernimmt. Ich habe die Rechnungen meiner Mutter bezahlt, mich alleine um meine Angelegenheiten gekümmert, mich zusätzlich um ihre Angelegenheiten gekümmert und nebenbei versucht, meinen Abschluss halbwegs positiv zu machen. Meinen Umzug, meinen neuen Job, mein neues Leben – all das habe ich alleine gemeistert. Und jetzt läuft plötzlich alles aus dem Ruder und ich kann nichts dagegen tun.

Irgendwie habe ich es geschafft zu duschen, mir eine für Kylie Jenner typische Flechtfrisur zu machen und mein verheultes Gesicht zu überschminken. Als Aiden endlich da ist, falle ich ihm sofort um den Hals.

»Danke, dass du gekommen bist.«

Aiden betrachtet mich besorgt. »Was ist los, Sam?«

Ich schlucke den Kloß in meinem Hals hinunter. »Keine Ahnung, was plötzlich los ist! Alles geht schief und ich bin total verzweifelt. Ich bekomme irgendwie nichts auf die Reihe und -«

»Hey«, unterbricht er mein aufgewühltes Geplapper. »Komm, mach es dir auf der Couch gemütlich. Wir werden reden und eine Lösung finden, und danach lade ich dich zum Essen ein. Wie klingt das?«

Ich starre den attraktiven, einfühlsamen Kerl vor mir an und frage mich, warum ich mich nicht längst in ihn verliebt habe.

Das erste Mal, als ich Aiden begegnet bin, werde ich nie vergessen. Er trug eine lässige schwarze Lederjacke, Chucks und eine viel zu enge schwarze Jeans. Die Bikerstiefel ließen ihn irgendwie rockig aussehen. Ich fühlte mich sofort zu seiner charmanten Art hingezogen. Er hat mich quasi mit all seinen süßen Worten auf den Rücken geflirtet. Der Sex mit ihm war gut – zärtlich. Trotzdem hatte ich nie das Gefühl, mich komplett auf ihn einlassen zu wollen. Aus Selbstschutz, wahrscheinlich. Richtige Liebe habe ich nie erfahren und irgendwie glaube ich auch nicht daran. Früher oder später geht sie immer zu Ende, einer verlässt den anderen für jemand Besseren oder aber man täuscht sich von vornherein in der Person und verschwendet bloß seine Zeit.

»Okay«, stimme ich zu und lasse mich auf der Couch nieder. »Der Typ, der die Klimaanlage repariert, sollte bald da sein.«

Aiden nickt, schnappt sich zwei Gläser und eine Flasche Cola aus der Küche und setzt sich dicht neben mich auf die Couch. Er drückt meinen Kopf an seine trainierte Brust, und ich atme das angenehme Eau de Cologne ein, nach dem er stets duftet.

»Also, erzähl mal«, fordert er mich vorsichtig auf.

Ich erzähle ihm alles, angefangen von meinen Jobproblemen

bis hin zur Entlassung, von meinen Schulden bei Claire und dem Mechaniker, meinem Arschloch von Vater und dem bevorstehenden Verlust des Hauses meiner Mom. Das Angebot von Mr Black lasse ich natürlich aus.

Aiden nickt immer wieder verständnisvoll und mitfühlend. »Das ist echt hart und tut mir sehr leid.«

»Danke«, seufze ich. »Ich bekomme zurzeit keine Modeljobs und wer weiß, wann ich eine neue Arbeit finde. Bis dahin habe ich mich nur noch mehr verschuldet und meine Mutter ist mit Sicherheit schon obdachlos.«

»Hast du gar keine Ersparnisse?«, fragt er.

Ich schüttele den Kopf. »Von denen habe ich damals den Wagen gekauft und den Rest habe ich meiner Mutter gegeben.« Sie brauchte immer mal wieder was für offene Rechnungen, doch bestimmt hat sie das Geld bloß für Alkohol ausgegeben.

»Dein Vater ist ein richtiges Arschloch, weißt du das? Er hat doch genug Kohle. Warum hilft er dir nicht?«, meint er verärgert.

Ich zucke nur mit den Schultern, weil ich selbst keine Erklärung dafür habe.

»Du wirst einen Job finden«, versichert er mir. »Ich werde mich mal umhören, okay?«

Dankbar schlinge ich die Arme um ihn und nicke. Unsere Umarmung wird von einem lauten Klopfen an der Wohnungstür unterbrochen.

»Ich kümmere mich darum, bleib du einfach hier«, meint er lächelnd, und ich rolle mich dankbar und erschöpft auf der Couch zusammen.

Nachdem der Kerl wieder weg ist, machen wir uns auf den Weg in das italienische Restaurant nebenan.

»Ich hatte solchen Hunger«, nuschelt Aiden mit vollem Mund, während er seine Pasta Carbonara verschlingt.

»Ich auch«, stimme ich ebenfalls mit vollem Mund zu. »Danke noch mal für die Einladung.«

Aiden lächelt mich sanft an, dann greift er nach meiner Hand auf dem Tisch. »Du musst dich nicht bedanken. Überleg es dir doch bitte noch mal wegen des Geldes, Sam.«

»Ich werde dir nicht dein einziges Erspartes wegnehmen«,

entgegne ich entschlossen. »Außerdem wäre damit noch lange nicht alles bezahlt. Ich kann das einfach nicht annehmen, Aiden. Ich weiß die Geste trotzdem zu schätzen.«

Er umfasst meine Hand fester. »Okay, wie du willst.« Sein Grübchen-Lächeln ist ansteckend.

Als er mich später zurück nach Hause begleitet, bleiben wir kurz vor meiner Wohnung stehen und umarmen uns innig. Dass er keinen Versuch startet, mich zu küssen, oder fragt, ob er noch mal mit hochkommen kann, bedeutet mir sehr viel. Es zeigt, dass unsere Freundschaft noch aufrecht ist, trotz der Tatsache, dass wir miteinander geschlafen haben.

Was wiederum bestätigt, dass Aiden ein toller Kerl ist.

Später starre ich aus dem Fenster meines Zimmers und vertiefe mich in der Dunkelheit draußen. Claire hat nicht abgehoben, als ich sie angerufen habe, und ich hoffe, sie kommt nicht allzu spät oder gar mit irgendeinem Typen nach Hause. Ich schlüpfe aus meiner Jeans und wechsle das enge Top gegen ein lockeres, da klopft es plötzlich an der Wohnungstür. Das muss Claire sein.

Nur in Hotpants und Shirt bekleidet, laufe ich zum Eingang und werfe einen Blick durch den Türspion.

Fuck. Fuck. Fuck!

»Ich weiß, dass Sie da sind, Miss Woods«, sagt die tiefe Männerstimme durch die Tür, und mein Herz fängt sofort an zu poltern.

Warum zum Teufel steht der Hurenbock vor meiner Wohnung?

»Was … Warum sind Sie hier?«, rufe ich nervös durch die Tür.

»Wollen Sie mich nicht hineinbitten?«, fragt er, was mehr wie eine Aufforderung klingt.

Nein. Nein. Nein.

Natürlich öffne ich die Tür. Doch als mir einfällt, dass ich fast nackt bin, schlage ich sie umgehend wieder zu. »Ich, ähm … warten Sie kurz!«

Sein leises Lachen dringt zu mir durch, als ich eilig in mein Zimmer husche und in meinem Kleiderschrank wühle.

Verdammt, warum herrscht hier so ein Chaos? Genau deswegen sollte ich den verdammten Schrank endlich aufräumen. Ich finde auf die Schnelle rein gar nichts.

Ohne nachzudenken, schnappe ich mir einen seidenen Morgenmantel und schlüpfe hinein, nachdem ich mir rabiat das Shirt vom Körper gerissen habe, ehe ich ihn so fest wie möglich zubinde – mit doppeltem Knoten. *Man kann ja nie wissen.*

Auf dem Weg zurück zur Tür wird mir klar, dass das lockere T-Shirt definitiv die bessere Wahl war.

»Tut mir leid«, sage ich, als ich schließlich öffne. Verdammt, warum entschuldige ich mich? »Ich meine, was wollen Sie hier?« Schlechter Übergang.

Mr Blacks Blick fesselt mich unwillkürlich, und ich verliere mich in seinen stürmischen, blaugrauen Augen. Sie sind mit Abstand die schönsten, die ich jemals gesehen habe. Er mustert mich ausschweifend, dann lächelt er ein wenig und tritt ein.

»Habe ich Sie gerade gestört, Miss Woods?« Er lässt sich langsam auf der roten Couch nieder, als hätte er jedes Recht dazu. Neben ihm wirkt sie gleich noch viel winziger.

»Ich… Nein, also, was wollen Sie hier? Ich war doch sehr deutlich am Telefon«, sage ich mit bemüht ernster Miene.

»Setzen Sie sich doch zu mir«, fordert er und blickt auf die leere Couchseite neben ihm.

Ich bleibe bewegungslos vor ihm stehen und mustere ihn ausführlich. Diesmal trägt er kein Jackett, nur ein weißes Hemd, dessen obere zwei Knöpfe geöffnet sind, und eine schwarze Anzughose. Er sieht lockerer, entspannter aus – trotzdem typisch businessmäßig und wie gewohnt einschüchternd.

Er legt seine glatte Stirn in Falten. »Sie haben sich seit gestern nicht mehr bei mir gemeldet.«

»Ich werde mich auch nicht bei Ihnen melden. Ich wollte Ihnen gestern nur sagen, dass Sie mir keine weiteren Schecks oder Karten oder sonst was zukommen lassen sollen«, erwidere ich so kühl wie möglich.

»Wie schade«, meint er kein bisschen überzeugt. »Wissen Sie, Miss Woods, es gibt da allerdings ein großes Problem.«

»Welches Problem?«, frage ich und versuche vor Nervosität

nicht umzukippen. Mr Black in meiner Wohnung, wir beide alleine. Das ist schlecht.

Er lächelt selbstsicher, und ich betrachte die kleinen, attraktiven Fältchen, die sich dabei um seine schönen Augen bilden. »Ich akzeptiere kein Nein, niemals. Und ich mache auch jetzt keine Ausnahme.«

Ich verfolge jede Bewegung seiner vollen Lippen. Die Art, wie sie Wörter formen, ist unheimlich sinnlich. *Warum ist mir so heiß?*

Kaum möchte ich darauf antworten, erhebt er sich ruckartig von der Couch. Er nähert sich mir ein paar Schritte an, als wäre er ein Raubtier auf Beutejagd, und ich mache dieselben Schritte rückwärts, bis ich gegen die Wand hinter mir stoße.

»Haben Sie einen Freund, Miss Woods? Ist das unser Problem?«

»Freund? Ich habe keinen Freund«, murmele ich nervös.

Er macht einen weiteren Schritt auf mich zu. »Vergessen Sie nicht, dass ich Lügner verabscheue.«

»Ich lüge nicht«, sage ich leise. *Gott, ist mir heiß!*

»Und der Kerl, mit dem Sie im Restaurant waren? Ist das nicht Ihr Freund?«, bohrt er nach.

»Oh mein Gott, verfolgen Sie mich etwa?« Ich bin entsetzt! Und fühle mich irgendwie geschmeichelt. »Aiden ist nicht mein Freund.«

Mr Blacks steife Miene wird weicher, als hätte er auf diese Antwort gehofft. Uns trennen nur noch wenige Zentimeter voneinander und ich bekomme kaum noch Luft. Ich muss ihn von mir fernhalten. Mir gefällt nicht, wie mein Körper auf ihn reagiert. Mein Herz galoppiert wie wild und meine Knie werden ganz weich.

»Aber wir schlafen ab und zu miteinander, wenn Sie es genau wissen wollen«, füge ich also hinzu, um ihm einen Dämpfer zu verpassen.

Seine Augen verengen sich, doch anstatt zu gehen, macht er den letzten Schritt, der uns noch voneinander trennt, auf mich zu und stützt sich mit einem Arm an der Wand neben meinem Kopf ab. Ich halte die Luft an. Sein Gesicht ist so nah an dem meinen, dass ich seinen warmen Atem auf meiner Wange spüren kann.

»Würden Sie es mir erlauben, würde ich Ihnen jetzt zeigen, was ich davon halte«, flüstert er mir ins Ohr, seine Stimme rau und belegt.

»Ich -«

Er unterbricht mich, indem er eine Hand um meine Kehle legt und so fest an meinem Ohrläppchen saugt, dass ich leise aufstöhnen muss.

»Gefällt Ihnen das, Miss Woods?« Jetzt streicht er seine Finger nach unten und lässt seine Lippen mitwandern. Er saugt an meinem empfindlichen Hals, gleitet mit seiner heißen Zunge darüber und ich lege automatisch den Kopf schief, obwohl mich meine innere Stimme anschreit, ihn wegzustoßen.

»Antworten Sie«, befiehlt er streng.

»Ja«, flüstere ich. Abstreiten kann ich es ohnehin nicht. Mein Körper reagiert nicht auf die Signale, die mein Hirn ihm übermittelt. Aber auf den Mann vor mir und seine Berührungen schon.

»Ich will Sie«, sagt er trocken. »Warum darf ich Sie nicht ficken?«

Sein Körper presst mich immer mehr gegen die kalte Wand hinter mir, aber ich sterbe wohl gleich vor Hitze. Er spielt mit einer Hand an dem Doppelknoten meines seidenen Morgenmantels und lächelt frech, was ich an meiner glühenden Haut am Hals spüre, an der sie immer noch verweilen. Als er mir dann tief in die Augen schaut, löst er ohne Mühe einen Knoten. Dazu muss er nicht mal hinsehen.

»Egal, welche Hindernisse Sie mir in den Weg stellen, ich werde Sie umgehen.«

Oh mein Gott.

Das ist verdammt heiß.

Und etwas alarmierend.

Plötzlich lässt er von mir ab, und ich schaffe es nur mit Mühe, mich aufrecht zu halten. Meine Knie zittern und mein Puls rast. Obwohl ich versuche, das Gefühl zu unterdrücken, bin ich irgendwie enttäuscht, dass er sich von mir entfernt, anstatt einen

Schritt weiterzugehen. Sein Duft und die Wärme seines Körpers waren so ... betörend.

Ohne es verhindern zu können, schiele ich zu der großen Beule in seiner Hose und meine Wangen erröten spürbar.

Er ist hart für mich. Und augenscheinlich gut bestückt.

Mit einem dunklen Funkeln in den Augen weicht er noch mehr zurück, betrachtet mich von Kopf bis Fuß und beschließt: »Fünfhunderttausend Dollar.«

Wie bitte?

»Und all das, was ich Ihnen sonst noch versprochen habe.«

Fünfhunderttausend Dollar? Höre ich richtig?

Mit offenem Mund starre ich ihn an. Das kann er nicht ernst meinen. So verrückt ist niemand.

»Warum?«, kommt es mir verwirrt über die Lippen.

Sein Lächeln ist siegessicher. Eine Erklärung gibt er mir nicht, stattdessen wiederholt er: »Fünfhunderttausend Dollar.«

Noch bevor ich etwas sagen, ihn zum Teufel schicken oder mich auf ihn stürzen kann, marschiert er zur Wohnungstür.

»Gute Nacht, Miss Woods.«

KAPITEL 6

*I*ch versuche mich auf Claire zu konzentrieren, die mir von der heutigen Vernissage, die sie besucht hat, erzählt, scheitere aber kläglich. Während sie mir aufgeregt von irgendeinem neuen Investor berichtet, sehe ich nur eine Fünf gefolgt von fünf Nullen vor meinem inneren Auge.

Fucking Fünfhunderttausend Dollar soll ich dafür bekommen, mit einem verdammt heißen Kerl zu schlafen, mit dem ich unter anderen Umständen vielleicht sowieso ins Bett gestiegen wäre. *Ohne das vielleicht.* Nicht zu vergessen, soll ich vier Wochen lang seine Freundin spielen und meiner Karriere gleichzeitig so auf die Sprünge helfen. Das kann doch nicht wahr sein, oder? Wo ist der verdammte Haken?

»Süße, ich gehe ins Bett. Ich bin echt erledigt«, murmelt Claire erschöpft.

Ich nicke schwach. »Wann kommst du morgen von der Arbeit nach Hause?«

»Gegen sechs«, antwortet sie, während sie sich von meinem Zimmer in ihres schleppt.

Ich schließe die Tür hinter ihr und lege mich wieder auf mein kleines Bett. Dann starre ich an die Decke. In meinem Kopf poltert es.

Zum ersten Mal empfinde ich keine Abneigung bezüglich Mr

Blacks großzügigem – unmoralischem – Angebot. Ich ziehe ernsthaft in Erwägung, es anzunehmen. Es würde sämtliche meiner Probleme lösen und mich für die weitere Zukunft absichern. Meine Mom könnte ihr Haus behalten, ich könnte sie auf Entzug schicken oder ihr einen Betreuer organisieren, der ihr dabei hilft, trocken zu werden. Ich könnte meine Miete problemlos bezahlen oder mir sogar eine eigene Wohnung kaufen, obwohl ich mich mit Sicherheit nicht von Claire trennen würde. Ich könnte sogar aufs College gehen und meine beruflichen Ziele doch noch erreichen.

All das wäre möglich, wenn ich vier Wochen lang an der Seite dieses begehrten Junggesellen in der Öffentlichkeit stehe. Wie viele Frauen sich das wohl wünschen würden? Sogar, wenn er keine Millionen schwer wäre, würden ihm die Frauen zu Füßen liegen. Er hat einfach etwas Unwiderstehliches an sich.

Warum eigentlich wehre ich mich so gegen die Anziehung, die er auf mich ausübt? Als er vorhin hier war, wollte ich nichts sehnlicher, als ihn zu berühren. Wollte seine Hände auf meinem Körper spüren, ihn küssen. Es hat keine Sekunden gedauert, bis ich die Wärme zwischen meinen Beinen wahrgenommen habe, als er mich berührt hat. Ich wollte mehr.

Was der Vertrag wohl beinhalten würde, den ich unterschreiben müsste? Was würde er von mir verlangen? Müsste ich Dinge tun, zu denen ich nicht bereit wäre?

Aus reiner Gewohnheit erstelle ich eine Pro und Kontra-Liste. Das hat mir schon immer geholfen. Auf der Pro-Seite befinden sich innerhalb weniger Minuten etliche Gründe dafür, den Deal anzunehmen. Ich gelange sogar auf die Rückseite und höre auf, als ich bemerke, die Liste unendlich lange weiterführen zu können. Auf der Kontra-Seite steht *Ehre*, gefolgt von *Stolz* und *Moral*. Darunter weist ein Pfeil auf das Wort *Hölle*.

Nicht gerade viel.

Impulsiv greife ich zu meinem Handy. Meine Hand zittert, als ich die letzte Nummer wähle, die ich gestern Nacht angerufen habe. *Gott, verzeih mir!*

»Miss Woods.« Mr Blacks Stimme klingt durch und durch zufrieden, was mich ärgert.

»Mr Black«, erwidere ich zögernd und hole tief Luft. »Ich …
Also, wie -«

»Wie wäre es morgen Abend um acht? Ich kenne ein Restaurant, das Ihnen sicher gefallen würde«, verkündet er zu meiner Erleichterung sofort, wodurch mir erspart bleibt, mein Nachgeben laut auszusprechen.

»Okay«, stimme ich mit zittriger Stimme zu.

Hoffentlich werde ich das nicht mein Leben lang bereuen. Was ich hier tue, ist fragwürdiger als all meine kühnsten Fantasien.

Ich sehe sein triumphierendes Lächeln vor meinen geschlossenen Augen, als er raunt: »Ich freue mich schon, Miss Woods.« *Da bin ich sicher.*

Der nächste Tag vergeht wie im Flug. Da ich es nicht gewohnt bin, zuhause zu sitzen und nichts zu tun zu haben, bringe ich die gesamte Wohnung auf Vordermann, einschließlich meines Kleiderschranks. Es dauert Stunden, aber Claires Gesicht, als sie von der Arbeit nach Hause kommt, war die Anstrengung wert. Wir trinken einen schnellen Kaffee in der Küche und ich erzähle ihr, mich mit einem Typen, den ich von früher kenne, heute Abend zum Essen zu treffen. Ich will sie nicht in mein unmoralisches Vorhaben einweihen und darf ihr schließlich auch gar nichts erzählen. Das fühlt sich scheiße an.

Seit knapp einer halben Stunde bin ich dabei, meine Haare und mein Gesicht in Form zu bringen. Ich lege mehr Make-up auf als üblich, trage dunklen Lippenstift und ein heißes rotes Abendkleid.

»Du solltest die hier tragen!«, ruft Claire mir von meinem Zimmer aus zu und hält ein paar extrem hohe, schwarze Peeptoes in die Höhe.

»Die sind viel zu hoch«, seufze ich.

Claire wirft sie mir vor die Füße. »Du wirst doch sowieso nur sitzen.«

»Punkt für dich«, erwidere ich lachend.

Ich schlüpfe in die Heels und überlege kurz, ob ich wohl schon mal vor dem Gebäude warten sollte, schließlich will ich nicht, dass Claire Mr Black sieht.

»Ich gehe dann mal, er wartet schon unten«, flunkere ich.

»Viel Spaß! Und morgen bitte alle Details, Bitch.« Sie zwinkert und ich verlasse mit einem verkrampften Lächeln die Wohnung.

Als mir Peter die Treppe herunterhilft, bedanke ich mich und stelle mich auf den Straßenrand, um Ausschau nach Mr Black oder seinem Wagen zu halten. Da kommt mir in derselben Sekunde ein großer Mann im schwarzen Anzug entgegen.

»Miss Woods«, begrüßt er mich äußert freundlich und bedeutet mir, ihm zu folgen.

Er öffnet die Wagentür einer langen, schwarzen Limousine und ich schlucke schwer bei dem Gedanken, Mr Black darin vorzufinden. Zu meiner Überraschung ist die Limousine leer.

»Mr Black trifft Sie im *La Vong*«, erklärt der leicht dunkelhäutige Chauffeur, woraufhin ich nervös nicke.

Die Fahrt macht mich nur noch unruhiger. Ich sehe mich verzweifelt nach Alkohol um, finde aber zu meiner Enttäuschung keinen. Sollten nicht in jeder Limousine Gläser und wenigstens eine Flasche Champagner oder Scotch aufbewahrt werden? Zumindest ist es in allen Romanen so, die ich bisher gelesen habe.

Ich lasse den Kopf in den Nacken fallen und rufe mir immer wieder vor Augen, warum ich das hier tue. Ich muss es tun, ich brauche die Kohle. Sollten mir die Bedingungen nicht passen, lehne ich ab – ganz einfach. Oder?

Ich bete zu Gott, dass er keine perversen und abartigen Dinge mit mir vorhat.

Die Limousine hält vor einem weißen Gebäude, etwas abseits von Manhattan. Als ich aussteige, nehme ich nur gut gekleidete und ältere Personen wahr, und bin erleichtert, mich für das rote Abendkleid entschieden zu haben. Darin wirke ich weniger jugendlich, mehr vornehm und wohl erzogen. Die leichten Locken in meinem Haar runden mein dunkles Make-up perfekt ab.

Ich folge dem Chauffeur in das gut befüllte Restaurant und

verabschiede mich höflich, als er mich der brünetten Empfangsdame übergibt.

»Mr Black wartet bereits auf Sie. Würden Sie mir bitte
folgen«, begrüßt sie mich freundlich.

In langsamen Schritten gehe ich hinter ihr her, versuche
meine unregelmäßige Atmung zu kontrollieren und mein Kleid
krampfhaft die Schenkel hinabzuziehen. Als die Frau stehen
bleibt, renne ich sie fast unabsichtlich über den Haufen. Wieder
lächelt sie höflich, nachdem ich sie entschuldigend anstarre,
deutet auf einen Raum abseits der ganzen Menschenmenge. Dann
tritt sie beiseite und entfernt sich von mir. Mein Magen zieht sich
zusammen und meine Handflächen werden ganz feucht.

Ich setze eine hoffentlich nicht durchschaubare Fassade auf,
stolziere in den abgelegenen Raum des Restaurants und bleibe auf
wackeligen Beinen stehen. Die Lichter sind gedimmt und es steht
ein einziger Tisch in der Mitte. Zwei Kerzen machen die Atmosphäre perfekt.

Dann sehe ich ihn – Mr Black höchstpersönlich, wie gewohnt
elegant gekleidet und unverschämt gutaussehend. Ich hole tief
Luft, nehme auf dem Stuhl ihm gegenüber Platz und überschla-
gene meine Beine mit einem gezwungenen Lächeln.

Sein Lächeln wird breiter, nachdem er mich eindringlich
gemustert hat. Offenbar gefällt ihm, was er sieht. »Sie sehen wie
immer sehr gut aus, Miss Woods.«

»Danke«, erwidere ich möglichst cool. »Sie sehen auch nicht
schlecht aus, Mr Black.«

»Ich gebe mir Mühe.« Ich bin mir sicher, er sieht auch in
löchrigem Pulli und abgefuckter Jogginghose gut aus.

Eine junge Kellnerin betritt das Séparée und übergibt uns
zwei lederne Speisekarten. Als sie nach der Getränkebestellung
fragt, würde ich am liebsten eine Flasche Whisky ordern,
entscheide mich dann aber doch für ein Glas Rotwein, um
weniger *Ghettobraut* und mehr *wohl erzogen* zu wirken.

»Ich schließe mich an«, sagt Mr Black, den Blick konsequent
auf mich gerichtet.

Kaum lässt sie mich mit ihm allein zurück, fangen meine Hände vor Aufregung an zu scheppern. Ein Blick in seine stürmischen Augen reicht, um mich total aus der Fassung zu bringen. Sie sind tiefgründig und alles andere als ausdruckslos, wie es sein Gesicht so oft ist.

»Es freut mich, dass Sie Ihre Meinung geändert haben«, meint er mit rauer Stimme und legt das teure Jackett auf einem Stuhl neben sich ab.

»Noch habe ich das nicht«, teile ich ihm selbstsicher mit. »Ich würde gerne wissen, was genau Sie von mir erwarten.«

»Natürlich.« Er greift nach einem Stapel Papier, welcher auf dem schön dekorierten Tisch abgelegt ist, fischt zwei Dokumente heraus und reicht sie mir. »Das ist der Vertrag. Lesen Sie ihn in aller Ruhe durch und zögern Sie nicht, mich zu fragen, sollte Ihnen etwas unverständlich sein.«

Ich versuche professionell zu wirken, als sei das hier ein Businessmeeting, greife mir die zwei Stück Papier und lege sie auf dem Tisch vor mir ab. Während ich mich hineinlese, lässt mich Mr Black nicht aus den Augen. Ich spüre seine ungeduldigen Blicke förmlich auf meiner Haut.

Ich überspringe die erste Seite, die von den Konsequenzen, sollte ich gegen eine der Regeln verstoßen, handelt, und gehe direkt auf die zweite Seite über. Mit zusammengekniffenen Augen lese ich …

Ziel dieses Vertrages ist es, eine bindende und nicht revidierbare Vereinbarung über vier Wochen, ab Vertragsunterzeichnung, zwischen dem Antraggeber, Mr. Alexander Black, und der Antragnehmerin, Miss Samantha Woods, zu erstellen. Beide Parteien stimmen den unten aufgeführten Regeln, Punkt 3, und Pflichten, Punkt 4, zu, und erfüllen diese ohne Aufforderung und Widerrede. Ein Verstoß führt unweigerlich zu Konsequenzen, siehe Punkt 1, schlimmstenfalls zur sofortigen Kündigung des Vertrages und die der zu Vertragsende vereinbarten Pflichten des Auftraggebers.

Bei den Regeln runzele ich unwillkürlich die Stirn.

• Beide Parteien verzichten während des gesamten Zeitraums auf sexuelle Interaktionen jeglicher Art mit anderen Personen als dem Vertragspartner

63

• *Beide Parteien gehen während der gesamten Vertragsdauer respektvoll miteinander um*

• *Beide Parteien stellen sicher, dass der Vertrag rein körperlich und zu diversen Zwecken, nicht aber zu romantischen Zwecken dient*

• *Beide Parteien stimmen zu, keine anderen Personen des anderen Geschlechts, während der gesamten Vertragsdauer, zu treffen, ausgenommen auf geschäftlicher Ebene*

• *Beide Parteien stimmen zu, jeweils im Wohlergehen des Vertragspartners zu handeln*

• *Beide Parteien verzichten auf das Recht einer vorzeitigen Vertragskündigung ohne Regelverstoß*

• *Die Antragnehmerin erklärt sich bereit, diverse Geschenke während der Vertragszeit anzunehmen und ordnungsgemäß zu nutzen*

• *Die Antragnehmerin verpflichtet sich dazu, sich in der Öffentlichkeit stets von ihrer besten Seite zu präsentieren und im Sinne des Antraggebers zu handeln*

• *Beiden Parteien ist es untersagt, mit anderen Personen über den Vertrag und die enthaltenen Informationen, auch Informationen zum Vertragspartner, zu sprechen*

Erleichterung überkommt mich. Das klingt alles ziemlich harmlos bisher.

Punkt 4 listet die Pflichten auf. Mein Herz hämmert wie verrückt.

• *Die Antragnehmerin ist während der Vertragslaufzeit immer und ohne Ausnahme für den Antragsteller abrufbereit und erreichbar*

• *Die Antragnehmerin willigt zu sexuellen Interaktionen jeglicher Art, mit dem Antragsteller, ein*

• *Die Antragnehmerin begleitet den Antragsteller auf alle ihr vorgeschriebenen Anlässe*

• *Der Antraggeber verpflichtet sich, für alle notwendigen Dinge während der Vertragslaufzeit aufzukommen*

• *Die Antragnehmerin verpflichtet sich dazu, auf jegliche Freizeitaktivität zu verzichten, falls vom Antraggeber erwünscht*

- *Die Antragnehmerin erklärt sich bereit, während der vier Wochen beim Antraggeber zu wohnen*
- *Die Antragnehmerin erklärt sich bereit, während der Vertragslaufzeit auf jeglichen Sport zu verzichten*
- *Die Antragnehmerin wird alle ihr erteilten Aufgaben sofort und ohne Widerrede erfüllen*
- *Die Antragnehmerin verzichtet während der Vertragslaufzeit auf jeglichen Alkoholkonsum und Drogenkonsum*
- *Die Antragnehmerin erklärt sich bereit, während der gesamten Vertragslaufzeit die ihr vorgeschriebene Kleidung zu tragen oder auf Kleidung zu verzichten, die der Antraggeber verweigert*
- *Die Antragnehmerin unterstützt den Antraggeber bei geschäftlichen Zwecken*

Gott verdammte Scheiße. Eigentlich sollte ich schockiert von der detaillierten Ausführung und den von mir erwarteten Pflichten sein, aber aus irgendeinem Grund lache ich leise vor mich hin. Auf jeglichen Sport verzichten? Das wird mir nicht sonderlich schwerfallen.

»Schön zu sehen, dass Sie der Vertrag nicht abschreckt, Miss Woods«, sagt Mr Black schmunzelnd.

»Ein paar Punkte müssen überarbeitet werden«, stelle ich fest.

Er nickt mir zu. »Ich bin ganz Ohr.«

Puh… Wo soll ich bloß anfangen? Das Ganze ist so krank, dass es schon wieder irgendwie witzig ist.

Möglichst selbstbewusst sehe ich ihn an. »Betreffend dem zusammenwohnen – das möchte ich keinesfalls.«

»Warum nicht?«, fragt er prompt.

Ich schüttele den Kopf. »Ich möchte neben all den Pflichten noch Zeit für mich alleine haben. Das würde nicht funktionieren, sollte ich bei Ihnen wohnen müssen.« Er sieht mich unzufrieden an, deswegen füge ich hinzu: »Außerdem würde das meiner Mitbewohnerin wohl auffallen, wenn ich plötzlich nicht mehr nach Hause komme.«

Daraufhin nickt er verständnisvoll. »Dann ändern wir diesen Punkt.«

»Streichen«, dränge ich.

Er lächelt minimal. »Schließen wir doch einen Kompromiss – an manchen Tagen bleiben Sie bei mir, an anderen dürfen Sie nach Hause gehen.«

Wir lassen die Blicke nicht voneinander ab, beide gleichermaßen stur. Gerade, als ich einwilligen will, betritt die gutaussehende Kellnerin den Raum und reicht uns den Wein. Mr Black bestellt für uns beide einen Garnelenteller, dann deutet er ihr höflich, den Raum zu verlassen.

»Ich wollte keine Garnelen«, nörgle ich.

»Sie werden Gefallen an ihnen finden. Also, stimmen Sie zu?«, fragt er ungeduldig.

Ich nicke widerwillig. »Okay. Zum nächsten Punkt«, fahre ich direkt fort und halte das Stück Papier in die Höhe, deute dann auf den Absatz mit dem Alkohol- und Drogenkonsum. »Ich habe nicht vor, irgendwelche Art von Drogen zu konsumieren, daher akzeptiere ich diesen Punkt. Aber die Sache mit dem Alkohol finde ich übertrieben.«

Wieder lächelt er. »Finden Sie das, Miss Woods?«

»Jap.«

»Gut, dann genehmige ich Ihnen in kleinen Mengen Alkohol zu sich zu nehmen«, beschließt er großzügig.

»Danke«, erwidere ich mit einer Stimme, die nur so vor Sarkasmus trieft.

Er lacht.

»Zum nächsten Punkt«, fahre ich unbeirrt fort, woraufhin er seine glatte Stirn in Falten legt.

»Sie haben aber einiges auszusetzen.«

Ich zucke mit den Schultern. »Ist das ein Problem?«

»Nein, es freut mich, dass Sie die Sache ernst nehmen.« Er nippt an seinem Glas Wein und lässt es dann wie ein richtiger Weinkenner zwischen seinem Zeigefinger und dem Daumen kreisen.

»Gut, also dann wäre da noch die Sache mit den anderen Personen des männlichen Geschlechts. Die Treffen meine ich«, erkläre ich unsicher. »Es wird schwierig, das zu vermeiden. Meine Mitbewohnerin hat zwei beste Freunde, mit denen ich ebenfalls sehr gut befreundet bin.«

»Mit denen Sie vögeln«, korrigiert er mich schroff.

Ich schlucke. *Warum habe ich ihm das bloß erzählt?* Um mir eine gute Antwort einfallen zu lassen, nehme ich erstmal einen großen Schluck von dem köstlichen Rotwein. »Mit einem der beiden, drei Mal«, korrigiere ich. »Das wird sich nicht wiederholen.«

Seine Augen verengen sich und ich schaffe es nicht, dem Blickkontakt stand zu halten.

»Natürlich wird es sich nicht wiederholen, Miss Woods«, meint er fast drohend. »Der Punkt ist nicht verhandelbar.«

»Warum nicht?«, will ich wissen.

»Ich teile nicht.« *Oh.*

Ich zögere und nehme noch einen Schluck von meinem Weinglas. »Gut, ich werde mich in dieser Zeit mit keinem der beiden treffen«, räume ich widerwillig ein.

Er nickt zufrieden. »Gut.«

Unser Essen wird serviert, aber wir starren uns weiterhin aufdringlich an und schenken den köstlich duftenden Garnelen keinerlei Beachtung. Schließlich greife ich zu meiner Gabel und führe mir die erste langsam an den Mund. Er beobachtet mich unverhohlen, wie ich sie genussvoll kaue.

»Sie hatten recht«, gestehe ich schließlich. »Das Essen trifft zu einhundert Prozent meinen Geschmack.«

Während er es mir nachmacht und eine Garnele nach der anderen verspeist, beobachtet er mich weiterhin zufrieden, bevor er überzeugt meint: »Ich werde auch mit anderen Dingen ihren Geschmack treffen.«

Mit starkem Herzklopfen versuche ich mich zu überwinden, den wichtigsten aller Punkte anzusprechen, aber irgendwie schaffe ich es nicht.

Als könnte er meine Gedanken lesen, fragt er plötzlich: »Wie steht es um die sexuellen Aktivitäten?«

Meine Wangen erröten auf der Stelle. Der Kerl ist eindeutig schwanzgesteuert.

»Haben Sie dazu Fragen?« Sein Blick wird intensiver, fordernder.

Ich halte krampfhaft an meinem Weinglas fest. »Nun ja, Mr Black ... Wie oder was stellen Sie sich vor?«

»Um das aufzuzählen, bräuchten wir mehr Zeit, Miss Woods.«

Okay, jetzt exe ich das Glas Wein. Ungeduldig sehe ich mich nach der Kellnerin um. Diese Unterhaltung ertrage ich nicht, wenn ich nüchtern bin.

»Stehen Sie ... Ich meine, haben Sie irgendwelche abgefuckten Vorlieben?«, frage ich beklommen, den Blick auf den Teller gerichtet. Wie gerne wäre ich jetzt eine Garnele.

Er lacht rau auf, der Klang ist ziemlich sexy. »Ich würde keine meiner Vorlieben als abgefuckt bezeichnen.« Verstehe... »Ich werde Sie zu nichts drängen, dass Sie nicht auch wollen. Ich bin mir aber sicher, dass Ihnen das, was ich mit Ihnen vorhabe, gefallen wird.«

»Mhm«, murmele ich einfach. Mehr fällt mir dazu nicht ein, und sollte ich mich länger mit dem Gedanken beschäftigen, würde ich diese bizarre Sache sofort beenden, bevor sie noch richtig angefangen hat. Aber ich brauche die Kohle so dringend, und bevor ich es zulasse, dass meine Mutter ihr Zuhause verliert, werde ich mich wohl auch zu Dingen überreden lassen müssen, die ich nicht möchte.

Scheiße, das hier wird mir Gott nie verzeihen. Zum Glück bin ich nicht allzu gläubig.

»Darf ich Ihnen eine persönliche Frage stellen, Mr Black?«

Er wirkt neugierig, als er nickt.

»Warum ich?«, frage ich verwirrt. »Ich meine, es gibt doch sicher Frauen, die zu all dem bereit sind, ohne dafür von Ihnen bezahlt zu werden.«

»Natürlich gibt es die«, versichert er mir. »Ich will aber Sie, Miss Woods.«

»Aber warum?«

»Weil Sie anders sind.«

»Inwiefern?«

»Stellen Sie nicht so viele Fragen.«

»Aber ich -«

»Aber was, Miss Woods?« Sein Blick wird kühler, strenger. »Ich mag es nicht, wenn man mir widerspricht.«

Ich schlucke. *Warum wird mir wieder so heiß?* Normalerweise hasse ich es, wenn man mir sagen will, was ich zu tun oder nicht zu tun habe, aber bei ihm stört es mich nicht. Im Gegenteil – es gefällt mir irgendwie. Diese natürliche Dominanz, die er ausstrahlt, ist unfassbar männlich.

»Dann habe ich noch eine letzte Frage, Mr Black«, sage ich ruhig. »Stimmt das, was man über Sie in den Zeitungen liest? Ich meine, die Sache mit dieser Frau.«

Er wirkt für einen Moment wütend und so, als würde er mir gleich an die Gurgel gehen, dann schiebt er seinen Teller beiseite und lehnt sich in seinem Sitz zurück. Seine Augen fesseln die meinen. »Denken Sie denn, dass es stimmt?«

»Nein, eigentlich nicht«, antworte ich aufrichtig.

»Gut. Denn es entspricht nicht der Wahrheit. Haben Sie Angst, dass ich Sie nicht bezahle?«

Wieder schüttele ich den Kopf. Die Angst habe ich doch nicht, oder?

Er seufzt leise. »Sehen Sie, es wird immer wieder Menschen geben, die versuchen, durch Lügen in die Öffentlichkeit zu treten. Ich lasse mich davon nicht beeindrucken.«

»Wollen Sie deshalb, dass die Öffentlichkeit denkt, sie hätten eine Freundin? Was werden Sie nach Ablauf der vier Wochen sagen, wenn man mich nicht mehr an Ihrer Seite sieht?«

Jetzt wirkt er allmählich genervt. »Hatten Sie nicht gesagt, das war Ihre letzte Frage?«

»Tut mir leid, ich verstehe es nur nicht«, murmele ich eingeschüchtert. »Wenn es nur darum geht, der Öffentlichkeit eine Partnerin vorzuführen, müssten Sie mich nicht auch für Sex bezahlen. Und wenn es um den Sex geht, müssten Sie mich nicht als Ihre Partnerin vorführen.«

»Dann haben wir das Geschäftliche also erledigt?«, fragt er, meine Worte vollkommen ignorierend, und gibt mir so zu verstehen, dass er mir keine Antwort darauf geben wird. Er möchte mir seine Gründe wohl nicht genauer schildern.

Widerwillig nicke ich. »Ja, ich denke schon.«

Er lächelt zufrieden, seine Augen funkeln mich dabei gierig an. »Sehr gut, ich lasse den Vertrag morgen neu aufsetzen, dann werden wir ihn unterzeichnen.«

»Okay.« *Auf was habe ich mich da bloß eingelassen?*

»Ich maile Ihnen heute den Namen einer Gynäkologen-Praxis, die Sie morgen Früh besuchen werden. Das dient nur zu unserer beiden Sicherheit. Danach erwarte ich Sie in meinem Büro«, gibt er mir bekannt.

Gott, nimmt der diese Sache hier ernst. Na, zum Glück habe ich damals den Scheidenpilz-Werbespot abgelehnt. Ich lache leise in mich hinein und nicke bloß.

Die Kellnerin betritt erneut den Raum und lächelt Mr Black, meiner Meinung nach, viel zu verführerisch an, während Sie unsere Teller vom Tisch abräumt. Er sieht sie ausdruckslos an und wendet den Blick desinteressiert ab. Als sie wieder verschwindet, leert er seinen Wein, bevor er mich wieder eindringlich mustert. Wie lange kann man jemanden eigentlich betrachten? Er glotzt mich gefühlt durchgehend an.

Keine drei Sekunden später erhebt er sich plötzlich und nimmt auf dem Stuhl direkt neben meinem Platz. Mein Atem beschleunigt sich rasant, was ihm natürlich nicht entgeht.

»Sind Sie nervös, Miss Woods?«, fragt er und lehnt sich mit einem Arm an meinem Stuhl an.

Ich schlucke schwer. »Vielleicht.« *Fuck, will er es etwa gleich hier mit mir treiben?*

Sein attraktives Lächeln besänftigt mich ein wenig. Für ein paar Augenblicke fesselt er mich mit seinem intensiven Blick, dann flüstert er mir ins Ohr: »Ich werde Sie jetzt küssen.«

Während ich die Ankündigung sacken lasse, presst er schon seine weichen Lippen sanft auf die meinen.

Gott. Er küsst mich intensiv, aber zärtlich, während sich seine Hand auf meinen Hinterkopf legt und sich seine Finger in meinem Haar vergraben. Als sich seine Zunge sanft in meinen Mund drängt, stellen sich mir die Nackenhaare auf.

Er ist ein guter Küsser. Nicht zu stürmisch, nicht zu feucht, aber auch nicht zu zurückhaltend. Ich spiele mit, folge den kreisenden Bewegungen seiner Zunge und lege ihm eine Hand in den

Nacken. Seine Hand drückt meinen Kopf näher an sich heran und er intensiviert unseren Kuss. Dabei streichelt er mit der anderen Hand zärtlich über meinen nackten Oberschenkel.

Ich presse automatisch die Beine zusammen, versuche das Kribbeln zwischen ihnen zu unterdrücken. Er bemerkt es und lächelt an meinem Mund. Dann beißt er mir neckisch in die Unterlippe.

Oh Gott ... Ich hätte nie gedacht, von einem Kuss so erregt werden zu können. Es fühlt sich gar nicht an wie ein vertraglich festgehaltener Körperkontakt, sondern wie ein Kuss nach einem ersten Date.

Als er sich plötzlich zurückzieht, seufze ich ungewollt. Ich öffne die Augen und blicke in sein männliches Gesicht, verzehre mich nach seinen Lippen.

»Javier wird Sie nach Hause bringen«, teilt er mir mit und erhebt sich aus dem Stuhl. »Bis morgen, Miss Woods, und vergessen Sie nicht: Der Vertrag ist ab heute gültig.«

Ein wenig baff sitze ich auf meinem Stuhl und beobachte diesen verdammt heißen Mann, wie er langsam und selbstbewusst aus meinem Blickfeld verschwindet. Mein Herz flattert in meiner Brust.

Ich hole tief Luft und sammele mich, bevor ich mich ebenfalls erhebe, um mich von seinem Chauffeur nach Hause bringen zu lassen.

Was zum Teufel macht dieser Mann nur mit mir? Und worauf verdammt habe ich mich bloß eingelassen?

KAPITEL 7

*P*eter scheint überrascht, als er mich aus der riesigen schwarzen Limousine steigen sieht, nickt mir aber wie gewohnt höflich zu und öffnet mir die Tür.

Immer noch überfordert, kehre ich in meine Wohnung zurück, vertieft in Gedanken an den Mann, der mir gleichzeitig Angst und Lust bereitet. Claire sitzt auf der Küchentheke, mit einem ihrer Lieblingsromane in der Hand, und legt ihn sofort beiseite, als ich das Wohnzimmer betrete.

»Erzähl! Wie war's?«, fragt sie sichtlich aufgeregt. Normalerweise würde sie um diese Uhrzeit längst schlafen, aber ich wusste, sie würde sich wachhalten, nur um mich auszuquetschen.

»Es war ... cool.« Ich vermeide Blickkontakt und wandere geradewegs in mein Zimmer. Sie läuft mir sofort hinterher.

»Cool?«, wiederholt sie stutzig. »Es war also ein Reinfall?«

Ich schüttele den Kopf. »Ganz und gar nicht. Es gibt nur einfach nicht viel zu erzählen.«

Meine beste Freundin runzelt die Stirn. »Habt ihr es miteinander getrieben?«

»Gott, Claire! Nein, haben wir nicht.« Ich lasse mir von ihr aus dem engen Kleid helfen, dann füge ich hinzu: »Wir haben uns geküsst.«

»Oh«, murmelt sie überrascht. »Er ist also ein Gentleman?«

Gentleman trifft es wohl nicht ganz, aber ich lasse das mal einfach so stehen. Ein Gentleman würde wahrscheinlich niemals sagen: »*Ich will Sie ficken*«.

Ich nicke schweigend und schlüpfe in einen Baumwoll-Pyjama, bevor ich mich erschöpft auf mein Bett fallen lasse.

Claire drängt sich ungeniert zu mir. »Triffst du ihn wieder?«

»Morgen.« Ich wickle mich in die Decke ein und halte sie ein Stück weit hoch, damit Claire darunter schlüpfen kann. »Schläfst du hier?«

»Wieso nicht«, sagt sie und drückt ihren Kopf in das weiche Kopfkissen neben meinem. Ich weiß, dass sie sich eine detailliertere Erzählung über mein Date mit dem angeblichen alten Bekannten erwartet hat, aber ich hasse es zu lügen und sage deswegen lieber gar nichts.

Müde greife ich nach meinen Abschminktüchern und reibe mir damit über das Gesicht, wische die perfekte Fassade ab und kuschele mich an Claire. Ich beobachte sie, während sie friedlich einschläft und ihre Brust sich langsamer hebt und senkt.

Als mein Notebook ein Geräusch von sich gibt, bücke ich mich vorsichtig, hebe es vom Boden unter meinem Bett auf und platziere es auf meinem Schoß. Das E-Mail-Symbol leuchtet auf. Bevor ich es öffne, werfe ich einen kurzen Blick zu Claire, um sicher zu gehen, dass sie nicht nur simuliert.

> Danke für den netten Abend, Miss Woods.
> Anbei die Informationen des Gynäkologen.
> Javier holt Sie um neun Uhr ab. A.B.

Ich überlege mir eine passende Antwort, beschließe dann aber, das Notebook wegzulegen. Woher hat er überhaupt meine Mail-Adresse? Gruselig.

Mit einem mulmigen und aufgeregten Gefühl zugleich stelle ich mir einen Wecker, kuschele mich wieder an Claire, die wie üblich schnarcht, und schließe die Augen.

〜

»Claire, wach auf.« Ob sie jemals hören würde, wenn wir ausgeraubt würden? »Du musst zur Arbeit.«

Sie blinzelt mich erst verschlafen an, springt erschrocken auf und kreischt: »Fuck, wie spät ist es?«

»Beruhige dich, es ist nicht mal acht Uhr«, sage ich genervt von ihrem Geschrei. Wie kann man morgens schon so laut sein?

»Oh«, murmelt sie schlaftrunken, hebt eine Augenbraue und blickt mich verwirrt an. »Warum stehst du so früh auf? Du hast keinen Job.«

»Danke für die Erinnerung.« Ich wandere in die Küche. Während ich Kaffee koche, setzt sie sich auf die Küchentheke und beobachtet mich aufdringlich, wie sie es immer tut, wenn ihr etwas im Kopf herumschwirrt.

Ich seufze. »Ich treffe mich mit dem Kerl von gestern Abend.«

»Um acht Uhr morgens?«, fragt sie verwundert und prustet los.

»Nein«, erwidere ich. »Aber um neun Uhr morgens.« Ich verkneife mir das Lachen und tue so, als wäre es das Normalste auf der Welt, um neun Uhr morgens auf ein Date zu gehen.

Sie schüttelt amüsiert den Kopf und nimmt mir gierig die erste Tasse Kaffee aus der Hand. »Echt merkwürdig, aber okay.« Genüsslich schlürft sie daran. »Na gut, ich geh mich dann mal für die Arbeit frisch machen.«

Als ich verschlafen an meinem mittlerweile zweiten Kaffee nippe, verabschiede ich mich von ihr und schaffe es dann endlich, mich unter die Dusche zu katapultieren. Ich wasche meine Haare, trage dezentes Make-up auf und schlüpfe in ein weißes, lockeres Kleid. Obwohl die Klimaanlage wieder funktioniert, schlägt mir die Hitze jetzt schon aus den Fenstern entgegen.

Pünktlich um neun Uhr breche ich auf. Auf dem Weg zum Fahrstuhl wühle ich nervös in meiner Tasche, um nach irgendetwas zu suchen, wonach ich eigentlich gar nicht suche. Gestern Abend habe ich mich nicht viel mit der kommenden Situation beschäftigt, heute hingegen ist mir ganz flau im Magen bei dem Gedanken, ab jetzt eine bindende Vereinbarung mit einem Fremden zu haben. Und dann ist da ja auch noch der Besuch beim Gynäkologen, der auch kein Spaß wird.

Javier, der heute wieder einen schwarzen Anzug trägt, nickt mir höflich zu. »Miss Woods.«

»Javier«, erwidere ich freundlich, woraufhin er zurückhaltend lächelt. Ich folge ihm zu einem silbernen Bentley, was mich kurzzeitig überrascht. »Heute gar keine Limousine?«

»Mr Black überrascht mich jeden Tag aufs Neue, Miss Woods.«

»Verstehe«, antworte ich amüsiert. Er hält mir die hintere Wagentür auf, doch ich zögere. »Darf ich vorne mitfahren? Ich finde es irgendwie merkwürdig, ganz alleine hinten zu sitzen.«

Javier wirkt überrumpelt, schließt jedoch zu meiner Erleichterung die Wagentür, ohne weiter darauf zu bestehen. Er öffnet mir die Tür zum Beifahrersitz. »Warum nicht, Miss Woods.«

Während wir zu dem ominösen Gynäkologen von Mr Black fahren, versuche ich meine Nervosität vor Javier zu verbergen. Ich starre aus dem Fenster und beobachte die Menschen, an denen wir vorbeifahren. Sie sehen alle aus wie ich, als ich gestresst und panisch zur Arbeit eilte. Nur irgendwie sehen sie alle besser aus, frischer und zurechtgemachter. Doch ein herausgeputztes Äußeres konnte ich mir bei dem schmierigen Chef, den ich hatte, nicht leisten. Zumindest nicht, wenn es nicht so enden sollte, dass er in einem Krankenwagen abtransportiert werden muss.

»Sagen Sie mal, Javier, wie viele Frauen von Mr Black kutschieren Sie so im Durchschnitt durch die Gegend?«, frage ich neugierig und wie gewohnt, ohne vorher darüber nachzudenken. »Also ich meine, wie viele Frauen gab es da schon?«

Er lässt sich nichts anmerken und starrt weiter geradeaus. Hat er auch eine Verschwiegenheitserklärung unterschrieben? Ich hätte ihn nicht in Verlegenheit bringen sollen.

»Tut mir leid«, murmele ich. »Es kam mir nur gerade so in den Sinn, wissen Sie.«

Er verzieht den Mund zu einem schmalen Lächeln, dann wirft er einen kurzen Blick auf mich. »Nur Sie, Miss Woods.«

»Wie bitte?«, frage ich ungläubig. »Er hat Sie noch nie beauftragt, eine Frau abzuholen oder irgendwo abzusetzen?«

»Noch nie, Miss Woods«, versichert er mir, den Blick auf die Straße gerichtet.

»Oh.« Ich starre wieder aus dem Fenster. Ich bin davon ausgegangen, dass dies nicht das erste Mal sei, dass er solch einen Vertrag mit einer Frau eingegangen ist, zumindest einen ähnlichen, wenn auch für andere Zwecke.

Welchem Zweck dient unserer eigentlich? Das bringt mich wieder zum Nachdenken. Warum wollte er mir keinen Grund dafür nennen?

Noch ehe ich weiter darüber philosophieren kann, halten wir bereits in einer Parklücke.

»Ich warte hier auf Sie«, teilt mir Javier mit, als er mir überflüssigerweise beim Aussteigen behilflich ist.

An der Fassade des Hochhauses nehme ich ein Schild wahr, das mir den Weg zur Ordination des Arztes weist. Ich folge den Anweisungen und finde mich kurz darauf im Wartezimmer einer überaus modernen Praxis wieder.

Zu meiner Überraschung bittet mich eine ältere Frau in einen Raum einzutreten, und ich stelle fest, dass es sich bei ihr um den ominösen Gynäkologen handelt, von dem ich dachte, er sei ein Mann.

Sie untersucht mich gründlich, stellt Fragen zu früheren Erkrankungen, geht sicher, dass ich ein Verhütungsmittel zu mir nehme und berichtet mir anschließend, dass alles in bester Ordnung sei. Außerdem erwähnt Sie, dass der Besuch bereits bezahlt wurde.

Erleichtert, es hinter mir zu haben, laufe ich nach dem Verlassen der Praxis auf Javier zu und öffne, ganz zu seinem Entsetzen, selbst die Wagentür.

»Das ist wirklich nicht immer nötig, Javier«, teile ich ihm freundlich mit. »Sie müssen das nicht immer tun. Ich habe Hände.« Ich halte sie lächelnd in die Luft.

Er steigt in den Wagen und startet den Motor. »Das ist mein Job, Miss Woods. Mr Black bezahlt mich dafür.« Sein Lächeln ist jungenhaft, obwohl er sicherlich schon Mitte oder Ende Dreißig ist.

»Mr Black ist aber nicht hier«, sage ich und zwinkere ihm zu, woraufhin er sich ein Lächeln verkneift. Keine Ahnung, wie er es schafft, den ganzen Tag über seriös und so kontrolliert zu wirken, sich stets professionell und wie eine Statue zu verhalten. In meiner Gegenwart muss er das jedenfalls nicht.

»Wohin fahren wir jetzt?«

»Zur Black Group, Mr Black erwartet Sie dort.«

Wir schweigen eine Weile. Aus Neugierde frage ich ihn ein wenig später über seine Herkunft aus. Wie schon vermutet stammt er nicht von hier, sondern aus Spanien, Saragossa. Er erwähnt ein paar wenige Details über seine Familie, nichts woran ich mich festkrallen und ihn ausfragen könnte. Trotzdem scheint es so, als würde er sich gerne mit mir unterhalten. An die Fahrten mit ihm könnte ich mich glatt gewöhnen. Er ist angenehm unaufdringlich.

Kaum lässt er mich vor dem beängstigenden Bürohochhaus der Black Group Int. aussteigen, würde ich am liebsten wieder einsteigen und ihn bitten, mich nach Hause zu bringen. Nichts Angenehmes, Unaufdringliches mehr, das mich erwartet.

Warum tue ich das alles noch mal? Vielleicht wäre mit meiner Mutter auf der Straße zu leben gar nicht so schlimm wie befürchtet?

Kaffee – genau das brauche ich jetzt. Kaffee ist Nervennahrung. Ich sehe mich nach einem Coffeeshop in der Nähe um und entdecke einen kleinen Laden am Ende einer naheliegenden Nebenstraße. Ich wandere ohne Eile darauf zu, bestelle einen doppelten Espresso zum Mitnehmen und trinke ihn aus, noch ehe ich wieder vor dem Hochhaus halte.

Diesmal steuere ich direkt darauf zu, um es mir nicht wieder anders zu überlegen. Kaum quetsche ich mich durch das Drehkreuz aus Glas, entdecke ich die blonde Empfangsdame, die mich bei meinem ersten Besuch hier abgefangen und nach oben begleitet hat. Als sich unsere Blicke treffen, wirbelt sie sofort herum und winkt mir hektisch zu. Ihr blondes Haar klebt ihr weiterhin perfekt gestylt am Kopf. Wie machen die das alle nur? Meine Haare zerzausen bereits einen Schritt, nachdem ich die Wohnung verlasse.

»Kommen Sie, Miss Woods«, bittet sie mich hastig und ich folge ihr genauso eilig zum Fahrstuhl.

»Alles in Ordnung?«, frage ich verwirrt.

»Mr Black hat Sie früher erwartet!« Während sie mit mir in den fünfunddreißigsten Stock hochfährt, wird sie immer unruhiger. Sie greift an ihr Headset. »Miss Woods ist nun eingetroffen Sir, ich bringe Sie zu Ihnen.«

Als sie Sir sagt, kann ich mir mein Lachen nicht verkneifen. Sie wirft mir einen fragenden Blick zu.

»Sorry«, nuschele ich, muss aber immer noch lachen. Vielleicht, um meine Unsicherheit zu verbergen, oder weil ich mich manchmal einfach – wie Claire es gerne nennt – *etwas unpassend* verhalte. Typisch Detroit eben.

Ich fahre mir durch die langen schwarzen Haare und lege sie mir auf einer Seite über die Schulter. Während ich noch einen raschen Blick hinunter auf mein weißes Kleid werfe, öffnen sich die Fahrstuhltüren bereits und ich bemerke, wie die Frau neben mir zusammenzuckt. Ich sehe auf und starre in die stürmischen Augen von Mr Black.

»Hi«, sage ich gelassen, bekomme jedoch keine Antwort.

Er greift nach meinem Arm, nickt Ms Unbekannt knapp zu, und zieht mich etwas grob, aber trotzdem galant aus dem Fahrstuhl. Dann marschiert er in schnellem Schritt voran.

Wir durchqueren den langen Flur und passieren alle geschlossenen Büroräume. Als wir vor seinem Büro stehenbleiben, sehe ich etwas angespannt zu ihm auf. Warum verspüre ich in seiner Gegenwart immer ein Gefühl von Angst und Begierde zugleich? Nicht zu vergessen die Unsicherheit, die mich bei ihm sofort überkommt und das rotzfreche Mädchen aus Detroit in mir unwillkürlich verschwinden lässt.

»Wo zum Teufel waren Sie?«, fährt er sofort hoch, nachdem wir hinter verschlossener Tür sind.

»Ich … Was?« Ich stottere tatsächlich wieder.

»Javier hat sie vor über zwanzig Minuten hier abgesetzt«, erklärt er, seufzt und nimmt auf dem königlichen Bürosessel Platz. Seine Augen fixieren mich wütend.

»Ich habe mir nur einen Kaffee geholt«, verteidige ich mich.

»Hier gibt es auch Kaffee.« Er deutet auf einen großen Kaffeeautomaten an einer der Wände in seinem Büro. Derselbe steht, wenn ich mich nicht ganz täusche, im Empfangsbereich dieses Stockwerks.

»Oh.« Ich zucke mit den Schultern. »Ich wusste nicht, dass Sie mich so dringend erwarten.«

Mr Black sieht mich finster an, dann mustert er wie gewohnt mein Outfit, schenkt mir diesmal aber kein Kompliment dafür, weswegen ich unvermeidbar noch unsicherer werde. Hat er es sich anders überlegt?

»Darum geht es nicht, Miss Woods. Ich muss immer wissen, wo Sie sich befinden.« Na, das fängt ja schon mal gut an …

»Tut mir leid?«, frage ich nervös, um die Situation aufzulockern. Ich traue mich nicht, mich ohne seine Aufforderung auf den Stuhl zu setzen.

»Ab jetzt *werde* ich immer wissen, wo Sie gerade sind. Tag und Nacht, zu jeder Uhrzeit. So lautet die Abmachung.«

Ich nicke, ohne zu zögern. Sein rauer Tonfall entlockt noch etwas ganz anderes in mir als Unbehagen.

Zu meiner Erleichterung ebbt seine Wut schnell ab und er deutet mir, ihm gegenüber Platz zu nehmen. Dann öffnet er eine seiner Schubladen, fischt ein paar Dokumente heraus und reicht mir zwei Papiere davon und einen Kugelschreiber.

»Der überarbeitete Vertrag«, erklärt er knapp. Das ging schnell.

Ich überfliege den Papierkram, suche die Punkte, die geändert werden sollten, und nicke, als ich die Änderungen wie besprochen im Vertrag vorfinde. Meine Hand zittert trotzdem, als ich das Dokument unterschreibe. Den Beweis für meine fehlenden Moralvorstellungen. Mein Ticket in sein Gefängnis. Mr Blacks Unterschrift befindet sich bereits darauf – er konnte es wohl kaum abwarten.

»Sehr gut,«, meint er nun zufrieden und lächelt. »Dann gehören Sie jetzt offiziell mir.«

Ich schlucke und presse die Schenkel zusammen. Das klingt einerseits verlockend, andererseits abschreckend. »Für die nächsten vier Wochen«, füge ich hinzu.

»Das reicht mir.« Er greift zum Telefon auf seinem Schreibtisch und wählt eine Nummer, ohne mich dabei aus den Augen zu lassen. Ich beobachte ihn ebenfalls aufmerksam, mustere ihn detailliert und fange fast an zu sabbern, als er sich lässig durch das dichte Haar fährt und seine, heute rote, Krawatte zurechtschiebt. Der Mann sieht einfach immer gut aus.

»Miss Adams, führen Sie alle vorgemerkten Aufträge durch«, befiehlt er knapp, als sich jemand am Telefon meldet. Dann: »Genau. Eintausendeinhundert Dollar an *MA. City Cars*, zweitausend Dollar auf das Bankkonto von Miss Samantha Woods und siebentausend Dollar an Miss Rachel Woods im Namen von Miss Samantha Woods. Vorerst ist das alles, Miss Adams.«

Heilige Scheiße. Mit einem Anruf hat er all meine Probleme gelöst.

Mr Black legt auf und sieht mich mit ernster Miene an. »Ich hoffe, zweitausend Dollar reichen, um ihre aktuellen Mietschulden zu begleichen?«

Perplex starre ich ihn an. »Ähm, ja.«

»Gut«, meint er zufrieden.

»Woher wissen Sie, wie meine Mutter heißt? Und wie hoch ihre Schulden am Haus sind?«, frage ich irritiert.

»Langsam sollten Sie verstehen, dass ich an alle mir wichtigen Informationen herankomme, Miss Woods.«

»Ich, also… danke, Mr Black«, erwidere ich steif.

Was soll man da auch großartig noch dazu sagen? Außer vielleicht zu fragen, ob er ein Stalker ist? Und dafür bräuchte ich erst einen Whisky.

»Sie müssen sich nicht bedanken – so haben wir es vereinbart. Die fünfhunderttausend Dollar erhalten Sie, wie aus dem Vertrag zu entnehmen, am Ende der Laufzeit. Sollten Sie zwischenzeitlich noch etwas benötigen, komme ich gerne dafür auf«, erklärt er ganz professionell, als wären wir gerade in einem Businessmeeting.

»Okay, danke trotzdem.« Ich lächle etwas unangenehm berührt. »Für Sie mag das vielleicht nicht viel Geld sein, für mich aber schon.«

Sein Blick wird weicher. Er erhebt sich aus seinem Stuhl und nähert sich mir in langsamen Schritten an. Ich starre nach oben, blicke in seine gefährlichen Augen und muss automatisch lächeln, als er es ebenfalls tut.

Mr Black lehnt sich direkt vor mir mit seiner Kehrseite an dem Glastisch, stützt sich mit beiden Händen darauf ab und blickt intensiv auf mich herab. So intensiv, dass ich dem Blick wieder einmal kaum standhalten kann.

Bevor er den Mund aufmachen kann, sage ich hastig: »Könnten Sie mich vielleicht einfach Sam nennen?« Das wollte ich schon die ganze Zeit sagen. Ich fände es merkwürdig, würde er mich weiter mit Miss Woods ansprechen, da wir doch ab jetzt angeblich ein Paar sind. Noch dazu trägt es nicht gerade dazu bei, das Unbehagen in mir zu verdrängen, was unsere geschäftliche Beziehung miteinander angeht. Ich möchte langsam das Gefühl loswerden, dass wir Fremde sind.

Sein Gesichtsausdruck bleibt unverändert, aber in seinen Augen spiegelt sich etwas ganz anders wider, als er sich mit dem Kopf zu mir nach unten beugt und unsere Gesichter sich fast berühren. »Und wie wollen Sie mich nennen, *Sam*?«

Ich zucke verlegen mit den Schultern, versuche mich nicht von seiner Nähe aus der Fassung bringen zu lassen. Mit überschlagenen Beinen lächele ich ihn an. »Alex?«

»Alex«, wiederholt er amüsiert. Offensichtlich findet er den Kosenamen so witzig, dass er sich den Bauch halten muss, um nicht in lautes Gelächter auszubrechen. Mir wird bei seinem Anblick sofort warm ums Herz, das Unbehagen verschwindet. So habe ich ihn noch nie gesehen, sonst ist er immer so… reserviert. Das hier schreit mehr nach Realität.

»Das passt ganz und gar nicht zu mir«, erklärt er entschlossen. »Sir würde eher passen.«

»*Sir*?«, wiederhole ich stutzig. »Ich soll Sie *Sir* nennen?« Sein Ernst? Dann nimmt uns doch niemals jemand ab, dass wir ein Paar sind. Ich sehe schon die Schlagzeile vor Augen: *Samantha Woods und ihr Gebieter.*

Er schmunzelt. »Nein. Zumindest nicht hier, nicht so.«

Ich runzele die Stirn. »Wann denn dann?«

»Wenn ich dich ficke, Sam. Dann nennst du mich Sir.«

»O-oh. Aha.« *Ach du Scheiße.*

Er lächelt verführerisch, sein schwarzes Haar fällt ihm locker in die Stirn. Wieder beugt er sich zu mir herab, sieht mir direkt in die Augen und legt seine Hand mit festem Griff um mein Kinn.

»Ich kann es kaum erwarten, dich zu ficken.«

Mir verschlägt es den Atem. Hat er das gerade wirklich einfach so gesagt? Ist er ein Nymphomane, der sich den ganzen Tag lang vorstellt, mich zu vögeln? Ein Ziehen breitet sich dennoch zwischen meinen Schenkeln aus, und augenblicklich presse ich sie noch fester zusammen. Schutzmechanismus.

Aber bevor er mir noch näherkommen kann, werden wir von dem Läuten seines Telefons unterbrochen, und ich wage es, wieder Luft zu holen. Mr Black lehnt sich zurück, den Blick immer noch fest auf mich geheftet, und stellt mit einer kurzen Handbewegung den Lautsprecher an. Eine Frauenstimme ertönt.

»Tut mir leid für die Störung, Mr Black, Ihr nächster Termin ist soeben eingetroffen.«

»Schicken Sie ihn hoch, Grace«, antwortet er monoton und drückt danach einen Knopf, um das Telefonat zu beenden.

Ich nutze die Gelegenheit. »Also gehe ich dann mal.« Langsam erhebe ich mich von dem Stuhl und weiche unauffällig zurück, weil mir seine Nähe mehr zusetzt, als sie sollte.

Er zögert einen Moment, scheint über etwas nachzudenken, und lächelt dann plötzlich. »Warte draußen auf mich, Miss Adams soll dir einen Kaffee machen. Ich lade dich zum Mittagessen ein.«

KAPITEL 8

Seit ungefähr dreißig Minuten sitze ich gegenüber Miss Adams, Mr Blacks Empfangsdame, und lasse mich von ihren auffälligen Blicken löchern. Sobald sich unsere Blicke treffen, starrt sie konsequent in den Bildschirm ihres Computers. Beim geschätzt zehnten Mal starre ich sie genervt und seufzend an, um ihr zu signalisieren, dass sie verdammt noch mal damit aufhören soll.

Als endlich männliche Stimmen im Flur ertönen, hüpfe ich ungeduldig von der Couch hoch. Mr Black und ein Mann Mitte Vierzig schreiten gemeinsam den langen Flur entlang, dann verabschieden sie sich mit festem Händedruck und der Mann steigt in den Fahrstuhl.

»Leiten Sie alle Anrufe zu Mr Simons weiter«, teilt Mr Black Ms Ich-kann-nicht-aufhören-blöd-zu-glotzen mit, danach sieht er mich mächtig wie eh und je an. »Sam.«

Ich lächele. Ich mag es, wenn er mich so nennt. Das ist viel vertrauter.

Ich drehe mich in Richtung Fahrstuhl, in der Annahme, wir würden mit seinem Geschäftspartner einsteigen, doch Mr Black greift nach meinem Handgelenk und hält mich zurück, bis sich die Türen schließen. Er deutet einem der Sicherheitsmänner, den Fahrstuhl erneut zu rufen, und kurz darauf steigen wir alleine ein.

»Wohin gehen wir denn?«, frage ich, als wir hinter verschlossenen Türen stehen.

Im selben Moment drückt er mich mit einem festen Stoß in die Ecke des Fahrstuhls. Ich keuche auf. Er presst seine Lippen ungeduldig auf die meinen, küsst mich hart und gierig. Als hätte er sich seit Tagen nach mir verzehrt.

Ich erwidere den Kuss, nachdem ich begriffen habe, was vor sich geht, greife nach seinem Jackett und kralle mich fest, als er mir in die Unterlippe beißt. Seine Hände umfassen meinen Kopf, nicht bereit, mich loszulassen. Ich wimmere. Seine Zunge übt einen kontrollierten Kampf mit der meinen aus, und ich lasse sie gewinnen, passe mich ihren leidenschaftlichen Bewegungen vollends an.

»Köstlich«, flüstert er angetan, und sofort schmelze ich innerlich dahin.

Das war ein netter Überfall. Ich will ihn wieder küssen, dieses berauschende Gefühl erneut verspüren, doch die digitale Anzeige oberhalb der Fahrstuhltüren zeigt, dass wir uns sogleich im untersten Stockwerk befinden.

Als wäre nichts vorgefallen, richtet er sein Jackett, blickt mich kurz an und fährt mir sanft durch die zerwühlten Haare, um sie in Ordnung zu bringen. Bei der Geste hüpft mein Herz.

Die Türen öffnen sich, und er legt seine Hand in mein Kreuz, als wir aussteigen. Mir kommt es vor, als wäre jedes einzelne Augenpaar auf uns gerichtet – wahrscheinlich, weil es so ist. Sie verfolgen uns und sehen uns neugierig hinterher. Die blonde Empfangsdame des unteren Stockwerks wirkt nun schon viel entspannter, nickt uns höflich zu, als wir an ihr vorbeigehen, und Mr Black tut es ihr gleich. »Grace.«

Javier erwartet uns schon vor dem Bentley.

»Warum sprichst du… also, warum sprechen Sie nur Grace beim Vornamen an, und die anderen Ihrer Mitarbeiter beim Nachnamen?«, will ich wissen, als wir einsteigen. Dass mich das ein bisschen irritiert, kann ich nicht abstreiten. Zugeben würde ich dieses merkwürdig aufkommende Gefühl in mir jedoch nicht.

Wir fahren los. »Grace ist eine meiner längsten Angestellten.

Sie hat schon für mich gearbeitet, da war mein Unternehmen noch ziemlich klein.«

»Verstehe«, erwidere ich und blicke aus dem Fenster. Wenn er mit Grace vögeln sollte, würde das gegen unsere Abmachung verstoßen …

»Ich habe mit keiner meiner Mitarbeiterinnen je geschlafen, Sam«, eröffnet er mir ganz zu meiner Überraschung. Ich sehe ihn überrascht an und tue konsequent so, als hätte ich das niemals in Frage gestellt. »Das wolltest du doch wissen, oder?«

»Geschlafen vielleicht nicht …«, deute ich an und er lächelt wissend.

»Ich habe sie auch nicht gefickt.«

Anstatt näher darauf einzugehen, sage ich nur »Okay« und starre erneut aus dem Fenster. Sein Blick haftet spürbar auf mir, aber er hält unseren Abstand ein und schweigt die restliche Fahrt über.

Javier setzt uns vor einem edlen Fünf-Sterne-Restaurant, von dem ich noch nie zuvor gehört habe, in Downtown ab, und wartet wie gewohnt im Wagen. Was für ein langweiliger Job.

Wir treten ein und werden sofort an einen Tisch in der Mitte des Restaurants geführt. Mr Black bestellt Mineralwasser und zwei Steaks für uns und mir entgeht der gaffende Blick der Kellnerin, als sie uns bedient, keineswegs.

Dieser richtet sich, wie auch nicht, an den attraktiven Mann vor mir. Ich schüttele unbewusst den Kopf und er schmunzelt.

»Was?«, frage ich.

»Du hast deinen Kopf geschüttelt.«

»Oh«, murmele ich. »Na ja, ich bin es nur nicht gewohnt, mit jemandem auszugehen, der andauernd angestarrt wird.« *Auszugehen?* »Also essen zu gehen, meine ich.« *Wie auch immer.*

Er legt den Kopf schief und betrachtet mich neugierig. »Mit welcher Art Mann gehst du denn sonst aus?«

Ich zögere. »Eigentlich mit keinem.«

»Mit keinem?«, wiederholt er verblüfft.

»Ich habe keine Dates oder so.«

Er hebt eine Augenbraue. »Hattest du schon mal einen Freund?«

»Ja, das ist aber schon lange her. Auf der High-School«, berichte ich etwas beschämt. »Danach keinen mehr, ich hatte immer zu viel um die Ohren mit meiner Mutter.«

Er nickt verständnisvoll und ignoriert zugleich die gaffende Kellnerin, die wieder an unseren Tisch tritt. Sie wirkt enttäuscht, stellt unsere Getränke ab und macht sich eilig davon.

»War das in Ordnung?«, fragt er mit ernster Miene.

»In Ordnung?«, wiederhole ich. »Ich verstehe die Frage nicht.«

»Ich habe ihr keine Beachtung geschenkt«, sagt er sanft. »Ich möchte nicht, dass du dich unwohl fühlst. Du sollst wissen, dass die Pflichten, die du zu erfüllen hast, auch auf mich zutreffen. Zumindest, was solche Dinge betrifft. Du sollst auch wissen, dass ich, so lange du mir gehörst, nur dich begehre.«

Wow. Damit hätte ich nicht gerechnet. Wo bleibt das Macho-Getue und seine kühle, unnahbare Art?

Ich lächele aufrichtig. »Ja, das war in Ordnung.«

⌇

Nach unserem Essen werde ich – zu meiner Enttäuschung? – vor meiner Haustür abgesetzt. Als Javier mir die Tür öffnet, beugt sich Mr Black vor, um mir einen sanften Kuss auf den Mund zu drücken, und Javier wirkt ebenso überrascht wie ich. Er war das ganze Essen über sehr zurückhaltend, ebenso während der Fahrt, aber ich ahne, dass es in ihm brodelt und er es kaum erwarten kann, mich nach Strich und Faden zu vögeln. Vielleicht, weil auch ich die Vorstellung davon genieße.

»Ich hole dich um fünf Uhr wieder ab«, teilt er mir mit.

Ich nicke. Bevor Javier wieder in den Wagen steigt, winke ich ihm freundlich zu und er lächelt wie immer zurückhaltend. Ich mag den Kerl.

In meiner Wohnung angekommen, schnappe ich mir mein Notebook und öffne mein Online Banking Portal, um Claire die zweitausend Dollar, die Mr Black auf mein Konto überwiesen hat, zu überweisen. Ich werde ihr wohl sagen müssen, dass ich doch Geld von meinem Vater erhalten habe, anders lässt sich mein plötzlich geänderter Kontostand nicht erklären.

Mein Handy klingelt.

»Hey, Mom«, sage ich zögernd.

»Samantha, ich bin dir so dankbar«, seufzt sie theatralisch ins Telefon.

»Bitte gib das Geld nicht für Alkohol aus, Mom. So schnell kann ich dir keine siebentausend Dollar mehr überweisen«, flehe ich sie an. In vier Wochen schon, aber das behalte ich lieber für mich.

»Ich verspreche es dir, Samantha. Ich bezahle sofort die Schulden am Haus ab«, meint sie hörbar beschwipst.

»Okay«, erwidere ich knapp. »Ich muss Schluss machen. Pass auf dich auf.«

Ich kann nur hoffen, dass sie sich daranhält. Wenn sie bloß wüsste, woher und wie ich an diese Kohle gekommen bin ... Ich verkaufe mich.

Nachdenklich lege ich mich auf mein Bett und will gerade eindösen, als mein Notebook ein mir bekanntes Geräusch von sich gibt. Neugierig öffne ich meinen E-Mail-Eingang.

> Pack genügend Kleidung ein, du kommst heute nicht noch mal nach Hause. A.B.

Was? Wir fahren heute schon zu ihm? Obwohl mir sofort schlecht vor Nervosität wird, muss ich beim Gedanken, mehr Zeit mit ihm zu verbringen, lächeln. Der Mann ist mir ein Rätsel, das ich unbedingt zu lösen versuche.

> Okay. Wie lange bleibe ich?

Ich husche zu meinem Kleiderschrank und lobe mich selbst dafür, ihn endlich in Ordnung gebracht zu haben. So lebt es sich definitiv leichter. Sofort hole ich meine schwarze Trainingstasche heraus, die ich in meinem Leben noch nicht einmal verwendet, aber natürlich mit dem Vorsatz, endlich mal Sport zu betreiben, gekauft habe. Ich stopfe ein kurzes Nachthemd hinein, nehme ich es wieder heraus, und tausche es gegen einen langen Baumwoll-Pyjama, den ich letztendlich auch wieder rausfische.

Mein Notebook gibt ein Geräusch von sich.

Mir gefällt Ihre Einstellung, Miss Woods. Sie dürfen sich daher aussuchen, wie lange Sie bleiben möchten. A.B.

Oh. Eine Art Belohnung? Oder eine Falle? Egal, ich packe mehr Klamotten ein, nur für alle Fälle. Vielleicht sperrt er mich ja doch bei sich zu Hause ein.

Bei dem Gedanken schüttele ich lachend den Kopf. Ich weiß mittlerweile – oder glaube zu wissen –, dass Mr Black keine fragwürdigen Absichten verfolgt. Je mehr Zeit ich mit ihm verbringe, desto mehr lerne ich seine wahre Seite kennen, die nicht businessmäßige und zwanghaft kontrollierte.

Nach wenigen Minuten befinden sich Kosmetiksachen, kurze sowie lange Schlafsachen, zwei Kleider, eine Jeans und zwei kurze T-Shirts in meiner endlich nützlichen Tasche. Nicht zu vergessen, die beste Unterwäsche, die ich besitze.

Das hängt ganz von Ihnen ab, Mr Black.

Ich werde es Ihnen so angenehm wie möglich gestalten, das verspreche ich.

Da bin ich sicher.

Wie ein wandelndes Wrack überprüfe ich kurz vor fünf Uhr mein Spiegelbild. Ich habe es trotz meines einstündigen Duschaufenthalts geschafft, mich rechtzeitig zu stylen und anzuziehen. Mein Magen zieht sich wieder ungut zusammen und ich muss mich mit Mühe davon abhalten, noch einen weiteren Kaffee zu trinken, um die Nervosität mit Koffein zu ertränken. Insgeheim weiß ich, dass ich damit nur das Gegenteil bewirken würde.

Unwillkürlich muss ich an meine Mutter denken, als sie mich trotz ihres alkoholisierten Zustandes täglich ermahnte, mehr als drei Tassen Kaffee am Tag zu trinken. »*Das macht dich irgendwann noch krank*«, erklärte sie mir immerzu und ich musste mich beherrschen, ihr die Ironie daran nicht vor Augen zu führen.

Ich reiße ein Stück Papier eines Blocks ab und hinterlasse Claire eine Notiz auf der Küchentheke, damit sie weiß, dass ich heute nicht mehr nach Hause komme. Wenn ich daran denke, wie sie mich morgen – oder wann auch immer – darüber ausquetschen wird, verdrehe ich unbewusst die Augen.

Javier öffnet mir, trotz meiner Aufforderung es nicht zu tun, die Wagentür des Bentleys. Ich nehme auf dem Beifahrersitz Platz, als ich realisiere, dass wir alleine sind, und nachdem er meine Tasche im Kofferraum verstaut hat, gesellt er sich neben mich auf den Fahrersitz.

»Fahren Sie mich jetzt direkt zu Mr Blacks Wohnung?«, frage ich ihn sofort.

»Heute ist er in seinem Penthouse«, gibt er mir bekannt.

»Heute?«

Javier nickt. »Mr Black besitzt ein Penthouse in Manhattan und ein Haus in Staten Island. Meist ist er aber in seinem Penthouse, weil es näher an seinem Büro liegt.« *Natürlich tut er das.*

Eine Weile und einige innere Kämpfe mit mir selbst später, biegen wir in eine Tiefgarage ein und ich rutsche nervös auf dem warmen Ledersitz hin und her. Wir fahren in die unterste Etage und Javier parkt neben sieben anderen luxuriösen Fahrzeugen. Die Frage, ob Mr Black ein paar davon besitzt, erspare ich mir. Diese Antwort glaube ich zu kennen.

»Danke fürs Fahren, Javier. Bleiben Sie bitte sitzen«, bitte ich ihn.

Ich steige aus dem Wagen, hole meine Tasche aus dem Kofferraum und schrecke hoch, als ich in Mr Blacks Gesicht blicke. Er lehnt neben dem Fahrstuhl der Tiefgarage und starrt auf den Bentley, seine Augen sind konzentriert verengt.

Zögernd gehe ich auf ihn zu und lächele dabei zurückhaltend. Er drückt schweigend den Knopf des Fahrstuhls und wendet den Blick ab. Die gesamte Fahrt über schweigt er und sieht mich kein einziges Mal an, was die Situation noch unangenehmer für mich macht. Noch unangenehmer wird es, als er aussteigt, ohne auf mich zu warten, und in irgendeinem Raum des riesigen Penthouses verschwindet.

Und jetzt?

Ich lasse die Tasche auf den schwarzen Marmorboden fallen und werfe einen Blick durch das wahnsinnig große Zimmer mit irrsinnig hohen Wänden. Die Einrichtung trifft zu einhundert Prozent meinen Geschmack – alles ist in schwarz, weiß und grau gehalten. An den Wänden hängen Bilder namhafter Künstler, die ich sofort bewundere. Die weiße Ledercouch ist fast so groß wie mein gesamtes Wohnzimmer, und als ich den Raum durchstreife, lande ich in der L-förmigen Küche. Hier ist der gesamte Boden ebenfalls aus schönem Marmor, die Küchengeräte sind alle glänzend schwarz und die übertrieben große Arbeitsfläche der Kücheninsel ist aus hochwertigem Granit.

Weil Mr Black sich augenscheinlich vor mir versteckt, durchforste ich unbeirrt die anderen Räume, die auf zwei Ebenen verteilt sind. Jedes Zimmer ist beeindruckend, sehr modern und elegant, mal ganz abgesehen von der übertriebenen Fläche. Ich schätze, unsere Wohnung würde hier vier Mal reinpassen. Im Schlafzimmer des oberen Stockwerks mache ich halt. Mir fallen fast die Augen aus dem Kopf, als ich den gigantischen Ausblick entdecke. Ein Traum. Er erinnert mich an das Bild oberhalb meines Bettes. Hier wirkt die Skyline aber lebendig und greifbar. Durch die komplette Glaswand, die sich vom Boden bis hin zur Decke erstreckt, kann man jeden Zentimeter von New Yorks Straßen betrachten. So etwas Schönes habe ich noch nie gesehen.

Mit diesem Bild vor Augen bin ich nach New York gezogen, in Gedanken an dieses Bild habe ich mich in New York verliebt.

»Samantha.« Als ich meinen Namen höre, zucke ich zusammen. Ich habe ganz vergessen, nicht alleine hier zu sein. Der Ausblick hat mich vollkommen eingenommen.

Nervös drehe ich mich um und mustere den attraktiven Mann vor mir eingeschüchtert, während er mit verschränkten Armen in der Tür steht. »Bitte nenn mich nicht so.«

»Warum?«, fragt er.

Ich zucke mit den Schultern, dann drehe ich mich wieder zur Glaswand und lege eine Hand darauf. »Meine Eltern nennen mich so, sonst keiner. Ich mag es nicht.«

»Okay«, räumt er ein, dann spüre ich seine Wärme an meiner Kehrseite.

»Das ist so wunderschön«, sage ich beeindruckt. »Ich wünschte, ich könnte diesen Augenblick für immer festhalten.«

»Du bist leicht zu beeindrucken«, flüstert er an meinem Ohr. Dann dreht er mich zu sich um und betrachtet forschend mein Gesicht. »Tu das bitte nicht mehr.«

Ich runzele die Stirn. »Was denn?«

»Freunde dich nicht mit dem Personal an. Ich musste Javier entlassen«, berichtet er kühl.

»Wie bitte?«, frage ich entsetzt.

Bedauerlich zuckt er mit den Schultern.

»Nein, tu das bitte nicht!«, bettele ich auf der Stelle. Warum zum Teufel hat er ihn entlassen? Meinetwegen?

Seine Augen wirken kalt und gleichgültig. »Schon geschehen.«

»Oh nein, das ist nur meine Schuld! Warum hast du das getan?« Hat er sie noch alle?

»Du bist vorne bei ihm mitgefahren. Außerdem habe ich gesehen, wie er dich anlächelt«, meint er unzufrieden. Seine Augen verraten mir, dass er diesen Schwachsinn total ernst meint.

»Na und? Er war doch nur höflich zu mir! Ich habe ihn darum gebeten, vorne mitfahren zu dürfen.« Verständnislos schüttele ich den Kopf. »Es ist nicht seine Schuld! Das kannst du nicht machen! Das ist total gestört.«

Er macht einen Schritt auf mich zu. »Kann ich nicht?« Seine

Augen funkeln mich so herausfordernd an, dass ich dem Blick nicht standhalten kann. »Und sprich nicht so mit mir.« *Was sonst?*

Ich lache provokant. »Ich rede, wie ich will.«

Noch bevor ich den Raum verlassen kann, packt er mein Handgelenk und zieht mich zu sich zurück. Ich versuche, mich aus seinem Griff zu befreien, schaffe es jedoch nicht. Er ist eisern. »Ich bin sehr kompliziert. Was aber einfach an mir zu verstehen ist, ist, dass ich nicht will, dass jemand ein Auge auf das wirft, was mir gehört«, knurrt er.

»Aber das ist doch sowieso alles nur fake. Warum interessiert es dich überhaupt? Ich werde mich an die Regeln halten und meinen Teil der Abmachung erfüllen, keine Sorge.« Meine Stimme zittert vor Wut und innerer Unruhe.

»Ich will dich – das ist nicht gefaked«, behauptet er plötzlich ganz ruhig.

Ich lege den Kopf schief und betrachte ihn unschlüssig. »Aber du -«

Im selben Moment küsst er mich. Er zieht mich an sich, drängt seine Zunge zwischen meine Lippen, als ich meine Hände auf seine Brust lege, und umschließt meinen Nacken mit festem Griff. Ich stöhne ihm in den Mund. Während er seine Zunge immer leidenschaftlicher in mich stößt, hebt er mich mit beiden Händen an meinen Oberschenkeln hoch und trägt mich zu dem großen Lederbett, das mir vor lauter Staunen komplett entfallen ist. Sanft legt er mich darauf ab, drückt mich mit seinem muskulösen Körper fest in die Matratze und saugt an meinem empfindlichen Hals.

»Alexander«, hauche ich, bin ganz überfordert von so viel Nähe zu ihm. Wir sind zum ersten Mal seit unseres Deals ungestört und allein. Und es wirkt nicht, als wolle er auch nur eine Sekunde der vier Wochen vergeuden.

Mit einer schnellen Handbewegung zieht er mir das Kleid so weit nach oben, dass es mein Höschen und meine Brüste entblößt. Er drückt beide meiner Handgelenke oberhalb meines Kopfes in die Matratze, küsst mein Schlüsselbein, dann wandert sein Mund immer weiter hinab, bis er die Spitze meines BHs streift. Mit den Zähnen zieht er ihn nach unten, dass meine rosa Nippel zum Vorschein kommen. Unter seinem gekonnten Saugen verhärten sie sich sofort. Ich stöhne leise auf.

»Wie habe ich gesagt, sollst du mich nennen?«, fragt er streng.

Oh Gott...

Ich blicke an die Decke, weil es mir peinlich ist. »Sir.«

»Sieh mich an.«

Widerwillig richte ich den Blick auf sein wunderschönes, erregtes Gesicht. »Sir.«

Alexander lächelt zufrieden. »Braves Mädchen.«

Mein Schoß zieht sich bei dem Lob zusammen.

Er leckt meine Nippel, quält mich mit seinen Zähnen und knetet meine Brüste so fest, dass ich laut aufstöhne. Mein Körper bäumt sich vor Lust auf und ich drücke ihm die Hüften sehnsüchtig entgegen. Leise wimmere ich, als er sich von mir löst.

Alles um mich herum wird unwichtig, da nur noch mein Verlangen nach diesem Mann zählt, den ich eigentlich gar nicht kenne. Abstreiten kann ich jedoch nicht, wie heftig mein Körper auf ihn reagiert.

»Willst du das?«, fragt er mit tiefer Stimme und fährt mit seiner Hand in mein Höschen. Ich ziehe die Luft ein.

»Ja«, flüstere ich.

»Ja, was?« Seine fordernde Stimme lässt mich erbeben, und ich winde mich unter seiner Berührung, als er mit den Fingern über meine nasse Spalte fährt, die förmlich danach schreit, von ihm berührt zu werden.

»Ja, Sir.« Durch seine überaus zufriedene Reaktion wird es erträglicher, ihn so zu nennen. Und weil mein Hirn von einem Lustschleier umhüllt wird, der meine Gedanken ohnehin dämpft.

Seine Finger stimulieren mich gekonnt. Keuchend drücke ich den Kopf fest gegen das Kissen und strecke mich ihm entgegen, bettle förmlich darum, von ihm genommen zu werden. Er öffnet die Knöpfe seines Hemdes, zieht es sich über die Schultern und lässt es zu Boden fallen. Beim Anblick seines nackten Oberkörpers stöhne ich beinahe auf. Ihn nackt vor mir zu haben, ist berauschend. Sein Körper ist ein einziges Meisterwerk, jeder Muskel hart und schön geformt.

Als er sich mir wieder widmet, dringt er mit zwei Fingern ungeduldig in mich ein. Seine Bewegungen werden rasch fordernder, je lauter ich aufstöhne. Seine Finger ficken mich tief und fast grob, und obwohl es alles andere als zärtlich ist, lasse ich mich komplett fallen und gebe mich den Empfindungen tief in mir hin. So hat mich bisher noch niemand berührt, und mein Körper signalisiert ihm das eindeutig. Sein Daumen umkreist zusätzlich meine Klit und massiert sie mit festem Druck. Ich spüre, wie meine Beine zu zittern anfangen.

»Willst du von mir gefickt werden, Sam?«, fragt er heiser, selbst von seiner Lust überwältigt.

»Ja«, stöhne ich schamlos.

Grob öffnet er den Knopf seiner Hose und zieht sie samt seiner Unterhose so weit nach unten, dass sein großer Schwanz herausragt. *Fuck.* Bei Männern mit seinem aufgeblasenen Ego und teurem Lifestyle rechnet man mit einer deutlich weniger beachtlichen Ausstattung, da sie meist etwas kompensieren wollen. Zumindest hört man das oft. Aber was sich mir hier entgegenstreckt, ist alles andere als klein und unbeachtlich. Sein Schwanz ist lang und breit. Vielleicht sogar zu groß für mich.

Alexander positioniert sich über mir, verliert keine Zeit. Mit einem festen Stoß dringt er ohne ein weiteres Wort in mich ein. Ich schreie auf, bin bis zum Bersten voll. Kurz lässt er mir Zeit, um sich an seine Größe zu gewöhnen, und beginnt dann, mich mit tiefen Stößen zu nehmen.

Ich stöhne, winsele, keuche und rekele mich unter ihm auf der Matratze. Sein Schwanz ist enorm und seine Stöße hart. Ich kann ihn in den Tiefen meiner Weiblichkeit spüren, das Gefühl ist unglaublich. Schweiß sammelt sich auf seiner und meiner Stirn, je länger er mich so nimmt, und ich gebe mich ihm vollends hin, lasse mich von ihm besitzen.

Plötzlich packt er mich an der Hüfte und wirbelt mich herum, sodass ich auf dem Bauch liege. Mit einem festen Griff um meine Hüfte zieht er mich hoch. Vor ihm kniend, meinen Hintern ihm entgegengestreckt, warte ich darauf, erneut von ihm in Besitz genommen zu werden, aber er streicht mir mit einer Hand über den Rücken, bis er meinen Nacken erreicht.

Bitte!, flehe ich stumm vor mich hin, während meine Hand das Bettlaken noch fester umklammert. Alexander zieht mir das lockere Kleid über den Kopf, schmeißt es zu Boden und vergräbt seine Hand in meinen Haaren.

»Gib dich mir voll und ganz hin«, fordert er gegen meine glühende Haut. »Ich will, dass du dich mir unterwirfst.«

Ich keuche, schaffe es nicht zu antworten. Doch er benötigt wohl gar keine Antwort von mir. Denn im nächsten Moment nimmt er mich wieder in Besitz – hart und erbarmungslos. Seine Stöße sind kompromisslos, und ich schaffe es nur mit Mühe, mich an der Matratze zu stützen, um nicht nach vorne zu fallen. Seine Hand vergräbt sich fester in meinen Haaren, während er in mich einhämmert, sodass ich meinen Kopf weit nach hinten lehnen muss. Es zieht, doch es ist kein unangenehmes Gefühl

»Fuck«, schreie ich auf, als mich der heftigste Orgasmus meines Lebens überkommt. Das Zittern meiner Beine ist unkontrollierbar und mein Herzschlag doppelt so hoch, wie er es vermutlich sein sollte. Die Wellen meines Höhepunkts reißen mich erbarmungslos mit sich. Sterne flirren vor meinem inneren Auge.

Mit zwei festen Stößen ergießt er sich ebenfalls in mir, und ich spüre seine warme Flüssigkeit, die sich in mir verteilt. Dabei stöhnt er so rau und männlich auf, dass der Laut tief in meinem Inneren nachhallt. Dann sackt er erschöpft auf meinem Rücken zusammen, ehe er sich langsam von mir auf die Matratze rollt.

Schwer atmend drehe ich mich auf den Rücken und werfe dem Mann, der es mir gerade trotz fehlender Romantik und Zärtlichkeit so überraschend gut besorgt hat, einen benebelten Blick zu. Ich habe zwar damit gerechnet, dass es mit ihm anders sein würde, als ich es bisher kannte, aber seine Dominanz und seine Härte haben mich dennoch überrascht.

»Ich konnte einfach nicht mehr warten. Das war längst überfällig«, stößt er hervor, seine Stimme belegt.

Ich sage nichts dazu, stimme ihm aber gedanklich zu. Gleichzeitig stelle ich fest, mich darauf zu freuen, es zu wiederholen. Auch das überrascht mich.

KAPITEL 9

*D*ie seidenen Bettlaken streicheln meine nackten Beine, als ich erwache. Die Sonne scheint durch die deckenhohe Glasfront und ich schaffe es kaum, meine verschlafenen Augen zu öffnen.

Ich werfe einen Blick auf die leere Bettseite neben mir und streiche über die Bettlaken, um zu fühlen, ob sie noch warm sind. Sie sind eiskalt. Die runde Uhr an der Wand gegenüber verrät mir, dass es schon zehn Uhr vormittags ist. Der Geruch von Sex haftet an mir, und der gestrige Orgasmus will mir nicht aus dem Kopf weichen. Ich kann spüren, wie er auch meinen Muskeln nachhängt.

Ich wickele mir ein Bettlaken um und schleife mich aus dem Zimmer. Ich bin so müde, dass ich beinahe die Treppe hinabfalle, schaffe es aber im letzten Moment noch, mich auf den Beinen zu halten. Unten angekommen, wühle ich in meiner Tasche und nehme Kosmetikbeutel und frische Klamotten heraus. Als ich ein Räuspern hinter mir wahrnehme, erschrecke ich mich.

Gleich noch viel mehr, als ich in das entsetzte Gesicht einer älteren Frau blicke.

»Ähm, hallo«, murmele ich und ziehe das Bettlaken um meine Brust herum zu, da es zu meinem – und ihrem – Entsetzen verrutscht ist.

Sie wendet den Blick sofort ab. »Guten Tag.«

Keine Ahnung, ob ich mich ihr vorstellen soll, aber wahrscheinlich erwartet sie das nach meinem Oben-ohne-Auftritt.

»Ich bin Sam, Sam Woods. Alexanders ... Eine Freundin«, stottere ich unangenehm berührt.

»Aha.« Sie richtet den Blick vorsichtig wieder auf mich. »Es freut mich, Sie kennenzulernen, Miss Woods. Ich bin Greta, seine Haushälterin.« Ich nicke nur und wir starren einander unbeholfen an. Nach peinlicher Stille murmelt sie: »Nun gut, ich mache mich dann mal wieder an die Arbeit.«

Als sie weg ist, eile ich die Treppe nach oben. Mein Handy habe ich mitgenommen, weil es zwei verpasste Anrufe von Claire und eine Nachricht von Alexander anzeigt, die er mir um sieben Uhr morgens geschrieben hat. Wann fängt der denn bitte an zu arbeiten?

Ich antworte ihm.

> Ich würde gerne mit dir Mittagessen, so gegen zwölf Uhr.

> Sehr gerne, Mr Black. Höchstwahrscheinlich müssen Sie sich eine neue Haushälterin suchen. Greta wirkt ein wenig verstört, nachdem sie meine nackten Brüste gesehen hat.

Ich lache in mich hinein und husche in das gegenüberliegende Badezimmer. Ich lasse es mir in seinem Jacuzzi gut gehen, bis meine Haut ganz schrumpelig ist. Am liebsten bliebe ich für immer in dem blubbernden Wasser. Was für ein Luxus. Im Anschluss versuche ich meine Haare zu bändigen, während ich Claire zurückrufe. Ich stelle sie auf Lautsprecher.

»Sam, wo steckst du?«, fragt sie sofort, als sie den Anruf entgegennimmt.

»Ich bin bei dem Kerl. Alles in Ordnung?«

Sie lacht wie eine Hexe. »Klar, ich habe mich nur gewundert. Du bist sonst nie über Nacht weg. Kommst du heute nach Hause?«

Komme ich heute nach Hause? »Ich schätze nicht. Falls doch, gebe ich dir Bescheid.«

»Okay, bald musst du aber mit Einzelheiten über den Kerl rausrücken. Das weißt du, oder?«, meint sie drängend.

Ich lache leise und stelle mir vor, wie sie vor Unwissenheit und Neugierde fast platzt. »Klar.«

»Pass auf dich auf.«

Kaum legen wir auf, öffne ich aufgeregt die Nachricht, die ich von Alexander erhalten habe.

> Das kann gut sein. Nach gestern weiß ich, wie sehr sich dieses Bild in den Kopf brennen kann.

Oh. Das nehme ich als Kompliment.

Ich lege ein wenig Make-up auf, schlüpfe in eine enge schwarze Jeans und ein cremefarbenes Top und stecke mein Handy in die Po-Tasche. Wie soll ich hier eigentlich wegkommen? Javier wurde immerhin entlassen.

Gott, wenn ich an ihn denke, überkommen mich unwillkürlich Schuldgefühle. Ich muss definitiv noch mal mit Alexander darüber sprechen.

Vor dem Aufzug mache ich große Augen. An der linken Wand stecken mehrere Pinnnadeln auf einer Pinnwand, an denen jeweils ein Autoschlüssel befestigt ist. Darunter eine Notiz.

Such dir einen aus. Behalte ihn. A.B.

Wie bitte? Ich soll mir ein verdammtes Auto aussuchen und behalten? Auf keinen Fall. Immerhin ist keines dieser Fahrzeuge weniger als sechsstellig wert. Das ist total übertrieben. Ich werde einfach eines benutzen, um damit zu seinem Büro zu fahren, danach gebe ich es wieder zurück.

Nach einem kurzen *Ene-Mene-Muh-Spiel* wird es ein Schlüssel mit einem Audi-Zeichen. Nun gut, neben meinem verrosteten Ford Mondeo wäre jedes Auto besser.

Der Fahrstuhl befördert mich in die unterste Etage der Tiefgarage und ich drücke den Knopf der Fernbedienung, um zu sehen, welches Auto zu dem Schlüssel in meiner Hand gehört. Es ist ein schwarzer Sportwagen, der letzte in der Reihe. Gott sei Dank. Parken und ausparken gehören nicht gerade zu meinen Stärken.

Yey!, ruft meine innere Stimme, als ich kurz darauf auf der Straße das Gaspedal des Sportwagens durchdrücke. Ich kann kaum glauben, wie schnell dieser Wagen fährt. Die leichte Lenkung und die sportlichen Pedale verwirren mich ebenso wie die eintausend Knöpfe, die ich im Inneren des Wagens bedienen kann. Nicht mal ansatzweise ein Vergleich zu meinem Mondeo. Wundern sollte mich das nicht, denn was habe ich von einem millionenschweren Geschäftsmann, der achtundzwanzig Jahre alt ist, erwartet? Eine Rostlaube mit lausigen fünfzig PS?

Irgendwie schaffe ich es, direkt vor dem Bürohochhaus von Mr Black zu parken, ohne dabei einen Totalschaden zu verursachen. Zufrieden mit mir selbst steige ich aus und stolziere in das Gebäude.

»Grace«, sage ich höflich, als ich an ihr vorbeigehe. Ob sie jemals an einem anderen Fleck als dem neben dem Eingang steht? Sie lächelt. »Miss Woods.« Wieder spricht sie sofort in ihr Headset.

Im Fahrstuhl starre ich mich fünfunddreißig Stockwerke lang im Spiegel an – die Nervosität, die ich so gut es ging verdrängt habe, steigt wieder in mir hoch. Der Junky in mir bettelt nach Kaffee.

Kaum öffnen sich die Fahrstuhltüren, wirft mir die nervige Empfangsdame, Miss Adams, einen überraschten Blick zu. *Jap, Bitch, ich bins wieder.*

Weil ich heute einen guten Start in den Tag und noch keinen Kaffee hatte, sage ich übermütig: »Miss Adams, würden Sie mir bitte einen Kaffee holen und Mr Black – Alexander – mitteilen, dass ich hier bin?«

Ihre blauen Augen weiten sich und es scheint fast so, als hätte ihr das die Sprache verschlagen. Natürlich nickt sie dennoch höflich und macht sich zügig auf den Weg, aber ich weiß genau, dass sie mich liebend gerne fragen würde, was zum Teufel ich hier eigentlich tue. Deshalb genieße ich die kleine Genugtuung, als sie mir wenig später eine große Tasse schwarzen Kaffee überreicht. Ich nehme auf der Bank ihr gegenüber Platz und warte.

»Mr Black hat noch eine Besprechung«, teilt sie mir aufgesetzt freundlich mit.

»Kein Problem.« Ich nippe an dem Kaffee und verbrenne mir fast die Zunge daran, so glühend heiß ist er. *Das hat sie mit Absicht gemacht, diese Ziege.*

Wenige Minuten später spricht sie in ihr Headset und nickt mir zu. »Er ist nun frei, Miss Woods.«

Als ich an ihr vorbeigehe, lächele ich sie falsch an. *Für dich ist er nicht frei*, denke ich dabei.

Herrje, woher kommen bloß diese besitzergreifenden Gedanken?

Als ich vor Alexanders Büro stehe, klopfe ich zuerst sanft, dann trete ich ein.

»Miss Woods«, begrüßt er mich formell. Sind wir jetzt wieder bei Miss Woods?

»Mr Black«, erwidere ich trocken und schließe dann die Tür hinter mir.

»Na, hattest du keinen schönen Morgen?«

»Doch. Ich habe mich von deinem Jacuzzi verwöhnen lassen«, berichte ich frech grinsend.

Er legt sein beiges Jackett ab und erhebt sich von seinem Stuhl. »Ach, hast du das?«

Ich nicke, nippe verlegen an meiner Tasse Kaffee und bleibe wie angewurzelt stehen, als er auf mich zukommt.

Seine Augen strahlen vor Lust. »Habe ich dir erlaubt, dich von jemand anderem als mir verwöhnen zu lassen?« Sein verschmitztes Lächeln reicht bis zu seinen blaugrauen Augen und überträgt sich unwillkürlich auf mich.

Ich stelle den Kaffee neben uns auf dem Schreibtisch ab. »Das möchte ich gar nicht.«

»Schön, das zu hören.« Er betrachtet mich von Kopf bis Fuß. »Du hast auch nicht mehr die Wahl, das zu entscheiden.« Seine Finger streifen meine Wange, dann greift er an mein Kinn, um es nach oben zu drücken. Auf Zehenspitzen drücke ich ihm einen Kuss auf den Mund, den er sofort erwidert. Dass ich es bin, die die Initiative ergreift, ist neu, aber irgendwie habe ich nach gestern keine Berührungsängste mehr ihm gegenüber.

»Scheint, als hätte es dir gestern gefallen«, haucht er. Sein Mund ist nur wenige Zentimeter von meinem entfernt. Ich nicke und er nimmt meine Unterlippe sanft zwischen die Zähne.

Meine rechte Hand krallt sich in seinen Hemdkragen, die andere lege ich ihm in den Nacken. Diesmal bin ich nicht überfordert von seinem besitzergreifenden Kuss, sondern lasse ihn gewähren, und nehme mir schließlich ebenfalls, was mir gehört, zumindest für die nächsten vier Wochen. Ich sauge, knabbere, lecke – bis seine Lippen genauso geschwollen sind wie meine.

»Langsam öffnen Sie sich, Miss Woods«, flüstert er lächelnd gegen meinen Mund.

Ich lache. »Habe ich mich nicht gestern schon genug geöffnet, Mr Black?«

Augenblicklich erstarrt er aufgrund meiner sexuellen Andeutung, seine Augen brennend auf mich gerichtet. Ich blicke verlegen zu Boden. Sein oft so intensiver Blick ist mir fast unangenehm.

»Ich will dich ficken – jetzt.«

Noch ehe ich reagieren kann, hat er mich schon gepackt, umgedreht und seine Hand auf meiner Brust und seinen Mund seitlich an meinem Hals. Ich stöhne laut auf, als er so fest zubeißt, dass mein Körper vor Schmerz zuckt

»Beug dich über den Schreibtisch«, befiehlt er und ich gehorche in der Sekunde.

Von hinten greift er um meine Taille, öffnet hastig den Knopf meiner Jeans und zieht sie bis zu meinen Knöcheln hinunter, dann fordert er: »Spreiz die Beine.«

Soweit es meine Jeans zulässt, spreize ich sie, dann lehne ich mich mit dem Oberkörper auf den kalten Glastisch. Ich spüre, wie er seinen Schwanz aus seiner Hose befreit, und kurz darauf spüre ich ihn an meinem Hintern. Er reibt seine samtige Länge an mir und ich stöhne jetzt schon leise auf.

»Du bist so nass für mich«, raunt er, als er seine Hand zwischen meine Beine steckt. Er streichelt über meine Spalte, dann umkreist er mit dem Daumen meine Klit.

»Ja, Sir«, presse ich leise hervor.

Als ich *Sir* sage, knurrt er leise auf. »Du gehörst mir.« Mit einer fließenden Bewegung und ohne weiteres Vorspiel stößt er in mich. Mir entschlüpft ein viel zu lautes Stöhnen, und er hält mir sofort die Hand vor den Mund.

Als er seinen Daumen zwischen meine Lippen schiebt, sauge ich ohne zu zögern daran. Manchmal beiße ich unabsichtlich die Zähne zusammen, während er mich immer fester gegen den Glastisch presst – oder eher hämmert.

Seine Hände fassen wieder um meine Hüften und seine Finger bohren sich hinein. Er stößt immer wieder zu und stöhnt dabei leise und rau auf, während ich langsam aber sicher einem Orgasmus zusteuere. Mein Hirn wird ganz benebelt. So benebelt, dass mir nicht einmal der Gedanke kommt, dass uns jede Sekunde jemand bei unserer Vögelei erwischen könnte.

In meinem Schoß pocht es, während meine Hüftknochen an der harten Kante des Glastisches abprallen, was bestimmt blaue Flecken gibt. Doch der Schmerz wird von mehreren Beben verdrängt, die meinen Körper gleich darauf erschüttern.

Als Alexander bemerkt, dass ich explodiere, legt er mir sofort wieder die Hand auf den Mund und fängt jeden meiner Laute gekonnt ab.

»Dreh dich um, ich will dich ansehen«, befiehlt er mir, als mein Höhepunkt abebbt, und zieht sich aus mir zurück. Ich gehorche und setze mich auf den Glastisch, die Beine hochgezogen. »Braves Mädchen.« Seine Augen brennen sich in mich hinein, als er seine mächtige Länge wieder in mich schiebt und mich gleichzeitig mit einem Ruck an den Hüften näher an sich heranzieht.

Ich halte seinen erregten Blick fest, als er wieder zustößt, und presse die Lippen aufeinander, um nicht laut zu stöhnen. Die Art, wie er vor Lust und Wonne das Gesicht verzieht, ruft eine neue Flut an Feuchtigkeit zwischen meinen Beinen hervor. Seine Stöße werden unkontrollierter und sein Becken zuckt mehrmals gegen mich, als er die Augen zusammenpresst und seine Erlösung findet. Dabei wundert es mich, dass der Glastisch nicht zu Bruch geht.

Als er sein Sperma in mich gespritzt hat, lächelt er ein wenig und greift nach einem Taschentuch auf seinem Schreibtisch. Doch anstatt es mir zu reichen, fährt er mit der Hand zwischen meine Beine und säubert mich. Ich erschaudere bei der intimen Geste und will unwillkürlich meine Beine schließen.

»Du sollst dich nicht vor mir schämen. Es gibt keinen Grund dafür«, meint er mit samtiger Stimme und wirft das Taschentuch in einen Mülleimer.

Ich lächele bloß ein wenig schüchtern. Als er sich wieder vollständig bekleidet hat, richte ich mich selbst. Dazu stelle ich mich vor den Spiegel neben seiner Tür. Es muss immerhin nicht jeder wissen, dass ich mit diesem Sexgott hier in seinem Büro gevögelt habe. Mein Magen knurrt und erinnert mich wieder daran, dass ich heute noch nichts gegessen und erst eine Tasse Kaffee intus habe.

»Gehen wir noch essen?«, frage ich unsicher. Ich kann durch den Spiegel sehen, wie er mich beobachtet.

»Ich habe in zwanzig Minuten ein Auslandstelefonat«, erklärt er wieder völlig kontrolliert.

»Okay.« Ich nehme meine Tasche und bleibe unschlüssig vor ihm stehen.

Als könnte er meine Gedanken lesen, lächelt er und sagt: »Du kannst hierbleiben, wenn du willst. Oder möchtest du nach Hause fahren?«

»Hierbleiben?«, wiederhole ich. »Du musst doch arbeiten.«

Er streicht mir eine Haarsträhne hinter das Ohr. Bei der sanften Berührung bekomme ich eine Gänsehaut am Nacken. »Es ist okay, wenn du nach Hause möchtest.«

Das tue ich gar nicht. Komischerweise habe ich keinerlei Bedürfnis, nach Hause zu gehen. Stattdessen würde ich gerne noch Zeit mit ihm verbringen. Das überfordert mich.

»Ich dachte, ich könnte vielleicht zurück. Also zu dir nach Hause, meine ich«, gestehe ich nervös.

Alexander wirkt überrascht. Seine Gesichtszüge werden augenblicklich weicher. »Natürlich.«

Ich lächele befangen, hänge mir meine Tasche um und steuere auf die Tür zu. Er folgt mir. Seine Hand ruht auf meinem Kreuz, als er mich zum Fahrstuhl begleitet. Während wir auf ihn warten, flüstere ich ihm zu: »Deine Empfangsdame hasst mich.«

»Warum sollte sie dich hassen?«, fragt er amüsiert.

Ich zucke mit den Schultern. »Keine Ahnung, aber sie tut es. Ich denke, sie steht auf dich.« Ich blicke zu ihr rüber. Sie lässt uns keine Sekunde lang aus den Augen.

Die Fahrstuhltüren öffnen sich, noch ehe er etwas dazu sagen kann. Ich schenke ihm ein kurzes Lächeln und trete ein. Zu meiner Überraschung beugt er sich in den Fahrstuhl und presst seine weichen Lippen zum Abschied auf die meinen. Es ist kein gieriger Kuss, im Gegenteil – er ist zärtlich und süß. Eine Botschaft an Miss Adams, die uns gewiss nun mit offen stehendem Mund anglotzt.

Als er sich von mir löst, blinzele ich ein wenig benommen.

»Bis später«, schmunzelt er, dann schließen sich die Türen.

KAPITEL 10

*I*mmer noch etwas überrumpelt von Alexanders öffentlicher Liebesbekundung, passiere ich das Drehkreuz der Black Group Int. und lächele, als ich mich daran erinnere, dass draußen Alexanders nagelneuer Audi auf mich wartet. Ein bisschen schwer fällt es mir schon, ihn auszuschlagen, aber ich muss es tun. Außerdem ist mein alter Ford Mondeo abholbereit, nun da meine Schulden beim Mechaniker dank Alexander beglichen sind.

Ich starte den Motor und werfe einen Blick auf mein Handy. Im selben Moment bekomme ich eine Nachricht von ihm.

> Öffne das Handschuhfach.

Verwundert lege ich das Handy auf den Beifahrersitz. Das Handschuhfach des Audis ist bis auf zwei Rechnungen und eine Kreditkarte in einer Edelstahl-Geldklammer leer. Ich texte ihm zurück.

> Soll ich die Rechnungen für dich entsorgen?

> Nimm die Kreditkarte und kauf dir ein paar schöne Kleider. Wir gehen morgen auf eine Vernissage. Ein elegantes Abendkleid wäre optimal. Ich bevorzuge die Farbe dunkelblau.

Oh, eine Vernissage? Das ist ziemlich kurzfristig, doch wir haben schließlich vertraglich vereinbart, dass ich ihn auf diverse Anlässe begleiten muss. Somit muss er mich nicht nach meiner Meinung dazu befragen, ich habe sowieso keine andere Wahl. Dann ist morgen wohl der große Tag des ersten öffentlichen Auftritts von uns als »Paar«.

> Danke, Mr Black, das mache ich. Ich werde mein Bestes geben und ein Kleid in Ihrer Wunschfarbe aussuchen. Würden Sie mir im Gegenzug dafür einen Gefallen tun?

Während ich auf seine Antwort warte, beschließe ich, mit dem Audi ein paar Straßen weiterzufahren. In Manhattan ist es nicht sonderlich schwer, Einkaufsmöglichkeiten zu finden, man muss nicht mal danach suchen. Es gibt sie an fast jeder Ecke. Als ich parke, piept mein Telefon.

> Und zwar?

Ich antworte umgehend und hoffe sehr, dass er bereit ist, darüber nachzudenken. Das liegt mir schwer im Magen.

> Stellen Sie Javier wieder ein. Bitte.

Mit dem Handy in der Hosentasche meiner Jeans betrete ich eine noble Boutique. Die schönen Abendkleider sind mir schon im Schaufenster aufgefallen – eines davon ganz besonders. Als ich mich danach umsehe, steuert eine Verkäuferin, die mit ihrer Brille und dem strengen Blick eher einer Lehrerin gleicht, direkt auf mich zu. Ich hebe die Hand und bedeute ihr, einen Moment zu warten, als ein Vibrieren an meinem Hintern wahrnehme.

> Sollte ich fragen, warum Ihnen das so wichtig ist, Miss Woods? Verärgern Sie mich nicht.

Beim Lesen der Nachricht zucke ich zusammen. Jetzt sind wir also wieder bei Miss Woods? Komischer Typ. Ich wollte ihn nicht verärgern. Aber ich kann das so einfach nicht hinnehmen.

> Es tut mir leid, Sie verärgert zu haben, Mr Black. Wie wäre es mit einem kleinen Deal? Ich würde mich als sehr dankbar erweisen …

Mir fällt die Verkäuferin wieder ein, die ungeduldig auf ein Zeichen von mir wartet. Mit freundlichem Lächeln bitte ich sie um das Kleid aus dem Schaufenster. Sie sieht mich beinahe verstört an.

Als sie es mir reicht, flüstert sie *Versace*, in der Annahme, ich würde es sofort wieder zurückgeben oder mich nach dem Preis erkundigen.

Schon klar, dass sie denkt, ich könne es mir nicht leisten. Kann ich auch nicht – Alexander hingegen schon. In derselben Sekunde meldet sich auch schon wieder mein Handy.

Ich bin ganz Ohr.

Wusste ich's doch, dass er auf das anspringen würde. Aber richtig darüber nachgedacht habe ich nicht, deshalb starre ich unsicher auf das Display und beiße mir gedankenverloren auf die Unterlippe. Ich beschließe, es ihm zu überlassen.

Schön. Sie dürfen sich etwas wünschen.
Besprechen wir die Sache doch persönlich.

Endlich werfe ich einen richtigen Blick auf das wunderschöne Abendkleid in meiner Hand. Es ist bodenlang, der Stoff ist aus schimmernder Seide und ganz nach Alexanders Wunsch dunkelblau. An dem langen V-Ausschnitt ist es mit schwarzer Spitze besetzt, was es einzigartig macht. In der Hoffnung, meine prallen Brüste darin verstauen zu können, probiere ich es in der Umkleidekabine an. Die Verkäuferin scheint ebenso hingerissen davon zu sein wie ich, als ich mich danach im Spiegel betrachte.

»Wie für Sie gemacht«, schwärmt sie und ich nicke.

»Ich nehme es.«

Die drei Worte so locker aussprechen zu können, fühlt sich surreal an. Das Kleid kostet mehr als die Reparatur meines Wagens. Aber es ist jeden Cent davon wert. Es passt sich wie eine zweite Haut an meinen Körper an und bedeckt meine üppigen Brüste perfekt, versteckt sie aber nicht. Nachdem ich an der Kassa dem Kreditkartenbeleg meine Unterschrift verliehen habe, mache ich mich auf den Weg zurück zu Alexanders Wagen. Mit leichten Schuldgefühlen verstaue ich die elegante Tüte im Kofferraum. Ich gehe zwar nicht davon aus, hoffe aber, dass Alexander nicht böse ist, weil es doch so teuer war.

Ein Blick auf mein Handy verrät mir, dass er nicht geantwortet hat. Ich beschließe auf dem Weg zum ihm ein paar Lebensmittel einzukaufen, um dann etwas zu kochen. So kann ich mich vielleicht revanchieren – rede ich mir zumindest ein.

Mit einer weißen Kochschürze über meinem Sommerkleid hacke ich Zwiebel und sämtliches Gemüse, welches ich zuvor gekauft habe, und befördere es zu dem Hühnerfleisch in die Pfanne. In der geräumigen Küche zu kochen, macht weitaus mehr Spaß als in meiner kleinen Wohnküche zu Hause.

Fröhlich vor mich hin trällernd, rühre ich die Pasta in einem kleinen Topf um und hole die Sahne aus dem Kühlschrank. Ich habe Plastikbehälter vorbereitet, um für Alexander das Essen darin aufzubewahren, bis er aus dem Büro zurückkommt. Wann auch immer das sein mag. Als ich das Gericht fertig zubereitet habe, sabbere ich beinahe vor Hunger. Ich drehe das Radio lauter, singe lauthals mit Madonna *like a virgin* und tanze dazu durch die Küche.

So gut habe ich mich lange nicht gefühlt. Ich kann nicht leugnen, dass mich der Deal mit Alexander aus meinem mentalen Loch herausgeholt hat. Abgesehen davon, dass er mich aus meiner finanziellen Misere befreit hat.

»*Virgin* ... Nicht ganz«, ertönt eine tiefe Stimme hinter mir und ich erschrecke mich fast zu Tode. Sofort schalte ich den Radio aus und drehe mich peinlich berührt um. Alexander schmunzelt. *Wie peinlich.*

»Ich dachte, du kommst erst später«, murmele ich verlegen und befördere das Essen auf einen der vorbereiteten Teller. Er schmunzelt noch mehr, als er die spürbare Röte auf meinen Wangen bemerkt. »Gut, dass ich früher Schluss gemacht habe. Die Show hätte ich mir nicht entgehen lassen wollen.«

Ich kaue an meiner Unterlippe. »Hast du Hunger?«

»Hast du für dich gekocht?«, fragt er.

Ich nicke. »Also für uns. Ich hoffe, du magst Pasta.«

Sein Blick wird weicher. Das scheint er wohl süß zu finden. Ich befördere das Essen auf einen zweiten Teller und stelle ihn auf dem hübschen Esstisch ab. Vermutlich isst hier eher selten jemand. »Hier, es gibt genug.«

Er lässt sich auf dem Stuhl nieder und betrachtet das Essen. »Das sieht lecker aus. Danke, Sam.«

Höflich aber doch ungeduldig wartet er, bis ich mich schließlich mit meinem Teller zu ihm an den Tisch geselle. Dann schiebt er sich Gabel für Gabel die sahnige Pasta in den Mund, und ich beobachte ihn gespannt dabei.

»Schmeckt es dir?«, frage ich unsicher.

»Es schmeckt köstlich«, lobt er mich. »Ich habe dich nicht für eine Frau gehalten, die gerne kocht.«

Ich unterdrücke ein triumphierendes Grinsen. »In deiner Küche würde ich jeden Tag kochen.«

Er isst gierig weiter und ich bin mehr als zufrieden, als er innerhalb weniger Minuten in die Küche schlendert, um sich Nachschlag zu holen. Dann blickt er nachdenklich zu mir rüber. »Gefällt es dir hier?«

Wie könnte es mir hier nicht gefallen? Ich nicke. »Dein Penthouse ist wirklich unglaublich.«

Er nickt zufrieden, trotzdem entgeht mir die Anspannung in seinem Blick nicht. Als er sich zurück zu mir an den Tisch setzt, zögert er erst, bevor er unvermittelt wissen will: »Und wie steht es um mich?«

Oh. Mit der Frage habe ich nicht gerechnet. Immerhin ist es eigentlich egal, wie ich zu ihm stehe, der Vertrag ist unterzeichnet und es gibt kein Zurück mehr. Für mich ist es aber mittlerweile mehr als das – ich bin irgendwie gerne bei ihm. Und so guten Sex hatte ich in meinem Leben noch nicht.

»Ich kann mich nicht beschweren«, gestehe ich. »Ich meine, du bist anders, als ich dich eingeschätzt habe. Im positiven Sinne.«

Er lacht leise. »Wie hast du mich denn eingeschätzt?«

Ich zucke mit den Schultern. »Wie ein reicher Arsch eben.«

»Das bin ich auch«, erwidert er ernst.

Davon bekam ich bisher nicht viel mit, aber die Ernsthaftigkeit in seiner Stimme lässt vermuten, dass ich das auch lieber erst gar nicht möchte.

»Solange du es zu mir nicht bist, ist mir das egal.« Ich erhebe mich und stelle meinen Teller in die Spüle, ehe ich nach einem Schwamm suche, um ihn abzuwaschen.

Alexander tritt von hinten an mich heran und greift langsam um meine Taille. »Das musst du nicht machen, dafür habe ich Personal.«

Bei dem Gedanken lache ich leise, dann drehe ich mich zu ihm um. »Vielleicht kommt Greta aber morgen gar nicht wieder«, necke ich ihn.

Seine Hände wandern zu meinem Nacken und lösen die angekleckerte Schürze. »So viel, wie ich meinen Angestellten bezahle, bezweifle ich das.« Er zwinkert mir zu.

Mhhh. Ich mag diese gelöste, jungenhafte Art an ihm. Viel mehr als diese seriöse, kontrollierte und kühle Business-Fassade. Daran könnte ich mich gewöhnen. Es lässt mich vergessen, warum ich eigentlich hier bin. Den Vertrag.

»Hast du ein Kleid gefunden?«

»Ja.« Ich wende den Blick von ihm ab, bekomme unwillkürlich Schuldgefühle. »Es war vielleicht etwas zu teuer«, gebe ich zu. Als er mich bloß ansieht, füge ich schnell hinzu: »Okay, es war viel zu teuer!«

Kleine Fältchen bilden sich um die schönsten Augen, die ich kenne. »Viertausend Dollar verdiene ich jetzt gerade beim Nichtstun. Mach dir keine Gedanken, Sam.« Ich weite geschockt die Augen und sein Lächeln wird größer. »Du sollst dir kaufen, was du möchtest. Niemand hindert dich daran.«

»Okay«, murmele ich. »Aber im Vertrag -« Er presst seine Lippen auf meine, küsst mich. Ich seufze leise an seinem Mund und erwidere sein gekonntes Zungenspiel.

Widerwillig löse ich mich von ihm, um zu beharren: »Aber den Wagen behalte ich nicht!« Als er eine Braue hochzieht, verschränke ich die Arme vor der Brust. »Das ist zu viel, außerdem habe ich ein Auto.«

»Es ist ein Geschenk. Nimm es an«, fordert er.

Entschieden schüttele ich den Kopf. »Aber es ist nicht nötig. Und ich fühle mich schlecht dabei, nachdem ich ja immerhin mit dir ... Du weißt schon, ich finde es irgendwie abgefuckt.«

»Willst du mich wieder verärgern?«, fragt er ruhig, aber angespannt. Ich zögere, dann schüttele ich den Kopf.

Mit einem einzigen Handdruck öffnet er eines der oberen Küchenregale und holt eine Flasche Rotwein und zwei Weingläser heraus. Ich beobachte ihn und bemerke, wie sich ein warmes Gefühl zwischen meinen Beinen ausbreitet und das bloß davon, dass ich ihn ansehe. Er wirkt so sexy bei allem, was er tut.

Als er mir deutet, ihm zu folgen, zögere ich keine Sekunde. Wir gehen die Treppe hinauf, in die obere Etage seines luxuriösen Penthouses, dann öffnet er die Tür zu dem Badezimmer, in dem ich es mir heute Morgen habe gut gehen lassen.

»Jetzt lassen wir uns zusammen verwöhnen«, raunt er gegen meine Schläfe.

Er stellt die zwei Gläser behutsam auf dem Jacuzzi ab und öffnet die Flasche Wein. Kurz darauf stellt er das sprudelnde Wasser an und ich lächele voller Vorfreude.

»Zieh dich aus«, befiehlt er mir sanft.

Wenige Augenblicke später sitze ich, mit dem Rücken zu ihm gedreht, im Jacuzzi, und lehne mich an seiner wohlgeformten Brust an. Er umfasst meine Oberschenkel mit beiden Händen, lässt sie aber zu meiner Enttäuschung auf ihnen ruhen. Sein Schwanz wird spürbar härter, während er gegen mein Steißbein drückt.

»Sam«, flüstert er. »Ich möchte, dass du dich entspannst. Schließ die Augen.«

Also lasse ich den Kopf in den Nacken fallen und schließe die

Augen. Augenblicklich bin ich viel entspannter. Ich lasse mich von seiner Hand verwöhnen, die mir sanft über den Oberschenkel streicht. Genieße den Druck seiner anderen Hand auf meiner, als er sich in meinen Fingern einhakt. Und die kleinen Küsse, die er gegen meine Schulter haucht.

Kaum zu glauben, dass all das hier auf einem Vertrag basiert. Es fühlt sich ganz und gar nicht so an.

»Ich will dich – das ist nicht gefaked.«

Seine Worte von gestern echoen in meinem Kopf. Wie meinte er das? Wie meint er all das? In dem verfluchten Vertrag ist schließlich sogar als Regel festgelegt, dass das zwischen uns nur auf körperlicher, nicht auf emotionaler Ebene basiert. Gefühle sind tabu. Aber warum verbringen wir dann auf diese romantische Weise Zeit miteinander? Das müsste doch nicht sein.

Ich drehe meinen Kopf zu ihm um und küsse ihn leidenschaftlich – vielleicht erwartet er das ja von mir. Bis gerade eben fehlte nun mal das »Körperliche«. Und nach Romantik sucht er nicht. Also gebe ich ihm das, was ich versprochen habe. Das, wofür er bezahlt.

Meine Hand gleitet langsam zu seinem erregten Schwanz. Ich nehme ihn fest in die Hand. Noch immer küssen wir uns, als ich anfange, ihn zu massieren. Das Wasser spritzt mir von den Seiten entgegen, die Luft ist feucht und heiß.

Alexander unterbricht unseren Kuss und sieht mir tief in die Augen. »Du musst das nicht tun. Du sollst es nur tun, wenn du es möchtest.«

»Aber so steht es im Vertrag«, murmele ich.

Als ich mich abwende, umfasst er mein Kinn und zwingt mich, ihn anzusehen.

»Weil ich sichergehen wollte, dass du mich willst. Jetzt weiß ich es«, erwidert er mit einer Wärme in seiner Stimme, die mir noch unbekannt war. Er streichelt mir über den Rücken, dann küsst er mich auf den Mundwinkel. »Natürlich will ich dich ficken – bei jeder Gelegenheit – aber nur, wenn du das auch möchtest. Ich zwinge dich nicht dazu. So eine Art von Mann bin ich nicht, auch wenn mein unmoralisches Angebot an dich vielleicht etwas anderes vermuten lässt.«

Ich blinzele. Zum ersten Mal habe ich tatsächlich das Gefühl, einen Blick hinter seine Fassade werfen zu können. Gerade ist er absolut nahbar und greifbar für mich.

»Ich möchte es – dich –, aber das habe ich dir ja schon zwei Mal deutlich signalisiert. Gestern Abend und heute auf deinem Schreibtisch«, erwidere ich lächelnd.

Als ich ihn daran erinnere, wird sein Blick intensiver. Seine Augen strahlen Lust und Verlangen aus, und meine tun es bestimmt ebenso. Seine Finger wandern langsam zwischen meine Beine, gleiten dann fest über meine nasse Spalte. Ich setze mich rittlings auf ihn, lasse meinen Kopf in seinen Nacken fallen und stöhne leise, als er mit zwei Fingern in mich eindringt.

»Das ist es also, was du willst?«, raunt er

»Ja.«

»Ja, was?« Seine Finger ficken mich immer schneller.

»Ja, Sir«, stöhne ich.

Er hebt meine Hüften hoch und platziert seine Erektion an meinem Eingang. »Ich will dich. Jetzt.« Als ich mich auf ihn hinabgleiten lasse, knurrt er tief auf. »Zeig mir, wie sehr du mich willst.«

Ich schlinge beide Arme um ihn und halte mich an ihm fest, als ich meine Hüften im Wasser auf und ab gleiten lasse. Das Wasser sprudelt um uns herum und läuft von meinen Bewegungen fast am Rande des Jacuzzis über. Ich reite ihn so gut ich kann und bohre meine Nägel in seine feuchte Haut, als er mir in die Brust beißt. Dann bringe ich meine Lippen an seine und und stöhne ihm in den Mund, als er sein Becken nach oben schnellen lässt, weil ich aufgehört habe, mich zu bewegen.

»Weiter«, befiehlt er keuchend.

Meine Beine zittern. Mühevoll reite ich ihn weiter, lasse mein Becken auf ihm kreisen und spüre, wie sich mein Unterleib sengend heiß zusammenzieht. Seine Länge füllt mich komplett aus, überdehnt mich.

Alexander umfasst meine Brüste und reizt meine Knospen mit seinen Fingern. Er zwickt hinein und dreht sie, bis ich wimmere. Es scheint ihm wohl zu gefallen, mir wehzutun, während wir miteinander vögeln.

»Lass dich fallen«, flüstert er an meiner feuchten Haut. Wieder kneift er mich fest, während ich mein Becken vor und zurückschiebe. »Es gefällt dir, wenn es wehtut, hm?«

Oh Gott, und wie. Er ist anscheinend nicht der Einzige, der darauf abfährt. Anhand meines lüsternen Stöhnens bekommt er seine Antwort.

Alexander packt dennoch mein Haar und zieht meinen Kopf zurück, sodass ich ihm tief in die Augen schauen muss. Seine fordern mich auf, die Worte auszusprechen.

»Ja, Sir«, stöhne ich.

Zufrieden packen seine Hände meine Hüften, ehe er für mich übernimmt und sein Becken nach oben stößt. Er hält mich fest und seine Augen fesseln und beobachten mich, während er immer schneller zustößt. Wir stöhnen im selben Takt auf.

Verdammt, das hier ist atemberaubend. Das heiße, sprudelnde Wasser des Jacuzzis macht diese Sache hier nur noch besser, als sie schon ist. Ich lasse meine Hände auf seine nasse, durchtrainierte Brust gleiten und drücke meine Nägel hinein, als er wieder hart in mich eindringt.

»Du bist so verdammt eng«, raunt er gierig.

Ich kann nicht mehr dagegen ankämpfen, lasse mich völlig gehen und zucke zusammen, als ich spüre, dass der Orgasmus Besitz von mir ergreift. Ich kann ihn nicht länger zurückhalten.

Sein Blick haftet auf mir, als ich aufschreie. Ich rufe seinen Namen, halte mich am Rand des Jacuzzis fest und erzittere. Meine Brüste ragen ihm dabei entgegen. Schwer atmend sacke ich danach auf seiner Brust zusammen.

Alexander knurrt, stößt ein paar weitere Male in mich und stöhnt dann animalisch auf. Sein Schwanz beginnt in mir zu pulsieren, während ihn meine inneren Muskeln weiterhin sanft melken. Noch zittrig sehe ich dabei zu, wie sich sein Körper unter mir verkrampft und er ebenfalls Erlösung findet.

»Das war gut«, lobt er mich nach ein paar Sekunden heiser. Seine Augen funkeln verschleiert. »Aber ab sofort gestatte ich dir nicht zu kommen, ohne dass ich es dir zuvor erlaubt habe.«

Ich beiße mir auf die Unterlippe, muss lächeln. So ein Kontrollfreak.

KAPITEL 11

»*J*ch habe noch eine Telefonkonferenz. Das dauert ungefähr dreißig Minuten«, erklärt Alexander, als wir das Badezimmer verlassen.

»Okay«, erwidere ich lächelnd. »Ich beschäftige mich einstweilen.«

Alexander nickt mir zu, dann verschwindet er in einem der Räume der oberen Etage, vermutlich sein Arbeitszimmer.

Ich gehe in das Schlafzimmer, schlüpfe in ein kurzes, weißes Nachthemd und sehe mir die Skyline von Manhattan an. Daran könnte ich mich nie sattsehen, im Gegenteil – ich will jeden Zentimeter dieses wunderschönen Anblicks in mir aufsaugen und verewigen. Was für ein Privileg, hier zu wohnen.

Aus irgendeinem Grund denke ich an meine Mutter. Vielleicht hat sie recht und ich bin ein Egoist, der sie im abgefuckten Detroit zurückgelassen hat, um sich in eine andere Welt zu stürzen. Um Manhattan in mir aufzusaugen, so wie Detroit mich ausgesaugt hat. Ich wollte sie nicht im Stich lassen, ich wollte mich bloß retten. Und das ging nur, wenn ich einmal im Leben zuerst an mich anstatt an sie dachte.

Detroit zerrte an mir wie Wild an ihrer Beute, nachdem sie es erlegt haben. Meine Kindheit war nicht besonders schön, auch als mein Vater noch bei uns gelebt hat. Meine Mutter und er stritten sich täglich, und ich durfte jedem ihrer Schimpfwörter und Drohungen lauschen und immer schön die Klappe halten. Durfte mir anhören, was für ein Fehler es war, ihre Beziehung durch ein Kind zu festigen.

Und genau das war das Problem – ich war ein Kind. Ich hätte nirgendwo aufwachsen sollen, wo dreimal in der Woche in unserer Straße eingebrochen wurde. Wo es Messerstechereien gab zu jeder Tageszeit. Wo es nicht mal zuhause sicher war, wenn meine Mutter getrunken oder mein Vater seinen üblichen Wutanfall hatte. In Detroit habe ich meine ersten Sünden verbrochen. Ich wurde älter, begriff, dass ich außerhalb meines lieblosen Zuhauses selbst Entscheidungen treffen konnte, und das tat ich. Mit ein paar Jungs meiner Klasse zog ich um die Häuser, war dabei, während sie Autos knackten, und hielt im Nachhinein den Kopf für sie hin. Ich probierte mich an zuerst harmlosen, dann stärkeren Drogen. Ich war nie süchtig oder dadurch gefährdet, aber ich hätte es sein können. Irgendwann fand es meine beste Freundin Nancy heraus, machte mir die Hölle deswegen heiß und ich hörte von einem auf den anderen Tag mit allem auf. Nancy war nicht prüde – ganz und gar nicht –, aber mit Drogen, auch wenn es nur Experimente für mich waren, wollte sie nichts am Hut haben. Ich bin ihr dankbar für ihr Eingreifen. Sie war die Einzige, die auf mich schaute und sich um mich kümmerte.

Aber ganz so vorbildlich waren wir zusammen auch nicht. Wir betranken uns oft bei mir zu Hause, wenn meine Eltern fort waren. Als ich mit meiner High-School Liebe zusammenkam, hörte ich auch damit auf. Mit ihm rauchte ich mich höchstens mal ein, wenn seine Freunde frisches Cannabis von ihrem Dealer holten. Solche Dinge waren in meiner Gegend und meinem Umfeld normal. Sich zu bekiffen, zählt dort nicht einmal als Drogenkonsum.

Doch als mein Vater uns verlassen hat, wusste ich, dass ich nun die mit dem klaren Kopf sein musste. Die, die meiner Mutter aus der Misere hilft. Die, die sich um unser Zuhause und meinen Werdegang kümmert. Da war kein Platz mehr für einen Kerl, irgendwelche Drogen oder Besäufnisse. Für den letzten Part war bereits meine Mutter zuständig.

Mich schüttelt es bei den Erinnerungen am ganzen Körper. Obwohl mein Leben in Detroit nicht lang zurückliegt, fühlt es sich wie eine andere Welt an, in der ich heute lebe.

Ich trinke den letzten Schluck des Weins aus, verdränge die Gedanken in den letzten Winkel meines Hirns und wandere durch den Flur. Ich bin neugierig, was das Penthouse noch alles zu bieten hat.

Alexanders Stimme dringt durch einen der Räume hindurch, als ich daran vorbeigehe. Sie klingt ganz businessmäßig, monoton. Die Tür zu dem Raum direkt neben seinem Arbeitszimmer steht einen Spalt weit offen und ich trete neugierig ein.

Ein zweites Schlafzimmer. Es ist ebenso wie die anderen Räume modern und teuer eingerichtet, jedoch fehlt ihm der einzigartige Ausblick. Eine weitere Tür in diesem Schlafzimmer erobert meine Aufmerksamkeit. Ich lausche kurz Alexanders Stimme, ehe ich sie gespannt öffne.

Es ist ein begehbarer Kleiderschrank – fuck, ist der riesig! An einer Seite hängen dutzende Jacketts und Hemden in allen Farben. Auf der anderen Seite Anzughosen und Krawatten. Ich schlendere weiter hinein und entdecke hinter verschlossenen Schranktüren mehrere paar Jeans und Pullover. Gegenüber finde ich etliche T-Shirts und Oberkörperbekleidung, alles penibel und farblich sortiert. Der Kerl hat ziemlich guten Geschmack.

Ich bücke mich, um die unteren zwei Kästchen zu öffnen: Schuhe! Und ich dachte, ich hätte einen Schuhtick! Doch Alexander besitzt weit mehr Paar als ich. Sneakers in allen möglichen Farben und natürliche mehrere Paar Anzugschuhe, die perfekt poliert nebeneinanderstehen. Drei Paar lässige Stiefel kann ich in der hinteren Reihe entdecken, kann mir jedoch schwer vorstellen, dass Alexander sie jemals trägt.

Als ich mich gegen die Metallplatte lehne, auf der die Schuhe sorgfältig abgestellt sind, fährt sie automatisch aus. Noch mehr Schuhe! Gott, ich bin begeistert. Oder wohl eher neidisch. Solch begehbare Kleiderschränke kenne ich nur aus Filmen und hätte nie gedacht, dass jemand wirklich so viele Anziehsachen besitzt. Von der Ordnung mal ganz abgesehen.

Noch immer hin und weg schließe ich die Tür hinter mir und

sehe mich weiter in dem Schlafzimmer um. Als ich einen Kleiderschrank neben dem Bett entdecke, kann ich es nicht fassen, darin noch mehr Kleidung vorzufinden. Diesmal sind es Jogginghosen in den Farben grau und schwarz, ein paar Trainingsklamotten daneben. Ich frage mich, wie viele Schlafzimmer er eigentlich besitzt und warum – wohnen hier drin seine Frauen? Die Frauen, die vor mir einen Vertrag mit ihm abgeschlossen hatten?

Gibt es die überhaupt?

Leise gehe ich die Treppe nach unten in die Küche und gieße mir ein weiteres Glas Wein ein. Bei dem Gedanken an andere Frauen wird mir ganz mulmig zumute. Ich versuche ihn mit dem guten Wein wegzuspülen, ebenso die dunklen Gedanken an meine Vergangenheit. Vergebens. Doch da höre ich Schritte im oberen Stockwerk, kurz darauf steht Alexander in schwarzer Jogginghose und nacktem Oberkörper vor mir. Nun wird das mulmige Gefühl in meinem Magen von Hitze ersetzt.

Im Jogger sieht er zum Anbeißen aus.

»Fündig geworden?«, fragt er und nimmt mir das Weinglas aus der Hand.

»Ich habe mich nur ein bisschen umgesehen«, gebe ich kleinlaut zu.

Sein Blick ist leer. Er trinkt einen Schluck von meinen Wein, den ich eigentlich so dringend brauche, und schüttet den Rest in die Spüle. »Etwas Interessantes gefunden?«

Kurz runzele ich die Stirn und frage mich, was das mit dem Wein sollte und warum jemand so verschwenderisch mit Dingen umgeht, auch wenn es sich nur um teuren Wein handelt. Dann nicke ich. »Deinen begehbaren Kleiderschrank. Der ist krass.«

»Krass«, wiederholt er stumm lachend. »Er ist ganz okay.«

»Und das zweite Schlafzimmer«, füge ich gepresst hinzu. »Warum hast du zwei?«

Er zuckt mit den Schultern. »Warum nicht?«

Angespannt verlasse ich die Küche und setze mich mit angewinkelten Knien auf die weiße Ledercouch. »Wie viele Frauen wie mich hattest du schon hier?«

Als er sich mir gegenüber auf der anderen Couch niederlässt, faltet er seine Hände auf seinem Schoß und kräuselt die Stirn. »Noch keine.«

»Ich meine, mit wie vielen Frauen hattest du solche Verträge wie mit mir?«, hake ich etwas deutlicher nach.

Seine Mimik lässt es nicht zu, seine Gedanken zu erahnen. »Mit keiner.«

Ich weiß nicht, ob er mir die Wahrheit sagt oder nur das, was er denkt, was ich hören möchte. »Ich bin die erste Frau? Du musst nicht lügen.«

Seine Augen verengen sich. »Warum sollte ich lügen? Unterstell mir nicht solche Dinge.«

Oh je, jetzt habe ich ihn verärgert.

»Merk dir eines, Sam. Ich habe keinen Grund, dich anzulügen. Wenn es schon mehr Frauen wie dich hier gegeben hätte, würde ich es dir sagen. Was du davon halten würdest, wäre deine Sache.«

»Verstehe«, murmele ich vor mich hin. »Tut mir leid, ich konnte es nur irgendwie nicht glauben.«

Als er den Blick abwendet, bereue ich es, danach gefragt zu haben. »Ich habe es nicht nötig, eine Frau für Sex oder andere Dinge zu bezahlen. Dich wollte ich einfach, und du brauchtest Geld. Außerdem bist du mir von Nutzen. Ich pflege sonst keine richtigen Beziehungen zu Frauen, so etwas liegt mir nicht. Wenn ich es wollte, hatte ich Sex. Mehr ist da nicht dran.«

Außerdem bist du mir von Nutzen. Wie charmant. Am liebsten würde ich das Thema auf sich beruhen lassen, schaffe es aber nicht. Ich will Antworten. »Aber warum möchtest du dich gerade mit mir in der Öffentlichkeit zeigen? Warum möchtest du, dass die Welt denkt, du hättest eine Freundin? *Ich* sei deine Freundin?«

»Gute Presse«, meint er bloß und irgendwie glaube ich ihm nicht. Da muss doch mehr dran sein. »Die Schlagzeilen um mich und meine Sex-Affären tun meinem Ruf nicht gut. Außerdem hilft es mir, bei ein paar Projekten voranzukommen. Manche Leute legen außerdem viel Wert auf Familie und derartige Sachen, da hilft es, eine monogame Beziehung zu pflegen.«

Projekte? Hm. Ich nicke zögerlich. »Verstehe.« Verstehe ich das wirklich? »Und du legst keinen Wert auf Familie?«

Er wirft mir einen kalten Blick zu und ich verstehe sofort, dass die Fragenrunde hiermit beendet ist. Keine Ahnung, warum er jedes Mal so derart abweisend reagiert, wenn ich etwas über ihn herausfinden will. Meine innere Stimme warnt mich zwar regelmäßig, den Mund zu halten, aber ich bin viel zu neugierig, um auf sie zu hören.

»Bist du sauer auf mich?«, frage ich bedrückt.

Alexander schüttelt den Kopf, schweigt aber. Seine Körpersprache ist seit meiner Frage zu seiner Familie ganz abwehrend. Ich erhebe mich, wage es, mich neben ihn zu setzen und lege meine Hand auf sein Bein.

»Ich will dich nur kennenlernen«, flüstere ich vorsichtig.

»Das musst du nicht und das kannst du nicht, schon gar nicht in vier Wochen.«

Autsch. Alles klar.

»Du wirst mich nie richtig kennen.«

Was soll denn der Scheiß jetzt?

Sofort ziehe ich die Hand zurück. Als ich aufstehe und mir ein weiteres Glas Wein in der Küche einschenke, beobachtet er mich.

»Nein, Sam. Keinen Wein mehr.«

Wie bitte? Ist ja nicht so, als ob ich mich hier besaufen möchte. Ich hätte lediglich gerne ein Glas Rotwein, da er das vorherige in die Spüle geleert hat.

»Entschuldige?« Und schon kommt meine provokante Stimme zum Vorschein. Gehorchen gehört nun mal nicht immer zu meinen Stärken.

»Du hast schon richtig verstanden.« Sein Tonfall ist kühl und signalisiert mir, dass er keine Widerworte gelten lässt.

Ich lache genervt auf, stelle das Glas trotzig auf der Küchentheke ab und mache mich auf den Weg nach oben. Als ich an ihm vorbeigehe, murmele ich gehässig: »Ich schätze, ich muss wohl auf dich hören, Chef. Steht ja so im Vertrag …«

Innerhalb weniger Sekunden hat er mich auf der Treppe

eingeholt und hindert mich daran, weiter zu gehen, indem er sich breitbeinig vor mich stellt. So einschüchternd er auch wirken mag, so anziehend finde ich seine unnachgiebige und herrische Art. Er lässt sich nichts von mir bieten und irgendwie reizt mich das. Er strahlt Selbstbewusstsein und Macht aus, signalisiert mir, dass er mein Benehmen nicht duldet. Ganz anders als die Kerle, die ich bisher kannte – da waren die Rollen absolut vertauscht. Mit mir legte sich keiner so schnell an, wenn ich erstmal in Fahrt war.

Trotzdem – kindisch wie ich bin, lache ich ihm ins Gesicht. »Was willst du von mir?«

Seine Lippen sind stark zusammengepresst und bilden eine ebene Linie. »Ich will, dass du Respekt vor mir hast, Sam.«

»Habe ich doch«, meine ich und versuche erneut an ihm vorbeizugehen, er hält mich jedoch am Arm fest. Mein wütender Blick schreckt ihn überhaupt nicht ab.

»So gern ich deine freche Art auch habe, jetzt gerade ist sie unangebracht«, rügt er mich. »Wenn ich dir nicht gestatte, etwas zu tun, hast du es ohne Widerrede so hinzunehmen.«

»Schon klar, steht ja im Vertrag«, zische ich.

»Genau deswegen steht es im Vertrag«, erklärt er hart. Der Griff um meinen Arm wird fester.

Genervt entreiße ich ihm meinen Arm und verschränke danach beide Arme vor meiner Brust. »Du stehst also auf Frauen, die sofort springen, wenn du mit dem Finger schnippst?«

»Die mir gehorchen, ja«, korrigiert er mich. *Warum verdammte Scheiße turnt mich das so an?*

Bin ich irgendwie krank? Das passt nicht wirklich zu meinem starrsinnigen Charakter und meinem Dickkopf. Vielleicht ist es genau das? Vielleicht brauche ich jemanden, der mir sagt, wo es langgeht, weil ich das bisher noch nie erleben durfte? Immerhin haben mich diese Weichei-Kerle nie sonderlich umgehauen ...

»Tut mir leid«, räume ich schließlich ein. »Kommt nicht mehr vor.« Auch wenn es nur halbherzig gemeint ist, sage ich es, um die Situation zu entschärfen.

Seine Gesichtszüge werden weicher. *Mission Entschärfung gelungen.*

»Gut«, sagt er ruhig. »Sehr gut, Sam.«

Das hier entwickelt sich noch zu einem Erziehungslager, aber was solls. Vielleicht ist es gar nicht schlecht, dass ich mal jemanden in meinem Leben habe, der mir sagt, wo es langgeht. Meinen Eltern war ich viel zu unwichtig dafür.

»Ich möchte dir etwas zeigen«, stößt er nun hervor und umfasst meine Hand – diesmal ganz sanft –, während er mit mir die Treppe hinaufgeht. Er öffnet die Tür des zweiten Schlafzimmers, in dem ich mich vorhin umgesehen habe. Vor dem Bett bleibt er stehen und lässt mich los. In Erwartung, dass er mich küsst oder auf das Bett befördert, sehe ich ihn sehnsüchtig an. Doch er lächelt nur.

»Knie dich hin«, verlangt er.

Ich stehe steif da, als hätte ich einen Stock im Arsch. »Was?«

»Hinknien.«

Kurz zögere ich, doch dann knie ich mich wirklich auf den Fußboden neben dem Bett.

»Du wirst lernen, mir zu gehorchen«, erklärt er rau. »Und es wird dir gefallen, dich mir zu unterwerfen.«

Mir stockt der Atem, als er sich bückt und eine hölzerne Truhe öffnet, die direkt vor dem Bett platziert ist. Sie ist nicht sehr hoch, dafür lang.

Oh Gott. Gleich wird er die Peitsche oder so rausholen, um mich zu züchtigen. Ich kann gar nicht hinsehen.

Trotzdem starre ich wie besessen zur Truhe. Sie ist mir vorhin schon aufgefallen, aber ich dachte, darin seien wie üblich Bettkissen aufbewahrt.

Alexander verdeckt den Inhalt, den er sich geschnappt hat, mit seinem breiten Körper, als er sich erhebt. »Wir haben noch nicht über unseren kleinen Deal gesprochen«, erinnert er mich. »Ich habe Javier heute wieder eingestellt.«

Sofort umspielt ein erleichtertes Lächeln meine Lippen. »Wirklich?« Moment, muss ich ihm jetzt seinen Wunsch erfüllen? Sex bekommt er doch auch so von mir.

»Ja, deshalb habe ich einen Wunsch frei«, deutet er angetan an. Ich nicke zaghaft. Angst macht sich in mir breit und ich lasse den verkrampften Blick nicht von ihm ab.

»Denk nicht so viel nach, Sam. Genau darum geht es hier«,

sagt er bestimmt und tritt dabei hinter mich. »Darum, dass du dich fallenlässt und die Kontrolle abgibst.« Das Ding aus der Truhe versteckt er geheimnisvoll hinter seinem Rücken. »Schließ die Augen und öffne den Mund.«

Mein Körper fängt unwillkürlich zu zittern an, als ich die Augen langsam schließe. Die Mischung aus Nervosität und Erregung verursacht ein schreckliches Kribbeln in meinem Unterleib. Als er meinen Nacken berührt, bekomme ich Gänsehaut. Plötzlich spüre ich etwas Hartes vor meinem Mund, es fühlt sich an wie Plastik. Langsam gleitet es in meinen geöffneten Mund und füllt ihn komplett aus. Es ist rund, wie ein Ball, und ermöglicht es mir nicht, zu sprechen oder den Mund zuzumachen. Zwei Striemen berühren meine Wangen und ich spüre sie fester, als er hinter meinem Kopf eine Schnalle zuzieht und gleichzeitig verschließt. Meine Augen sind immer noch geschlossen, was das Ganze noch aufregender gestaltet. Dann passiert ein paar Sekunden lang nichts.

»Du willst in deinem Leben immer die Kontrolle behalten, deshalb lerne ich dir, sie abzugeben. Denn genau das musst du bei mir tun, sie abgeben.« Seine Finger fahren mir durch das offene Haar. »Wenn du dich nur sehen könntest«, brummt er erregt.

Wenn ich nur etwas darauf antworten könnte...

»Hältst du die Augen geschlossen oder muss ich sie dir verbinden?«, fragt er. Mit einem Nicken stimme ich zu, die Augen geschlossen zu halten. »Braves Mädchen.«

Mit langsamen Bewegungen zieht er mir mein Nachthemd über den Kopf, meine Nippel werden in derselben Sekunde steif. Ich kann dieses Gefühl kaum beschreiben, ich bin angespannt vor Aufregung, ängstlich vor dem Ungewissen und ungeduldig, weil ich längst für ihn feucht bin. Ich will ihn sehnsüchtig auf und in mir spüren. Langsam aber sicher komme ich mir wie eine Nymphomanin vor. Wir haben ständig Sex, seit wir damit begonnen haben.

Ich nehme Geräusche aus der Truhe wahr, halte aber wie versprochen die Augen geschlossen. Er greift nach meinen Handgelenken und hält sie in die Höhe, vor meinen nackten Oberkörper ausgestreckt. Plötzlich spüre ich eine Art Seil, das sich um meine Handgelenke wickelt. Zuerst legt er es über das eine, dann das andere, und zieht dann fest zu, ehe er den Vorgang wiederholt. Irgendwann sitzt es so stramm, dass ich meine Hände nicht mehr bewegen kann.

Gott. Jetzt bin ich ihm vollkommen ausgeliefert. Und wenn er ein perverser Sadist ist? Wäre nicht das erste Mal, dass hinter solch einer perfekten Fassade ein grausames Monster steckt. Studien haben ergeben, dass die bösartigsten Mörder gleichzeitig die attraktivsten Männer sind. *Bäh.* Ich schüttele mir die beunruhigenden Gedanken aus dem Kopf und atme tief ein.

»Und jetzt steh auf.« Seinem Tonfall nach zu urteilen, ist er noch erregter als ich – bis vor diesen unnützen Mördergedanken.

Es ist schwierig, die Augen nicht aufzureißen. Kaum stehe ich, flucht er leise irgendetwas Vulgäres vor sich hin. Ich würde gerne in seine begierigen Augen blicken, aber ich will die Augenbinde vermeiden. Ich werde immer unruhiger, und will wissen, was er mit mir vorhat.

Seine warmen Hände berühren meinen Oberkörper. Meine Arme sind straff vor meinen Körper gestreckt, und er fährt mit seinen Fingern sanft an ihnen hoch, bis er meine Schultern erreicht. Er schiebt mich ein wenig zur Seite und ich gelange an den Rand des Bettes. Zwischen meinen Beinen wird es immer wärmer, nein – heißer. Das hier ist auch ohne die erwarteten Schläge eine Art Folter.

Als er mich behutsam auf dem Bett niederlegt, presst er meine Beine auseinander und zieht meinen Hauch von Slip zur Seite. Er küsst die Innenseiten meiner Oberschenkel, arbeitet sich immer weiter nach oben, bis er mein Becken erreicht und ich zu wimmern anfange. Unmittelbar darauf spüre ich seinen warmen Atem zwischen meinen Beinen. Seine Daumen drücken vorsichtig meine Schamlippen auseinander und seine Zunge streicht über meine Klit. Ich keuche.

Ja, bitte!, fleht mein Inneres für mich, da ich selbst nicht darum betteln kann.

Seine Zunge dringt in mich ein und verwöhnt mich mit sanften Stößen, während sein Daumen meine Klit massiert. Ich stöhne durch den Ball, der mir den Mund versperrt, und drücke ihm die Hüften impulsiv entgegen. Ich will schreien, mich in die Bettlaken krallen, nach ihm greifen, aber ich kann nicht. Es ist mir verwehrt und genau das macht es so verdammt gut.

»Komm für mich«, haucht er gegen mein geschwollenes Fleisch. Seine Hände gleiten gierig über meinen nackten Körper und seine forschen Griffe bringen mich nur noch mehr zum Zittern. Es dauert nicht lange, bis ich mich weitab der Realität befinde. Mein Körper spannt sich an, meine Beine verkrampfen und mein Herz pocht heftig gegen meine Rippen. Der Orgasmus zieht sich bittersüß in die Länge, weil er mich weiterhin stimuliert. Seine Lippen hören nicht auf, an mir zu saugen und seine Zunge leckt meine Feuchtigkeit genüsslich fort.

Mein Körper gerät außer Kontrolle – *Alexander* hat sie.

Ich beiße fest auf den Ball, bäume mich auf, presse meine Knie gegen seinen Kopf und komme ein weiteres Mal zum Höhepunkt. Er schließt fast nahtlos an den ersten an. Erschöpft falle ich zurück auf die Matratze. Sofort reiße ich die Augen auf.

Die Art, wie Alexander mich in kürzester Zeit in Ekstase versetzen kann, jagt mir beinahe Angst ein.

Seine Augen schimmern dunkel, als er mich von unten aus betrachtet. »Ich liebe es, dir zuzusehen, wie du kommst.«

Gleich darauf erlöst er mich von den Seilen und klettert an mir hoch, um mich auch von der Mundsperre zu befreien. Nervös beobachte ich jede seiner Bewegungen, noch immer hin und weg von den unglaublichen Orgasmen, den mir seine talentierte Zunge in wenigen Minuten verschafft hat.

»Braves Mädchen«, lobt er mich und fährt mir mit dem Daumen über meine trockenen Lippen. »So soll es sein, Baby.«

Baby... Mein Herz macht einen Purzelbaum. Ihn zufrieden zu machen ist gleichzeitig eine Befriedigung für mich selbst.

»War es schlimm für dich, so eingeschränkt zu sein und mir die Kontrolle zu überlassen?«

Für diese Antwort brauche ich keine zwei Sekunden. »Nein.« Was an diesem Erlebnis soll schon schlimm gewesen sein? Überhaupt, wenn man meine Ängste zuvor bedenkt.

Seine Augen funkeln noch begieriger. »Weil du mir vertrauen kannst.«

Ich schlucke. Dann nicke ich. Wir lassen die Blicke nicht voneinander ab, sie verheddern sich ineinander. Und für einen Augenblick erkenne ich so etwas wie Zuneigung in seinen Augen, die sanfter erscheinen als sonst.

Der Augenblick geht vorbei, und er erhebt sich und verstaut das Sexspielzeug in der Truhe. Dann setzt er sich zu mir aufs Bett und lächelt mich an. »Ich wusste, dass es dir gefällt.«

»Es war … anders«, meine ich nachdenklich. »So etwas habe ich noch nie probiert.« Ich habe generell nicht viel probiert, aber das erwähne ich jetzt nicht. Auch nicht, dass ich eigentlich nicht der Typ Frau bin, der ständig erregt und willig ist. Oder unterwürfig. Oder multiple Orgasmen hat. Sein Ego ist bereits groß genug.

»Ich werde noch vieles mit dir machen, was du noch nie probiert hast, und es wird dir gefallen. Aber für den Anfang reicht das.«

Lächelnd wickele ich mich in die weichen Bettlaken. Ich bin überrascht, als er sich zu mir legt und meinen Kopf auf seine Brust bettet.

»Es hat sich für mich gelohnt, Javier wiedereinzustellen.« Mit einer Hand streichelt er mir über den Hinterkopf. Die süße Geste lässt mich meine Augen schließen. »Trotzdem wirst du nicht mehr mit ihm fahren.«

»Okay«, flüstere ich einfach. Mir reicht, dass er ihn wiedereingestellt hat. Wegen mir seinen Job zu verlieren, war nicht fair.

»Ich möchte, dass du morgen nach Hause fährst und dir ein paar frische Sachen holst. Dann will ich dich wieder hier haben«, eröffnet er mir. »Um acht Uhr beginnt die Vernissage. Du kannst dich hier fertigmachen.«

Wieder flüstere ich nur leise »okay«. Ich bin zu müde, um mich richtig mit ihm zu unterhalten. Außerdem gefällt mir der Gedanke, hierzubleiben und noch mehr Neues kennenzulernen.

Oder ihn besser kennenzulernen, auch wenn sich das als schwierig erweist.

KAPITEL 12

*I*rgendwann zwischen Gretas Staubsaugmarathon durch das gesamte Penthouse und dem Klingeln meines Handys werde ich wach.

Noch halb bewusstlos reibe ich mir die Augen, greife wild um mich herum und schlage auf mein Handy ein, als wäre es ein verdammter Wecker. Als ich ein paar Mal blinzele, sehe ich, dass es mein verdammter Wecker ist. Es ist acht Uhr morgens und ich war es mit Sicherheit nicht, die sich für diese eindeutig beschissene Uhrzeit zum Aufstehen entschieden hat. Alexander muss mein Handy zu mir ins Bett gebracht und den Wecker für mich gestellt haben. Warum verdammt noch mal soll ich um acht Uhr morgens aufstehen, wenn ich doch so oder so nichts zu tun habe? Ist ja nicht so, als hätte ich einen Job.

Na ja, irgendwie schon, aber der ist nun wirklich nicht zeitlich gebunden.

Gähnend schließe ich die Augen wieder. Ich beschließe einfach, weiter zu schlafen. Doch dann klingelt mein Handy erneut, diesmal ist es das Geräusch eines eingehenden Anrufs.

»Hmm«, brumme ich ins Telefon und wiederhole den Laut, als ich ein Lachen wahrnehme. »Warum weckst du mich so verdammt früh?«

Alexander lacht noch immer am Ende der Leitung. »Weil du aufstehen musst, Baby.«

Baby ... Beim zweiten Mal klingt der Kosename irgendwie noch besser.

»Baby«, wiederhole ich geschmeichelt. »Das klingt schön.«

»Ja?« Seine Stimme klingt plötzlich ganz warm und süß wie Honig.

»Ja«, sage ich und bin mir sicher, dass er weiß, dass ich lächele.

»Du hast heute ein paar Termine, bevor du nach Hause fährst.«

Ich runzele die Stirn. Im Hintergrund höre ich, wie er auf seiner Tastatur tippt, dann sagt er ganz konzentriert: »Meine Kosmetikerin wird in dreißig Minuten bei dir sein. Sie hat ein paar Sachen mit dir vor, danach kannst du nach Hause fahren. Ich dachte, du bräuchtest die dreißig Minuten vielleicht um deine Koffeinsucht in Ruhe zu stillen.« Der Mann kennt mich mittlerweile doch ein wenig.

»Auf jeden Fall. Und was hat sie mit mir vor? Oder bist du es, der etwas mit mir vorhat?«, frage ich mit einer Anrüchigkeit in meiner Stimme, die das Tippen im Hintergrund sofort unterbricht.

»Zuerst sie, dann ich.« Nun ist sein Tonfall dunkler und ich lächele. »Ich muss weitermachen. Sei um fünf Uhr wieder hier.«

»Alles klar ... *Sir*.«

Nun bin *ich* mir sicher, dass er lächelt.

Kurz nach zwölf Uhr entlässt mich die Kosmetikerin mit zufriedenem Lächeln aus ihren Fuchteln. Frisch gewachst, gepeelt, gereinigt und gezupft mache ich mich auf den Weg in die Tiefgarage. Zuerst fand ich den Gedanken an Waxing furchtbar, wollte mich mit Händen und Füßen dagegen wehren, dann stammelte die Kosmetikerin irgendwas von *nicht rasieren müssen* und sofort war ich dabei. So schön es auch sein mag, jeden Tag und ganz spontan Sex zu haben, so schrecklich nervig finde ich es, immer glatt rasiert sein zu müssen. Als Single ist das wesentlich einfacher. Und Aiden hatte einfach Glück, dass wir es an meinen heute-habe-ich-mal-Bockmich-komplett-zu-enthaaren-Tagen miteinander getrieben haben. Mal ehrlich, welche Frau rasiert sich jeden Tag die Beine, wenn sie weiß, dass die ohnehin keiner zu Gesicht bekommt außer sie selbst?

Ich verstaue meine Tasche mit den dreckigen Klamotten im Kofferraum des Audis und verbinde das Handy mit der integrierten Freisprechanlage. Als ich Claires Nummer wähle, dauert es keine drei Sekunden, bis sie abnimmt.

»Bitch«, ruft sie ins Telefon, dann versucht sie ernst zu klingen. »Kommst du heute nach Hause?«

»Ich bin gerade auf dem Weg. Aber ich bleibe nur bis spätestens halb fünf. Kannst du früher von der Arbeit weg?« Ich vermisse Claire mittlerweile schon.

»Lässt sich sicher einrichten. Ich habe Überstunden von den ganzen Events, auf die ich dauernd gehen muss«, meint sie zu meiner Erleichterung. »Also ja, ich komme bald.«

»Dann bis gleich.«

Einen Parkplatz vor meinem Gebäude zu finden ist schwieriger als gedacht. Oder sagen wir es so, einen Parkplatz, in den auch *ich* einparken kann, zu finden, gestaltet sich als Herausforderung. Nach gut fünfzehn Minuten habe ich es geschafft und sehe Peter an, dass er sich ein Lachen verkneifen muss.

»Peter«, sage ich mit Nachdruck, lächele aber sanft.

»Miss Woods, das ist ein sehr netter Wagen«, erwidert er beeindruckt.

Ich habe gar nicht darüber nachgedacht, wie es für ihn wohl aussehen mag, wenn ich bis vor wenigen Tagen mit meiner Rostlaube hier antanzte und kurz darauf mit einer riesigen Limo und einem nagelneuen eleganten Sportwagen von Audi.

Na ja, wie auch immer. Ich lasse seiner Fantasie freien Lauf.

In der Wohnung angekommen sauge ich den vertrauten Duft ein und schmeiße mich sehnsüchtig auf die kleine rote Couch im Wohnzimmer. Alexanders Luxus Penthouse mag teuer, elegant und modern sein – diese Wohnung hier ist es nicht mal ansatzweise. Aber sie fühl sich heimisch an. Außerdem hängt Claires

Parfüm in der Luft. Nur Alexander fehlt, dann wäre es hier perfekt. *Stopp.*

Mein Unterbewusstsein meldet sich rechtzeitig zu Wort und erinnert mich daran, dass dies nie der Fall sein wird – zumindest nicht so, wie ich es mir vorstelle. Ich muss gegen das, was sich zwischen mir und Alexander anbahnt, ankämpfen. Die Gefühle in mir unterdrücken. Ersticken. Töten.

Mit einem komischen Ziehen im Bauch werfe ich meine getragenen Klamotten in die Waschmaschine und packe alles aus meinem Kleiderschrank, was mir nützlich erscheint, in die Sporttasche. Wer weiß, wann ich das nächste Mal hier sein werde. Gerade als ich den Kühlschrank leere, öffnet sich die Wohnungstür und Claires freches Grinsen lässt mich ebenfalls grinsen.

»Bitte kein Verhör!«, flehe ich augenblicklich, doch sie ignoriert es natürlich.

»Sam, du warst noch nie so lange von Zuhause weg! Ich will wissen, gegen wen du mich eingetauscht hast!« Fast schon rennt sie auf mich zu, bevor sie mich innig umarmt.

Soll ich es ihr erzählen? Immerhin wird nach heute Abend höchstwahrscheinlich jede Klatschpresse über Alexander Black und seine neue Freundin berichten. Andererseits würden darauf viel zu viele Fragen folgen, die ich ihr nicht beantworten kann – zumindest nicht wahrheitsgemäß.

»Er ist nett«, erkläre ich knapp. »Mehr gibt es da nicht zu wissen.« Ich schnappe mir zwei Teller und lege Sandwiches darauf.

Meine beste Freundin reißt die Augen weit auf. »Er ist also gut im Bett.« War klar, dass sie sofort wieder ihre versauten Schlüsse daraus zieht. »Sehr gut sogar, habe ich recht?« Natürlich greift sie sich eines meiner Sandwiches und steckt es sich gierig in den Mund. Dieser Vielfraß.

Ich seufze. »Claire, das ist … privat.« Innerlich lache ich mich über meine eigene Aussage kaputt. Wie lächerlich das klingt in Anbetracht unserer engen Freundschaft. Wir erzählen uns immer schon alles.

»Privat?«, kreischt sie. »Seit wann ist zwischen uns denn etwas privat, verdammte Scheiße?« Mit einem Hüpfer sitzt sie direkt neben mir auf der Küchentheke und starrt mich aufdringlich an. Wenn ich jetzt nicht wenigstens irgendein Detail preisgebe, gibt sie gar keine Ruhe mehr. Sie hat Blut geleckt.

Ich rolle mit den Augen. »Okay, du hast ja recht. Ja, er ist phänomenal. Bist du jetzt glücklich?« Das zu sagen ist schließlich okay, es bricht keine Regeln und entspricht definitiv der Wahrheit.

»Mit ein paar Details wäre ich es.« Ihr anrüchiges Lächeln stirbt, als ich entschlossen den Kopf schüttele. Ich greife nach dem anderen Sandwich und mache einen riesigen Biss davon, um einen Grund zu haben, nicht auf ihre Fragen antworten zu müssen.

»Okay, okay. Wenigstens hast du guten Sex, oder überhaupt welchen«, seufzt sie. »Ich glaube, ich werde es mit Jacob treiben.«

Das halbe Sandwich bleibt mir im Rachen stecken. »Ernsthaft? Ich meine, nicht, dass ich die Vorstellung von euch beiden als Paar nicht gut finden würde, aber nur Sex? Das geht niemals gut.«

Während sie versucht, mir die Vorteile einer Freundschaft mit gewissen Vorzügen schmackhaft zu machen, schlendere ich kauend in mein Zimmer und suche nach ein paar High Heels, die zu dem Kleid, welches ich heute Abend trage werde, passen. Claire folgt mir und redet weiter auf mich ein, dann unterbricht sie sich selbst und umarmt mich aus heiterem Himmel.

»Scheiße, ich habe ganz vergessen, mich zu bedanken! Ich war heute auf der Bank. Woher hast du plötzlich das Geld für die Miete her? Außerdem hast du mir mehr als du mir schuldest überwiesen.«

Kurz erstarre ich. Das Geld habe ich schon ganz vergessen. »Ähm, mein Vater hat mir doch etwas gegeben. Behalte den Rest, bitte. Du weißt, dass ich dir mehr schuldig bin.«

Überrascht nickt sie. »Er scheint sich wohl zu ändern. Doch nicht so ein Arschloch, wie ich dachte.« Ich zwinge mich zu lächeln, nicke, und sie plappert zu meiner Erleichterung umgehend weiter über ihre bevorstehende Freundschaft Plus mit Jacob.

Nach fünfminütiger Rede hält sie inne und hebt beide Hände fragend in die Höhe. »Gehst du aus, oder was?«

Ich stopfe den letzten Bissen Sandwich in meinen Mund. »Auf eine Vernissage«, schmatze ich. »Nichts Großes, er muss dort geschäftlich hin.«

Claire starrt mich an. Sie schweigt. Mit einem leisen Seufzer, den ich nicht genau deuten kann, lässt sie sich auf mein Bett fallen. »Sam, treibst du es mit Alexander Black?«

Mein Herzschlag setzt unwillkürlich aus. Dann spielt mein Herz plötzlich verrückt. *Bum. Bum. Bumm, bumm, bumm.* Woher weiß sie davon? Von ihm und mir? Ich schlucke.

Nervös quetsche ich gleich drei paar High-Heels in meine Sporttasche und wende den Blick von ihr ab. Als sie gerade erneut ihren Mund aufmachen will, klopft es lautstark an der Wohnungstür. Meine Rettung.

»Gehst du?«, frage ich mit aufgesetztem Lächeln.

»Die Unterhaltung ist noch nicht vorbei«, warnt sie mich mit scharfem Unterton, lächelt aber, als sie mein Zimmer verlässt. Danach höre ich Aidens Stimme aus dem Wohnzimmer, gefolgt von Jacobs. Kaum drehe ich mich um, sehe ich Aidens entzückenden Kopf, den er vorsichtig durch meine Tür steckt.

Sein Lächeln ist wie immer eine Augenweide. »Na du.«

»Hey, Aiden.« Meine Anspannung ist nicht zu überhören.

»Seid ihr gar nicht am Arbeiten?«

Aiden schüttelt lässig den Kopf, dann setzt er sich auf mein Bett. »Wir haben frei, nichts zu tun.«

»Und werdet trotzdem bezahlt?«, frage ich mit hochgezogener Braue.

»Genauso ist es.« Je mehr ich mich darüber auslasse, desto mehr scheint es ihn zu amüsieren. »Alles klar bei dir? Du weißt schon«, erkundigt er sich dann vorsichtig.

Ich nicke und lüge: »Ja, alles wieder bestens. Mein Vater hat mir Geld überwiesen.«

Aiden staunt, scheint sich aber für mich zu freuen. *Wenn er nur wüsste.* »Ziehst du aus?« Amüsiert schüttelt deutet er auf die volle Tasche.

»Nein, ich -«

Claire stürmt wie ein Wirbelwind mit Jacob in mein Zimmer. »Ihr Süßen wollt sicher alleine sein, Jacob und ich gehen was essen.« Sie wirft mir einen Blick zu, den nur ich in diesem Raum deuten kann. Ich spiele mit, lächele neutral und verabschiede mich von Jacob. Unmittelbar darauf höre ich die Wohnungstür zufallen.

Aiden wartet offenbar darauf, dass ich irgendetwas sage, aber ich umgehe seine vorherige Frage und setze mich zu ihm aufs Bett. »Ich muss gegen halb fünf los.«

»Ich kann auch jetzt gehen, wenn ich dich störe.« Sein Körper spannt sich ein wenig an. Er wirkt unsicher.

»Nein, schon gut, du kannst ruhig bleiben«, sage ich deswegen, fühle mich aber schlecht Alexander gegenüber.

Es spricht doch aber nichts dagegen, oder? Das ist immerhin kein Date oder so. Außerdem kann ich ihn schwer rausschmeißen, ohne ihm einen guten Grund dafür zu nennen. Wir hängen ständig miteinander ab, schon bevor wir Sex miteinander hatten und genauso auch danach.

Lächelnd lehnt er sich mit dem Rücken gegen die Wand neben meinem Bett. Er erzählt mir von einem neuen Arbeitskollegen, einer Wohltätigkeitsveranstaltung, die er in Kürze mit seinem Chef und Jacob besuchen wird und von seiner Mom, die irgendeinen neuen Kerl an Land gezogen hat. Unsere Unterhaltungen könnten immer ewig andauern. Ich liebe es, wie offen und locker Aiden ist. Mit ihm kann man sich einfach entspannen und die Zeit vergeht wie im Flug. Außerdem ist er der perfekte Zuhörer und ich verdanke ihm einige gute Ratschläge.

Irgendwann, während wir über Claire und Jacob lästern, die sich beide offensichtlich zueinander hingezogen fühlen, es jedoch vehement bestreiten, fallen mir Aidens schlaksige Beine, die am Ende des Bettes in der Luft baumeln, auf, und ich muss kichern.

»Was ist?«, fragt er amüsiert. »Nicht jeder hat so kurze Beinchen wie du, Kylie.«

Ich pruste und das nicht nur wegen des Spitznamens. »Beinchen?«

Er lacht auf. »*Beinchen*«, wiederholt er. »Ich mag es, dass du so klein bist.«

Schulterzuckend starre ich auf meine *Beinchen*. »Ich auch, auch wenn das manchmal unpraktisch ist.«

Er greift sich an die Stirn. »Was hat das denn mit praktisch sein zu tun?«

Ich deute ihm, mir zu folgen, und marschiere kichernd in die Wohnküche. Als ich vor den Küchenschränken stehe, gehe ich auf die Zehenspitzen und halte meinen Arm in die Höhe, der noch immer nicht bis ganz zum obersten Fach des Küchenverbaus reicht.

»Das hat es mit praktisch sein zu tun«, erkläre ich. »Ich bin für manche Sachen einfach zu klein.« Dass mich die Jungs an meiner alten Schule oft Standgebläse nannten, verdränge ich gleich wieder.

Aiden beobachtet mich, lächelt sanft und kommt dann langsam auf mich zu. In seiner engen Jeans und dem karierten Hemd sieht er anständiger aus als sonst, dennoch sexy.

»Dafür hast du ja mich. Ich stehe dir immer zur Verfügung«, flüstert er und greift nach meinem ausgestreckten Armen, um sie wieder nach unten zu befördern. »Immer«, betont er mit warmer Stimme. Ohne etwas darauf erwidern zu können, legt er beide Arme um meine Taille. Sein Blick ist so sehnsüchtig, so intensiv – so falsch in meiner jetzigen Situation.

»Aiden«, ermahne ich ihn leise. »Tu das nicht.«

»Warum nicht?« Er drückt mich näher an sich heran.

»Ich… Du…«, stottere ich, während ich versuche, mich von ihm zu lösen.

»Wir«, ergänzt er lächelnd. Das versetzt mir einen Stich in die Brust.

Fuck, was mache ich nur? Aiden ist so ein lieber Kerl, ich will ihm keine falschen Hoffnungen machen. Das zwischen uns war echt, mit der Betonung auf *war*. Die Situation hat sich geändert, trotzdem lässt es mich nicht kalt. Bei Aiden habe ich stets eine Schulter zum Anlehnen. Er ist ein Freund. Und wäre da nicht Alexander, vielleicht irgendwann auch mehr.

»Nein, das geht nicht, Aiden«, sage ich gepresst. »Tut mir leid.«

Auf der Stelle verliert er jegliche Wärme in seinen Augen. Er löst die Arme von mir und sieht mich enttäuscht an. »Ich dachte, wir wollten dasselbe.«

»Ja, das wollte ich auch … irgendwie«, murmele ich verunsichert. Ich suche nach Blickkontakt, bereue es aber sofort, als ich seine deprimierte Miene betrachte. »Aber jetzt … Jetzt ist einiges anders. Es tut mir leid.«

Es zerreißt mir fast das Herz. Aber ich muss ihm klarmachen, dass zwischen uns nichts mehr laufen darf und wird, schließlich habe ich Alexander ein Versprechen gegeben und das werde ich auch halten. Genauso, wie ich mit Aiden nicht spielen werde, während ich es mit jemand anderem treibe. Jemandem, mit dem ich das vertraglich festgehalten habe. Und jemandem, zu dem ich mich mittlerweile mehr als hingezogen fühle.

»Was ist anders?« Sein verständnisloser Blick fesselt mich. »Habe ich etwas Falsches gemacht? Sag es mir, bitte.«

Ich wende den Blick ab und greife nach einem Glas Wasser. »Du hast gar nichts falsch gemacht, Aiden. Du bist … perfekt.« Das meine ich sogar ehrlich. An Aiden kann ich nichts aussetzen. Als er wieder nach mir greift, sehe ich zu ihm hoch. »Es liegt an mir.«

»Ich verstehe es nicht«, murmelt er verwirrt.

Natürlich versteht er es nicht. Er weiß ja nicht, was du heimlich treibst und mit wem, erinnert mich meine innere Stimme.

Am liebsten würde ich ihm die ganze Wahrheit erzählen, aber ich darf nicht.

»Vielleicht solltest du jetzt gehen«, beschließe ich zu seinem Besten. Und meinem.

Aiden sieht mich verwundert an. Ich ahne, wie sehr ihn das gerade verletzen muss und wie irritiert er von meiner plötzlich abweisenden Art sein muss. Das bricht mir nur noch mehr das Herz.

Doch als er sich wortlos seine Lederjacke greift und zur Wohnungstür geht, halte ich ihn nicht auf. Ich lasse ihn gehen.

~

»Shit«, fluche ich, als ich viel zu spät in den Audi steige, um zu Alexander zu fahren. Nachdem Aiden gegangen ist, habe ich nicht auf die Uhr gesehen, bin duschen gegangen, um einen klaren Kopf zu bekommen, und habe den Kaffee, den ich so dringend benötigte, literweise in mich hineingegossen. Plötzlich war es kurz vor fünf Uhr. In Windeseile habe ich mir Jeans und ein bauchfreies Top mit einem rosa Einhorn darauf, welches ich sonst nur zum Schlafen trage, übergezogen und bin mit gepackter Tasche zum Auto gesprintet. Mein Handy, die Sportasche und zwei kleine Abendtaschen habe ich stürmisch in den Kofferraum geschleudert und bin nun endlich auf dem Weg zu Alexander. Vielleicht habe ich ja Glück und er ist noch gar nicht aus dem Büro zurück.

Das Glück bleibt mir verwehrt. Kaum betrete ich Alexanders Penthouse, für das ich nun schon einen eigenen Schlüssel besitze, blicke ich in sein wütendes Gesicht. Mit mulmigem Gefühl im Magen stelle ich die Sporttasche auf dem Boden ab und lächele vorsichtig.

»Wo warst du?« Sein finsterer Blick verheißt nichts Gutes. Er lehnt an der Plücheninsel gegenüber dem Eingang, so als hätte er die ganze Zeit auf mich gewartet.

»Tut mir leid, ich habe die Zeit aus den Augen verloren«, entschuldige ich mich aufrichtig. Plötzlich muss ich an meinen Ex-Chef, diesen Arsch, denken, und stelle mir vor, wie er mir etwas von Angestellten, die putzen *und* die Uhr lesen können, erzählt.

Seine eisige Miene wird noch härter. »Es ist halb sechs. Du hättest längst hier sein sollen.«

»Ich weiß, aber ich schaffe es locker, mich rechtzeitig fertig zu machen«, versuche ich ihn zu besänftigen, doch seine finstere Miene verzieht sich nicht.

»Um das geht es nicht, Samantha! Ich muss wissen, wo du bist, und ich muss dich erreichen können! Beides war nicht der Fall.« Fuck. *Handy. Kofferraum.*

Ich schlucke. »Ich habe mein Handy zu meiner Tasche in den Kofferraum gelegt. Tut mir echt leid, ich hätte mich melden und dir Bescheid geben sollen, dass ich mich verspäte.« Schon klar, ich habe gegen die festgelegten Regeln verstoßen und er ist sauer. Und wie er sauer ist.

»So läuft das nicht, Samantha«, erklärt er wütend und kehrt mir den Rücken zu. Ich gehe langsam auf ihn zu und schlinge ihm die Arme um seinen Bauch, doch er schiebt sie augenblicklich weg.

»Okay, ich habe gegen eine Regel verstoßen. Ich verstehe, warum du wütend bist. Aber ich war doch nur bei mir zu Hause und habe einfach viel zu lange geduscht«, sage ich verunsichert und stelle mich vor ihn, um Blickkontakt herzustellen. »Tut mir leid, okay?«

Alexander starrt mich an. Keine Ahnung, was er gerade denkt, sein Gesicht ist ausdruckslos. Wenigstens ist es nicht mehr so finster. Er kommt einen Schritt auf mich zu, dann mustert er mich von oben bis unten. »Was trägst du da eigentlich?«

Ich sehe an mir herab und schäme mich im selben Moment für das viel zu kurze Top, welches ich hätte niemals in der Öffentlichkeit anziehen sollen. Schon allein wegen des rosa Einhorns.

»Ähm … Na ja, ich habe mich beeilt«, versuche ich mich amüsiert zu verteidigen. »War wohl nicht die beste Wahl.«

»So kannst du nicht rausgehen«, stellt er trocken fest. »Unmöglich.«

Ich nicke. Da mag er wohl recht haben.

Alexander blickt noch mal an mir auf und ab, dann meint er im Vorbeigehen: »Ich habe mir Sorgen gemacht. Mach das bitte nicht noch einmal.«

Das macht mich ziemlich perplex. Ich laufe ihm auf die Treppe hinter und frage: »Du? Sorgen gemacht?«

Er hält inne. »Ja. Noch dazu fährst du mit dem Audi. Weißt du eigentlich wie viel PS der Wagen hat?« Es klingt nicht, als meine er es lustig. Er scheint sich ernsthaft Sorgen um mich gemacht zu haben.

»Also hast du dir um deinen Wagen Sorgen gemacht?«, ziehe ich ihn auf.

»Nein, verdammt. Wenn es sein muss, kaufe ich ihn noch zehn Mal«, seufzt er und wendet sich erneut ab zum Gehen.

Ich hole ihn schnell ein. »Hast du dir wirklich Sorgen um

mich gemacht oder liegt es einfach daran, dass du ein Kontroll-freak bist?« Die Antwort darauf kenne ich bereits.

Und er auch. Er zögert erst, doch dann entdecke ich ein mini-males Lächeln um seinen Mund, bevor er gesteht:»Beides.«

Ich lächele ebenfalls. Auf Zehenspitzen stehend schlinge ich schließlich beide Arme um seinen Hals.»Ich mache es wieder gut, okay?«

Seine Augen funkeln wieder, diesmal nicht vor Wut.»Und wie du das wiedergutmachen wirst, Baby.«

KAPITEL 13

*P*ünktlich wartet die schwarze Limousine in der Tiefgarage auf uns. Ich musste mich irrsinnig beeilen, rechtzeitig fertig zu werden, und habe mir alle Mühe gegeben, das Beste aus mir herauszuholen. Schließlich ist heute der große Tag. Ganz nach Alexanders Gesicht zu urteilen, als er mich fertig gestylt die Treppe hinab kommen sah, hat es sich wohl gelohnt.

»Ich könnte dich sofort wieder vernaschen«, raunt er gegen meinen Hals, als ich in die Limousine steige.

»Später«, flüstere ich und rücke näher an ihn heran, als sich die Wagentür schließt.

»Und? Enttäuscht, Javier nicht zu sehen?«, fragt er ausdruckslos, den Blick nach vorne gerichtet.

Es hat mich überrascht, einen ergrauten alten Mann statt Javier aus der Limousine steigen zu sehen, aber so hat er es ja angekündigt. Ich schüttele den Kopf, dann lege ich meine Hand auf sein Bein. Er blickt kurz darauf herab und ich kann Weichheit in seinen Augen erkennen. Er mag es, dass ich anschmiegsam bin, auch wenn er es nie laut zugeben würde.

Wir fahren los und ich zücke einen kleinen Spiegel aus meiner Abendtasche. Mein Make-up ist wirklich gelungen, der schwarze Lidschatten bringt meine Augen zur Geltung und passt perfekt zu meinen geglätteten, schwarzen Haaren. Meine Lippen habe ich schlicht geschminkt. Das blaue Kleid sitzt nach wie vor perfekt und ich hoffe, dass ich mit dem prallen Ausschnitt nicht allzu viele Blicke auf mich ziehe.

Trotzdem freut es mich, dass Alexander mich für das Kleid gelobt hat. Wir sind farblich abgestimmt – er trägt einen dreiteiligen Anzug in derselben Farbe meines Kleides. Und er sieht verdammt gut darin aus. Seine Wangen sind frisch rasiert und seine dunklen Haare sind in diesem wahnsinnig anziehenden Mir-scheißegal-Stil leicht zerwühlt.

»Sie sehen perfekt aus, Miss Woods.« Sein Blick bleibt an meinem Ausschnitt hängen.

Ich lächele frech. »Ganz so, wie Sie es sich vorgestellt haben, Mr Black?«

»Besser.« Er wirft einen Blick auf meine übertrieben hohen Stilettos. »In denen will ich dich heute Nacht ficken.«

Ich blinzele erregt. Ich liebe es, wenn er sowas sagt.

Wie kann so ein heißer, begehrenswerter Kerl eigentlich auf mich stehen? Steht er überhaupt auf mich? Mein Kopf sagt: *Nein, du naives Ding, das hier ist dein Job, er bezahlt dich dafür.* Doch mein Herz kann das einfach nicht glauben. Diese Anziehung zwischen uns kann man nicht vertraglich festlegen. Nicht kaufen.

»Hör zu, die Leute werden heute viele Fragen stellen, immerhin war ich noch nie in Begleitung auf einer Veranstaltung. Beantworte nichts, was dir unangenehm ist und überlass mir das Reden«, verkündet er.

»Warum gehen wir überhaupt dorthin?« Sorgfältig streiche ich ihm die Krawatte glatt und atme dabei unauffällig seinen betörenden Duft ein.

»Der Sohn eines Geschäftspartners ist Künstler. Das ist seine Ausstellung. Sein Vater bringt mir viel Geld ein. Da wird es erwartet, mich dort anzutreffen.« Er klingt wenig begeistert.

»Okay, ich werde dich glänzen lassen«, verspreche ich und lehne mich an seine Schulter. Er lächelt ein wenig.

~

Bum bum. Bum bum. Bum bum. Bum bum. Bum bum. Bum bum. Bum bum. Bum bum. Bum bum. Bum bum. Bum bum. Bum bum. Bum bum. Bum bum. Bum bum.

Mein Herzschlag ertönt lauter als die klassische Hintergrundmusik, die sie im New Yorker Kunstkabinett spielen. Ich habe nicht damit gerechnet, auf so viele Leute zu treffen. Wenn Claire von Vernissagen erzählt hat, hat es sich immer ganz danach angehört, als stünden zehn Menschen um ein Gemälde versammelt und betrachten es. Hier sind an die hundert Menschen, die ihre Augenpaare alle auf Alexander und mich richten, als wir den Raum betreten. Die Atmosphäre ist grundsätzlich angenehm, die Lichter sind gedimmt, die hübschen Gemälde an der Wand beleuchtet und ein paar freundlich wirkende Kellner kreisen umher, um Champagner und Fischhäppchen zu reichen.

Alexander hält mir seinen angewinkelten Arm entgegen und ich hake mich bei ihm ein. Wir steuern auf ein Paar Mitte vierzig zu, welches uns scheinbar schon sehnsüchtig erwartet hat.

»Mr Black, es freut mich, Sie zu sehen«, begrüßt der Mann Alexander mit einem festen Händedruck. Seine Frau, deren Gesicht offensichtlich nur noch aus Botox besteht, tut es ihm gleich. Dann dreht sie sich in meine Richtung: »Es freut mich, Miss…«

»Woods«, ergänzt Alexander. »Samantha Woods.«

Ich lächele, schüttele ihr die Hand und die ihres Gatten gleich danach. »Es freut mich, Sie kennenzulernen.«

Die Botox-Queen scheint auf eine Erklärung zu warten, wer genau die Begleitung an Alexanders Seite ist, doch dieser vertieft sich in ein geschäftliches Gespräch mit ihrem Gatten. Ich langweile mich bereits nach einer ganzen Minute und sehe mich sehnsüchtig nach einem Kellner um.

»Möchten Sie Champagner, Miss Woods?«, fragt die Botox-Queen, deren Name ich direkt wieder vergessen habe.

Ich nicke. »Gerne. Wie war Ihr Name noch gleich?«

Sie nimmt es mir nicht übel, sondern kichert, während sich ihr Gesicht keinen Zentimeter bewegt. »Rosemarie Edwards, das hier ist die Kunstausstellung meines Sohnes Miles.« Sie scheint stolz zu sein. »Seine erste.«

»Das ist beeindruckend, Miss Edwards. Die Gemälde sehen faszinierend aus. Ich werde sie später noch genauer betrachten«, spreche ich ihr lächelnd zu und versuche dabei ganz vornehm zu klingen. Solche Unterhaltungen liegen mir einfach nicht. *Faszinierend?* Sagt man das über Gemälde?

Als ich endlich ein Champagnerglas in der Hand halte, stoßen wir zu viert an und ich beherrsche mich so weit, den Champagner nicht sofort zu exen. Nicht hier. Nicht jetzt.

Immer wieder ertappe ich Gäste dabei, wie sie mich und Alexander auffällig mustern. Die Frauen scheinen mich gar nicht erst wahrzunehmen, sie richten ihre Blicke direkt auf ihn. Kaum deutet er mir, mit dem Gespräch fertig zu sein, fallen schon die nächsten über uns her. Wieder folgen ein aufgesetztes Lächeln und eine kurze Vorstellungsrunde, Alexander lässt die Erklärung über meine Person dabei erneut ausfallen. Ich greife mir von dem Tablett eines vorbeigehenden Kellners ein Häppchen und knabbere möglichst ladylike daran herum. Als ich es aufgegessen habe, beugt sich Alexander zu mir.

»Hast du Hunger?«, fragt er amüsiert.

»Na ja, ich hatte heute nur ein Sandwich.« Schuldbewusst zucke ich mit den Schultern. »Ich brauche noch ungefähr zehn Häppchen, dann bin ich satt.«

Augenblicklich verabschiedet er sich von Mr und Mrs Uninteressant und führt mich zu einem abgetrennten Abteil des Kunstkabinetts. Er nickt einem Kellner zu, der uns daraufhin folgt, dann nimmt er ihm sein Tablett ab und hält es mir vor die Nase. »Das sind sechs. Reicht das fürs Erste?« Sein Blick ist warm und liebevoll.

Obwohl das eigentlich nur ein Scherz war, nehme ich mir dankbar Häppchen für Häppchen und schlinge sie hungrig hinunter. Nach dem sechsten und letzten nicke ich zufrieden und sage mit vollem Mund: »Das war nötig. Danke.«

»Gut. Jetzt müssen wir uns wieder unter das Volk mischen«, erklärt er ebenso wenig begeistert, wie ich es bin.

Wir machen ein paar Schritte in die Mitte des Raumes und legt mir sanft seine Hand ins Kreuz, da stürmt eine Blondine mit falschen Brüsten auf uns zu. Sie wirkt billig und ich hasse sie sofort.

»Mr Black, was für eine Freude!«, trällert sie, ohne mir dabei Beachtung zu schenken. Die Silikon-Queen küsst ihn links und rechts auf die Wange, dann fragt sie: »Wie gefällt Ihnen die Ausstellung meines Freundes?« So, so, ihres Freundes. In Anbetracht dessen schmiegt sie sich eindeutig zu nah an Alexander.

»Sie gefällt mir sehr gut. Er hat Talent«, erwidert er knapp.

»Darf ich vorstellen, meine Freundin, Samantha Woods.« Die Worte sind Musik in meinen Ohren und ich greife unwillkürlich nach seinem Arm, um mich bei ihm einzuhaken.

»Oh«, stößt die Blondine sichtlich irritiert hervor. »Freundin«, wiederholt sie gedehnt. *Jap, Freundin, du Bitch.*

Na ja, nicht wirklich, aber es stellt mich zufrieden, dass sie glaubt, es wäre so.

Ich strecke ihr meine freie Hand hin. »Freut mich, Sie kennenzulernen.« Mein missbilligender Blick zeigt ihr jedoch genau das Gegenteil.

Silikon-Barbie ergreift meine Hand falsch lächelnd. »Ebenfalls.« Sie bemüht sich nicht einmal, die Enttäuschung in ihrer Stimme zu verbergen. »Ich mache mich mal auf die Suche nach Miles.«

Alexander nickt nur und sie verschwindet zu meiner Erleichterung eilig in der Menschenmenge. Zufrieden lächele ich ihn an und greife nach einem Glas Champagner, dann stoße ich gegen sein Glas. »Auf dich, den Herzensbrecher.«

Gefühlte Stunden später lausche ich wieder einmal einer oberflächlichen Unterhaltung, die Alexander mit einem Mann im Anzug führt. Irgendetwas über einen seiner Star-Anwälte und einen langwierigen Prozess, den dieser seit geraumer Zeit bearbeitet. Wie laaangweilig.

Früher habe ich mich immer gefragt, wie es wäre, Teil der High-Society zu sein. Bei den Reichen mitzumischen. Solche Veranstaltungen zu besuchen. Jetzt weiß ich es – stinklangweilig. Wir mussten mindestens zehn weitere Paare begrüßen, alles ältere

Geschäftsmänner mit ihren Gattinnen. Danach folgten Gespräche über Investments, Anwaltsfälle, Alexanders Projekte, Stiftungen und noch weiterer uninteressanter Kram. Das einzig Interessante ist Alexander selbst, der mich mit seiner Business-Art so scharfmacht, dass ich ihm am liebsten vor den Augen aller Anwesenden den Anzug vom Leib reißen würde. Seine tadellosen Manieren, die aufgesetzte Höflichkeit in seiner Stimme, die Art, wie er von seinem Imperium spricht – beeindruckend. Die Menschen haben alle großen Respekt vor ihm, merke ich. Es scheint fast so, als würden sie ihn anhimmeln.

Ich liebe den Gedanken daran, dass ich die Einzige in diesem Raum bin, die weiß, wie er privat ist. Verdammt gierig. Charmant. Besitzergreifend. Hart. Warmherzig und unbarmherzig zugleich.

»Dein Kleid ist toll!« Eine weibliche, hohe Stimme ertönt hinter mir. Als ich mich umdrehe, entdecke ich eine junge Frau, die vielleicht zwei Jahre älter ist als ich. Sie ist – inklusive mir natürlich – die einzige hier, deren Gesicht noch Zuckungen aufweist.

»Danke, du siehst ebenfalls toll aus«, schmeichle ich ihr aufrichtig. Ihr braunes Haar trägt sie zu einem hohen Zopf und das kleine Schwarze sieht fantastisch an ihr aus. »Ich bin Sam.«

»Rachel«, erwidert sie lächelnd. »Lust auf Champagner?«

»Immer doch.« Ich werfe Alexander einen Blick zu, dann deute ich auf Rachel und er nickt. Also folge ich ihr zu dem Kellner am anderen Ende des Raumes. Er verschlingt sie förmlich mit seinen gierigen Augen und ihr scheint es zu gefallen. Sie reicht mir ein volles Glas. »Hier.«

»Danke. Mit wem bist du hier?«

Sie rollt mit den Augen und ich muss unwillkürlich lachen. »Mit meinen Eltern, die schleppen mich immer auf so eine Scheiße.«

Ich pruste. »Gott, wie schön, dich kennenzulernen!« Und das meine ich auch so. Endlich jemand, der dieselbe Sprache wie ich spricht.

Wir verfallen sofort in ein Gespräch. Sie erzählt von ihren reichen Eltern, bei denen sie hier in Manhattan lebt und ihrer

Stelle als Praktikantin bei einem großen Verlag. Dann erkundigt sie sich nach Alexander und mir und zwinkert mir angetan zu, als ich sage, wir seien ein Paar.

»Guter Fang, Sam«, lobt sie mich. »Oh, Mist, meine Eltern. Ich kann mich nicht länger verstecken. Sorry.« Sie küsst mich zum Abschied auf beide Wangen und setzt ihr falschestes Lächeln auf, als sie sich durch die Menschenmenge drängt und zu ihren Eltern vorarbeitet.

Ich blicke mich im Raum um, suche Alexanders dunkelblauen Anzug, kann ihn aber nirgendwo entdecken. Hier sind einfach zu viele Anzugträger. Im Vorbeigehen greife ich mir ein weiteres Glas Champagner und betrachte die Gemälde, wegen denen wir eigentlich hier sind. Sie sind allesamt wunderschön, zeigen Landschaften auf eine ganz besondere Art und Weise. Mich würde interessieren, wer der Künstler ist. Seinen Eltern und seiner Freundin nach zu urteilen, sollte er noch ziemlich jung sein.

»Genug«, flüstert eine tiefe Stimme hinter mir und entzieht mir das volle Champagnerglas. Alexander schlingt einen Arm um meine Taille, dann fragt er leise: »Langweilig, oder?«

Ich nicke gespielt gähnend. »Und wie.«

»Wir müssen noch ein paar Fotos machen, dann können wir gehen«, versichert er mir.

Fotos? Oh, bitte nicht. Ich hasse Fotos von mir. Dennoch folge ich ihm zu dem Fotografen, der wie wild durch den Raum läuft, um alle Gäste auf einem Bild einzufangen.

Als er uns entdeckt, lächelt er höflich. Alexander zieht mich an seine Brust und legt mir die Hand um die Taille, und ich versuche mein schönstes Lächeln aufzusetzen, während der Kerl eindeutig zu viele Fotos von uns knipst.

»Entschuldige mich«, flüstert Alexander plötzlich und befreit mich aus seiner Umarmung.

Er marschiert geradewegs zu einer hübschen Brünetten, die ihn sofort anlächelt. Sie schlingt die Arme um seinen Hals, und er erwidert ihre Begrüßung genauso vertraut. Ich beobachte die beiden aufmerksam, als sie innig miteinander sprechen. Ihr Gespräch dauert lang und irgendwann nervt es mich, hier ganz allein herumzustehen.

Warum hat er mich ihr nicht vorgestellt? Als er der hübschen Brünetten den Arm um die Schulter legt, könnte ich kotzen. Was für ein Arsch. Vor meinen Augen auf Tuchfühlung mit einer mir unbekannten Frau zu gehen, ist doch wirklich das Letzte! Zumal ich mir so etwas niemals erlauben dürfte. Ich darf ja nicht einmal mehr meine Freunde treffen.

Die Brünette lacht neben ihm und flüstert irgendetwas in sein Ohr. Dass sie nicht nur heiße Kurven hat, sondern auch ein bildhübsches Gesicht, macht die Magenkrämpfe, die der Anblick der beiden in mir auslöst, nicht unbedingt besser.

Wütend stampfe ich davon. Rachel ist nirgendwo zu sehen und ich habe keine Ahnung, mit wem ich mich sonst unterhalten soll. Alles nur reiche Fuzzis. Ich blicke widerwillig erneut nach hinten. Alexander ist noch immer in das Gespräch mit der heißen Frau vertieft. Ihre weißen, gemachten Zähne blenden mich bis hierher. Jetzt wird mir nicht nur schlecht, sondern ich werde auch aggressiv.

Hat er schon vergessen, dass er mit mir hier ist?

»Champagner, bitte«, beauftrage ich eine junge Kellnerin, die ihren Mund daraufhin verzieht.

»Tut mir leid. Mir wurde aufgetragen, Ihnen keinen Champagner mehr zu servieren.«

Ich starre sie mit offenem Mund an. *Sein Ernst?*

»Schon okay, danke«, murmele ich genervt. Sie kann immerhin nichts dafür.

Wieder drehe ich mich zu Alexander um. Seine Hand ruht nicht mehr auf der Schulter der Frau, aber seine Blicke sprechen Bände. Ich wette, er hat sie gevögelt. Oder will sie vögeln. Beides schlecht. Wie kann er mich beinhart wegen einer anderen Frau hier allein stehenlassen? Mitten in unserer Fotosession? Nicht, dass ich heiß darauf gewesen wäre – im Gegenteil –, aber trotzdem ist es nicht gerade reizend von ihm.

Ich hole mein Handy aus der Abendtasche, um Claire eine Nachricht zu schicken. Da entdecke ich eine von Aiden, die er mir kürzlich erst geschickt hat.

Oh Mann. Jetzt entschuldigt er sich auch noch bei mir, obwohl ich es doch bin, die sich eigentlich entschuldigen sollte.

Verdammt. Aiden würde mich bestimmt nie für eine andere stehenlassen und die Bitch dann noch dreist vor meiner Nase begrapschen. Ich brauche Alkohol. Oder Luft. Oder eine Zigarette.

Fuck, ja! Ich brauche eine Zigarette. Eigentlich habe ich mir das Rauchen nach Detroit abgewöhnt, Claire mochte den Zigarettengeruch in der Wohnung nicht und es hat viel zu viel Geld gefressen. Aber jetzt sehne ich mich nach einem dieser ungesunden Stummel. Zurzeit sehne ich mich nach nichts anderem als das.

Ohne Alexander und seiner wahrscheinlich zukünftigen Liebhaberin Beachtung zu schenken, verlasse ich die Kunstausstellung. Ich gehe um die Ecke des Gebäudes. Volltreffer. Ein junger Kerl steht mit einem Handy am Ohr an die Hauswand gelehnt. In seiner Hand blitzt etwas auf, das er kurz darauf auf dem Boden unter seinem Schuh zerdrückt.

Ich steuere auf ihn zu. Noch bevor ich ihn erreicht habe, beendet er sein Telefonat. Höflich lächelnd stelle ich mich vor ihn. »Hättest du eine Zigarette für mich?«

Kurz scheint er überrumpelt, doch er holt die kleine rote Schachtel aus seiner Anzughose heraus und hält sie mir wortlos entgegen. Ich entnehme eine Zigarette, lasse sie mir von ihm anzünden und inhaliere sehnsüchtig den Rauch. Er steigt mir in die Lunge und ich blase ihn lächelnd aus.

»Es ist Ewigkeiten her, seit ich das letzte Mal eine geraucht habe. Danke.«

Der Unbekannte grinst breit und zündet sich eine neue Zigarette an. Ich betrachte sein Outfit, da mir erst jetzt auffällt, wie vornehm er gekleidet ist. Anzughose, weißes Hemd, Krawatte.

»Bist du auch auf dieser Vernissage?«, frage ich überrascht.

Er nickt, bläst den Rauch aus seiner Lunge und lächelt. »Ich bin der Künstler.« Oh.

»Solltest du dann nicht da drin sein?« Mit dem Rücken an die Hauswand gelehnt stelle ich mich direkt neben ihn.

»Ich will meine Freundin nicht dabei stören, wie sie sich an irgendeinen Bonzen ranschmeißt«, erwidert er trocken. Seine grünen Augen verdunkeln sich dabei und nehmen die braune Farbe seines Haares an. Er sieht nicht wirklich aus wie ein Künstler, aber wer weiß auch schon, wie Künstler aussehen. Noch weniger aber sieht er aus, als würde er hierhergehören. Zu diesen Bonzen.

Miles, so nannte ihn zumindest seine Mutter, zuckt mit den Schultern und sieht mich an. »Und du? Dein Outfit verrät, dass du Gast meiner Ausstellung bist.«

Ich nicke und presse ich die Lippen fest aufeinander. »Mein Begleiter ist auch in Gespräche vertieft.«

Miles nickt ebenfalls verständnisvoll, während er mich dabei beobachtet, wie ich die Zigarette zwischen meinen Fingern rolle, so wie ich es mir angewöhnt habe. Ich sehe ihn fragend an.

»Na ja, zu deinem Erscheinungsbild passt die Zigarette irgendwie nicht«, erklärt er nett gemeint.

»Stimmt«, sage ich. »Zu deinem aber auch nicht.«

»Es ist nicht immer alles so, wie es scheint«, fügt er nachdenklich hinzu, dann blickt er in die Ferne.

Ohne mich nach rechts zu drehen, bemerke ich, wie mich jemand eindringlich anstarrt. Mein Körper versteift sich sofort. Ich werde beobachtet. Und nicht von irgendjemandem.

Schließlich suche ich nach der Bestätigung und entdecke Alexander an der Ecke der Straße. Seine Hände sind ineinander verknotet, während er steif da steht. Er sieht wütend aus. Wie so oft.

Miles runzelt sichtlich verwundert seine Stirn. »Dein Begleiter?«

»Jap«, erwidere ich kurz angebunden.

Er drückt den Zigarettenstummel auf dem Asphalt unter seinem Schuh aus. »Verstehe.«

Ich tue dasselbe, nur dass es bei mir merkwürdig aussieht.

Diese Stilettos und die Zigaretten passen einfach nicht zusammen. Nachdem ich mich abgewendet habe, gehe ich ein paar Schritte und werfe Miles noch einen kurzen Blick über die Schulter zu. »Es ist nicht immer alles so, wie es scheint«, zitiere ich ihn.

Bei diesen Worten lächelt er das erste Mal aufrichtig, und ich spüre seinen Blick brennend auf meinem Rücken, als ich auf meine wütende Begleitung zusteuere. Schon klar, dass die Situation hier irgendwie ein komisches Licht auf mich wirft, aber Alexander wird ziemlich schnell angepisst, wie mir auffällt.

Zu meiner Überraschung wendet er sich ab, anstatt mir eine Szene zu machen. Ich folge ihm in der Annahme zurück zur Vernissage zu gehen, doch er marschiert gezielt auf seine Limousine zu, die die Straße abwärts auf uns wartet. Der ergraute Fahrer steigt unverzüglich aus dem Wagen und hält uns eine der hinteren Türen auf. Ich ahne Schlimmes, als ich einsteige.

»Sag etwas«, bitte ich ihn, als die Limo losfährt. Alexander sitzt schweigend neben mir, einen Ellenbogen auf seinem Oberschenkel abgestützt. Unsere Blicke treffen sich und ich zucke zusammen, weil seiner so düster ist.

»Du hast geraucht«, stellt er fest.

»Jap.« Er hat es ja ohnehin gesehen, also wozu lügen?

»Du hast zu viel getrunken und geraucht, dich davongeschlichen und mit dem Künstler vergnügt, während ich dich drinnen gesucht habe«, fasst er mit finsterer Miene zusammen.

Ich seufze. Er stellt es dramatischer dar, als es tatsächlich war. »Das mit Miles stimmt nicht. Wir haben uns nicht vergnügt, wir haben nur zusammen eine geraucht. Zu viel getrunken habe ich auch nicht, das hast du ja erfolgreich verhindert.«

»Es reicht!«, fährt er mich an. Ich zucke erschrocken zusammen. »Ich glaube, du verstehst die Regeln nicht, Samantha. Soll ich sie dir noch einmal erklären?« Seine Stimme hat jegliche Wärme verloren.

Jetzt werde auch ich wütend. Nicht nur, weil er mich gegen meine eindringliche Bitte bei meinem vollständigen Vornamen nennt, sondern weil er unbegründet so barsch mit mir umspringt.

»Ich glaube, *du* verstehst die Regeln nicht. Für dich gibt es ebenso welche wie für mich!«

Alexander hebt beide Augenbrauen und setzt sich aufrecht hin. »Ist das so?«

»So ist es«, antworte ich bissig und wende den Blick von ihm ab. Er greift grob nach meinem Kinn und dreht meinen Kopf wieder in seine Richtung, um mich zu zwingen, ihn anzusehen. Unsere Lippen sind nur Zentimeter voneinander entfernt, und ich habe Mühe, mich weiterhin auf meine Wut zu konzentrieren anstatt auf seinen sinnlichen Mund.

»Gegen welche Regel habe ich denn verstoßen?«, fragt er angespannt.

»Die Frau«, murmele ich. »Ich habe euch gesehen.«

»Du meinst die Tochter meiner Tante.«

Scheiße, was?

Ich blinzele. »Das war deine Cousine?« Schweigend starrt er mich an, ganz so, als wüsste er, wie blöd ich mir jetzt vorkomme. »Das wusste ich nicht.« *Gut gemacht, Sam.*

»Ich wollte sie dir vorstellen, aber du warst bereits anderweitig beschäftigt«, knurrt er.

»Tut mir leid.« Mehr bringe ich nicht raus.

»Ich will dich nicht noch einmal mit einer Zigarette sehen. Und du hast dich nicht zu benehmen, wie es dir gerade passt, hast du mich verstanden? Sonst ist der Vertrag nichtig. Du hast dich an die Regeln zu halten. Immer. Außerdem steht dir diese kindische Art nicht besonders«, ermahnt er mich kalt.

Ich schlucke hart.

Da ist sie wieder – die bittere Realität. Das hier ist nicht mehr als ein Job. Er ist nicht mehr als mein Boss. Und er ist offenbar nicht sehr zufrieden mit meiner Arbeit.

Nun ja, ich hab's auch ziemlich oft verkackt. Bisher habe ich mich an fast keine Regel gehalten, das liegt mir einfach nicht. Aber ich brauche das Geld. Es *muss* mir liegen. Ich muss mir endlich vor Augen führen, dass das hier ein Job ist wie jeder andere. Ich darf mir nicht andauernd ein Fehlverhalten erlauben.

»Okay«, sage ich in erstem Ton. »Verstanden.«

Nachdem er mein Kinn losgelassen hat, reibt er sich angestrengt über die glatte Stirn. Seine seidigen Haare fallen ihm dabei ins Gesicht, weil sie heute nicht wie üblich nach hinten gestylt sind. Am liebsten würde ich mich hineinkrallen, ihn berühren und küssen – aber ich tue es nicht. Gefühle sind nicht das, wonach er sucht. Nicht das, was er von mir will. Und was ich will, zählt nicht.

»Was machst du nur mit mir?«, flüstert er vor sich hin. »Du treibst mich in den Wahnsinn.«

Bei seinen Worten schlucke ich wieder. Verzweiflung schwingt darin mit. Gänsehaut läuft mir über den Körper und ich streiche mir frierend über die Arme. Alexander zieht sein Jackett aus und legt es mir behutsam über die Schultern. Als er seinen Arm zurückziehen will, lehne ich mich dagegen.

»Sei nicht böse auf mich«, flüstere ich sanft.

»Kann ich gar nicht«, erwidert er ebenso sanft. Mit einer langsamen Bewegung zieht er mich nah zu seinem Brustkorb und ich drücke mich wohlig dagegen.

»Ich…« Ich unterbreche mich selbst. *Nicht.*

»Du?«, fragt er nach.

Statt ihm zu antworten, presse ich meine Lippen auf seine. Es würde alles kaputt machen und es wäre unangebracht, ihm von meinen Gefühlen zu erzählen. Ich kann sie selbst gar nicht richtig einordnen, ich bin verwirrt. Ich merke lediglich, dass das hier für mich nicht bloß rein platonisch ist. Vielleicht liegt es an meinem jungen Alter – ich bin noch naiv und leichtsinnig. Ich habe Sex mit einem Kerl und beginne automatisch, mich zu verlieben, während er Körperliches und Emotionales mit Leichtigkeit voneinander trennen kann. Er ist nun mal reifer, erfahrener und sehr mächtig, und natürlich verdreht mir das den Kopf.

Also küsse ich ihn so leidenschaftlich, wie ich nur kann, und drücke damit aus, wie sehr ich ihn will. Auf eine Weise, mit der er auch etwas anfangen kann. In der nächsten Sekunde sitze ich rittlings auf seinem Schoß und er vergräbt seine Hände in meinem langen Haar.

»Ich will dich«, haucht er. »Warum bist du nur so schwierig?«

»Ich will *dich*«, hauche ich zurück, die Lippen fest an seine gepresst. Ich lehne meinen Kopf an seine Schulter und schmiege mich mit dem Körper enger an ihn. Durch sein dünnes Hemd kann ich die Wärme seines Körpers in mir aufnehmen und die Muskeln unter meinen Fingern spüren, als ich ihn streichele.

»Sam«, flüstert er an meinem Hals und übersät ihn zugleich mit Küssen. Er drückt seine Nase in mein Haar und riecht daran, was mich zum Lächeln bringt.

Ich streichle ihm über die glatt rasierte Wange, genieße jeden einzelnen Kuss, der danach wieder auf meinem Hals folgt. »Ich will mit dir schlafen.« Diese Worte auszusprechen, kostet mich große Überwindung, doch in diesem Moment ist mein Bedürfnis danach überwältigend. Ich will Liebe mit ihm machen, anstatt mich von ihm ficken zu lassen.

»Schlafen«, wiederholt er rau.

Am liebsten würde ich ihm sagen, dass ich ihn gerade brauche, dass ich nicht mit ihm vögeln oder mich von ihm nehmen lassen will, so unglaublich gut das auch sein mag. Zärtlichkeit fehlt mir. Seine Zärtlichkeit.

Für einen kurzen Moment wirkt er so, als hätten ihn meine Worte aus der Bahn geworfen. Als er mich von sich herunterschiebt, bekomme ich Panik. Doch dann drückt er mich sanft der Länge nach auf die Rückbank der Limousine. Durch das weiche Leder kann ich mich bequem mit dem Rücken hineinschmiegen und ihn an mich ziehen. Sein massiver Körper legt sich auf den meinen und wir küssen uns wieder intensiv.

Ich spüre seine Hand zwischen meinen Beinen. Mit kreisenden Bewegungen streichelt er die Innenseiten meiner Schenkel und schiebt dann vorsichtig meinen Slip beiseite. Sofort wird mir heiß. Meine intime Stelle pocht, als hätte sie ein eigenes Herz, und meine Wangen erröten vor Erregung. Ich schließe die Augen und halte ihn an seinen breiten Schultern fest. Mein Kleid wandert weiter nach oben, bis ich schließlich das weiche Leder unter meinem nackten Hintern fühlen kann.

Alexander setzt sich auf das freie Stück der Sitzbank und hebt meine Beine an, sodass ich mit angewinkelten Knien daliege. Dann spüre ich seine zwei Daumen auf meinen Schamlippen, mit denen er mich langsam für sich öffnet.

Als er mit dem Kopf zwischen meinen Beinen verschwindet,

ziehe ich scharf die Luft ein. Seine Zunge leckt in langsamen Rhythmus über mein empfindliches Nervenbündel, kreist zärtlich darüber und drückt sanft darauf. Ich stöhne, ziehe ihn mit den Beinen noch näher an mich heran und vergrabe meine Finger in seinem seidenen Haar. Seine Hände streicheln sanft über die empfindliche Haut meiner Hüftknochen, dann höre ich ihn leise gegen meine Klit stöhnen. Das Zittern in meinen Beinen macht sich bemerkbar, doch ich halte meinen Höhepunkt zurück. Dieser Moment ist zu schön, um ihn mit einem Orgasmus zu beenden. Und das mag etwas heißen.

»Ich werde mit dir schlafen«, sagt er mit dieser einzigartigen rauen Stimme, die mich so verrückt werden lässt. Er bläst Luft auf meine Klit, und die Kälte auf dieser pochenden Stelle katapultiert mich in eine andere Dimension.

Sein Kopf wandert wieder nach oben. Ich höre den Verschluss eines Gürtels, der geöffnet wird. Er zieht seine Anzughose und Unterhose so weit nach unten, dass sich seine harte Erektion gegen meine Spalte drückt. Unsere Blicken treffen sich und verheddern sich ineinander. Seiner glüht.

Ich nicke ungeduldig und bin mir sicher, dass er die Verliebtheit in meinen Augen sehen kann. Jeder Blinde würde das. Ich vergöttere ihn auf eine Art und Weise wie noch nie jemanden zuvor. Es ist schwer zu erklären, warum ich ihm nach so kurzer Zeit schon so verfallen bin, aber es ist nun mal so und bestätigt sich in diesem Moment wieder. Oder heute, als ich von Eifersucht getrieben die Flucht ergriffen habe. Ich lasse mich auch von seinen Launen oder Stimmungsschwankungen nicht abschrecken. Ich will ihn genauso, wie er ist. Mit all seinen Ecken und Kanten.

Alexander hält einen Moment inne, seine Erektion noch immer fest gegen meine Spalte gedrückt, dann lehnt er sich zu mir vor und presst seine Lippen an die meinen. Seine warme Zunge drängt sich in meinen Mund, seine feuchten Lippen umfassen die meinen liebevoll. Er schmeckt nach mir, und ich sauge den Geschmack gierig von seiner Zunge. Sein glorreicher Schwanz reibt sich zentimeterweise an meiner nassen Mitte und ich stöhne erneut laut auf. *Gott.* Er ist so hart und bereit.

Langsam schiebt Alexander sich wieder nach hinten, stößt mit der Krone seines Schwanzes gegen meine Öffnung und dringt dann zärtlich in sie ein.

»Sam«, raunt er mit kehliger Stimme und umfasst mit beiden Händen meine Brüste. Er dringt tief in mich ein und stößt immer wieder zu, ohne dem Ganzen die Zärtlichkeit zu nehmen. Ich klammere meine Beine um seine Taille und halte mich mit beiden Armen an ihm fest.

»Das ist so gut«, stöhne ich mit geschlossenen Augen. »Du bist so gut.« Die Worte fließen nur so aus mir heraus.

Ich spüre, wie sich sein Körper vor Lust anspannt, dann seine Lippen auf dem hauchdünnen Stoff des Abendkleides über meinem Nippel. Das Saugen ist gierig, aber sanft. Diesmal schmerzt es nicht und die Bisse bleiben aus. Trotzdem versetzt es mich in Ekstase und ich wimmere unter seiner sanften Liebkosung. Wir stöhnen gleichzeitig auf, als ich ihn mit meinen inneren Muskeln fest umklammere, um ihn so zu verwöhnen, wie er mich verwöhnt.

»Bitte«, flüstere ich zittrig.

Alexander legt seine Lippen wieder auf meine, dann stößt er noch ein paar weitere Male zu und wir versinken zusammen in einer Gefühlsexplosion. Während er sich in mir ergießt, stöhne ich seinen Namen und ich schlinge meine Arme und Beine fester um ihn, um ihn meinen Orgasmus spüren zu lassen. Er zittert auf mir und seine stürmischen Augen betrachten mein Gesicht mit einem Funkeln, das ich nicht zu deuten vermag, als er sich aus mir zurückzieht.

Ich muss lächeln. Das war schön.

Er erwidert es. »Das war das erste Mal, dass ich jemals mit einer Frau *geschlafen* habe.«

Mein Herz explodiert bei seinem Geständnis.

KAPITEL 14

*D*en nächsten Tag verbringe ich fast zur Gänze alleine. Nachdem Alexander mich gestern Abend in seiner Limousine geliebt hat, tat er es später noch einmal in seinem Bett. Danach schliefen wir friedlich in Löffelchenstellung ein. Wie ein ganz normales Pärchen.

Als ich in der Früh erwacht bin, war er natürlich längst im Büro. Seither vertreibe ich mir die Zeit mit fernsehen, Schokolade, Zeitschriften und dem Jacuzzi, an den ich mich schon gewöhnt habe. Ein unfassbarer Luxus, aber irgendwann schwöre ich, mir und Claire auch einen zu kaufen. Vielleicht wird es das Erste sein, was ich mit den fünfhunderttausend Dollar kaufen werde.

Greta und ich haben eine Weile in der Küche geplaudert und Kaffee getrunken, ehe sie sich wieder an die Arbeit gemacht hat und irgendwann nach Hause ging. Es ist nun später Nachmittag, als ich mich mit meinem Notebook ins Bett kuschele. Ich blicke zur Skyline von Manhattan, beobachte den Sonnenuntergang und schmelze fast dahin, als sich der Himmel rosafarben verfärbt.

Ich scrolle in meinem Google-Verlauf, um nach einer früheren Website zu suchen, auf der ich mir stets Filme reingezogen habe. Ich weiß, es ist illegal, aber wer schaut heutzutage noch DVDs? Dann entdecke ich Alexanders vollständigen Namen in meinem Suchverlauf. Ich klicke grinsend darauf. Mal sehen, was ich noch alles über ihn herausfinden kann.

Das Grinsen vergeht mir prompt wieder. Was zum Teufel ...

Die Suchmaschine explodiert schlagartig. Dutzende Artikel springen mir ins Auge, allesamt von den verschiedensten Klatschzeitschriften und Magazinen: *Alexander Black und Freundin; Alexander Black – Inhaber der Black Group Int., vergeben?; Alexander Black und seine neueste Eroberung; Unbekannte Schönheit an der Seite des begehrtesten Junggesellen der Stadt gesichtet; Die Gerüchteküche brodelt: Wer ist die Frau an Alexander Blacks Seite?*

Ich zucke zusammen. Plötzlich breche ich in lautes Gelächter aus, als ich *Alexander Black mit Gattin* lese. Gattin? Also wirklich. Unser Bild erscheint unter jedem Artikel und ich bin heilfroh, nicht schielend oder mit halb geschlossenen Augen abgelichtet worden zu sein, was im Normalfall immer passiert.

Ich habe damit gerechnet, dass über uns getratscht wird, allerdings nicht in diesem Ausmaß und das so schnell. Impulsiv greife ich nach meinem Handy und schicke Alexander eine Nachricht.

> Hey Gatte, wann kommst du?

Ich bin mir sicher, dass er den Artikel gelesen hat.

Schlagartig ändert sich meine Laune.

Fuck, wenn ich das hier lese, dann lesen das bestimmt auch alle anderen. Claire, Aiden, Jacob…Meine Mom? Mein Vater? Okay, nein. Die haben nichts mit dieser Welt zu tun. Zumindest hoffe ich das.

Nervös wähle ich Claires Nummer, um mir das lange hinauszögern zu ersparen. Irgendwann muss ich ja doch mit ihr darüber sprechen.

»Miss Black?« Sie klingt selbstzufrieden, weil sie es ja bereits geahnt hat.

»Claire«, seufze ich. »Du hast es also gesehen?« Natürlich hat sie es gesehen.

Claire lacht laut auf. »Süße, du bist auf jedem Zeitschriftencover der Stadt. Dein Gesicht strahlt mich schon den ganzen Tag an, während ich auf meinem Schreibtisch sitze. Ich habe mich schon gefragt, wann du mich anrufst, du Bitch.« Trotz des amüsierten Tonfalls höre ich die Enttäuschung in ihrer Stimme.

»Tut mir leid, dass ich es dir nicht eher gesagt habe«, entschuldige ich mich aufrichtig. »Ich wusste nur nicht, was genau das ist … Verstehst du das?« Weiß ich zwar immer noch nicht, aber egal.

»Ich verstehe schon. So eine Bombe lässt man nicht einfach so platzen«, meint sie, ohne vorwurfsvoll dabei zu klingen. »Seid ihr jetzt offiziell ein Paar? Wie ist das passiert, verdammt? Du Glückliche! Er ist so scharf!«

Ich schmunzele und lasse mich nach hinten auf das Bett fallen. »Nun ja, wir haben uns getroffen und unsere Vorstellungen und Bedürfnisse haben einfach gut zueinander gepasst. Eines hat zum anderen geführt«, berichte ich. Die Zweideutigkeit des ersten Satzes entgeht mir nicht. Unsere *Bedürfnisse* haben gut zueinander gepasst … *Geld und Geldnot. Ha ha.*

»Süße, das ist klasse. Ich freue mich für dich, auch wenn ich es immer noch nicht glauben kann, dass du dir den heißesten Junggesellen am Markt geangelt hast!«

Ich rolle mit den Augen. »Du hast die Artikel alle gelesen, nicht wahr?«

Sie grunzt ins Telefon. »Klar, jeden einzelnen.«

»Ich vermisse dich«, sage ich daraufhin.

»Dann komm nach Hause«, erwidert sie sanft. »Ich vermisse dich auch, Mrs Black.«

Ich lache über den Namen. »Ich kann noch nicht.«

»Warum?«

Weil ich hierbleiben muss. Weil ich hierbleiben will. Weil Alexander mich hier haben möchte.

»Ich versuche so bald wie möglich zu kommen«, verspreche ich.

»Okay.« Lautes Rascheln tritt ein. »Ich muss weitermachen, Süße. Hab dich lieb.«

Es ist acht Uhr abends und Alexander hat weder auf meine Nachricht geantwortet noch ist er nach Hause gekommen. Der Film *that akward moment* hat mich zwar abgelenkt und zum Lachen gebracht, aber nun ist mir langweilig und ich wundere mich darüber, wo Alexander so lange bleibt.

Als ich ihn anrufe, geht nur seine Mailbox ran. In Gedanken an unsere gemeinsame Nacht gestern, die mir so viel Zärtlichkeit geschenkt und Lust bereitet hat, schließe ich die Augen und döse ein.

Warme Hände gleiten über meine nackten Beine. Ich blinzele und schrecke auf. Es ist stockfinster. Es muss nach Mitternacht sein. Alexanders männlicher Duft steigt mir in die Nase und ich höre ihn an meinem Ohr brummen: »Mhhh.« Er inhaliert den Geruch meines Haars, als er sich eng an meinen Hals schmiegt.

Verschlafen drehe ich mich in seine Richtung. »Wo warst du?«

»Arbeiten, Baby.« Seine Hand umfasst meine rechte Brust und knetet sie begierig.

Ich knipse das Nachtlämpchen an und werfe ihm einen beleidigten Blick zu. »Du hast dich gar nicht gemeldet. Es ist mitten in der Nacht.«

Er lächelt. »Komm her.«

»Nein«, erwidere ich schnippisch. »Du kannst nicht von mir erwarten, dass ich stets erreichbar und verfügbar für dich bin, und mich dann hier versauern lassen. Ohne dich ein einziges Mal zu melden!« Wahrscheinlich habe ich kein Recht, mich darüber aufzuregen, aber ich kann wie immer meine Klappe nicht halten.

Seine Augen verengen sich. »Ich hatte ein geschäftliches Treffen, das sich in die Länge gezogen hat.«

Obwohl mich der Anblick seines nackten Oberkörpers fast sofort feucht werden lässt, lasse ich nicht locker. »Ich bin böse auf dich. Das ist nicht okay.«

»Ich mache es wieder gut, komm her«, lockt er mich zu sich und greift nach meiner Taille. Ich schüttele den Kopf. »Du willst dich mir widersetzen?« Ein dunkles Funkeln tritt in seine Augen.

Dennoch nicke ich, drehe mich um und knipse das Nachtlicht aus. Mit einer Mauer aus Kissen baue ich eine Barrikade zwischen uns auf und lege den Kopf zurück auf mein Kissen. Mag kindisch sein, ist aber eindeutig. Ich höre ihn schwer seufzen, er lässt es zu meiner Überraschung aber gut sein.

Ich spüre, wie sich die Matratze hebt, und kurz darauf höre ich das Schließen einer Tür.

~

»Miss Woods.« Gretas freundliche Stimme dringt zu mir durch. Irritiert drehe ich mich um und blicke in ihr strahlendes Gesicht. »Sie müssen aufstehen, das Essen ist fertig.«

»Essen?«, wiederhole ich krächzend. »Wie spät ist es?«

Greta deutet auf die elegante Uhr an der Wand. *Heilige Scheiße*, es ist zwölf Uhr mittags. Arbeitslos sein finde ich echt scheiße. Man verpennt den ganzen Tag und hat ohnehin nichts zu tun, wenn man erstmal auf ist.

Ich reibe mir die müden Augen. »Ich wusste nicht, dass Sie auch kochen.«

Ihr Haar fliegt in ihr mit Falten bedecktes Gesicht, als sie den Kopf schüttelt. »Tue ich auch nicht, ich mache nur sauber. Mr Black hat für Sie gekocht.«

Schlagartig bin ich munter. »Echt?« Alexander ist hier? Er hat gekocht? Anstatt mir eine Standpauke über meinen Widerstand zu halten, kocht er für mich?

Ich schleife mich aus dem Bett und schlüpfe in Alexanders weißes Hemd, welches auf einem Stuhl ausgebreitet ist. Es reicht mir bis zur Mitte der Oberschenkel und trägt seinen männlichen Duft. Nachdem ich mir in Windeseile die Zähne geputzt und die Haare gebürstet habe, gehe ich die Treppe nach unten. Der Geruch von Knoblauch und Zwiebel steigt mir in die Nase. *Köstlich.*

Alexander steht in Jogginghose und engem schwarzen T-Shirt hinter dem Herd und rührt in einem Topf. Was für ein Anblick.

»Morgen«, krächze ich verwirrt. »Du hier?«

Er lächelt unwillkürlich, als er mich sieht. »Ich hier.« Dann fällt sein Blick auf sein weißes Hemd. »Steht dir.«

Ich lächele müde. »Warum bist du nicht im Büro?« Gähnend setze ich mich an einen der Essstühle.

»Ich habe mir frei genommen«, erzählt er gut gelaunt. »Für dich.«

Ich hebe eine Braue ungläubig in die Höhe. »Für mich?«

Alexander richtet zwei Teller an, dann setzt er mir das wunderbar selbstgemachte Essen vor die Nase und legt beide Hände auf meine Schultern. Während er sie massiert, flüstert er: »Als Wiedergutmachung für gestern.«

Oh. Er will bei mir etwas wiedergutmachen? Kaum vorstellbar.

»Wow«, murmele ich und lege den Kopf schief, als er meinen Nacken massiert. »Wie lange bist du denn sonst samstags im Büro?«. Ich werfe einen gierigen Blick auf das Essen. Gebratenes Hühner und Rindfleisch, gedünstetes Gemüse aller Art, Bratkartoffeln und Reis. Dazu zweierlei selbstgemachte Saucen und Kräuterbutter. Dagegen kommt mir meine Sahnepasta richtig lächerlich vor.

»Eigentlich bis vier Uhr.«

»Kochst du oft?«, will ich immer noch verwundert wissen.

Er schüttelt den Kopf, dann gießt er mir Wasser in ein Glas ein. »Nie.«

»Nie?« Er nickt. »Oh. Ich … Danke.« Ich fühle mich geehrt. Und es überrascht mich nicht nur in einer Hinsicht. Bei dem Gedanken, dass dies schon das zweite erste Mal ist, dass Alexander etwas speziell für mich tut, was er sonst nicht tut, muss ich lächeln. »Dann verzeihe ich dir.«

Er schmunzelt zufrieden. »Danke, sehr großzügig.« Noch einmal tritt er hinter mich, legt mir eine Hand um den Hals und flüstert an meinem Ohr: »Das erste und letzte Mal, dass du dich mir widersetzt hast, Baby.« Ich rolle mit den Augen, lächele aber, als er mir gegenüber Platz nimmt.

Als wir aufgegessen haben, räumt Greta die Teller und Gläser ab und macht sich daran, die Küche wieder auf Vordermann zu bringen. Ein bisschen komisch fand ich es schon, sie nicht zum

Essen mit uns aufzufordern, aber Alexander pflegt bekanntlich eine distanzierte Beziehung zu seinen Angestellten.

Er reicht mir eine Tasse frischen Kaffee. »Hier.«

Ich strahle und leere sie in einem Zug. Der Mann weiß einfach, was ich brauche: Kaffee, Essen und Sex. Auf Drittes freue ich mich schon seit gestern.

Ich folge ihm nach oben. »Warum hast du mich gestern Abend nicht mitgenommen? Ich dachte, genau darum ginge es? Begleitung bei geschäftlichen Dingen und so.«

Alexander weicht meinem Blick aus. »Du hättest dich nur gelangweilt.« Mehr, als hier alleine herumzusitzen, sicher nicht. »Ich muss ein paar Telefonate führen, dann können wir machen, was du möchtest. Heute Abend müssen wir auf eine Wohltätigkeitsveranstaltung, du brauchst ein neues Kleid. Wir gehen also auch shoppen.«

Schon wieder eine Veranstaltung – wie anstrengend.

»Und bei der werde ich mich nicht langweilen? Dann kann ich ja genauso gut auch heute hierbleiben«, stelle ich hoffnungsvoll fest. Kaum stehen wir vor seinem Arbeitszimmer, hebt er mich mit einem Schwung hoch und presst mich fest an die Wand neben der Tür. Ich japse. »Heute brauche ich dich.« Seine Lippen berühren die meinen, als er spricht.

Ich betrachte ihn begierig, bevor ich langsam nicke. Als er mich zurück auf den Boden gleiten lässt, wimmere ich enttäuscht. *Zuerst heißmachen, dann fallenlassen.* Schadenfroh verschwindet er in seinem Arbeitszimmer und schließt die Tür hinter sich.

Nach vierzig Minuten bin ich fertig gestylt und aufbruchbereit. Ich beschließe, nicht länger auf Alexander zu warten, sondern meine Wartezeit zu verkürzen, indem ich die Sache selbst in die Hand nehme – wortwörtlich – und mich zugleich für das tolle Essen revanchiere.

Nur in weißem Spitzen-BH und sexy Slip husche ich vom Badezimmer in sein Arbeitszimmer. Ich öffne langsam die Tür und schließe sie leise hinter mir, als ich Alexanders Kehrseite vor dem Fenster wahrnehme. Er telefoniert noch immer. Ich stehe einfach stumm da, bis er sich nach einigen Momenten zu mir umdreht und die Augen weitet. Dann kommt er leicht ins Stottern, als ich langsam meinen BH löse und aus den Trägern schlüpfe. Seine blaugrauen Augen ziehen mich wie gewohnt in seinen Bann, bevor er nach unten blickt und meine Brüste voller Sehnsucht betrachtet.

»Ja, Mr Dougan, machen Sie es so«, wimmelt er seinen Gesprächspartner ab, doch dieser sieht scheinbar noch lange kein Ende in deren Gespräch.

Also schreite ich langsam in seine Richtung, drücke ihn auf den schwarzen Ledersessel hinter seinem Schreibtisch herunter und spiele am Saum seiner Jogginghose, während er weiter mit Mr Dougan telefoniert.

»Ja, genau. Mhm, das meinte ich … Tun Sie das«, sagt er abgelenkt.

Sein steifer Schwanz ragt mir entgegen, während ich ihm die Boxershorts die Hüften hinab schiebe. Er hilft mir, indem er sie leicht anhebt, danach knie ich komplett vor ihm nieder und drücke seine Schenkel leicht auseinander, um mir Zutritt zu verschaffen. Ich lege einen Zeigefinger auf meinen Mund, bedeute ihm leise zu sein und drücke meine nackten Brüste an seine harte Erektion.

Feuer flammt in seinen Augen auf. Sein Atem wird unregelmäßig und lauter, je schneller ich seine Erektion zwischen meinen Brüsten reibe. Sie umschließen seinen Schwanz, und ich bewege mich rhythmisch hoch und runter. Ich sehe ihm dabei tief in die Augen und küsse dann die Eichel seines Schwanzes. Er krallt sich so fest in die Armlehne seines Sessels, dass sich seine Knöchel weiß verfärben. Ich lächele zufrieden.

Mutig lecke ich der Länge nach über seinen Schwanz, nehme die Krone in den Mund und sauge sanft daran. Sofort schmecke ich seine Lusttropfen auf meiner Zunge und blicke wieder zu ihm hoch. So voller Verlangen habe ich ihn noch nie gesehen. So ungeduldig und heiß. Er antwortet Mr Dougan kaum noch, sondern konzentriert sich voll und ganz auf mich. Seine Gesichtszüge sind vor Lust deutlich verschärft.

So tief es geht, nehme ich seinen langen Schwanz in den Mund und lasse ihn hinein und hinausgleiten. Bei der Länge dieses Prachtexemplars fällt es mir schwerer als erwartet, ihn komplett in mir aufzunehmen. Ich sauge, lecke, küsse – mache alles, um das Verlangen in seinen Augen zu verstärken. Schließlich hat er mich so oft verwöhnt und ich habe mich kaum dafür revanchiert.

Als er es nicht mehr aushält, beendet er das Telefonat mehr als unfreundlich und schmeißt das Handy grob gegen die Tastatur.

»Verdammt«, flucht er vor sich hin. »Dein Mund ist wie gemacht für meinen Schwanz.« Er vergräbt die Hand in meinem Haar und übt damit leichten Druck auf meinen Hinterkopf aus. Seine Muskeln spannen sich an, während ich immer fester sauge.

»Du hast ja keine Ahnung, was ich noch alles mit dir anstellen werde«, raunt er, als er sich erhebt und mich mit dem Rücken gegen seinen Schreibtisch drückt. Ich knie nach wie vor auf dem Boden, eine Hand um seinen nassen Schwanz gelegt.

Er lächelt schmutzig auf mich herab. »Du bist so viel besser, als ich erwartet habe, Samantha.«

Immer weiter drängt er sich an mein Gesicht heran, bis ich mit meinem Hinterkopf gegen den Schreibtisch stoße. Es gibt kein Entkommen mehr. Sein Körper verwehrt mir, mich wegzubewegen. Bei dem Gedanken werde ich unwillkürlich feucht.

Ich öffne bereitwillig den Mund und er lässt seinen langen Schwanz in mich gleiten – langsam vor, langsam zurück, langsam vor, langsam zurück. Als er sich dann erneut in meinen Mund drängt, wird er immer fordernder. Er übt mehr Druck aus, sodass ich gezwungen bin, seine Erektion noch tiefer in mir aufzunehmen. Mir schießen Tränen in die Augen, als er meinen Mund schließlich komplett ausfüllt.

Alexander sieht mich an, als hätte er noch nie etwas so Schöneres betrachtet. Fuck. Ich schaffe es kaum noch, vor Lust auf dem Boden zu bleiben. Ich brauche ihn in mir – woanders.

Er stößt ein weiteres Mal tief in meinen Mund und ich schnappe nach Luft, als sein Schwanz wieder hinausgleitet. »Du magst es, wenn ich dich in deinen kleinen Mund ficke, habe ich recht?« *Stoß.*

Ich nicke. *Stoß.* »Du stehst darauf, wenn ich dich hart rannehme.« Ich zögere. *Stoß. Stoß.*

»Ja, Sir«, flüstere ich erregt, als er sich aus meinem Mund

zurückzieht. Er lächelt düster. *Stoß. Stoß. Stoß. Stoß.* Seine Hand greift an meinen Hinterkopf, während er meinen Mund weiter genüsslich bearbeitet. »Nur ich alleine darf dich so besitzen. Kein anderer. Ich alleine werde dir die Seele aus dem Leib ficken, süße Sam.« *Stoß.* Er atmet schwer aus und bemüht sich sichtlich, nicht zu kommen. »Habe ich recht?«

Gott, Gott, Gott! Ja! Ich nicke, weil er es so will und es absolut stimmt.

Er umfasst meinen Hals mit einer Hand und hält ihn fest, dann fickt er mich ohne Unterbrechung in den Mund, bis er sich auf meiner ausgestreckten Zunge ergießt. Animalisch stöhnend stützt er sich an seinem Schreibtisch ab und blickt mich dabei wie ein Raubtier an. Noch bevor er es von mir verlangen kann, schlucke ich seinen Saft und lecke mir den Rest von den Lippen. Er schmeckt köstlich.

»Verdammt, du bist mein Geschenk«, flüstert er grinsend. Dann hält er mir die Hand hin, damit ich vom Fußboden aufstehen kann. »Du gehörst nur mir.«

»Nur dir, Alexander.«

KAPITEL 15

lexander trägt mich zu der kleinen Ledercouch seines Arbeitszimmers. Als er mich absetzt, dreht er mich ganz zu seinem Vergnügen in die von ihm gewünschte Position – kniend, den Hintern ihm entgegengestreckt. Ohne lang zu zögern, dringt er mit zwei Fingern in mich ein.

»Du bekommst wohl nie genug«, raunt er. »Du bist so nass, verdammt.«

Ich stöhne unter seinen Berührungen und lehne meine Stirn an die Rückenlehne der Couch. Plötzlich ist er in mir. Ohne Vorwarnung stößt er erbarmungslos zu, und unsere Haut klatscht laut aneinander. Wie besinnungslos halte ich mich, so gut ich kann, an der Couch fest, und schreie mehrmals laut auf. Er füllt mich komplett aus und berührt Punkte in mir, von deren Existenz ich bisher nicht einmal wusste. Wie wild strömen die Wörter nur so aus mir heraus: *Fuck! Ja! Genau da! Oh Gott! Alexander…*

Seine Hand kneift grob in meinen Po, dann wandert sie an eine andere Stelle. Ich spüre den Druck seines Daumens auf meiner runzligen Öffnung. *Was? Stopp!* Doch ich bringe kein Wort heraus. Er umkreist meinen Anus mit Vorsichtig, doch ich zucke trotzdem zusammen.

»Halt still, Baby«, befiehlt er, während er weiter fest zustößt.

»Alex-and-er«, stottere ich abgehakt, kralle mich noch fester in das weicher Leder. Ich will das nicht! *Oder doch?*

»Shhh.« Sein Mittelfinger streicht über meine Lippen und sauge an ihm und befeuchte ihn mit meinem Speichel. *Was hat er vor?*

Kurz darauf spüre ich den Finger an meiner runzligen Öffnung. Langsam aber entschlossen dringt er in die geheime Öffnung ein, und ich schreie lustvoll auf. *Fuck.* Er lässt ihn tiefer in mich gleiten. *Nein. Stopp!* Dann tut er mit seinem Finger dasselbe, was er gerade mit seinem Schwanz tut. Er stößt zu. Lässt ihn hinein und hinausgleiten. Immer schneller. Plötzlich zieht er ihn wieder raus. *Nein! Weiter!*

»Sag, dass du es willst«, raunt er mir zu.

»Bitte«, winsele ich leise. »Ich will es.«

Er knurrt erregt und führt seinen Mittelfinger wieder in meine geheime Öffnung, von der noch nie zuvor jemand Besitz ergriffen hat. Das Zusammenspiel seines Fingers in meinem Hintern und seines Schwanzes in meiner Vagina lässt mich fast durchdrehen. Völlig benommen stöhne ich immer wieder auf und drücke mich ihm willig entgegen, um ihn noch tiefer in mir zu spüren. Irgendetwas in mir wünscht sich, dass es weitergeht, dass er es nicht nur bei diesem einen Finger belässt, aber ich überlasse ihm die Kontrolle, ganz so, wie er es will.

Als er meinen Namen stöhnt, überkommt mich der Orgasmus in langen, stoßartigen Wellen und ich erzittere am ganzen Leib.

Warme Flüssigkeit breitet sich auf meinem nackten Hintern aus und tropft über beide meiner Öffnungen.

Ich keuche. »Woah, das war ...«

»Ich weiß, Baby.«

Erschöpft aber trotzdem motiviert klappern wir Boutique für Boutique ab, um ein passendes Kleid für mich zu finden. Alexander hat mir erzählt, dass er bei der Wohltätigkeitsveranstaltung, die wir heute Abend besuchen, eine Rede halten wird. Scheint also eine ziemlich wichtige Veranstaltung zu sein.

»Was ist mit dem?« Ich halte ein schwarzes Cocktailkleid in die Höhe.

»Zu schlicht«, erwidert er knapp.

Ich ziehe jedes einzelne, überteuerte Kleid von der Stange und werfe einen prüfenden Blick darauf. Dann entdecke ich ein beiges Abendkleid, welches bodenlang, vorne geschlossen, aber komplett rückenfrei ist.

»Dieses hier?«, frage ich schwärmerisch und drehe es so, dass er den tiefen Rückenausschnitt sehen kann.

Seine Augen leuchten. »Das ist perfekt. Unschuldig, aber gefährlich. So wie du.«

»Ich probier's an«, beschließe ich glücklich.

»Nicht nötig, es wird dir passen. Du hast die perfekten Rundungen.« Er schnappt sich das Kleid von meinem Arm. »Gekauft.«

Nachdem wir bezahlt haben – besser gesagt er –erwähne ich vier Mal, dass ich Angst habe, nicht in das Kleid zu passen. Als Antwort küsst er mich auf den Mund, wohl um mich zum Schweigen zu bringen, und ich schlinge die Arme dankbar um ihn. Plötzlich höre ich das Knipsen einer Kamera.

»Was zum …«

Hinter Alexanders rotem Sportwagen steht ein Paparazzi, der die Kamera auffällig in unsere Richtung hält. Ich verdecke augenblicklich mein Gesicht hinter meinen Händen.

»Hauen Sie ab«, knurrt Alexander und öffnet mir die Tür der Beifahrerseite.

»Danke.« Noch immer verdecke ich mein Gesicht hinter meinen Händen. Als er neben mir im Sportwagen Platz nimmt, sehe ich ihn unsicher an. »Ich bin das einfach nicht gewohnt, sorry.«

»Ich weiß.« Er umschließt meine Hand mit seiner. »Daran wirst du dich leider gewöhnen müssen. Aber ich werde es verhindern, so gut ich kann«, verspricht er verständnisvoll.

Er ist wirklich süß.

Wir fahren zu einem Fünf-Sterne-Restaurant in Brooklyn.

Dort angekommen besetzen wir einen Tisch im hinteren Abteil des Restaurants, und als der Kellner zu uns an den Tisch kommt, bestellt Alexander wie üblich für uns beide. Diesmal gibt es pochiertes Rehfilet mit Schwarzwurzel-Rosenkohl-Salat und es schmeckt wie immer hervorragend. Als Nachspeise bestellen wir auf meinen Wunsch hin Mousse au Chocolat.

»Erzähl mir von deiner Mutter«, sagt er plötzlich, während er sein Dessert löffelt. »Wie geht es ihr?«

Ich schlucke, dann wische ich mir den Mund an einer Stoffserviette ab. »Na ja, so wie immer halt. Sie ist Alkoholikerin.« Dieses Thema ist mir immer wieder aufs Neue unangenehm.

Alexander nickt mitfühlend. »So viel habe ich mitbekommen. Was ist mit deinem Vater?«

»Mein Vater«, ich seufze, »ist ein Arschloch. Immer schon gewesen, nur hat er es erst offiziell gemacht, als er uns zu meinem sechzehnten Geburtstag sitzengelassen hat. Er meinte, es läge nicht an mir, sondern an der Alkoholsucht meiner Mutter. Und den vielen Streitereien. Er ist nie wiedergekommen. Also blieb mir nichts anderes übrig, als mich alleine um meine Mutter und mich zu kümmern. Was schwierig in Anbetracht der Tatsache war, dass ich noch auf die High-School ging.«

Alexander greift nach meiner Hand und streichelt mit dem Daumen sanft darüber. »Bist du deswegen nach Manhattan gezogen?«

Ich nicke. »Ich wollte immer aufs College und dann nach New York. Das mit dem College wurde nichts wegen der vielen Schulden, die meine Mutter hatte, aber dann blieb mir noch New York.« Ich stecke mir einen Löffel der süßen Mousse au Chocolat in den Mund. Alexanders Augen betrachten mich mitfühlend. »Nach dem Abschluss habe ich mir einen Job besorgt, meine Sachen gepackt und bin zu Claire gezogen.«

»Du hast das Richtige gemacht«, versichert er mir.

»Trotzdem veranlassen mich die Schuldgefühle dazu, meiner Mutter monatlich Geld zu schicken. Sie muss das Haus bezahlen, bevorzugt aber, ihr Sozialgeld für Alkohol auszugeben.« Aus irgendeinem Grund ist es mir nicht so peinlich wie sonst, darüber zu sprechen, und ich freue mich irgendwie auch, ihm etwas so

Persönliches von mir erzählen zu können. Noch mehr, weil er mich danach gefragt hat. »Ich glaube, Sie wird sich nie ändern. Trotzdem gebe ich die Hoffnung nicht auf. Ich werde ihr einen Entzug bezahlen, sobald ich kann.«

Alexanders Blick ist voller Mitleid und ich kann ihm nicht standhalten. Ich drücke seine Hand, lächele und setze die unberührte Fassade, die ich so gut einstudiert habe, wieder auf. »Ich will nicht, dass du Mitleid mit mir hast.«

Das Funkeln in seinen Augen geht immer mehr verloren. »Was ist jetzt mit deinem Vater?«

Ich stoße einen schnaubenden Laut hervor, dann stochere ich in meinem Dessert herum. »Ach, dem geht es gut. Jetzt hat er eine perfekte und nüchterne Frau sowie eine perfekte Tochter, der er das College bezahlt.« Die Gekränktheit in meiner Stimme ist nicht zu überhören, obwohl ich sie zu überspielen versuche. Trotzdem will ich nicht zugeben, wie sehr mich das eigentlich verletzt. Das lässt mein Stolz nicht zu.

Alexanders Miene verfinstert sich. Ich spüre, wie wütend er auf meinen Vater ist, aber er lässt sich nichts anmerken, nickt lediglich knapp. Nach einer kurzen Schweigeminute ertappe ich ihn dabei, wie er mich grundlos anlächelt.

»Was ist?«, frage ich verlegen. »Du starrst mich an.«

Sein Lächeln vertieft sich. »Ich habe wirklich Respekt vor dir, Samantha Woods.«

Ich betrachte mich in dem Ganzkörperspiegel des Badezimmers. Ich sehe… anders aus. Die Perlenkette, die Alexander mir geschenkt hat, ist so gar nicht mein Stil, aber sie ist das Hübscheste, das ich jetzt besitze. Die passenden Ohrringe dazu machen mein Outfit perfekt. Das Kleid passt, wie Alexander vermutete, wie angegossen. Ich musste meine Nippel mit kleinen Pflastern abkleben, da ich bei dem langen Rückenausschnitt des Kleides keinen BH darunter tragen kann. Es ist überraschenderweise ziemlich angenehm, so frei obenherum zu sein. Mein schwarzes Haar habe ich mit dem Lockenstab bearbeitet und seitlich mit Bobby Pins befestigt.

Ich wirke wie eine vornehme, junge Dame, die schon immer bei den Reichen mitgemischt hat. Der Rückenausschnitt meines Kleides lässt jedoch so tief blicken, dass man vornehm durch verrucht ersetzen könnte.

»Perfekt«, stellt Alexander fest, als er mich vom Türstock aus mustert. Auch er sieht wie immer unnormal gut aus. Kein Wunder, dass sein Ego bis ins Universum reicht.

»Wie findest du mein Make-up?« Heute habe ich es dezenter gehalten, was die Augen angeht, lediglich Mascara lässt sie größer wirken. Dafür habe ich mit dem dunkelroten Lippenstift alles rausgeholt, was geht.

»Make-up«, wiederholt er stutzig. »Hübsch?«

Ich grunze. »Sorry, einen Kerl kann man nicht nach Make-up fragen. Außer Trey natürlich.«

Alexander macht ein paar Schritte auf mich zu. »Wer ist Trey?« War klar, dass er eifersüchtig ist. Und es freut mich immens.

»Ach, mein ehemaliger Liebhaber Nummer elf … oder war es zwölf? Tut mir leid, ich habe irgendwann aufgehört zu zählen.«

Die gespielte Unschuld in meiner Stimme lässt ihn verschmitzt grinsen. Wie bei einem Tanz nimmt er mich an der Hand und zieht mich zu sich. »So, so…«

Ich spiele mit und mache ein paar eher wackelige Schritte durch das Badezimmer. »Mein schwuler Agent – Modelagentur.«

»Da hast du jetzt noch mal Glück gehabt, Madame.« Während er mich auf die Wange küsst, schmiege ich mich enger an ihn. Seine Hand ruht auf meinem Kreuz, als wir uns langsam durch den Raum bewegen, und als er mich zärtlich auf den Mund küsst, wünsche ich mir, dieser Moment würde für immer andauern.

Mit meiner cremefarbenen Abendtasche in der einen Hand, und Alexanders Hand in der anderen, steige ich in den Fahrstuhl. In der Tiefgarage werden wir vom Weihnachtsmann persönlich erwartet. Ehrlich jetzt, wie alt ist dieser Chauffeur? Dass der überhaupt noch fahren kann …

Während der Fahrt mustere ich Alexander unauffällig, nehme jedes kleinste Detail an ihm in meinem Kopf auf. Er sieht immer gut aus – aber heute – *Jesus!* Beiger dreiteiliger Anzug, weißes Hemd, keine Krawatte, dafür ein weinrotes Anstecktuch, welches zu einer hübschen Blume gefaltet ist. Die dunklen Haare trägt er wie gewohnt nach hinten gestylt, ohne dabei wie ein Mafiaboss auszusehen. Bei dem Gedanken, dass wir wieder im Partnerlook aufkreuzen, muss ich leise lachen.

»Was ist so witzig?« Seine Hand ruht auf meinem Knie.

Ich deute zuerst auf sein, dann auf mein Outfit. »Du magst es wohl, immer passend gekleidet zu sein.«

»Wenn man innerlich gut zusammenpasst, warum dann nicht auch äußerlich?« Seine Stimme ist ruhig, aber sein Blick verrät, wie zufrieden er ist.

Ich strahle ihn an. Aufgrund der süßen Aussage wird mir umgehend warm ums Herz. Als Antwort küsse ich ihn auf den Mund und beseitige gleich darauf die Rückstände meines roten Lippenstiftes, obwohl ich die Beweise unseres Zusammenseins gerne auf seinem Gesicht verewigen würde.

Nervosität steigt in mir auf, als wir vor einem verdammt großen, steinalten Gebäude aussteigen. Der Größe nach zu urteilen, befinden sich im Inneren hunderte von Menschen. Ich bekomme Panik.

Alexander nimmt mein Unbehagen sofort wahr. »Alles läuft wie das letzte Mal, nur wird es hoffentlich nicht so langweilig. Keine Angst, Baby.«

Ich blicke zu ihm auf. »Woher weißt du, dass ich Angst habe?«

Ein kleines Lächeln umspielt seine vollen Lippen. »Ich sehe es in deinen Augen. Den Blick hattest du auch, als wir -«

»Den Vertrag durchgegangen sind«, vervollständige ich seinen Satz.

»Zum ersten Mal essen waren«, korrigiert er liebevoll.

Wir betreten das Gebäude und werden dann von einer höflichen Frau durch den gesamten Saal bis an unseren Tisch geführt. Bisher sitzt hier noch niemand, ich kann jedoch noch drei weitere

Namenskärtchen entdecken, die neben meinem und Alexanders auf dem hübsch gedeckten Tisch aufgestellt sind. Nach ein paar kräftigen Händedrücken von Alexanders Geschäftspartnern setzen wir uns.

Der Saal ist beeindruckend – riesig, elegant, bummvoll. Die Wände sind weiß gestrichen und so hoch wie in einem Schloss. Die Tische sind jeweils mit kleinen Blumengestecken verziert, neben den Tellern liegen mehr Gabeln, Messer und Löffeln, als Claire und ich in unserer Wohnung besitzen. Alle Frauen tragen wunderschöne Abendkleider, alle Männer einen Anzug, und sogar die Kinder der Paare tragen hübsche Kleider oder Miniatur-Anzüge. Ich lasse den Blick durch den überragenden Raum schweifen, als ich an der Wand links neben unserem Tisch ein großes Schild entdecke: *Stiftung für Alkohol- und Drogensüchtige N.Y. – Wir helfen, wo es nötig ist.*

Suchtkrankenhaus Staten Island – Zögern Sie nicht, zu spenden.

Verwirrt tippe ich Alexander an der Schulter an, der gerade mit einem der Kellner spricht. »Was für eine Wohltätigkeitsveranstaltung ist das?«

Er beendet das Gespräch und wendet sich mir zu. »Hier werden Investoren für das Suchtkrankenhaus in Staten Island gesucht. Ich bin seit Jahren Teilhaber.« Wow. Davon habe ich im Netz gar nichts gelesen.

»Du hilfst alkoholsüchtigen Menschen trocken zu werden?« Das geht mir wegen meiner Mom persönlich sehr nahe.

Er greift nach meiner Hand. »Und Drogensüchtigen clean zu werden.«

»Das ist… Wow. Das ist toll, wirklich.« Ich drücke ihm einen sanften Kuss auf die Wange, sodass keine Rückstände meines Lippenstifts daran hängen bleiben.

»Es wurden etliche Firmen und Unternehmen eingeladen, um potentielle neue Investoren und Spender zu finden. Davon gibt es nie genug«, eröffnet er mir. »Du solltest nie die Hoffnung aufgeben, Sam. Jeder kann sich ändern und das hier«, er deutet auf den Saal und die vielen hilfsbereiten Menschen, »soll es dir zeigen. Für deine Mom ist es noch nicht zu spät.«

Meine Augen füllen sich mit Tränen. Mein Herz ist von seinen Worten so gerührt, dass ich kaum atmen kann. »Du hast mich deswegen mit hierhergenommen? Du wolltest mir Hoffnung geben?«

Er lächelt und legt einen Arm um meine Schulter. »Und weil ich mit dir hier sein möchte.«

Unfassbar! Jetzt verstehe ich das Sprichwort, welches meine Großmutter stets zu meinem Großvater sagte: *Harte Schale, weicher Kern.* Auf Alexander passt es wie die Faust aufs Auge.

Eine ältere Frau mit ergrautem Haar eröffnet die Rede. Sie steht auf einem Podest und spricht durch ein befestigtes Mikrofon. Nachdem sie erklärt hat, worum es bei dieser Veranstaltung geht, und dass wir aufgrund dieses Zwecks heute Abend auf jeglichen Alkohol verzichten, klatschen alle Gäste des Saales in die Hände und erheben sich. Währenddessen setzen sich ein älterer Herr, eine ältere Dame und ein Typ in meinem Alter an unseren Tisch und nicken uns höflich zu. Die Kommentatorin ruft als Erstes Alexander auf, und wieder klatschen die Gäste in hohem Bogen. Er nickt mir kurz zu, bevor er sich erhebt und auf den Podest zusteuert, um die Dame abzulösen.

Ich lasse ihn keine Sekunde lang aus den Augen. Bewundere jedes Wort, das aus seinem Mund kommt und lausche mit voller Aufmerksamkeit seiner Rede. Er ist beeindruckend. Jetzt bemerke ich wieder, wie wenig ich eigentlich von ihm weiß. Mit achtundzwanzig Jahren hat er es bereits geschafft, Menschen, die ihm Jahrzehnte voraus haben, zu ihm aufsehen zu lassen. Ich sehe es in den Gesichtern der Anwesenden – sie haben alle großen Respekt vor ihm. Er ist beliebt, zumindest bei all den Leuten, die mir bisher über den Weg gelaufen sind. Er hat ein Unternehmen erschaffen – eine erfolgreiche Anwaltskanzlei gegründet, die er leitet. Er hat hunderte Mitarbeiter und höchstwahrscheinlich tausende von Bewerbern, die sich um einen Job in seinem Unternehmen reißen würden. Er verdient unglaublich viel Geld, besitzt Dinge, die andere in drei Leben nicht besitzen werden und sieht verdammt noch mal heiß aus. Die verdammte Welt liegt ihm zu Füßen.

Und ich bin mit ihm hier.

»… wie viele unter Ihnen wissen, liegt mir aus persönlichen Gründen besonders viel an dieser Stiftung und ich kann jeden von Ihnen nur dazu ermutigen, ihr beizutreten, sie zu fördern und zu spenden. Als meine Mutter vor vier Jahren an einer Alkoholvergiftung starb, habe ich mir geschworen, nicht untätig zu bleiben. Sondern den Menschen, die es wirklich nötig haben, zu helfen. Viele haben nicht die Mittel…«

Stopp! Was? Heilige Scheiße. Jetzt leuchtet mir alles ein. Warum er mir immer verbieten will, zu viel zu trinken. Warum er selbst nie mehr als ein oder zwei Gläser Alkohol zu sich nimmt. Ich habe ihn noch nie angetrunken, geschweige denn betrunken gesehen. Warum in unserem Vertrag als Regel festgelegt war, keinen Alkohol und keine Drogen zu konsumieren.

Nicht bloß, weil er ein Kontrollfreak ist. Er hat ein persönliches traumatisches Erlebnis mit diesen Dingen hinter sich.

Gott, ich könnte mich ohrfeigen für mein Benehmen! Ich hänge non Stopp wie ein Süchtiger an einem Glas Alkohol, obwohl ich so eigentlich gar nicht bin. Dann die Zigarette, die einfach unnötig war. Als ich ihn zum ersten Mal sah, war ich so betrunken, dass ich mich fast auf seinen teuren Anzug übergeben hätte.

Ob er mir deswegen diesen Deal angeboten hat? Vielleicht hat ihn das wachgerüttelt und er wollte mir helfen, oder aber er hatte Mitleid wegen meiner alkoholsüchtigen Mutter, von der ich ihm in meinem Rausch erzählt habe. Puh, beides könnte sein. Mit dieser neuen Information aus seinem Leben bin ich offensichtlich überfordert.

Ohne es bemerkt zu haben, ist die Rede schon zu Ende und er schreitet zurück an unseren Tisch. Ich klatsche in beide Hände und lächele ihn stolz an.

»Alexander …«, stoße ich leise hervor, als er sich gesetzt hat.

Er greift nach seinem Glas Wasser und nimmt einen großen Schluck daraus. »Hm?«

Ich lege ihm die Hand auf die Schulter und versuche nicht allzu bedrückt auszusehen, während ich ihn liebevoll streichele. »Das mit deiner Mutter tut mir sehr leid. War sie alkoholsüchtig oder war es ein Unfall?«

Mit dem Blick in sein Wasserglas gerichtet, schweigt er.

Ich rücke näher an ihn heran. »Wirst du mir jemals von ihr erzählen?«

Nachdenklich sieht er zu mir auf. »Irgendwann vielleicht.«

Ich lächele schwach. »Okay.« Damit kann ich leben.

Der restliche Abend verläuft gut und ohne Zwischenfälle. Wir mischen uns unter die Menge, Alexander führt ein paar uninteressante Gespräche mit uninteressanten Geschäftsmännern und ich stehe daneben und lächele aufgesetzt. Also alles im normalen Bereich. Hier sind so viele Leute, dass ich kaum den Überblick behalte und mich fest an Alexander drücke, um ihn nicht zu verlieren. Wiederfinden würde ich ihn hier sicher nicht.

Nach ein paar oberflächlichen Unterhaltungen mit den Gattinnen der Geschäftsmänner, verabschiede ich mich dann trotzdem und mache mich auf die Suche nach einer Toilette. Ich mache mir gleich in das schöne Kleid, sollte ich keine finden. So gut wie möglich ignoriere ich die brennenden Blicke auf mir, die mir die ledigen Frauen im Saal zuwerfen. Irgendwie ist es schön, zu wissen, dass sie mich beneiden. Früher war es umgekehrt.

Endlich entdecke ich ein Schild, welches mir den Weg zur Toilette weist. Als ich davorstehe, hält mich jemand am Arm fest.

»Aiden?«, frage ich schockiert, als ich mich umdrehe. *Was macht Aiden denn hier, verdammt noch mal?*

»Sam«, sagt er warm und genauso überrascht. »Ich wusste nicht, dass du auch hier bist.«

»Ähm, das Gleiche gilt für dich.« Schnell wandert mein Blick durch den vollen Saal. Ich entdecke Alexander nirgendwo.

Aiden sieht mich verwirrt an. »Ich habe dir doch erzählt, dass ich und Jacob unseren Chef zu einer Wohltätigkeitsveranstaltung begleiten. Nun, das ist sie.«

Fuck, das habe ich voll vergessen. Aber dass er ausgerechnet auf derselben ist wie ich? Hier in New York findet so etwas andauernd statt. Was für ein dummer Zufall.

»Ich muss ganz dringend auf die Toilette.« Wieder versuche ich mich durch die Tür zu drücken, doch Aiden hält mich erneut auf.

»Du hast nicht auf meine Nachricht geantwortet«, erinnert er mich enttäuscht. »Ich habe die Bilder gesehen, Sam.« *Natürlich hat er das.*

Ich schlucke den Frust hinunter und wage einen Blick in seine Augen. »Aiden, hör zu, es tut mir leid, aber ich kann hier wirklich nicht mit dir sprechen.« Nervös wende ich den Blick wieder ab. »Außerdem muss ich dringend auf die Toilette.« Ich platze gleich!

Er drückt die Tür für mich auf und schiebt mich sanft in den Durchgang. Ich steuere auf die Damentoilette zu und er folgt mir. Als ich die Tür öffne und er mir immer noch dicht im Nacken ist, werfe ich ihm einen fragenden Blick zu.

»Du musst auf die Toilette. Und du kannst draußen nicht reden. Also gehe ich mit dir auf die Damentoilette«, erklärt er mit einem amüsierten Unterton, der mich wie immer sofort zum Lächeln bringt.

»Aiden«, ermahne ich ihn dennoch. Wahrscheinlich nicht wirklich eindringlich genug, denn er drückt sich wortlos mit mir in eine kleine Kabine. Gott sei Dank ist niemand anderer in dem Toilettenraum, zumindest hört es sich nicht so an – das könnte vermutlich falsch aufgefasst werden.

»Du erwartest doch nicht etwa, dass ich vor dir pinkele?«, frage ich entsetzt.

Er seufzt. »Ich drehe mich um.«

Kaum dreht er mir den Rücken zu, ziehe ich mein Kleid hoch, mein Höschen runter und befreie mich von meiner Qual. Aiden lacht vor sich hin und ich schlage ihm mit der Faust ins Bein.

Als ich fertig bin und spüle, dreht er sich ohne zu zögern wieder zu mir um. Die Kabine ist so klein, dass wir kaum Platz haben, uns frei zu bewegen. Ähnlich wie Alexander trägt Aiden einen dreiteiligen Anzug, aber seiner ist schwarz. Dazu ein blaues Anstecktuch. Bisher habe ich ihn noch nie so formell gekleidet gesehen, aber ich muss zugeben, es steht ihm ausgezeichnet. Natürlich hat er wie immer einen perfekten Dreitagebart und seine fast schulterlangen, braunen Haare wellen sich im Nacken. Ein Beach Boy im Anzug, irgendwie witzig.

»Sam«, flüstert er gepresst, um das Schweigen zu durchbrechen.

Ich habe keine Ahnung, was ich sagen soll. Natürlich fordert er Antworten oder zumindest eine Erklärung, immerhin habe ich das mit ihm urplötzlich beendet, sofern da irgendetwas war. Und dann tauchen auch noch Bilder von mir und einem millionenschweren Kerl, den ich zuvor niemals erwähnt habe, im Netz auf. Ich verstehe, dass ihn das durcheinanderbringt.

»Aiden, es tut mir leid, dass du es so erfahren hast. Ich bin einfach zu feige gewesen, es dir zu sagen.« Mit gesenktem Blick spiele ich an meinem teuren Abendkleid herum. »Ich habe dich scheiße behandelt, das tut mir auch leid.«

Aiden hebt mein Kinn an, dann sieht er mir mit seinen stechenden Augen direkt in die Seele. Das konnte er schon immer und es macht mich wahnsinnig.

»Irgendwas stimmt mit dir nicht«, flüstert er. »Was ist los, Sam?«

»Nichts.« Ich befreie mich aus seinem sanften Griff. »Zwischen uns kann nichts mehr laufen, ich bin jetzt mit ihm zusammen.« *Zusammen …*

»Wer ist er? Wann hast du ihn kennengelernt?« Puh. Einer, der mich dafür bezahlt, seine Freundin zu spielen und Sex mit ihm zu haben. *Gott, ich bin eine Nutte.*

»Vor kurzem«, erkläre ich ausweichend. »Aiden, du weißt, wie viel du mir bedeutest, oder? Ich will dich nicht verlieren.«

Er seufzt. »Dann komm zu mir zurück.«

»Zu dir zurück?«, wiederhole ich stirnrunzelnd. »Das mit uns war keine Beziehung, zumindest keine romantische. Wir können doch weiterhin Freunde bleiben. Das wünsche ich mir sehr. So haben wir es doch auch abgemacht, oder?«

In seinen Augen liegt ein seltsamer Ausdruck, der frustriert wirkt. »Abgemacht? Ach, komm schon, Sam, du wusstest, dass ich dabei war, mich in dich zu verlieben! Und jetzt beendest du das mit uns, bevor du uns überhaupt eine Chance gegeben hast. Und dann ist *er* plötzlich da.« *Verlieben?* Seine Worte brennen mir wie Feuer auf der Haut.

»Sag mir, dass du nichts für mich empfindest, und ich werde die Situation so akzeptieren. Dann wünsche ich dir das Beste mit deinem Mr Rich«, verlangt er.

»Aiden.« Meine Mundwinkel wandern immer nach unten. »Das kann ich nicht, das weißt du.« »Natürlich bedeutet er mir etwas, mehr als nur irgendein Freund, aber ich habe das stets verdrängt, weil wir abgemacht haben, Freunde zu bleiben. Und jetzt ist da Alexander ... Gott, die Luft hier drin wird immer dünner. Und warum steht Aiden plötzlich so nah vor mir? »Liebst du ihn?«, fragt er eindringlich.

Eng aneinandergeschmiegt stehen wir in dieser verdammten Toilettenkabine und ich bekomme allmählich Platzangst. Außerdem möchte ich nichts wie flüchten vor Aidens Gefühlsoffenbarungen. Damit kann ich zurzeit einfach nicht umgehen. Genauso wenig weiß ich, was ich darauf antworten soll. Liebe ich Alexander? Ist es mehr als unbezwingbare Hingabe und Lust, die mich an ihn kettet? Mehr als Faszination für dieses attraktive Rätsel, das ich nicht lösen kann?

»Sam«, fordert er, doch ein Geräusch außerhalb der Kabine lässt mich aufschrecken. Ich höre Absatzschuhe auf dem Fliesenboden klappern, dann fällt eine Tür zu.

»Samantha Woods?« *Oh Nein. Nein Nein.*

»Ähm, ja, ich bin hier drin«, rufe ich rot anlaufend. »Ich komme gleich.«

Die Frau verstummt, verlässt jedoch den Toilettenraum nicht. Sie darf mich keinesfalls mit Aiden aus der Kabine kommen sehen.

»Würden Sie bitte draußen warten? Ich komme gleich. Mir war nur übel«, lüge ich rasch und Aiden starrt mich belustigt an. Ich bedeute ihm, leise zu sein, und werfe ihm einen warnenden Blick zu, als er anfängt zu lachen.

»Mr Black hat mich geschickt, um nach Ihnen zu sehen. Ich soll Sie zu ihm zurückbegleiten, Miss Woods«, erklärt die Frauenstimme ungeduldig.

Mein Kopf droht zu explodieren. Meine Gedanken kreisen wie wild durch mein offenbar winziges Gehirn, das zugelassen hat, Aiden mit in eine verdammte Damentoilette zu nehmen. Mein Kopf bombardiert mich: *Geh ja nicht raus! Bleib drin! Fuck, du musst da raus. Okay, das wird schon gut gehen. Heilige Scheiße, das geht böse aus. Was hast du dir nur dabei gedacht?*

Beruhige dich, Sam. Alles wird gut. Nichts wird gut, du bist am Arsch.

Schließlich öffne ich in Zeitlupentempo die Toilettentür und betrete mit gesenktem Blick den Waschraum. Irgendwann müsste ich ja so oder so aus dieser Kabine raus und die Frau machte nicht den Anschein, als würde sie sich schnell wieder verziehen. Spätestens, wenn meine Platzangst überhandgenommen hätte, wäre ich schneller draußen gewesen, als sie blinzeln könnte.

Aiden schließt sich mir zu meinem Entsetzen an, nur dass er, warum auch immer, beschissen lächelt. Ich töte ihn mit einem kurzen Blick und lächele die empörte Frau unsicher an, die sich erschrocken die Hand vor den Mund schlägt.

»Er hat nur … Also, ähm, wo ist denn Mr Black?« Meine Stimme klingt wie ein nerviges Piepsen. Gott, bin ich am Arsch.

Die adrette Frau, die dieses Bild wahrscheinlich nie mehr aus ihrem Kopf bekommen wird, blickt zu Boden. In Windeseile stürmt sie zur Tür heraus und ich drehe mich im selben Moment wütend zu Aiden um: »Was soll der Scheiß? Findest du das witzig? Du weißt doch, wie das wirkt!«

»Tut mir leid, aber ihr Gesicht … sie war so entsetzt. Beruhige dich, wir klären das schon mit deinem Mr Rich«, meint er locker.

»Ach, halt den Mund!«, fauche ich und stürme zur Tür heraus.

Ich laufe direkt in Alexanders Arme. *Bum bum bum bum bum bum.* Keine Ahnung, ob mein Herzschlag wie eine Trommel ertönt oder seiner, als die Tür zur Damentoilette hinter uns aufgeht und Aiden herausspaziert. Okay, es war meiner.

»Alexander, lass es mich bitte erklären«, platzt es sofort aus mir heraus.

Seine Augen verengen sich im Bruchteil einer Sekunde voller Zorn. Er schiebt mich von sich und stürmt unerwartet auf Aiden zu. Aiden sieht den Angriff offensichtlich kommen. Er weicht gerade so Alexanders Faust aus und diese landet in der Betonwand.

»Alexander!«, schreie ich, als ich das Blut seine Hand hinablaufen sehe.

Beim zweiten Mal sitzt sein Schlag. Und wie. Aiden geht fast zu Boden und reißt Alexander mit sich. Die beiden schlagen wie wild um sich, und ein weiteres Mal rammt Alexanders Faust Aidens Kiefer. Aidens Blick ist schmerzverzerrt und aggressiv. So habe ich ihn noch nie gesehen.

»Bitte nicht!«, kreische ich. Mir laufen die Tränen über die Wangen. »Hört auf!«

Aiden schlägt Alexander mit dem Ellenbogen in die Rippen, dieser keucht auf, danach packt er Aiden am Kragen seines Hemdes und rammt ihn fest gegen die Wand. Dann folgt noch ein Faustschlag. Und noch einer. Ich schreie und bettele, dass sie aufhören sollen, aber keiner von ihnen beachtet mich.

Alexander ist so außer sich, dass er schwarzsieht. Es wirkt, als stünde er völlig neben sich. Er versucht immer wieder auf Aiden einzuschlagen und kassiert zugleich ein paar wenige Schläge, die ihn nicht mal im Geringsten zusammenzucken lassen.

Abrupt wird die Tür aufgerissen und ein Mann rast hinein. Wahrscheinlich hat er meine Schreie bis in den Saal gehört. Ohne zu zögern, packt er Alexander am Jackett und zieht ihn von Aiden weg, wendet sich dann aber wieder Aiden zu und schüttelt enttäuscht den Kopf. »Du bist entlassen!«

Wie bitte? Moment mal, das ist doch nicht etwa sein Vorgesetzter, oder?

Aiden flucht, spuckt Blut auf den weißen Fliesenboden und wirft zuerst mir, dann Alexander einen vernichtenden Blick zu. Plötzlich stürmt auch noch Jacob in Begleitung einer Blondine zur Tür herein. Ich kauere mich in die Ecke und verkrampfe mich komplett.

Was für eine Scheißwendung dieses erst so tollen Abends.

»Mann, wie siehst du denn aus?«, fährt Jacob ungläubig hoch. Als er mich heulend in der Ecke stehen sieht, wirft er beide Hände fragend in die Höhe. »Verdammt, was ist hier los?«

Der Mann – sein Boss? – starrt Aiden wutentbrannt an und klopft Alexander beruhigend auf die Schulter. Natürlich fragt er nicht mal, worum es ging. Es steht außer Frage, dass jemand wie er an Alexanders Seite und nicht an Aidens steht.

Alexander starrt mich an. Sein Gesicht ist ausdruckslos und weniger demoliert als Aidens. Aber seine Augen lodern vor Wut.

Ich bin so überfordert mit der Situation, dass ich nicht aufhören kann zu weinen.

Als sich Alexander wortlos abwendet, um zu gehen, blickt er Aiden ein letztes Mal an. Als wolle er ihn mit seinem Blick töten oder warnen, mir nie wieder zu nahe zu kommen. Mich behandelt er jedoch wie Luft.

»Aiden, ich muss jetzt gehen«, schluchze ich, drängele mich an Jacob und seiner Blondine vorbei und laufe hinter Alexander her.

Aiden schweigt und lässt mich gehen.

KAPITEL 16

*W*ie oder warum ich Alexander auf diesen scheiß hohen Stilettos nachlaufe, ist mir unklar. Vielleicht unterdrückt die Angst in mir die Schmerzen, die mir die Heels bereiten. Vielleicht laufe ich so schnell wegen des Vertrages, den ich nicht verlieren darf. Oder vielleicht, weil ich Alexander nicht verlieren will.

»Verdammt, warte doch mal!«, rufe ich ihm lauthals hinterher, als wir das Gebäude verlassen und auf der Straße landen.

Ruckartig dreht er sich zu mir um. Sein Blick spricht Bände. Ich erschaudere. Seine Knöchel sind immer noch blutverschmiert, er zittert vor Wut und hat beide Hände zu Fäusten geballt. Er wirft einen Blick zu unserer Limousine hinter mir und steuert in die Richtung. Im Vorbeigehen packt er mich an der Taille und wirft mich über seine Schulter.

»Alexander!« Ich kann mich kaum halten, während er eilig davonmarschiert. Als ich laut quietsche, setzt er mich unsanft auf dem Boden ab und geht die letzten Schritte zur Limousine. Ich schwöre, dass meine Fußknöchel beim nächsten Einknicken brechen. »Bitte warte doch mal!«

»Halt den Mund und steig verdammt noch mal ein!«, brüllt er und zerrt mich in die Limousine. Der Weihnachtsmann-Chauffeur scheint so perplex zu sein, dass er gar nicht erst aussteigt, um uns die Tür zu öffnen.

Mein ganzer Körper zittert, als Alexander neben mir einsteigt. Er sagt – schreit – dem Chauffeur zu, dass er zurück zum Penthouse fahren soll, und dieser lässt augenblicklich danach die Trennwand hochfahren.

»Es ist nicht so, wie du denkst!« So wütend habe ich ihn wirklich noch nie erlebt. Er ist total außer sich und ich bin schuld daran – wie immer. »Bitte«, flehe ich, um ihn zu besänftigen. Mit dem Handrücken wische ich mir die Tränen aus dem Gesicht. »Ich weiß, wonach das ausgesehen hat, aber -«

Alexander hebt seine Hand, um mich am Weiterreden zu hindern, und ich zucke zusammen. »Verdammt noch mal! Was war es dann, Sam? Erklär es mir! Für mich hat es ganz danach ausgesehen, als hätte ich dich ewig gesucht und dann auf der Damentoilette mit deinem Fick-Kumpel vorgefunden!« Seine laute Stimme bereitet mir Panik. Er hat sich überhaupt nicht unter Kontrolle, und ich weiß nicht, wie ich das wieder ändern kann.

»Scheiße, tut mir leid, Alexander! Ich schwöre, da ist nichts zwischen uns gelaufen. Er wollte unbedingt reden, weil ich ihm vorgestern gesagt habe, dass das zwischen ihm und mir vorbei ist, und ich-«

»Wie bitte?« Seine Augen verengen sich noch mehr, obwohl ich dachte, das wäre unmöglich. Seine Kiefer mahlen verdächtig aneinander. »Vorgestern?«

Oh Gott, bin ich dumm …

»Er war vorgestern bei mir«, gestehe ich mit zittriger Stimme.

»Deswegen warst du nicht erreichbar und bist so spät gekommen«, stellt er fest, als würde er plötzlich die ganze Welt verstehen.

»Nein! Da läuft nichts zwischen ihm und mir, hörst du nicht?« Ich greife nach seiner Hand, die er mir augenblicklich entzieht.

»Halt dich fern«, warnt er mich eisig.

»Alexander.« Erneut starte ich einen vergeblichen Annäherungsversuch. »Bitte mach das nicht.«

Diese Finsternis in seinen Augen war mir bisher unbekannt. »Was?«

»Sei nicht so wie am Anfang. So kalt und abweisend.« Das ertrage ich nicht.

Er schüttelt den Kopf, dann reibt er sich angestrengt über die Stirn. »Du hast keine Ahnung, was ich am liebsten gerade mit dir tun würde. Ich -« Er unterbricht sich selbst.

»Was?« Nervös zappele ich auf dem Lederrücksitz herum. Innerhalb weniger Sekunden ist die Wut aus seinem Gesicht verschwunden und wird ersetzt von dem Poker-Face, welches ich nur zu gut kenne. So sieht er aus, wenn er mit Menschen spricht, die ihm kein bisschen am Herzen liegen.

»Du packst deine Sachen und verschwindest noch heute. Ich will dich nicht mehr sehen«, erklärt er, ohne mit der Wimper zu zucken. »Du kannst dich einfach nicht an die Regeln halten. Du warst eine reine Zeitverschwendung.«

Ich lecke mir die Tränen von den Lippen und spüre, wie sich meine Brust mit einem Mal verengt. »Das kann nicht dein Ernst sein.«

Ich erkenne in seinem Blick, dass es das doch ist. Seine Hand bedeutet mir zu schweigen, als ich den Mund öffne, um noch etwas zu sagen, und das tue ich dann auch die gesamte Rückfahrt über. Worte wollen mir aus dem Mund platzen, doch ich verstehe, dass er gerade zu aufgewühlt ist, um mit mir zu sprechen.

Als wir in der Tiefgarage parken, versuche ich, seine Hand zu greifen, aber er würdigt mich keines Blickes und steigt aus der Limousine. Ich wende den Blick vom Fahrer ab, damit er nicht sieht, wie verheult ich bin.

Wie ein Anhängsel trotte ich hinter Alexander her. So darf das nicht enden. Es soll nicht enden.

»Bitte, lass uns reden.«

Er betätigt den Knopf des Fahrstuhls und blickt auf die verschlossenen Türen. Als sie sich öffnen, steigt er wortlos ein. Ich stehe wie ein Häufchen Elend da und starre ihn an.

»Steig ein«, befiehlt er brodelnd. Ich tue, wie mir geheißen, und stelle mich geradewegs vor seine Brust, um seine Aufmerksamkeit zu bekommen.

»Hör zu, ich weiß, dass ich es verbockt habe, aber ich will, dass du mir glaubst, wenn ich dir sage, dass da nichts mehr zwischen Aiden und mir läuft. Nicht, seit es dich gibt. Also den Vertrag.« Er sieht zu mir herab und ich rede prompt weiter auf ihn ein: »Mir liegt sowas nicht, Alexander. Keine Ahnung, was ich jetzt sagen oder tun soll. Normalerweise führe ich solche Gespräche nicht. Ich bin verdammt noch mal noch nie jemandem hinterhergelaufen!«

Als sich die Aufzugtüren öffnen, zögert er eine Sekunde, dann zieht er die Luft ein und steigt aus. Er visiert die Treppe ins obere Stockwerk an.

»Warum glaubst du mir nicht?«, frage ich enttäuscht. Mit dem Rücken zu mir gedreht bleibt er stehen. »Warum verstehst du nicht, dass ich dich will? Auch gäbe es diesen verdammten Vertrag nicht.«

Es kommt mir vor wie eine halbe Ewigkeit, in der er schweigt. Erst irgendwann dreht er sich zu mir um, sein Gesicht eine starre Maske ohne Emotionen. »Und warum verstehst du nicht, dass du dich bei einem Mann wie mir nicht so verhalten darfst? Du hast mich zu respektieren. Du besitzt hier keinerlei Rechte. Ich jedoch kann dir vorschreiben, was ich möchte, weil ich dich bezahle. Und ich kann tun und lassen, was ich will. Dich will ich nicht mehr.«

Seine Worte treffen mich wie ein Faustschlag. Sie lassen den Funken Hoffnung, den er mir die letzten Tage gegeben hat, in mir sterben, und öffnen mir die Augen zur Realität. Ich bin einem Mann verfallen, der sich nimmt, was er möchte, und keine Rücksicht auf andere nimmt. Genauso wenig auf meine Gefühle. Ich bin bloß etwas Geschäftliches für ihn. Nur leider kommt diese Erkenntnis für mich zu spät.

Für mich ist das keineswegs mehr eine rein geschäftliche Beziehung.

»Weil du mich nicht kontrollieren kannst«, murmele ich mit heiserer Stimme. »Du kannst nicht mit mir umgehen, deswegen willst du mich loswerden.«

Scheinbar reizen ihn meine Worte so sehr, dass er ein paar Schritte auf mich zu macht, um mich ungläubig anzustarren. Habe ich jetzt sein Ego verletzt?

»Baby, ich kann dich unterwerfen, wann und wie ich es möchte, das wissen wir beide«, meint er und lächelt überlegen. »Ich könnte dich unter Kontrolle bekommen, ich will es aber nicht mehr. Ich brauche eine andere Sorte Frau an meiner Seite.«

»Kannst du nicht!«, verteidige ich mich, obwohl ich weiß, dass er mich längst in seiner Hand hat. Doch nun fühlt sich mein Ego beleidigt. Wahrscheinlich würde ich aus seiner Hand fressen, auch wenn ich wüsste, dass Scheiße darauf läge. Wie konnte es nur so weit kommen?

»Man lässt sich nicht auf ein Spiel ein, bei dem man weiß, dass man am Ende verliert.«

»Was soll das heißen?«, frage ich verwirrt. Ich bemerke erst jetzt, dass mir immer noch Tränen die Wangen herab kullern.

Wieder lächelt er spöttisch. »Dass du mich nicht herausfordern sollst. Oder willst du dich noch mehr erniedrigen?« Ich schnappe nach Luft. »Ich kann dir jetzt gleich befehlen, dich niederzuknien, dir meinen Schwanz in den Mund zu stecken und dich danach durch jeden Raum meiner Wohnung vögeln, und du würdest es zulassen. Es würde dir gefallen.«

Aus einem Impuls heraus hole ich mit meiner rechten Hand aus, wirbele sie durch die Luft, um ihn zu ohrfeigen, werde jedoch kurz bevor sie sein Gesicht trifft gepackt und gegen die Wand gedrückt. Sein Knie steckt zwischen meinen Beinen und sein Körper presst mich unnachgiebig gegen die Wand. Ich keuche auf.

»Das würde ich lieber nicht tun«, warnt er mich wieder völlig kontrolliert. »Vielleicht schlage ich zurück und am Ende gefällt es dir noch.« Seine Stimme trieft vor Spott und Provokation.

Er lässt von mir ab und marschiert geradewegs nach oben, ohne mich noch einmal anzusehen. Ich sacke auf dem Boden zusammen. Wollte ich ihn wirklich gerade ohrfeigen? Hatte ich nicht vor, ihn um Verzeihung zu bitten, anstatt ihn herauszufordern und damit noch mehr gegen mich aufzubringen? Was für eine verdammte Scheiße. Ich sollte längst wissen, dass ich gegen jemanden wie ihn keine Chance habe. Ich bin ihm in allem unterlegen und fordere ihn dennoch heraus. Im Gegensatz zu mir braucht er mich auch nicht, ich ihn aber schon.

Gott, ich schaffe es wirklich immer, alles zu versauen.

Trotzdem kann er so ein Arschloch sein.

In der Hoffnung, er bräuchte nur etwas Zeit, setze ich mich auf die weiße Ledercouch und werfe den Kopf in meine Hände. Nach Minuten des quälenden Wartens höre ich Schritte. Mit meiner Sporttasche in der rechten und einer großen Tüte in der linken Hand, schreitet Alexander die Treppe herab. Anscheinend hat er meine Sachen gepackt.

Mit einem dumpfen Geräusch landen sie auf dem Boden. Als er mir wortlos den Rücken zukehrt, weine ich in meine Hände. Warum ich plötzlich so emotional und sensibel bin, ist mir ein großes Rätsel. Sonst habe ich meine Gefühle besser im Griff, doch er drückt all diese Knöpfe in mir, die mir jegliche Kontrolle entreißen.

Als er mich weinen hört, hält er inne.

»Du lässt mir keine andere Wahl, Samantha. Du hast gegen fast jede Regel verstoßen, die es gibt. All das habe ich zu gelassen, weil … Das war ein Fehler. Wir hatten einen Vertrag, du hast ihn gebrochen. Mehrmals. Ich hätte das viel eher tun sollen.«

Ich schweige, schluchze nur.

Also fährt er mit derselben ausdruckslosen Stimme fort: »Ich habe mich selbst nicht korrekt dir gegenüber verhalten. Ich hätte dir wesentlich deutlicher machen müssen, auf welcher Schiene wir hier fahren. Im Grunde genommen bin ich selbst schuld daran, weil ich dich behandelt habe, als wärst du meine Freundin. Auch hinter verschlossenen Türen. Das bist du aber nicht.«

Ich blicke zu ihm hoch und schlucke hart.

»Javier wartet unten auf dich. Ich dachte, das würde dich freuen«, eröffnet er. Dann verschwindet er eiskalt.

Jetzt sind es nur noch meine Sachen, die auf der Treppe auf mich warten.

Gebrochen schleppe ich mich in die Tiefgarage. So wie Alexander gesagt hat, wartet Javier neben dem silbernen Bentley auf mich. Als sich unsere Blicke treffen, sieht er unwillkürlich zu

Boden. Schweigend steige ich in den hinteren Teil des Wagens ein. Die Taschen werfe ich achtlos auf die Rückbank.

Javier räuspert sich, dann erkundigt er sich vorsichtig nach dem Fahrtziel.

Ich starre aus dem Fenster, fühle bloß tiefe Leere in mir. »Detroit.«

Javier sieht mich an, als hätte ich gerade gesagt, dass ich den Mond bereisen will. »Detroit?« Sein Kopf neigt sich leicht zu mir nach hinten. »Das sind ungefähr zehn Stunden Fahrt, Miss Woods.«

»Sam«, korrigiere ich ihn ausdruckslos. »Bitte nenn mich Sam. Noch mal wirst du wegen mir nicht gefeuert.«

Kurz zögert er, dann sagt er zu meiner Überraschung: »Dann auf nach Detroit.«

∿

Zwei Stunden vergehen und ich starre ohne Unterbrechung aus dem Fenster. Ich habe keinen einzigen Laut von mir gegeben und Javier hat mich nicht ein einziges Mal angesprochen. Ich denke über mein Leben nach. Was ich mir immer vorgenommen und nie geschafft habe. Ich habe es nicht einmal zu Stande gebracht, vier beschissene Wochen an der Seite dieses wunderbaren Mannes durchzustehen. Vier Wochen, für die ich unendlich viel Geld bekommen hätte. Geld, das ich so dringend brauche. Ich habe gerade mal eine Woche gemeistert und das auch nur holprig. Ohne weiteres wäre ich an Alexanders Seite geblieben, auch ohne das Geld. Auch nach Ablauf der vier Wochen.

Keine Ahnung, ob ich ihn liebe, in ihn verliebt bin, mich verknallt habe oder ihn einfach unfassbar gerne bei mir habe. Ich weiß es nicht. Ist es das Verlangen nach ihm und danach, von ihm dominiert zu werden, die Lust, die er mir wie kein anderer bereitet, oder der Mensch, den ich in ihm sehe und den er so gut es geht vor allen anderen versteckt? Irgendetwas lässt mich nicht von ihm loskommen.

Das Ziehen in meinem Brustkorb lässt nicht nach. Es verursacht Schmerzen in meinem ganzen Körper, seit ich von Alexanders Penthouse weg bin. Ich stelle alles in Frage – mein Leben, meinen Charakter, meine vorlaute Art, die ich eigentlich so gerne an mir habe. Das Einzige, was ich sicher weiß, ist, dass ich nicht nach Hause möchte. Nicht zu Claire, der ich alles erzählen muss, aber doch nicht kann. Nicht zu Aiden oder Jacob, die mich wahrscheinlich hassen.

Ich muss zu meiner Mutter. Sie braucht mich und ich brauche sie. So empfinde ich das erste Mal in meinem Leben. Nicht etwa, weil ich darauf hoffe, ihr mein Herz ausschütten zu können und eine Schulter zum Anlehnen zu finden, sondern weil ich weiß, dass ich eine Aufgabe habe, die mich auf andere Gedanken bringen wird. Außerdem war ich seit meinem Umzug kein einziges Mal bei ihr in Detroit. Ich habe mein ursprüngliches Zuhause seit gut zwei Jahren nicht gesehen. Ebenso wie meine Mom.

Nach vier Stunden Fahrt ist es immer noch stockdunkel draußen. Allmählich habe ich meine Emotionen wieder im Griff, ebenso meinen zwanghaften Tick, non Stopp aufs Handy zu blicken. Es gibt ohnehin kein Geräusch von sich.

»Javier, würden Sie bitte an einer Raststätte halten? Ich muss aus diesen Klamotten raus.«

Unsere Blicke treffen sich im Rückspiegel und er nickt mir verständnisvoll zu. Ich bin ihm so dankbar für seine schweigende Art. Hätte man mich auf mein verheultes Äußeres angesprochen, wäre ich wahrscheinlich wieder in Tränen ausgebrochen. Wann ich das letzte Mal so sehr geweint habe, weiß ich nicht, nur, dass es ewig her ist. Und es hatte etwas mit meinem Vater zu tun.

Wir biegen in die Einfahrt einer Raststätte ein und Javier bleibt neben einer Tanksäule stehen. »Sie können sich auf der Toilette umziehen.«

»Danke.« Ich schnappe mir meine Sporttasche und steige aus dem Wagen.

Diese Toilette ist so ekelerregend, dass man meinen könnte, sie wurde noch nie gereinigt. Der Geruch von Urin liegt in der Luft und ich muss unwillkürlich würgen. So schnell wie möglich wechsele ich das teure Abendkleid gegen eine enge Jeans und ein weißes Top und reiße die Nippelpflaster mit einem Ruck hinunter. Die Heels schleudere ich in meine Tasche, nachdem ich sie gegen bequeme Sneaker getauscht habe. Ich hole ein Taschentuch heraus, befeuchte es mit Wasser und wische mir damit über das verschmierte Gesicht. Danach befreie ich mich von dem widerlichen Geruch und laufe zurück zum Bentley. Ich werfe die Tasche auf die Rückbank, atme tief aus und steige vorne bei Javier ein. Er wirkt überrascht, hinterfragt die Aktion aber nicht.

Kaum setzen wir die Fahrt fort, starre ich wieder nur aus dem Fenster.

»Danke.« Javier lächelt mich von der Seite an.

»Wofür?«

»Wegen Ihnen wurde ich wiedereingestellt. Zumindest glaube ich das«, erklärt er dankbar.

»Wegen mir wurden Sie überhaupt erst entlassen, das musste ich also wieder hinbiegen, Javier. Kein Grund, sich zu bedanken.«

Unsere Blicke treffen sich kurz, seine Augen wirken bedrückt. Dann ist es plötzlich so, als wären wir keine Fremden mehr.

»Wie geht es dir, Sam?«, erkundigt er sich.

Bemüht zu lächeln, lehne ich meinen Kopf an der Kopfstütze des Sitzes ab. »Scheiße, aber das wird schon. Danke der Nachfrage.« Javier nickt. »Bist du verliebt, Javier? Ich meine, liebst du jemanden?«

»Meine Frau.« Der Tonfall in seiner Stimme ist traurig.

»Wo ist sie?«

»In Saragossa«, erzählt er, den Blick auf die Straße gerichtet.

»Warum?«

»Sie lebt dort bei Ihrer Familie. Ich bin hier, um zu arbeiten, für sie und für mich.«

»Das klingt scheiße«, seufze ich. Javier lächelt minimal. »Wie ist es, jemanden zu lieben?«

Plötzlich grinst er über beide Ohren. »Es ist etwas ganz Besonderes.« Okay, damit kann ich nicht viel anfangen. Ich nicke und starre wieder aus dem Fenster.

»Du merkst, wenn es so ist«, fügt er hinzu. »Wenn es Liebe ist, weißt du es einfach. Sie kann dir die schönsten, aber auch schlimmsten Momente deines Lebens bereiten.«

Ich bin ihm dankbar für diese Worte. Momentan bin ich einfach dankbar, dass er hier sitzt und ich nicht allein bin.

Sieben Stunden Fahrt sind vorbei. Javier und ich halten irgendwo in Cleveland, um etwas zu essen und zu trinken. Ich habe zwar keinen Appetit, esse aber auf Javiers Wunsch hin ein halbes Hühnchen-Baguette. Danach trinken wir einen Kaffee und ich bin entsetzt, als ich eine Zigarettenschachtel in seiner Hand entdecke. Ohne Vorwarnung zündet er sich eine Zigarette an und lächelt unsicher, während er mich betrachtet. Es ist ihm scheinbar unangenehm. Wenn er ein richtiger Raucher ist, muss er doch fast umgekommen sein in den letzten sieben Stunden. Bei mir wäre es zumindest vor zwei Jahren noch so gewesen.

»Wenn du mir eine abgibst, fühlst du dich sicher nicht mehr so blöd«, sage ich zu ihm.

Seine Augen blinzeln überrascht. Kurz darauf stehen wir beide rauchend auf dem Parkplatz vor dem Bentley und blicken in die Ferne. Die frische Luft tut gut und die Zigarette stärkt meine Nerven, zusätzlich zu dem Kaffee, den ich getrunken habe. Zumindest redet man sich das ja bekannterweise ein.

»Warum Detroit?« Er drückt den Zigarettenstummel unter seinem Schuh aus.

»Meine Mutter lebt dort.« Ich nehme einen letzten Zug des Gifts. »Bekommst du deswegen Probleme?«

Er schüttelt den Kopf. »Mr Black hat mich angewiesen, dich dorthin zu bringen, wo du hin möchtest.«

Ich lache verzweifelt auf. »Er dachte wahrscheinlich nicht, dass mein Wunschort zehn Stunden entfernt liegt.« Als ich den Zigarettenstummel auf den Boden werfe, drückt Javier ihn unter seinem Schuh aus. Er zuckt mit den Schultern und wir steigen wir wieder in den silbernen Bentley, der hier langsam wirklich fehl am Platz wirkt.

Ich gebe ihm die genaue Adresse meiner Mom und hoffe, dass sie schon auf ist, wenn ich ankomme.

. . .

Es ist mittlerweile zehn Uhr vormittags. Nicht mehr lange und ich sehe meine Mom endlich wieder. Mein Elternhaus. Den Ort, an dem ich aufgewachsen bin.

Während wir durch die Stadt fahren, kommen unendlich viele Erinnerungen in mir hoch. Ich lächele beim Anblick der Häuser, die teilweise heruntergekommen sind, bei dem der Leute, die in Hemd und Jeans oder lockerem T-Shirt durch die Gegend spazieren. Der Müll, der teilweise verteilt auf der Straße liegt. Kids, die mit Boxen auf den Schultern Musik hören. Hier ist nichts wie in Manhattan. So schön es auch ist, wieder in Michigan zu sein, so wenig würde ich wieder hierher zurückwollen. Hier passe ich einfach nicht mehr rein.

»Da vorne.« Ich deute mit dem Zeigefinger die Straße entlang. »Das ist mein Haus.«

Vermutlich denkt Javier sich gerade, dass dieses Haus so gar nicht zu mir passt – und die Gegend umso weniger. Aber ich weiß auch, dass er ähnliche Wurzeln hat, aus gleichen Verhältnissen stammt und er nichts darin sieht, wofür man sich schämen müsste. Im Gegenteil – er ist wahrscheinlich der Einzige, der so etwas versteht.

»Willst du mit reinkommen? Ein bisschen schlafen? Du kannst nicht direkt wieder zurückfahren.«

Javier schüttelt den Kopf. »Nein, danke. Ich kann hier im Auto schlafen.«

»Sicher nicht«, werfe ich entschlossen ein.

»Dann in einem Hotel«, versichert er mir.

Zögernd nicke ich und winke ihm zum Abschied. Mit meinen Sachen in der Hand stehe ich neben dem Bentley. Ich bewege mich nicht und versuche meine Atmung zu kontrollieren. Javier wartet so lange, bis ich einen Fuß vor den anderen setze und mich dem Haus nähere. Plötzlich ist er fort und ich bin ganz allein.

Ich betrachte mein altes Zuhause genau und erkenne sofort, dass es seit meinem Auszug noch viel schäbiger geworden ist. Die Fassade war einst weiß gestrichen, jetzt sieht sie ergraut und dreckig aus. Auf dem Dach fehlen einige Ziegel, mehr als damals. Der Garten, falls man ihn überhaupt so nennen kann, sieht aus wie eine Wüste – alles ist braun und verwelkt. Ich steige direkt in ein Erdloch und stolpere. Auf einer der drei Stufen, die zur Eingangstür führen, ist etwas nicht Identifizierbares zu erkennen. Außerdem bröckelt der Beton an der Treppe. Die Eingangstür weist denselben braunen Fleck auf wie vor Jahren. Nichts hat sich wirklich verändert, nur verschlechtert.

Ich lasse die Tasche und die Tüte neben mir zu Boden fallen und atme tief durch. Dann streiche ich mir ein paar Mal über das Gesicht, um klare Gedanken fassen zu können und mich vor dem zu wappnen, was mich da drin vielleicht erwartet. Zum Abschluss reiße ich mir die Bobby Pins aus dem Haar und werfe sie in unsere Wüste.

Meine Faust macht sich eigenständig. *Klopf klopf.*

KAPITEL 17

eine Mutter traut ihren Augen nicht, als sie die Tür öffnet. Sie blinzelt zehn Mal, bis sie realisiert, dass ich nicht bloß eine Erscheinung ihres Rausches bin.

»Samantha?« Scheinbar kann sie es immer noch nicht glauben.

»Hi, Mom.« Ich umarme sie fest.

Ihre Augen füllen sich mit Tränen. »Du bist hier?«

»Ich komme um nach dir zu sehen«, erkläre ich kurz. »Lässt du mich rein?«

»Natürlich.« Langsam tritt sie vom Türrahmen beiseite und starrt mich weiterhin an, als wäre ich eine Fata Morgana.

Ohne Rücksicht auf sie zu nehmen, wandere ich direkt durch jedes Zimmer des Hauses, um es zu begutachten.

Das Wohnzimmer ist abgefuckt. Die Couch, die sie auch zum Schlafen verwendet, stinkt und hat Löcher. Brandflecken. Auf dem viereckigen Holztisch, der gleichzeitig ein Esstisch ist, stehen dutzende schmutzige Gläser und zwei Flaschen Whisky. Das einzige Bild, welches einmal die beige – heute schmutzig graue – Wand verziert hat, ist verschwunden.

Die Küche ist noch abgefuckter. In einem Kochtopf verderben Nudeln mit Sauce vor sich hin und der Geruch ist bestialisch. Der Boden ist voll mit Krümeln, Staub und Haaren. Der Kühlschrank ist von innen ebenso schmutzig wie von außen. Überall kleben Saucenreste. Ein zerbrochener Teller liegt neben der Spüle und die Scherben sind quer verstreut.

Das Badezimmer ist am abgefucktesten. Es ähnelt der Toilette, die ich auf der Raststätte besucht habe. Die Badewanne hat sich gelb verfärbt, den Spiegel des Wandschrankes hat seit meinem Auszug niemand mehr geputzt, auf dem Waschbecken steht eine leere Jack Daniels Flasche. Der Wasserhahn ist voller eingetrockneter Zahnpasta. Der kleine türkise Teppich hat nicht identifizierbare Flecken, ebenso der Duschvorhang. Das Klo sieht von innen aus, als hätte man sich darin übergeben. Na ja, vielleicht war es ja auch so.

Mein Zimmer ist das Einzige, das sich seit meinem Auszug nicht verändert hat. Außer dem Staub, der die Schränke so wie meinen Schreibtisch bedeckt, sieht hier alles aus wie immer. Mein kleines Bett aus Holz ist mit meiner rosa Tagesdecke bedeckt. Auf meinem Schreibtisch steht noch immer mein Organizer, in dem ich meine Stifte und Haftnotizzettel ordentlich sortiert habe. Alle Bücher stehen in derselben Reihenfolge in meinem Wandregal und mein Mini-Fernseher hängt an der Wand gegenüber meines Bettes. Das Foto von mir und meinem ersten Freund, meiner High-School-Liebe, klebt immer noch an der Wand. Ich reiße es runter.

Oh. Meine Pflanze auf dem Fensterbrett ist natürlich gestorben.

»Samantha«, sagt meine Mom mit heiserer Stimme. Ich war viel zu beschäftigt, die Eindrücke des Hauses auf mich sacken zu lassen, sodass ich nicht einmal bemerkt habe, was sich hier wirklich am Schlimmsten verändert hat. Sie.

»Du bist so dünn. Warum bist du so dünn?« Ihr Körper ist dürrer denn je. Sie hat mindestens zehn Kilo abgenommen und sie war davor schon immer schlank gewesen. Überhaupt, nachdem mein Vater uns verlassen hat.

»Ich mache eine Diät«, erklärt sie beiläufig, während sie mir fasziniert durchs Haar streicht. »Du siehst so schön aus, Samantha.«

»Woraus besteht deine Diät? Whisky? Jacky?« Meine Stimme hat ungewollt an Schärfe zugelegt.

»Samantha«, seufzt sie. »Bist du gekommen, um mich zu verurteilen?«

Ich streichele ihr über das eingefallene Gesicht, dann befördere ich eine Haarsträhne des mittlerweile schwarzgrauen Haares hinter ihr Ohr. Meine Mutter könnte mich nie abstreiten, wir sind uns wie aus dem Gesicht geschnitten. Sogar unsere Augen sind ident bernsteinfarben.

Ich gehe zurück in das abgefuckte Wohnzimmer. »So kannst du doch nicht leben, Mom.« Wieder laufen mir Tränen über das Gesicht. Heute ist einfach nicht mein Tag. Oder sagen wir gestern und heute – mittlerweile ist Sonntag.

»Mir geht es gut«, flunkert sie und setzt sich auf die löchrige Couch. Als sie nach der Whiskyflasche greift, reiße ich sie mit einer schnellen Handbewegung vom Tisch.

»Gib sie her«, fordert sie.

»Nein! Es ist nicht mal Mittag. Wie lange geht das schon so?«, will ich frustriert wissen. »Seit wann trinkst du schon morgens?« Früher hat sie wenigstens erst nachmittags mit dem Scheiß begonnen.

Sie zuckt mit den Schultern. »Seit einem Jahr. Und jetzt gib her, ich brauche das.«

Ich schüttele verzweifelt den Kopf. Mein Magen zieht sich zusammen und mir steigt Magensäure den Rachen hoch. »Du musst einen Entzug machen, oder zu den Anonymen Alkoholikern, du -«

»Samantha!«, brüllt sie entsetzlich laut und knickt mit einem Fuß ein, weil sie ihr Gleichgewicht nicht halten kann, als sie aufstehen will. »Fängst du schon wieder damit an? Lass mich doch in Ruhe!«

Meine Zähne knirschen, als ich sie fest zusammenpresse, um sie nicht ebenfalls anzuschreien. Wortlos setze ich die Flasche zurück auf dem Tisch ab. Als ich mich umdrehe und auf die Küche zugehe, höre ich sie einen Schluck davon nehmen. Um nicht auszuflippen, greife ich mir mein Handy aus der Tasche und gehe in mein Zimmer. Als ich den Fernseher im Wohnzimmer höre, wähle ich Claires Nummer.

»Süße«, sagt sie sanft.

»Claire«, erwidere ich in einem Tonfall, den sie nur allzu gut kennt.

»Was ist los? Bis auf das, was ich schon weiß?«

»Hast du mit Jacob gesprochen?« Angst breitet sich in mir aus. Dass jetzt vielleicht auch noch Claire auf mich sauer sein könnte, wäre das Letzte, was ich gerade gebrauchen könnte.

Sie zögert kurz. »Ja.«

Ich schlucke. »Das war mies. Das mit Aiden und Alexander. Beide sind ausgerastet.«

»Wo bist du jetzt? Hast du die Sache mit Alexander regeln können?«

»Ich bin …«, ich mache eine lange Pause, »in Detroit.«

»Scheiße, du bist bei deiner Mutter?«, schießt es überrumpelt aus ihr hervor.

»Claire, es ist schlimm. Ich meine, du kannst dir nicht vorstellen, wie sie lebt. Wie sie aussieht. Ich schaffe das einfach nicht, ich kann ihr nicht helfen«, schluchze ich ins Telefon und drücke mein Gesicht gegen das Kissen auf meinem Bett.

»Gott, Sam, das tut mir so leid. Ich dachte, du würdest nie wieder dorthin zurückgehen. Du kommst doch aber wieder, oder?« Panik macht sich in ihrer Stimme bemerkbar.

»Ja. Ich weiß nur nicht, wann.«

»Soll ich kommen? Du weißt, dass ich dir helfe, wo ich nur kann.«

»Ich weiß. So gerne ich dich auch hier hätte, das kann ich dir nicht zumuten«, meine ich mit belegter Stimme. »Ich wollte dich nur wissen lassen, dass ich nicht in New York bin.«

Ich weiß genau, dass sie gerade ihre Lippen eng aneinanderpresst, um sich selbst aufzuhalten, mir noch mal anzubieten, nach Detroit zu kommen. So ist sie nun mal eben. Immer hilfsbereit.

»Du schaffst das. Du schaffst alles, Sam. Und das mit Alexander wirst du auch wieder hinbekommen.«

Das waren genau die Worte, die ich gebraucht habe. Ihr Optimismus reicht, um mich für den Moment wieder zu sammeln.

Nachdem wir auflegen, stürme ich in die Küche. Ich krame in jedem Kästchen, suche nach Putzutensilien, bereite einen Eimer mit Desinfektionsmittel und Seifenwasser zu und lege im Badezimmer los. Meine Mutter sitzt weiterhin auf der Couch, während ich mein Bestes gebe, das Haus auf Vordermann zu bringen. Untätig hier herumzusitzen, ist für mich keine Option. Irgendetwas muss ich schließlich auf die Reihe bekommen.

~

Nach ungefähr vier Stunden bin ich im letzten dreckigen Zimmer angekommen – der Küche. Als ich gerade den Abfall in Mülltüten stopfe, erhebt sich meine Mutter das erste Mal von der Couch. Sie starrt mich ausdruckslos an, während sie im Türrahmen lehnt.

»Du musst das nicht machen«, lallt sie.

»Doch, muss ich.« Ich fange an, die Küchentheke zu desinfizieren.

»Hast du was von deinem Vater gehört?« Okay, jetzt sind wir schon bei Stufe drei ihres Rausches. Der Trauer. Ihre üblichen Phasen sind: Müdigkeit und Verwirrung, Freude, Trauer und schlussendlich die Wut.

»Ich will gar nichts von ihm hören«, murmele ich. »Du solltest nicht mehr an ihn denken, Mom.«

Sie bricht in Tränen aus. »Aber warum hat er uns bloß verlassen? All das ist nur seine Schuld. Jetzt hat er diese perfekte Familie und uns hat er vergessen!«

»Mom.« Langsam drehe ich mich zu ihr um. »Wir brauchen ihn nicht.«

Natürlich sage ich ihr nicht, dass es großenteils ihre Schuld ist, dass er uns verlassen hat. Ihr das unter die Nase zu reiben wäre nicht okay, das habe ich schon viel zu oft. Früher. Natürlich ist er ein Arschloch. Als es schwierig wurde, hat er sich einfach aus dem Staub gemacht, aber darüber nachzudenken wühlt die Sache nur unnötig auf und es ist das Letzte, was ich momentan brauche: noch mehr Kopfzerbrechen.

Ich bringe sie in mein Zimmer und lege mich mit ihr auf das Bett. »Du solltest ein bisschen schlafen.« Ich ziehe die rosafarbene

Tagesdecke über ihre Schultern und streichele sanft über ihren Kopf.

Als ich mich abwende, um das Zimmer zu verlassen, flüstert sie:»Ich verstehe, warum auch du mich verlassen hast.«

Meine Brust zieht sich schmerzhaft zusammen. Weil ich es nicht schaffe, darauf zu antworten, ohne in Tränen auszubrechen, schließe ich die Tür. Ich muss stark bleiben – für sie. Sie darf nicht wissen, wie beschissen es mir gerade geht, dann würde sie wahrscheinlich umso mehr trinken.

In der Küche mache ich weiter, wo ich stehen geblieben bin. Als das Chaos nach einiger Zeit beseitigt ist und ich einen prüfenden Blick durch das ganze Haus geworfen habe, schnappe ich mir meine Geldbörse und mache mich auf den Weg in den nächsten Supermarkt. Da ich kein Auto mehr habe, gehe ich ungefähr eine Meile zu Fuß, bis ich ihn endlich erreiche.

»Sam?« Beim Klang dieser weiblichen Stimme schießen mir sofort Freudentränen in die Augen. Ich drehe mich um und starre in das Gesicht meiner ehemaligen besten Freundin, von der ich seit meinem Umzug nichts mehr gehört habe. Meine Schuld, nicht ihre.

»Nancy!«, quietsche ich und falle ihr sofort um den Hals. Die vertraute Nähe zu ihr lässt mein Herz wild galoppieren.»Gott, wie lange haben wir uns nicht gesehen?«

Sie erwidert meine Umarmung freudig, dann mustern wir uns gegenseitig innig. Sie ist immer noch so hübsch wie damals, wenn nicht noch hübscher geworden. Ihre schwarzen Afrolocken stehen wie wild von ihrem Kopf ab und ihre kastanienbraunen Augen schmeicheln ihrem dunklen Teint, den sie aufgrund ihres afro-amerikanisch abstammenden Vaters hat.

»Seit du weggezogen bist«, murmelt sie. »Erzähl schon, wie ist New York?«

»Es ist toll.« *Außer zurzeit …* »Ich bin hier, um Mom zu besuchen.«

Geknickt nickt sie.»Ja, dachte mir schon, dass du irgendwann kommst.«

»Wie geht es dir? Bist du noch mit Jonah zusammen?« Wir

gehen in das Gemüseabteil, um ungestört miteinander sprechen zu können.

Sie strahlt bis über beide Ohren. »Ja, guck mal.« Der umwerfende Silberring an ihrem Ringfinger macht mich sprachlos.

»Jonah hat dir einen Antrag gemacht?« Ich kann nicht glauben, dass sie heiraten wird.

»Ja!« Wir hüpfen gleichzeitig in die Höhe und halten uns bei den Händen. »Vor drei Monaten. In zwei Wochen ist die Hochzeit! Ich wollte unbedingt heiraten, solange es noch warm ist und ehe er es sich anders überlegt«, scherzt sie auf ihre typisch charmante Art.

Ich strahle sie an. »Das ist so toll, ich freue mich unendlich viel für dich!«

»Du musst kommen«, verkündet sie. »Erinnerst du dich noch daran, wie wir als Kinder immer unsere Hochzeit geplant haben?«

»Oh ja«, seufze ich. »Unsere Vorstellungen waren zwar immer ein bisschen unrealistisch, aber ich fand es toll. Und ja, ich komme auf jeden Fall, Nancy.«

Sie umarmt mich fröhlich, dann mustert sie mich noch einmal detailliert. »Sag mal, weißt du von den Schulden deiner Mom?«

Sofort ist all die Freude aus meinem Gesicht verschwunden. »Ich habe die Schulden am Haus vor ein paar Tagen beglichen.« Ein schweres Seufzen entgleitet mir. »Sie trinkt jetzt noch mehr.«

»Ich weiß, Mom war sie ein paar Mal besuchen.« Das Mitgefühl in ihrer Stimme ist aufrichtig. Immerhin kennt sie mich und meine Familie seit Ewigkeiten und so auch unsere Probleme.

»Ich weiß, sie kann manchmal unerträglich sein, wenn sie besoffen ist, aber würdet ihr trotzdem regelmäßig nach ihr sehen, wenn ich wieder weg bin?«, bitte ich sie drängend.

Nancy nickt. »Klar, versprochen.«

Nancys und meine Mom waren früher auch beste Freundinnen, dadurch haben wir uns fast jeden Tag gesehen und sind zusammen aufgewachsen. Als meine Mom begonnen hat zu trinken, wurde ihre Freundschaft dadurch belastet, und als mein Vater uns verlassen hat, bestand fast kein Kontakt mehr zwischen den beiden.

Nancys Mutter hat zwar immer versucht, den Kontakt aufrechtzuerhalten, aber meine Mutter war nicht im Stande, die Freundschaft mit ihr zu pflegen. Ich wünschte nur, es wäre nicht so gewesen.

»Sam, ich muss los, Jonah wartet auf mich. Lass dich mal wieder blicken, okay?« Sie geht ein paar Schritte rückwärts, dann lächelt sie ungläubig. »Es ist total schön, dich zu sehen. Ich schicke dir die Einladung zur Hochzeit nach New York.«

Ich nicke ein wenig wehmütig. »Unbedingt, Nan.«

Während ich mich den Heimweg mit zwei vollgepackten Tüten abschleppe, denke ich über Nancy nach und unsere unterschiedliche Entwicklung. Ich beneide sie in der Hinsicht, ihre Träume – die dieselben waren wie meine – verwirklicht zu haben. Sie geht aufs College, wird heiraten und hat ein scheinbar glückliches Leben. Warum läuft bei mir bloß alles den Bach hinunter? Ich hätte es auch schaffen können. Ich hätte mich mehr anstrengen müssen, um meinen Job zu behalten, ja, ich hätte sogar einen zweiten annehmen müssen, als mir das Geld ausging. Außerdem hätte ich meine Mutter viel früher besuchen sollen, dann wäre die Situation vielleicht nicht so schlimm, wie sie jetzt ist. Und wäre ich nicht immer zu beschäftigt mit mir oder meinen Problemen gewesen, hätte ich vielleicht auch jemanden kennengelernt, mit dem ich jetzt glücklich zusammen wäre. Klar hatte ich ein paar mehr Hindernisse im Leben als manch anderer, aber ich habe mich zu viel dafür bemitleidet. Zu lange.

Ich nehme mir fest vor, mein Leben ab jetzt zu ändern. Wenn ich zurück in New York bin, suche ich mir unverzüglich einen Job – egal, wie scheiße er auch sein mag. Vielleicht auch zwei, um keine Schulden mehr anzuhäufen und das Geld, das Alexander schon für mich ausgegeben hat, bis auf den letzten Cent zurückzuzahlen. Und dann fange ich mein Leben von vorne an. Alles auf Anfang. Wieder einmal..

KAPITEL 18

Mitternacht. Ich liege seit zwei Stunden im Bett, ohne einschlafen zu können. Als ich nach Hause gekommen bin, habe ich meiner Mutter und mir etwas gekocht, danach haben wir gemeinsam gegessen und ich habe so lange neben ihr gelegen, bis sie eingeschlafen ist. Obwohl sie sturzbetrunken war, war sie ungewohnt nett zu mir. Normalerweise lässt sie all ihren Frust und Kummer an mir aus, wir streiten uns und gehen zu Bett. Am nächsten Tag dann dasselbe von vorne.

Ich tippe auf meinem Notebook herum und starre immer wieder an die Decke. Zweimal war ich kurz davor, Alexander anzurufen, dann habe ich es aber doch gelassen. Was würde es schon bringen? Er denkt, ich sei eine Hure. Irgendwie bin ich das ja auch. Ich habe zugestimmt, mich von ihm bezahlen zu lassen, um seine Freundin zu spielen – Sex inklusive.

Ich habe mich wirklich danebenbenommen. Im Endeffekt hatte er mit dem, was er zu mir sagte, recht: Ich habe gegen fast jede Regel, die es gab, verstoßen. Noch dazu habe ich ihn blamiert. Und wie. Ich wusste zwar, dass aus uns nicht mehr werden kann, oder zumindest nicht das, was ich denke, gewollt zu haben, dennoch wollte ich nicht, dass wir so auseinandergehen. Dass er nun so von mir denkt. Dass ich ein unreifes Kind bin, das sich nicht zu benehmen weiß und ihn nicht respektiert.

Wahrscheinlich ist es ihm mittlerweile komplett gleichgültig und er hat sich schon die nächste gefunden, mit der er schöne Stunden verbringt.

Ich denke darüber nach, was Javier gesagt hat. Dass ich die erste Frau sei, die er hat abholen und zu ihm bringen lassen. Auch Gretas überraschtes Gesicht, als sie mich zum ersten Mal in seiner Wohnung gesehen hat – nicht nur wegen meinen nackten Brüsten – deutete darauf hin, dass zuvor noch nie jemand auf diese Weise Zeit bei ihm verbracht hat. Zumindest keine Frau. Alexander hat gesagt, er hätte noch mit keiner anderen so einen Vertrag abgeschlossen. *Der Vertrag.*

Eigentlich sollte ich hier sitzen und mich fragen, was zum Teufel mit mir los war, warum ich dieses beschissene Stück Papier überhaupt unterzeichnet habe. Andererseits hätte ich Alexander sonst nicht richtig kennengelernt. Wäre ihm nicht so nahegekommen.

Ich tippe ungefähr dreißig Minuten lang in mein Notebook, bis ich eine E-Mail – oder eher einen Brief – verfasst und noch drei Mal prüfend gelesen habe.

Alexander, ich weiß, du hast keinen Grund, dir das hier durchzulesen. Unser Deal ist geplatzt und das ist allein meine Schuld. Entschuldige meine Ausdrucksweise, aber ich scheiße auf unseren Vertrag. Das Geld ist mir nicht mehr wichtig. Klar brauche ich es, deswegen habe ich dein Angebot überhaupt erst angenommen, wie du weißt. Aber das ist nicht der Grund, weswegen ich dir gerade schreibe. Auch wenn es dich gar nicht interessiert (ich weiß, dass es so ist), solltest du wissen, dass ich die Wahrheit gesagt habe. Mit Aiden war Schluss – falls man das überhaupt so nennen kann –, schon bevor der Vertrag zustande kam. Bevor du da warst. Wir sind Freunde, oder waren es nun wohl eher. Als er bei mir zu Hause war, wollte er mehr, aber ich habe ihn abgewiesen. So auch auf der Damentoilette. Warum ich ihn mit in die Toilette genommen habe? Keine Ahnung. Weil ich dumm bin? Wahrscheinlich. Ich mag Aiden, aber ich bin nicht verliebt in ihn. Dass ich dich blamiert habe, tut mir leid. Wirklich. Das hätte nicht passieren dürfen. Falls du vorhast, der Presse irgendeine erfundene Story zu erzählen, warum man mich plötzlich nicht mehr an deiner Seite sieht, tu es ruhig. Es ging dir ja ohnehin um gute Presse. Tu dir also keinen Zwang an und stell mich ruhig als die Böse dar, das bin ich dir schuldig. Ich verkrafte das schon, du kennst mich ja. Auch wenn es nur eine sehr intensive Woche mit dir war (es kommt mir viel länger vor), danke ich dir für alles. Ich hatte wirklich viel Spaß und es war schön, Zeit mit dir zu verbringen und dich ein wenig besser kennenzulernen. Ich werde dir jeden Cent zurückzahlen und hoffe du findest jemanden, der reifer ist und deine Großzügigkeit mehr zu schätzen weiß. ... In Zuneigung (»in Liebe« hört sich komisch an), Sam

Auch wenn er die E-Mail nie lesen sollte, habe ich mir das Meiste von der Seele schreiben können. Immer wieder wollte ich schreiben, dass ich etwas für ihn empfinde, dass er mir wichtig ist, aber das wäre so unangebracht wie mein Auftritt auf der Wohltätig-keitsveranstaltung. Mit halb gebrochenem Herzen schalte ich den Laptop aus und versuche erneut zu schlafen, um mich von den erdrückenden Gedanken zu befreien.

~

Es ist ein komisches Gefühl, in meinem alten Zimmer aufzuwachen. Es fühlt sich wirklich nicht gut an. Zu viele schlechte Erinnerungen, vor denen ich geflohen bin, hängen in der Luft.

Meine Mutter sitzt im Pyjama auf dem Boden, als ich das Wohnzimmer betrete. Sie trinkt Kaffee und sieht fern. Ein Wunder, dass sie neben all dem Alkohol überhaupt noch Kaffee trinkt.

»Guten Morgen, Samantha«, begrüßt sie mich. *Nüchtern.*

»Hey, Mom.« Ich hole mir ebenfalls eine Tasse Kaffee aus der Küche, dann setze ich mich zu ihr auf den Boden. »Wie geht es dir?«

Sie lächelt mich halbherzig an. »Ich habe schon lange keinen Kater mehr, Samantha. Irgendwann habe ich mich einfach an die Kopfschmerzen gewöhnt.«

»Verstehe«, murmele ich und starre in den Fernseher. Sie lächelt mich von der Seite an und mustert mich minutenlang. Dann stößt sie einen langen Seufzer aus.

»Was?«, frage ich angespannt.

»Du bist richtig hübsch, weißt du das? Ich bin so stolz auf dich. Du bist so erwachsen geworden.«

Ich rolle mit den Augen. »Es gibt keinen Grund auf mich stolz zu sein, Mom.«

»Natürlich gibt es den! Du stehst auf eigenen Beinen, ganz im Gegensatz zu mir. Das ist der erste«, sagt sie entschlossen. »Du bist viel stärker als ich.«

Ich schüttele den Kopf. »Bin ich nicht, glaub mir. Ich bin schwach und kriege selbst nichts auf die Reihe.«

»Warum bist du wirklich hier, Samantha?«

Bedrückt sehe ich sie an. Die Frage wirft mich so früh am

Morgen aus der Bahn. »Ich wollte dich sehen, Mom. Und ein beschissener Abend hat mich direkt zu dir gebracht.«

Sie wirkt nachdenklich, nickt aber, obwohl sie keine Ahnung hat, wovon ich spreche. »Was ist passiert?« Ich zucke mit den Schultern, da wendet sie sich mir komplett zu. »Geht es um einen Kerl?« Gott. Meine Mutter hat noch nie lockergelassen. Sie ist wie Claire. Wenn sie etwas wissen will, stürzt sie sich darauf, ganz wie auf eine Flasche Whisky.

Ich seufze und nippe an meiner Tasse. »Ich habe da jemanden kennengelernt, aber dann hab ich's verkackt.«

»Warum?«

»Keine Ahnung.«

»Wie?«, fragt sie nervig.

»Mom«, flehe ich. »Ich kann gerade wirklich nicht darüber sprechen, es ist… es ist einfach zu kompliziert.« Weil sie nicht aufhört mich anzustarren und sich der Kaffee vom vielen Nippen allmählich leert, erzähle ich seufzend: »Er ist achtundzwanzig und eine große Nummer in Manhattan. Ein gestandener Mann – intelligent, erfolgreich, gutaussehend. Und ich bin eben immer noch jung, dumm und naiv.«

»Du bist nicht dumm und naiv!«, wendet sie überzeugt ein. »Jeder Mann hätte Glück mit dir!«

»Nein, eigentlich nicht. Ich trage viel zu viel Ballast mit mir herum und manchmal benehme ich mich echt scheiße, Mom.«

Sie lacht laut auf. »Wie die Mutter, so die Tochter, stimmt's?« Darüber muss ich lächeln.

»Sieht ganz so aus«, stimme ich zu. »Aber es ist noch viel komplizierter als das.«

»Hast du das Geld von ihm?«

Mein Herz setzt für einen kurzen Moment aus. »Was?«

Sie sieht mich an, als wüsste sie die Antwort längst. »Die siebentausend Dollar für das Haus.«

Ich schlucke, dann nicke ich mit gesenktem Blick. Was sollte ich denn auch erzählen, woher ich es sonst habe?

Meine Mutter greift nach meiner Hand und küsst sie vorsichtig. Bei der ungewohnt liebevollen Geste zucke ich ungewollt zusammen.

»Er muss dich mögen, wenn er die Schulden deiner Mutter bezahlt.« *Wenn sie wüsste, was er im Gegenzug dafür bekommen sollte. Oder hat. Oder wollte.*

Ich nicke einfach. »Aber er ist weg vom Fenster, kein Grund also noch über ihn zu reden.«

»Okay«, murmelt sie. »Das wird schon wieder.«

Mit aufgesetztem Lächeln hole ich mir eine zweite Tasse Kaffee aus der Küche. Als ich im Türstock stehe, beobachte ich meine Mom und präge mir jede einzelne ihrer Bewegungen ein, solange sie noch nüchtern ist. Ich habe ganz vergessen, wie es ist, sich mit ihr zu unterhalten, wenn sie nicht schon etliche Gläser Alkohol intus hat. Es fühlt sich gut an, wie es im Normalfall auch sein sollte, bei Mutter und Tochter. Dafür, dass dieser Moment länger andauert, würde ich einfach alles tun. Für sie.

Es ist schwieriger als gedacht, billige Rückflüge zu finden. Da mein Konto fast im Minus ist, sitze ich wohl hier fest. Hätte ich doch nur meine Rostlaube vom Mechaniker geholt und wäre mit ihr hierhergefahren, den Tank könnte ich mir locker leisten. So langsam wie der Wagen ist, verbraucht er auch dementsprechend wenig.

»Samantha«, lallt meine Mutter, als sie mein Zimmer betritt. »Wo sind meine Flaschen?«

»Es gibt keine mehr«, erwidere ich abweisend und scrolle weiter in meinem Notebook.

»Was?« Sie wedelt wie wild mit den Händen um sich. »Ich hatte noch zwei Flaschen Jacky!«

»Du hattest«, betone ich. Dass ich sie gestern beim Aufräumen unter der Spüle versteckt habe, erwähne ich nicht. »Du hast genug getrunken, Mom. Du bist total dicht.«

Bei dem lauten Knall, der im Wohnzimmer ertönt, schrecke ich auf. Ich stürme zur Tür hinaus und starre wütend auf die Glasscherben, die auf dem Boden verteilt liegen. »Was zum Teufel …«

Meine Mutter läuft wie eine Geisteskranke durch jedes

Zimmer, durchwühlt jeden Schrank und schreit unverständliche Dinge vor sich hin.

»Mom«, ermahne ich sie eindringlich. Sie ignoriert mich und stürmt vom Badezimmer in die Küche. Als sie unter der Spüle die versteckten Flaschen findet, lacht sie provokant auf.

»Dachtest du, ich finde sie hier nicht? Du bist so dumm, Samantha.«

Ich halte die Luft an, um sie nicht anzuschreien. *Atme, atme, atme, atme …*

»Du bist wie dein Vater! Du bist schuld daran, dass es mir so geht!«, brüllt sie und versucht mit zittrigen Händen eine der Jack Daniels Flaschen zu öffnen. Dann seufzt sie lautstark. »Mach sie auf.«

Ich starre sie ausdruckslos an, als sie mir die Flasche vor das Gesicht hält. »Das werde ich nicht tun.«

»Ma-a-ach sie a-a-auf!« *Ruhig bleiben, Sam …*

Wütend schlägt sie sie auf die Küchentheke. Irgendwann schafft sie es dann doch, sie zu öffnen. Damit sie nicht noch länger warten muss, macht sie direkt einen großen Schluck von der Flasche, anstatt sich wenigstens ein Glas dafür zu nehmen.

»Du bist unglaublich«, werfe ich ihr wutentbrannt vor. »Willst du dich überhaupt ändern? Willst du so sterben?«

Verzweifelt lächelt sie mich an. »Kann dir doch egal sein, du bist ja sowieso nicht hier. Du hast mich verlassen, genau wie dein Vater. Du bist ein Egoist.«

Da platzt mir der Kragen und ich schlage mit der flachen Hand gegen die Wand. »Verdammt Mom, halt den Mund! Halt bitte den Mund! Sieh dich doch nur an! Warum glaubst du denn, bin ich abgehauen? Weil ich das hier nicht mehr ausgehalten habe. Vielleicht kannst du so leben, ich aber nicht!«

»Ich wünschte, ich hätte deinen Vater nie kennengelernt.« Sie nimmt einen weiteren Schluck ihres Giftes. Ihr Blick ist mehr als verachtend.

»Tja, dann hättest du aber auch mich nie bekommen«, entgegne ich.

»Genau um das geht es.«

Ich traue meinen Ohren nicht. Hat sie das gerade wirklich

gesagt? Aus Angst, ich könnte gleich die Küche niederbrennen, stürme ich aus dem Haus. Ich schlage die Eingangstür lautstark zu und lasse mich auf die bröckelnden Stufen davor sinken. Auf angewinkelten Knien überschlage ich meine Arme und drücke meinen Kopf hinein. Die Tränen strömen nur so aus mir heraus. Ich weiß, dass sie das nicht so gemeint hat und dass der Alkohol aus ihr spricht, aber trotzdem ist es verletzend. Am liebsten würde ich raus in die Dunkelheit laufen und nie wieder zurückkommen. Das würde mit Sicherheit um diese Uhrzeit in dieser Gegend auch passieren. Meine Mutter schafft es einfach jedes Mal aufs Neue, mich von hier zu vertreiben.

»Meine Mutter hat zu trinken begonnen, als mein Vater gestorben ist. Die Alkoholvergiftung war kein Unfall, es war absehbar.«

Ich traue meinen Ohren nicht, als ich Alexanders Stimme aus der Ferne wahrnehme. Das kann er nicht sein – unmöglich. Ein Blick durch meine Arme belehrt mich eines Besseren.

»Ich habe lange gebraucht, um zu verstehen, dass es nicht meine Schuld war. Früher dachte ich immer, hätte ich nur besser auf sie aufgepasst, wäre das nie passiert. Aber es gab andere Gründe dafür«, sagt er mit ruhiger Stimme, als er immer näher an mich herantritt.

Ich starre ihn fassungslos an. Bilde ich mir das bloß ein?

Alexander trägt dunkelblaue Jeans und ein weißes enganliegendes Shirt. Das erste Mal, seit ich ihn kenne, ist er in der Öffentlichkeit so legere gekleidet. Sein dunkles Haar sitzt locker und ist nicht wie üblich nach hinten gestylt. Und seine blaugrauen Augen leuchten im Licht der Straßenlaternen.

»Du bist hier«, murmele ich völlig verwirrt. »In Detroit.«

Als er sich neben mich auf die unterste Stufe der Treppe setzt, lächelt er mich versöhnlich von der Seite an. »Ja, ich bin hier.«

Jetzt bin ich noch mehr verstört als zuvor. »Warum?«

Er legt seine Stirn in Falten, dann sagt er amüsiert: »Mir war irgendwie nach Detroit zumute. Bin durch einen Zufall auf dein Haus gestoßen.«

Okay … Schon klar, er ist wegen mir hier. Aber wieso?

Ich wische mir die Tränen aus dem Gesicht. »Ich dachte, du hasst mich.«

»Ich habe deine E-Mail bekommen«, sagt er stattdessen. »Und von Javier wusste ich, dass du hier bist.«

»Aber -«

Meine Mutter reißt ohne Vorwarnung die Haustür auf. Als sie Alexander sieht, runzelt sie verwirrt die Stirn, dann lallt sie: »Wer ist das, Samantha?« Noch bevor ich antworten kann, fragt sie mit weit aufgerissenen Augen: »Ist er das?«

Oh nein, bitte nicht. Herr im Himmel hab Erbarmen mit mir.

Alexander sieht mich abwartend an.

»Mom«, warne ich sie mit zusammengekniffenen Augen. »Geh bitte wieder rein.«

Sie macht natürlich keine Anstalten, uns alleine zu lassen. Stattdessen torkelt sie auf uns zu und mustert Alexander von oben bis unten. *Bitte sag jetzt nichts Falsches …*

»Mhm … genau so, wie du gesagt hast.«

Ich räuspere mich und blicke vor Scham zu Boden. Zu meiner Überraschung ergreift Alexander nicht die Flucht, stellt mich nicht zur Rede und schweigt auch nicht wie ein Grab – was man ihm in dieser verkorksten Situation nicht übelnehmen könnte. Er erhebt sich galant und streckt meiner Mutter die Hand entgegen. Als er sie mit seinem schönsten Lächeln anhimmelt, bringt er sie direkt von Stufe vier auf Stufe zwei ihres Rausches zurück.

»Ich bin Alexander Black, der Freund Ihrer Tochter«, stellt er sich charmant vor. Freund? Meine Mutter bekommt rötliche Wangen und schmunzelt aufgeregt.

»Oh, wie nett, Sie kennenzulernen.« Sie hält etwas zu lange an seiner Hand fest. Ich stehe ebenfalls auf, um die Situation besser unter Kontrolle zu haben und eingreifen zu können, sollte sich meine Mutter ihm unangebrachter Weise an den Hals werfen.

»Kommen Sie noch mit rein?«, fragt meine Mutter prompt.

»Ähm, nein, Mom«, antworte ich für ihn.

»Warum bist du nur so, Samantha? Warum schließt du mich

immer aus?«, bemitleidet sie sich selbst, und ich werde auf der Stelle wieder wütend.

Alexander zeigt keine Anzeichen, dass ihm irgendetwas unangenehm ist, im Gegenteil. Er scheint genau zu wissen, was er zu tun und zu sagen hat, um die Situation zu entschärfen.

»Ich komme sehr gerne noch herein, Miss Woods. Es freut mich übrigens ebenso, Sie kennenzulernen.«

Sie nickt glücklich und mustert ihn noch mal beeindruckt, als er das Haus betritt. Ich husche hinter den beiden her und mache mich sofort daran, die Glasscherben vom Boden aufzuheben.

Er bückt sich neben mir und greift ebenfalls danach. »Nicht.«

»Ich muss -«

»Schon okay«, flüstert er und hebt Scherbe für Scherbe auf. Danach wandert er in die Küche, als wäre es seine, und beseitigt die Scherben sorgsam im Müll.

Mir blüht das Herz auf.

»Möchten wir einen Kaffee zusammen trinken, Miss Woods? Ich würde Sie gerne näher kennenlernen. Ihr Haus ist nebenbei sehr schön«, spricht er zu meiner Mutter.

Wow. Er weiß wirklich, wie man mit einer Alkoholabhängigen umgeht, die eben noch wütend umherlief und herumgeschrien hat. Stichwort Komplimente.

Meine Mutter nickt total angetan. »Nennen Sie mich doch bitte Rachel, mein Lieber.« Heilige Scheiße, so höflich habe ich sie lange nicht mehr erlebt.

»Ich koche Kaffee«, sage ich, um ein Lebenszeichen von mir zu geben.

Bevor Alexander die Küche verlässt und sich zu meiner Mutter auf die abgefuckte Couch setzt, wirft er mir einen innigen Blick zu, so als wolle er mir signalisieren, dass es okay ist und ich mich für nichts schämen müsse. Ich spüre, wie es ganz warm in meiner Brust wird.

Zurück im Wohnzimmer stelle ich drei Tassen frisch gekochten Kaffee nervös auf dem Tisch ab. Gott verdammt, wenigstens habe ich gestern mal ordentlich saubergemacht! Dadurch muss ich mich tatsächlich etwas weniger schämen.

Meine Mutter und Alexander unterhalten sich trotz ihres

Rausches so nett miteinander, dass man nie davon ausgehen würde, dass sie sich bis gerade eben noch nicht kannten. Ich kann immer noch nicht glauben, dass er hier ist. Hier in Detroit. Hier in meinem alten Zuhause. Auf dieser mit Brandlöchern übersäten Couch.

»Sam?«, fragt er und reißt mich aus meinen Gedanken.

»Tut mir leid, was?« Ich kralle mich an meiner Kaffeetasse fest.

Meine Mutter seufzt wie immer, wenn es um mich geht. »Du wirst Alexander doch anbieten, hier zu übernachten? Wir lassen ihn doch nicht in ein Hotel gehen, Samantha.« *Übernachten? Hotel?*

Ich schlucke. »Du bleibst in Detroit?«

Alexander nickt. »Ich dachte, wir fliegen morgen zusammen zurück.« *Fliegen? Zusammen?* Okay, langsam verstehe ich gar nichts mehr.

»Samantha«, drängt meine Mutter.

»Ähm, klar kannst du hierbleiben. Wenn du das wirklich möchtest …« Wie kann er hier in diesem schäbigen Haus bleiben wollen, wenn in Manhattan ein luxuriöses Penthouse auf ihn wartet? Der einzige Luxus hier ist die drei Jahre alte Kaffeemaschine, die, im Gegensatz zu allem anderen, einwandfrei funktioniert.

»Ich möchte.« Sein Tonfall klingt entschlossen. Ich lächele verwirrt.

Meine Mutter löchert ihn weiterhin ungeniert mit Fragen, bis sie mehr von ihm weiß, als ich es bisher tat. Immerhin habe ich so neue Dinge über ihn erfahren: Als er fünf Jahre alt war, hatte er einen Fahrradunfall, seither ist er nie wieder gefahren und hat es deshalb nie richtig gelernt. Mit zehn wurden seine Eltern in die Schule vorgeladen, weil er einen Jungen aus seiner Klasse geschubst hat und der sich dabei einen Zahn ausgebrochen hat. Als er zwölf war, sind seine Eltern und er nach Manhattan gezogen. Seine Eltern hatten viel Geld – sein Vater –, welches er geerbt und zur Gänze in sein Studium und anschließend sein Unternehmen gesteckt hat, um es aufzubauen. Natürlich hat er es innerhalb kurzer Zeit mehrfach zurück verdient. Seinen Erfolg bezeichnet er als »ein bisschen Können und ein bisschen mehr

Glück«, was meine Mutter so sympathisch findet, dass sie Herz-
chen in den Augen trägt. Kurz bevor er aufs College ging, ist sein
Vater an Krebs gestorben. *Stille.* Zum Abschluss erzählt er ihr von
unserem Kennenlernen, das laut ihm wie folgt ablief: Ich saß –
nicht betrunken – in einer Bar und er sprach mich höflich – und
gar nicht aufdringlich – auf einen ehemaligen Werbespot an, den
ich gemacht habe. Danach unterhielten wir uns – ich habe nicht
über mein scheiß Leben gejammert – und er lud mich zum Essen
ein, um mich kennenzulernen – und mir kein Geld für Sex und
andere Dinge anzubieten.

Man könnte das so durchgehen lassen, würde ich sagen. *Fast*
die Wahrheit.

Irgendwann döst meine Mutter ein, als wir uns einen Film im
alten Fernseher ansehen. Ich deute ihm leise, mir in mein Zimmer
zu folgen.

Kaum schließe ich die Tür, flüstert er: »Ich hoffe, es ist okay,
dass -«

Ich falle ihm in die Arme, wodurch er verstummt. Glückli-
cher könnte ich gerade nicht sein. Sein Erscheinen hat mir all die
dunklen und bedrückenden Gefühle genommen. Sobald ich seine
Wärme auf mir spüre, werde ich sogleich noch ruhiger innerlich.

»Danke«, flüstere ich an seiner Brust.

Er schlingt beide Arme um mich, dann drückt er fest zu.

»Gern geschehen.«

»Nein, im Ernst, ich bin dir so dankbar. Du warst so nett zu
meiner Mom und es tut mir leid, dass sie dich so viel -«

Nun ist es an ihm, mich zum Verstummen zu bringen. Er
presst seine weichen Lippen zärtlich auf die meinen und ich
schmelze innerlich dahin wie heißes Wachs. Es fühlt sich so gut
an, ihn hierzuhaben. Ihn wieder zurückzuhaben.

»Warum tust du das?«, frage ich mit leiser Stimme, als wir uns
voneinander lösen. Alexander zuckt mit den Schultern und küsst
mich erneut. Wir lassen uns auf mein kleines Bett fallen und ich
schmiege mich eng an ihn. »Es tut mir leid«, beteuere ich
gepresst.

»Ich weiß. Ich will dich bei mir haben.« Während er mir über
den Rücken streichelt, schlinge ich die Arme um ihn. »Sam.«

Ich drehe meinen Kopf zu ihm und lächele, als ich erneut erkenne, dass dies nicht nur ein Traum ist. Er in meinem Haus, in meinem Bett; an dem Ort, wo ich aufgewachsen bin. Das ist surreal.

»Ich war nicht fair zu dir«, kommt es ihm rau über die Lippen.

Ich schlucke.

»Mir tut es auch leid.« Er drückt mir wieder seine zarten Lippen auf den Mund. Ich nicke und er lächelt. Da liegt ein Funkeln in seinen Augen, das ich so noch nie zuvor gesehen habe. »Ich will, dass du morgen zurück mit mir nach Manhattan fliegst. Und nie wieder gehst.«

Jetzt nicke ich noch heftiger. »Das will ich auch.«

Und ob ich das tue. Nichts würde mich davon abhalten können. Und wieder gehen? Niemals.

KAPITEL 19

achdem wir uns zu Mittag von meiner Mutter verabschieden, steigen wir in ein Taxi in Richtung Flughafen.

Mit Alexander und meiner Mom zusammen zu frühstücken, mit ihr in nüchternem Zustand, war das Schönste, das ich seit langem erleben durfte. Alexander hat ihr versprochen, dass wir sie regelmäßig besuchen kommen, unter der Voraussetzung, dass sie sich in ein Suchtkrankenhaus, in dem er Teilhaber ist, einweisen lässt. Und sie hat tatsächlich eingewilligt. Unglaublich, aber wahr. Meine Mutter ist endlich bereit, einen Entzug zu machen. Wozu ich sie jahrelang nicht überreden konnte, hat er innerhalb eines Tages geschafft.

»Was?« Mein Starren ist ihm wohl nicht entgangen.

»Nichts ... Du bist toll«, spreche ich meinen Gedanken laut aus.

Er lacht auf. »Ich bin toll?«

»Ja.«

»Warum?« Er lacht wieder.

Befangen zucke ich mit den Schultern. »Wenn meine Mom wirklich einen Entzug macht, bin ich dir auf ewig was schuldig.«

Alexander betrachtet mich sanft, dann greift er nach meiner Hand. »Du bist mir überhaupt nichts schuldig. Sagen wir doch einfach, dass es zum Vertrag gehört. Die Kosten für den Entzug inklusive.«

Ich stutze. *Vertrag?*

Ich meine, ich weiß, wir hatten eine geschäftliche Abmachung und sein Interesse bezog sich nur darauf, vorzutäuschen, er führe eine Beziehung, aber durch seinen Auftritt gestern dachte ich irgendwie, dass es tatsächlich eine wäre … Wie dumm von mir.

»Alles okay?«, fragt er nachdenklich, als er meine Verunsicherung bemerkt.

Ich schüttele mir die herzzerreißenden Gedanken aus dem Kopf und setze ein falsches Lächeln auf. »Klar.«

Natürlich fliegen wir erste Klasse. Ich bin zwar nicht sehr oft geflogen und das letzte Mal liegt auch schon lange zurück, aber ich bin mir sicher, dass der Service hier an Board außergewöhnlich gut ist. Die Stewardessen sind übertrieben freundlich und servieren im Minutentakt verschiedenste Getränke und Snacks, und das Essen, das sie im Angebot haben, ist viel zu gut für Flugzeugfraß. Mit den Kopfhörern, die mir eine Flugbegleiterin vorhin kostenlos gegeben hat, kann ich Musik auf meinem Handy hören. Aktuell ist es Michael Jacksons *Thriller*. Ich wackele leicht mit dem Kopf und wippe mit den Füßen.

Alexander beobachtet mich von seinem Sitz aus neben mir. Als er zu mir spricht, stoppe ich die Musik auf meinem Handy.

»Amüsierst du dich?«, fragt er neckisch.

»Oh, ja. So cool bin ich noch nie geflogen. Eigentlich hasse ich es.«

Er lächelt. »Bist du deswegen mit Javier zehn Stunden lang nach Detroit gefahren?«

Ich schüttele den Kopf und ziehe die Kopfhörer mit einer Handbewegung aus meinen Ohren. »Ich wollte einfach so schnell wie möglich weg.«

Nun legt sich ein Schatten über sein Gesicht. Heute hat er leichte Bartstoppeln, die ihn rauer wirken lassen. »Was habt ihr denn so gemacht?«

»Wer? Meine Mutter und ich?« Weil ich mir nicht sicher bin,

ob ich die Kopfhörer zurückgeben muss oder behalten darf, stecke ich sie in den Schlitz des Netzes im Sitz meines Vordermanns.

»Javier und du.«

Oh. Was hat er nur immer gegen Javier? Eifersüchtiger Kerl.

Ich lächele neckisch. »Wir haben ein bisschen auf der Rückbank herumgemacht, dann haben wir uns eine Kippe geteilt und …«

»Du verarscht mich?«, fragt er erschrocken, mehr aber drohend.

Ich lache. »Klar.« Aufgrund seines finsteren Blickes lache ich gleich noch einmal. »Na ja, nicht ganz. Herumgemacht haben wir natürlich nicht, und die Zigarette haben wir uns nicht geteilt. Jeder hatte seine eigene.« Ich blinzele unschuldig.

Er lehnt sich nah zu mir und flüstert mit gerunzelter Stirn: »Dafür sollte ich dich bestrafen.«

Meine Augen weiten sich und ich presse unwillkürlich die Schenkel zusammen. »Solltest du das?«

»Und ob.«

»Was hält dich davon ab?«, frage ich erregt und kaue an meiner Unterlippe, weil ich weiß, wie scharf ihn das macht.

Sofort verengen sich seine Augen und verfärben sich gefährlich dunkel. »Geh auf die Toilette.«

»Was?«, frage ich schockiert und lache. Als ich bemerke, dass das sein Ernst war, höre ich prompt auf zu lachen. »Wir sind hier nicht alleine …«

»Eben. Aber auf der Toilette schon.« Seine Hand wandert gefährlich nah zu dem kribbelnden Bereich zwischen meinen Schenkeln.

Huh. Ich löse den Gurt, hüpfe ruckartig auf und lächele entschuldigend, als ich bemerke, dass sich eine ältere Dame in einer anderen Reihe deswegen erschrocken hat.

Dann marschiere ich geradewegs zur Toilette, ohne darüber nachzudenken, was bloß aus meiner Zurückhaltung geworden ist. Sie hat sich seit Alexander in Luft aufgelöst, ebenso mein Schamgefühl. Ich besitze keines mehr. Mit ihm würde ich sogar die wildesten Dinge anstellen.

Es dauert keine zehn Sekunden, bis es an der Tür klopft.

»Sie waren ganz schön ungezogen, Miss Woods«, flüstert er, als er sich in die Kabine drängt. Es ist so eng hier, dass wir förmlich aneinanderkleben.

»Was wollen Sie jetzt mit mir tun, Mr Black?«, frage ich mit einem verruchten Unterton in der Stimme, der ihn schmunzeln lässt.

»Dreh dich um.«

Aufgeregt tue ich, wie mir geheißen. In Windeseile öffnet er daraufhin den Knopf meiner Jeans und steckt seine Hand hinein. Als er mit dem Daumen über meinen Kitzler fährt, stöhne ich auf.

»Shhh«, ermahnt er mich und legt mir die andere Hand fest auf den Mund. Er presst mich gegen die Wand der beengten Kabine und führt zwei Finger in mich ein. Meine Nässe heißt ihn sofort willkommen und ummantelt seine Finger. Er lässt sie langsam hinein und hinausgleiten, bevor er sie gekonnt kreisen lässt. »Du hast mich vermisst.«

Ich stöhne in seine Handfläche und schließe die Augen. *Oh, das habe ich.* Während er mich mit seinen Fingern bearbeitet, baut sich langsam Druck in meinem Unterleib auf. Adrenalin rauscht durch meine Adern, weil jeden Moment jemand an der Tür klopfen und uns erwischen könnte.

»Gefällt dir das, Baby?«, raunt Alexander fest an mich gepresst.

»Ja«, stöhne ich gegen seine Hand. Mein Atem geht immer abgehakter und mein Puls rast. An solche Bestrafungen könnte ich mich gewöhnen.

»Gut.« Er zieht abrupt die Hand aus meiner Hose.

Was? Nein!

»Alexander«, wimmere ich. Er lächelt süffisant gegen meinen Hals. »Bitte!«

»Nein, Baby. Ich bringe dich heute nicht mehr dazu, zu kommen. Das wäre sonst keine sehr effektive Bestrafung.«

Als ich mich entsetzt zu ihm umdrehe, ein Flehen in den Augen, erkenne ich, wie sehr ihm mein bettelndes Ich gefällt. *Dieser Sadist!*

»Aber ich werde kommen«, erklärt er mir entschlossen und öffnet den Knopf seiner Jeans.

»Du bist grausam«, flüstere ich gequält, gleichzeitig macht mich das auch ziemlich scharf.

»Und das gefällt dir. Knie dich hin.«

Ich gehorche, bücke mich, so weit ich kann, nach unten, und sehe bereitwillig zu ihm auf. Gott, für diesen Mann würde ich alles tun. Er wirkt so mächtig, so selbstsicher und einschüchternd perfekt.

»Dafür helfe ich dir«, lässt er mich wissen und packt meinen Hinterkopf, ehe er seinen großen Schwanz in meinen Mund zwängt.

Ohne meinen Kopf selbstständig bewegen zu müssen, befriedige ich ihn mit meinen Lippen und meiner Zunge, während er in mich stößt. Er bearbeitet meinen Mund schnell und grob, ganz zu seinem Vergnügen. Ich spüre, wie heiß es zwischen meinen Schenkeln wird. Ich liebe es, dass er sich einfach nimmt, was er will.

Während er immer wieder zustößt, legt er seinen Kopf in den Nacken und brummt lustvoll, aber leise, vor sich hin. Ich kralle mich an seiner Hose fest und lasse ihn wie so oft Besitz von meinem Körper ergreifen. Erstaunlich, wie er sich immer mit Leichtigkeit das holt, was er möchte. Und noch erstaunlicher, wie sehr mich das erregt.

»Ich wollte dich die ganze Nacht«, raunt er kehlig.

Ich wusste, wie sehr es ihn quält, nicht über mich herfallen zu können, während meine Mutter im Nebenzimmer geschlafen hat. Aber so sehr ich ihn auch wollte, war es schön, einfach nur mit ihm zu kuscheln und seine Nähe zu spüren.

Geräusche ertönen hinter der geschlossenen Tür. Ich halte mein Würgen gekonnt zurück. Es dauert nicht lange und Alexander ergießt sich stoßweise in meinem Rachen. Leise hustend schlucke ich sein Sperma.

»Immer für mich bereit«, sagt er grinsend. »Und so gehorsam.«

Verlegen erhebe ich mich, wobei er mir hilft, und fahre mir

durch die zerwühlten Haare. Habe ich gerade wirklich einem Kerl in einem Flugzeug einen geblasen?

Ich lächele darüber. »Du bringst die unartigsten Seiten in mir zum Vorschein, Mister.«

Er grinst. »Das war mein Plan.«

~

Zurück auf festem Boden fahren wir direkt mit Alexanders Weihnachtsmann-Chauffeur zur Black Group. Er hat später noch ein Meeting, bei dem er mich zu meiner Überraschung dabeihaben möchte.

Als wir in dem Bürohochhaus ankommen, lächelt Grace mir höflich zu. Dann folgt sie uns wie ein Schatten in schnellem Schritt zum Fahrstuhl.

»Mr. Simons hat Ihre Gäste bereits empfangen«, erklärt sie und Alexander nickt kurz angebunden.

Kaum steigen wir im fünfunddreißigsten Stockwerk aus, entdecke ich ein mir bekanntes Gesicht. Es ist das des Mannes, der auf der Wohltätigkeitsveranstaltung Alexander und Aiden voneinander getrennt hat. Aidens ehemaliger Boss.

Peinlich berührt vermeide ich jeglichen Blickkontakt, als er mir die Hand schüttelt. Alexander, Aidens Ex-Boss und noch drei weitere Männer schreiten auf einen der Konferenzräume zu. Ich folge ihnen unsicher.

»Die Unannehmlichkeiten letztens tun mir sehr leid. Mein Angestellter wurde natürlich sofort entlassen«, lässt mich Aidens Ex-Boss wissen, als wir in den Raum eintreten.

Ich schüttele den Kopf. »Nein, das muss Ihnen nicht leidtun, ich habe -«

»Samantha.« Alexander unterbricht unsere Unterhaltung forsch und deutet mir, mich auf einen Stuhl neben ihm zu setzen. Gerne würde ich Aidens Ex-Boss erklären, dass er nicht grundlos auf Alexander losgegangen ist, aber ich halte es für das Beste, einfach meine Klappe zu halten. Wenigstens ein verdammtes Mal.

Danach lausche ich gut eine Stunde einem Geschäftsgespräch, von dem ich null Komma nichts verstehe. Immer wieder frage ich mich, warum ich eigentlich hier bin. Mir fällt keine sinnvolle Antwort ein. Das Einzige, das ich verstehe, ist, dass es irgendetwas mit der Stiftung für Suchtkranke zu tun hat, in die auch meine Mom aufgenommen werden soll. Kurz darauf hat mein Gehirn auch schon abgeschaltet.

»Danke für Ihr Kommen«, verabschiedet sich Alexander von den Männern. Die Männer schütteln auch mir die Hand. Ich lächele gezwungen und warte, bis alle aus dem Büroraum verschwunden sind, dann drehe ich mich verzweifelt in Alexanders Richtung. »Warum wolltest du mich denn dabei haben?«

Mit einer eleganten Handbewegung streicht er sich das T-Shirt glatt. »Hast du denn nicht zugehört?« Jetzt erst fällt mir auf, dass er in privaten Klamotten zu einem geschäftlichen Meeting erschienen ist.

»Sorry, irgendwann bei Investor siebenhundertunddreißig hat sich mein Gehirn ausgeschaltet«, meine ich belustigt. »Es ging um die Stiftung.«

»Ja, du wirst Teilhaber«, eröffnet er mir. Ich starre ihn mit offenem Mund an. »Ich investiere in deinem Namen.«

»Was tust du?« *Hallo Hirn, bitte wieder einschalten!*

»Ich habe in meinem Namen bereits genug gespendet, deswegen dachte ich, dass ich diesmal in deinem Namen investiere. Danach bist du automatisch auch ein Teilhaber und kannst dir jederzeit Informationen über deine Mutter einholen, sie besuchen und so weiter.«

Mir stockt der Atem. »Aber das könnte ich doch auch so, immerhin bist *du* Teilhaber.«

»Sag doch einfach danke, Baby.«

»Ich … Das musst du wirklich nicht tun «, stoße ich überwältigt hervor. Seine Großzügigkeit erwärmt mein kleines Herz und bereitet mir Schmetterlinge im Bauch.

Alexander lächelt bloß, als wäre es keine große Sache.

～

»Bist du morgen den ganzen Tag im Büro?«, frage ich, als wir in den Fahrstuhl der Tiefgarage steigen, der uns zum Penthouse bringt. Ich dachte wirklich, dass ich es nie wieder sehen würde. Alexander nickt. »Ich habe einiges von heute nachzuholen.« »Okay, dann fahre ich nach Hause zu Claire.« Ich versuche, ihm eine meiner Taschen abzunehmen, habe jedoch keinen Erfolgt. Das italienische Essen, welches wir uns auf dem Weg mitgenommen haben, duftet köstlich und lässt meinen Magen lautstark knurren.

Die Türen öffnen sich und wir steigen aus. »Du wirst nicht zu Claire fahren.«

»Wie meinst du das?«, frage ich verwirrt und folge ihm.

»Nachdem ich nun weiß, dass dort Männer ein und ausgehen, halte ich das für keine gute Idee«, erklärt er entschieden.

»Aber ich wohne dort?« Halb amüsiert und halb irritiert blicke ich ihm hinterher.

In der Küche greift er nach zwei Tellern und stellt sie auf dem Esstisch ab. »Jetzt nicht mehr.«

Ich schüttele den Kopf, als hätte ich mich verhört. »Wie meinst du *das* jetzt bitte?«

Mein bissiger Ton scheint ihm nicht zu gefallen. »Wenn du das mit uns aufrechterhalten willst, ist das die einzige Option.«

Ist das sein Ernst?

»Nicht verhandelbar«, fügt er mit fester Stimme hinzu.

Ich schlage beide Arme über der Brust zusammen und lasse das italienische Essen unsanft auf den Tisch fallen. »Den Vertrag aufrechterhalten, meinst du.«

»Ja, den Vertrag«, wiederholt er monoton.

»Das kann nicht wahr sein«, murmele ich und setze mich auf einen der Stühle. Alexander verteilt eindeutig zu viel Pasta auf meinem Teller, aber ich weise ihn nicht darauf hin. Mit unruhigem Magen verdrücke ich knapp die Hälfte davon. Währenddessen würdige ich ihn keines Blickes, was ihm natürlich nicht entgeht.

»Ich hätte es vielleicht anders formulieren sollen«, meint er plötzlich versöhnlich. »Ich möchte, dass du bei mir wohnst, solange unser Vertrag aufrecht ist.«

Jetzt würdige ich ihn doch eines Blickes. »Ich mag es nicht, komplett übergangen zu werden und sämtliche Kontrolle abgeben zu müssen.«

»Zum Teil doch«, erinnert er mich und schmunzelt. Ich ignoriere die sexuelle Andeutung und runzele die Stirn. »Also, was sagst du?«

»Ich dachte, es sei so oder so nicht verhandelbar.«

Alexander erhebt sich und stellt sich hinter meinen Stuhl. Dann legt er mir die Hände um beide Brüste und fängt an, meine Nippel mit den Daumen zu umkreisen. Sie werden sofort steif.

»Alexander«, flüstere ich ermahnend.

»Entspann dich, Baby.« Er küsst mich auf die empfindliche Stelle an meinem Hals. »Sag einfach ja.«

»Das ist nicht fair«, brumme ich.

Er lacht rau. »Sei brav, dann belohne ich dich.«

Weil ich nicht anders kann, stimme ich widerwillig zu. Was macht mich bloß immer so schwach? Es ist, als wäre ich in seiner Gegenwart ein anderer Mensch. So unterwürfig und biegsam. Ob mir das gefällt, weiß ich nicht.

Er hebt mich hoch, legt mich über seine Schulter und trägt mich die Treppe nach oben. Ich kichere, weil ich wie wild herum baumele, und er schlägt mir mit der flachen Hand auf den Po.

»Mir wird gleich schlecht«, warne ich ihn. Die Pasta dreht sich schon langsam in meinem Magen im Kreis.

Nachdem er mich in das Schlafzimmer mit dem faszinierenden Ausblick getragen hat, setzt er mich auf dem Bett ab. Ich warte ungeduldig auf meine Belohnung, doch er sieht mich nur gierig an.

»Zieh dich aus.«

Sofort befreie ich mich aus den Klamotten. Fast reiße ich sie mir vom Leib. Als ich das Höschen durch die Luft schmeiße, steigt er auf das Bett und sein warmer Oberkörper drückt mich in die weiche Matratze. Er küsst mich leidenschaftlich, saugt an meinen empfindlichen Brustwarzen und ich stöhne laut auf, als er zubeißt. Das Feuer zwischen meinen Beinen entfacht sofort.

Als er meine Hand nimmt und sie zwischen meine Beine führen möchte, ziehe ich sie abrupt zurück.

»Ich zeige dir, wie du dich entspannen kannst«, sagt er rau.

Erneut greift er nach meiner Hand und lässt sie über meine nasse Spalte gleiten. »Lass es zu.« Ich gehorche, und er führt meinen Zeigefinger zwischen meine Schamlippen.

»Ich will es nicht selber machen«, jammere ich. »Du sollst es machen.«

Er lächelt schadenfroh, wie er es immer tut, wenn er bekommt, was er will. Weil er *weiß*, dass er bekommt, was er will. »Ich habe gesagt, dass ich dir heute keinen Orgasmus schenke. Aber du darfst dir einen schenken.«

»Aber -«

Er verstärkt den Druck meines Fingers und ich stöhne kehlig auf. »Stell dir einfach vor, ich wäre es.«

Ich schließe die Augen und tue genau das. Er zeigt mir, wie ich mich zu berühren habe, drückt meinen Finger fest an meine pochende Klit und lässt ihn kreisen. Dadurch mache ich es mir, wie er es mir machen würde.

Als er meine Hand loslässt, fahre ich genau so fort. Er küsst die Innenseiten meiner Schenkel, während ich mich selbst in Ekstase versetze, und arbeitet sich immer weiter an meinen Beinen hoch. Mein Puls beschleunigt sich. Er führt meine andere Hand an meine Brust, schlingt seine Hand darum und drückt zu. Wir berühren mich quasi zusammen und bei Gott, das ist heiß.

Früher habe ich ein paar Mal versucht, es mir selbst zu machen, jedoch hat irgendwie der Kick gefehlt und ich habe keinen großen Gefallen daran gefunden. Gekommen bin auch dabei außerdem auch nie. Mit Alexander ist es anders, es fühlt sich deutlich besser an.

»Genau so, Baby. Und jetzt komm für mich«, raunt er und lässt von mir ab. Ich mache weiter, wie er es mir gezeigt hat, und werde immer unruhiger auf der Matratze. Als ich laut stöhne, verschließt er meinen Mund mit seinem.

Der Orgasmus brodelt in mir, doch ich schaffe es nicht, ihn zu entfachen. Als Alexanders Lippen von meinen verschwinden, halte ich die Augen geschlossen und reibe mich stärker. Es funktioniert nicht.

Unzufrieden öffne ich die Augen, da sehe ich Alexander kniend neben mir auf der Matratze. Seine Hand ist um seinen dicken Schwanz geschlungen, seine Augen verlangend auf mich gerichtet. Er massiert sich und mir bleibt bei dem Anblick die Spucke weg.

»Fuck«, schreie ich auf, als der Orgasmus in mir explodiert. Meine Beine verkrampfen und meine Knie zittern. Keuchend presse ich die Schenkel zusammen und beiße mir auf die Lippe.

Den Blick fesselnd auf ihn gerichtet, sehe ich ihm dabei zu, wie er sich selbst zum Höhepunkt treibt. Seine Augen fixieren mich weiterhin, und ich lege mich mit gespreizten Beinen zurück auf die Matratze.

»Verdammt«, keucht er und rückt näher an mich heran, als er gleich darauf stoßweise abspritzt. Sein Sperma benetzt meine nackten Brüste.

So etwas habe ich noch nie zuvor mit jemandem erlebt. Obwohl wir nicht miteinander geschlafen haben, war das ein sehr intimer Moment für mich. Ich kann es kaum mit Worten beschreiben.

»Gern geschehen«, sagt er schief lächelnd.

KAPITEL 20

*P*eter, unser Doorman, scheint sichtlich überrascht, als er mich nach längerer Zeit wieder mal mein eigentliches Wohngebäude betreten sieht.

Seit Alexander mich zurück nach Manhattan gebracht hat, sind vier Tage vergangen. Heute ist Samstag, Tag fünf zurück in Manhattan, und Tag Neun, seit ich mich wieder mal in meiner eigentlichen Wohnung blicken lasse. Auf Alexanders Drängen hin habe ich eingewilligt, von nun an die meiste Zeit bei ihm zu verbringen – bis Vertragsende natürlich nur. Die Sache mit Aiden hat er mir ziemlich übelgenommen, und ich verstehe, warum er nicht möchte, dass ich Zeit mit ihm verbringe.

Dennoch vermisse ich Claire und brauche frische Sachen. Alexander besitzt weder eine Waschmaschine noch Waschmittel, er lässt all seine Sachen professionell reinigen – was für ein Freak. Zwar bot er mir an, meine Sachen mit zu seiner Reinigung zu nehmen, aber ich schätze, dass meine Fünf Dollar-Shirts dort für Lachanfälle sorgen würden.

»Bist du's wirklich?«, fragt Claire ungläubig, als ich durch unsere Wohnungstür schlendere.

Ich schenke ihr eine lange Umarmung. »Sorry, dass ich mich kaum blicken lasse.«

Sie seufzt theatralisch. »Na, ich hoffe, es gefällt dir wenigstens in deinem neuen Zuhause.« Das musste wohl kommen. »Ist wieder alles gut zwischen dir und Alexander?«

Ich nicke und setze mich zu ihr auf die rote Couch. »Ja, wir hatten ein paar Dinge aufzuarbeiten. Jetzt ist wieder alles gut.« Dann räuspere ich mich, bevor ich eine unangenehme Frage stelle: »Wie geht es Aiden?«

Claires Gesichtsausdruck nach zu urteilen weniger gut. Sie verzieht den Mund zu einem bedrückten Lächeln. »Das wird schon.«

»Ist es so schlimm?« Augenblicklich fühle ich mich beschissen.

»Na ja, er ist auf der Suche nach einer neuen Arbeit. Sein Chef wollte ihn auch nach seiner Entschuldigung nicht mehr einstellen«, erzählt sie geknickt. »Und dann ist da ja auch noch die Sache mit dir.«

»Ich weiß«, jammere ich. »Ich wollte nicht, dass so etwas passiert. Du weißt, dass Aiden mir am Herzen liegt.«

Claire erhebt sich von der Couch und steuert auf den Kühlschrank zu. »Nicht so sehr wie Alexander offensichtlich.« Als sie mir ein Glas Cola reicht, sehe ich sie unsicher an. »Süße, ich verstehe dich ja, du bist verliebt und der ganze Scheiß. Aber vielleicht bist du Aiden eine persönliche Entschuldigung schuldig, weil du ihn so ohne Vorwarnung vor den Kopf gestoßen hast.«

Wie oft soll ich mich denn noch bei ihm entschuldigen? Noch ein Treffen mit ihm wäre wahrscheinlich mehr schädlich als nützlich. Für ihn und für mich. Es muss erstmal ein bisschen Gras über die Sache wachsen.

Kopfschüttelnd verneine ich diesen Vorschlag. Dann verlasse ich das Wohnzimmer und leere meine Sporttasche auf dem Boden meines Schlafzimmers aus.

»Ich will mich da gar nicht einmischen, Sam. Du weißt, dass ich immer hinter dir stehe«, meint Claire, als sie mir in mein Zimmer folgt.

»Hasst er mich?«, frage ich verzweifelt. »Antworte ehrlich.«

Ich marschiere geradewegs ins Badezimmer und stopfe alle dreckigen Sachen in die Waschmaschine.

Sie folgt mir, zuckt mit den Schultern und füllt flüssiges

Waschmittel in den Behälter. »Ich glaube, eher im Gegenteil. Das ist wohl das Problem.«

Also noch schlimmer. Um vom Thema abzulenken, lächele ich aufgesetzt, wandere zurück in mein Zimmer und erkundige mich nach ihr und Jacob. Offenbar ist sie mit ihrem Arrangement – Freundschaft Plus – zufrieden, also hake ich nicht weiter nach. Dass das auf lange Sicht gesehen nicht gutgehen wird, schlucke ich einfach hinter. Gerade ich bin wohl kaum in der Lage, über die Entscheidungen und Arrangements anderer zu urteilen.

»Ach ja, du hast eine Einladung erhalten«, verkündet sie verblüfft. »Ist das die Nancy aus Detroit?« Sie überreicht mir ein hübsches weißes Hochzeitskuvert, das mit schimmernden Perlen verziert ist.

»Ja. Ich habe sie getroffen, als ich Mom besuchen war. Sie heiratet nächstes Wochenende«, schwärme ich. »Ich möchte mit Alexander hingehen.« Das erinnert mich daran, ihm endlich davon zu erzählen.

Claire bewundert die Karte und lässt sich nebenbei auf mein Bett fallen. »Das klingt schön.«

Nachdem ich alle frischen Sachen, die ich noch besitze, in meine Sporttasche gepackt habe, setze ich mich zu Claire auf das Bett. Sie muss nichts sagen – ich kann ihr auch so ansehen, dass sie etwas bedrückt. Ich glaube zu wissen, worum es geht.

»Hast du Lust auszugehen?«, biete ich ihr stattdessen an.

Ihre Augen leuchten augenblicklich auf. »Heute?« Ich nicke. »Klar, wohin?«

»Ich muss das zuerst kurz mit Alexander abklären. Überleg du dir schon mal, wohin du gehen möchtest. Ich bin bei allem dabei«, versichere ich ihr.

Ihre heftige Umarmung befördert mich fast komplett aus dem Bett. »Gott, ich habe dich so vermisst! Ich habe doch nur dich als Freundin!«

Ich lache, obwohl in mir Schuldgefühle aufkeimen. Sie huscht wie ein Wirbelwind in ihr Zimmer und durchwühlt ihren Kleiderschrank nach einem Outfit für heute Abend. Impulsiv krame ich mein Handy aus der Tasche. Schon nach dem ersten Läuten geht Alexander ran.

»Soll ich dich auf dem Weg nach Hause vom Büro mitnehmen?«, erkundigt er sich, ohne zu zögern.

»Deswegen rufe ich an. Ich habe Claire angeboten, heute mit ihr auszugehen. Wir haben lange keine Zeit mehr miteinander verbracht und -«

Er unterbricht mich augenblicklich. »Nur du und Claire?«

»Keine Männer«, verspreche ich ihm. »Außer du hattest vor, mich heute wieder zu einem langweiligen Geschäftsessen mitzuschleppen?« Davon gab es in den letzten Tagen gleich zwei. So viel verkrampftes Nicken und Lächeln würde ich heute nicht ertragen. Es ist anstrengender als gedacht, die Freundin eines Geschäftsmannes zu sein.

Fake-Freundin, sorry.

Alexander klingt amüsiert, als er die Abneigung in meiner Stimme bemerkt. »Nein, für heute ist nichts geplant. Du kannst ruhig gehen. Hab deinen Spaß.«

»Ehrlich?« Soll das ein Test sein? Eine Falle?

»Im Rahmen natürlich. Lass mich wissen, wo ihr hingeht.«

Ich drücke mir das Handy mit der Schulter gegen das Ohr, als ich Claire einen Daumen nach oben deute. »Alles klar.«

»Tag dreizehn unseres Vertrags – nicht einmal die Hälfte – und ich bin dir schon langweilig geworden«, neckt er mich gut gelaunt.

»Ganz und gar nicht. Am liebsten würde ich Zeit mir dir und Claire verbringen«, erwidere ich mit warmer Stimme.

»Ist schon okay, du kannst heute Nacht bei ihr schlafen. Wir telefonieren morgen, Baby.«

Ich lächele in mich hinein.

Gegen zehn Uhr treffen Claire und ich im *La Vela* ein. Claire liebt spanische Tanzclubs, und ich liebe es, ihr dabei zuzusehen, wie sie versucht mit anderen Frauen beim Tanzen mitzuhalten. Im Gegensatz zu mir macht es ihr nichts aus, sich zu blamieren.

»Und jetzt erzähl mal, wie ist es so an der Seite des berühmtesten Junggesellen der Stadt?«, fragt sie neugierig, während sie an ihrem pinken Cocktail schlürft.

»Es ist ungewohnt«, gebe ich zu. »Wir werden oft auf der Straße fotografiert, und letztens hat mir ein Reporter intime Fragen an den Kopf geworfen, als ich auf einem Parkplatz war.«

»Total cringe.« Claire schüttelt den Kopf. »Ich habe ein paar Fotos in einem Klatschmagazin meines Chefs gesehen. Sie waren von dir und Alexander in einem Restaurant in Brooklyn.«

»Das meine ich!« Ich knabbere nachdenklich an meinem Strohhalm. »So etwas bin ich einfach nicht gewohnt. Leute, die einen beim Essen stalken und fotografieren. Aber davon mal abgesehen, ist es toll. Er ist toll.«

»Und ihr habt heißen Sex«, fügt sie grinsend hinzu, woraufhin ich nur kichere.

Ein Kellner mit irrsinnig langen Haaren begibt sich an unseren Tisch und stellt uns einen Teller mit zurechtgemachten Früchten vor die Nase. Ich bemerke, dass er mich kaum aus den Augen lässt, also lächele ich kurz dankend und drehe mich wieder komplett in Claires Richtung.

»Der steht auf dich«, stellt sie fest. »Kein Wunder, du siehst aus wie eine Latina.« Sie schlürft ihren Cocktail aus und wedelt ungeduldig mit dem Glas in der Luft, als könnte sie es nicht ertragen, zwei Minuten ohne Cocktail in der Hand auszuhalten.

Etwas beschämt und amüsiert zugleich verdecke ich mein Gesicht mit meinen Händen. »Du bist unmöglich.«

Sie seufzt theatralisch. »Warum habe ich nicht so ein Glück wie du? Hat Alexander vielleicht einen Bruder, von dem ich nur zufällig nichts in Wikipedia gelesen habe?« Dankbar nimmt sie ihren neuen Cocktail entgegen und ich entschuldige mich mit einem Lächeln beim Kellner.

Wir stoßen auf uns an.

»Nicht, dass ich wüsste. Du hast doch aber Jacob. Ich dachte, es läuft mit euch?«, frage ich verwundert.

Sie stößt Luft aus ihrer Lunge, stützt ihren Kopf an ihrer Faust ab und blickt mich gequält an. Dabei bemerke ich wiedermal, wie hübsch sie eigentlich ist. Ihr rotbraunes Haar schimmert in dem rötlichen Licht und in dem blauen Kleid, das sie trägt, sieht sie einfach umwerfend aus.

»Jacob will vielleicht was Festes«, gibt sie zu und wirkt förmlich angewidert, als wäre das etwas so Furchtbares.

Ich halte beide Hände fragend in die Höhe. »Und das ist schlecht weil?« Dass ich wusste, dass so etwas passieren würde, erwähne ich nicht. Es will früher oder später immer einer mehr.

»Na, weil … Keine Ahnung. Vielleicht will ich es ja auch, aber wenn es nicht funktioniert, sind wir am Ende alle geschiedene Leute. Zuerst Aiden und du, dann Jacob und ich«, erklärt sie frustriert. »Außer du und ich natürlich. Was soll ich jetzt tun?«

Ich lächele sie mitfühlend an. »Wer nicht wagt, der nicht gewinnt, Süße.«

Nach zwei weiteren Cocktails stehen Claire und ich auf der Tanzfläche und sie imitiert irgendwelche Popstars aus Youtube-Videos. Ich halte mir den Bauch vor Lachen. Die Musik macht mir richtig gute Laune, und ich genieße den Mädels-Abend und die Gesellschaft der wohl verrücktesten Freundin, die man auf diesem Planeten haben kann, in vollen Zügen.

Die Zeit vergeht wie im Flug. Gegen eins in der Nacht verlassen wir hungrig das *La Vela*.

»Wo kriegen wir jetzt noch was zu essen her?«, jammert Claire wie ein kleines Kind. Wir laufen die Straße hinab und sehen uns hoffnungsvoll um. »Ich komme gleich um vor Hunger!«

»Da drüben!« Ich deute auf einen kleinen Imbiss, dessen Lichter noch an sind. »Die haben bestimmt noch was.«

Wir marschieren geradewegs auf das Lokal zu, torkeln ein bisschen vor uns hin und kichern, als uns ein wütender Autofahrer anhupt, um uns von der Straße zu verscheuchen. Wir laufen hastig über die befahrene Straße, da entdecke ich plötzlich Alexanders Limousine, die an der nächsten Kreuzung abbiegt.

Claire folgt meinem irritierten Blick. »Was hast du?«

Ich wende den Blick ab und mache eine Handbewegung, die ihr signalisieren soll, dass es nichts Wichtiges war. »Ach nichts, ich dachte bloß, ich hätte Alexanders Limousine gesehen.«

Ich bin mir sicher, dass sie es war. Das Nummernschild war ident.

»Limousine, wuhuuu«, ruft Claire und tänzelt zu dem Imbiss. Sie ist ziemlich hinüber.

Während sie uns irgendetwas Essbares bestellt, zücke ich mein Handy aus der Tasche und schreibe Alexander eine SMS.

> Wir fahren gleich nach Hause. Was machst du?

Er antwortet umgehend.

> Gut. Ich werde schlafen gehen. Melde mich morgen.

Lügner! Ich weiß ganz genau, dass die Limousine ohne ihn nirgendwohin hinfährt. Der Chauffeur hat sicherlich Besseres zu tun, als mitten in der Nacht ohne Ziel durch die Gegend zu fahren.

Kurz überlege ich mir, ihn auf seine Lüge anzusprechen, aber ich beschließe, mir das für morgen aufzuheben. Vielleicht irre ich mich ja auch ...

Eher nicht.

»Kommst du? Ich habe gefüllte Croissants«, ruft Claire und wedelt mit der kleinen Tüte voller Fettflecken durch die Gegend.

Das Klingeln meines Handys reißt mich aus meinem viel zu kurzen Schlaf. Nachdem Claire und ich uns zu Hause mit den Croissants vollgestopft haben, sahen wir uns noch drei Folgen *Prison Break* an. Es wurde also ziemlich spät.

»Oh Gott, mein Rücken«, krächzt Claire, die sich gerade vom Boden aufrichtet. »Warum habe ich auf dem beschissenen Boden geschlafen und du auf der Couch?«

Keine Ahnung, aber darüber muss ich irrsinnig lachen. Als sie mich verwirrt mustert, erinnere ich mich wieder daran, ans Handy zu gehen. Es ist Trey, mein Modelagent.

»Weißt du eigentlich, wie spät es ist?«, schnaube ich.

»Und ob ich das weiß, Süße!« Seine hohe Stimme ist so aufdringlich, dass ich die Lautstärke meines Handys aufs Minimum reduziere, um nicht direkt am Morgen einen Hörsturz zu erleiden.

»Und weißt du, welcher Tag heute ist?«, frage ich gähnend.

»Sonntag.«

»Sammy Sam Sam, ich habe einen Auftrag für dich. Um so eine Nachricht zu überbringen, ist es nie zu früh«, trällert er.

Was? *Ich habe einen neuen Job!*

Ich hüpfe von der Couch auf und sprinte zur Kaffeemaschine. Während ich auf meine Droge warte, durchlöchere ich ihn neugierig mit Fragen: »Wo? Wann? Wer hat mich gebucht? Wie viel Gage? Werbespot oder nur ein paar Fotos?«

Trey kichert ins Telefon. Der schwule Touch in seiner Stimme ist wie immer das Highlight unseres Gesprächs.

»Fünftausend Dollar und du musst lediglich Modell sitzen! Irgendein Künstler, der speziell nach dir gefragt hat. Du passt wohl in seine Bilderstrecke.«

Wow. So viel Geld für so wenig Arbeit? Das wäre dann der lukrativste Modeljob, den ich je an Land gezogen habe. Ich sage sofort zu.

»Ich schicke dir seine Kontaktdaten per Mail. Der Job findet bereits morgen statt, also versuch heute mal früher ins Bett zu kriechen, du Schlafmütze. Enttäusch mich nicht!«

Ziemlich kurzfristig. Vielleicht ist ihm ein Model abgesprungen.

Ich reiche Claire eine Tasse Kaffee und halte meine Tasse triumphierend in die Höhe. »Lass uns anstoßen!«

Sie reibt sich über die müden Augen. »Du hast einen neuen Auftrag? Na endlich!« Sie stößt ihre Tasse gegen meine und wir lassen uns, faul wie wir sind, direkt wieder auf die kleine Couch im Wohnzimmer fallen.

Bis elf Uhr höre ich kein Wort von Alexander. Gerade als ich ihn anrufen will, klopft es an der Tür. Mein Herz setzt unwillkürlich aus. Aiden? Jacob? Fuck, für dieses Gespräch bin ich jetzt nicht gewappnet! Der Tag hat doch so gut begonnen.

Ich verkrieche mich in meinem Zimmer und schließe die Türe, dann lehne ich mein Ohr zum Lauschen dagegen. Worte kann ich keine verstehen, lediglich, dass es eine Männerstimme ist, mit der Claire sich unterhält. Scheiße, wenn Alexander erfährt, dass die beiden hier waren ...

»Ähm, Sam?« Claires Stimme dringt durch die geschlossene Tür. »Kommst du mal?«

»Nein, ich ... ich habe zu tun«, stottere ich.

»Du hast Besuch«, ruft sie. *Ja, du Genie, deswegen verstecke ich mich ja!*

»Samantha.« Die tiefe, raue Stimme gehört weder Aiden noch Jacob.

Überrumpelt öffne ich die Tür. Sein Anblick verschlägt mir wie immer die Sprache. »Alexander?«

Alexander lehnt lässig an der Wand gegenüber meinem Zimmer. Als er mich sieht, schmunzelt er. Seine enge Jeans und das noch engere Shirt, das wie immer seine übertriebenen Muskeln zur Geltung bringt, ziehen mich unwillkürlich in seinen Bann. »Versteckst du dich immer, wenn ihr Besuch bekommt?«

Claire prustet los, dafür erntet sie einen missbilligenden Blick von mir. »Ich dachte, du wärst jemand anderes.« Nachdem ich mich ihm ein paar Schritte nähere, blicke ich zu Claire. »Claire, das ist Alexander.«

Sie schüttelt ihm aufgeregt die Hand. Ich sehe ihr sofort an, dass sie ihn jetzt schon umwerfend findet. Und heiß. »Es freut mich sehr, Mr Black.«

»Nennen Sie mich Alexander.« Er deutet mit dem Finger auf eine kleine Tüte auf unserem Küchentresen. »Ich habe Muffins und Donuts für euch mitgebracht. Oder habt ihr schon gefrühstückt?«

»Ich liebe ihn jetzt schon«, beschließt Claire und macht sich sofort daran, die Mitbringsel auszupacken. »Kommt ihr?«

Ich lache und Alexander lächelt. Bevor wir ihr folgen, frage ich ihn erstaunt; »Warum bist du hier?«

»Du sagtest gestern, du würdest am liebsten mit uns beiden Zeit verbringen. Problem gelöst.« Er küsst mich sanft auf den Mundwinkel.

Mann, wie süß er sein kann.

Kurz darauf sitzen wir um den Wohnzimmertisch versammelt und frühstücken. Claire löchert Alexander mit Fragen, ähnlich wie meine Mutter. Und ähnlich wie bei meiner Mutter beantwortet er sie ihr geduldig. Ich darf nicht vergessen, ihm später dafür zu danken. Es macht mich glücklich, mit den beiden zusammen Zeit zu verbringen, weil er nun noch ein Stück mehr an meinem Leben teilhat. Von meiner besten Freundin verhört zu werden, stand sicher nicht auf seiner To-Do-Liste, deswegen finde ich es umso süßer, dass er sich entschlossen hat, hierherzukommen.

»Danke für den Zuckerschub und das Gespräch, aber ich muss mich jetzt wirklich fertig machen. Sonntags muss ich leider arbeiten«, seufzt Claire und schüttelt Alexander nochmal die Hand.

Er lächelt ihr höflich zu. »War nett dich kennenzulernen, Claire.« Kaum ist sie verschwunden, zieht er mich näher an sich heran. »Ich habe dich vermisst.«

»Ach ja?« Ich küsse ihn auf die Wange. »Was hast du gestern so getrieben?«

Jetzt kommt die Stunde der Wahrheit.

Alexander lässt von mir ab, dann nippt er an seinem mitgebrachten Kaffee. »Nur das, was du schon weißt«, erwidert er beiläufig. »Claire ist nett.« Toller Themenwechsel. Hält er mich für so blöd?

Nachdenklich räume ich den Wohnzimmertisch ab und stopfe den Müll in eine Plastiktüte. »Ja, das ist sie.«

Nachdem ich alles saubergemacht habe, sehe ich ihn eindringlich an. »Du hast also gestern nichts unternommen? Kein

Geschäftsessen oder so?« *Nutz die letzte Chance, Alexander. Sag die Wahrheit.*

Er sieht mich komischerweise nicht an, sondern nippt weiter an seinem Kaffee. »Gestern nicht, nein. Warum fragst du?«

Und wieder lügt er. Oder ich bin nicht mehr ganz bei Sinnen und bilde mir Sachen ein. Beides wäre schlecht.

»Nur so«, murmele ich. »Fahren wir jetzt zu dir?«

»Außer du möchtest etwas anderes unternehmen?«

Ich schüttele den Kopf. »Zu dir ist okay. Ich hole meine Sachen.«

Bevor wir die Wohnung verlassen, drücke ich Claire einen Kuss auf die Stirn und verspreche, sie anzurufen. Kaum sitzen wir in seinem Sportwagen, logge ich mich auf meinem Handy in meinen Mail-Account ein, um nachzusehen, ob ich eine E-Mail von Trey erhalten habe. Volltreffer.

»Etwas Interessantes?«, fragt Alexander, sein Arm lässig auf der Mittelkonsole.

»Ich habe endlich wieder einen Auftrag erhalten. Die Gage ist der Wahnsinn und ich muss lediglich Modell stehen«, erzähle ich aufgeregt. »Ich bekomme fünftausend Dollar dafür.«

Seine Miene verändert sich im Bruchteil einer Sekunde. »Was ist das für ein Auftrag? Und für wen?«

Ich zeige ihm die Mail von Trey. Der Name des Künstlers ist nicht vermerkt, nur die Adresse des Ateliers und die Uhrzeit. »Keine Ahnung, aber für fünftausend Dollar ist es mir ziemlich egal.«

Alexander schüttelt den Kopf, während er seinen Blick wieder auf die Straße richtet. »Mir ist nicht wohl dabei, wenn du den Auftrag annimmst.«

Ich sehe zu ihm auf und lege ihm nebenbei die Hand auf den Arm. »Ich habe den Job schon angenommen.« Als er mich verärgert von der Seite betrachtet, seufze ich. »Der will einfach ein Bild von mir malen, was ist schon dabei?«

»Baby…« Sein Blick wird weicher. »Für fünftausend Dollar will er sicher kein Gesichtsportrait von dir zeichnen.« Was meint er denn damit? »Solange es kein Aktportrait ist, kannst du es machen. Aber ich werde mitkommen. Wann hast du den Auftrag?« *Aktportrait? Mitkommen?*

»Das ist es mit Sicherheit nicht. Und nein, ich möchte nicht, dass du mitkommst. Wie kommt das denn rüber? Als wärst du mein Bodyguard oder so.«

»Anders geht es nicht. Ich kann nicht riskieren, dich alleine zu einem fremden Mann zu schicken. Noch dazu sollte ich eigentlich wütend sein, weil du mich nicht um Erlaubnis gefragt hast, bevor du eingewilligt hast. Immerhin hast du gerade einen Job.« Er legt seine Hand auf meine und verknotet unsere Finger miteinander. »Aber das lasse ich dir heute einmal durchgehen.«

Immerhin hast du gerade einen Job ... Danke für die Erinnerung, dass das hier rein beruflich ist.

»Nein«, erwidere ich entschlossen und ein wenig verärgert über seine Worte. »Ich brauche den Job und möchte mir das nicht kaputtmachen. Es wäre komisch, wenn du mitkommst. Außerdem will ich Trey nicht enttäuschen. Tut mir also leid, dass du einmal nicht die Kontrolle behältst, aber es geht nicht anders. Sei nicht sauer, *Baby*.«

Alexander starrt mich ungläubig an. Ich begegne seinem Blick voller Trotz. Diesmal lasse ich mich nicht unterkriegen. Ich bin wütend, weil er mich angelogen und mir jetzt unter die Nase gerieben hat, dass ich quasi seine Angestellte bin.

Er schweigt zu meiner größten Überraschung, bis wir bei ihm im Penthouse ankommen. Dort verfällt er in ein Gespräch mit Greta und ich hüpfe unter die Dusche. Als ich mich gerade trocken reibe, tritt er langsam in das Badezimmer ein.

»Du siehst sexy aus.«

Ich lächele halbherzig.

»Bist du sauer auf mich?«

Ich zögere, dann nicke ich.

»Baby ... Ich könnte es dir verbieten, wenn ich es wollen würde, aber ich werde dich gehen lassen. Alleine«, sagt er großzügig.

Ich sehe ihn an und bemerke, wie sehr es ihn stört, dass er tatsächlich einmal nachgibt. Und wundere mich zugleich, warum er heute so sanftmütig und umgänglich ist. Den kleinen Triumph muss ich mir direkt im Kalender notieren.

»Danke«, flüstere ich und küsse ihn sanft auf die Wange. »Und danke, dass du heute gekommen bist.«

Seine unwiderstehlichen Augen mustern mich nachdenklich. »Du hast dich versteckt, weil du dachtest, es wäre Aiden.«

Ich tausche das nasse Handtuch gegen eine Jogginghose und ein T-Shirt. »Stimmt.«

Sein Blick gleitet über meinen Körper. »Warum?«

Na wegen dir, du Idiot. Ich zucke mit den Schultern und wende mich ab. Mir behagt das Thema nicht besonders.

»Du wolltest keinen Streit mit mir«, stellt er fest.

»Ja«, flüstere ich. »Du hättest das sicher falsch verstanden.«

Plötzlich spüre ich seine gigantische Erektion fest an meinem Hintern. »Dafür bin ich dir sehr dankbar.«

Ich muss gegen meinen Willen lächeln. »Das spüre ich.« Ich lehne mich mit dem Oberkörper über das Waschbecken. Als er mir die Jogginghose über die Beine streift, lächele ich ihn neckisch im Spiegel an. »Willst du mir etwa zeigen, wie dankbar du bist?«

Seine Finger zwischen meinen Beinen beantworten mir die Frage. Während er mich langsam, aber sicher, um den Verstand bringt, sehen wir uns ununterbrochen im Spiegel an. Die Lust, die in seinen Augen flammt, lässt mich fast zum Höhepunkt kommen. Sie brennen wie Feuer.

»Noch nicht«, raunt er gegen meinen Hals, als meine Knie zu zittern beginnen. Seine Jeanshose findet nun auch den Weg zum Boden. »Nimm mich in dir auf.«

Er beißt mich, und ich stöhne laut, als sein harter Schwanz den Weg zu meiner intimen Stelle und tief in mich findet. Ihm dabei zuzusehen, wie er mich von hinten nimmt, erregt mich mehr, als ich mir hätte ausmalen können. Seine Hand vergräbt sich in meinem dichten Haar, während er immer wieder fest zustößt und schmutzige Sachen in mein Ohr flüstert.

Mein Unterleib zieht sich ruckartig zusammen, als ich seinen Finger auf meiner runzligen Öffnung spüre.

Sein Blick wird spitzbübisch. »Gehen wir heute weiter, Baby?«

Langsam dringt er mit dem von mir nassen Finger in meine verbotene Öffnung ein. Ich stöhne wieder auf, als er einen zweiten Finger dazu nimmt und mich so noch mehr dehnt. »Ich will dich auch *hier* ausfüllen.«

Mit beiden Händen umfasse ich den Rand des Waschbeckens. Ich keuche gegen den Spiegel, lasse Alexander nicht aus den Augen. Ein Winseln entgleitet meinen Lippen, als er seinen Schwanz aus mir herauszieht.

Dann spüre ich ihn an meiner geheimen Öffnung. Die Krone seines Schwanzes übt leichten Druck darauf aus. Nervös beiße ich mir auf die Unterlippe. Alexanders Blick wird gieriger und dunkler, je länger ich damit zögere, zu antworten. Insgeheim weiß ich, dass ich es will. Ich wollte es schon damals, als er mich zum ersten Mal dort berührt hat.

»Gib die Kontrolle ab, Baby, und lass mich einfach machen. Du weißt, dass es dir gefallen wird.«

Impulsiv drücke ich meinen Po gegen seinen Schwanz. »Ja«, stimme ich atemlos zu. »Tu es.«

Zufrieden umfasst er meine Taille mit beiden Händen und reibt sich genüsslich und folternd an mir. Meine Stimme ist kaum mehr als ein keuchender Atemstoß, als ich ihn anbettele, weiterzumachen. Er greift in eine der Schubladen neben uns und schnappt sich eine kleine Tube Vaseline. Auf das, was danach kommt, war ich nicht gefasst. Es ist so… *Autsch. Oh. Oh mein Gott. Scheiße.*

»Geht es dir gut?« Alexander betrachtet mich prüfend durch den Spiegel, während er sich Zentimeter für Zentimeter in meinen Anus schiebt. Egal, wie sehr er mich auch dominieren und auf jede Weise besitzen will – ich weiß, wie wichtig es ihm ist, dass ich ebenfalls Gefallen daran finde. Das ist der Grund, warum ich ihn gewähren lasse und ihm stets die Kontrolle abgebe. Ich vertraue ihm.

Ich nicke zaghaft. Der Schmerz vermischt sich mit meiner Erregung und der Lust, die in mir wütet, und macht es zu einem unbeschreiblichen Erlebnis. Alexander beginnt, meine Klit zu stimulieren, um es mir leichter zu machen, zu genießen. Und … Oh mein Gott, ich kann nicht … *Autsch.* Fuck, das ist … gut. Es wird mit jeder Minute besser, bis ich mich an seinen Schwanz in meinem Hintereingang gewöhnt habe.

Er dringt nun komplett in mich ein, ohne der Sache die Vorsicht zu nehmen, und ich höre mich nur noch laut stöhnen – oder eher schreien. Heiliger Bimbam. Das übertrifft selbst meine kühnsten Vorstellungen. Das Gefühl ist berauschend. Ich ertrinke förmlich darin.

Alexander stößt zuerst sanft, dann mit etwas mehr Druck zu. Ich fühle mich so gedehnt, so komplett ausgefüllt, aber es ist nicht mehr unangenehm. Sein Daumen massiert weiterhin meine pochende Klit und ich lasse mich komplett auf das Waschbecken sinken, klammere mich daran fest.

»Verdammt, Sam«, keucht er und umschlingt meinen Oberkörper mit seinen Armen.

Sein Körper reibt an meinem Rücken, während er das Becken etwas schneller vorschnellen lässt. Ich stöhne heiser auf. Unsere feuchte Haut klebt aneinander, während wir uns vollkommen einander hingeben. Sein Gesicht vor mir verschwimmt im Spiegel. Ich habe keine Ahnung, was gerade mit mir geschieht. Es fühlt sich an, als würde eine Atombombe in mir explodieren.

»Alexander!« Mir bleibt die Luft weg. Die Beben meines Orgasmus werden stärker und meine Knie ganz weich. In meinem Kopf dröhnt es und Sternchen flirren vor meinem inneren Auge.

Als ich komplett erzittere, tut er es mir gleich. Seine Lippen berühren mein Ohr, als er mit einem gutturalen Laut loslässt.

Als sich unsere Blicke danach im Spiegel treffen und er mir sein schmutzigstes Lächeln schenkt, bin ich endgültig verloren.

KAPITEL 21

*G*reta als Haushälterin zu haben, hat so einige Vorteile: alles ist blitzeblank sauber, deine Kleidung wird immer sorgfältig zusammengelegt und verstaut und man hat einen wandelnden Wecker, der an deiner Bettdecke zerrt, sobald es seiner Meinung nach Zeit ist, aufzustehen. Aber ihre Pancakes – die sind der wahre Grund, warum es sich zu leben lohnt.

»Sie hätten Köchin werden sollen«, lobe ich sie und presse noch mal Honig aus der Tube auf meinen Teller.

»Oh, nein.« Sie wischt über den schicken Tresen. »Ich bin zufrieden mit meiner Arbeit.«

Ich mache mir nicht die Mühe, zuerst zu schlucken, bevor ich rede. »Wie lange arbeiten Sie schon für Alexander?«

Bei seinem Namen funkeln ihre Augen. »Seit er hier wohnt. Er war immer sehr gut zu mir.«

Das kann ich mir vorstellen. Er wird schließlich nie eine bessere Haushälterin finden als sie. Eine, die sich zu den passenden Zeitpunkten aus dem Staub macht, wenn Alexander wiedermal urplötzlich über mich herfällt.

»Er hat mich gebeten, Sie zu erinnern, ihn anzurufen, sobald Sie auf dem Weg zu Ihrem Auftrag sind.« Sie schnappt sich meinen Teller und noch bevor ich zu Ende kaue, steht er blitzeblank sauber wieder in seinem Schrank.

»Danke. Ich muss jetzt sowieso gleich los. Bis morgen, Greti.«
Ich winke ihr zu, als ich mich auf den Weg nach oben mache.

»Greti«, wiederholt sie sichtlich amüsiert und schnappt sich
ein paar Putzlappen. Ich mag die Frau.

Oben angekommen schnappe ich mir meine Tasche, wie sie
ist, da ich keine Ahnung habe, was für ein Job das genau sein
wird. Welche Kleidung, welches Make-up, welche Frisur? Ich
bleibe einfach so, wie ich gerade bin – dezent geschminkt und mit
offenem Haar – und beschließe, mich dort aufzustylen, falls
erwünscht.

In der Tiefgarage angekommen tippe ich die Adresse des
Künstlers ins Navi des Audis und fahre los. Nachdem ich mich
mit der Freisprecheinrichtung verbunden habe, rufe ich Alexander
an.

»Bist du schon dort?«, fragt er mit einer Besorgnis in der
Stimme, die wirklich unangebracht, aber süß ist.

Ich schmunzele. »Gleich. Wann kommst du von der Arbeit?
Ich weiß nicht, wie lange es dauern wird, also sehen wir uns vielleicht erst spät.«

»Schon gut«, meint er. »Gegen fünf.«

»Ist alles okay?« Ich schalte einen Gang hoch und lasse den
knurrenden Motor des Sportwagens aufjaulen. Ich liebe dieses
Auto. »Du klingst bedrückt.«

Kurz tritt Stille in der Leitung ein und ich sehe auf das
Display, um mich zu vergewissern, dass er noch dran ist. »Ja, ich
habe nur gerade viel zu tun. Ich muss auflegen.«

Noch ehe ich antworten kann, ist unser Anruf abgebrochen.
Komisch.

Vor dem Gebäude, das als mein Ziel angeführt wird, parke ich
achtsam den Wagen in einer der freien Lücken und schnappe mir
meine Tasche aus dem Kofferraum. Im Inneren des Gebäudes
entdecke ich ein kleines Schild, welches mir den Weg zum Atelier
weist. Nach gefühlt eintausend Stufen, die ich hinter mir habe,
halte ich mir schmerzerfüllt den Bauch. Ich sollte wirklich mal
Sport betreiben, dann hätte ich nicht immer dieses verfluchte
Seitenstechen.

»Samantha Woods?«

Ich schrecke hoch und erschrecke mich gleich noch viel mehr, als ich Miles, den Künstler, auf dessen Vernissage ich war, in die Augen blicke. »Miles?«

»Du erinnerst dich«, bemerkt er zufrieden. »Komm rein.«

Ich folge ihm verwirrt in das kleine, aber hübsche Atelier. »Ich verstehe nicht, du hast mich gebucht?«

»Genau«, antwortet er lächelnd. »Setz dich auf diesen Stuhl. Du kannst deine Sachen hier ablegen.« Er deutet auf einen kleinen Holzhocker.

»Aber warum?«, will ich wissen und lege meine Sachen ab. »Du willst mich doch nicht etwa nackt malen oder so?«

Miles lacht laut auf. Ich mustere ihn eindringlich. Heute trägt er keine vornehme Kleidung, sondern ein Paar schwarze Jeans und einen schwarzen Pullover. Seine dunklen Haare sind zerwühlt, sie betonen seine grünen Augen. Ich glaube nicht, dass alle Künstler so gutaussehend sind.

»Wie kommst du denn darauf?« Er wirkt amüsiert. Dann überreicht er mir eine Flasche Wasser. »Ich möchte dich im Ganzen malen, natürlich aber angezogen.«

Puh. Erleichtert atme ich aus. »Und warum genau mich? Außerdem malst du doch nur Landschaften, so viel ich bisher weiß.« Ich bin mir ziemlich sicher, dass auf seiner Ausstellung lediglich Bilder von Landschaften zu sehen waren.

»Ich hatte einen kleinen Anreiz für etwas Neues«, erklärt er spielerisch. »Und den möchte ich jetzt aufs Bild bringen.« Seine Augen funkeln vor Freude.

»Okay«, antworte ich zögernd, bin aber dennoch froh, von jemandem gemalt zu werden, den ich bereits kenne. Auch wenn es nur flüchtig ist. »Soll ich mich schminken? Umziehen?«

Miles schüttelt entschlossen den Kopf. »Alles passt, so wie es ist.« Er richtet das riesige Stück Papier und schnappt sich seine Materialien. »Setz dich seitlich hin, ich möchte dein Profil malen. Die Position kannst du dir aussuchen.«

Als ich mich in die gewünschte Position bringe und die Beine überschlage, starre ich ihn unsicher von der Seite an. »Ist das gut so?«

Miles lächelt. »Fühlst du dich so wohl?«

Ich schüttele verlegen den Kopf, dann bringe ich mich in eine ganz andere Position, die trotzdem mein Profil zum Vorschein bringt. »So eher.«

»Dann ist es so perfekt«, meint er, während er mich ausgiebig mustert.

Ich bin immer noch verwirrt. »Mein Agent sagt, du hättest speziell mich angefragt.«

Er nickt. »Ich habe dein Portfolio auf seiner Homepage gefunden. Was für ein Glück.«

Während er jedes kleinste Detail an mir aufs Papier überträgt, traue ich mich nicht, etwas von mir zu geben. Keine Ahnung, ob es ihn stören würde, wenn sich mein Gesicht beim Sprechen verzehrt. Nach einer gefühlten Ewigkeit atmet er das erste Mal laut aus.

»Ist es nicht gut?«, frage ich verkrampft. Langsam, aber sicher, ist jedes Körperteil von mir eingeschlafen.

Miles tritt einen Schritt zurück und sieht mich nachdenklich an. »Perfekt.« Wieder wendet er sich seinem Meisterwerk zu, auf das ich schon ziemlich gespannt bin. »Und, wie ging dein Abend letztens aus?«

»Es gab Ärger.« *Aber dann wurde ich in einer Limousine geliebt ...* »Und deiner?«

Er beantwortet meine Frage nicht, sondern konzentriert sich voll und ganz aufs Zeichnen. Doch dann will er wissen: »Du bist also mit Alexander Black zusammen?«

Ganz schön neugierig, der Kerl.

»Mhm«, mache ich. »Wie ist das mit deiner Freundin ausgegangen?« Jetzt bin ich dran mit Fragen stellen. Außerdem ist es mir nur recht, das Thema Alexander fallenzulassen.

Zugegebenermaßen bin ich auch neugierig, schließlich hat Miles nicht allzu gut von seiner Freundin gesprochen. Kein Wunder. Die Falschheit dieser Frau konnte ich schon von weitem erkennen und da spreche ich nicht nur von ihren Titten.

»Wir haben uns getrennt«, erwidert er ausdruckslos mit einem Stift zwischen seinen Zähnen. »Ich denke nicht, dass ich der Richtige für sie bin.«

Ohne nachzudenken, drehe ich meinen Kopf komplett zu

ihm um. »Ich denke nicht, dass sie die Richtige für dich ist.« Miles starrt mich an. »Oh Gott, sorry. Jetzt habe ich mich komplett aus der Position gebracht!« Ich versuche, die alte Sitzposition wieder einzunehmen.

Er hebt beide Hände. »Schon gut, ich bin fertig mit der Skizze. Für den Rest brauche ich dich nicht mehr.«

Mit einem dankbaren Blick erhebe ich mich von dem harten Holzhocker und strecke meine beiden Arme schmerzerfüllt in die Luft, bevor ich sie baumeln lasse. Als er mich dabei beobachtet, lacht er stumm.

»Sieh es dir an«, fordert er aufgeregt.

Ich schleppe mich zu ihm und staune nicht schlecht, als ich sein Meisterwerk begutachte. Es sieht toll aus. Mehr als das – ich sehe perfekt aus, obwohl ich das gar nicht bin.

»Ich dachte, du malst mich«, ziehe ich ihn auf. »Das Bild ist perfekt, sogar als Skizze.«

Miles wirkt zufrieden. Er betrachtet es nochmal detailliert, dann sieht er mich liebevoll an. »Ich habe das gemalt, was ich gesehen habe.«

Ein bisschen verlegen greife ich mir meine Tasche und hänge sie mir über die immer noch taube Schulter. »Dann darf ich jetzt also gehen?«

»Klar«, murmelt er. »Willst du es sehen, wenn es fertig ist?« Und ob ich das will. Mit einem heftigen Nicken willige ich ein und er reicht mir eine Visitenkarte. »Auf der Rückseite findest du Ort und Datum meiner nächsten Ausstellung.«

Ich stecke sie in meine Sporttasche und lächele zurückhaltend, während ich mich zum Gehen abwende.

»Und auf der Vorderseite meine Nummer. Falls du mal wieder verfügbar sein solltest, würde ich mich über einen Anruf freuen«, ruft er mir hinterher, gerade als ich den Türstock passiere.

Abrupt bleibe ich stehen. Ich möchte erst darauf antworten, doch dann lächele ich einfach in mich hinein und verlasse das Gebäude.

∾

Meine gute Laune währt sich nicht lange. Während ich, nachdem ich im Penthouse angekommen bin, kurz mit Trey und danach mit Claire telefoniert habe, hat mein Vater mich dreimal versucht zu erreichen. Allein seinen Namen auf meinem Display zu lesen, versetzt mich in Rage. Ohne seinen Anrufen weiter Beachtung zu schenken, dusche ich und mache mir dann etwas zu essen. Als er ein viertes Mal anruft, nehme ich den Anruf genervt entgegen.

»Vater«, seufze ich theatralisch. »Wie komme ich zu der Ehre? Vier Anrufe in einer Stunde, das ist mehr als im gesamten letzten Jahr.«

Schweigen tritt ein und ich sehe ihn förmlich vor mir, wie er sich angestrengt über die Stirn reibt. »Samantha, hallo. Ich wollte mich nur versichern, dass du für morgen keine Pläne hast.«

Pläne? Morgen? Fuck, das hört sich nicht gut an. Panik bricht in mir aus. »Ähm, doch … Ich habe sogar einige Pläne«, lüge ich aus Selbstschutzgründen. »Warum?«

»Weil wir dich besuchen kommen«, eröffnet er mir zu meinem Entsetzen. »Du kannst deine Pläne doch sicher für deinen alten Herrn verschieben.«

Nein, kann ich nicht. Will ich nicht. Es gibt gar keine Pläne. Moment mal, *wir*?

»Das wird schwer«, murmele ich. »Wer ist überhaupt *wir*?« Ich ahne Schlimmes. Wenn er jetzt mit seinen zwei Bitches anfängt, lege ich auf. Und kotze. Auf mein Essen.

»Caroline und Katy natürlich. Sie freuen sich schon, dich wiederzusehen.« Natürlich – um mich wie immer schlecht zu machen. Ganz bestimmt nicht!

»Auf das kann ich gut verzichten. Wie gesagt, ich bin schon verplant. Aber danke, dass du einmal an mich gedacht hast, Dad«, erwidere ich abweisend.

»Samantha, ich bitte dich. Benimm dich doch nicht wie ein Kind«, rügt er mich. Ich rolle genervt mit den Augen und schlucke ein paar Schimpfwörter, die nur zu gerne über meine Lippen kommen würden. »Außerdem sind wir sowieso in der Stadt, es lässt sich also nicht vermeiden. Um sieben haben wir einen Tisch im *Steak&Co* reserviert. Natürlich könnten wir dir auch einen Flug buchen, damit du uns mal wieder besuchen kommst. Dann müsstest du allerdings ein paar Tage bei uns im Haus bleiben.« Im Vergleich dazu klingt ein Abendessen harmlos.

Zögernd willige ich schließlich ein, nur um dann mein Handy wütend durch die Küche zu schleudern. Als es vor glänzenden Anzugschuhen landet, schlage ich mir die Hand vor den Mund. »Oh Gott, tut mir leid!«

Alexander zögert einen Moment lang perplex, dann öffnet er den Knopf seines Jacketts und bückt sich langsam, um mein Handy vom Boden aufzuheben. »Was ist los?«

Ich lasse die Schultern hängen und laufe auf ihn zu. Als ich mich ihm um den Hals werfe, drückt er mich fest an sich.

»Sam, was ist passiert?«

Ich starre auf das Display meines Handys. Zu meiner Überraschung hat es den Sturz überlebt. »Mein Vater ist passiert«, erkläre ich frustriert und lasse mich auf die weiche Ledercouch fallen, um mich selbst zu bemitleiden. »Er kommt morgen. Und bringt seine perfekte Familie mit, nur um mich zu quälen.« Gott, ich hasse die!

»Er möchte sich mit dir treffen?«, fragt er verwundert und legt das Jackett neben mir ab.

Ich nicke mit heruntergezogenen Mundwinkeln. »Um Sieben im *Steak&Co.*«

Alexander küsst mich auf die Stirn und streichelt mir mitfühlend über den Hinterkopf. »Gut, wir werden da sein.«

»Wir?«, wiederhole ich skeptisch und beobachte ihn dabei, wie er sich ein Glas Orangensaft aus dem Kühlschrank holt.

»Ich begleite dich natürlich«, erklärt er, als wäre das selbstverständlich. »Da musst du nicht alleine durch.«

Meine Augen weiten sich überrascht. Das würde er für mich tun? Mein kleines Herz macht Luftsprünge. »Wirklich?« Er nickt gelassen. Voller Freude springe ich auf und falle ihm erneut um den Hals. »Danke, danke, danke!« Mit einem langen, leidenschaftlichen Kuss verdeutliche ich meine Dankbarkeit.

Er lächelt nur, so als wäre es die selbstverständlichste Sache der Welt. Wenn er nur eine Ahnung hätte, worauf er sich da eingelassen hat.

Dunkelheit. Mehr erkenne ich nicht. Leere auf der anderen Seite des Bettes. Es muss mitten in der Nacht sein.

Ich knipse die Nachttischlampe an und sehe mich schlaftrunken um. Auch nachdem ich mir drei Mal über die Augen reibe, kann ich Alexander nirgendwo entdecken. Langsam stehe ich auf und mache mich auf die Suche nach ihm. Ob er in seinem Arbeitszimmer ist? Die Uhr an der Wand sagt mir, dass es zwei Uhr morgens ist. Wohl eher nicht. Keine Ahnung, was mich geweckt hat, Alexanders Anwesenheit war es jedenfalls nicht.

Nachdem ich mich überall umgesehen habe, ist klar, dass er nicht da ist. Er ist weg. Das Penthouse ist leer und mucksmäuschenstill. Und es ist mitten in der Nacht.

Ich rufe ihn zweimal an, aber er geht nicht ran. Wo zum Teufel ist er um diese Uhrzeit? Immerhin ist er nach unserem Schäferstündchen neben mir eingeschlafen, soweit erinnere ich mich.

Ich werde unruhig und bin mir jetzt sicher, dass ich an jenem Abend doch seine Limousine in den Straßen von Manhattan herumfahren sehen habe. Wohin zum Geier schleicht er sich nachts und warum verheimlicht er es mir?

Ich rufe ihn wieder an. Nichts. Zurück im warmen Bett grübele ich noch eine Weile vor mich hin und als ich feststelle, dass er wohl so bald nicht zurückkommen wird, gebe ich das Warten auf und schlafe mit einem unguten Ziehen im Magen wieder ein.

Als ich morgens aufwache, ist er längst im Büro. Er hat mir weder eine Nachricht hinterlassen noch hat er mich geweckt, als er zurückkam. Falls er überhaupt zurückkam. Wütend starre ich auf meine Pancakes, die mir heute gar nicht mehr so schmecken wie gestern.

»Honig?« Greta versucht mich sichtlich aufzumuntern, scheitert aber kläglich. »Ist alles in Ordnung bei Ihnen?«

Ich nicke wenig überzeugend. Es reicht ja schon, dass ich

mich heute zu einem Abendessen schleppen muss, auf das ich absolut keinen Bock habe. Aber dann noch mitten in der Nacht aufzuwachen, nur um dann festzustellen, dass man mich alleine im Bett zurückgelassen hat – ohne mir wenigstens Bescheid zu geben – ist die Kirsche auf der Sahnetorte. Und mich jetzt ständig fragen zu müssen, was Alexander nachts so treibt, geht mir gehörig auf den Geist.

Mein Telefon klingelt. Ohne nachzusehen, wer es ist, nehme ich den Anruf entgegen.

»Wo warst du letzte Nacht?«, schmolle ich ins Telefon.

»Ich bin mir sicher, dass du das gerne wüsstest.«

Oh mein Gott. Die Stimme lässt mich augenblicklich nach Luft schnappen.

»Aiden?« Ich werfe einen Blick auf das Display, um es mir selbst zu bestätigen. »Sorry, ich dachte, du wärst … Nicht du eben.« *Wie peinlich.*

»Dein reicher Freund, meinst du?«, fragt er trocken. »Ist er noch dein Freund?«

»Ja zu beidem.« Ich laufe die Treppe hoch, damit ich ungestört mit ihm sprechen kann, ohne Gretas neugierigen Blicken ausgesetzt zu sein. »Hey Aiden, die Sache mit deinem Job tut mir echt leid.« Als er seufzt, füge ich hinzu: »Und der Rest auch. Ich hoffe, du verzeihst mir irgendwann.«

»Das habe ich bereits. Deswegen rufe ich an«, erklärt er mit angespannter Stimme.

Ich runzele die Stirn. »Um mir zu sagen, dass du nicht mehr sauer auf mich bist?«

»Nein.« Es folgt eine lange Pause. Mein Herz klopft ungesund schnell. »Um dir zu sagen, dass ich deinen Freund gestern gesehen habe.«

Was? Jetzt bleibt es wie eingefroren stehen. »Wo?«

Aiden räuspert sich. »In einer Bar, nähe der Manolos. Er war dort mit einer Frau.«

Entgeistert blinzele ich. Was zum Teufel…

»Ich will dich ja nicht auf blöde Gedanken bringen, aber sie sind zusammen in eine Limousine gestiegen.«

Das glaube ich jetzt nicht. Nein, das kann nicht sein. Doch, es muss so sein. Aiden muss ihn gesehen haben, woher wüsste er sonst von seinem nächtlichen Ausflug?

Um sicher zu gehen, hake ich unruhig nach: »Um wie viel Uhr war das? Und was hast du dort überhaupt getrieben?«

Aiden lacht verzweifelt. »Ich war auf einer Sauftour. Ist ja nicht so, als müsste ich morgens aufstehen und zur Arbeit.« Als ich seufze, entschuldigt er sich für den vorwurfsvollen Ton. »Es war so gegen halb drei schätze ich, vielleicht auch etwas später.«

Also stimmt es! Mein Herz springt mir fast aus der Brust. Nein, eher zerreißt es mich von innen. Treibt Alexander es etwa mit einer anderen Frau? Was zum Teufel mache ich dann hier? Mal davon abgesehen, dass ich wie immer – naiv wie ich bin – davon ausging, dass das mit uns etwas Echtes wäre, steht immerhin auch im Vertrag, dass wir beide keinerlei Beziehungen zu anderen pflegen dürfen.

»Danke, dass du angerufen hast, Aiden.« Ich versuche meine Stimme nicht ganz so verzweifelt klingen zu lassen. »War schön, etwas von dir zu hören.«

Wir legen auf und ich spüre, wie lodernde Wut in mir aufkeimt. Meine Hände zittern. Was für ein Verrat. Vielleicht bin ich auch bloß einfach stocksauer auf mich selbst, jemandem wie Alexander vertraut zu haben. Einem Mann vertraut zu haben. Meine Mutter vertraute meinem Vater und was passierte? Wir kennen das Ende der Story.

Wutentbrannt ziehe ich mir ein lockeres Sommerkleid über, schlüpfe in ein paar luftige Boots und schnappe mir den Schlüssel des Audis. Ich werde ihn zur Rede stellen, diesen Lügner.

Jetzt teste ich zum ersten Mal die volle Geschwindigkeit des Wagens aus. Als ich das Logo der Black Group Int. auf dem riesigen Hochhaus erkenne, bremse ich so abrupt, dass das Auto hinter mir ebenfalls eine Notbremsung machen muss.

Ich entschuldige mich mit einem Handzeichen und parke in zweiter Spur, danach dränge ich mich eilig durch das Drehkreuz. Mit jeder Sekunde, die verstreicht, nimmt meine Wut zu, und ich habe das dringende Bedürfnis, sie an jemandem auszulassen.

»Können Sie den Wagen bitte parken? Ich habe es eilig«, rufe ich der verblüfften Grace zu und schmeiße ihr den Autoschlüssel entgegen. Sie nickt verwirrt und nuschelt gleichzeitig etwas in ihr Headset. Vermutlich kündigt sie mich an.

Im Fahrstuhl überlege ich, was ich Alexander sagen möchte. Ob ich Aiden erwähnen soll? Natürlich werde ich das nicht. Es kann ihm sowieso scheißegal sein, woher ich von seinem heimlichen Treffen mit der ominösen Frau weiß. Das spielt keine Rolle.

»Miss Woods«, begrüßt mich die unsympathische Miss Adams eine Oktave zu hoch, was verrät, wie wenig sie mich leiden kann. Ich stürme aus dem Fahrstuhl und direkt an ihr vorbei. »Es ist gerade ungünstig, Mr Black hat eine Telefonkonferenz!«

»Ach ja?« Ich schenke ihr mein schönstes Lächeln. »Klasse!« Wie ein Wirbelwind durchquere ich den langen, edlen Flur. Vor Alexanders geschlossener Bürotür atme ich noch einmal tief durch, dann reiße ich die Tür ohne anzuklopfen auf.

Alexander sitzt vor einem seiner riesigen Flachbildschirme und hält einen Metall-Kugelschreiber in seiner Hand. Als er mich sieht, schiebt er einen Stoß Dokumente beiseite und bedeutet mir, kurz zu warten. Doch ich hasse es, zu warten.

»Wir müssen reden«, dränge ich lautstark. Kurz starrt er mich irritiert an, dann notiert er etwas auf einem Dokument. Kaum führt er das Telefonat fort, ohne mich zu beachten, schreite ich selbstbewusst auf seinen Schreibtisch zu und stütze mich mit beiden Handflächen auf der Glasfläche ab. »Jetzt!«

Alexanders Augen verdunkeln sich. Genervt wimmelt er seinen Gesprächspartner ab. Als er auflegt, ermahnt er mich sogleich: »Es ist unhöflich, jemanden zu unterbrechen, Samantha.«

»Und es ist unhöflich, es hinter meinem Rücken mit anderen Frauen zu treiben!«, werfe ich ihm an den Kopf. Sofort weicht all die Wut aus seinem Gesicht. Er sieht ... ertappt aus?

»Du weißt also, wovon ich spreche!« Ich stemme mir eine Hand in die Hüfte und starre ihn mit eisigem Blick an. »Willst du mich eigentlich verarschen?«

Er hebt beide Augenbrauen und blickt mich erst überrumpelt und dann ziemlich zornig an. Doch er sammelt sich innerhalb weniger Sekunden und wirkt wie immer ganz kontrolliert. »Erstens: sprich in einem anderen Ton mit mir, Samantha. Zweitens:

ich habe keine Ahnung, wovon du überhaupt sprichst.« Er öffnet den Knopf seines Jacketts und lehnt sich seelenruhig in seinem Stuhl zurück.

Ich schäume vor Wut und würde am liebsten sein ganzes Büro auf den Kopf stellen. »Verkauf mich nicht für dumm! Ich weiß, wo du heute Nacht warst.« Als er mich bloß fragend ansieht, werde ich lauter: »Und ich weiß auch, dass du letztens, als ich mit Claire aus war, gar nicht zuhause warst, wie du behauptet hast. Also Schluss mit dem Scheiß!«

»Beruhige dich«, stößt er streng hervor. »Das war geschäftlich.« Seine Stimme ist viel zu ruhig in Anbetracht meines Nervenzusammenbruchs.

»Geschäftlich? Um zwei Uhr morgens?« Denkt der Kerl wirklich, ich wäre auf den Kopf gefallen? Dass ich nicht einen Funken klaren Menschenverstand besitze?

»Geschäftlich«, wiederholt er kühl. »Kein Grund, so auszurasten.«

»Oh, doch«, fauche ich. »Du hast mich angelogen, Alexander. Außerdem steht in unserem Vertrag, dass wir uns beide nicht mit anderen vergnügen dürfen. Oder überhaupt auch nur treffen. Das war nicht geschäftlich.«

»Der Vertrag«, wiederholt er amüsiert. »Ich weiß, was im Vertrag steht. Immerhin habe ich ihn aufsetzen lassen, falls du dich erinnerst.«

»Und weiter?« Langsam verliere ich echt die Nerven.

Er erhebt sich galant von seinem Stuhl und macht ein paar Schritte auf mich zu. Als er dicht vor mir steht, flüstert er: »Baby, eifersüchtig sein steht dir nicht besonders.«

Wie bitte? Der spinnt doch komplett. Jetzt bin ich nicht mehr nur wütend und enttäuscht, sondern fühle mich auch noch verarscht.

»Ich will mir bloß keine Geschlechtskrankheiten von deinen Huren holen«, entgegne ich scharf. »Du musstest dich immerhin nicht untersuchen lassen.«

Er lächelt und umfasst mein Kinn mit den Fingern, als hätte er überhaupt keine Angst, dass ich ihm womöglich die Augen auskratze. Ich entziehe mich seiner Berührung augenblicklich.

»Sag mir jetzt, was das sollte! Wer ist diese Frau? Treibst du es mit ihr?«, fordere ich.

Doch anstatt zu antworten, greift er nach meinem Arm und zieht mich an sich. »Komm her«, raunt er.

Wieder entreiße ich mich ihm. Gleich platzt mir endgültig der Kragen. »Deine letzte Chance! Hast du dich mit dieser Frau privat getroffen, Alexander? Hast du dich für eine andere mitten in der Nacht aus dem Bett geschlichen?« Mein Blick durchbohrt ihn, doch er hält ihm unberührt stand.

Dann nickt er einfach. »Ja, habe ich.«

»Und nicht nur gestern«, stelle ich entsetzt fest und schüttele ungläubig den Kopf. »Auch am Samstag warst du mit ihr zusammen.« Wieder nickt er. Ich fasse es nicht.

»Es ist nicht so, wie du denkst. Vertrau mir einfach«, erklärt er ruhig.

Ihm vertrauen? Ha! Niemals wieder.

»Du bist also ein Lügner und Betrüger. Bravo!« Ich klatsche provokant lachend in die Hände. Trotzdem zerreißt es mich innerlich, sodass mir beinahe schlecht wird. »Ruf mich nie wieder an. Unser Vertrag ist hiermit ja sowieso nichtig.«

»Was?« Plötzlich sehe ich doch eine kleine Veränderung in seinem bisher so kontrollierten und unberührten Gesicht. »Das meinst du nicht so.«

»Und wie ich das so meine. Jetzt musst du dich nicht mehr verstecken, um es mit der Bitch zu treiben«, murmele ich den Tränen nahe und laufe auf die Tür zu. Er holt mich schnell ein und versperrt mir mit seinem breiten Körper den Weg. »Hau ab!«

»Ich warne dich, Samantha«, stößt er todernst hervor. »Mach das nicht. Du hast hier nicht das Sagen.«

»Was nicht machen?« Ich zerre an seinem Arm, aber er bewegt sich keinen einzigen Zentimeter weit. »Und ob ich das habe! Lass mich jetzt gehen!«

»Nein.« Er stellt sich mir noch mehr in den Weg. Es gibt keine Chance, ihm zu entkommen. »Ich habe den Vertrag nicht gebrochen, Samantha – das war ein geschäftliches Treffen, wie ich bereits sagte. Also steht unser Vertrag noch.«

Ich weiche verletzt zurück. »Aber du hast mich angelogen.«

Sein Lächeln treibt mich in den Wahnsinn. »Darüber haben wir keine Regel festgelegt, Baby.«

Als wir vom Läuten seines Telefons auf dem Schreibtisch unterbrochen werden, sehe ich meine Chance zu flüchten, bevor ich ihm noch ernsthaft etwas antue oder in Tränen ausbreche. Ich dränge mich an ihm vorbei, reiße die Tür einen kleinen Spalt weit auf und quetsche mich hindurch.

Wie ein Marathonläufer sprinte ich zu den Fahrstühlen. Ich höre, wie er meinen Namen ruft. Miss Adams beobachtet mich verstohlen. Wahrscheinlich macht sie innerlich Luftsprünge, weil sie jetzt weiß, dass meine rosarote Blase droht, zu platzen.

Einer der Sicherheitsbeamten drückt den Knopf, sodass ich direkt in den Fahrstuhl hineinlaufen kann, bevor Alexander mich einholt. Als sich die Türen schließen, erhasche ich noch einen Blick auf ihn.

Seine Augen stürmen.

KAPITEL 22

Schneller als es mein Kreislauf erlaubt, packte ich alle Sachen, die von mir im Penthouse waren, und fuhr mit dem Audi zurück in meine Wohnung. Auf dem Weg hat Alexander zweimal versucht, mich zu erreichen. Ich habe seine Anrufe einfach abgelehnt.

Der Mistkerl verdient es nicht, dass ich mit ihm spreche. Nach allem, was er mir vorgehalten hat, ist er nun derjenige, der mich hintergeht? Der sich mit einer anderen Frau vergnügt? Natürlich bestreitet er es, aber ich bin nicht dumm. Warum hat er es sonst verheimlicht? Man trifft sich nicht mitten in der Nacht zu einem geschäftlichen Meeting, so viel weiß ich auch, ohne eine Geschäftsfrau zu sein.

In der Wohnung gönne ich mir eine kalte Dusche, in der Hoffnung, mir meine Enttäuschung und Wut abwaschen zu können. Funktioniert leider nicht. *Arrghh!*

Verdammte Scheiße. Ich rolle mich wie ein Embryo in meinem Bett zusammen und befürchte, mein Kopf würde demnächst vor lauter Gedankenexplosionen platzen. Warum hat er das getan? Aus irgendeinem Grund glaube ich immer noch nicht, dass all das zwischen uns lediglich auf einem Vertrag basiert hat. Das kann nicht sein. Diese Zuneigung und diese Anziehungskraft kann man faken. Andererseits würde er mir so etwas nicht antun, sollte er wahrhaftige Gefühle für mich hegen. Er würde es *uns* nicht antun.

»Uns«, murmele ich schnaubend vor mich hin und lache mich selbst aus. Es gibt gar kein Uns.

Nur mich – dumm und naiv und nun wieder mittellos und allein, ganz wie zu Beginn. Ich wusste genau, worauf ich mich einlasse und habe es trotzdem geschafft, meinen Kopf und noch viel schlimmer mein Herz zu verlieren.

Um mich heute nicht noch mehr demütigen zu lassen, werfe ich mich für das Abendessen mit meinem Vater und seiner perfekten Familie richtig in Schale. Ich überschminke meinen Kummer, trage eine Extraschicht Make-up auf und lasse auch meine Lippen richtig schön glänzen. Ich mache mir Korkenzieherlocken, die ich danach schön ausbürste. Mit einer engen schwarzen Jeans, einer weißen Bluse und einem schwarzen ledernen Blazer bekleidet, steige ich vor dem Spiegel in richtig hohe Heels.

Perfekt. Jetzt sehe ich so aus, als gehöre ich zu meinem Vater und seinen zwei perfekten Anhängseln.

Auf dem Weg zum Restaurant werde ich immer nervöser. Panischer. Umdrehen wäre eine Möglichkeit, aber keine Lösung. Also fahre ich weiter, singe lauthals *Despacito* mit dem Radio mit und starre konzentriert auf die Straße, bis ich direkt vor dem *Steak&Co* halte. Im Rückspiegel sehe ich zwei Gesichter, die mir sofort den Magen umdrehen.

»Katy, Caroline«, sage ich angespannt, als ich aus dem Wagen steige und ihnen möglichst selbstsicher entgegenlaufe. Um zu provozieren, warte ich, bis mein Vater auftaucht, erst dann verschließe ich den Wagen mit der Funkfernbedienung in meiner Hand. »Dad.«

»Samantha«, begrüßt er mich überrascht. Fast muss ich über sein Auftreten lachen. Anzug, Lackschuhe, abgeschleckte Haare. So gar nicht er. »Ist das dein Wagen?« Er wirkt schockiert. So weit so gut.

Ich nicke stolz. »Ist er.« *Bis ich ihn wieder zurückgeben muss.*

Caroline und Katy hat es die Sprache verschlagen. Nicht, weil sie nicht selbst einen Wagen dieser Preisklasse besitzen, sondern, weil sie meinen rostigen Ford Mondeo erwartet haben.

Katy setzt ihr falsches Lächeln wieder auf, dann kommt sie auf mich zu. »Lange nicht gesehen, Sis.« Sie küsst mich gespielt charmant auf die Wange und hakt sich danach bei ihrer perfekten Mutter unter, die wie immer den teuersten Schmuck trägt, den ich je gesehen habe.

»Wollen wir?«, fragt Caroline mit piepsiger Stimme. *Gott, ich hasse sie.*

Als alle drei in das Restaurant stolzieren, schließe ich mich mit geringem Abstand an und bete, dass dieser Abend bald vorbei sein wird. Ein übereifriger Kellner begleitet uns zu unserem Tisch und rückt Katys und Carolines Stuhl zurecht, sodass sie sich setzen können. Als er meinen Stuhl nach hinten ziehen will, halte ich seinen Arm fest.

»Nicht nötig, danke.«

Sofort seufzt mein Dad.

Sorry, dass ich eigene Hände besitze und mir nicht zu schade bin, diese auch zu benutzen.

Das Lokal ist bum voll. Es ist heiß. Viel zu heiß. Vielleicht liegt es aber auch an meinem Inneren, das erneut zu explodieren droht, während ich Katys aufgesetztes Getue beobachte. Ihre Art ist so verdammt affektiert. Sie legt einen Arm um meinen Vater, als er ihr die Karte reicht. Danach lacht sie über irgendetwas absolut nicht Witziges, was er gesagt hat. Caroline schließt sich an. Kurz darauf beäugt sie mich aufdringlich lange.

»Du hast zugenommen, Schätzchen«, meint sie steif lächelnd.

»Warum?«

»Weil ich esse.« Ich sehe mich nach dem Kellner um. Wie nett, mir gleich ein solches Kompliment an dem Kopf zu werfen.

Der Kellner erreicht uns und mein Vater bestellt den teuersten Wein, den es auf der Karte gibt. Er will den Bitches also noch immer imponieren, wie witzig. Zu guter Letzt ordern alle ein Steak ihrer Wahl und ich entscheide mich für Salat mit Hühnchen.

»Das hier ist ein Steakhouse«, erinnert mich Katy mit ihrer typisch arroganten Miene.

»Ich bin dick, schon vergessen?«, erinnere ich sie falsch lächelnd. Mein Vater wirft mir in derselben Sekunde einen warnenden Blick zu.

Er sieht trotz seines unpassenden Aufzugs ziemlich gut aus, das muss ich ihm lassen. Er ist schlank, glattrasiert und seine Haut ist makellos und sonnig gebräunt. An seinem Handgelenk trägt er eine goldene, protzige Uhr, die jedem hier signalisieren soll, dass er ein Mann aus gutem Hause ist. Was er aber nicht ist. Ich wette einhundert Dollar, dass sie ein Geschenk von seiner liebenswerten Frau war.

Caroline rückt mit dem Stuhl näher an mich heran, da drängt sich plötzlich eine Hand zwischen uns.

»Darf ich?«

Oh Gott. Hilfe. Nein.

Mein Herz setzt aus, als ich mich umdrehe. Alexander in voller Pracht. Sein Parfum kann ich bis zu mir nach unten riechen, er riecht betörend – passend zu seinem Äußeren. Er ist genauso schick gekleidet wie mein Vater, nur dass ihm das im Gegensatz zu meinem Erzeuger steht.

Dieser wirft mir einen misstrauischen Blick zu, welcher seine Falten noch mehr zur Geltung bringt. Komisch, dass Caroline ihm noch gar nicht zu Botox geraten hat, da sie doch sicherlich einen Spezialpreis bei ihrem Doc rausschlagen könnte.

»Sam hat wohl vergessen zu erwähnen, dass sie mich auch eingeladen hat«, sagt Alexander freundlich hinter mir und dreht sich in die Richtung meines Vaters. »Ich bin -«

»Alexander Black!«, platzt es aus Caroline hervor. Im selben Augenblick erhebt sie sich, um seine Hand zu schütteln. Katy und mein Vater tun es ihr gleich. »Es freut uns sehr! Ich habe schon viel von Ihnen gelesen!« *Gelesen.* Wie lächerlich. Sie kann lesen?

»Sie sind also …«, setzt mein Vater ungläubig an und unterbricht sich dann selbst.

»Der Freund ihrer Tochter«, vervollständigt Alexander seinen Satz. *Hilfe.* Was passiert hier gerade? Ich esse sicherlich nicht mit zwei Betrügern und zwei Schlampen zu Abend.

»Entschuldigt ihr uns für einen kurzen Moment?«, frage ich und wende mich direkt Alexander zu, doch Caroline hält mich vom Gehen ab.

Sie schüttelt den Kopf. »Das wäre wirklich unhöflich. Wir haben gerade bestellt, Samantha.« *Verflucht noch mal, ist mir egal!*

»Was machst du hier?«, flüstere ich ihm unauffällig zu.

Alexander nimmt unbeirrt auf dem Stuhl neben mir Platz und öffnet den Knopf seines eleganten Jacketts. Es hat eine andere Farbe als das, welches ich heute in seinem Büro zu Gesicht bekommen habe, also muss er sich speziell für das Essen umgezogen haben.

Obwohl es aus ist?

»Dich zu dem Abendessen begleiten«, antwortet er gelassen. »*Ich* halte mich an Abmachungen.«

Der kleine Seitenhieb lässt mich laut schnauben. Alle sehen mich fragend an. Gott sei Dank bekommen wir im selben Moment unsere Getränke serviert. Der Kellner schafft es nicht mal, mein Weinglas an den Tisch zu setzen, da entreiße ich es ihm bereits und exe es. Wieder starren mich alle an. Ich lächele einfach.

Alexander bestellt uns allen eine zweite Flasche des teuren Weines inklusive des teuersten Steaks auf der Karte für sich selbst. »Das Essen geht auf mich. Ich freue mich sehr, Sie alle kennenzulernen.«

Wie auch alle anderen Menschen, die Alexander begegnen, sind auch mein Vater und die zwei Bitches hin und weg von ihm. Ich bemerke es daran, wie sie ihn beäugen, lächeln und förmlich an seinen Lippen hängen. Sie stellen sich ihm so widerlich freundlich als meine Stiefmutter und Stiefschwester vor, dass ich mir ein Augenrollen nicht verkneifen kann. Im Grunde genommen sind wir völlig Fremde.

»Daher hast du also den schicken Wagen«, stellt Katy schließlich selbstzufrieden fest. »War ja klar.«

Erwähnte ich schon, dass ich sie hasse? Mit ihren perfekt manikürten Nägeln, dem teuren schwarzen Abendkleid und den Kreolen an ihren Ohren sieht sie wie eine richtige Goldgräberin aus. Nicht zu vergessen den aufgespritzten Lippen, die eindeutig verschandelt wurden.

»Samantha arbeitet für mich, daher hat sie diesen Wagen. Sie ist meine beste Angestellte«, erklärt Alexander und wendet den unbeeindruckten Blick nicht von Katy ab. »Was machen Sie beruflich?«

Sie verschluckt sich sofort an ihrem Wein. »Ich, ähm ... Ich gehe aufs College.«

»Das College ist kein Job«, erwidert er trocken, lächelt aber stets höflich. Ich huste, um mein Lachen zu überspielen. Katy starrt schweigend auf ihr Handy, welches ständig klingelt. Würde mein Handy auf der Tischplatte bimmeln, würde mich mein Vater sofort rügen.

»Ich wusste nicht, dass du nicht mehr in diesem Hotel arbeitest«, meint mein Vater nun erstaunt. Ich nicke lediglich. Er weiß vieles nicht. »Warum hat du nichts erzählt?«

»Schatz, sie erzählt uns doch auch sonst nichts«, platzt es aus Caroline hervor, bevor sie spöttisch lächelt. »Samantha bleibt eben gerne für sich, stimmt's, Liebes?«

Ich könnte ihr mit der Gabel ins Auge stechen oder wenigstens in die Hand. Das könnte ich wirklich tun ...

Moment mal, da fällt mir ein, dass ich meinem Vater sehr wohl erzählt habe, dass ich meinen Job verloren habe. So toll hört er mir also zu.

»So war sie, schätze ich mal, schon immer. Ich erinnere mich nicht, dass sie mir und Katy jemals das Gefühl gegeben hat, akzeptiert zu werden. Oder auch nur höflich zu uns war«, fährt sie unbeeindruckt von meinem wütenden Blick fort.

Ob ich dafür ins Gefängnis gehen würde? Ist doch nur ein Auge. Oder eben ein Finger.

»Schatz«, ermahnt sie mein Vater liebevoll, um die Situation zu entschärfen. »Also, erzählen Sie mal etwas von sich, Alexander.«

Alexander legt einen Arm um meinen Stuhl und rückt ein bisschen zu nah an mich heran. Ich bekomme automatisch Aggressionen. Ich hatte mich doch deutlich ausgedrückt, oder nicht? *Ruf mich nie wieder an. Unser Vertrag ist nichtig.* Was zum Teufel hat diesen Lügner dazu veranlasst, hier aufzutauchen?

Um keine Aufmerksamkeit zu erregen, lasse ich ihm das mit dem Arm mal durchgehen. Alle scheinen noch mehr von ihm beeindruckt zu sein, während er von sich, seiner Firma und uns erzählt. Immer wieder erwähnt er, wie glücklich er ist, mich gefunden zu haben. Ich muss fast kotzen. Caroline mustert ihn unangebracht aufdringlich und ich tue dasselbe bei ihr. Ihr dürrer Körper sieht aus wie ein Klappergestell in dem sündhaft teuren roten Kleid. Für ihr Alter ist sie geschminkt wie eine Edelnutte, doch das viele Botox lässt sie natürlich um ganze zehn Jahre jünger wirken. Ebenso wie Katy hat sie langes, braunes Haar, welches sie mit schicken Bobby Pins, die mit Perlen besetzt sind, zurückgesteckt hat. Oder ihr persönlicher Stylist. Königinnen haben so etwas doch, oder? Katy wiegt wenigstens ein paar Kilo mehr als ihr Muttermonster, sie ist dennoch viel zu dünn. Wahrscheinlich finden sie mich deswegen fett. Ist mir auch wirklich scheißegal.

»Na, da hast du ja einen guten Fang gemacht, Samantha«, bemerkt Caroline mit falscher Freude in der Stimme.

Schon klar, sie hasst mich auch. Niemand ist so gut wie sie oder ihre Tochter. Keine Ahnung, wie sie es so weit im Leben geschafft hat. Obwohl sie eine Modeboutique besitzt, die meinen Informationen nach gut läuft, bezahlt mein Vater für das Studium ihrer verhurten Tochter – während seine eigene in Schulden versinkt. Logik? Fehlanzeige.

»Ich habe einen guten Fang gemacht«, korrigiert Alexander charmant und drückt mir einen sanften Kuss auf die Wange.

Eigentlich würde ich ihm in unserer aktuellen Situation dafür in die Eier treten, aber gerade bin ich mehr als froh, jemanden zur Unterstützung an meiner Seite zu haben. Ich denke außerdem, dass keiner es so gut mit diesen Menschen hier aufnehmen könnte wie er. Denn niemand kann es mit ihm aufnehmen, wie ich aus eigener Erfahrung weiß.

Ich lächele aufgesetzt und atme erleichtert aus, als unser Essen serviert wird. Das bedeutet, bald kann ich hier weg. Alexander starrt etwas irritiert auf meinen Salat.

»Wieso isst du nichts Anständiges?«

Katy lacht. »Das Thema hatten wir vorhin schon. Sie findet sich scheinbar zu dick.«

»Ihr findet mich zu dick«, stelle ich klar und nehme einen großen Schluck Wein, den ich ihr am liebsten ins Gesicht spucken würde. Jetzt bin ich wirklich wieder ganz Detroit. Ich merke, wie das Ghettomädchen in mir durchkommt. Diese Version von mir habe ich mir doch so schön versucht auszutreiben.

Caroline betrachtet mich beinahe mitleidig. »Und trotzdem isst du einen Salat, Liebes. Du lässt dich so leicht verunsichern.«

Okay, jetzt reicht's. Wo ist die verfluchte Gabel?

»Bitte«, drängt mein Vater. »Lasst uns doch nicht streiten. Samantha, entschuldige dich doch bitte.«

Wie bitte? »Ist das dein Ernst?«, fahre ich ihn an. »Wofür verdammte Scheiße soll ich mich entschuldigen?« Verdammt, nun habe ich mich gar nicht mehr im Griff. Wenigstens hatte ich es länger als befürchtet. »Damit sich deine perfekte Familie nicht unwohl fühlt? Und was ist mit mir, verdammt noch mal? Interessiert es dich denn gar nicht, wie *ich* mich fühle?«

Alexander greift nach meiner Hand unter dem Tisch. Ich stoße sie weg.

»*Du* – Dad – hast mich zu diesem scheiß Essen förmlich gezwungen, und jetzt passe ich dir nicht? Komm sag mir doch, wie hättest du mich gerne? So wie Katy? Leider reicht dein Geld nur für ein College!« Der hat gesessen.

Mein Vater hustet peinlich berührt und sieht sich im Restaurant um. Einige Augenpaare sind auf uns gerichtet, manche Leute starren einfach verlegen auf ihren Teller.

Caroline greift nach meinem Handgelenk, dann flüstert sie drohend: »Hör sofort auf damit!«

Katy legt sich schockiert eine Hand vor den aufgerissenen Mund. Ein Wunder, dass sie ihn überhaupt noch bewegen kann. »Du bist so peinlich!«

»Ihr seid peinlich«, murmele ich den Tränen nahe.

Alexander greift nach Carolines Hand, befreit mich aus ihrem Griff und befördert sie wieder zurück auf ihre Tischseite, dort wo sie auch hingehört. Danach wirft er mir einen mitfühlenden Blick zu. »Alles in Ordnung?«

»Nein«, flüstere ich ehrlich.

Plötzlich schlägt mein Vater mit der Faust auf den Tisch, als hätten wir nicht schon genug Aufmerksamkeit auf uns gezogen. »Dein ewiges Gequengel kotzt mich an, Samantha! Du bist kein kleines Kind mehr. Akzeptiere die Umstände und freu dich doch für mich, weil ich ein glückliches Leben führe! Ich freue mich doch auch für dich!«

Mir ist wirklich nach Kotzen zumute. Am besten direkt auf meinen Vater. Ich kann nicht glauben, wie egoistisch und ignorant er ist.

»Aber damals war ich ein Kind! An meinem verdammten sechzehnten Geburtstag hast du dich vom Acker gemacht und ich war auch weiterhin ein Kind, als ich mich um meine alkoholkranke Mutter gekümmert habe! Und wo warst du? Am Strand in Miami? Du bist so ein Heuchler! Natürlich freust du dich, dass es mir jetzt gerade gut geht, sonst müsstest du in Einklang mit deinen Schuldgefühlen kommen, weil du deine Tochter einfach sich selbst überlassen hast! Wo warst du, als ich in Not war? Als ich dich um Hilfe gebeten habe?«, schreie ich, als all die angestaute Wut und Frustration an die Oberfläche kommen. Eine Träne kullert mir über die Wange.

Mein Vater steht ruckartig auf und lehnt sich über den Tisch zu mir. »Rede nicht so mit mir, verdammt!« Jetzt rastet er auch gleich komplett aus, was ich weiß, weil ich leider genauso bin wie er. Meine Wutanfälle haben Vater-Gene. Mit uns kann man eben einfach nicht normal diskutieren, wir rasten lieber direkt aus.

»Verdammte Scheiße«, zischt er wutentbrannt und setzt sich wieder auf seinen Stuhl zurück. Jetzt ist er auch wieder ganz Detroit. Caroline wirft ihm einen beschämten, förmlich schockierten Blick zu, ehe sie fremde Menschen um uns herum entschuldigend anlächelt.

»Und du!«, zischt sie dann in meine Richtung. »Wenn du es noch einmal wagst ...«

»Es reicht.« Alexander erhebt sich und nimmt mich am Arm. »Sam, möchtest du gehen?«

Ich überlege mir das mit der Gabel noch mal kurz, aber dann nicke ich einfach. Gleich versinke ich in einem Tal voller Tränen, aber bestimmt nicht vor diesen Menschen. Diesen Triumph gönne ich ihnen nicht.

»Sie bleiben besser sitzen«, warnt er meinen Vater, als dieser ebenfalls aufstehen will. »Sie haben schon genug angerichtet. Sie alle.«

Katy und Caroline sehen ihn gleichermaßen entrüstet an. Alexander greift nach meiner Hand und ich kralle mich Schutz suchend hinein. Für den Moment verdränge ich, dass er genauso ein Heuchler ist wie mein Vater.

Bevor er sich mit mir an der Hand zum Gehen abwendet, dreht er sich noch mal um und bückt sich nah zu meinem Vater herab. Seine gesamte Körpersprache wirkt bedrohlich und einschüchternd, als er ihm zuflüstert: »Sie sollten sich was schämen, Ihre einzige Tochter so zu behandeln. Sie können sich noch so gut hinter Ihrem schicken Anzug, der teuren Uhr und Ihren zwei Vorzeige-Püppchen verstecken – es wird nie etwas an der Tatsache ändern, dass sie ein unnützes Arschloch sind, das seine Familie im Stich gelassen hat, als sie Sie am dringendsten brauchte.«

Ich erstarre bei seinen Worten. Mein Vater tut es ebenfalls. Er schluckt hart, wirkt entblößt.

Alexander streicht sein Jackett glatt, als er sich langsam wieder aufrichtet. »Wie gesagt, es hat mich gefreut, Sie alle endlich kennenzulernen.« Er lächelt. Dann dirigiert er mich zum Ausgang. Im Vorbeilaufen bedeutet er dem Kellner, die Rechnung auf seine Kreditkarte zu belasten.

Ha ha. Was für ein perfekter Abgang. Ich bin beeindruckt. Er hat es wirklich geschafft, alle drei Monster sprachlos zurückzulassen. Ich hätte niemals die Macht dazu.

Außer, wenn ich meinen Plan mit der Gabel in die Realität umgesetzt hätte.

KAPITEL 23

*D*ie frische Luft bringt wieder klare Gedanken. Ich stütze mich mit beiden Händen an meinen Knien ab, atme tief ein und tief aus; tief ein, tief aus. Beinahe fange ich an zu hyperventilieren.

Dann entdecke ich die leere Parklücke vor mir, die vorhin noch der schöne Audi ausgefüllt hat.

»Wo ist mein Auto? Also dein Auto?«, frage ich durcheinander.

»Deins.« Alexander legt mir einen Arm auf den Rücken und streichelt sanft darüber. »Ich habe ihn abholen und zurück zum Penthouse bringen lassen. Javier und die Limousine warten dort vorne.« Aber ich habe doch den Schlüssel? Mir ist schlecht. »Ersatzschlüssel, Baby«, erinnert er mich, als könnte er meine Gedanken lesen.

Ich schiebe seine Hand von meinem Rücken, dann starre ich ihn mit hochgezogenen Brauen an. »Hast du mir eigentlich zugehört heute? Ich bin fertig mit dir!« Um das zu verdeutlichen, krame ich meinen Autoschlüssel aus meiner Clutch. »Hier«, rufe ich und werfe ihn an seine Brust. Ich marschiere vorwärts. Warum habe ich immer die höchsten Absatzschuhe an, wenn ich weglaufen oder jemandem nachlaufen muss?

»Samantha!« Mit festem Druck legt er seine Hand auf meinen

Nacken, als er mich einholt. »Steig in die Limousine.« Ich schüttele den Kopf. »Steig ein, verdammt.«

Ich bleibe ohne Vorwarnung stehen und er läuft mich fast über den Haufen. Genervt sehe ich ihn an, weil ich weiß, dass ich ohnehin nicht zu Fuß von hier nach Hause komme. »Kann Javier mich nach Hause bringen? Ich will zu Claire.«

Alexander schiebt mich schweigend zur Limousine, Javier öffnet mir die Tür. Mutig wie er ist, lächelt er mich freundlich an. Ich lächele zurück.

»Fahren Sie zu Samanthas Wohnung«, befiehlt Alexander unhöflich und steigt hinter mir in die Limousine. Als ich die Rückbank betrachte, frage ich mich, ob er es wohl hier mit seinem Flittchen getrieben hat. Ich verziehe angewidert das Gesicht.

»Geht es dir gut?«, will er wissen. Ich seufze. »Könntest du bitte antworten, wenn ich dich etwas frage.«

»Mir geht es beeestens «, sage ich sarkastisch. Was für eine duuumme Frage.

Wieder versucht er sich mir anzunähern. Seine Hand berührt meinen Oberschenkel trotz meines eisigen Blickes. »Du hast nichts falsch gemacht.«

Ich breche in hysterisches Gelächter aus, als hätte ich eine Persönlichkeitsstörung. »Oh glaub mir, dessen bin ich mir bewusst.«

Ich klebe mich an die Seitentür, nur um so viel Abstand wie möglich zwischen uns zu bringen. Ich ertrage seine Nähe nicht, sogar sein Geruch bringt mein Herz dazu schneller zu schlagen. Ob ich einfach aus dem fahrenden Wagen springen kann? Ein paar gebrochene Rippen, eine Platzwunde am Kopf und verkrüppelte Finger wären vielleicht nur halb so schlimm wie das hier.

»Reden wir gerade von dem Essen oder uns?«, fragt er mich. *Einfach weiter aus dem Fenster starren, Sam.* »Ich sagte doch bereits, dass das bloß geschäftliche Treffen waren.« *Ja keinen Blickkontakt aufnehmen.* »Ich weiß, dass du mich willst.«

Bam! Und schon wirbele ich zu ihm herum.

»Steck dir deinen verdammten Egotrip sonst wo hin, Alexander. Ich weiß wohl am besten, was ich will und was nicht! Und *so etwas* will ich nicht!«, fauche ich. Mir ist scheißegal, dass Javier mich wahrscheinlich durch die Trennwand hindurch hören kann. »Außerdem weiß ich, was *du* willst und was nicht! Und komm mir jetzt nicht mit dieser gehorchen-und-unterwerfen-Scheiße!«

Sein Kiefer spannt sich deutlich an, als er die Zähne fest aufeinanderpresst, um sich zu beherrschen. »Und was denkst du, was ich will und was nicht, Samantha?« Die Rauheit in seiner Stimme bringt mich völlig aus dem Konzept.

Ich wende den Blick wieder ab, starre stur aus dem Fenster und richtige meine Konzentration auf die vielen Lichter, die durch die Fensterscheibe zu mir hindurchleuchten. Nachdem ich meine hysterische Persönlichkeit wieder in den Griff bekommen habe, lasse ich die mit der emotionslosen Fassade wieder zum Vorschein kommen. »Du willst keine Beziehung. Du willst nicht mich, sondern den Vertrag. Und du willst noch so viel mehr, was es mir nicht ermöglicht, bei dir zu bleiben.« Durch die krampfhaft unterdrückten, aber in mir brodelnden Emotionen läuft mir eine Träne die Wange herab. Obwohl ich kein einziges Mal blinzele, folgen noch ein paar weitere. Alexander sagt kein weiteres Wort, aber ich spüre seinen Blick auf mir.

Die Limousine hält irgendwann an. Javier steigt aus dem Wagen und umkreist sie, um mir die Tür zu öffnen. Alexander steigt mit mir aus.

»Ich rufe Sie an«, teilt er Javier mit, welcher mir wiederum einen kurzen Blick zuwirft. Er hat unser Gespräch sicher mitangehört. Ob er von unserem Vertrag weiß? Musste er ebenfalls eine Verschwiegenheitserklärung unterzeichnen?

Als ich die unnützen Gedanken aus meinem Kopf vertreibe, bemerke ich erst, dass Alexander direkt neben mir vor meinem Gebäude steht.

»Was tust du?«, fahre ich ihn an. Mir ist egal, dass wir gerade nicht alleine sind. Seinem Blick nach zu urteilen, passt ihm das jedoch gar nicht. Unsanft schiebt er mich zum Eingang meines Gebäudes und Javier steigt zögernd wieder in die Limousine. »Hey!« Ich wehre mich und presse meinen Oberkörper gegen seine Hände.

»Geh rein!«, befiehlt er mir sauer. »Ich werde dich nicht alleine lassen. Es geht dir nicht gut.«

»Und du bist der Grund dafür!«, belle ich und stoße ihn ein Stück weit nach hinten. »Lass mich also in Ruhe!« Die Tränen laufen immer unkontrollierter über mein Gesicht. Mir wird alles zu viel.

Heute ist echt nicht mein Tag. Wiedermal.

Als ich Peter entdecke, senke ich meinen Blick beschämt zu Boden. »Danke«, murmele ich und betrete das Gebäude, als er mir die Tür aufhält.

Alexander folgt mir wie erwartet und starrt mich ewig lange von der Seite an, während ich auf den dämlichen Fahrstuhl warte. Ich ignoriere seine gesamte Existenz.

»Jetzt reicht's«, platzt es aus ihm hervor.

Plötzlich baumeln meine Beine in der Luft und ich hänge mit dem Oberkörper über Alexanders Schulter. Während er mich die Treppen hinauf schleppt, schlage ich immer wieder auf seinen Rücken ein und befehle ihm, mich loszulassen, doch er reagiert kein einziges Mal darauf. Vor meiner Wohnungstür setzt er mich ab und klopft. Noch bevor ich ihn zur Rede stellen kann, wird die Tür aufgerissen und Claire zerrt mich an sich.

»Süße«, flüstert sie mitfühlend. »Gott, war es so schlimm?«

Verwundert werfe ich einen Blick zu Alexander. Er ignoriert mich und betritt die Wohnung, als wäre es seine eigene. Nachdem er sein Jackett auf unserer Couch abgelegt hat, setzt er sich und beobachtet Claire und mich.

Claire streicht mir die Tränen aus dem Gesicht, dann lächelt sie ein wenig. »Arschloch bleibt eben Arschloch.« Sie schließt die Tür, und ich verstehe immer noch nicht, was hier läuft. Woher weiß sie von dem Abendessen?

Mit drei Tassen Kaffee in der Hand steuert sie schließlich wackelig auf den Couchtisch zu. »Alexander hat mich heute angerufen und mir von dem Treffen mit deinem Vater erzählt. Er meinte, du bräuchtest danach bestimmt eine Schulter zum Anlehnen, und anscheinend hatte er recht«, erzählt sie mir. Dann zeigt sie mit einem Finger auf den Kaffee. »Setz dich und trink den Kaffee, der tut dir doch immer gut, Süße.«

Schweigend und mit viel Abstand zu Alexander nehme ich auf der Couch Platz. Es wundert mich immens, dass Alexander Claire kontaktiert hat. Damit hat er wirklich nicht danebengelegen. *Trotzdem ist er ein Arsch,* erinnert mich meine innere Stimme.

»Danke«, sage ich schließlich, schenke ihm aber kein Lächeln. Er nickt mir kurz angebunden zu.

Claire setzt sich in ihrem rosafarbenen Pyjama neben Alexander und startet sofort das Verhör. Ich gebe kurze Antworten, erzähle nicht wirklich das, was sie eigentlich hören will, versuche ihr aber wenigstens ein paar Details zu liefern. Irgendwann schüttelt sie entsetzt den Kopf. »Mann, ich hasse diese zwei Weiber!«

Alexander verkneift sich zu meiner Überraschung ein Lachen. Ich dachte eher, er würde ihre Art zu sprechen vulgär finden, meine ist es schließlich auch so oft. Er ist ein ganz anderer Typ, viel seriöser und kontrollierter. Zumindest meistens.

»Du hättest Katy sehen müssen, mit ihren aufgespritzten Lippen und der arroganten Fresse«, murmele ich hasserfüllt. »Und Caroline erst. Bah.« Claire verzieht das Gesicht und schüttelt den Kopf. »Ich will nicht mehr daran denken«, presse ich hervor. *Weil ein noch größeres Übel direkt neben mir sitzt …*

Claire reicht mir erneut die Tasse Kaffee. »Schon klar.«

Ich nippe ein paar Mal daran und stehe anschließend von der Couch auf. »Ich gehe in mein Zimmer. Danke, dass du für mich da warst.« *Jetzt geht es mir deutlich besser.*

Claire kommt mir entgegen und umarmt mich fest. »Immer doch. Ich werde euch jetzt allein lassen. Ich fahre zu Jacob, okay?« *Nein, bitte nicht!*

»Du kannst hierbleiben«, ermutige ich sie, doch sie schüttelt lächelnd ihren süßen roten Kopf.

»Schon gut, das macht mir nichts aus.« Als sie sich ihre Jacke schnappt, verabschiedet sie sich dankbar von Alexander. »Ruf mich an, wenn du was brauchst.«

Aber ich brauche dich, jetzt! Stumm nicke ich, weil mir wohl nichts anderes übrigbleibt, als sie gehen zu lassen.

Kaum ist sie zur Tür raus, laufe ich in mein Zimmer. Alexander holt mich wie immer viel zu schnell ein. Er umfasst mich von hinten, zieht mich an seinen warmen Körper und küsst mein

Ohr. Als ich seinen Atem auf meinem Nacken spüre, bekomme ich eine Gänsehaut.

»Lass mich bei dir sein«, flüstert er und drückt mir einen weiteren Kuss auf den Kopf. »Du brauchst mich.« »Ich ziehe scharf die Luft ein und versuche die Fassung zu wahren.

Ich brauche ihn nicht. Ich brauche ihn nicht. Ich brauche ihn nicht. Ich brauche ihn nicht. Oder doch?

»Ich brauche Antworten«, sage ich stattdessen, dennoch etwas weichgeklopft. »Details.« Brauche ich die wirklich, oder weiß ich nicht schon genug?

Er drängt mich in das Zimmer hinein und drückt mich auf das Bett. Ich sitze nun auf der Bettkante und er hockt sich dicht vor mich hin und umfasst meine Beine. Mit ernstem Blick sagt er: »Die hast du doch schon.«

»Nein.« Ich wende den Blick ab. »Das reicht nicht. Ich brauche mehr.« Seine Finger streichen sanft über meine Schenkelinnenseiten und mein Herz pocht stärker. Ich hasse die Wirkung, die er auf meinen Körper hat.

»Vertrau mir«, flüstert er und legt eine Hand auf meinen Nacken. Er zieht meinen Kopf näher an sich heran, sodass sich unsere Nasenspitzen berühren. »Deine Vermutungen sind falsch.«

Gott hilf mir, diesem Mann zu widerstehen. Warum bekomme ich jedes Mal in seiner Nähe Bauchkribbeln?

Als er seine Lippen auf die meinen presst, weiche ich kurz zurück, gebe mich dann aber dem Kuss hin. Ich bringe meine warnende innere Stimme zum Schweigen und drohe ihr sie umzubringen, wenn sie sich noch einmal zu Wort meldet.

Seine weichen Lippen zu spüren ist so tröstend. Seine warme Zunge, die sich vorsichtig einen Weg in meinen Mund bahnt, bringt mich, wenn auch widerwillig, auf andere Gedanken. Genau das brauche ich nach dem heutigen Tag, auch wenn ich eigentlich weiß, wie dumm das von mir ist.

»Warum sollte ich jemand anderen als dich wollen, Baby?«, haucht er gegen meinen Hals, und ich schlinge die Arme um seinen Nacken und kralle mich hinein, als er anfängt, mich sanft in die Schulter zu beißen. Er streift mir den Blazer ab, wirft ihn zu Boden und knöpft meine Bluse in Zeitlupentempo auf. Dabei hinterlässt er nach jedem Knopf einen Kuss auf meiner Brust. Ich wimmere, ziehe ihn näher an mich heran und lasse mich schließlich auf das Bett fallen. Mit geschlossenen Augen warte ich darauf, seine Körperwärme auf mir zu spüren. Und da ist sie.

»Ich hasse es, dich traurig zu sehen«, sagt er, als er meinen Hosenknopf öffnet. »Ich werde dich wieder glücklich machen.« Seine Küsse bedecken meinen Unterbauch, während er mir die Hose von den Beinen streift. Er hackt sich mit beiden Daumen seitlich in mein Höschen ein, und ich hebe die Hüfte an, damit er es mir ausziehen kann.

»Sieh mich an«, fordert er leise. Als ich die Augen öffne, küsst er mich auf den Mund. Meine Hand wandert auf seinen Rücken, streichelt ihn und umkreist seine Muskeln, die ich so sehr liebe. Er führt meine Hand an die große Beule in seiner Hose. »Siehst du, was du mit mir machst?« Als er mit seiner Hand zwischen meine Beine fährt, winsele ich leise. »Und siehst du, was ich mit dir mache?« Ich nicke mit halb geöffneten Augen. Mir ist die Fähigkeit zu sprechen abhandengekommen. Mein Kopf hat sich ausgeschaltet und mein Körper handelt ohne Absprache mit meinem Hirn. Ich ziehe ihm die Hose von den Hüften.

»Ich will dich«, flüstere ich entschlossen. »Ich brauche dich.«

»Ich weiß«, antwortet er lächelnd und dringt mit zwei Fingern in mich ein. »Ich weiß, Baby.«

Ich kenne unsere Vereinbarung. Ich weiß, dass ich nicht so empfinden darf und das lastet schwer auf mir. Außerdem weiß ich von der anderen Frau und es entspricht nicht meinem Naturell, jetzt weiterzumachen, aber aus irgendeinem Grund kann ich nicht dagegen ankämpfen. Ich lasse es geschehen. Dieser Mann bringt mich komplett um den Verstand.

»Heb die Beine an«, befiehlt er, greift nach meinen Fußknöcheln und legt sich meine Füße auf die Brust. Dann beugt er sich über mich und plötzlich ist er in mir.

Ich stöhne laut auf. Das Gefühl übermannt mich. Genau das habe ich gebraucht.

Mit den Händen an meinen Knöcheln hält er mich fest, während er in mich hinein und hinausgleitet. Nicht so schnell wie sonst, dennoch tiefer denn je. Die Stellung öffnet mich komplett für ihn. Meine Hände bilden Fäuste und krallen sich in die Bettlaken. Ich presse die Lider aufeinander und versinke in einem Nebel aus Lust, Begierde und Zuneigung.

»Schneller«, dränge ich, spüre den Höhepunkt irgendwo in mir schweben.

»Heute nicht«, erwidert er sanft, lässt meine Beine zurück auf die Matratze fallen und übersät meinen Oberkörper mit Küssen, während er mich weiter bearbeitet. Sein Tempo ist ruhig und genussvoll. Heute fickt er mich nicht. Er schläft mit mir.

Ich kralle mich an seinem Haarschopf fest und werde wilder, drücke ihm die Hüften entgegen und versuche, ihn anzuheizen, mich zu ficken, aber er beschleunigt sein Tempo nicht. Er bleibt sanft und macht es auf die romantische Art.

»Ich will dich nicht ficken.«

Ich erstarre und halte inne.

»Heute nicht«, fügt er leise hinzu, dann zieht er sich aus mir und dreht mich sanft auf den Bauch um.

Automatisch spreize ich die Beine, um ihm Einlass zu gewähren. »Wieso nicht?«

Er hebt meine Hüften nicht so sehr an wie sonst. Nachdem er wieder in mir ist, legt er sich auf mich und krallt seine Hände um meine, die seitlich meines Kopfes auf der Matratze liegen. Dann stöhnt er mir leise ins Ohr. Ich stöhne ebenfalls und schließe die Augen.

Ich spüre, wie sehr er sich zurückhält, um mich weiter langsam und sanft zu nehmen. Liebe zu machen, liegt ihm einfach nicht. Er ist ein Ficker – schnell, hart, erbarmungslos. Trotzdem ist dies das zweite Mal, dass wir so liebevoll miteinander schlafen. Das muss doch etwas bedeuten.

»Weil ich dich will«, stößt er schließlich hervor. »Ich will dich genießen.« Er leckt über mein Ohr, danach meinen Hals entlang, dann hebt er meine Hüften ein wenig an, sodass ich ihm meinen Hintern mehr entgegenstrecke. Ich bewege ihn vor und zurück, um ihm entgegenzukommen.

»Baby ...«, raunt er wie eine Liebkosung. Er passt sich meinen Bewegungen an und es ist ... unbeschreiblich.

Die Zärtlichkeit, die er mir heute gibt, ist kein Vergleich zu dem anderen Mal, als wir auf diese Weise miteinander geschlafen haben. Heute ist es so viel intimer. Intensiver. Romantischer.

Vor Wonne seufzend lasse ich mich wieder auf die Matratze sinken, doch er schiebt mich zur Seite und drängt sich in den Spalt zwischen Wand und mich. Ich lege mich auf eine Seite, drehe den Kopf zu ihm um und küsse ihn leidenschaftlich. Wir verschmelzen miteinander, als er wieder in mich gleitet, und ich schmiege mich fest an ihn, als er den Arm um mich schlingt. Dann wandert seine Hand zwischen meine Beine und gibt mir, was ich brauche, um meine Erlösung zu finden.

»Lass los, Baby.«

Ich lasse los und er tut es ebenfalls. Wir kommen zusammen und liegen anschließend noch lange so da, als wollten wir uns nicht voneinander lösen. Schwer atmend legt er irgendwann den Kopf an meiner Schulter ab, und ich spüre ihn an meiner Haut lächeln.

»So etwas erlebe ich nur mit dir. Mit keiner anderen könnte ich das genießen.«

Aber es gibt noch andere und das ist das Problem.

~

»Wohin gehst du?« Es trifft mich wie ein Schlag, als Alexander sich vollständig bekleidet und sogar sein Jackett anlegt. Gerade eben haben wir noch miteinander geduscht und plötzlich steht er aufbruchbereit vor mir.

»Nach Hause.« Er drückt mir einen Kuss auf den Mundwinkel. »Ich hatte nicht vor zu bleiben. Ich wollte dich nur daran erinnern, wie es ist, wenn ich bei dir bin.«

Mir gefriert das Blut in den Adern. »Aber warum gehst du jetzt?« Ich folge ihm durch das Wohnzimmer und werde augenblicklich traurig, als ich erkenne, dass er wirklich vorhat, mich jetzt zu verlassen.

Alexander wirkt überaus ernst. »Ich will, dass du hierbleibst. Du sollst eine Nacht darüber nachdenken, was du möchtest. Wenn du dich morgen entscheidest, zurück ins Penthouse zu kommen – zu mir –, soll es eine endgültige Entscheidung sein.«

Wieder küsst er mich sanft auf den Mundwinkel. Als er mir über mein nasses Haar streicht, halte ich ihn am Handgelenk fest.

»Alexander«, flüstere ich unsicher. Jetzt bin ich absolut überfordert. Es gibt doch noch so viel, worüber ich mit ihm sprechen will. Und muss.

»Ich werde auf dich warten. Wenn du dich gegen mich entscheidest, akzeptiere ich das«, sagt er entschlossen.

»Aber was ist mit der Frau?«, rufe ich ihm hinterher, als er die Wohnung verlässt. »Alexander!«

Bei der Treppe angekommen, dreht er seinen Kopf zu mir um und lächelt selbstsicher. »Vertrau mir einfach.«

KAPITEL 24

*A*lleine aufzuwachen ist scheiße – alleine einzuschlafen noch mehr.

Die ganze Nacht über habe ich kein Auge zugedrückt. Habe wie besessen an Alexander und diese fremde Frau gedacht; mich gefragt, wer sie ist, wie sie aussieht und ob ich ihm glauben kann, dass sie nur eine Geschäftspartnerin ist.

Zu einem Entschluss kam ich nicht. Zwei Pro und Contra-Listen später fiel mir auf, dass ich auch dadurch keine Entscheidung treffen kann.

Kurz darauf wurde mir klar, dass meine Entscheidung ohnehin längst gefallen ist. Wenn ich es nicht einmal schaffe, anständig zu schlafen, wenn er nicht bei mir ist, worüber zerbreche ich mir dann den Kopf?

Ich weiß, dass ich weitermachen und sehen will, wie sich die Dinge zwischen uns entwickeln. Ich habe im Grunde nichts zu verlieren, doch gewinnen könnte ich viel.

Trotzdem sitze ich um vier Uhr nachmittags immer noch grübelnd auf meiner roten Couch, vor meiner sechsten Tasse Kaffee. Ich zermartere mir das Hirn über uns. Über den Vertrag. Was passieren wird, wenn die vier Wochen vorüber sind. Meine gepackte Sporttasche steht neben der Tür und ich starre sie an, als würde ich darauf warten, dass sie mir gleich befiehlt, aufzustehen und zu ihm zu fahren.

Das Türschloss bewegt sich und Claire schlendert bepackt mit Einkaufstüten herein. Sie seufzt, als sie mich im Pyjama sieht. »Hätte ich gewusst, dass du da bist, hätte ich dich zum Einkaufen verdonnert.«

Ich lächele gezwungen, stehe auf und nehme ihr eine Tüte ab. Auf dem Küchentresen räume ich die Sachen aus, öffne den Kühlschrank und stelle Artikel für Artikel schweigsam hinein.

Claire rümpft die Nase. »Was ist denn mit dir los?«

Ich zucke mit den Schultern und reiche ihr ein Glas Nutella. »Nicht so wichtig.« Nach der siebten Packung Schinken mustere ich sie streng. »Wir sollten aufhören, uns nur von belegten Sandwiches zu ernähren.« *Autsch!* Die rote Paprika trifft mich aus dem Nichts direkt auf dem Kopf. »Spinnst du?«

Claire grunzt. »Beleidige nicht meine mit Liebe zubereiteten Sandwiches!«, nörgelt sie. »Warum hast du so schlechte Laune? Ist es wegen deinem Vater?« Sie knüllt die leere Tüte zusammen und stopft sie in den Müll. Als sie sich die nächste Paprika greift und drohend in die Höhe hält, hebe ich beide Hände zur Abwehr hoch.

»Schon gut, schon gut!«, rufe ich. »Es ist wegen Alexander.«

Umgehend sieht sie mich mit einem neugierigen Blick an und hüpft auf die Küchentheke. »Was hat er verbrochen? Gestern war doch noch alles gut.«

»Eigentlich nicht«, murmele ich und knülle die Tüte ebenfalls zusammen, bevor ich sie zu der anderen in den Müll stopfe. Dann blase ich laut Luft aus meiner Lunge. »Er war mit einer anderen Frau zusammen.«

Nachdem ich den Satz ausgesprochen habe, lehne ich mich neben sie an die Küchentheke an. Sie verschluckt sich an einem Schokoriegel, den sie zu essen begonnen hat, und hustet.

»Wie zusammen? Hatte er etwas mit ihr? Woher weißt du davon?«

»Von Aiden«, erkläre ich gepresst. Claire reißt die Augen auf. »Er hat die beiden gesehen, als sie in der Nacht zusammen in seine Limousine stiegen. Und als wir zwei zusammen aus waren, war er auch mit ihr zusammen.«

Jetzt wirkt sie wütend, also füge ich schnell hinzu: »Aber er sagt, sie sei nur eine Geschäftspartnerin – es war bloß ein Meeting.«

Misstrauisch kneift sie die Augen zusammen. »Das glaubst du ihm?«

Ich zucke mit den Schultern und greife mir ihren Schokoriegel. »Keine Ahnung.«

»Süße, ich weiß, wie du für ihn empfindest – das musst du mir erst gar nicht sagen. Du bist total hin und weg von dem Kerl. Aber du solltest aufpassen. An so einem Mann kann man sich schnell die Finger verbrennen«, warnt sie mich eindringlich.

Ich hadere mit mir. Zu gerne würde ich ihr alles erzählen, vom Vertrag angefangen bis über jedes Ereignis danach, aber ich darf es nicht tun. Ich hasse dieses Gefühl, ihr etwas verschweigen zu müssen. Unzufrieden stecke ich mir den Schokoriegel komplett in den Mund, um nicht doch noch unabsichtlich mit irgendetwas herauszuplatzen.

»Ich sage ja nicht, dass du ihn sofort aufgeben solltest. Ich sage nur, du solltest dem nachgehen.«

Ich kaue ewig an dem Ding herum. Die Konsistenz ist ähnlich wie Gummi und ich schaffe es nicht, zu schlucken. Als ich auf der Packung das Wort »Diät-Riegel« lese, spucke ich ihn in den Müll.

»Nachgehen?« Mein Körper versteift sich bei dem Gedanken.

Sie nickt, hüpft von dem Tresen herunter und öffnet den Kühlschrank. Dann hält sie inne und starrt mich mit todernster Miene an. »Finde heraus, wer sie ist, wann er sie trifft und warum. Belausch seine Telefonate und fahr ihm hinterher, wenn es sein muss«, ermutigt sie mich. »Oder willst du dich mit seiner Antwort einfach so zufriedengeben? Ich kenne dich doch Süße, das wird dich verrückt machen.«

Ich lache in mich hinein. »Ich soll ihn also stalken?« Dann schüttele ich entschieden den Kopf. »Er sagte, ich solle ihm vertrauen. Und dass ich bei meiner Annahme falsch liege, sie sei mehr als eine Geschäftspartnerin. Vielleicht sollte ich es also einfach gut sein lassen.« Die Worte klingen wenig überzeugend aus meinem Mund, vielleicht weil ich überhaupt nicht überzeugt davon bin.

Claire seufzt, schnappt sich eine Flasche Cola und wandert damit in ihr Zimmer. »Vertrauen ist gut, Kontrolle ist besser!«

Wo sie recht hat, hat sie recht.

Ich marschiere ebenfalls in mein Zimmer, tausche Pyjama gegen Jeans und Bluse, um endlich zu Alexander zu fahren, da klopft es plötzlich lautstark an der Eingangstür.

Claire steckt ihren Kopf aus ihrem Zimmer. »Wer ist das? Ich habe mich gerade abgeschminkt!«

Darüber muss ich lachen, sodass ich gar nicht weiter darüber nachdenke, wer es sein könnte, sondern einfach durchs Wohnzimmer gehe und öffne.

»Oh«, stoße ich überrascht hervor, als mich Alexanders Augen aus Stahl mustern. Er hier? Schon wieder?

»Schon gut, Claire. Es ist für mich!«, rufe ich ihr zu, damit sie sich entspannen kann, weil ich genau weiß, wie panisch sie wird, wenn sie ein Kerl ungeschminkt sieht.

»Sam«, presst er angespannt hervor. Seine Kiefermuskeln zucken leicht. »Warum bist du hier?«

Ich genieße sein verunsichertes Auftreten. Er hat sich also gefragt, warum ich meinen Arsch noch nicht zu ihm ins Penthouse befördert habe. Weil es schon so spät ist, dachte er wahrscheinlich, ich hätte mich dagegen entschieden. Da muss ich glatt ein wenig lächeln.

»Na, ich wohne hier«, antworte ich gespielt dumm. »Und du?«

Er wirkt jetzt noch angespannter. »Um nach dir zu sehen.« Dann drängt er sich ins Wohnzimmer und sieht sich in der Wohnung um, als würde er nach jemandem Ausschau halten. »Bist du alleine?«

»Claire ist in ihrem Zimmer.« Ich muss mir echt verkneifen, nicht sofort in einem Lachanfall zusammenzubrechen. Denkt er wirklich, ich wäre hier in männlicher Gesellschaft? So schnell? Er ist ja sogar paranoider als ich.

»Okay, kommen wir zum Punkt. Warum bist du nicht

gekommen? Was hindert dich daran? Ich weiß, dass ich sagte, ich würde deine Entscheidung respektieren, egal wie sie ausfällt, aber -«

»Nichts«, unterbreche ich ihn amüsiert. »Nichts hindert mich daran.« Ich deute mit dem Zeigefinger auf die gepackte Sporttasche auf dem Boden neben der Tür.

Alexander runzelt die Stirn, streicht sein graues Jackett glatt und nach nicht einmal drei Sekunden hat er seine selbstbewusste Fassade wiederaufgesetzt. Trotzdem weiß ich nun, dass ich die Macht habe, ihn aus der Bahn zu werfen. Das gefällt mir.

»Du wolltest also kommen?« Ich nicke und beiße mir auf die Unterlippe. Er kommt einen Schritt auf mich zu, umfasst meine Taille und streicht mir sanft über den Rücken. »Du bist der Teufel, Samantha Woods.« Sein Mund findet den Weg zu meinem und ich lege einen Arm um ihn.

»Süß«, flüstere ich, als ich mich von ihm löse, gehe zu meiner Sporttasche und hänge sie mir über die Schulter.

»Süß?«, wiederholt er skeptisch. Er nimmt mir die Tasche von der Schulter und marschiert aus der Wohnungstür.

Ich schließe mich ihm an und lächle. »Süß, wie verzweifelt dich der Gedanke macht, mich zu verlieren.«

Er ignoriert den Kommentar, doch ich kann die Andeutung eines Schmunzelns auf seinen Lippen erkennen.

Die Fahrt zum Penthouse verläuft ruhig, ebenso wie unsere Ankunft. Keine Ahnung, ob es an mir oder an ihm liegt, aber ich weiß nicht so recht, wie ich mich verhalten soll. Als ich meine Sporttasche in die Ecke des Schlafzimmers werfe, sieht er mich nachdenklich an. Sofort überlege ich, was ich falsch gemacht habe, und setze sie etwas sanfter erneut auf dem Boden ab.

»Du kannst deine Sachen auch auspacken«, bietet er mir an. »Greta hat im Schrank einen Platz für dich freigemacht.« Mit dem Kopf deutet er auf den riesigen Kleiderschrank an der Wand, der mir in diesem Schlafzimmer noch nie aufgefallen hat. *Gott, wie viel Kleidung besitzt dieser Kerl?*

Verwundert darüber, dass er neben dem überragenden begehrbaren Kleiderschrank und dem Kleiderschrank in seinem anderen

Schlafzimmer, noch einen Schrank nur für Klamotten hat, werfe ich einen Blick in die linke Seite. Dort ist tatsächlich genügend Platz für weitere Klamotten geschaffen worden. Die Geste bedeutet mir sehr viel.

»Okay«, stimme ich erfreut zu und schnappe mir wieder meine Tasche.

Als ich den anderen Teil des Schranks öffne, kann ich meinen Augen kaum trauen: Mehrere sündhaft teure Abendkleider, etliche Paar High-Heels, neben denen meine wahrscheinlich wie frisch vom Flohmarkt wirken, mehrere Paar elegante Hosen und Jeans, die sorgfältig an metallenen Kleiderbügeln aufgehängt wurden, und Blusen in allen möglichen Farben, die auf gepolsterten Bügeln hängen. Als ich mir ein paar Kleidungsstücke näher ansehe, entdecke ich, dass sie alle in meiner Größe ausgewählt wurden. Sogar die Heels, welche ich stets eine Nummer Größer kaufe, damit sie mir nicht sofort Blasen bescheren.

Baff weiche ich vom Schrank zurück. »Hat deine richtige Freundin etwa ihre Sachen hier vergessen?«, necke ich ihn, doch er lächelt nicht. Als er anfängt, meine eigene Kleidung sorgfältig im Kasten zu verstauen, beobachte ich ihn überwältigt. »Ist das wirklich alles für mich?«

»Es gibt niemanden sonst in meinem Leben, für den die Sachen sonst geeignet wären«, erwidert er und wirft mir einen weichen Blick zu, als er mit dem Verstauen meiner Sachen fertig ist. »Ist das so okay für dich?«

Immer noch perplex nicke ich und betrachte noch mal die unzähligen Kleider. Beim Gedanken daran, wie viel ihn das alles gekostet haben muss, wird mir unwohl.

»Das ist wirklich mehr als ich je erwartet habe, wenn nicht sogar zu viel.« Ich entdecke ein Preisschild auf einem schwarzen Etui-Kleid. »Ach du Scheiße!«

»Was ist?«, will er wissen und greift nach dem Kleid, um es zu begutachten.

Ich klatsche mir auf die Stirn. »Dieses Kleid hat achttausend Dollar gekostet! Bist du irre?«

Wenn ich das mal zehn rechne – ungefähr die Anzahl der

Kleider – dann noch die vielen Schuhe dazu, welche den Namen *Louboutin* und *Manolo Blahnik* tragen, die Hosen, die Blusen … meine Güte, wächst Geld etwa auf Bäumen und es ist mir nur noch nie aufgefallen?

Alexander schließt den Schrank und schenkt meinem Entsetzen keinerlei Beachtung. »Nicht irre, nur reich.«

Diese überhebliche Bemerkung versuche ich unmittelbar wieder aus meinem Kopf zu verdrängen. Trotzdem muss ich darüber lachen. Das ist verrückt.

Als er gelassen aus dem Schlafzimmer marschiert, blinzele ich nachdenklich zum Schrank. Mein Herz klopft wie wild. Was soll das alles? Worauf läuft das hinaus? Der Schrank sieht nicht danach aus, als wäre er für jemanden gefüllt worden, der nur noch eine kurz Zeit bei ihm bleiben wird.

Impulsiv laufe ich hinter ihm her. »Das ist wirklich viel zu viel – und viel zu teuer!« Ich ziehe an seinem Hemd, damit er stehenbleibt. »Warum hast du das alles für mich gekauft? Nicht, dass ich deine Großzügigkeit nicht schätzen würde, aber ich fühle mich deswegen irgendwie unbehaglich.«

Weiterhin total entspannt wandert er in seine Küche, schnappt sich zwei Gläser Wein und hält mir eines davon entgegen. »Es freut mich, dass dir die Sachen gefallen.«

Ich exe den Inhalt auf Anhieb, wofür ich einen zurechtweisenden Blick von ihm ernte. »Okay, wir müssen wirklich mal reden«, lege ich los und setze mich auf einen der Barhocker. Es ist an der Zeit, darüber zu sprechen. Ich kann diese unausgesprochenen Dinge, die aber doch so deutlich zwischen uns stehen, nicht mehr ignorieren. »Bitte hör mir jetzt gut zu, okay?« Ich lege die Hände wie beim Beten zusammen, was ihn zu amüsieren scheint. »Ich weiß, dass das Teil unserer Abmachung war, aber … ich möchte das Geld nicht mehr haben.«

Die Worte auszusprechen, tut so gut! Trotzdem beschleunigt sich mein Puls rasant, weil ich Angst vor seiner Reaktion habe. Ich hoffe inständig, er versteht, worauf ich damit hinauswill.

Alexander hebt eine Augenbraue, lehnt sich mit dem Arm an der Marmorplatte an und legt den Kopf schief, während er mich eingehend betrachtet. »Was meinst du damit, Sam?«

»Die fünfhunderttausend Dollar«, schießt es aus mir hervor. »Ich will sie nicht haben. Ich will gar kein Geld von dir!« Plötzlich unsicher, dass er das falsch auffassen könnte, werde ich deutlicher: »Das bedeutet nicht, dass ich mich nicht an unseren Vertrag halte. Das werde ich. Ich möchte nur nicht mehr von dir bezahlt werden.«

»Der Vertrag besteht also daraus, dass du mir meine Wünsche erfüllst und ich bekomme, was ich will, und du dabei leer ausgehst?«, schlussfolgert er verwirrt und nippt an seinem Wein. Wenn er es so sagt, klingt es bescheuert.

»Ich möchte einfach kein Geld von dir annehmen … Sieh es, wie du willst«, meine ich entschlossen. »Außerdem hast du meine Schulden doch schon bezahlt, meine Mutter wird demnächst mit dem Entzug beginnen, wofür du auch aufkommen wirst, und ich muss mir sowieso einen neuen Job suchen. Die fünftausend Dollar von meinem Model-Auftrag sollten bis dahin reichen.«

Kaum spreche ich meinen Model-Job an, könnte ich mich selbst ohrfeigen. Shit. Ich habe vergessen, ihm davon zu erzählen. Ich weiß jetzt schon, wie übel er es mir nehmen wird, dass ich ihm nicht gesagt habe, dass es Miles war, der mich gebucht hat. Spätestens, wenn ich an irgendeiner Wand in irgendeinem Atelier hänge, wird er es wohl erfahren.

Alexander wirkt ganz so, als könnte er nicht glauben, was ich da von mir gebe. Ich tue es auch nicht – wer würde schon freiwillig auf fünfhunderttausend Dollar verzichten?

Das Ding ist bloß … Wenn ich dieses Geld annehme, mache ich diese Sache zwischen uns offiziell zu etwas rein Geschäftlichem. Das ist es für mich aber nicht. Es wäre absolut unmoralisch, mich weiterhin von ihm bezahlen zu lassen. Ich bin gerne und freiwillig mit ihm zusammen. Ich spiele das nicht bloß, weil es ein Job ist.

Und er soll es wissen.

Er fixiert mich mit einem konzentrierten Blick, denkt nach. Dann greift er nach der Flasche Wein und füllt mein Glas erneut. Dankbar nehme ich einen Schluck davon und warte ungeduldig seine Antwort ab. Sein Schweigen bringt mich um.

»Wenn du dir wegen der öffentlichen Veranstaltungen

Gedanken machst, bei denen du dich mit mir zeigen wolltest, sollst du wissen, dass ich dich natürlich weiterhin begleiten werde«, erkläre ich ihm.

Jetzt wirkt er noch verwirrter. Gott, habe ich mich wirklich so unverständlich ausgedrückt? *Ich scheiße auf den Vertrag! Ich will kein Geld von dir! Ich bleibe trotzdem bei dir!*, schreit meine innere Stimme, doch mein Mund bleibt geschlossen.

Als er sich schließlich räuspert, umkralle ich mein Glas Wein fester.

Langsam lässt er sich auf dem Barhocker neben mir nieder. Seine Muskeln bewegen sich dabei sexy, doch dann versteift sich sein Körper komplett. Seine Augen blicken direkt in meine so verwundbare Seele, die ich gerade völlig für ihn entblößt habe.

»Samantha, willst du eine Beziehung mit mir?«

»W-w-was?«, stottere ich. Mein Gesicht wird glühend heiß. Warum starrt er mich so intensiv an, verdammt? Ich kann keine klaren Gedanken mehr fassen.

»Ob du eine Beziehung mit mir führen willst? Ist es das, worauf das hier gerade hinausläuft? So hört sich das nämlich an.« Er spricht ganz ruhig und kontrolliert. Ich sehe keinerlei Emotionen in seinem Gesicht. Das ist wahrscheinlich ein schlechtes Zeichen.

Ich schlucke und versuche ganz entspannt darauf zu reagieren. Er muss ja nicht wissen, dass ich am liebsten gerade im Erdboden versinken und ihn bitten würde, mich noch fest darin einzugraben. »Das habe ich nicht gesagt. Ich sagte nur, ich möchte kein Geld von dir. Ich will nicht dafür bezahlt werden, mit dir Zeit zu verbringen. Das tue ich auch freiwillig, das sollst du einfach wissen.« Meine Stimme zittert natürlich und verrät mich sofort.

Er nimmt zögerlich einen Schluck Wein und schenkt sich gleich darauf wieder nach. Zum Teufel, hätte ich doch bloß den Mund gehalten. Diese komische Spannung zwischen uns ist ja kaum auszuhalten.

»Dessen war ich mir nicht bewusst«, gibt er schließlich zu. »Du willst also keinen Cent von mir haben?« Er schwenkt das Weinglas in seiner Hand und lässt es zwischen den Fingerkuppen rollen.

»Keinen Cent.« Ich lächele unsicher, doch er sieht mich immer noch emotionslos an. »Alexander, könntest du bitte aufhören, mich so komisch anzustarren? Ich habe wirklich keine Ahnung, was du gerade denkst. Und das nervt.«

Plötzlich greift er nach meiner Hand und legt sie behutsam in seinen Schoß. »Das bricht sämtliche Regeln, Sam. Ich weiß nicht, ob ich dir das geben kann, wonach du suchst.« Als er meinen enttäuschten Blick bemerkt, streichelt er mir über den Unterarm. »Kannst du nicht einfach vergessen, dass wir diesen Vertrag aufgesetzt haben, während wir zusammen sind? Der Vertrag ist meine Sicherheit.«

Ich schüttele den Kopf, lasse mich von seinen Berührungen nicht von meinem Vorhaben und meinem Entschluss abbringen. »Das kann ich nicht. Ich will keinen Vertrag mehr. Du brauchst keine Sicherheit. Ich laufe nicht weg, solange du mich nicht von dir stößt. Oder es mit anderen Frauen treibst.« Bei der Bemerkung verzieht er das Gesicht. »Für dich ändert sich doch nichts, außer dass du um fünfhunderttausend Dollar reicher bleibst. Du verlangst immer von mir, die Kontrolle abzugeben. Jetzt bitte ich dich, es auch zu tun. Nur ein einziges Mal.« Er schweigt, doch ich erkenne, wie es hinter seiner Stirn arbeitet. »Du hast auch verlangt, dass ich dir einfach vertrauen soll. Nun bitte ich dich, dasselbe bei mir zu tun.«

Daraufhin lächelt er das erste Mal. Es ist ein aufrichtiges Lächeln, warm und sanft. Er beugt sich nach vorne, um mir einen Kuss auf die Stirn zu geben. Behutsam streicht er mir danach eine Haarsträhne aus dem Gesicht und sagt: »Okay.«

»Okay?«, hacke ich nach, um mich zu vergewissern, dass wir auf derselben Wellenlänge sind. »Ist das auch sicher das, was du willst?«

»Sam«, flüstert er und küsst mich erneut auf die Stirn. »Ich kann dir wirklich nicht versprechen, das zu sein, was du von mir erwartest. Aber ich werde mich bemühen.«

»Wir müssen ehrlich zueinander sein, jetzt wo es keinen Vertrag mehr gibt«, presse ich ernst hervor.

Alexander nickt verständnisvoll. »Gut. Ich meine es ehrlich. Ich werde mich bemühen, offener zu sein. Bei allem.«

Mein Herz macht Luftsprünge. Soll das etwa bedeuten, dass wir nun eine richtige Beziehung miteinander haben? Zumindest, dass wir es damit versuchen?

Als könnte er wiedermal meine Gedanken lesen, sagt er: »Du weißt, dass ich noch nie etwas ähnlichem zugestimmt habe, oder?«

»Einer Beziehung«, nenne ich das Kind beim Namen. »Das weiß ich.« Und ich kann es nicht fassen, dass er mit mir dazu bereit ist.

»Ich habe keine Ahnung, wie ich mich jetzt verhalten soll. Jetzt habe ich nichts mehr in der Hand. Keine Trümpfe mehr, die ich ausspielen könnte, wenn es nötig ist.« Die brutale Ehrlichkeit, die so viel Angriffsfläche und Verletzbarkeit von ihm preisgibt, überrumpelt mich. Ich verstehe, dass es nicht leicht für ihn ist, so viel Kontrolle abzugeben. Ich kenne keinen Menschen, der so krampfhaft die Kontrolle bewahren will wie er.

Er ext sein Glas Wein, erhebt sich, um es in die Spüle zu stellen, und mustert mich dann nachdenklich. »Aber ich werde versuchen, einen Weg zu finden, damit umzugehen.«

Überglücklich lächele ich. »Du hast so einiges in der Hand, Mister, sonst wäre ich gar nicht hier. Und es ist nicht nötig, irgendwelche Trümpfe auszuspielen.« Als ich langsam auf ihn zu gehe, lächelt auch er. Ich küsse ihn auf die Wange und atme seinen unwiderstehlichen Duft tief ein, als ich mein Gesicht danach in seiner Brust vergrabe. »Danke, dass du es versuchst.«

»Du hast mir keine Wahl gelassen«, erwidert er leise und umfasst meinen Kopf mit seinen Händen. Er schiebt ihn sanft von sich, damit ich ihn ansehe. »Als ich heute dachte, du würdest nicht kommen, bin ich fast durchgedreht.« Seine Augen tragen einen dunklen Ausdruck. Offensichtlich hat ihn das ziemlich mitgenommen.

»Das ist das Schönste, das du je zu mir gesagt hast.« Ich umarme ihn. Mein Herz hüpft mir fast in die Hose, und ich bemühe mich inständig, nicht voller Freude klatschend in die Luft zu springen.

Ich kann nicht glauben, was hier gerade geschieht. Und da

sagte er doch glatt einmal zu mir, er würde niemals eine Beziehung zu einer Frau eingehen.

»Ich gehe nicht weg. Ich gehöre dir«, verspreche ich, weil ich weiß, dass er das von mir hören muss. Für seine Sicherheit.

»Und das ist das Schönste, dass *du* je zu mir gesagt hast.«

~

Nachdem wir zusammen zu Abend gegessen haben, waren wir gemeinsam duschen und liegen seither in seinem Bett. Auf dem übergroßen Flachbildschirm-Fernseher läuft ein alter schwarz-weiß-Film, den wir seit einer Weile gucken. Wie ein richtiges Pärchen. Bei dem Gedanken muss ich unaufhörlich grinsen.

»Was ist?«. Er schlingt die Arme noch fester um mich.

»Nichts.« Ich tue es ihm gleich und schlinge Arme und Beine um seinen muskulösen Körper. »Ach ja, ich wollte dich etwas fragen.« Seine Augen verengen sich unmittelbar, nachdem ich das gesagt habe. Ich seufze. »Warum denkst du immer gleich negativ, wenn ich so etwas sage?« Auch wenn es nervig ist, muss ich grinsen. So ist er nun eben mal. Ein misstrauischer Kontrollfreak.

Das entringt ihm ein kleines Lächeln. »Was wolltest du mich fragen, Sam?«

Ich setze mich im Schneidersitz auf das Bett und hoffe, meine Frage kommt nicht zu kurzfristig. »Meine längste Freundin heiratet dieses Wochenende. Sie hat mich eingeladen«, erzähle ich nervös. »Ich dachte, du möchtest vielleicht -«

»Natürlich«, unterbricht er mich auf der Stelle. »Wann und wo?« Obwohl keine Emotionen in seinem Gesicht zu erkennen sind, weiß ich, dass er sich über meine Einladung freut, jetzt wo es keinen Vertrag mehr gibt. Dieser würde mich irgendwie dazu verpflichten, ihn mitzunehmen.

Überglücklich hüpfe ich aus dem Bett und krame nach der Karte in meiner Sporttasche. Ich werfe sie ihm zu und setze mich danach wieder neben ihn. »Samstag, in Detroit.«

»Gut«, meint er leise, mustert die Einladung detailliert und fährt mit einem Finger über eine der schimmernden Perlen.

»Wollen wir bei deiner Mutter übernachten und sie am Sonntag mit uns nach New York nehmen?«

»Das wäre toll«, antworte ich augenblicklich und streichele ihm über den Arm, »Falls sie ihre Meinung bezüglich des Entzugs nicht wieder geändert hat.« Sofort verfliegt das Lächeln in meinem Gesicht. Ich wünsche mir so sehr, dass sie endlich trocken wird. Für sie und für mich.

Er küsst mich auf die Stirn und lehnt sich auf der Matratze zurück. »Hat sie nicht.«

»Was macht dich da so sicher?«

»Wir haben telefoniert«, eröffnet er mir und ich springe beinahe vom Bett auf. »Keine Panik. Ich habe ihr letztens meine Nummer gegeben, und sie hat bloß zweimal angerufen. Sie hat versprochen, den Entzug zu machen. Sie weiß, wie wichtig das für dich ist.«

Ich kann das kaum glauben. Andererseits war sie auf den ersten Blick total vernarrt in Alexander und sie hat kaum jemanden, an den sie sich außer mir wenden kann. Trotzdem bin ich überrascht, das zu hören.

»Dann steht unser Plan«, meine ich lediglich und lasse den Kopf auf mein Kissen fallen. Er rückt näher an mich heran und küsst mich auf die Schläfe. Als er mit dem Saum meines Nachthemdes zu spielen beginnt, funkeln seine Augen verdächtig.

»Alexander Black, du bist ein Nymphomane!«, necke ich ihn. Er vergräbt seinen Kopf in meinem Haar und atmet meinen Duft genüsslich ein. »Wir haben doch erst in der Dusche ...«

»Von dir kann ich nie genug kriegen«, flüstert er, umfasst meine Brust und spielt durch den Stoff meines Nachthemdes mit meiner steifen Brustwarze.

Plötzlich klingelt sein Handy auf dem Nachttisch. Er wendet sich fast grob von mir ab, wirft einen kurzen Blick darauf und steigt umgehend aus dem Bett. »Da muss ich rangehen. Bin gleich zurück.«

Ernsthaft?

Sofort schießen mir Claires Worte durch den Kopf. *Du musst dem nachgehen. Belausche seine Telefonate. Fahr ihm hinterher, wenn nötig.*

Ohne nachzudenken, steige ich aus dem Bett und werfe einen vorsichtigen Blick in den Flur, um zu sehen, wohin er gegangen ist. Seine Stimme ertönt aus dem Arbeitszimmer. Als ich mich auf Zehenspitzen annähere, sehe ich, dass die Tür einen Spalt weit geöffnet ist.

Volltreffer. Meine Knie zittern, als ich mich an die Wand lehne, um zu lauschen. Dass ich das tatsächlich tue, kann ich selbst nicht fassen. Wie erbärmlich.

Alexander klingt genervt, als er ins Telefonat sagt: »Ich habe die Sache im Griff.« *Welche Sache?* »Ich kann gerade nicht sprechen. Wir treffen uns morgen, Amanda.« *Amanda?*

Heilige Scheiße. Jetzt hat die Frau einen Namen. Den nächsten Satz verstehe ich nicht, da er zu leise spricht, doch dann höre ich ihn sagen: »Die Spendengala beginnt um acht. Wir treffen uns um neun bei meiner Limousine, ich werde aber nicht viel Zeit haben.«

Okay, mir wird übel. Er will sich wieder mit ihr treffen.

Seine nächsten Worte klingen gereizt: »Ich habe keine Zeit, zu Ihnen zu kommen, Amanda. Sie kennen die Situation, in der ich mich aktuell befinde. Wir sprechen morgen.«

Plötzlich ertönt Stille. Ich husche abrupt zurück ins Schlafzimmer, springe in viel zu hohem Bogen ins Bett und wickele mich in die Decke. Gerade, als er das Zimmer betritt, liege ich in derselben Position wie vorher da und starre in den Fernseher.

»Alles okay?« Ich hoffe, mein hektischer Atem verrät mich nicht. *Ruhig, Sam.*

Sein Pokerface zeigt keinerlei Regung. Er streift sich das Shirt über den Kopf und kriecht zu mir zurück ins Bett. Dann nickt er kurz angebunden.

»Wer ruft dich so spät noch an?« Ich versuche, meine zittrigen Hände unter der Decke zu verstecken.

»Javier«, lügt er. »Ich habe vergessen, ihn für heute zu entlassen.«

Ich wusste nicht, dass Javier gerne mit Frauennamen angesprochen wird …

Ich lächele aufgesetzt und lasse mich von ihm in den Arm nehmen.

»Bevor ich es vergesse: Morgen findet eine Spendengala statt. Du kommst doch jetzt auch noch mit?«, fragt er und drückt mir einen zärtlichen Kuss auf die Schläfe.

Ich nicke, ohne ihn dabei anzusehen. »Auf jeden Fall.«

Selbst wenn die Welt unterginge, ich wäre da.

Um neun Uhr. Vor der Limousine.

KAPITEL 25

»Du siehst umwerfend aus.« Alexanders verzehrender Blick wandert an mir auf und ab. »Lass uns gehen.«

Noch einmal werfe ich einen kurzen Blick in den Ganzkörperspiegel und kann mich kaum wiedererkennen. Zum ersten Mal wurde ich von einem professionellen Stylisten zurechtgemacht. Meine Nägel wurden frisch manikürt, ich erhielt ein unglaubliches Abend Make-up und meine Haare wurden zwei Stunden lang in Lockenwicklern gefangen gehalten, um jetzt so auszusehen, als hätte ich von Natur aus perfekte große Wellen, die mir verführerisch über die Schulter fallen. Der Stylist riet mir zu einem Seidenkleid in A-Linie. Den Lippenstift hat er passend zum Kleid ausgewählt in Fuchsia-Farbe.

Die Louboutins, die ich dazu trage, sind höher als alle anderen Schuhe, die ich besitze. Und ich dachte, das wäre unmöglich. Es sind Lack-Stilettos, die ich schon mal in einer Modezeitschrift bewundert habe. Mein gesamtes Outfit kostet wahrscheinlich mehr als mein kompletter Kleiderschrank – wie kann man sich da nicht unbehaglich fühlen?

Ich nicke Alexander zu, schnappe mir meine Abendtasche und folge ihm in die Tiefgarage. Dort wartet bereits Javier auf uns, der uns zur Spendengala bringen wird. Nervöser als heute Abend war ich noch nie zuvor – nicht wegen der Veranstaltung, sondern wegen meines Vorhabens.

Den ganzen Tag über habe ich darüber gegrübelt, wie ich vorgehen könnte: Zuerst wollte ich Alexander direkt zur Rede stellen, wenn ich ihm nach draußen folge, um ihn mit der Frau – Amanda – zu erwischen. Das habe ich mir schnell ausgeredet, schließlich könnte er sie mir einfach als Geschäftspartnerin vorstellen. Als zweites beschloss ich, mich im Vorhinein schon hinter der Limousine zu verstecken, um ihr Gespräch belauschen zu können – was natürlich Quatsch ist. Wie sollte ich mich unbemerkt rausschleichen und dann noch unsichtbar hinter der Limousine herumlauern? Zu meiner Verteidigung muss ich sagen, dass ich nun mal nicht tagtäglich Stalking-Pläne schmiede.

Der dritte Plan war schon viel besser: Ich warte, bis er verschwindet, folge ihm, beobachte dann, wie er wieder zurückkehrt, und folge anschließend der Frau. Nur so werde ich erfahren, wer sie ist oder wo sie vielleicht sogar wohnt. Danach stelle ich sie zur Rede, in der Hoffnung, dass sie mich nicht sofort abwimmelt. Von Alexander bekomme ich keine Antworten, also muss ich sie mir von ihr holen. Sollte klappen, oder?

»Du wirkst heute sehr distanziert.« Alexander reißt mich aus meinen Gedanken. »Warum?«

Ich werfe ihm einen kurzen Blick zu. »Was wir vorhin gemacht haben, würde ich nicht gerade als distanziert bezeichnen.« Ich lächele schwach, bin zu sehr in meine Gedanken vertieft, um sein Grinsen zu erwidern. »Wie lange bleiben wir ungefähr?«, will ich nebenbei wissen.

Er fährt sich mit einer Hand durch die perfekt zurück gelegten Haare. »Ich schätze, zwei Stunden. Mehr ist nicht nötig.«

»Okay«, antworte ich freundlich. »Wirst du eine Rede halten?« Hoffentlich. Dann wäre er abgelenkt, wenn ich plötzlich verschwinde. Aber dafür müsste er sie nach seinem heimlichen Treffen mit Amanda halten. Und ich müsste mir irgendetwas ausdenken, warum ich plötzlich nicht mehr da bin, wo ich eigentlich sein sollte.

Okay, jetzt klingt der Plan doch beschissen.

»Ja, ich halte fast immer eine Rede«, erwidert er hörbar angestrengt. »Vergiss nicht, du machst das freiwillig.« Er schenkt mir ein verführerisches Lächeln und streicht mir währenddessen liebevoll über den Schenkel.

Ich lächele ihn an. Dieser Mann ist perfekt.

Wäre er nur nicht verlogen.

～

Pärchen nach Pärchen werfen sich zuerst auf Alexander, dann auf mich. Ich schüttele bereitwillig alle Hände, erwidere stets jedes Lächeln und bringe mich in Gespräche ein, die mich Nüsse interessieren. Gott sei Dank sind hier nicht annähernd so viele Menschen wie auf der Wohltätigkeitsveranstaltung, die wir kürzlich erst besucht haben. Ich schätze, hier geht es mehr darum, ins Gespräch zu kommen und seinen Status zu präsentieren. Wer ist reicher, wer hat mehr Einfluss, wer trägt den teuersten Anzug … Zum Kotzen. Trotzdem glaube ich, dass Alexander gewinnt. In jedem Fall.

»Wir können uns setzen, gleich wird das Essen serviert«, verkündet er mir und begleitet mich zu unserem Tisch. »Tut mir leid, dass solche Veranstaltungen immer so langweilig für dich sind.« *Oh nein, ich wette, dieser Abend wird noch sehr interessant für mich.*

»Kein Ding.« Lächelnd nehme ich auf unserem Tisch Platz, der sich direkt vor der kleinen Bühne befindet. »Es gibt Suppe?«, frage ich erstaunt, als mehrere Kellner damit auf ihren Tableaus durch den Saal tänzeln. Die ältere Frau, die mit ihrem Gatten neben uns auf dem formell gedeckten Tisch sitzt, beäugt mich erst, ehe sie ein leises Lachen ausstößt.

»Das ist Fischsuppe, Liebes.«

Na, wenn das so ist … Alexander lacht ebenfalls.

»Soll ich dir etwas anderes bestellen?«, fragt er zuvorkommend.

Ich schüttele dankbar den Kopf, nehme einen großen Schluck von meinem Wasser und tupfe mir mit einer Stoffserviette die Wasserperlen von den farbigen Lippen. »Suppe ist okay.«

Drei Minuten später bereue ich, was ich sagte. Die Suppe ist ekelhaft.

»Mir schmeckt sie auch nicht«, flüstert die Oma und schiebt den Teller beiseite, als sie mein angewidertes Gesicht bemerkt. »Essen Sie sie lieber nicht.« Daraufhin atme ich erleichtert aus und folge ihrem Beispiel. »Wie ist ihr Name, Liebes?«

»Sam«, antworte ich höflich und strecke ihr die Hand entgegen. »Und Ihrer?«

»Daisy.« Sie schenkt mir ein aufrichtiges Lächeln, dann sieht sie augenrollend zu Alexander hinüber, der schon wieder in ein Gespräch mit einem Anzugträger verwickelt ist. Es ärgert mich, dass Leute so unverschämt sind und sogar beim Essen angetanzt kommen, um ihn vollzulabbern. Er steht wirklich immer im Mittelpunkt, als wäre er die Hauptattraktion bei einer Ausstellung.

»Ihr Freund wird ganz schön eingenommen«, stellt sie fest. »Woher kennen Sie beiden sich?«

Kurz überlege ich, was ich Entzückendes darauf antworten könnte, sage dann jedoch einfach die ungeschmückte Wahrheit: »Aus einer Bar.«

»Reizend«, kichert sie. Ihre mit Diamanten besetzte Kette funkelt bei jeder ihrer Bewegungen. »Zu meinen Zeiten gab es noch nicht mal richtige Bars.«

Wie alt ist sie, bitte? Zweihundert?

Alexander wendet sich mir wieder zu und legt einen Arm um meine Schulter. Auch er hat die Suppe nicht angerührt. Anscheinend finden sie alle scheiße.

»Habt ihr euch bereits vorgestellt?«, fragt er mich leise. »Das ist Daisy McLaren.«

Moment mal, McLaren? Etwa *die* Daisy McLaren? Als er mein verblüfftes Gesicht bemerkt, fügt er hinzu: »Genau die. Ihr gehört die Modezeitschrift *Women Style*.«

»Was?«, schießt es aus mir hervor. »Ich hätte nie gedacht, dass sie so alt ist!«

Women Style ist mit Abstand die bekannteste Modezeitschrift, die es auf dem Markt gibt. Claire und ich lesen sie ständig, speziell die Interviews mit den Stars, die jeden Sonntag darin zu finden sind. Und natürlich bringt sie einen stets auf den neuesten Stand der Mode, wobei ich immer zu den Seiten vorblättere, auf denen ich Kylie Jenners Outfits bewundern kann.

Alexander fährt mir durchs Haar, legt mir einen Teil der Locken über die Schulter und verliert sich verträumt in meinen Augen. »Wir sind Freunde. Möchtest du Sie kennenlernen?«

Impulsiv nicke ich. Er erhebt sein Weinglas, um mit mir, ihr und ihrem schweigsamen Gatten anzustoßen. Ich bringe kein Wort mehr heraus. Ich bin richtig verlegen, als würde ich gerade meinen Highschool-Schwarm wieder treffen, in den ich heimlich verliebt war. Wie peinlich.

Alexander ruft einen Kellner herbei, damit dieser unsere Suppen vom Tisch entfernt. Danach wendet er sich Mrs McLaren zu. »Wie geht es Nicole und Ben?«

Nun schenkt uns auch ihr Gatte Aufmerksamkeit. Während sie von ihren zwei Kindern, wie ich vermute, erzählt, richtet er angestrengt sein Anstecktuch. »Darling, wärst du so reizend?« Er reicht ihr das weinrote Tuch über den Tisch und sie faltet es ohne viel Mühe zu einer kleinen Blume.

»Männer«, seufzt sie theatralisch und steckt es ihm zurück in die kleine Öffnung seines Hemdes. »Sie sind ein hübsches Mädchen, Sam. Was machen Sie beruflich?«

Oh nein. Was soll ich denn bloß sagen? *Nichts, ich bin ein Sozialschmarotzer?*

»Ich bin gerade dabei, sie für mein Unternehmen zu gewinnen, aber sie macht sich sehr rar«, mischt sich Alexander ein und zwinkert mir zu. Ich bin ihm dankbar, dass er mir aus der Patsche hilft. »Außerdem modelt sie nebenbei.« Wenigstens das entspricht der Wahrheit.

»Sie sind also auf der Suche?«, fragt sie mich interessiert.

»Das bin ich«, stimme ich höflich zu. »Ich bewundere Ihre Zeitschrift, Mrs McLaren. Ich lese sie ständig.«

»Oh bitte«, stößt sie hervor. »Nennen Sie mich doch Daisy! Sonst komme ich mir noch alt vor.« Sie kichert und hält sich dabei an der Tischkante fest. Dass jemand wie sie so nett sein kann, hätte ich nicht gedacht. Sie zählt zu den einflussreichsten Frauen in Manhattan – zu ihren besten Freunden zählen berühmte Schauspieler und Topmodels. Jeder kennt sie. Sie ist die Beste in ihrer Branche.

»Es gibt so ziemlich immer einen freien Posten in meinem Verlag, haben Sie Interesse?«, überrumpelt sie mich.

Ich schlucke und sehe abwechselnd zwischen ihr und Alexander hin und her. »Ähm … ich habe in dieser Branche keinerlei Erfahrung«, gebe ich enttäuscht zu, woraufhin sie mich mit ihren dunkelbraunen Augen anfunkelt.

Dann deutet sie unauffällig auf ihren Ehemann, lehnt sich auf dem Tisch zu mir nach vorne und lächelt. »Ich habe keine Ahnung von der Liebe und trotzdem bin ich seit dreißig Jahren verheiratet.« Ihre ergrauten Haare fallen ihr in das faltenbesetzte Gesicht, während sie lächelt. »Damit will ich sagen, dass das noch lange nicht heißt, dass sie nicht geeignet für die Branche sind. Man muss immer alles erst einmal ausprobieren, Liebes.« Als ihr Ehemann uns neugierig mustert, bedeutet sie ihm mit einer Handbewegung, uns nicht zu belauschen.

Ich kichere. Die Frau ist wirklich sympathisch.

»Kommen Sie mich doch mal im Verlag besuchen, dann unterhalten wir uns. Alexander soll Ihnen meine Nummer geben.« Sie schnippt, um seine Aufmerksamkeit zu erregen. »Tust du das bitte, Darling?«

Ich lache stumm in mich hinein. Das mit dem Schnippen muss ich mir merken.

»Natürlich«, erwidert er höflich. »Entschuldigt uns bitte.« Er schließt den Knopf seines Sakkos, greift nach meinem Arm und bittet mich, ihm zu folgen.

Wir wandern geradewegs durch den Saal und bleiben bei einem kleinen Tisch in der Mitte des Raumes stehen. Alexander schnappt sich im Vorbeigehen zwei Gläser Champagner. Teilnahmslos reicht er mir eines der Gläser und sieht sich auffällig im ganzen Saal um.

»Was machen wir hier?«, frage ich irritiert. »Ich hätte mich noch gerne weiter mit ihr unterhalten.«

»Ich gebe dir Ihre Nummer«, meint er beiläufig. Warum ist er plötzlich so verspannt?

»Mr Black!« Eine weibliche Stimme ertönt trällernd hinter

uns. Als ich mich umdrehe, sehe ich eine Frau mit ihrem Mann, die ich eindeutig schon mal irgendwo gesehen habe. »Samantha, richtig?« Sie himmelt mich an, küsst mich auf die Wange und wartet, dass auch ich mich an sie erinnere.

Fuck. *Denk nach, Sam!* Anstatt mir zu helfen, schüttelt Alexander die Hand ihres Mannes und küsst danach ganz gentleman-like den Handrücken der Frau. Wie wäre es mit weniger charmant und mehr hilfreich?

Ich lächele entschuldigend. »Es freut mich, Sie wiederzusehen, Mrs …« Meine Stimme bricht ab.

»Edwards. Rosemarie Edwards«, sagt sie schließlich ein wenig enttäuscht. *Oh ja! Die Botox-Queen von der Vernissage.* »Sie waren auf der Ausstellung meines Sohnes.«

»Natürlich, tut mir leid«, murmele ich und werfe Alexander einen vielsagenden Blick zu, der noch immer teilnahmslos herumsteht. Zwar scheint er eine Unterhaltung mit Mr. Edwards zu führen, aber wirklich interessiert daran wirkt er nicht. Ich versuche zu analysieren, wovon er so dermaßen abgelenkt worden sein könnte, aber Mrs Edwards lässt mir dazu keine Chance.

»Haben Sie es schon gesehen?«, fragt Mrs Edwards neugierig. Verwirrt blinzele ich sie an. »Das Bild, meine ich! Miles hat es fertiggestellt. Ich finde es toll, Sie sehen so -«

»Welches Bild?« Nun meldet sich auch Alexander zu Wort. Und natürlich ist seine Konzentration jetzt wieder voll und ganz auf mich gerichtet.

»Ähm, du erinnerst dich doch an meinen Auftrag«, flüstere ich ihm zu und lächele dabei nervös Mrs Edwards an. »Miles war der Künstler.«

Seine Augen verengen sich und seine Lippen werden ganz schmal. Er ist wie erwartet wütend.

»Sie kommen doch morgen zu seiner Ausstellung, Mr Black? Ich bin mir sicher, Sie wollen Ihre Freundin dort bewundern«, schwärmt Mrs Edwards nichtsahnend von dem Groll, den Alexander gerade gegen mich hegt.

Moment, die ist schon morgen? *Ups.* Auf der Visitenkarte stand klar und deutlich Freitag, jedoch dachte ich, es handele sich um einen Freitag in fernerer Zukunft.

Alexander bemüht sich erst gar nicht, seinen Missmut zu verbergen. Trotzdem bemerke ihn nur ich. »Natürlich. Ich werde das Bild schließlich kaufen.«

Und wie er das tun wird. Männer und ihr Ego! Sein starrer Blick maßregelt mich und ich versuche, seine Wut zu überlächeln, aber vergebens. Langsam bekomme ich von dem vielen aufgesetzten Lachen Krämpfe im Unterkiefer.

»Entschuldigen Sie uns«, wirft er wiedermal ein, greift nach meiner Hand und zieht mich eilig durch den Saal. »Warum hast du mir nichts davon erzählt?«, knurrt er, seine Hand fest um meinen Arm geschlungen.

Wir marschieren geradewegs auf einen der zahlreichen Notausgänge zu. Kaum drängt er uns unbemerkt durch die Tür, lehnt er sich mit dem Rücken fest dagegen und runzelt die sonst so glatte Stirn. Trotz seines Grolls mir gegenüber, kann ich nicht anders und lasse meinen Blick in dem maßgeschneiderten Anzug über ihn schweifen. Mir wird wieder einmal bewusst, dass dieser Mann in einer ganz anderen Liga spielt als ich.

»Tut mir leid. Ich habe vergessen, es zu erwähnen«, entschuldige ich mich aufrichtig. »Ich wusste, bis ich dort war, nicht, dass es sich bei dem Künstler um Miles handelt.«

Er verschränkt die Arme vor der Brust und sein Bizeps wächst immens, sodass sein Jackett noch enger anliegt. »Um was für ein Bild handelt es sich?«, will er barsch wissen.

Ich ahne, dass das hier länger dauern wird, also setze ich mich trotz des sündhaft teuren Kleides auf eine der schmutzigen Stufen im Treppenhaus. Irgendwann muss ich mir wohl eingestehen, dass solche Schuhe nichts für mich sind.

»Samantha«, drängt er ungehalten.

»Ich bin vollkommen bekleidet, das willst du doch wissen«, erwidere ich ebenso barsch. »Natürlich wollte ich mit dir zu seiner Ausstellung gehen.«

»Das steht außer Frage«, entgegnet er verärgert. »Und wann wolltest du mir davon erzählen? Die Ausstellung ist bereits morgen.« Trotz seiner Eifersucht schafft er es wie fast immer, seine Miene komplett unter Kontrolle zu behalten. »Du triffst dich außerdem nicht alleine mit anderen Männern.«

Ein Lachen entfährt mir und sofort bereue ich es. Alexander zieht mich von den Stufen hoch und umfasst mein Kinn, bevor er es in die Höhe drückt. »Was findest du daran lustig, Samantha?«

»Nenn mich nicht so!«, fauche ich verärgert. Er weiß, wie sehr ich diesen Namen hasse. Er hat ihn außerdem aus dem lallenden Mund meiner Mutter gehört. »Ich finde es nur lustig, dass du dich immer so bedroht fühlst.«

Er wirkt überrascht. »Bedroht?«

»Von anderen Männern«, erkläre ich und lege ihm eine Hand auf die Brust. »Das musst du nicht. Auch wenn ich es sexy finde, wenn du wütend bist.«

Jetzt sehe ich etwas anderes als Wut in seinen Augen aufleuchten. Wärme und vielleicht auch so etwas wie … Liebe? Das sanfte Leuchten seiner Augen führt auf reinste Zuneigung zurück. »Ich beschütze das, was mir gehört. Und ich teile nicht. Das weißt du doch.«

»Ich weiß.« Ich gebe ihm einen Kuss auf den Mundwinkel. »Das hoffe ich auch.«

Er mustert mich streng. »Wann wolltest du mir also davon erzählen?«

»Ich habe scheinbar verschlafen, dass die Ausstellung schon morgen stattfindet.«

Wie aus dem Nichts drängt sich seine warme Zunge in meinen Mund. Er umfasst meinen Hinterkopf, drückt mich fester an seine Lippen heran und saugt gierig an mir. Ich schaffe es kaum, mit seiner Leidenschaft mitzuhalten.

Als er von mir ablässt, schnappe ich nach Luft. Das kam unerwartet. Ich weiß, dass das seine Art ist, mir seine Zuneigung zu zeigen. Mit Worten hält er sich nicht wirklich auf. Deswegen nehme ich seine Liebesbekundung so zur Kenntnis und schmiege mich eng an ihn. Seine Körpersprache signalisiert mir eindeutig, dass wir dasselbe empfinden.

»Ich sollte Miles zeigen, was ich davon halte, dass er dich hinter meinem Rücken engagiert hat.«

Kichernd schüttele ich den Kopf und drücke ihm noch einen Kuss auf den Mundwinkel. Er blickt auf mich herab und öffnet den Mund, um noch etwas zu sagen. Doch als er einen Blick auf die Uhr wirft, löst er sich beinahe grob von mir und greift nach dem Handy in seiner Hosentasche.

»Wir müssen wieder rein.« All die Liebe ist aus seinen Augen verschwunden. Ich blinzele verwirrt, folge ihm schweigend zurück in den Saal und sehe selbst unauffällig auf die Uhr.

Es ist Punkt neun.

»Würden Sie sich kurz um Sam kümmern? Ich bin sofort wieder da«, bittet er Daisy, als wir zurück bei unserem Tisch ankommen.

Daisy nickt zustimmend, und ich zwinge mich wieder einmal zu lächeln. Alexander verabschiedet sich nicht einmal von mir, und kaum drehe ich mich um, ist er aus meinem Blickfeld verschwunden.

Egal, wie unhöflich das auch rüberkommen mag, mache ich auf dem Absatz kehrt, ohne ein Wort von mir zu geben, und starte die Suche nach ihm. Das ist meine einzige Chance herauszufinden, wer die ominöse Amanda ist.

Ich dränge mich an einigen herumstehenden Pärchen vorbei, umkreise jeden Tisch in Windeseile und lande schließlich vor dem Hauptausgang. Nervös verlasse ich den Saal, durchquere den langen Gang, der direkt zur Straße führt, und nicke dem Sicherheitsmitarbeiter kurz angebunden zu, bevor ich mich hektisch auf der Straße umsehe.

Ich kann ihn nirgendwo entdecken. Weit und breit ist auch keine Limousine zu sehen. Schnaufend kehre ich zum Sicherheitstypen zurück.

»Haben Sie vielleicht Mr Black gesehen?« Ich gehe einfach davon aus, dass er ihn kennt. Und ich liege richtig in der Annahme. Er zeigt auf das Ende der Straße.

»Um die Ecke, Miss.«

»Tausend Dank«, murmele ich und laufe die Straße entlang, bis ich an der Ecke Halt mache, um nicht entdeckt zu werden. Ich strecke langsam den Kopf aus und blicke angespannt um die Ecke, während mein Magen sich verknotet. Adrenalin schießt mir in die Adern und ich fühle mich wie auf einer verdammten Verfolgungsjagd, aber eher so, als wäre ich die Gejagte.

Und dann sehe ich ihn plötzlich. Mit ihr.

Die Limousine parkt zwei Autos entfernt. Ich kann ihn direkt sehen. Und seine Schlampe auch. Sie ist anders, als ich sie mir vorgestellt habe. Als ich sie mir in meinem Kopf ausgemalt habe, war sie ein Model, groß und schlank, mit teurem Schmuck und einem verführerischen Lächeln ... seine Liga eben.

Aber sie ist alt. Nicht so alt wie Daisy, aber ich schätze sie steuert unmittelbar auf die Fünfzig zu. Er steht also auf ältere Frauen? Dabei bin ich einige Jahre jünger als er.

Trotz des großen Altersunterschiedes der beiden entgeht mir ihr makelloses Äußeres nicht. Sie spielt vielleicht nicht direkt in seiner Liga – wer tut das schon –, aber sie ist nicht Meilen weit davon entfernt so wie ich. Ihr blondes Haar, welches in Wahrheit bestimmt schon ergraut ist, trägt sie mit einer Klammer perfekt nach oben zusammengesteckt. Die vollen Lippen sind ihr zu einhundert Prozent nicht von Gott geschenkt worden. Außerdem ist sie sehr schlank und sportlich für ihr Alter. Sie trägt ein formelles Kostüm, ganz schlicht, und sieht trotzdem hinreißend aus. Ich kann es nicht abstreiten – die Frau ist ein Hingucker.

Ich halte mich an der Ecke der Betonwand fest und kralle mich hinein, weil ich nicht weiß, was ich sonst tun soll. Ich bin wie erstarrt. Mein gesunder Menschenverstand sagt mir, dass Alexander es nicht mit dieser Frau treibt. Mein Herz bricht trotzdem jedes Mal ein Stück mehr, als ich sehe, wie vertraut sie miteinander sprechen. Sie gehen nicht wie Geschäftspartner miteinander um – nein, sie kennen sich. Privat. Und das sicherlich nicht erst seit gestern.

Ich friere, während ich beobachte, wie die beiden geheime Informationen miteinander austauschen. Sie wirken dabei irgendwie intim miteinander. Als Javier plötzlich aus der Limousine steigt und den beiden die Hintertür öffnet, stockt mir der Atem.

Javier kennt sie. Zuerst steigt Amanda ein, gefolgt von Alexander, der noch einen kurzen Blick über seine Schulter wirft. Sofort wirbele ich herum und presse mich gegen die Mauer.

Fuck, ich hoffe, er hat mich nicht entdeckt. Ich beruhige mich mit dem Gedanken, dass er wahrscheinlich direkt auf mich zugelaufen wäre, hätte er es getan. Langsam wage ich wieder einen

Blick um die Ecke. Javier steht wie angewurzelt vor der Limousine und starrt in die Luft. Alexander und Amanda sind eingestiegen. Ich kann sie nicht mehr sehen und drohe, gleich komplett durchzudrehen.

Was bespricht er mit dieser Frau? Und wer ist sie, verdammt noch mal?

Zitternd warte ich, bis die beiden wieder aussteigen. Es dauert eine Ewigkeit, obwohl in der Realität wahrscheinlich höchstens fünf Minuten vergehen. Plötzlich ist er wieder da. Er richtet sein Jackett, wie er es immer tut, wenn er sich erhebt. Sie steigt ebenfalls aus dem Wagen, flüstert ihm etwas ins Ohr, damit es Javier nicht hört, und sieht sich danach verdächtig um.

Was zum Teufel läuft hier?

Panik. Mehr empfinde ich gerade nicht. Mein Kopf droht zu explodieren, mein Herz ist taub und stumm geworden. Ich höre das Klackern des niedrigen Absatzes seiner Anzugschuhe auf dem Boden. Die Geräusche werden lauter. Er kommt!

Ich laufe los, als wäre der Startschuss bei einem Marathon gefallen. Er darf mich keinesfalls entdecken! Innerhalb weniger Sekunden erreiche ich den Eingang des Gebäudes, lasse mir von dem Securitymitarbeiter die Tür öffnen und husche hinein, ohne dass mich jemand dabei beobachtet. Irgendwie schaffe ich es, mich noch schneller als zuvor durch den Saal zu drängen, an all den Leuten vorbei, die keine Ahnung haben, was sich hinter meiner lächelnden Fassade wirklich verbirgt.

Völlig aus der Puste sacke ich auf dem Stuhl neben Daisy zusammen. Sie starrt mich entsetzt an.

»Liebes, ist alles in Ordnung?«

Ich reibe mir die Hände, um mich zu wärmen. Mein Körper ist eiskalt.

»Waren Sie draußen?«, fragt sie verwirrt.

»Ich -« Meine Stimme bricht, als ich Alexanders Hände auf meinen Schultern spüre. Sie sind ebenso kalt wie meine.

»Ich war nur auf der Toilette«, erwidere ich schließlich und blicke hoch, um seinen Gesichtsausdruck zu studieren. Emotionslos. »War ganz schön voll«, murmele ich, als er neben mir Platz nimmt.

Ich will ihn fragen, wo er war, will ihm direkt in die Augen sehen, wenn er mich belügt, doch er wird im selben Moment von einem Sprecher aufgerufen und auf die Bühne gebeten. Danach lausche ich seiner Rede, höre jedoch kein Wort von dem, was er zu sagen hat.

Ich denke an sie. Die Limousine. Die heimlichen Treffen.

Meine kleine Welt droht, wie eine Blase zu platzen.

Eine Welt, in der ich ihn aufgenommen habe.

Direkt in meinem Herzen.

Verankert.

Ob das ein Fehler war?

KAPITEL 26

»Würdest du mich bitte entschuldigen? Ich muss auf die Toilette«, flüstere ich Alexander zu, als wir gerade die Spendengala verlassen wollen. Ich brauche einen Moment für mich, um meine wirren Gedanken zu sammeln. Und irgendwie habe ich das Bedürfnis, spucken zu müssen.

»Ich warte hier«, erwidert er, küsst mich auf die Schläfe und stellt sich direkt vor den Toiletteneingang.

Ich sperre mich in der erstbesten Kabine ein und kämpfe mit mir selbst, um nicht loszuheulen. Was ist nur los mit mir? Ständig breche ich in Tränen aus. Na ja, seit ich ihn kenne. Ob das Liebe ist? Fühlt sie sich so an?

Mein Magen zieht sich schmerzhaft zusammen, als ich tief einatme, um mich zu beruhigen. Zum ersten Mal verstehe ich den Schmerz, den Frauen verspüren, wenn sie herausfinden, dass sie von dem Mann, den sie lieben, hintergangen werden. Und dreist belogen werden. Es fühlt sich furchtbar an, zu wissen, dass es Dinge gibt, die vor einem geheim gehalten werden. Dinge, deren Hintergründe einem nicht bekannt sind. Es mag sich um eine Kleinigkeit handeln – es kann aber auch etwas sein, das mich zerstören würde.

Ich setze meine Maske wieder auf und verlasse die Toilettenkabine. Während ich mir alibimäßig die Hände wasche, entdecke ich eine Frau am anderen Ende des Waschraums.

»Sie haben nicht gespült«, sagt sie, als sich unsere Blicke treffen. Ich erröte verlegen. »Schon okay, ich sage es keinem.« Ihr neckisches Lächeln lässt mich kurz meine Sorgen vergessen.

»Eigentlich war ich gar nicht auf der Toilette«, gebe ich zu. Ich ziehe ein paar Papiertücher aus dem Gestell an der Wand und trockne mir die Hände damit ab.

»Verstecken Sie sich vor jemandem?«, fragt sie amüsiert, reicht mir die Hand und schüttelt die meine dann höflich. »Ich bin Merissa.«

Ich erwidere den Händedruck. »Sam.« Ihr rotes Haar leuchtet in dem kühlen Licht ziemlich grell, es sticht sich mit der Farbe ihres Abendkleides. Dieses ist pink.

»Und?«, fragt sie neugierig. Ihre hellblauen Augen leuchten interessiert. »Liege ich richtig?«

Ich lächele. »Kann man so sagen.«

Sie greift nach meiner Clutch, die ich auf das Waschbecken gelegt habe, und reicht sie mir. »Also ich tue es auf jeden Fall«, berichtet sie mir offen. »Hier sind zu viele böse Gesichter, aber vor einem verstecke ich mich besonders.« Sie klingt ernst, doch ich finde, dass ich keinerlei Recht dazu habe, das zu hinterfragen oder nachzubohren, wen sie meint.

Ich lächele schulterzuckend. »Na, dann ist es ja gut, dass mittlerweile sicher alle von hier verschwunden sind.«

Sie nickt und wir spazieren zusammen aus der Toilette, dann tätschelt sie mir liebevoll auf die Schulter. »Hat mich gefreut, Sie-« Da fällt ihr Blick auf Alexander und all die Fröhlichkeit und Farbe weicht aus ihrem Gesicht.

Plötzlich wird es hasserfüllt.

Sie steht wie eingefroren da und starrt ihn an. Als er sich mir annähert, ohne sie dabei aus den Augen zu lassen, wirft sie mir einen entsetzten Blick zu. Erst jetzt versteht sie, dass er zu mir gehört.

»Alles in Ordnung?« Er unterdrückt die Panik in seiner Stimme, aber ich bemerke sie trotzdem. *Wtf?*

Merissa kramt nervös in ihrer kleinen Tasche, dann sieht sie noch mal zu uns hoch, wendet den Blick jedoch sofort ab, als Alexander noch näherkommt. Sie verschwindet ohne jedes weitere Wort. Fast stürmt sie davon.

Ich verstehe die Welt nicht mehr. Der Abend wird immer mysteriöser. Zuerst das heimliche Treffen mit Amanda, dann eine Frau, die sich eindeutig vor Alexander versteckt hat.

»Was hat sie zu dir gesagt?«, will er wissen. Seine Miene verfinstert sich und sein Griff um mein Handgelenk wird unbewusst fester.

»Aua«, jammere ich, löse mich aus dem Griff und gehe in Richtung des Ausgangs. Er trottet neben mir her. »Nichts. Nur, dass sie sich vor jemandem versteckt.« Seine Augen verdüstern sich, doch er antwortet darauf nicht.

Verwirrt steige ich in die Limousine. Als sich Javiers und mein Blick im Rückspiegel treffen, zucke ich unwillkürlich zusammen. Ich muss mit ihm reden. Vielleicht kann er mir sagen, was zum Teufel hier los ist, immerhin war er bei dem geheimnisvollen Treffen der beiden dabei. Wobei er sicher die falsche Anlaufstelle ist, da Alexander ihn sicherlich zu schweigen verdonnert hat.

»Penthouse«, dirigiert er. Er lehnt sich an der Rückbank an, ohne mich anzusehen. Ich im Gegenzug starre ihn an.

Wer ist der Mann an meiner Seite wirklich?

Mitternacht. Alexander schläft tief und fest neben mir. Weil ich nicht schlafen kann, liege ich mit meinem Notebook auf dem Schoß im Bett und google ihn. Ich lese jeden einzelnen Artikel, der über ihn verfasst wurde und klicke jedes Bild an, auf dem er zu sehen ist, in der Hoffnung, auf einem Foto Amanda oder Merissa zu entdecken. Fehlanzeige.

Jetzt google ich den Namen Amanda und füge die Namen der Veranstaltungen hinzu, auf denen ich mit Alexander war. Wieder Fehlanzeige. Sobald sich Alexanders Atmung verändert, schrecke ich auf. Er darf mich nicht hierbei erwischen.

Dann tue ich etwas, wovon ich nie gedacht hätte, dass ich es einmal tue. Ich durchsuche sein Penthouse. Ich schleiche mich aus dem Schlafzimmer, husche in sein Arbeitszimmer und schließe die Tür. Dann reiße ich alle Schubladen auf. Nichts. Etliche Dokumente, die mit dem Logo seiner Firma verziert sind, Visitenkarten von Anwälten, ein Kalender, in denen kein einzig interessanter Eintrag zu finden ist. Ich hebe die Unterlage seines Schreibtisches hoch, um zu sehen, ob sich etwas darunter befindet, doch auch hier werde ich enttäuscht.

Also verlasse ich das Arbeitszimmer und laufe auf Zehenspitzen die Treppe hinab in sein Wohnzimmer. Ich krame eine Holzbox unter seinem Couchtisch hervor, durchwühle sie, als ginge es um Leben und Tod, aber stoße lediglich auf alte Kreditkartenbelege und ein paar Stifte.

»Fuck«, fluche ich vor mich hin. Irgendwo muss es doch einen Hinweis auf die zwei Frauen geben! Eine Karte, ein Foto, irgendetwas.

Ich werde immer ungeduldiger, versuche aber trotzdem alles so zurückzustellen, wie es ursprünglich war. Ich schnappe mir ein paar Bücher aus dem Regal an der Wand und schüttele sie in der Luft, wie es die Ermittler im Fernsehen auch immer tun. Nichts darin versteckt. Auch in der Küche ist wie erwartet nichts zu finden.

Enttäuscht wandere ich die Treppe hoch, reibe mir müde die Augen und schreie auf, als ich gegen einen harten Körper pralle.

»Gott, du hast mich erschreckt!«

Alexanders halb nackter Körper baut sich vor mir auf. Er legt den Kopf schief und eine dunkle Strähne seines Haars fällt ihm ins Gesicht. »Was machst du?«, fragt er schlaftrunken. Der Mann sieht sogar unmittelbar nach dem Aufstehen heiß aus.

»Ich hatte Durst«, lüge ich und weiche ihm aus. Er legt mir eine Hand in den Nacken, stellt sich mir in den Weg und bohrt sich mit seinen plötzlich hellwachen Augen tief in meine Seele.

»Was ist los? Irgendetwas verheimlichst du vor mir, Baby.«

Bei dem Wort »verheimlichen« zieht sich alles in mir zusammen. Bei dem Wort »Baby« bekomme ich eine Gänsehaut.

Ich verliere mich in seinen Augen und senke die Schultern. Wozu um den heißen Brei herumreden? Hier bin immerhin nicht ich die Lügnerin.

»Ich habe dich gesehen. Mit Amanda.«

Er weiß nicht, wie ihm geschieht. Ich kann ihn geradezu laut denken hören. Die Farbe seiner Augen wird allmählich komplett schwarz, und er presst die Lippen so fest zusammen, dass nur noch eine gerade Linie zurückbleibt. »Du hast mich belauscht. Und verfolgt.« Sein Tonfall ist anklagend.

Aus einem Anflug von Wut heraus renne ich die Treppe herab zurück in die Küche. Dort gieße ich mir ein Glas Wasser ein und halte es unter den Eiswürfelautomaten. Als ich davon trinke, steht er direkt vor mir.

»Das hättest du nicht tun sollen. Du hast kein recht, mir hinterherzuspionieren«, stößt er vorwurfsvoll hervor.

»Alexander.« Ich klinge verzweifelt. Mehr als ich sollte. »Wer ist Amanda? Wer ist Merissa?«

Seine Miene ist reglos und undurchschaubar.

»Antworte«, fordere ich lauthals.

Kontrolliert wie immer marschiert er auf mich zu und drückt mich mit seinem Körper so nahe an den Kühlschrank, dass ich nicht mehr ausweichen kann. Wieder blicken mir seine tiefen Augen direkt in die Seele. »Du bist wütend«, stellt er monoton fest. »Du hast aber keinen Grund dazu.«

Innerlich rasend versuche ich die Fassung zu bewahren. Ich weiß, was er vorhat. Er denkt, ich könnte ihm nicht widerstehen und versucht so, mich von meinen Gedanken abzulenken. Mistkerl.

»Und ob ich den habe. Du triffst dich hinter meinem Rücken mit einer anderen Frau!«, fauche ich und will ihn von mir wegdrücken, aber er hält beide meiner Hände fest.

Sanft drückt er mir einen leichten Kuss auf den Handknöchel. »Da läuft nichts mit dieser Frau.«

»Alexander«, warne ich ihn, aber nicht allzu überzeugend. Kaum bin ich eine Minute in Gegenwart seines göttlichen, halb nackten Körpers, den er an den meinen presst, werde ich schwach. Und dessen ist er sich bewusst.

Ich muss ebenfalls seine Schwachstelle finden und ihm die Kontrolle wegnehmen. Da gibt es nur eine einzige Möglichkeit, wie ich bereits herausgefunden habe.

»Wie würdest du es finden, wenn ich mich hinterrücks mit Männern treffe? Vielleicht mit Aiden? Oder Miles?« Meine Provokation trifft ihn wie erwartet hart und zeigt die gewünschte Reaktion. Emotionen.

»Wie ich es finden würde?«, stößt er wütend hervor. »Bei dem Gedanken, du könntest einem anderen Mann nahe sein, könnte ich jemanden umbringen.« Seine Hände werden heiß, und er lässt von mir ab. »Du gehörst mir. Über so etwas sollten wir gar nicht sprechen müssen. Es macht mich wütend. Hör endlich auf damit und vertrau mir doch einfach.«

Ich lache laut auf. »Ach, dich macht es wütend? Aber *ich* muss mitansehen, wie du dich bei der Gala rausschleichst, um dich mit Amanda zu treffen? Tut mir wirklich leid!« Dann stoße ich ihn gröber als gewollt von mir weg, und er macht einen großen Schritt rückwärts. »Und dann erfahre ich auch noch, dass sich Frauen vor dir verstecken! Vielleicht sollte ich auch genau das tun – mich vor dir verstecken!«

Drrrrsch. Das laute Geräusch bringt mich dazu, beide Hände schützend vor mein Gesicht zu schlagen.

Was zum Teufel … Der komplette Küchenboden ist voller Lebensmittel. Alles, wirklich alles, was sich auf der Kücheninsel befunden hat, rollt gerade neben meinen Füßen umher. Alexander hat es zu Boden geworfen. Die Obstschüssel, zwei Marmeladengläser, deren Inhalt jetzt nicht nur auf dem Marmorboden, sondern auch auf den Schränken klebt. Erschrocken bleibe ich an den Kühlschrank gepresst stehen, blicke entsetzt auf den Saustall, den er angerichtet hat, und beobachte ihn, wie er sich unkontrolliert durchs Haar fährt und vor sich hin flucht.

»Scheiße!«, brüllt er entsetzlich laut. Nur in Boxershorts bekleidet läuft er durch die Küche und achtet dabei keine Sekunde lang auf die vielen Glassplitter, die auf dem Boden verteilt liegen.

»Alexander«, flüstere ich immer noch starr vor Schreck. Noch nie habe ich miterlebt, wie jemand von der einen zur anderen Sekunde so ausrastet. »Alexander«, wiederhole ich, diesmal lauter, und plötzlich starrt er mich an. Er wirkt wie benebelt, nicht wirklich anwesend, doch dann löst sich der Schleier langsam.

»Scheiße!« Sofort läuft er auf mich zu, nimmt mich in den Arm und drückt mich an sich. »Tut mir leid«, murmelt er immer wieder gegen mein Ohr. »Geht es dir gut?«

»Geht es *dir* gut?«, stelle ich ihm verkrampft die Gegenfrage. Von seiner festen Umarmung bekomme ich kaum Luft. »Das ist meine Schuld. Tut mir leid.«

Er drückt mich grob von sich weg. »Entschuldige dich nicht, verdammt noch mal!«

Mein Blut gefriert in den Adern. In diesem Raum fühlt es sich nun an, als hätte es minus zehn Grad. Alexanders Kälte überträgt sich auf alles, und ich traue mich nicht, ein Wort von mir zu geben. Sein Schreien ist unfassbar unbeherrscht. Seine Hände sind zu Fäusten geballt und er schlägt sie immer wieder aufeinander. Ich kann das nicht länger mitansehen.

»Hör bitte auf!«, rufe ich verstört und kann die Tränen, die mein Gesicht überströmen, nicht mehr zurückhalten. »Bitte!«

Warum rastet er denn plötzlich so aus? Noch nie habe ich erlebt, dass er annähernd die Kontrolle verliert.

Als er auf dem Fußboden zusammensackt, durchläuft mich ein kalter Schauer. Ich laufe zu ihm, werfe mich auf den Boden und knie mich direkt in die Glassplitter. Sein Körper zittert, und er wirkt wieder völlig teilnahmslos. Meine Hände umfassen seinen Kopf, zwingen ihn mich anzusehen, und der Anblick bringt mich nur noch mehr zum Weinen. Seine Augen sehen so leer aus, kein Funken Leben ist darin zu entdecken. Er wirkt wie ein völlig anderer Mensch.

»Du solltest gehen«, murmelt er plötzlich und wendet den Blick von mir ab.

»Was?«, schluchze ich, knie mich noch tiefer in die Scherben und zucke vor Schmerz zusammen. Ich will ihn umarmen, ihn trösten, ihm helfen – irgendetwas. Ich habe keine Ahnung, was mit ihm gerade geschieht. Doch er schiebt mich von sich weg, wirkt völlig unnahbar und abwehrend.

»Geh jetzt«, wiederholt er drängend.

»Nein.« Mein Versuch, ruhig zu bleiben, ändert auch nichts an seiner Stimmung. »Ich will nicht gehen, es tut mir leid!« Mein Herz zerbricht, obwohl ich dachte, es sei längst in tausend Teile zerbrochen. Mir ist abwechselnd heiß und kalt, meine Beine zittern vor Schmerz.

»Es ist besser für dich, wenn du jetzt gehst.«

Bei dieser Bemerkung schüttele ich heftig den Kopf. Vielleicht denkt er, ich hätte Angst vor ihm, weil ich mich vorhin so erschrocken habe? Aber nur, weil er sich einmal nicht unter Kontrolle hat, laufe ich doch nicht gleich vor ihm weg! Im Gegenteil – es ist eigentlich schön, zu sehen, dass er auch nur ein Mensch mit Emotionen ist wie jeder andere.

»Ich will nicht gehen«, erwidere ich entschlossen und greife nach seiner Hand. »Ich habe doch keine Angst vor dir.«

Er entreißt mir seine Hand auf der Stelle. Als er sich ruckartig erhebt, zieht er mich mit sich hoch. Dann entdeckt er das Blut auf meinen Knien und schüttelt wutentbrannt den Kopf.

»Setz dich hin«, befiehlt er mir, rast durch die Küche und kramt in einer der Schubladen. Mit ein paar Wunddesinfektionstüchern in der einen Hand und ein paar Pflastern in der anderen, kehrt er zu mir zurück.

Ich sitze wie befohlen auf einem der Barhocker und bewege mich keinen Millimeter weit. »Es ist nicht so schlimm«, flüstere ich, als er sich vor mich hinkniet und meine wunden Beine betrachtet. Er reagiert nicht, entfernt behutsam alle Glassplitter aus meinen Knien und legt sie auf den Küchentresen.

»Das könnte brennen«, murmelt er, während er ganz vorsichtig mit einem Tuch über die Wunde streicht. Anschließend klebt er übertrieben viele Pflaster darauf und mustert sein Werk noch mal detailliert.

Ich lege eine Hand auf seinen Kopf und streichele vorsichtig über sein Haar, das ganz feucht ist. Himmel, er hat richtige Schweißausbrüche!

Bevor er sich von mir abwenden kann, halte ich ihn auf. »Wollen wir darüber reden?« Mein Gesicht zeigt deutlich, wie unbehaglich ich mich fühle. Trotzdem kann und will ich jetzt nicht gehen.

»Nein«, antwortet er abweisend. »Wie gesagt, du solltest gehen.« Was zum Teufel soll der Scheiß? Er ignoriert mich völlig und läuft zur Treppe.

»Bitte«, flehe ich und laufe ihm die Treppe hinauf nach. »Stoß mich nicht so von dir weg!« Mein Betteln klingt mehr als erbärmlich, doch es löst nicht die geringste Emotion in ihm aus.

»Samantha«, warnt er mich, als ich ihm in das Schlafzimmer folgen will. Seine Körpersprache zeigt mehr als deutlich, dass er mich nicht mehr hier haben will. Ich soll ihm nicht in das Zimmer folgen, als ob er meine Nähe gerade nicht ertragen könnte.

Trotzdem tue ich es. Ich sehe zu, wie er wie wild nach seinem Handy sucht. Als er es endlich findet, starrt er mich geistesabwesend an. Kurz glaube ich, er könnte mich anschreien oder aus dem Zimmer scheuchen, doch er bewegt sich keinen Zentimeter weit. Wir starren einander an, ohne ein Wort von uns zu geben. Dann mache ich den Fehler und gehe einen Schritt auf ihn zu.

»Raus!«, schreit er so laut, dass die Adern auf seinem Hals zucken.

Wieder zucke ich zusammen, weiche automatisch zwei Schritte zurück und weine bitterlich, als er mir die Schlafzimmertür vor der Nase zuwirft.

Was habe ich nur falsch gemacht?

Trotz seines Drängens zu gehen, stehe ich wie angewurzelt vor der geschlossenen Tür. Mein Körper hat sich verkrampft, meine Knie brennen wie die Hölle und in meinem Kopf hämmert es unausstehlich laut. Ich bete innerlich, dass er jede Sekunde die Tür öffnet und mich wieder hineinbittet. Sich entschuldigt und mit mir spricht. Aber sie bleibt weiterhin geschlossen.

Mit dem Handrücken wische ich mir die Tränen aus dem Gesicht, nähere mich der Tür und lege meine Hand auf den Türknauf. Ich bin kurz davor, ihn zu drehen. Mein Herz rast. Doch irgendetwas hält mich davon ab, fordert, dass ich den Rückzug antrete und von hier verschwinde. Also laufe ich die Treppe nach unten, schnappe mir mein Handy und reiße den Schlüssel des Audis von der Wand neben dem Fahrstuhl. Ich hämmere unkontrolliert auf den Knopf ein, bis sich endlich die Türen öffnen. Immer noch hoffe ich, dass Alexander auftaucht, um mich am Gehen zu hindern, aber wieder werde ich enttäuscht.

Im Wagen angekommen mache ich mir nicht einmal die Mühe mich anzuschnallen, sondern trete aufs Gaspedal und flüchte. Wovor, weiß ich nicht genau. Aber ich komme nicht weit, halte direkt nach der Ausfahrt der Garage am Straßenende und schlage mit den Händen gegen das Lenkrad.

»Fuck!«, schreie ich. »Fuck, fuck, fuck!« Meine Fäuste machen sich eigenständig und schlagen immerzu auf das Lenkrad ein.

Was ist hier gerade passiert?

Grelle Lichter blenden mich durch den Rückspiegel und lassen mich kurz nach Luft schnappen. Ein Wagen fährt hinter mir aus der Tiefgarage. Ein teurer Wagen. Alexanders Wagen!

Schlagartig greife ich nach meinem Handy, um zu sehen, ob er versucht hat, mich anzurufen. Fehlanzeige. Wäre er auf der Suche nach mir, würde er mich doch anrufen. Wo zum Teufel will er sonst hin, wenn nicht zu mir?

Impulsiv lege ich den Rückwärtsgang ein. Dann drehe ich mitten auf der Straße um und folge seinem roten Sportwagen. Ich halte Abstand, achte immerzu darauf, an einer Ampel nicht direkt hinter ihm zu stehen, und werfe hoffnungsvolle Blicke auf mein Handy.

Irgendwann frage ich mich, ob er vielleicht einfach nur in der Gegend herumfährt, um sich abzureagieren, aber da kommt sein Wagen plötzlich in einer Nebenstraße zum Stillstand. Sofort halte ich in zweiter Spur und beobachte, was als Nächstes geschieht. Die Gegend hier kenne ich nicht – ich sehe nichts außer Häuser, kleinen Gärten und Straßenlaternen. Es handelt sich um eine familiäre Wohngegend. Was will er nur hier?

Als er aus dem Wagen steigt, in Jeans und Shirt bekleidet, drücke ich meinen Körper so weit nach unten, dass mein Gesicht auf dem Beifahrersitz klebt. Dann wage ich wieder einen Blick aus dem Fenster. Alexander steht vor einer Haustür. Kurz darauf erhellt sich das bisher stockfinstere Innere des Hauses. Jemand öffnet die Tür und Alexander tritt ein.

Ich presse das Gesicht so fest auf die kalte Scheibe, dass meine Nase komplett zerdrückt wird.

Oh mein Gott.

Von der einen Sekunde auf die andere kann ich nicht mehr

klar denken, meine Gedanken zerfressen mein Hirn. Das kann nicht wahr sein. Das, was ich sehe, verstört mein Innerstes zutiefst.

Ich sehe blonde Haare. Blonde Haare, die mit einer Haarklammer zurückgesteckt sind. Dann sehe ich ihr Gesicht.

Es ist Amanda.

KAPITEL 27

ein Hirn meint es wohl nicht allzu gut mit mir. Es ruft mir ständig Amandas Gesicht vor Augen und erinnert mich daran, dass Alexander die Nacht bei ihr verbracht hat. Widerlich. Die beiden verfolgen mich sogar in meinen Träumen, nur dass dort auch Alexanders Wutausbruch immer wieder von Neuem abgespielt wird. Dementsprechend habe ich letzte Nacht kaum ein Auge zugedrückt.

Ich greife mir an die Stirn, drücke fest auf meine Schläfen und strampele mir genervt die Decke von den Beinen.

»Scheiße«, fluche ich, als ich mein Handy versehentlich zu Boden donnere.

Ich starre es wie meinen Feind an, ehe ich es mir schnappe und entsperre, um zu sehen, ob ich einen Anruf oder eine Nachricht erhalten habe.

Mein Vater hat mich einmal angerufen. Wenn mir irgendetwas gerade noch schlechtere Laune bereiten könnte, dann er. Ich beschäftige mich nicht einmal mit dem Gedanken, ihn zurückzurufen. Mehr beschäftigt mich die Frage, was zur Hölle, im Wohnzimmer vor sich geht. Es hört sich an, als würde Claire eine Party schmeißen. An einem Freitag um elf Uhr vormittags.

Mein Verdacht bestätigt sich zwar nicht, als ich mich in die Küche schleppe, um nachzusehen, was hier vor sich geht, aber von dem Anblick bin ich trotzdem nicht begeistert. Ich stehe im Türrahmen und beobachte Claire und Jacob, die sich gegenseitig Croissants in den Mund stopfen, und Aiden, der an seinem Kaffee to go nippt, während er Musik von seinem Handy abspielt. Claire ist so sehr damit beschäftigt, sich die Seele aus dem Leib zu lachen, dass sie mich erst gar nicht bemerkt. Doch dann erschreckt sie sich fast zu Tode, als sie mich erblickt.

»Gott Sam, verdammte Scheiße!« Sie wirbelt herum und eines der angeknabberten Croissants fällt dabei zu Boden. Aiden lässt fast seinen Kaffee aus der Hand fallen, als er meine deprimierte Gestalt im Türrahmen bemerkt.

»Seit wann bist du denn hier?«, fragt Jacob völlig überrascht. »Warst du schon die ganze Zeit hier?«

Ich nicke, dann seufze ich, dann nicke ich wieder. »Habt ihr nichts Besseres zu tun, als hier herumzubrüllen?« Ich steuere auf die Kaffeemaschine zu. Keiner der drei lässt mich dabei aus den Augen, was meine Laune nur noch mehr bergab wandern lässt. »Was ist?«

Claire greift nach ihrer vollen Kaffeetasse und reicht sie mir unsicher. »Wann bist du denn gekommen?«

»Gestern«, murmele ich, lehne mich an die Küchentheke und nehme einen Schluck von dem ungenießbaren Kaffee. »Der ist kalt«, nörgele ich und schiebe ihn ihr wieder zu. Ich bemühe mich erst gar nicht, höflich zu sein. Ich brauche nur Koffein. Sofort.

»Was ist dir denn über die Leber gelaufen?«, stößt Jacob hervor, wofür er einen genervten Blick von mir erntet.

Claire legt mir einen Arm um die Taille. »Geht's dir gut?«

Ich starre auf den Kaffeestrahl, der in meine Tasse fließt. »Blendend.«

»Muss spät gewesen sein, als du gekommen bist«, flüstert sie mir zu und lächelt dabei unsicher. Sie ahnt, warum ich so miese Laune habe. Dabei hat sie keine Ahnung.

»Du hast schon geschlafen. Ich wollte dich nicht wecken«, erwidere ich.

Als ich mich mit meiner vollen Tasse in der Hand umdrehe, werfe ich einen kurzen Blick auf Aiden. In seinem hellblauen Polohemd sieht er richtig zurechtgemacht aus. Wie immer trägt er einen Dreitagebart und ist leicht gebräunt. Ein zurückhaltendes Lächeln umspielt seine Lippen, doch ich schaffe es nicht, es zu erwidern.

Wortlos kehre ich in mein Zimmer zurück und will mich gerade umziehen, als mir einfällt, dass meine Sporttasche noch bei Alexander ist. Also bleibt mir nur die Wahl zwischen einer übertrieben kurzen Shorts, einer noch kürzeren Hotpants und einem Flanell Pyjama, der mit Enten verziert ist. Toll. Obwohl wir Hochsommer haben, entscheide ich mich für die Enten. Gerade als ich mich wieder unter der Bettdecke verkriechen will, klopft es an der Zimmertür.

»Ich habe keinen Bock zu reden, Claire«, rufe ich und ziehe mir die Decke über den Kopf. Ich spüre, wie sich die Matratze senkt und warte dann darauf, ihre quickende Stimme zu hören, doch es herrscht weiterhin Stille. Also blinzele ich unter der Decke hervor und erkenne Aidens wuscheligen Haarschopf.

»Schlechte Laune?«, fragt er vorsichtig.

Ich rolle mit den Augen. »Wie hast du das nur erkannt?«

Aiden zieht mir die Decke vom Leib und mustert mich streng. Dann legt er den Kopf schief und meint: »Du hast keinen Grund, so scheiße zu mir zu sein, Sam.« Er hat recht. Er ist nicht daran schuld. Er trägt gar keine Schuld.

»Tut mir leid«, räume ich ein. »Übrigens danke, dass du Claire nichts von Alexander und der Frau erzählt hast.« Bei seinem Namen zuckt Aidens Kiefer. Er hasst ihn.

»Kein Ding«, erwidert er ausdruckslos. »Seid ihr noch zusammen?« Wieder legt er den Kopf schief, und ich erkenne in seinen Augen, dass er sich wünscht, ich würde diese Frage verneinen.

»Keine Ahnung«, sage ich unsicher.

Sind wir es denn noch? Ich weiß, es ist dumm, überhaupt darüber nachzudenken, wie das mit Alexander und mir weiterläuft, aber ich tue es unaufhörlich. Obwohl wir ein riesiges Problem haben – eines mit blonden Haaren – und er mich rausgeworfen hat, nachdem er einen Kontrollverlust erlitten hat, kann ich nur daran denken, wann er sich bei mir melden wird. Ich will mit ihm reden.

»Wie kannst du das nicht wissen? Was bedeutet das?« Jetzt

wirkt er irgendwie zufrieden. Hoffnung spiegelt sich in seinen Augen wider und das gefällt mir gar nicht.

Ich steige aus dem Bett und entnehme ein frisches Handtuch aus meinem Kleiderschrank. Ich muss duschen. Bevor ich das Zimmer verlasse, werfe ich ihm noch einen Blick über die Schulter zu und lächele sanft, aber bedrückt. »Ich denke, ich liebe ihn, Aiden.«

Auch wenn das nicht die Antwort auf seine Frage ist, vernichten meine Worte seine Hoffnung. Ich musste diese Sache zwischen uns ein für alle Mal klarstellen. Das ist nur fair. Und auch wenn es keinen Alexander mehr in meinem Leben geben sollte, ist da noch lange kein Platz für einen Aiden oder irgendeinen anderen Mann. Niemand könnte so schnell Alexanders Platz einnehmen und die Erkenntnis schmerzt mich. Ich will mir nichts vormachen und mir selbst einreden, dass ich ihn einfach vergessen werde und glücklich ohne ihn weiterleben kann. Das wäre absurd.

Alexander Black hat sich tief in meine Seele gebrannt und sein Brandzeichen dort hinterlassen. Für immer.

Widerwillig lege ich mein Handy beiseite und schnappe mir Claires Notebook. Ich warte seit Stunden auf ein Lebenszeichen von Alexander, was aus zweierlei Hinsicht lächerlich ist – zum einen, weil ich ihn zum Teufel schicken sollte, nach allem, was ich gesehen habe; und zum anderen, weil ich weiß, dass keines kommen wird. Er hätte mich nie gehen lassen, wenn er mich bei sich haben wollen würde. Er wäre auch zu keiner Bitch gefahren, nachdem er mich rausgeschmissen hat.

Bitch – die Wortwahl erscheint mir irgendwie nicht passend für eine Frau in ihrem Alter. Aber es trifft zu – allein deswegen, weil sie es mit jemandem treibt, der ihr Sohn sein könnte. Es *vielleicht* treibt.

Mit Claires Notebook auf dem Schoß sitze ich im Wohnzimmer und google nach Miles, dem Künstler. Da sich seine Visitenkarte mit der Adresse seiner heutigen Kunstausstellung in meiner Sporttasche befindet, hoffe ich, im Netz auf Informationen diesbezüglich zu stoßen. Ich gebe seinen Vornamen und den Nachnamen seiner Mutter ein und *tada,* ich werde fündig.

Ich mache ein Foto von den Informationen mit dem Handy, lege das Notebook auf den Couchtisch und checke mein Online Banking Portal, um nachzusehen, ob die fünftausend Dollar auf meinem Konto gelandet sind. Wie von Trey versprochen, wurde meine Gage bereits überwiesen und ich kann mir ohne Schuldgefühle ein Outfit für heute Abend kaufen.

Auch wenn Alexander und ich momentan nicht miteinander sprechen, werde ich zur Ausstellung gehen. Immerhin werde ich dort auf einer Wand hängen und ich habe Miles bereits zugesagt. Jetzt wünschte ich, ich hätte Claire nicht abgewimmelt, als sie mich gebeten hat, sie und die Jungs zum Einkaufen zu begleiten. Aber ich halte ein wenig Abstand zu Aiden für vernünftig.

Bevor ich aufbreche, versuche ich mein Äußeres irgendwie straßentauglich zu machen. Ich setze eine Sonnenbrille auf, um meine leicht geschwollenen Augen zu bedecken. Dunkle Ringe unter meinen Augen lassen mich müde und älter aussehen.

Ich lasse den Audi vor meiner Wohnungstür stehen und gehe zu Fuß. Es wäre nicht richtig, damit herumzufahren, jetzt wo ich vielleicht nicht mehr mit Alexander zusammen bin. Es würde sich einfach falsch anfühlen.

Ein paar Minuten später schlendere ich durch die erste Boutique, verlasse sie jedoch kurz darauf ohne Tüte wieder. In der nächsten Boutique probiere ich ein paar Kleider an, doch keines schafft es mit mir nach draußen. Wahrscheinlich finde ich mein Spiegelbild einfach so schrecklich, dass kein Kleid mich überzeugen kann. Aber ich gebe nicht auf, laufe auf die andere Straßenseite und falle beinahe vor Schreck tot um, als mich ein Auto plötzlich anhupt, bevor es notbremst.

»Fick dich!«, fluche ich und gehe ohne Eile weiter. Wahrscheinlich wäre der Schmerz, angefahren zu werden, nicht mal halb so schlimm im Vergleich zu dem Schmerz in meiner Brust.

Ich schüttele mir den jämmerlichen Gedanken aus dem Kopf und setze die Sonnenbrille ab. Da entdecke ich einen silbernen Bentley, der verdächtig nah hinter mir fährt. Bilde ich mir das schon ein? Nervös werfe ich einen Blick über die Schulter und lege einen Zahn zu. Der Bentley passt sich meiner Geschwindigkeit an. Was zum Teufel? Endlich erreiche ich das Modegeschäft und stürme wie ein Wirbelwind hinein. Atemlos presse ich mich gegen die Glasscheibe und sehe mich noch mal um, doch der Bentley ist verschwunden. Mit einem mulmigen Gefühl im Magen durchstöbere ich den Laden, bis ich schließlich einen weißen Einteiler entdecke, den ich anprobiere. *Akzeptabel.* Eigentlich sieht er richtig scharf aus. Er ist schulterfrei, hat einen großen V-Ausschnitt und ist enganliegend, was meine weiblichen Rundungen zur Geltung bringt. *Gekauft.*

»Ist das alles?«, fragt die Verkäuferin, scannt das Preisschild ein und lächelt mich an. »Wir hätten Hochzeits- und Brautjungfernkleider im Abverkauf.«

Mist! Nancys Hochzeit. Morgen. Wie konnte ich das nur vergessen?

»Oh, ähm ... Ich sehe mich noch mal kurz um«, murmele ich gestresst und steuere auf die Kleiderstange zu, auf der lediglich Kleider in Gelbtönen zu finden sind. Hier muss was Passendes dabei sein, die Hochzeit ist immerhin morgen! Eines der Kleider fällt mir sofort ins Auge und ich halte es in die Höhe, um es näher betrachten zu können. Es ist knielang, schulterfrei, der Stoff am Rücken wird von mehreren Schnüren, die sich überkreuzen, zusammengehalten, und ab der Taille ist es locker und schlägt schöne Falten. Unbemerkt werfe ich einen nervösen Blick auf das Preisschild und atme erleichtert aus, als ich feststelle, dass es mein Budget nicht sprengt. Immerhin muss ich den Flug nach Detroit noch buchen und bezahlen. Gott, wieso organisiere ich immer alles erst in letzter Sekunde?

Verärgert über mich selbst schleppe ich mich später, inklusive meiner zwei neuen Outfits, in ein Café am Ende der Straße. Noch ein schneller Kaffee, bevor ich nach Hause muss, um mich für die Ausstellung fertig zu machen, kann ja nicht schaden. Die Schlange ist endlos lang, also setze ich mich, um ihn hier zu trinken, weil ich weiß, dass ich so schneller bedient werde. Nach wenigen Sekunden erscheint eine Kellnerin.

»Ihre Bestellung, bitte.«

»Kaffee«, sage ich knapp. Sie runzelt die Stirn. »Schwarz. Und stark, bitte.«

Lächelnd entfernt sie sich vom Tisch und steckt ihren Notizblock in ihre Bauchtasche. Ich beobachte sie sehnsüchtig bei der Zubereitung meiner Droge. Da ertönt plötzlich eine Männerstimme hinter mir: »So ist er doch am besten, nicht wahr?«

Steif drehe ich meinen Körper zur Seite, um der Stimme ein Gesicht geben zu können.

Der Mann ist mir völlig fremd. Ich lächele verkrampft. »Richtig.«

»Sind Sie öfter hier?«, fragt er und lässt seinen Blick an mir auf und ab gleiten. Er ist nicht sehr viel älter als ich und keiner dieser Businessmänner, die hier eigentlich kreuz und quer herumlaufen. Er trägt schlichte Jeans und ein graues Shirt.

»Eigentlich nicht.« Ich drehe mich ein Stück weit zu ihm um, weil ich nicht unhöflich erscheinen möchte, auch wenn ich gerade überhaupt keinen Bock auf Smalltalk habe. Unsicher streiche ich mit der Hand mehrmals mein T-Shirt glatt, höre aber sofort damit auf, als ich mich daran erinnere, von wem ich diese Angewohnheit übernommen habe.

Der Unbekannte grinst jungenhaft. »Dachte ich es mir doch. Sie wären mir bestimmt aufgefallen.«

Ich kichere plötzlich völlig unkontrolliert, übertöne es aber schnell mit einem lauten Huster, um mich nicht noch mehr zu blamieren. Die Kellnerin stellt meinen heißen Kaffee auf dem Tisch ab und überreicht mir die Rechnung.

Ich ziehe ein paar Scheine aus meiner Tasche, doch der Unbekannte ist schneller und hält ihr ein paar Scheine entgegen. »Das geht auf mich.«

»Oh, nein!«, stoße ich hervor. »Ich bezahle meinen Kaffee selbst.« Ich starre die Bedienung warnend an, um ihr zu signalisieren, sein Geld nicht anzunehmen. Ich brauche niemanden, der mir meine Sucht finanziert. Sie war immer das Einzige, das ich mir trotz Geldnot leisten konnte. Außerdem kommt es mir dumm vor, mich von einem Fremden einladen zu lassen. Der erwartet als Dank bestimmt ein Gespräch.

»Wie Sie möchten«, bemerkt er enttäuscht, bleibt aber direkt neben meinem Tisch stehen. »Bekomme ich wenigstens Ihre Nummer?« Fast spucke ich ihm den Kaffee entgegen, kann ihn aber gerade noch schlucken.

»Nein, sorry«, erwidere ich knapp. So sehr ich mich nach diesem Kaffee sehne – ich fühle mich nun unwohl und will gehen. Also greife ich mir meine Tüte, stehe auf und nehme einen letzten, sehnsüchtigen Schluck aus der Tasse.

»Sie gehen schon?« Er wirkt frustriert und viel zu aufdringlich. »Lassen Sie uns doch noch ein wenig plaudern.«

Ich will ablehnen, da sehe ich plötzlich direkt in Javiers dunkle Augen. Er marschiert geradewegs auf meinen Tisch zu und lächelt mich beiläufig an, bevor er sich dem Typen neben mir zuwendet.

»Sir«, meint er drängend. »Ich muss Sie bitten, die Dame in Ruhe zu lassen und sich wieder auf Ihren Tisch zu setzen.«

Ungläubig starre ich ihn an. Also war er es, der mir hinterhergefahren ist! Und jetzt verfolgt er mich in ein Café? Was soll der Scheiß denn?

»Das glaube ich jetzt nicht«, fluche ich vor mich hin und verlasse stürmisch den Laden. Javier folgt mir mit energischen Schritten.

»Miss Woods!« Sofort wirbele ich herum. »Sam«, korrigiert er sich freundlich. »Ist alles in Ordnung?«

Ich stemme mir eine Hand in die Hüfte und fuchtele mit meiner Tüte wie wild durch die Gegend. »Verfolgen Sie mich, Javier?«

»Ich befolge nur die Anweisung meines Bosses«, erklärt er. Ihm scheint die Situation ebenfalls etwas unangenehm zu sein.

»Also bezahlt Alexander Sie dafür, mich zu verfolgen«, schlussfolgere ich entsetzt und starre ihn wütend an. »Javier, das ist lächerlich.«

»Ich wollte Sie nicht aufregen.« Er tritt unsicher von einem Fuß auf den anderen. »Steigen Sie bitte in den Bentley, ich fahre Sie zur Black Group«, bittet er mich dann und deutet mir, ihm zu folgen.

Doch ich bleibe stehen und verschränke die Arme vor der

Brust. Ich bin verflucht sauer, dass Alexander mich verfolgen lässt. Anstatt sich bei mir zu melden oder selbst hier aufzutauchen, schickt er mir Javier hinterher. »Ich fahre nirgends hin.«

»Sam«, presst er hervor und verzieht die Mundwinkel. Er tut mir irgendwie leid. Das muss auch für ihn eine unangenehme Situation sein. »Bitte steigen Sie ein, Mr Black erwartet Sie. Er wäre sehr aufgebracht, wenn Sie nicht kommen.«

Pah! Er wäre aufgebracht? Toll! Wo ist hier die nächste Bar, um das zu feiern?

»Es tut mir leid, dass er Sie in diese Lage gebracht hat, aber ich werde nicht mitkommen«, sage ich fest entschlossen. »Richten Sie ihm doch bitte von mir aus, dass er ein Arschloch ist.«

Javier steht der Mund weit offen. Obwohl er entsetzt über meine Worte ist, wirkt er irgendwie verständnisvoll.

Hingegen ich absolut kein Verständnis für diese Sache hier habe. Alexander besitzt nach dem gestrigen Abend nicht einmal den Anstand, mich selbst zu kontaktieren? Was denkt er eigentlich? Dass ich ein Hund bin, der ihm hinterherläuft? Dass ich nur darauf warte, bis er wieder Lust hat, mich zu sehen, und dann sofort angerannt komme? Dass ich frage, wie hoch, wenn er mir befiehlt zu springen? Mistkerl.

Ohne jedes weitere Wort zieht sich Javier zurück und ich warte, bis er auch wirklich mit dem Bentley davongefahren ist. Vielleicht befiehlt Alexander ihm ja auch noch, mich zu kidnappen.

∿

Zuhause angekommen bin ich froh darüber, alleine in der Wohnung zu sein. Sollte Claire noch zurückkommen, bevor ich zu der Kunstausstellung aufbreche, wird sie mich mit ihren Fragen löchern und ich habe weder die Zeit noch die Lust, ihr von der Sache mit Alexander zu berichten.

Also schlüpfe ich erneut unter die Dusche, bevor ich in ein Handtuch eingewickelt nach Flügen suche, die mich morgen nach Detroit hin und am Sonntag, inklusive meiner Mom, wieder zurückbringen. Nur weil Alexander ein verlogener Arsch ist, werde ich meiner Mutter die Chance nicht verwehren, einen Entzug zu machen. Da er mich selbst zu einem Teilhaber des Suchtkrankenhauses gemacht hat, habe ich jedes recht dazu, sie dort einzuliefern.

Ich ergattere einen relativ billigen Flug, aber leider geht er erst morgen um elf Uhr vormittags. Das wird knapp. Ich müsste es innerhalb einer Stunde fertigbringen, mich für die Hochzeit zu stylen und dort aufzutauchen. Schwierig, aber machbar.

Als mein Handy klingelt, falle ich fast vom Bett. Als ich Alexanders Namen auf dem Display lese, tue ich es schließlich auch. Ich hadere mit mir selbst, bekämpfe den Drang, den Anruf entgegenzunehmen, und besiege ihn schließlich. Das Arschgesicht ist wahrscheinlich gerade am Durchdrehen, weil er die Kontrolle verliert. Weil sich ihm jemand widersetzt, was schlichtweg inakzeptabel für ihn ist. So inakzeptabel wie für mich, ihn mit einer anderen Frau zu teilen.

~

»Wir sind da, Miss«, sagt der Taxifahrer, als er um die Ecke fährt und vor einem Gebäude hält. Er deutet mit dem Finger auf einen Eingang, vor dem sich ein paar vornehm gekleidete Menschen aufhalten.

Ich überreiche ihm zwanzig Dollar und steige aus. Während ich auf die Menge zulaufe, ziehe ich den weißen Einteiler an meinem Dekolletee hoch und verfluche währenddessen meine großen Brüste. Einige Blicke richten sich neugierig auf mich, als ich den Raum betrete. Ich erkenne ein paar der Gesichter. Einige von ihnen waren auf den Veranstaltungen, die ich mit Alexander besuchte, aber ich wende den Blick unverzüglich ab, um nicht mit ihnen sprechen zu müssen. Stattdessen blicke ich nach dem Eintreten sofort an die Wände und bin … verwirrt. Landschaften, Häuser und Obstschalen? Bin ich bei der richtigen Ausstellung?

»Miss Woods«, ruft eine weibliche Stimme hinter mir. Als ich mich umdrehe, läuft eine Frau auf mich zu, und diesmal kenne ich ihren Namen.

»Miss Edwards«, begrüße ich sie lächelnd.

»Sie sind gekommen«, meint sie zufrieden. Wahrscheinlich versucht sie zu lächeln, ich kann es unter all dem Botox bloß nicht erkennen. »Wo ist Mr Black?«

Ich spüre, wie mir Hitze in die Wangen schießt. Ich habe mir gar keine Gedanken darüber gemacht, welche Ausrede ich über meine nicht vorhandene Begleitung auftischen soll. Also sage ich bloß knapp: »Er ist leider verhindert.«

»Oh.« Sie scheint überrascht, fragt aber nicht weiter nach. Ein Kellner nähert sich uns und ich nicke, woraufhin er mir ein Glas Champagner überreicht.

Als Mrs Edwards mit einer Frau ihres Alters zu sprechen beginnt, sehe ich meine Chance und flüchte. Am Champagnerglas nippend streife ich durch den Raum, blicke unsicher in jedes Gesicht, welches mir über den Weg läuft, und bin erleichtert, als mich keines zum Aufstöhnen bringt. Alexander ist nicht hier. Vielleicht hat er die Adresse der Ausstellung nicht herausgefunden oder es ist ihm nach meiner nicht gerade charmanten Mitteilung an Javier egal, was ich treibe.

Ich betrachte die vielen Gemälde, wandere von einem zum nächsten und bin nur noch mehr verblüfft, als ich weder mich noch sonst eine Person auf den Bildern entdecken kann. Hinter einem großen Holzpfosten sehe ich schließlich Miles. Als sich unsere Blicke treffen, steuert er sofort auf mich zu.

»Samantha«, ruft er gut gelaunt. »Du bist gekommen!«

Ich nicke etwas irritiert. »Ja, aber scheinbar umsonst?«

Miles bleibt vor mir stehen und mustert mich innig. Während er jedes Detail an mir betrachtet, tue ich es ihm gleich. Heute trägt er wieder eine schwarze Anzughose und ein weißes Hemd. Kein Jackett. Er riecht unglaublich stark nach Eau de Cologne, ist glattrasiert und seine Augen glänzen, während er mich angetan betrachtet.

»Ich verstehe nicht«, gibt er amüsiert zu.

Wieder ziehe ich meinen Einteiler an meinen Brüsten hoch und zeige dann mit dem Finger auf die vielen Gemälde. »Landschaften. Häuser.« Mein irritierter Blick scheint ihn zum Lachen zu bringen. Er greift nach meinem Arm und wir entfernen uns von der Menschenmenge. Wir passieren einen weiteren großen

Holzpfosten, hinter dem sich ein schmaler Durchgang befindet. Wir schlendern hindurch, an ein paar wenigen Leuten vorbei, und langsam wird die Hintergrundmusik leiser. Auch die Stimmen verstummen.

»Dieses hier hat einen eigenen Platz«, flüstert er und sieht mich mit funkelnden Augen stolz an.

Und dann sehe ich es plötzlich. Mich. Riesig. Auf einer eigenen Wand.

Oh Gott ... Ich bin sprachlos.

»Gefällt es dir?«, will er hoffnungsvoll wissen.

Noch immer völlig perplex blinzele ich und trete näher heran, obwohl das bei der Größe des Gemäldes gar nicht nötig ist. Dann starre ich mir selbst in die bernsteinfarbenen Augen. *Auf Augenhöhe.*

»Es ist ...«, setze ich an, breche aber ab. Ich schlucke. »Groß und sehr ... lebendig.«

Miles schmunzelt und betrachtet es selbst noch einmal mit vollster Begeisterung. »Das andere entsprach nicht dem, was ich mir vorgestellt habe. Dieses hier passt besser. Es hat ewig gedauert, bis es fertig war.«

»Wahnsinn«, murmele ich. »Du bist ja verrückt.« Nun beginne ich, zu lächeln. Obwohl das Bild riesig ist, ist es wunderschön.

»Und du der Hingucker meiner Ausstellung«, erwidert er stolz. »Dein Bild war sofort verkauft.«

Jetzt stockt mir der Atem. »Wer? Wer hat es gekauft?« Unwillkürlich drehe ich mich in dem kleinen Raum um, doch niemand außer Miles und mir befindet sich hier drin.

Er zuckt mit den Schultern. »Keine Ahnung.« Lächelnd stößt er sein Champagnerglas gegen meines. »Auf dich.«

»Auf dich.« Ich nehme einen großen Schluck und folge Miles wieder in den Durchgang, zurück zu der eigentlichen Ausstellung. Alle starren mich an. Jetzt weiß ich auch, warum.

»Wundervoll«, summt Mrs Edwards, als sie Miles neben mir abfängt und sich bei ihm unterhakt. »Wie finden Sie es, Miss Woods?«

Etwas peinlich ... »Wundervoll«, wiederhole ich einfach und

versuche meine Scham vor den neugierigen Gesichtern zu verbergen.

»Ah, da ist er ja, sehen Sie«, stößt Mrs Edwards hervor und wirft ein diesmal deutlich erkennbareres Lächeln über meine Schulter. Miles Lächeln verfliegt auf der Stelle.

Ich brauche mich gar nicht erst umzudrehen, um zu erkunden, wer sich hinter mir befindet. Ich spüre ihn. Seine Anwesenheit. Seine Aura. Kann seinen betörenden Duft riechen.

Warme Hände legen sich kurz darauf um meine Taille. Sie umschlingen meinen Bauch fest und lassen nicht zu, dass ich mich bewege. Automatisch greife ich nach ihnen, will mich aus dem Griff befreien, schaffe es jedoch nicht.

Dann drängt sich seine Stimme in mein Ohr und seine Wörter brennen sich auf meine Haut. »Es gibt kein Entkommen, Baby. Du gehörst mir, schon vergessen?«

KAPITEL 28

*M*iles starrt mich an und ich starre ihn an. Er ist offenbar der Einzige, der mein Unbehagen wahrnimmt. Ich traue mich nicht, mich umzudrehen und in Alexanders Augen zu blicken. Das wäre mein Untergang.

»Ich muss meine Freundin für einen Augenblick entführen«, sagt Alexander, den Mund immer noch dicht an mein Ohr gedrückt.

Mrs Edwards betrachtet uns liebevoll. Ihr Botox-Face rührt sich wieder keinen Millimeter. »Aber natürlich.« Sie zieht Miles hinter sich her, der sich noch mal besorgt nach mir und Alexander umdreht.

»Komm mit.« Alexanders Tonfall ist jetzt nicht mehr so höflich und auch kein bisschen bittend. Das ist ein Befehl.

Mein Körper reagiert instinktiv darauf und folgt ihm zu dem schmalen Durchgang, der zu meiner Wenigkeit an der Wand führt. Ich senke den Blick zu Boden und versuche ihn nicht anzusehen, sondern starre auf seine Hand, die meine fest umschlossen hat. Als wir in dem abgelegenen Raum halten, weit weg von den vielen gaffenden Blicken, lässt er meine Hand los.

»Samantha.« Seine Stimme klingt etwas gequält, aber immer noch dominant. »Sieh mich an.«

Ich widerstehe der Versuchung und mustere stattdessen, was

sich unterhalb seiner Taille befindet. Dunkelblaue Anzughose, hellbraune Anzugschuhe. Wie säuberlich geputzt und glänzend sie sind, wundert mich nicht. Dann bewegt sich einer seiner Füße vorwärts und ich weiche zurück.

»Sieh mich an«, fordert er erneut und macht noch einen großen Schritt auf mich zu. »Du bist mir ein Gespräch schuldig.«

Schuldig? Ich bin ihm etwas schuldig?

»Ich bin dir gar nichts schuldig«, erwidere ich bissig und hebe den Blick.

Verdammt. Diese Augen.

»Du hast mich gerade um zwanzigtausend Dollar erleichtert. Ich denke, du irrst dich.«

Entsetzt blinzele ich. *Zwanzigtausend Dollar?* Wie es scheint, bin ich wohl doch nicht so billig.

»Du hast das Gemälde gekauft«, sage ich zaghaft, wende den Blick wieder ab und drehe mich komplett von ihm weg. »Warum?« Jetzt starre ich wieder in meine bernsteinfarbenen Augen, doch sogar die scheinen nur Augen für ihn zu haben.

»Weil ich nicht will, dass dich andere anstarren«, meint er trocken. »Du bist hier die Attraktion.«

Ich seufze. »Hat Javier dir meine Botschaft denn nicht ausgerichtet? Ich sagte, du -«

Sein Körper drängt mich gegen die Wand und lässt mich nach Luft schnappen. Sein Kopf vergräbt sich in meinen Haaren, und er atmet meinen Geruch tief ein. Mit seinen Armen, die mich einkesseln, verhindert er, dass ich flüchten kann.

»… bist ein Arschloch«, vervollständigt er meinen Satz und streichelt mir durchs Haar. Bei seiner Berührung dreht sich mir der Kopf. Ich schließe automatisch die Augen.

»Hör auf.« Verzweifelt drehe ich meinen Kopf zur Seite. »Ich habe das aus gutem Grund gesagt, und meine Meinung wird sich nicht ändern.«

Alexander lächelt undurchschaubar und trotzdem sind seine Augen emotionslos. »Frech wie eh und je.« Er lässt widerwillig von mir ab, geht ein paar Schritte rückwärts und lehnt sich dann mit dem Rücken an die Wand direkt neben dem Durchgang an.

Seine Hände vergraben sich in seinen Hosentaschen, während er mich gefährlich lange mustert.

»Dein Outfit gefällt mir.« Etwas Dunkles blitzt in seinen Augen auf. »Noch besser würde es mir auf dem Boden meines Schlafzimmers gefallen.«

Ist das sein Ernst? Am liebsten würde ich ihm an die Gurgel gehen!

»Für wen zum Teufel hältst du dich eigentlich?«, zische ich und gestikuliere wie wild. »Du wirst mich – oder meine Kleidung – nie wieder in deinem scheiß Schlafzimmer vorfinden!«

Jetzt scheint er amüsiert zu sein, der Mistkerl. »Da bin ich anderer Meinung.«

»Na dann viel Glück«, murmele ich und steuere auf den Durchgang zu, fest entschlossen, ihn hier stehen zu lassen, damit er mit mir vor Augen um mich trauern kann. Aber er stellt sich mir wie immer in den Weg und sein Blick verdeutlicht, dass er noch entschlossener ist, das nicht geschehen zu lassen.

»Ich war heute sehr wütend auf dich, Samantha«, erklärt er angespannt und drängt mich wieder tiefer in den Raum zurück. »Wenn ich möchte, dass du in meinem Büro erscheinst, dann solltest du das auch tun.«

Ich lache ihm ins Gesicht. »Wie reizend. Und wenn ich möchte, dass du mich in Ruhe lässt, dann solltest du das auch tun«, sage ich in seinen Worten.

Seine Hand umfasst mein Kinn, zwingt mich, ihm weiter in die Augen zu sehen. »Aber das möchtest du gar nicht.«

Ich nicke – schüttele den Kopf – nicke. Ich bin verwirrt. Sein Lächeln wird siegessicherer.

»Ich habe dir verziehen«, sagt er schlicht und drückt seinen Kopf wieder in meine Halsbeuge. »Verzeih du mir auch?«

Als mich seine weichen Lippen liebkosen, bekomme ich eine Gänsehaut am gesamten Körper. Meine Brust zieht sich zusammen, zwischen meinen Schenkeln kribbelt es und ich keuche leise. Er leckt mir über das Ohr, knabbert an dem Läppchen und bahnt sich im Anschluss einen Weg aus Küssen direkt zu meinen zitternden Lippen.

»Nein«, hauche ich, lasse es aber geschehen. Seine Lippen

üben leichten Druck auf die meinen aus, seine Zunge streicht darüber. Dann ist sie in meinem Mund. Wieder keuche ich leise, und er lächelt.

»Ich begehre dich so sehr, Sam.«

»Tust du nicht«, flüstere ich erstickt und ziehe meinen Kopf rasch zurück, um klare Gedanken fassen zu können. »Du lügst.« Augenblicklich verschwindet all die Lust aus seinen Augen. Er hält beide meiner Handgelenke fest, als wolle er mich nicht verlieren.

»Sag das nie wieder«, tadelt er mich. »Ich würde niemals lügen, wenn es um so etwas geht. Um dich.«

»Ach ja?« Meine Augen füllen sich mit Tränen, obwohl ich mehr wütend als traurig bin. »Jemanden, den man begehrt, schmeißt man nicht mitten in der Nacht aus seiner Wohnung. Jemanden, den man begehrt, hintergeht man nicht mit anderen Frauen. Jemandem, den man begehrt, beweist man es, in dem man es diese Person fühlen lässt.«

Sein Atem wird unregelmäßiger, sein Griff weicher. Er blickt mich sprachlos an – eine ungewohnte Reaktion von ihm.

»Du fühlst dich nicht von mir begehrt?«, fragt er völlig verwirrt. Seine kontrollierte Fassade bröckelt immer mehr. »Ich begehre dich immer, Sam. Mehr als sonst jemanden auf dieser Welt.« Ich schlucke, möchte antworten, doch er lässt mir keine Möglichkeit dazu. »Lasse ich dich nicht fühlen, wie sehr ich dich begehre?« Er zieht meinen Kopf an sich, presst seine Lippen fest an die meinen und küsst mich leidenschaftlich.

Ich stöhne in seinen Mund. Ich kann nicht anders und greife ihm ins Haar, ziehe daran und erwidere den Kuss genauso leidenschaftlich. Sein Geruch haftet an mir, ganz so wie wir wie zwei Magneten aneinanderhaften. Jedes Mal, wenn ich sein Herz an meiner Brust schlagen spüre, schlägt meines doppelt so schnell.

Alexander packt mein Handgelenk, löst meine Hand aus seinen Haaren und drückt sie direkt auf die riesige Beule in seiner Hose. Ich keuche.

»Fühlst du es, Samantha? Wie sehr ich dich begehre? Mehr könnte ich niemanden begehren.« Ich spüre es. Eindeutig. Seine Begierde ist riesig, hart und bereit.

»Alexander«, flüstere ich und ziehe meine Hand zurück. »Ich
-«

»Du begehrst mich genauso sehr wie ich dich. Warum wehrst
du dich dagegen?«, fragt er, vollkommen erregt und gleichzeitig
angespannt. Zwischen meinen Schenkeln wird es feuchter. Als
unerwartet Stimmen ertönen, schrecke ich auf, richte meinen
Einteiler und mein Haar und hole tief Luft.

Zwei Frauen und ein Mann betreten den Raum. Alexander
weicht ein wenig von mir, streicht mehrmals über seinen Schritt
und anschließend sein Jackett glatt, wie er es immer tut. Dann
dreht er sich vollkommen kontrolliert um, lächelt, schüttelt die
Hände aller drei Personen, die freundlich auf ihn zukommen, und
wirft mir einen kurzen Blick zu, ehe er sich auf ein Gespräch mit
ihnen einlässt.

Das ist meine Chance. Nur jetzt kann ich ihm entkommen,
sonst werde ich wieder schwach und lasse mich von meinen
Gefühlen übermannen und meinem Körper austricksen. Ich habe
jegliche Kontrolle über ihn verloren und auch mein Herz macht
es mir nicht leicht, ihm zu widerstehen.

Mit gesenktem Blick marschiere ich wortlos an ihm vorbei
und schaue nicht zurück, sondern werde schneller, je weiter ich
mich von ihm entferne. Ich sehe den Ausgang des Gebäudes und
laufe. Ich schenke niemandem hier Beachtung, ich will bloß
einfach hier weg – bis sich Miles vor mich stellt und ich an ihm
abpralle. Meine Clutch fällt zu Boden.

»Du gehst schon?«, fragt er enttäuscht. Ich bücke mich eilig
nach meiner Handtasche und sammele Lippenstift und Handy
vom Boden ein.

»Ja«, erwidere ich so leise, dass er es wahrscheinlich gar nicht
hört.

Er bückt sich zu mir auf den Boden und sucht nach meinem
Blick. »Alles okay?«

Ich starre ihn kurz an und erhebe mich abrupt vom Boden.
Dann lächele ich gezwungen. »Ich muss jetzt gehen. Hat mich
gefreut, dich zu sehen, Miles. Das Bild ist toll geworden.« Sein
verwirrter Blick verrät mir, dass er etwas erwidern möchte, aber
ich bin schneller und schreite wieder auf den Ausgang zu.

Die kalte Luft prescht mir ins Gesicht. Und ein Arm zerrt mich grob in die entgegengesetzte Richtung.

»Hör auf, vor mir wegzulaufen«, knurrt Alexander und zerrt weiter an meinem Arm. Als ich seine Limousine sehe, zwinge ich mich, stehen zu bleiben, und zerre ebenfalls an seinem Arm, damit er mich loslässt.

»Lass mich bitte gehen!«

»Warum?«, fragt er, bleibt stehen und lässt mich tatsächlich los.

Ich greife mir angestrengt an die Stirn und schüttele den Kopf. Dann nehme ich all meinen Mut zusammen und überlasse es ihm, wie meine Entscheidung ausfällt. »Wo warst du gestern Nacht?«

Wie zu erwarten war, schweigt er. Wieder streicht er sein Jackett glatt, als wäre das irgendeine Zwangsstörung von ihm, dann dreht er sich nach der Limousine um. »Bitte komm mit mir«, fordert er ungewohnt sanft.

»Wo warst du, Alexander?« Meine Hände zittern.

Sein Kiefer zuckt. Aber er schweigt weiterhin. Ich sehe ihm an, wie sehr er mit sich kämpft – wie er versucht, seine perfekte Fassade aufrechtzuerhalten, aber er schafft es kaum noch. Und ich sehe ihm an, dass er es nicht schafft, mich zu belügen. Nicht, wenn er mir dabei direkt in die Augen sieht.

»Wir reden bei mir«, sagt er stattdessen und reicht mir seine Hand.

»Nein, wir reden jetzt«, beharre ich.

»Samantha«, presst er rau hervor. »Steig in die Limousine.«

Langsam drohe ich vor Verzweiflung zu zerfallen. Ich weiß nicht, was ich tun soll. Eigentlich weiß ich es genau; ich sollte gehen. Dieser Mann will mir aus irgendeinem Grund nicht die Wahrheit sagen. Er hat Geheimnisse, die er vor mir verbirgt. Es verletzt mich, nicht zu wissen, was mit dieser anderen Frau läuft. Ich kann nicht so tun, als wüsste ich nicht, dass er die letzte Nacht bei ihr verbracht hat.

Aber meine Füße tun nicht das, was ihnen mein nutzloses Hirn übermittelt. Sie zittern lediglich. Ich werfe den Kopf in den Nacken und schließe die Augen. Die Erkenntnis, dass er es nicht schafft, mich zu belügen, weckt einen Funken Hoffnung in mir, egal wie lächerlich das auch klingen mag. Es erweckt in mir den Gedanken, er könnte mich doch nicht belogen haben und Amanda wäre doch nur eine Geschäftspartnerin. Mein Herz will fest daran glauben, aber die Stimme meiner Vernunft mischt sich ständig ein.

»Ich kann nicht«, flüstere ich niedergeschmettert. »Ich kann das nicht.« Mit dem Zeigefinger zeige ich zuerst auf ihn, dann auf mich.

Seine Augen scheinen vor Kummer zu schreien. Jemand anderes würde es nicht bemerken – den Schmerz, den sie ausstrahlen, aber ich kann ihn sehen. Ich kann ihn kaum *über*sehen. Ich blicke hinter die Fassade dieses perfekten Mannes. Ich sehe mehr als den teuren Anzug, die reglose Miene und die defensive Körperhaltung. Ich sehe *ihn*. Und trotzdem bleibt er mir ein Rätsel, welches ich wie besessen versuche zu lösen.

Er öffnet den Mund, um etwas zu sagen, hält sich dann aber doch zurück. Meine Worte scheinen ihn verletzt zu haben, auch wenn er das nie zugeben würde. Eigentlich sollte ich jetzt gehen, aber ich warte. Warum zwingt er mich nicht, mit ihm mitzukommen? Warum steht er nur da, ohne etwas zu sagen? Ganz untypisch für ihn.

Plötzlich hebt er einen Arm, um ein Taxi herbeizurufen. Als es direkt neben uns anhält, geht er darauf zu und holt ein paar Geldscheine aus seiner Hosentasche. Er reicht sie dem Taxifahrer durch die geöffnete Fensterscheibe und deutet mit dem Kopf auf mich, dann tritt er zurück und öffnet mir die Hintertür des Wagens.

Ich gehe langsam darauf zu; verwirrt darüber, dass er mich tatsächlich gehen lässt. Und enttäuscht, weil er mir keine Antworten gegeben hat.

Ich ziehe gerade den Kopf ein, um mich in den Wagen zu setzen, da lässt Alexander zwei Finger über meine Wange streichen und lächelt. »Wir sehen uns auf der Hochzeit.«

Hochzeit?

Mit diesen Worten schlägt er die Tür zu und wendet sich ab. Das Taxi fährt los.

»Miss?«, fragt der Fahrer höflich, als ich einige Sekunden lang gedankenverloren sitzen bleibe, nachdem wir gehalten haben. »Ist das hier ihr Gebäude?« Ich nicke abwesend. »Ihr Freund hat mich gebeten, zu warten, bis sie sicher im Gebäude sind.«

Schlagartig trifft mich ein Gedankenblitz. Ich lasse die Hand von der Türöffnung fallen und presse mich bewusst wieder tiefer in den Ledersitz. »Planänderung. Bringen Sie mich bitte zu einer anderen Adresse.«

Der Fahrer wirkt verwirrt, nickt aber und tippt etwas in sein Navigationssystem. »Wie lautet die Adresse?«

»Ich weise Ihnen den Weg«, erkläre ich und bedeute ihm zu wenden. Mein Hirn strengt sich über alle Maße an, sich an den korrekten Weg zu erinnern, und schließlich lächele ich zufrieden, als wir einige Zeit später in eine Wohngegend einbiegen.

»Hier ist es!« Ungeduldig ziehe ich ein paar Scheine aus meiner Tasche, lege sie dem Fahrer auf die Mittelkonsole und steige aus dem Wagen.

In ihrem Haus brennt Licht. Ich habe keine Geduld, den kleinen Garten zu umkreisen, also steige ich über den niedrigen Zaun und stapfe durch die gepflegten eingepflanzten Blumen.

Kurz überlege ich mir ernsthaft, ihre perfekten Rosen abzureißen und wie wild durch die Gegend zu schleudern, aber dann halte ich mich in letzter Sekunde davon ab und wandere weiter zur Haustür. Ohne weiter darüber nachzudenken, klopfe ich. Das Bedürfnis, endlich Antworten zu erhalten, wird übermächtig. Es ist kein höfliches Klopfen, mehr ein ununterbrochenes Hämmern.

Die Tür wird aufgerissen und ein Blondschopf steht mir gegenüber. Ich erkenne ein leichtes Stirnrunzel trotz der künstlich geglätteten Haut. »Was kann ich für Sie tun?«

Ich mache einen Schritt auf sie zu und mustere ihre Gestalt ausführlich. Von der Nähe aus wirkt sie noch schlanker und sportlicher. Ich hasse sie.

»Sind Sie Amanda?«, will ich wissen.

Durcheinander nickt sie. »Und Sie sind?«

»Das spielt keine Rolle«, murmele ich und werfe einen Blick in ihr Haus, um mich zu vergewissern, dass sie alleine ist. »Haben

Sie eine Minute?« Doch ich warte ihre Antwort gar nicht erst ab, sondern trete unbeirrt ein.

Sie hindert mich nicht daran, weicht mir aber ein Stück weit aus, bevor sie zögerlich die Haustür hinter mir schließt. Das, was ich von ihrem Haus bisher sehen kann, wirkt sehr liebevoll eingerichtet. Überall hängen Bilder und die bunten Farben der Wände spiegeln sich auch in ihren Möbeln wider.

»Wohnen Sie hier alleine?«, frage ich, da ich keine Bilder von einem Mann und ihr an den Wänden entdecken kann.

»So ist es«, erwidert sie immer noch verwirrt. »Miss, würden Sie mir bitte sagen, was ich für Sie tun kann?« Ihre Stimme klingt etwas unbehaglich. Jetzt gerade kommt sie mir gar nicht mehr wie eine Bitch vor, die es mit Jüngeren treibt. Aber jeder Mensch kann sich hinter einer Fassade verstecken, nicht wahr?

Ich starte einen Frontalangriff. »Vögeln Sie mit Alexander Black?«

Ihr Gesicht wird blass. Doch sie sammelt sich schnell wieder. Anstatt einen Gegenangriff zu starten, lächelt sie plötzlich. »Nein, Schätzchen, das tue ich nicht«, antwortet sie gelassen. »Tee? Kaffee?«

Aus irgendeinem Grund sage ich »Kaffee« und folge ihr durch das bunte Wohnzimmer in die große Küche. Nun bin ich es, die durcheinander ist. Während Miss Amanda Ominös mir einen Kaffee zubereitet, setze ich mich zögerlich auf einen der Stühle hinter der Kücheninsel. Sie wirft einen kurzen Blick über die Schulter und wieder lächelt sie verdächtig.

»Samantha, richtig?«

»Woher kennen Sie meinen Namen?«, sage ich irgendwie angewidert.

Diese Situation ist mehr als bizarr. Ich wollte sie fertigmachen, sie zur Rede stellen und vielleicht ein paar ihrer bunten Möbel attackieren, stattdessen sitze ich nun in ihrer Küche und warte auf meinen Kaffee. Ob sie ihn vergiftet?

Sie reicht mir nach wenigen Augenblicken die Tasse und hält eine Flasche Milch in die Höhe, woraufhin ich kurz den Kopf schüttele. Als sie sie zurück in den metallenen Kühlschrank stellt, werfe ich einen unsicheren Blick auf den dampfenden Kaffee. Er sieht normal aus, aber Gift würde ich auch nicht mit bloßem Auge erkennen

Als sie sich neben mich setzt, wirkt sie richtig neugierig. »Sie kennen meinen doch auch.« Ohne sie dabei aus den Augen zu lassen, nippe ich vorsichtig an dem Kaffee. Schmeckt normal. »Also, warum sind Sie hier, Samantha?«

»Sam«, korrigiere ich knapp. »Das wissen Sie doch anscheinend bereits.«

Ihre Augen lenken mich ungewollt ab. Nicht nur, dass sie mich unentwegt mustern, sie sind fast giftgrün. In ihrer grauen Joga-Hose wirkt sie um einiges fitter als ich. Ich kann kein Gramm Fett an ihren Beinen entdecken.

»Warum treffen Sie sich nachts mit Alexander?«, frage ich schließlich.

»Das sollten Sie ihn fragen, Schätzchen«, erwidert sie ernst. »Es ist mir nicht gestattet, darüber zu sprechen.«

Aha! Also gibt es doch etwas zu verheimlichen. Ich wusste es.

»Sind Sie Geschäftspartner?« Langsam drehe ich die Tasse in meiner Hand im Kreis. Nichts deutet darauf hin, dass sie ihn vergiftet hat. Er schäumt nicht und ich kann auch keine Bröckchen darin erkennen.

Sie lächelt wieder ungezwungen. »Die Formulierung trifft es nicht ganz.« Genüsslich nimmt sie einen Schluck von ihrem Tee. »Aber wenn man so möchte, könnte man es auch so nennen.«

Jetzt drohe ich gleich die Geduld zu verlieren. Ich will Antworten, keine weiteren Rätsel.

»Also?«, dränge ich sie ungehalten und trinke meinen Kaffee mit wenigen Schlucken aus. »Wollen Sie mir nun sagen, was mit ihnen beiden läuft?«

Ihre besonderen Augen wirken nun mitfühlend. »Ich befürchte, dass ich Ihnen das, was Sie gerne wissen möchten, nicht beantworten kann.« Dann greift sie nach meinem Arm, eine unerwartet liebevolle Geste. »Sehen Sie, Alexander ist ein spezieller Mensch. Emotionale Bindungen sind nichts für ihn.«

Emotionale Bindungen? »Sie sollten wissen, worauf Sie sich einlassen. Sprechen Sie mit ihm.«

»Ich verstehe kein Wort«, entgegne ich scharf und ziehe

meinen Arm vom Tisch. »Sprechen Sie etwa aus Erfahrung?« Sie sieht mich ausdruckslos an, und ich werde noch wütender. Wie schaffen es diese Menschen immer so verdammt nichtssagend dreinzuschauen? Ich hingegen bin wie ein offenes Buch. Eines, das man auch aus drei Meilen Entfernung lesen kann. »Können Sie verdammt noch mal aufhören, in Rätseln zu sprechen?« Mein Tonfall ist lauter als beabsichtigt.

Sie stellt die Tasse Tee auf dem Tresen ab und mustert mich kalkulierend. »Sie sind schnell aufgebracht«, stellt sie nachdenklich fest. »Woran liegt das?«

Was zum Teufel? Versucht sie mich gerade zu analysieren? Genervt schiebe ich ihr die Tasse vor die Nase, erhebe mich von dem Stuhl und verschränke beide Arme vor der Brust. Ich zittere vor Wut, Ungeduld und Verwirrung. Die Frau bringt mich trotz ihrer Höflichkeit in Rage. »Lassen Sie einfach die Finger von ihm!«, fordere ich sie auf.

Jetzt erhebt auch Amanda sich von ihrem Stuhl. Ihre giftgrünen Augen versuchen mich weiterhin zu analysieren, und ich versuche so wenige Emotionen wie möglich preiszugeben.

»Sie sollten besser gehen«, verkündet sie zögernd. Ohne mich weiter zu beachten, wandert sie zurück zum Flur. Wutentbrannt folge ich ihr und reiße die Haustür auf. »Sie und Alexander würden sich nur gegenseitig zerstören!«, ruft sie mir hinterher, doch ich laufe einfach weiter durch ihren verdammten Garten. »Hören Sie auf mich und lassen Sie ihn in Ruhe! Sie würden ihm nur im Weg stehen und er kann keine Ablenkungen gebrauchen!«

Ihn in Ruhe lassen? Ablenkungen? Im Weg stehen?

Das ist also ihr Ziel – ihn mir wegzunehmen? Uns auseinanderzubringen? Wollte Sie mich mit ihrer höflichen Art nur täuschen?

Ich laufe bis zum Ende der Straße und rufe mir ein Taxi. Wäre ich bloß nicht hergekommen! Jetzt weiß ich nicht ein bisschen mehr als zuvor, und dennoch bin ich nun noch mehr verwirrt. Wer zum Teufel ist diese Frau und welche Rolle spielt sie in Alexanders Leben?

Als ich das Schloss zu meiner Wohnung aufsperre, betrete ich einen stockfinsteren Raum. Mittlerweile ist es ziemlich spät. Ich bemühe mich, leise zu sein, um Claire nicht zu wecken. Kaum habe ich mich umgezogen und abgeschminkt, lasse ich mich in mein Bett fallen und setze mich gleich darauf wieder auf, weil ich Stimmen aus Claires Schlafzimmer ertönen höre.

Gerade, als ich an ihrer Tür klopfen will, huscht sie nur im Hemd bekleidet heraus.

»Sam«, stößt sie nervös hervor, schließt rasch die Tür hinter sich und betrachtet mich irgendwie ertappt. »Du hier?«

»Ich wohne hier, Claire. Warum bist du immer so überrascht mich zu sehen?«, erwidere ich lachend.

Sie nickt energisch und lächelt gezwungen. »Schon klar, du verbringst nur in letzter Zeit nicht allzu viel Zeit hier«, murmelt sie. »Ich bin mit, ähm … mit Jacob hier«, stottert sie.

Ich zucke gelassen mit den Schultern. »Schon okay. Treibt es nur nicht zu laut.« Als ich mich umdrehe und zurück in mein Zimmer gehe, sehe ich, wie sie nervös zurück in ihr Zimmer läuft und die Tür augenblicklich hinter sich schließt.

Ich seufze amüsiert, weil ich es merkwürdig finde, dass sie so eine große Sache daraus macht. Schließlich weiß ich, dass sie mit Jacob schläft.

Mein Handy vibriert in meiner Tasche. Ich öffne die Nachricht und spüre, wie mir das Herz in der Brust zerbirst. Ich lese sie immer und immer wieder und schlafe schließlich mit ihr auf meiner Brust ein.

Schlaf gut, Baby. Ich wünschte, du wärst hier.

KAPITEL 29

$\mathcal{A}$ ls ich das letzte Mal in einem Flugzeug saß, war ich überwältigt vom dem guten Service, dem leckeren Essen und dem freundlichen Flugpersonal. Als ich vorhin aus dem Flieger stieg, war ich überwältigt von der frischen Luft, die mir endlich die Atemwege öffnete und den Schweißgeruch in meiner Nase vertrieb, mit dem mich mein Sitznachbar viel zu lange beehrt hat. Meine Kehle ist ausgetrocknet und ich habe von dem ekeligen Billig-Orangensaft aus dem Flieger einen bitteren Geschmack im Mund.

Der Taxifahrer, der mich zum Haus meiner Mutter bringt, ist typisch Detroit – eigen, kalt und irgendwie gefährlich. Er bemüht sich nicht, mir mit meinem Gepäck zu helfen, als ich aussteige, sondern wartet im Wagen darauf, von mir bezahlt zu werden.

Ich schmeiße ihm die Scheine auf den Sitz und seufze, werfe mir die Tasche, die ich mir von Claire geliehen habe, über die Schulter und marschiere geradewegs auf das schäbige Haus zu, in dem ich meine Kindheit verbracht habe. Bei dem Anblick fehlen mir sofort zwei Dinge: Sauberkeit und unser Doorman Peter.

Ich öffne die Haustür ohne zu klopfen und rechne mit dem Schlimmsten, aber mir bietet sich ein ungewöhnlicher Anblick: das Haus ist sauber – richtig sauber. So sauber, wie es war, als ich es kürzlich verlassen habe. Aber ich bin mir dessen bewusst, dass es nicht in diesem Zustand geblieben ist, während ich fort war. Jemand muss es danach erneut saubergemacht haben. Meine Mutter? Freiwillig?

»Mom?«, rufe ich, stelle meine Tasche auf der mit Brandflecken übersäten Couch ab und marschiere direkt in die Küche.

Meine Mutter ist nirgends zu entdecken. Ich sehe auch keine leeren Flaschen Whisky oder Jacky. Jetzt werde ich unaufhaltsam nervös.

»Mom!«, rufe ich erneut, doch niemand antwortet mir.

Ich laufe in mein Zimmer, sehe mich beunruhigt um, laufe ins Badezimmer, mustere auch diesen Raum detailliert, bis ich atemlos im Wohnzimmer stehenbleibe. Alle möglichen Gedanken kreisen mir im Kopf herum, aber einer quält mich am meisten. Es ist nicht der, wohin meine Mutter verschwunden ist, sondern warum es hier so gar nicht aussieht, als würde eine Alkoholikerin täglich an ihrer Flasche hängen. Eigentlich sollte ich mich darüber freuen, aber in mir kommt die Befürchtung auf, sie könnte in letzter Zeit einfach nicht hier gewesen sein.

Plötzlich ertönen Geräusche vor dem Haus und ich reiße die Tür so energisch auf, dass sie gegen das Regal dahinter prallt.

»Meine Güte, Samantha!«, keift meine Mutter mich erschrocken an. Aber noch erschrockener bin wohl ich, als ich sie ungläubige mustere. Sie sieht gut aus. Und sie wirkt nüchtern.

»Was ist denn in dich gefahren?«, fragt sie mich, schüttelt den Kopf und geht mir nichts dir nichts an mir vorbei ins Haus. Sie *ist* nüchtern. »Hilfst du mir mal?«

Perplex drehe ich mich um und sehe erst jetzt die vielen Tüten in ihrer Hand. Noch immer runzele ich die Stirn, helfe ihr aber und nehme ihr eine der Tüten ab. Dann räume ich schweigend die Lebensmittel in den – sauberen? – Kühlschrank.

»Mom?«, frage ich leise und stelle eine Packung Eier in das oberste Fach. »Warum geht es dir so gut?« Okay, die Frage klingt bescheuert. »Ich meine, geht es dir gut?«, verbessere ich mich.

Sie schenkt mir ein aufrichtiges Lächeln. »Ja, meine Süße.« Danach hält sie mir eine Flasche Milch entgegen. »Seitenfach«, murmelt sie.

Als wir fertig sind, atmet sie tief aus und starrt mich eindringlich an. »Schön, dass du hier bist.« Sie küsst mich auf die Wange und sieht auf die Uhr. »Na, jetzt musst du dich aber wirklich beeilen! Du kommst noch zu spät zur Hochzeit!«

»Okay«, erwidere ich immer noch verwirrt, aber glücklich darüber, dass sie gesund und wohlauf zu sein scheint.

Trotzdem stimmt hier irgendetwas nicht. Gerade als ich mit meiner Tasche ins Badezimmer gehen will, sehe ich etwas *wirklich* Beunruhigendes vor dem Haus. Ich bleibe abrupt vor dem Fenster stehen und schüttele mehrmals den Kopf, um die Fata Morgana aus meinem Hirn zu vertreiben. Doch das Bild verschwindet nicht.

»Alexander?«, flüstere ich vor mich hin und erschrecke mich fast zu Tode, als sich meine Mutter neben mir räuspert. Ich lasse die Tasche auf den Boden fallen und greife mir entgeistert auf die Brust.

»Ist er nicht ein wahrer Schatz«, schwärmt sie, während sie ihm vom Fenster aus dabei zu sieht, wie er mit einer Einkaufstüte in der Hand die Straße entlang zu unserem Haus läuft. »Er ist extra noch mal zurück in den Laden gefahren, um Brot für das Frühstück zu kaufen. Du weißt ja, das vergesse ich immer.« Der Kloß in meinem Hals wird größer, als er sich unserem Haus immer mehr nähert.

»Seit wann ist er hier?«, will ich nervös wissen und schnappe mir rasch meine Tasche vom Boden.

Meine Mutter wandert zur Haustür, um sie für ihn zu öffnen. »Seit heute Morgen. Wir haben geputzt und meine Sachen für die Klinik gepackt.«

Jetzt wird mir alles klar. Und trotzdem verstehe ich nur Bahnhof. Alexander ist also alleine zu meiner Mutter gefahren, um mit ihr das Haus zu putzen, einkaufen zu gehen und ihre Sachen zu packen? Ich muss wohl träumen.

Ist das seine Art, zu versuchen, sich zu entschuldigen?

Noch bevor er das Haus betritt, stürme ich ins Badezimmer und schließe die Tür hinter mir ab. Jetzt habe ich keine Zeit, um zu grübeln oder mit ihm zu sprechen.

Es dauert zirka dreißig Minuten, bis ich in meinem blassgelben Kleid fertig gestylt vor dem Spiegel in unserem Bad stehe.

Mein Make-up ist mir gut gelungen, obwohl ich bei jedem Wort, das Alexander im Wohnzimmer von sich gab, zusammengezuckt bin. Weil ich mich nicht traue, das Badezimmer zu verlassen, zögere ich die Zeit hinaus, indem ich meine Hand- und Fußnägel weiß lackiere. Dann tänzele ich durch den Raum, bis der Nagellack getrocknet ist.

»Samantha!«, ruft meine Mutter lauthals durch die verschlossene Tür. »Ihr müsst jetzt los!«

Bum Bum Bum. Ich spüre seine Anwesenheit bis ins Mark. Warum ist er überhaupt gekommen? Er sagte zwar gestern, dass wir uns auf der Hochzeit wiedersehen, aber ich hätte niemals gedacht, dass er ernsthaft hier auftauchen würde. Bei meiner Mutter. Ohne mich.

Nun gut, als kluger Mann, der er nun mal ist, hat er meine Einwände und Aufstände wahrscheinlich kommen sehen und sich eine bessere Lösung einfallen lassen.

»Komme«, antworte ich, straffe meine Schultern und streiche mir das Kleid glatt. Die geistige Vorbereitung auf das Zusammentreffen mit Alexander ist viel aufwendiger als meine Bemühungen, mich in Schale zu werfen. Wenigstens sehe ich in dem Kleid umwerfend aus, was mir ein bisschen mehr Selbstbewusstsein verleiht. Mit zittrigen Händen entsperre ich die Tür und stolziere in meinen hochhackigen Schuhen ins Wohnzimmer.

Alexanders Blick klebt an mir. Und ich starre ihn ebenso aufdringlich an. Ich bin einen Augenblick lang sprachlos. Er sieht *so verdammt heiß* aus, dass ich fast in Ohnmacht falle.

Anscheinend hat er sich in der Zwischenzeit umgezogen. Er trägt einen beigen Dreiteiler, ein hellblaues Hemd und eine dunkelblaue Krawatte, dazu Anzugschuhe in der Farbe Cognac. Sein dunkles Haar wurde wie immer bis auf die letzte Strähne perfekt nach hinten gestylt, und ich bin mir ziemlich sicher, dass der dunkle Dreitagebart absichtlich nicht entfernt wurde, um ihm noch mehr Sexappeal zu verleihen. Sein Äußeres ist vollkommen. Verdammt sexy. Scheiße. Es sollte verboten werden, so auszusehen! Wie soll man sich bei diesem Anblick noch auf irgendetwas anderes konzentrieren?

Als mir auch noch sein unverkennbares Eau de Cologne in die

Nase steigt, das sich mittlerweile im gesamten Wohnzimmer ausgebreitet hat, muss ich mich an der Wand stützen, um nicht das Gleichgewicht zu verlieren. Ich bin verloren – Hals über Kopf verliebt in ein unlösbares Rätsel. Das kann nicht gut enden. Zumindest nicht für mich.

»Alexander«, sage ich mit tiefer Stimme, um mir nicht anmerken zu lassen, wie aufgewühlt ich innerlich bin.

Er steht breitbeinig neben dem Eingang, eine Hand in seiner Hosentasche, in der anderen Hand eine verpackte Schachtel. Und er frisst mich förmlich mit seinen Blicken auf. Als er sich über die Unterlippe leckt, während er meine Beine betrachtet, bekomme ich Schweißausbrüche. Gott sei Dank habe ich die vielen Pflaster, die er mir aufgeklebt hat, vorhin entfernt.

»Samantha, ihr solltet jetzt wirklich gehen«, drängt meine Mutter. »Alexander, ich danke Ihnen nochmal. Bis später!« Sie küsst ihn fröhlich auf die Wange, und zum ersten Mal löst er sich aus seiner Starre und lächelt, während er ihren Wangenkuss erwidert.

Bis später? Gott, hilf mir … Dass die beiden plötzlich so tun, als seien sie beste Freunde, gefällt mir gar nicht. Und das »bis später« deutet darauf hin, dass ich mich wohl noch länger diesem unwiderstehlichen Mann herumschlagen muss.

»Du siehst wunderschön aus.« Seine raue Stimme lässt mich erschaudern.

Ich wende den Blick ab und gebe meiner Mutter einen Kuss auf die Stirn. »Bis später, Mom. Ruf mich an, wenn du mich brauchst.« Mit starkem Herzklopfen gehe ich ein paar Schritte auf ihn zu. »Danke«, sage ich dann leise.

»Gern geschehen«, meint er höflich und streckt mir den angewinkelten Arm entgegen, damit ich mich bei ihm unterhaken kann. Ich blinzele ihn ununterbrochen an, als wäre das irgendein merkwürdiger Tick von mir. »Geht es dir nicht gut?«, fragt er besorgt.

»Doch«, murmele ich und gehe vorwärts, ohne mich bei ihm unterzuhaken.

Er folgt mir. Nach wenigen Schritten bleibe ich wieder stehen. Seine Augen sehen mich ein wenig belustigt an, was mich wütend werden lässt. Er weiß genau, welche Wirkung er auf mich hat, und ich hasse es.

»Was tust du hier?«, will ich vorwurfsvoll wissen. »Wie soll ich mich von dir fernhalten, wenn du mich andauernd verfolgst?« Ich stöhne frustriert laut auf.

»Vielleicht solltest du es einfach nicht tun.« Alexander wechselt die Straßenseite und öffnet mit einer Funkfernbedienung die Türen eines schwarzen Lexus. Kurz bevor er einsteigt, lächelt er mich an. »Steig ein.«

Beunruhigt steige ich in den Lexus. Mir bleibt ja wohl nichts anderes übrig. Ich schnalle mich an und sehe mich im Wagen um. Auf dem Armaturenbrett liegt die hübsche Hochzeitseinladung, ansonsten ist der Wagen leer. »Ist das dein Wagen?«

Alexander drückt viel zu fest aufs Gaspedal und ich werde ungewollt in den Sitz gepresst. »Ich habe ihn gemietet«, erklärt er, den Blick auf die Straße gerichtet. Nervös kralle ich mich im Leder des Sitzes fest. »Wir haben ein paar Dinge zu besprechen.« Seine Stimme wird ernster, er sieht mich aber immer noch nicht an.

»Und was?«, frage ich unschuldig, obwohl ich genau weiß, was jetzt kommt. Ich umklammere den Sitz noch fester, sodass mir beinahe die frisch lackierten Nägel einreißen.

»Es ist weder gut für dich noch für mich, wenn du dich in meine Angelegenheiten einmischst«, meint er kühl. »Was dachtest du dir dabei?«

Meine Handflächen beginnen zu schwitzen, also lasse ich den Sitz los und spiele unsicher an meinen Fingern herum. Mir war klar, dass Amanda ihm von meinem Besuch erzählt, trotzdem bin ich sauer. Als ich nicht antworte, sieht er mich streng von der Seite an.

»Vertraust du mir denn nicht?«

»Dir vertrauen?«, frage ich und muss dabei höhnisch lachen. »Warum sollte ich dir vertrauen?«

»Warum solltest du es nicht tun?«, fragt er vollkommen ernst, greift nach meiner Hand und legt sie sich auf den Oberschenkel. Bei der Berührung schlägt mein Herz schneller. »Du bist die einzige Frau, die ich begehre, Sam.«

Ich schließe die Augen und lasse seine Worte auf mich wirken. Kann das stimmen? Mein Gehirn verarbeitet alle Informationen, die es in den letzten Tagen gesammelt hat. Alles wirkt so unlogisch – seine Treffen mit Amanda, die Heimlichtuerei, seine zwanghaften Bemühungen mir nahe zu sein und mich davon zu überzeugen, er wäre nur an mir interessiert. Ich schaffe es einfach nicht, eine logische Schlussfolgerung daraus zu ziehen. Welches Ziel hat er?

»Warum sagst du mir nicht einfach, wer Amanda ist? Warum verheimlichst du so viel vor mir? Im Grunde genommen weißt du alles über mich, aber ich nichts über dich.« Bei der scharfen Linkskurve, die er fährt, pralle ich leicht an ihm ab und kralle mich ungewollt in sein Bein.

»Du weißt genug über mich«, meint er. »Du solltest aufhören, dir immer deinen hübschen Kopf zu zerbrechen und genießen, was wir haben.«

Gott, er und Amanda sind sich wirklich ähnlich. Wieder starre ich aus dem Fenster und versuche meine Gefühle unter Kontrolle zu behalten.

»Was haben wir denn, Alexander? Was ist das zwischen uns? Kläre mich auf.«

Er atmet laut aus, wirkt angestrengt. Die Luft hier drinnen wird dünner. »Etwas Besonderes.« Diesmal bereite ich mich auf die Linkskurve vor und halte mich am Türgriff des Wagens fest. »Etwas, das nicht aufhören sollte.«

»Dann hör doch verdammt noch mal damit auf, mich zu belügen, und rück mit der Wahrheit heraus!«, entfährt es mir ungeduldig und lauter als gewollt.

Plötzlich verreißt Alexander das Lenkrad und fährt an den Straßenrand, etwas abgelegen von der befahrenen Autostraße. Er hält an. Ich starre auf das Feld, welches sich vor mir erstreckt. Es ist leer und ausgetrocknet. *Genau wie ich mich fühle.*

»Samantha«, sagt er gepresst und umfasst mein Kinn. »Sieh mich an.« Ich tue, was er verlangt, und blicke in seine so tiefgründigen Augen. Augenblicklich ist meine Wut verstrichen und meine Sehnsucht nach ihm wird größer. Viel größer, als sie sein sollte. »Ich sage das nur noch einmal: Du bist, was ich will. Du faszinierst mich. Du alleine bringst mich dazu, mich in einen Flieger nach Detroit zu setzen.«

Ich blinzele unkontrolliert und merke, wie meine Sicht langsam verschwimmt. Seine sanften Worte lösen ein Gefühlschaos in mir aus, und mein Körper reagiert ganz untypisch darauf. Sie bringen mich zum Weinen. Es ist ein verzweifeltes Weinen, eines, das von Trauer ausgelöst wird, nicht wie üblich von Wut.

»Nicht weinen, Baby«, flüstert er warm, streichelt mir über den Kopf und drückt mir einen sanften Kuss auf die Stirn. »Kämpf nicht gegen mich an.«

»Das will ich auch gar nicht«, räume ich ein und wische mir die Tränen vorsichtig aus dem Gesicht, um mein Make-up nicht zu ruinieren. »Aber du machst es mir so schwer.«

Wieder küsst er mich sanft, diesmal auf die Wange. »Du machst es uns schwer.«

Unausweichlich zweifle ich jetzt an mir selbst und hinterfrage all meine Absichten. Was bezwecke ich mit meinen Spionage-Aktionen? Wovor habe ich solche Angst? Oder ist es eher, was ich mir wünsche, zu erfahren? Vielleicht hat er recht und ich kämpfe einfach nur gegen ihn an. Gegen uns an. Vielleicht ist es der Gedanke, nicht zu verstehen, warum ein Mann wie er sich in ein Mädchen wie mich verliebt. Hat er sich überhaupt in mich verliebt? Das scheint mir unmöglich zu sein. So enden diese Geschichten nicht – vielleicht im Märchen, aber nicht in der Realität. Ein millionenschwerer Junggeselle, dem die Welt zu Füßen liegt, verliebt sich nicht in das mittellose Mädchen aus Detroit, das nur Ballast mit sich rumschleppt.

»Was willst du von mir, Alexander? Ich meine, von *mir*?«

Seine gequälten Augen verwandeln sich sekundenschnell in funkelnde Diamanten. Die kleinen Fältchen, die sich immer um sie bilden, wenn er lächelt, lassen sein Gesicht wieder fröhlicher wirken.

»Alles.«

Der Krampf in meinem Herzen löst sich. Mit diesem einzigen Wort hat er so viel mehr ausgedrückt, als er es mit tausenden von Worten hätte tun können.

»Ich liebe dich«, flüstere ich und reiße mit einem Mal die Augen panisch auf, als mir klar wird, was ich da eben gesagt habe.

Mein Mund und mein Gehirn arbeiten nicht mehr zusammen. Mein Gehirn übermittelt Gedanken – Zweifel –, aber mein Mund spricht nur das Offensichtliche aus. Das, was in meinem Herzen ist und mich verwundbar macht

Noch nie habe ich mich gleichzeitig so stark und schwach gefühlt. So unbesiegbar und so leicht zerstörbar. Und jetzt weiß er, was ich selbst bis gerade eben noch nicht sicher wusste.

Alexander starrt mich sekundenlang nur an. Mein kleines Herz droht von der zunehmenden Enge in meiner Brust zerquetscht zu werden, aber zu meiner Überraschung ist es kein entsetzter Blick, der sein Gesicht ziert – kein ich-will-sofort-hier-weg-Blick, sondern ein ganz warmer, unvergleichbar emotionaler Blick. Keine Spur mehr von dem Pokerface, das ich so sehr hasse und welches mich stets dazu zwingt, die Emotionen aus seinen Augen zu lesen.

Stattdessen beugt er sich zu mir, berührt meine Nasenspitze mit seiner und lächelt an meinem Mund. Sofort lächele ich ebenfalls. Ich weiß, was er damit ausdrücken will, weil er es mit Worten nicht kann.

»Ich liebe dich«, flüstere ich erneut, diesmal ohne selbst davon erschrocken zu sein.

Seine Lippen berühren die meinen und übersäen meinen Mund mit zarten Küssen. Er legt mir eine Hand in den Nacken, drückt ihn zärtlich und stößt seine Zunge in meinen Mund. Danach herrscht wieder kurz Stille zwischen uns. Er atmet den Geruch meiner Haare ein, in denen er sein Gesicht vergräbt, dann flüstert er an meinem Ohr: »Merk dir eines, Samantha Woods: Kein Mann wird dir je so nahe sein wie ich – weder körperlich, noch emotional. Kein Mann wird dich je so begehren wie ich, weil es unmöglich ist, diese Anziehung zwischen uns ein zweites Mal zu erleben. Und weil ich es niemals zulassen werde, dich zu verlieren.«

Ich habe die Augen geschlossen und lausche nur dem Klang seiner klaren Stimme. Seine Worte füllen mein Innerstes mit

Liebe. Er küsst mich auf den Hals und schmiegt sich wieder eng an mich, genießt die Nähe zu mir.

»Wir sind füreinander geschaffen. Das waren wir vom ersten Moment an und das werden wir für immer sein. Ich werde immer nur deins sein und du immer nur meins. Ich beschütze das, was mir gehört, und ich hintergehe es nicht. Es gibt nicht viele Dinge, die ich mit einhundertprozentiger Wahrheit behaupten kann, aber das schon.«

Langsam atme ich aus, nachdem ich bemerkt habe, die Luft angehalten zu haben. Seine Worte versetzen mich in einen Rauschzustand und lassen mich alles um mich herum vergessen.

Vielleicht habe ich genau das gebraucht, diese Worte aus seinem Mund zu hören. Die Ehrlichkeit in seiner Stimme. Egal, was es ist, dass mein Herz gerade so erwärmt, es soll nie wieder aufhören.

Alexander zieht seinen Kopf zurück und legt mir beide Hände ums Gesicht. »Verstehst du es jetzt?«, fragt er sanft und ich nicke schwach. »Und jetzt frage ich dich noch einmal: Vertraust du mir?« Wieder nicke ich, ohne zu zögern.

Im selben Moment drücke ich meine Lippen auf die seinen und küsse ihn sehnsüchtig. Mir wird warm, immer wärmer, und ich schlinge beide Arme um seinen muskulösen Körper, um ihm noch näher sein zu können. Ich will ihn, mit all seinen Fehlern, seinen Geheimnissen und seinem oft so unverständlichen Verhalten. Ich will ihn, so wie er ist und nicht anders. Das Einzige, das ich von ihm brauche, ist das Versprechen, das er mir gerade eben freiwillig gegeben hat.

Ich will daran festhalten. Will ihm glauben, dass er es ehrlich mit mir meint und mich nicht hintergeht. Und darauf hoffen, dass er bloß ein wenig mehr Zeit braucht, um mich in seine Geheimnisse einzuweihen.

»Lass uns jetzt zur Hochzeit fahren«, flüstert er, während er sich langsam aus meiner Umarmung löst. »Natürlich nur, wenn ich mitkommen darf.« Ein Lächeln umspielt seine vollen Lippen.

»Ich dachte, ich hätte hier nicht das Sagen. Oder eine Wahl«, necke ich ihn und er legt immer noch lächelnd den Gang ein.

»Hast du auch nicht Baby, das weißt du doch.«

Gerade noch rechtzeitig parken wir auf dem riesigen Veranstaltungsgelände. Dutzende Autos sind auf dem Parkplatz vor dem Gebäude abgestellt, einige hübsch zurechtgemachte Frauen stolzieren durch das ungemein hohe Tor aus Metall, welches zum Inneren des Gebäudes führt, und das gesamte Haus ist von außen mit weißen Rosen geschmückt.

Ich lächele, als ich aussteige, und warte auf Alexander, der ebenso begeistert zu sein scheint wie ich.

»Hübscher als erwartet«, flüstert er und umfasst meine Hand, als wir gemeinsam zum Tor schreiten.

»Allerdings«, stimme ich zu und werfe den kleinen Mädchen, die jeweils rechts und links vor dem Eingang stehen, einen freundlichen Blick zu.

Das blonde Mädchen rechts von mir zückt ein Ansteckarmband aus weißen Blumen und reicht es mir, damit ich es um mein Handgelenk binde. Alexander bekommt ein weißes Ansteckblümchen, das er sich bereitwillig von der kleinen Lady in seine Hemdtasche stecken lässt.

Als ich sehe, dass er ihr einen Einhundert-Dollarschein in den Korb steckt, schnappe ich nach Luft. »Alexander!« Er grinst mich an und legt einen Arm um meine Schulter. »Da sollte man höchstens fünf Dollar reinstecken«, flüstere ich schockiert und tadelnd.

»Mindestens. Ein höchstens gibt es nicht«, meint er neckisch.

Wir gehen durch einen langen Flur und folgen den Frauen, die scheinbar zu wissen scheinen, wo der Hochzeitsempfang stattfindet.

»Dieses Kleid steht dir übrigens hervorragend«, meint er angetan, während er mich unaufhörlich anstarrt.

»Danke, Mr Black.« Ich zwinkere, weil ich weiß, was dieser Name für eine Wirkung auf ihn hat. Und weil ich ihn schon lange nicht mehr so angesprochen habe.

Gerade, als er sich zu mir hinab beugt, um mich zu küssen, kommen wir am Ende des Flures an und ich schlage mir eine Hand vor den Mund, als ich in den Hochzeitssaal hineinblicke. »Oh mein Gott …«

Alexander sieht mich besorgt an, dann lässt er den Blick durch den monströsen Hochzeitssaal schweifen und runzelt die Stirn. »Was stimmt nicht?«

»Nichts«, murmele ich völlig fassungslos. »Ich meine, alles! Das ist unsere Hochzeit!«

Sein Blick verrät, dass er keine Ahnung hat, wovon zum Teufel ich spreche. »Unsere?«

Ich schaffe es nicht, einen weiteren Schritt in den Saal zu machen, so überrumpelt bin ich von dem, was mir hier zu sehen geboten wird: weiße, hohe Wände, verziert mit Ketten aus roten Rosen, riesige Schleifen an jeder Ecke des Saales, prunkvolle Kronleuchter aus Kristallen, die in der Luft hängen, runde Tische, auf denen jeweils eine kristallene Vase mit roten Rosen platziert ist, edles Silberbesteck und unzählige Teller mit goldenem Schriftzug: *Love is everywhere*. Tischdecken aus Spitze, weiße Stühle, die an der Rückenlehne zu einem Herz geformt sind, ein langer roter Teppich, der farblich perfekt zu den roten Rosen passt und direkt zu der Spitze des Saals, wo sich hinter der Tanzfläche eine kleine Bühne befindet, führt. Seitlich neben der Tanzfläche sind riesige Plakate aufgestellt worden, die ebenso mit Rosen verziert sind und viele Fotos aus jungen Jahren von Nancy und auch Jonah zeigen. Die Bühne ist oberhalb mit weißen und roten Luftballons geschmückt, die alle einen Buchstaben tragen und zusammen *Nancy & Jonah* ergeben. An der Decke sind neben den Kronleuchtern noch dutzende Spots angebracht, die pinkes Licht auf den Saal werfen. Und natürlich befindet sich inmitten des riesigen Saales ein wunderschöner Springbrunnen, dessen Lichter abwechselnd pink und lila erstrahlen.

Alles ist so, wie Nancy und ich es uns immer ausgemalt haben. Jedes kleinste Detail ist genauso, wie wir es geplant hatten. Sie hat den Traum unserer Hochzeit verwirklicht. Unfassbar!

»Sam?«, fragt Alexander unsicher, weil ich immer noch wie erstarrt in den Saal blinzele. »Lass uns reingehen.« Ich nicke und bin sogar noch mehr sprachlos, als uns die Hochzeitsplanerin persönlich an den Tisch führt.

»Samantha Woods«, stellt sie fröhlich fest, wirft mir ein atemberaubendes Lächeln zu und deutet uns, auf dem Tisch neben

Nancys Eltern Platz zu nehmen. »Wie gefällt Ihnen Ihre Hochzeit?« Ich lache laut auf. Nancy hat ihr also davon erzählt. »Sie gefällt mir atemberaubend gut!«, gebe ich amüsiert zu.

»Gut! Sie haben ja meine Nummer, wenn es so weit ist«, kichert sie und zwinkert mir zu, als sie von unserem Tisch davoneilt, um die nächsten Gäste zu begrüßen. Alexander sieht ihr verwirrt hinterher und mich fragend an.

»Nancy und ich haben seit klein auf von unserer Hochzeit geträumt – dieser Hochzeit. Sie hat einfach alles genau so gemacht, wie wir es uns immer vorgestellt hatten«, kläre ich ihn endlich auf.

Alexander wirkt verblüfft, wirft nochmal einen Blick durch den Raum und lächelt dann skeptisch. »So habt ihr euch also eure Hochzeit vorgestellt, als ihr klein wart?«

»Bis ins Detail«, erwidere ich und lasse die Eindrücke erst mal auf mich sacken. Doch ich komme nicht lange dazu, denn ich höre von weitem eine Stimme nach mir rufen, die mir sofort ein Strahlen ins Gesicht zaubert.

»Beatrice!«, rufe ich lauthals und falle der Frau, die teilweise mehr Mutter für mich war als meine eigene, um den Hals. »Wie geht es dir?«

Nancys Mutter mustert mich strahlend von oben bis unten, dann schüttelt sie den Kopf. »Siehst du gut aus, Sam!« Wir umarmen uns noch einmal, dann lassen wir voneinander ab und ich schüttele auch Nancys Vater höflich die Hand.

»Nan freut sich irrsinnig, dass du heute für sie da bist«, erzählt Beatrice mir und streichelt mir sanft über den Oberarm.

»Das würde ich mir nie entgehen lassen! Der Saal ist ...«

»Vertraut?«, fragt sie amüsiert und streicht sich ihre Stirnfransen glatt. »Ich wollte sie ja noch davon abhalten, aber du weißt ja, wie sie ist.«

»Es ist perfekt. Sie lebt unseren Traum«, lache ich, wende mich Alexander zu, der sich sofort erhebt, und zeige mit dem Finger zwischen den beiden hin und her. »Beatrice, das ist Alexander – Alexander, Beatrice. Nancys Mutter.«

»Oh«, stößt sie überrascht hervor, ist aber sofort hin und weg von Alexanders charmanter Art. Er macht ihr auf Anhieb ein

Kompliment, bewundert den hübsch dekorierten Saal und legt mir liebevoll einen Arm um die Schulter.

»Nan hat gar nicht erwähnt, dass du auch in festen Händen bist«, sagt Beatrice fröhlich.

»Das ist sie«, erwidert Alexander stolz. »Es freut mich sehr, Sie kennenzulernen. Dadurch fühle ich mich Sam noch näher.«

»Die Freude ist ganz meinerseits«, stimmt sie zu und himmelt uns beide verliebt an. »Dann sehen wir uns wohl als Nächstes auf deiner Hochzeit? Ach, wie schnell meine Mädchen groß geworden sind!« Sie seufzt theatralisch und ich verschlucke mich an meiner eigenen Spucke, erleide einen Hustenanfall und wende dann verlegen den Blick von ihr ab. Sie ist sich ihres Ausrutschers sofort bewusst, lächelt verlegen und nimmt kurz darauf auf ihrem Tisch neben uns Platz.

Alexander lässt sich nichts anmerken, als wir uns schließlich setzen.

Ich verziehe entschuldigend das Gesicht. »Tut mir leid. Keine Ahnung, warum sie von unserer Hochzeit spricht.«

»Ist nicht schlimm«, meint er entspannt. »Sie ist sehr nett. Und sie vergöttert dich.«

»Das ist sie. Sie war immer wie eine Mutter für mich«, erzähle ich sentimental und lächele dabei schwach. »Ich vermisse Nan und sie sehr.« Alexander streicht mir eine Haarsträhne aus dem Gesicht und nickt verständnisvoll. Er weiß, warum meine Bindung zu Beatrice und Nan so eng ist. Weil sie meine Familie waren, als ich selbst keine hatte, die für mich da war.

Der emotionale Moment wird durch die Hochzeitsplanerin, die auf der Bühne durch das Mikrofon die Gäste begrüßt, unterbrochen. Sie hält eine kurze Rede und erzählt, wie es war, die Hochzeit für Nancy und Jonah zu planen. Nach und nach versammeln sich alle Gäste auf ihren Tischen und es wird ruhiger im Saal. Dann bittet sie eine Standesbeamtin auf die Bühne und ich sehe, wie Beatrice mir lächelnd zunickt. Jetzt ist es so weit. Eine Sängerin betritt ebenfalls mit ihrer Band die Bühne, löst die Standesbeamtin kurz danach von ihrer ebenso kurzen Rede ab und eröffnet die Hochzeit mit *Chasing Cars* von Snow Patrole. Die langsame Version von dem Lied ist atemberaubend schön und ich habe schon jetzt Gänsehaut am gesamten Körper. Als sie plötzlich *Just the way you are* von Bruno Mars ins Mikrofon trällert, pumpt mein Herz unregelmäßig schnell. Alle im Saal erheben sich. Alexander zieht mich an seine Brust und dreht sich mit mir um, als Jonah den Saal betritt und auf dem roten Teppich geradewegs auf das Podest zu stolziert.

Ich muss lächeln, weil ich ihn, seit ich die Stadt verlassen habe, nicht mehr gesehen habe. Er war schon immer ein guter Kerl und seit seinem ersten Treffen vor fünf Jahren unsterblich in Nancy verliebt. Als er an uns vorbeiläuft und mich aus dem Augenwinkel entdeckt, dreht er den Kopf komplett zu mir um und strahlt mich an. Ich zeige ihm beide Daumen nach oben und lächele, als er langsam in seinem schicken schwarzen Anzug auf die Bühne zusteuert. Er stellt sich neben die Standesbeamtin und blickt sehnsüchtig zum Eingang, seine Augen schimmern voller Vorfreude auf seine Braut.

Auch ich kann es kaum erwarten. *Hallelujah* reißt mich dann völlig aus der Bahn, und als Nancy den Saal betritt, fange ich sofort an zu weinen. Beatrice Schluchzen neben mir lässt mich erleichtert aufatmen, da ich nicht die Einzige bin, die ihre Gefühle nicht mehr im Griff hat. Alexander drückt mich fester an sich und streichelt mir über den Rücken, während wir der mit Abstand schönsten Braut der Welt dabei zusehen, wie sie ihren letzten Gang als nicht gebundene Frau bestreitet. Ihr Haar wurde künstlich geglättet und ist nun viel länger, als es in ihren Afrolocken zu sein scheint, und mit vielen Perlen besetzten Bobby Pins nach hinten gesteckt. Ihr Kleid ist ein wahr gewordener Traum. Ich wusste insgeheim, dass sie ein Brautkleid in Meerjungfrauen-Form tragen wird, aber so schön hätte ich es mir in meinen kühnsten Träumen nicht vorgestellt.

Nancy beschreitet den Weg sehr langsam, der Musik angepasst, und ich sehe, wie Freudentränen ihre Wangen hinabwandern. Sie hat nur Augen für Jonah – so, wie es schon immer war. Als sie endlich bei ihm auf der Bühne ankommt, lächelt sie wie der glücklichste Mensch der Welt, und ich mit ihr.

»Hättest du dir je gedacht, dass die beiden heiraten werden?«, fragt Alexander flüsternd.

»Immer«, gestehe ich und setze mich, nachdem alle anderen Gäste es ebenfalls tun.

Die Rede der Standesbeamtin ist sehr bewegend und gerade lang genug, um die Spannung zu halten. Immer wieder werfe ich Beatrice einen Blick über die Schulter zu und jedes Mal strahlt sie mich an. Als Nancy und Jonah einander schließlich das Ja-Wort geben, kann ich meine Emotionen kaum noch kontrollieren. Ich weine, lache und klatsche voller Freude in die Hände, bis ich vom Stuhl aufspringe und ihnen zujuble.

Beatrice tut es mir gleich und kurz darauf erheben sich alle Gäste von ihren Stühlen und jubeln, was das Zeug hält. Alexander scheint von meinen Emotionen vollkommen mitgerissen worden zu sein. Er wirkt ebenfalls sehr gerührt und das macht ihn nur noch attraktiver für mich. Dieser sonst so kontrollierte Mann, den Tränen nahe bei der Hochzeit meiner einst besten Freundin. Es ist ein schönes Gefühl, das mit ihm zu teilen.

»Das war so wunderschön«, schwärme ich und schlinge meine Arme um ihn. »Ich bin so froh, dass du hier bist.« Alexander schmiegt sich wie gewohnt in meine Halsbeuge und küsst mich sanft.

»Und ich bin froh, dass ich mit dir hier sein darf.«

KAPITEL 30

*D*as Essen war ein Traum. Uns wurden hintereinander vier Gänge serviert, die ich allesamt genüsslich verschlungen habe. Danach sahen Alexander und ich Nancy und Jonah bei ihrem Hochzeitstanz zu. Mir fiel auf, dass die beiden wohl lange geübt haben müssen, um den Tanz so perfekt, wie er war, hinzubekommen. Als schließlich alle anderen Gäste dazu aufgefordert wurden, die Tanzfläche zu rocken, hatte ich das erste Mal die Gelegenheit dazu, meine einst beste Freundin in die Arme zu schließen und ihr zu gratulieren. Gefühlte Stunden bewegten wir uns zur Musik und weinten uns unsere Kleider voll. Auch Jonah war glücklich darüber, mich wiederzusehen, und er und Alexander scheinen sich wirklich gut zu verstehen. Nancy war natürlich wie ihre Mutter sofort begeistert von Alexander, und auch er schien sie auf Anhieb umwerfend zu finden. Als die Musik wieder langsamere Töne annahm, bat er mich um einen Tanz. Als mir klar wurde, dass der Mann meiner Träume auch noch perfekt tanzen kann, wurde ich wieder einmal schwach. Alexander scheint einfach keine Fehler zu haben, aber niemand ist schließlich perfekt, oder etwa doch?

Die Torte wurde angeschnitten und Kaffee wurde gereicht, danach verließen einige Gäste bereits die Hochzeit. Mittlerweile ist es spät abends und Alexander und ich verbringen Zeit mit

Nancys Eltern, solange das Hochzeitspaar beschäftigt ist. Beatrice tischt wie immer ihre besten Geschichten auf und Alexander scheint gar nicht genug davon zu kriegen.

»Sam!«, ruft Nancy mir von weitem zu und stürmt dann auf mich zu. Sie schlingt beide Arme von hinten um mich und küsst mich liebevoll auf die Wange. »Wir müssen jetzt alle Geschenke ins Auto laden und uns noch mal bedanken, aber danach haben wir unsere Pflicht erfüllt.«

»Wir bleiben noch, keine Sorge«, meine ich lächelnd und bekomme schlagartig Panik.

Geschenke. *Scheiße!* Wie konnte ich das bloß vergessen? Ich bin so eine miserable Freundin!

Beatrice und ihr Mann verabschieden sich von uns, um sich zu Jonahs Eltern zu gesellen. Ich schaffe es kaum, ihnen zuzulächeln, da Schuldgefühle von mir Besitz ergreifen. Da öffnet Alexander sein Jackett und zieht die verpackte Schachtel, die ich heute schon einmal gesehen habe, aus der Seitentasche heraus.

»Ich hoffe, damit treffe ich ihren Geschmack«, eröffnet er mir und reicht sie mir lächelnd. Stirnrunzelnd nehme ich sie entgegen und öffne sie gespannt. Es ist ein Reisegutschein. Ich drehe die Karte um und reiße die Augen weit auf.

»Du schenkst Ihnen eine zehntägige Reise auf die Malediven?«, frage ich verblüfft und betrachte die simple Karte, die mehrere tausend Dollar wert ist.

»Wir«, korrigiert er mich und lächelt sanft. Könnte dieser Mann noch umwerfender sein?

»Oh Gott, ich weiß nicht, was ich sagen soll«, stottere ich verlegen. »Das hättest du wirklich nicht tun müssen.« Er fährt mir mit dem Daumen über die Unterlippe. Seine Augen leuchten vor Zuneigung.

»Ich wollte es aber«, erwidert er und küsst mich zärtlich auf den Mund. Für einen kurzen Moment vergesse ich, wo wir gerade sind, und will ihm sehnsüchtig um den Hals fallen, aber dann erinnere ich mich wieder und seufze.

»So gerne ich auch hier bin – ich freue mich darauf, dich für mich alleine zu haben«, spricht er meinen Gedanken aus.

Als sich Nancy und Jonah endlich von ihren Pflichten

losreißen können, setzen sie sich zu uns an den Tisch und öffnen eine Flasche teuren Bourbon, den sie geschenkt bekommen haben.

»Du konntest es gar nicht abwarten, stimmt's?«, necke ich sie, weil ich weiß, wie gerne sie trinkt, wenn sie aufgeregt ist oder Stress hat.

Sie stößt mir mit dem Ellbogen in die Rippen und grunzt. »Halt die Klappe! Oder soll ich deinem Freund erzählen, wie du mich mal vollgekotzt hast?«

»Nancy!«, rufe ich peinlich berührt, halte mir aber den Bauch vor Lachen, weil die Erinnerungen an den Tag in mir hochkommen. »Das ist Ewigkeiten her!«

Alexander weitet seine Augen, nimmt einen Schluck von dem Bourbon und lässt das Glas in seiner Hand kreisen. Verlegen sehe ich zu ihm rüber und er schmunzelt verspielt.

»Ich bin ganz Ohr«, sagt er zu ihr, lehnt sich auf dem Stuhl zurück und spielt mit einer meiner Haarsträhnen, während er Nancy dabei zuhört, wie sie mich blamiert.

»Wir waren auf einem Ausflug mit unserer Klasse, aber Sam und ich haben uns gelangweilt und sie hat vorgeschlagen, uns zu verstecken und dann abzuhauen. Irgendwann entdeckten wir dann ein Lokal, zeigten unsere gefälschten Ausweise her und tranken zum ersten Mal Tequila. Wir hatten keine Ahnung, wie stark das Zeug ist, kippten einen nach dem anderen, und als unserer Lehrerin schließlich auffiel, dass wir verschwunden waren, war es schon viele Tequilas zu spät«, erzählt sie heiter und macht dann ein angewidertes Gesicht. »Sie hat mich auf dem Heimweg vollgekotzt, von oben bis unten.« Jonah verzieht ebenfalls das Gesicht, aber ich kann mich kaum noch vor Lachen halten. Nancy grunzt wie ein Schweinchen und Alexander starrt mich verblüfft an.

»Wie alt wart ihr da?«, will er wissen und nimmt noch einen Schluck von seinem Glas. Heute scheint es ihm zur Feier des Tages nichts auszumachen, dass wir etwas mehr trinken.

Ich zucke mit den Schultern. »Keine Ahnung. Vielleicht fünfzehn.« Jetzt ist es mir irgendwie peinlich, aber die Geschichte ist viel zu lustig, um sie nicht zu erzählen.

Alexanders Neugierde scheint geweckt. Er beugt sich nach vor, um sich auf dem Tisch anzulehnen, und blickt Nancy auffordernd an. »Was noch?«

Jonah lächelt verdächtig und ich drohe ihm sofort mit einer Handgeste. »Ich weiß, was du jetzt erzählen wirst, und es ist nicht lustig.« Als ich das sage, prustet er los.

»Oh!«, ruft Nancy, als ihr in den Sinn kommt, welche Geschichte Jonah durch den Kopf geht. »Die Sache mit dem Eierkick!«

Jetzt pruste auch ich los.

Jonah dreht sich zu Alexander und wirft ihm einen warnenden Blick zu. »Es kann sein, dass du deine Sam danach mit anderen Augen siehst, mein Freund.«

Alexander lacht stumm und betrachtet mich von der Seite. »Das könnte niemals passieren.«

»Nun gut, nun gut«, setzt Jonah an, nimmt einen riesigen Schluck vom Bourbon und lehnt sich weit über den Tisch zu Alexander. »Sie hat mich mal verprügelt. Ganz übel, Mann.«

Alexander stößt einen lauten Lacher hervor, so als könnte er das unmöglich glauben. »Verprügelt?«

Nancy nickt heftig. »Du hast ja keine Ahnung, was in dem Mädchen steckt«, kichert sie, wirft ihr glattes Haar von den Schultern und sieht Jonah auffordernd an. »Na los, erzähl es ihm!«

Jonah räuspert sich. »Nan und ich waren gerade ein Jahr zusammen, als sie mit mir Schluss gemacht hat, weil fälschlicherweise Gerüchte über mich und ein anderes Mädchen kursierten. Ich hatte totalen Liebeskummer und ging zu Sam, weil ich dachte, sie würde mir helfen, die Sache klarzustellen. Stattdessen öffnete sie die Tür, sah mich wie ein Pitbull an und trat mir direkt wortlos in die Eier! Danach folgten noch ein paar Schläge und ich ging zu Boden.«

Alexander verschluckt sich an seinem Bourbon, während er laut auflacht, dann schüttelt er ungläubig den Kopf. »Niemals«, protestiert er. »Du hast ihn geschlagen?« Er bekommt sich kaum ein vor Lachen.

Ich nicke unschuldig. Tatsächlich habe ich ein paar meiner erlernten Selbstverteidigungstricks an Jonah angewandt. Da unsere Gegend nicht allzu sicher war, besuchte ich des Öfteren einen kostenlosen Kurs, der für junge Frauen angeboten wurde, und erlernte ein paar Angriffs- und Abwehrtechniken.

»Ich dachte, er hatte was mit Kate Berrington!«, erkläre ich zu meiner Verteidigung.

»Kate Berrington? Das dachtest du?«, entgegnet Jonah und zieht Nancy auf seinen Schoß. »Niemals! Ich hasse diese Schnepfe!«

Nancy und er lachen vor sich hin, und Alexander schmunzelt mich an. Seine zur Abwechslung so ungezwungene und heitere Art ist wundervoll. Er ist so locker und entspannt – diesen Alexander hätte ich gerne öfter bei mir.

Er vergräbt seine Hand in meinen Haaren und küsst mich aufs Ohr. »Du bist also eine ganz Gefährliche.« Meine Nackenhaare stellen sich automatisch auf, als ich höre, mit welchem Ton er das zu mir sagt. Ich schmunzele zurück und beiße auf meine Unterlippe.

»Schreckt Sie das ab, Mr Black?«, reize ich ihn.

»Nichts, das du tust oder getan hast, könnte mich je abschrecken.« Nun knabbert er an meiner Unterlippe und leckt mit der Zunge darüber. Ich schmecke den teuren Bourbon.

»Ich hoffe, das gilt auch umgekehrt«, sagt er plötzlich ernst, kein bisschen vergnügt oder neckisch.

Ich nicke genauso ernst. »Mich auch nicht.«

Nachdem wir den Abend – mit viel Bourbon – haben ausklingen lassen, marschieren wir zu viert leicht beschwipst auf den Parkplatz. Vor ungefähr zwei Stunden haben sich die letzten Gäste inklusive Nancys und Jonahs Eltern verabschiedet. Auf dem Parkplatz ist es stockfinster und weit und breit ist keine Menschenseele mehr zu sehen. Ich bin etwas traurig darüber, mich jetzt von den beiden verabschieden zu müssen, aber ich freue mich schon darauf, wenn sie uns nach ihren Flitterwochen in Manhattan besuchen kommen, wozu Alexander sie großzügiger Weise eingeladen hat. Als sie hörten, dass sie während des Besuches bei uns im Penthouse wohnen dürfen, waren sie ganz außer sich vor Freude. Und ich ebenfalls.

Nancy schenkt mir eine heftige Umarmung. »Danke, dass du gekommen bist.« Sie nimmt mein Gesicht in beide Hände und küsst mich auf die Wange. »Wir sehen uns nach meinen Flitterwochen.«

»Ich hab dich lieb«, murmele ich, versuche meine Tränen zu unterdrücken und das Gleichgewicht zu halten. »Habt eine schöne Zeit.«

Die beiden verabschieden sich von Alexander und winken uns noch mal zu, als sie in das Taxi steigen, das sie vor wenigen Minuten bestellt haben.

»Hey!«, ruft Jonah aus dem geöffneten Fenster, als das Taxi neben uns noch mal anhält. »Danke noch mal für euer Geschenk! Es ist mit Abstand das Beste!«

Ich lächele zufrieden und stürze mich sofort, als das Taxi außer Sichtweite ist, auf Alexander. Ohne etwas von sich zu geben, hebt er mich hoch und umfasst meine Oberschenkel mit seinen starken Armen. Ich schlinge sie um seine Taille und küsse seinen Nacken.

»Ich liebe dich.« Meine Küsse werden stürmischer, bis ich plötzlich wie wild an seinem Hals sauge. »Ich will dich …«

Alexander kneift mir in den Hintern, stöhnt leise auf und trägt mich zum Lexus, der als einziger Wagen noch auf dem Parkplatz steht.

»Du wirst aber nicht fahren, oder? Du hast getrunken«, sage ich ein wenig lallend.

»Wir rufen uns ein Taxi«, sagt er und setzt mich auf der Motorhaube ab.

»Du bist gar nicht scharf auf mich«, jammere ich. Der Alkohol steigt mir ein wenig zu Kopf und ich wackele ungeduldig auf der Motorhaube hin und her.

»Dass du heute so viel trinken durftest, war eine Ausnahme. Das weißt du, oder?«

Ich nicke und ziehe mein Kleid ein wenig hoch, um ihn zu reizen. Er zieht scharf die Luft ein.

»Ich bin immer scharf auf dich, Baby.« Er zieht meine Beine

an sich und presst sich dazwischen. Als er anfängt, an meinem Hals zu saugen, wimmere ich. »Ich kann nicht mehr warten«, flüstert er erregt, fährt mit einer Hand unter mein Kleid und bahnt sich einen Weg direkt zu meiner intimsten Stille, die schon wie wild pocht.

Wir küssen uns – verschlingen uns eher – mitten auf diesem stockfinsteren Parkplatz. Als er mit zwei Fingern in mich eindringt, nachdem er eilig mein Höschen beiseitegeschoben hat, stöhne ich laut auf.

»Du bist so nass für mich«, keucht er und fickt mich mit seinen Fingern. Betrunken und erregt drücke ich mich ihm entgegen und genieße seine grobe Zuwendung. Sein Daumen stimuliert meine Klit und wie immer kann ich mich kaum noch halten. Er schafft es innerhalb kürzester Zeit, mich zum Explodieren zu bringen. Wie ist das möglich? Keine Ahnung, egal. Ich will mehr!

Sein heißer Atem auf meinem Nacken bringt mich wieder zum Stöhnen. Er leckt über meinen Hals, zieht das Kleid von meiner Brust und küsst meinen Nippel, bis ich nicht mehr aufhören kann zu wimmern. Ich greife nach seiner Hose, öffne hastig den Knopf und nehme seinen großen, harten Schwanz in die Hand. Er stöhnt auf und sieht mir gierig in die Augen, die sogar in dieser vollkommenen Dunkelheit für mich leuchten.

»Willst du, dass ich dich hier nehme, Baby?«, raunt er und zieht mich an den Beinen noch näher an sich heran. Die Krone seines Schwanzes streift über meine nasse Spalte. Meine Beine zittern. Ich nicke, lecke mir über die Lippen und reiße ungeduldig an dem Kragen seines Hemdes herum.

»Sag es«, fordert er und drückt seinen Schwanz mit kreisenden Bewegungen fester an meine nasse Spalte.

»Ja, *Sir*«, hauche ich und lasse mich nach hinten auf die Motorhaube fallen. Meine Arme sind ausgestreckt und meine Beine umschlingen seine Hüfte.

Stoß. Ich stöhne auf.

»Ich soll dich also hier ficken?«, fragt er atemlos und wieder nicke ich heftig. *Stoß. Stoß.*

»Oh Gott«, stöhne ich, drohe bereits wieder zu explodieren.

Da zieht er sich plötzlich aus mir zurück. Sofort sehe ich ihn frustriert an.

Er schmunzelt. Seine Augen brennen mit wildem Feuer. »Sag mir, wie du es von mir willst.«

Ich keuche, rutsche ungeduldig auf dem Lexus hin und her und kralle mich in sein Jackett. »Hart«, sage ich entschlossen und blicke ihm intensiv in die Augen. »Und schnell.«

Stoß. Stoß. Stoß.

Alexander stöhnt rau auf, während er mir genau das gibt, was ich verlange. Ich habe Mühe, mich auf der Motorhaube zu halten, aber er lässt nicht zu, dass ich mich auch nur einen Zentimeter weit von ihm entferne. Seine Hände umklammern mich, während er mich wie manisch vögelt.

»Sag, dass du mir gehörst«, befiehlt er und hämmert immer wieder in mich. Seine enorme Länge reibt an meinen inneren Wänden und füllt mich bis in den tiefsten Winkel meines Inneren aus. »Sag es!«

»Ich. Gehöre. Dir!«, schreie ich abgehakt. »Für immer.«

Das lässt ihn animalisch knurren. Wir ficken minutenlang so weiter, bis wir beide verschwitzt sind und kaum noch atmen können. Mein Hintern tut von der Motorhaube weh, doch es ist mir egal. Alexander umfasst meine Taille mit beiden Händen und bewegt mich im selben Takt seiner Stöße hin und her. Unsere Haut klatscht laut aneinander. Das Verlangen in seinen Augen, die meine nicht loslassen wollen, lässt meinen ganzen Unterleib erbeben.

»Fuck!«, brüllt er, stößt ein letztes Mal hart zu und ergießt sich schwer atmend in mir.

Im selben Moment spüre ich den Orgasmus in mir ausbrechen. Ich reibe mich an seinem Schwanz und umklammere ihn komplett mit meinen inneren Muskeln, als er sich plötzlich aus mir zurückzieht. *Nein!*

Sein Kopf verschwindet augenblicklich unter meinem Kleid, und als ich seine Zunge in mich eindringen spüre, schließe ich die Augen und falle keuchend auf das Blech zurück. *Oh Gott.* Seine Zunge stößt zu und leckt meine Feuchtigkeit fort, als wäre er am Verdursten. Er saugt an meiner pulsierenden Klit, bis ich völlig benebelt zusammenzucke und erschaudere. Meine Knie zittern heftig, mein Unterleib verkrampft sich und mein Kopf prallt gegen die Motorhaube.

»Alexander!« Ich reiße an seinen Haaren und drücke sein Gesicht noch fester an mich. Zuckend gebe ich mich meinem Höhepunkt hin, der intensiver ist als jeder zuvor.

Dann blicke ich keuchend in den Himmel und bewundere die vielen Sterne, bin mir aber nicht sicher, ob ich sie wirklich sehe oder sie sich nur vor meinen Augen bilden. Alexander hebt mich vorsichtig hoch, küsst mich auf den Mundwinkel und streicht mir mit einer liebevollen Handbewegung die feuchten Haare aus dem Gesicht.

Kaum blicke ich in die Tiefen seiner blaugrauen Augen verziehe ich den Mund zu einem Lächeln. Unter dem Sternenhimmel halten wir uns noch eine Ewigkeit im Arm, bis wir uns ein Taxi rufen und nach Hause fahren, um da fortzufahren, wo wir eben aufgehört haben.

Dieser Tag war vollkommen und sein Abschluss auch.

Am nächsten Morgen herrscht Stress. Meiner Mutter fallen natürlich noch ein Dutzend Dinge ein, die sie für die Klinik vergessen hat einzupacken. Ich beschwere mich nicht, sondern bin einfach froh, dass sie immer noch bereit ist, trocken zu werden. Ich helfe ihr, um schneller voranzukommen. Als das Taxi vorfährt und sie nicht mal Anstalten macht, sich anzuziehen, bekomme ich aber die Krise. Schon klar, dass für Alkoholiker immer alles gechillt abläuft, aber ich bin nun mal keiner und meine Nerven bestehen nicht aus Stahl.

»Mom, jetzt mach schon! Ich fliege heute sicher nicht Economy-Class!« Beim Gedanken an den stinkenden Mann, der gestern neben mir im Flieger saß, schüttele ich mich angeekelt. Mir steigt Magensäure den Rachen hoch.

»Was versuchst du dir da abzuschütteln?«, fragt Alexander amüsiert, die Ruhe in Person und gar nicht gestresst, weil wir wegen meiner Mutter höchstwahrscheinlich unseren Flieger verpassen, den er für uns arrangiert hat. »Ich hoffe doch nicht etwa mich?« Er steht seit geraumer Zeit im Türrahmen und beobachtet, wie meine Mutter seelenruhig durchs Haus wandert, während ich sie wie besessen verfolge.

Ich denke an gestern, als er mich zu Hause in meinem Bett geliebt hat und lächele. »Nie im Leben.«

Meine Mutter läuft mit drei voll bepackten Taschen ins Wohnzimmer und atmet laut aus. »Ich glaube, wir können los.« Ich starre die riesigen Koffer an und frage mich, ob sie überhaupt so viele Klamotten besitzt, um sie zu füllen.

»Du weißt, dass dir in der Klinik eine Waschmaschine zur Verfügung gestellt wird?«, frage ich stirnrunzelnd, woraufhin sie mir einen genervten Blick zuwirft. »Außerdem bleibst du doch nur vier Wochen, sofern alles gut läuft.« Scheint ganz so, als würde sie sich ebenfalls freuen, hier wegzukommen.

Alexander trägt meine und seine Tasche zum Taxi, und meine Mutter wirft mir eine ihrer gigantischen Taschen vor die Füße.

»Zieh mich bloß nicht auf, Madame. Ich habe seit gestern nichts getrunken!« Sie schleppt ihre Koffer an mir vorbei und steuert auf das Taxi zu. Ich seufze, trotte ihr aber wortlos hinterher. Ich gebe mir keine Mühe, mir ihre viel zu schwere Tasche über die Schulter zu hängen. Ich schleife sie einfach auf dem Boden hinter mir her.

»Oder willst du mich wieder besoffen machen?«, fragt sie lauthals, als sie einen ihrer Koffer in den Kofferraum stopft. Abrupt bleibe ich stehen. »Kleiner Scherz!«

»Mom«, ermahne ich sie, muss aber stumm lachen, weil ich nicht glauben kann, dass sie Witze über ihr eigenes Alkoholproblem reißt. Alexander versucht nicht zu grinsen, umkreist den Wagen und hält meiner Mutter die vordere Tür auf. Als wir alle eingestiegen sind, seufze ich völlig fertig.

»Machen Sie sich bloß keine Mühe«, murmele ich dem Taxifahrer sarkastisch zu, der mir aber ohnehin keine Beachtung schenkt. *Detroit – haarsträubend!*

»Zum Flughafen«, befiehlt ihm Alexander und legt sich meine Hand in den Schoß.

Ich schmiege mich enger an ihn, um meine innere Ruhe

wieder zu finden. »Warum nehmen wir eigentlich nicht den Lexus?«

»Der steht noch auf dem Parkplatz«, flüstert er mit dieser anrüchigen Rauheit in seiner Stimme, die mich schlucken lässt. Er küsst mich auf den Kopf und ich lache beschämt auf, als ich an das, was wir gestern mitten im Freien getan haben, denke. Bei Tageslicht und nüchtern betrachtet, war das wohl ziemlich waghalsig. Es hat sich aber definitiv gelohnt.

Alexander holt sein Telefon aus der Tasche und ruft bei der Mietwagenfirma an, um sie zu informieren, den Wagen selbst abzuholen. Währenddessen starrt uns meine Mutter verliebt an.

»Was ist denn, Mom? Holst du gleich noch einen Witz aus deiner Witze-Kiste?« Ich reibe mir angestrengt über die Stirn. Meine Nerven für meine Mutter sind seit heute Morgen alle aufgebraucht.

Sie lächelt, schenkt meiner schnippischen Bemerkung keine Beachtung. »Ich bin froh, dass du so glücklich bist, Samantha«, flüstert sie und greift vom Vordersitz aus nach meiner Hand. Ich umfasse ihre Finger und finde die innere Ruhe, nach der ich suchte.

»Ich auch, Mom.«

KAPITEL 31

»Sie wird das schaffen«, beruhigt mich Alexander, als wir das Suchtkrankenhaus in Staten Island verlassen, in dem wir meine Mutter gerade abgeliefert haben. Mit ihrem komischen Humor hat sie alle Schwestern sofort in ihren Bann gezogen, und ich frage mich, ob sie immer so ein Witzbold ist. Es ist lange her, dass sie in meiner Gegenwart nüchtern war – zumindest länger als eine Stunde nach dem Aufstehen. »Du kannst sie jederzeit besuchen.«

»Ich weiß«, erwidere ich, lächele Javier zu und steige in den silbernen Bentley. »Fährt mich Javier zu dir, nachdem ich zu Hause war?«

Alexander lässt sich neben mir auf der Rückbank nieder. Er starrt konzentriert in sein Handy. »Der Audi steht noch vor deiner Wohnung, also nein.«

Meine Wangen erröten augenblicklich. »Oh. Tut mir leid.«

Er sieht kurz auf und hebt eine Augenbraue. »Er gehört dir, wofür entschuldigst du dich?«

»Alexander, du weißt doch -«

»Nicht verhandelbar.« Er schmunzelt, und ich lache leise, weil mich seine Wortwahl an vergangene Zeiten erinnert, obwohl ich durchaus froh darüber bin, keine vertragliche Bindung mehr an ihn zu haben.

»Gut«, meine ich knapp und lasse mich tiefer in den Sitz fallen. »Was wurde eigentlich aus meinem Wagen? Steht der noch immer in der Werkstatt?«

Geistesabwesend starrt er weiterhin in sein Handy. »Ich schätze, er ist in der Schrottpresse.«

Oh nein! Mein armer Wagen – mein allererstes Auto! Damit verbinde ich so viele Erinnerungen an meine erste Zeit als unabhängige Frau in Manhattan auf der Suche nach einem neuen Leben. Es ist das einzig »Kostbare«, das ich je besessen habe. Alexander natürlich ausgeschlossen. Jetzt, wo er weg ist, finde ich den Wagen gar nicht mehr so scheiße.

Alexander hebt wieder eine Augenbraue und widmet mir einen kurzen, leicht belustigten Blick. »Du bist deswegen doch nicht traurig, oder?«

»Ne«, flunkere ich, weil ich weiß, wie bescheuert das ist. Immerhin wurde mein rostiger Ford Mondeo durch einen nagelneuen Sportwagen von Audi ersetzt. Trotzdem hänge ich an meinem Besitz.

Die restliche Fahrt über ist Alexander in sein Handy vertieft, und ich habe versucht, Claire zu erreichen, doch sie ging nicht ans Telefon. Als Javier vor meinem Gebäude hält, gebe ich Alexander einen flüchtigen Kuss auf die Wange und öffne die Tür, bevor Javier es tun kann.

»Warte«, meint er eilig, beugt sich zu mir und presst seine weichen Lippen auf die meinen. Sein Kuss ist voller Hunger und macht die Zeit, in der er mich während der Fahrt ignoriert hat, sofort wieder wett. »Tut mir leid – Geschäftskram.«

Ich steige aus und bücke mich zu ihm hinunter. »Dir wurde verziehen.«

Mit einem Lächeln auf den Lippen steuere ich auf Peter zu. Als ich kurz darauf meine geliebte Wohnung betrete, atme ich erleichtert aus. Es fühlt sich gut an, wieder hier zu sein. In meinen eigenen vier Wänden. In Manhattan.

Total entspannt stopfe ich meine schmutzige Wäsche in die Maschine, schalte sie ein und packe ein paar frische Sachen in Claires Tasche. Wer weiß, wie lange ich diesmal bei Alexander bleibe. Auch bei ihm fühle ich mich mittlerweile wie zu Hause.

Nicht nur, weil ich schon lange einen Schlüssel für sein Penthouse besitze – und es nun mal eben ein fettes Penthouse ist –, sondern, weil Alexander mir das Gefühl gibt, zu Hause zu sein. Ich schicke Nancy eine Nachricht, um mich nochmal für die Einladung zu bedanken. Danach hüpfe ich unter die Dusche und wasche mir Detroit ab, denke aber währenddessen ständig an die schönen Momente mit Alexander, die ich dort verbracht habe und niemals vergessen möchte. Allein an ihn zu denken, erregt mich und erfüllt mein Herz mit Liebe.

Trällernd und mit bester Laune wandere ich in ein Handtuch gewickelt in die Küche, betätige die Kaffeemaschine, als sich meine Koffeinsucht wieder zu Wort meldet, und setze mich dann auf die Küchentheke. Aus irgendeinem Grund denke ich an Amanda, doch ich schüttele mir die aufwühlenden Gedanken sofort wieder aus dem Kopf. Ich bin fertig damit. Ich vertraue ihm. Ich bin kein selbstzerstörerischer Mensch.

Zum richtigen Zeitpunkt ruft mich Claire zurück.

»Hey, Bitch!«, rufe ich fröhlich ins Telefon. »Wo steckst du?«

Sie grunzt leise. »Ich bin noch in der Arbeit. Bist du schon zurück?«

»Ja, ich bin in der Wohnung. Später fahre ich zu Alexander. Das bedeutet, wir sehen uns heute nicht mehr«, erkläre ich ein wenig traurig. »Komm doch morgen Abend zum Essen zu uns?« Die Idee erscheint mir perfekt.

»Klar«, erwidert sie sofort angetan. »Freut mich, dass ihr das klären konntet. Also kommst du heute nicht mehr nach Hause?«

»Sagte ich doch gerade, Bitch.« Ich stelle sie auf Lautsprecher und nehme mir einen Joghurt aus dem Kühlschrank. »Warum fragst du? Kommt Jacob etwa vorbei?«

Claire schweigt für einen kurzen Augenblick, dann höre ich etwas im Hintergrund rascheln. »Ja«, antwortet sie knapp.

»Dann viel Spaß, hab dich lieb.«

»Ich dich auch«, meint sie zwar aufrichtig, aber leicht zermürbt. Kurz hinterfrage ich ihr merkwürdiges Verhalten, aber ich schätze, es liegt einfach daran, dass sie in der Arbeit nicht über ihr Sexleben plaudern kann.

Ich schmeiße den Joghurtbecher in den Müll und föhne

meine Haare trocken, während ich immer wieder an meinem Kaffee nippe. Nachdem ich sie mir zu einem schnellen Dutt zusammengebunden habe, schlüpfe ich in eine dunkle, zerrissene Jeans, ein beiges Top und schwarze Chucks, und hinterlasse Claire eine Notiz auf dem Couchtisch – irgendwer muss meine nasse Wäsche schließlich aufhängen.

Ich beschließe, jetzt schon zu Alexander zu fahren, weil ich Sehnsucht nach ihm habe. Kaum vorstellbar, wie sehr ich mich in diesen wenigen Wochen an ihn gewöhnt habe. Es ist das schönste Gefühl, zu wissen, dass wir die Dinge zwischen uns ins Reine gebracht haben.

Ich marschiere samt Sporttasche zu meinem Wagen, verbinde mich mit der Freisprechanlage und wähle seine Nummer. Als er nicht rangeht, hinterlasse ich ihm eine Nachricht.

> Bin auf dem Weg zu dir. Soll ich uns etwas zu essen mitnehmen?

Da ich schon fast bei ihm bin und er immer noch nicht geantwortet hat, halte ich einfach bei einem Thailänder und lasse mir ein paar Gerichte einpacken. Gerade als ich in die Tiefgarage zu seinem Gebäude einbiege, erhalte ich eine Nachricht.

> Ich musste noch kurz ins Büro, komme später.
> Warte auf mich, Baby.

Ich muss lachen, als ich den Kuss-Emoji am Ende der Nachricht sehe, weil ich mich nicht daran erinnern kann, dass er jemals einen Emoji in einer Nachricht benutzt hat. Ich hingegen ständig.

Ich steige in den Fahrstuhl, fahre hoch zum Penthouse und stelle das Essen in der Küche ab. Greta scheint nicht hier zu sein, somit bin ich ganz alleine und frage mich, womit ich mir die Zeit vertreiben soll, bis Alexander vom Büro zurückkommt. Mit einem vollen Weinglas in der Hand wandere ich nach oben und steige schließlich in meinen heiß geliebten Jacuzzi, obwohl ich gerade erst duschen war. Ich liebe dieses sprudelnde Wasser einfach. Ich spiele Musik von meinem Handy ab, schließe die Augen und entspanne mich vollkommen, bis meine Handflächen ganz schrumpelig von dem Wasser werden.

Drrrr. Im Hintergrund höre ich ein Geräusch, bin mir aber nicht sicher, ob es von dem Lied kommt, das gerade läuft, oder von unten. Stirnrunzelnd greife ich mit nassen Händen zu meinem Handy und drücke auf Pause.

Drrrr. Das Geräusch verschwindet nicht. Es ist die Gegensprechanlage des Fahrstuhls, der zum Penthouse führt. Eilig steige ich aus dem Jacuzzi, reibe mich halb trocken und schlüpfe in den weißen Bademantel, der an der Tür hängt.

Warum läutet Alexander denn? Seufzend steige ich langsam jede einzelne Stufe herab und bemühe mich, nicht auf meinen nassen Füßen auszurutschen und auf dem Arsch zu landen. Unten angekommen flitze ich zum Fahrstuhl – flitze wortwörtlich, da sich Wasser und Marmorboden anscheinend nicht gut vertragen – und betätige den Knopf, der die Fahrstuhltüren in der Tiefgarage öffnet und den Aufzug nach oben bringt.

Ich setze mich an den Rand der weißen Ledercouch und warte, bis Alexander aus dem Fahrstuhl steigt. Mit einem Grinsen im Gesicht blinzele ich zu den metallenen Türen, dann fällt mein Blick kurz auf die Pfütze, die ich auf dem Boden davor hinterlassen habe. Just in dem Moment, als ich aufstehen will, um sie wegzuwischen, öffnen sich die Türen.

Mein Lächeln stirbt sofort, und ich wette um jeden Cent, den ich besitze, dass mein Gesicht kreidebleich wird.

Es ist nicht Alexander, der gerade vor mir steht, sondern eine Frau, die ebenfalls so schockiert zu sein scheint, mich hier zu sehen, wie ich es bin, sie hier zu sehen.

»Merissa?«, frage ich überrumpelt, springe von der Couch auf und ziehe den Bademantel zu. »Was machen Sie denn hier?«

Ihre hellblauen Augen sehen gar nicht mehr so leuchtend aus

wie das letzte Mal, als ich sie gesehen habe. Sie starrt wütend durch den Raum und ignoriert mich dabei komplett.

»Merissa?«, frage ich erneut und laufe auf den Fahrstuhl zu, als sich die Türen zu schließen drohen. Sie ist nicht ausgestiegen. Ihr seidiges, rotes Haar ist zu einem strengen Pferdeschwanz zusammengebunden und ihre Kleidung ist komplett schwarz gewählt. Sie zieht nervös an ihrem Blazer herum, dann wirft sie mir einen unsicheren Blick zu. Keine Ahnung, ob sie wütend ist oder Angst hat. Eine Mischung aus beidem.

»Ist Alexander hier? Ich muss mit ihm sprechen. Jetzt!« Ihre laute Stimme lässt mich zusammenzucken. Dann stürmt sie in die Wohnung und schreit wie verrückt seinen Namen.

»Um was geht es denn?«, will ich wissen, laufe ihr ins obere Stockwerk nach und ziehe sie am Ärmel ihres Blazers zurück, während sie sich wie eine Irre umsieht. Sie ist völlig aus der Puste, ihre Hände zittern und ihr Gesicht wirkt leblos. »Merissa!«

Langsam werde ich wütend. Wer nimmt sich das Recht, einfach in eine fremde Wohnung zu stürmen und die Person, die sich darin aufhält, komplett zu ignorieren?

»Ist er hier?«, fragt sie ungehalten und aufgeregt. Ich schüttele den Kopf. »Dieser Dreckskerl!« Wie gestört fuchtelt sie mit ihren Händen in der Luft herum und läuft wieder auf die Treppe zu. Dann wirbelt sie plötzlich zu mir herum. »Wissen Sie eigentlich, worauf Sie sich da einlassen?«

Einlassen?« Ich verstehe kein Wort.

Sie lacht provokant auf. »Ja, *einlassen*«, wiederholt sie. »Oder sind Sie wirklich zu dumm, um ihn zu durchschauen? Um zu sehen, dass er ein Hurensohn ist, der keinerlei Skrupel besitzt?«

Bei ihren Worten läuft mir ein kalter Schauer über den Rücken. Wovon spricht diese Frau? Warum ist sie in seinem gottverdammten Zuhause? Und warum bewegt sie sich hier drin, als wäre sie schon einmal hier gewesen?

»Sie waren zusammen«, murmele ich vor mich hin, als es mir endlich einleuchtet. Deshalb hat sie sich vor ihm versteckt. Er ist ihr Ex!

Aber er sagte doch, er hätte nie eine Beziehung gehabt?

Merissa lacht spöttisch. Sie wirbelt an mir vorbei nach unten.

»Alexander war und ist mit niemandem zusammen, Süße.« Sie sagt das so leise, dass ich es kaum höre, aber ich habe sie mehr als deutlich verstanden.

»Wir sind zusammen«, rufe ich ihr hinterher und folge ihr eilig. So einfach kommt sie mir nicht davon! »Ich erwarte eine Erklärung!« Auf den Blick, den sie mir plötzlich zuwirft, war ich nicht gefasst. Sie hat Angst. Gottverdammte, beschissene Angst. Vor mir?

»Ich kenne Sie nicht«, setzt sie ruhig an, dreht sich komplett zu mir u, und lässt die Schultern hängen, bevor sie weiterspricht: »Aber ich kann Ihnen nur raten, sich zuerst schlau zu machen, mit wem Sie sich ein Bett teilen.«

Meine Neugierde ist mehr als geweckt und ich bin entschlossen, sie nicht gehen zu lassen, bevor ich Antworten erhalte. Richtige Antworten.

»Sie waren also zusammen und er hat Ihnen das Herz gebrochen«, sage ich defensiv. »Oder Sie haben miteinander gevögelt, was auch immer. Das bedeutet noch lange nicht, dass es mit ihm und mir dasselbe ist.«

»Mag sein«, seufzt sie. »Auch wenn ich der Meinung bin, Alexander könnte niemand anderen je lieben außer sich selbst. Falls er sich wirklich in sie verliebt hat, haben sie ein noch größeres Problem.«

WOVON ZUM TEUFEL SPRICHT DIESE FRAU?

»Was ist ihr größtes Geheimnis, Samantha?« Die Frage trifft mich unerwartet. Sie steht immer noch vor Aufregung zitternd vor der weißen Ledercouch und ihre hellblauen Augen brennen sich in meine gerade so verwundbare Seele. »Behalten Sie es lieber gut für sich, denn er wird es gegen Sie verwenden und sie zerstören!«

Ich schlucke. Überfordert versuche ich zu verstehen, weswegen sie Alexander so sehr hasst. Oder Angst vor ihm hat.

»Was ist zwischen Ihnen beiden passiert, Merissa?« Meine Stimme klingt ruhiger, als ich es in Wahrheit bin. »Auf der Gala war er es, vor dem sie sich versteckt haben, nicht wahr?« *Bitte, rede mit mir! Sag mir die Wahrheit!* »Sie müssen keine Angst davor haben, sich mir anzuvertrauen. Ich werde Alexander nicht sagen, dass wir uns unterhalten haben.«

Als ich das sage, verändert sich etwas in ihren Augen. Auf die Vertrauensnummer scheint sie anzuspringen. Hektisch sieht sie sich erneut in dem riesigen Wohnraum um, total paranoid, und tritt dann einen Schritt näher an mich heran.

»Ja, ich habe mich vor ihm versteckt! Aus gutem Grund!«, erklärt sie verschwörerisch. Wieder zieht sie nervös an ihrem schwarzen Blazer herum, dann wird ihr Blick richtig hasserfüllt. Aber der Hass gilt nicht mir. »Alexander, der Dreckskerl, hat mir mein Leben zur Hölle gemacht! Er hat mich gevögelt und mir die Ehe versprochen, bevor er mich fallen gelassen und meine gesamte Familie zerstört hat. Ich wollte bis zur Ehe warten. Mit dem Sex, meine ich.«

Mein Magen zieht sich krampfhaft zusammen. Ich kann meine Gedanken nicht sofort sortieren und nicht glauben, was sie mir da erzählt. Ehe versprochen?! Warum zur Hölle sollte er das tun? Und warum will jemand bis zur Ehe mit dem Sex warten? Letzteres ist wohl eher nebensächlich.

»Er hat mich behandelt wie ein Stück Scheiße! Er wusste, wie wichtig es für meine Familie ist, dass ich mich bis zur Ehe aufhebe. Sie hatten schon meine Schwester deswegen verstoßen! Er hat mir Dinge versprochen, die er nicht vorhatte, zu halten. Das war alles ein hinterhältiger Plan. Mich zu ficken, wie er es so schön nennt, und mich fallen zu lassen. Aber richtig abgesehen hatte er es auf meinen Vater!«

Als ich nicht antworte, packt sie mich an den Armen und schüttelt mich heftig, als wolle sie mir die Augen öffnen und mich aus meiner verliebten Blase befreien, in dem sie mich hysterisch wachrüttelt. »Ich konnte nicht gegen ihn ankämpfen, er ist so ... Gottverdammt, keine Frau kann ihm widerstehen! Und der Sex ... Er weiß nun mal genau, was er zu tun hat, um jemanden um den Finger zu wickeln«, klärt sie mich überflüssigerweise auf. Ihre Augen funkeln leicht wahnsinnig. »Er wollte sich an meinem Vater rächen, und auch das hat er geschafft. Er hat ihm alles genommen. *Alles.*«

Ich schlucke und schlucke, aber der Kloß in meinem Hals

wird immer größer, anstatt zu verschwinden. Ich sehe ihr direkt in die Augen, und so sehr ich es auch versuche, mir einzureden, sehe ich nichts als Ehrlichkeit und Frustration darin.

»Sie, also … «, fange ich zu stottern an, bin immer noch überfordert. »Sie sagten etwas von rächen?«

Merissa nickt heftig. »Seine Mutter«, murmelt sie, lässt mich plötzlich los und starrt zur Decke. Es scheint ihr schwer zu fallen, darüber zu sprechen, aber ich muss wissen, was sie weiß.

»Merissa!«, flehe ich sie an. »Sagen Sie mir, was Sie wissen!« Sie schweigt und ich presse die Zähne zusammen, um nicht loszuschreien. »Was ist mit seiner Mutter?«

Sie ist doch verstorben, oder? Mein Kopf verdrängt alles, was sie mir gerade erzählt hat. Das kann einfach nicht stimmen. Alexander würde so etwas nicht tun. Die *Ehe* versprechen? Was zur Hölle? Ihren Vater ruinieren und ihm alles nehmen? Warum sollte er?

»Als er vorhin seine Männer geschickt hat, wusste ich, dass es wegen Ihnen war«, flüstert sie, bekommt weiche Knie und sinkt auf das Sofa hinab.

»Wegen mir?«, frage ich irritiert. »Welche Männer?«

Sie sieht mich an, als wäre ich ein kleines, naives Kind, welches die logischsten Dinge nicht kapiert. »Na die Männer, die seine Drecksarbeit erledigen.« Okay, ich kapiere tatsächlich gar nichts. »Er denkt, ein paar Männer, die mir zu Hause einen Besuch abstatten, reichen, um mich zum Schweigen zu bringen, damit seine Süße nichts von seinen Schandtaten erfährt«, sagt sie hasserfüllt.

Hilfe, was?! Von welchen Männern spricht sie? Javier, der nicht mal einer Fliege was zu leide tun könnte? Oder der ergraute Chauffeur, der sicher schon eine Horde Enkelkinder hat, so steinalt, wie er ist?

»Haben Sie sich noch nie gefragt, warum er keine Bodyguards bei sich hat? Ein millionenschwerer Kerl, der in der Öffentlichkeit steht?«, fragt sie mit hochgezogenen Augenbrauen, während sie sich an der Couchlehne festklammert. Meine Wangen erröten. Darüber habe ich tatsächlich einmal nachgedacht. »Sie sind überall, Sie sehen sie nur nicht«, erklärt sie angespannt.

Wenn das stimmt, was sie sagt, hat Alexander seine Lakaien zu ihr geschickt, um sie einzuschüchtern. Damit ich ihre Geschichte nicht erfahre? Welche das auch immer sein mag. Ich bin alles andere als weltfremd, aber das scheint mir so unrealistisch zu sein wie ein vorhergesagter Weltuntergang.

Diese Frau muss verrückt sein. Eine entlaufene Irre.

Ich räuspere mich, wende mich von ihr ab und laufe in die Küche, um mir ein Glas Wasser zu holen. Ich muss einen klaren Kopf bewahren. Er explodiert förmlich.

»Samantha, verstehen Sie nicht?« Ihre laute Stimme lässt mich erneut zusammenzucken. Sie hetzt hinter mir her und durchbohrt mich mit ihren unverschämt schönen, hellblauen Augen. »Ich habe keinen Grund, Sie anzulügen! Alexander ist und bleibt ein schlechter Mensch, Sie wissen es nur noch nicht! Er schreckt vor nichts zurück! Sie haben keine Ahnung, wozu er fähig ist.«

Jetzt werfe ich ihr einen eisigen Blick zu. Ich lasse mich sicher nicht wie ein naives Mädchen darstellen, das keine Ahnung hat, was in dieser Welt abgeht. In der Welt des Geldes, des Reichtums. Und ich kenne schlechte Menschen, Alexander ist keiner davon.

»Vielleicht hatte er seine Gründe, Sie abzuservieren«, entgegne ich scharf und lasse das Glas unsanft in die Spüle fallen. »Warum sollte ich Ihnen glauben? Schließlich kenne ich Sie nicht, ihn aber schon.« Langsam schaffe ich es, meinen Atem unter Kontrolle zu kriegen. Mir ist trotzdem heiß und ich schwitze.

Merissa lächelt boshaft, dann sieht sie mich ganz so an, als hätte sie die Hoffnung in mich aufgegeben. »Schon gut, Sie werden es noch früh genug erfahren.« Ihr Lächeln wird breiter, und ich frage mich, ob sie tatsächlich geistesgestört ist. Dieser Stimmungswechsel ist ja nicht auszuhalten, und irgendwie fühle ich mich unbehaglich in ihrer Nähe. Sie entfernt sich mit langsamen Schritten, wirft mir noch mal einen Blick über die Schulter zu und hebt provokant eine Augenbraue.

»Was erzählt er Ihnen denn, warum er zur Therapie geht? Oder sagen wir, wie es ist, zu einer Psychiaterin?«

Psychiaterin? Mir stockt wieder der Atem. Alexander braucht doch keine Therapie, oder etwa doch? Das wird alles immer lächerlicher. Und bizarrer. Als würden wir nicht von demselben Menschen sprechen.

Sie sieht mir sofort an, dass ich ahnungslos bin, und nutzt es zu ihren Gunsten. »Fragen Sie ihn doch mal, oder am besten gleich seine Psychotante – Amanda Kerr.«

Amanda?

AMANDA?

Das ist die geschäftliche Beziehung, von der er gesprochen hat? Die Beziehung zwischen Patient und Psychiaterin? *Himmel!*

Ich fasse mir an den Kopf und versuche meine Panik nicht überhand nehmen zu lassen. *Atmen, einfach atmen.*

»Woher wissen Sie das alles?«, frage ich zitternd.

Ihr verficktes, selbstgerechtes Lächeln will einfach nicht aus ihrem Gesicht weichen. »Im Gegensatz zu Ihnen informiere ich mich über Männer, mit denen ich schlafe.«

Okay, sie muss einen Privatdetektiv oder so auf ihn angesetzt haben, wenn ich seit Wochen Tag für Tag bei ihm verbringe und keine Ahnung von all dem habe, sie hingegen eine ganze Akte über ihn anlegen könnte, obwohl sie bloß ein paar Mal mit ihm gevögelt hat. Oder vielleicht auch nur ein einziges Mal. Vielleicht ist sie krankhaft besessen von ihm? Sie wirkt jedenfalls so, als hätte sie sie nicht mehr alle.

Merissa geht zum Fahrstuhl, betätigt den Knopf und blickt nicht mehr zurück. Ich starre ihrem strengen Pferdeschwanz hinterher, bringe aber kein Wort mehr heraus. Ich sehe zu, wie sie einsteigt, mich mit all den verstörenden Informationen zurücklässt und verschwindet.

Kurz bevor sich die Türen schließen, sagt sie todernst: »Vergessen Sie nicht: Es gibt immer einen Grund, warum Leute Respekt vor jemandem haben. Und hinter Respekt steckt häufig Angst.«

Das Schließen der Metalltüren lässt mich aufschrecken. Was will Sie damit sagen – Leute haben keinen Respekt, sondern Angst vor Alexander? Zumindest manche? Ich reibe mir geistesabwesend die Augen, gieße mir erneut Wasser in mein Glas und trinke es in einem Zug aus.

Die Frau muss verrückt sein. Mehr nicht. Sie spricht von

Alexander, als wäre er ein Mafiaboss. Ein Profikiller. Oder einer, der Profikiller engagiert, um Leute auszuradieren. Sie sagt, er hätte Männer zu ihr geschickt. Das ist doch völlig absurd. Oder?

Du kennst ihn!, rufe ich mir immer wieder ins Gedächtnis, doch aus irgendeinem Grund hört das komische Ziehen in meinem Magen nicht auf.

Ohne mich selbst davon abhalten zu können, wirbele ich herum und renne hoch in den oberen Stock. Warum ich das tue, weiß ich nicht, da ich mir eigentlich sicher bin, dass Merissa einfach eine Irre ist, die mich und Alexander auseinanderbringen will, aber ich durchsuche erneut sein Arbeitszimmer. Einfach, um mir noch sicherer zu sein. Wenn das alles stimmen sollte, müsste ich doch irgendwo irgendwelche Hinweise über angebliche Lakaien, Merissa, ihren Vater oder Amanda, die angebliche Psychiaterin, finden.

Aber ich finde wie letztes Mal nichts, das Aufregung erzeugen könnte. Ich laufe ins Badezimmer, schnappe mir mein Handy und google nach Amanda Kerr. Meine Hand zittert, während ich die Suchergebnisse wie wild durchklicke, bis ich schließlich auf eine Homepage stoße, die mir den Atem verschlägt.

»*Dr. med. univ. Amanda Kerr* – Fachärztin für Neurologie und Psychiatrie. Psychotherapeutin in Manhattan«.

Erst das Foto, auf dem sie in ihrem Bürostuhl sitzt, ihre dürren Beine übereinanderschlägt und lächelt, lässt mir die Tränen in die Augen schießen und mich auf den Boden der Tatsachen fallen.

Verdammte Scheiße! Mit wem habe ich es hier zu tun? Immerhin verstehe ich jetzt, warum er sie so partout vor mir geheim halten wollte. Wer gibt schon gerne zu, dass er ein Psychopath ist?

Ist er überhaupt einer? Wie kann mir noch nie aufgefallen sein, dass etwas mit ihm nicht stimmt? Fuck. Ich denke an die Nacht, als er mich rausschmiss. Er hatte einen Wutanfall. »*Es ist besser für dich, wenn du jetzt gehst*«, hat er zu mir gesagt. Wenn ich jetzt an seine Worte denke, erschaudere ich am ganzen Körper. Wollte er mich vor sich selbst beschützen?

Ich schnappe mir meine Klamotten und ziehe sie im Gehen an, während ich die Treppe hinablaufe. Ich muss zu ihm und mit ihm reden, jetzt sofort! Vielleicht gibt es ja eine ganz logische Erklärung für das Ganze. Vielleicht hat er nur Probleme einzuschlafen oder Depressionen aufgrund des vielen Stress durch seine Arbeit. Einen Burnout. Oder er möchte frühere Traumata aufarbeiten. Alles könnte möglich sein. Dieses Mal lasse ich mich nicht sofort auf eine falsche Fährte führen, sondern werde es offen ansprechen und mir die bösen Gedanken aus dem Kopf vertreiben. Für das alles hier muss es eine Erklärung geben und wahrscheinlich ist Merissa der Psychopath, nicht Alexander. Ich will keine Geheimnisse mehr zwischen ihm und mir haben, deswegen werde ich ihm alles, was Merissa sagte, erzählen.

»Scheiße!«, fluche ich lauthals vor mich hin, als ich beim Herunterreißen des Wagenschlüssels auf der dafür vorgesehenen Pinnwand ein paar andere Schlüssel auf den Boden fallen lasse. Ich hebe sie hektisch auf, hänge sie zurück an ihren Platz, betätige den Knopf des Fahrstuhls und ...

Moment, was ist das? Die Pinnwand hat sich ein Stück weit nach rechts verschoben und ich sehe eine kleine Lücke in der Wand hervorblitzen. Unverzüglich rüttele ich an dem Scheiß und sie lässt sich mit einer einfachen Handbewegung abnehmen. Ich starre mit großen Augen in ein viereckiges Loch mitten in der Wand.

Und es ist nicht zufällig da. Mein Herz rast wie verrückt, meine Kehle ist staubtrocken. Mit feuchten Händen greife ich nach dem Inhalt des Hohlraumes. Es sind Dokumente – Akten – und sogar ziemlich viele . Kein Safe, kein Bargeld, lediglich Stapel von Papierstößen. Ich ziehe sie allesamt aus dem Loch, lasse mich auf den Boden sinken und bringe sie komplett durcheinander.

Dann nehme ich die erstbeste dünne Mappe zittrig in die Hand, da alle Dokumente in dieselbe braune Mappe geheftet sind und ident aussehen. Ein älterer Mann starrt mich an. Seine braunen Augen wirken leer, obwohl er lächelt. Das kleine Foto ist mit einer Klammer an die in der Mappe liegenden Dokumente geheftet und erinnert mich an eine Polizeiakte. Ich beschäftige mich nicht länger damit, wie der Mann aussieht, sondern warum sein Foto in dieser gottverdammten Akte in Alexanders beschissenem Penthouse versteckt ist.

Ich blättere die Dokumente durch – *Conrad Clayson*; Wohnsitz, Beruf, Alter, Familienstand, Gewohnheiten – verdammt, hat er diesen Mann etwa beschatten lassen? Nichts deutet darauf hin wieso, also schmeiße ich die Mappe beiseite und reiße die nächste ungeduldig auf. Eine Frau mittleren Alters – blondes Haar, helle Haut. *Victoria Burton*. Hinter ihrem Foto sind noch drei weitere eingeklemmt. Auf einem sitzt sie mit einem Mann in einem Restaurant, auf den beiden anderen betritt sie ohne Begleitung ein Gebäude. Die Fotos müssen von weitem aufgenommen worden sein. Sie scheint keine Ahnung gehabt zu haben, dass sie fotografiert wurde. Auf einem der vielen Zettel in ihrer Mappe ist eine Kopie eines Eintrags aus ihrem privatem Terminkalender. Mein Blick fällt zu einem eingekreisten Eintrag, einer Veranstaltung, die längst stattgefunden hat. *Wtf*? Weg damit.

Die nächste Mappe ist nicht so voll wie die anderen und es ist auch kein Foto auf die Dokumente geklammert. Lediglich ein Name, eine Adresse, und eine Firma sind auf der ersten Seite angeführt. *Michael Dougan*.

Mr Dougan? Ich kenne den Namen. Ich weiß, dass er für Alexander in der Black Group arbeitet! Zumindest habe ich mitbekommen, wie sie miteinander telefoniert haben und es klang geschäftlich. Aber der Firmenname, der hier angeführt ist, lautet *Clayson&Mayr*. Auch das habe ich schon mal gehört. Es ist eine Anwaltsfirma, die zwar nicht so groß ist wie Alexanders, aber auch erfolgreich zu sein scheint.

Moment mal, *Clayson* wie Conrad *Clayson*? Hat Alexander Mr Dougan etwa abgeworben? Warum zum Teufel ist aber seine Akte hier versteckt? Ich zücke perplex mein Handy und google auch seinen Namen. Schließlich finde ich ihn unter anderen Angestellten, die auf der Homepage von *Clayson&Mayr* angeführt sind.

Was hat Alexander gegen ihn in der Hand, dass Mr Dougan dazu bringt, mit ihm – dem wohl größten Konkurrenten dieser Firma – zusammenzuarbeiten? Oder andersrum: Was hat dieser Mr Clayson getan, weshalb Alexander dort einen Spitzel einschleusen sollte? Was will er damit bezwecken? Ich blättere hektisch weiter.

Verfluchte Scheiße! Ich bin absolut überfordert mit dem, was ich hier sehe, und mit dem, was ich eben nicht sehe. Gründe, Antworten. Nur beschissene Akten mit sinnlosen Informationen über irgendwelche Leute. Unachtsam schiebe ich einen Stapel über den Boden beiseite und ziehe mir den nächsten auf den Schoß.

Bei der ersten Mappe bekomme ich Krämpfe im Unterleib. Das ist Merissas Akte. Auch Informationen über ihren Vater sind darin zu finden. Ein Foto zeigt ihren Vater, Henry Wilson, mit einer Frau, die Alexander sehr ähnlichsieht. Seine Mutter? Also hatte er es wirklich auf Merissa und ihre Familie abgesehen? Warum sollte er das tun? Hat er es auf all diese Leute abgesehen? Will er sich rächen, so wie Merissa sagte? Wofür?

Die Fragen hämmern in meinem Kopf. Schlimmer, als es darin hämmert, wenn man die ganze Nacht lang durchgesoffen hat. Das Dröhnen in meinem Hirn will nicht verschwunden und mir läuft der Kaltschweiß über die Stirn. Verdammt. Das ist zu viel, das ist zu undurchschaubar für mich.

Was soll das alles hier? Leider nimmt das mulmige Gefühl in meinem Magen immer mehr zu und meine Brust zieht sich schmerzhaft eng zusammen. Ich fahre mir mit einer Hand durchs Haar, streiche es mir aus dem Gesicht und schüttele mich komplett. Aus diesen Mappen werde ich nicht schlau und ich habe keine Ahnung, wie viel Zeit mir noch bleibt, bis Alexander hier auftaucht. Er wird denken, ich hätte geschnüffelt, weil ich Merissa und nicht ihm geglaubt habe.

Stürmisch sammele ich die auf dem Marmorboden verstreuten Dokumente also zusammen, als mein Blick auf einen Ordner fällt, der zwischen zwei braunen Mappen steckt.

Ich traue meinen Augen nicht. Und dabei dachte ich, noch übler könnte mir nicht mehr werden.

Himmel Herrgott. Das bin ich. Das ist *meine* Mappe.

Nun wird mir speiübel. Darin sind all meine bekannten Adressen angegeben, meine Herkunft, mein Beruf, mein Geburtstag, einfach alles. Die Namen meiner Eltern. Dass ich keine

Geschwister habe. Alle Modelaufträge, die ich jemals ergattert habe, sind auf einer Liste aufgeführt, inklusive dem Werbespot, auf den Alexander mich bei unserer ersten Begegnung angesprochen hat.

So ein Mistkerl. Unser Zusammentreffen war also gar kein Zufall, er kannte mich bereits!

Aber Moment mal … warum bin ich unter den Akten der Leute, an denen Alexander sich rächen will? Mit mittlerweile komplett nassen Händen blättere ich panisch durch den Ordner. Ich entnehme mein gesamtes Leben aus diesen Dokumenten. Jede Schule, die ich besuchte, ist angeführt, sogar die Adressen meiner Eltern, mein Job im Hotel und sogar ein Eintrag darüber, seit wann ich dort gearbeitet habe. Da sind auch Fotos von mir, als ich aus meinem Gebäude gehe. Fotos von mir mit Claire, inklusive einem kurzen Bericht über Claire.

Mir plätschern Tränen aus den Augen. Sie landen direkt auf den Dokumenten. Ich wische langsam darüber und breche noch mehr in Tränen aus, als ich auch ein Foto von Aiden entdecke. Auch über ihn gibt es einen kurzen Bericht, einschließlich seines Berufes und für welche Firma er tätig ist. Der Name seines Bosses – Ex-Bosses – ist rot angestrichen.

Alexander hat dafür gesorgt, dass er entlassen wird. Alexander wusste, dass Aiden an diesem Tag mit seinem Boss auf dieser Wohltätigkeitsveranstaltung sein würde – auch das war kein Zufall, oder? Ich glaube nicht, was mir hier unter die Augen kommt. Worauf habe ich mich hier nur eingelassen? Auf wen?

Wer ist Alexander Black?

Wenn es stimmt, was Merissa sagt, hat Alexander Männer, die für ihn die Drecksarbeit erledigen. Hat er jemandem etwas antun lassen? Bei diesem Gedanken sticht es so abnormal in meinem Herzen, dass ich leise ächzen muss.

Mir wird klar, dass ich blind war. Und dass Merissa die Wahrheit mit allem gesagt haben muss. All diese Dokumente beweisen es mir.

Außerdem zeigen sie mir, dass Alexander nie ehrlich zu mir war. Er hat auch mich beschatten lassen. Mich und meine Freunde. Als hätte er es auf uns abgesehen, besser gesagt auf mich.

Ich verstehe die Welt nicht mehr.

Ich weiß nur eines: ich muss hier weg – weg von diesem Monster und mich in Sicherheit bringen! Ich muss Claire alles erzählen und dann mit mir zusammen abhauen. Und ich muss zu Aiden und ihm die Wahrheit über mich sagen, dass ich eine verdammte käufliche Hure bin, die sich aus Naivität mit einem offenbar gefährlichen Mann eingelassen hat und auf seiner Rachefeldzug-Liste steht. Wenn ich eines weiß, dann, dass ich nicht von Manhattan abhauen kann, bevor ich die beiden nicht eingeweiht und gewarnt habe. Vielleicht tut er ihnen auch etwas an, wenn sie ihm nicht verraten wollen, wo ich bin. Sie müssen mit mir mitkommen, unbedingt.

Ich erhebe mich zittrig, greife schmerzerfüllt an meine Knie, die von dem harten Boden zerquetscht wurden, und wische mir die Tränen aus dem Gesicht. Schüttelfrost überkommt meinen Körper, als ich wie verrückt auf den Knopf des Fahrstuhls einhämmere.

»Scheiße, mach schon!«, schreie ich und schlage weiter darauf ein. Ich zucke zusammen, als sich die Türen endlich öffnen, und laufe sofort hinein, als ich sehe, dass der Fahrstuhl leer ist. Mit lediglich meinem Handy in der rechten und dem Wagenschlüssel in der linken Hand, flüchte ich von hier.

In der Tiefgarage angekommen laufe ich, so schnell es mein schwacher Körper zulässt, und versuche die Wagentür zu öffnen, aber sie bleibt verschlossen. Ich drücke wieder und wieder auf den Knopf der Funkfernbedienung, bis ich merke, dass ich den falschen Schlüssel mitgenommen habe. Ich drehe mich um und drücke den Knopf erneut. Ein anderer Audi öffnet sich, der etwas größer ist als der, mit dem ich sonst unterwegs bin. Es ist einer der beiden Wagen, mit denen Alexander stets herumfährt, obwohl er noch weitere Luxuskarren besitzt.

Scheißegal. Keine Ahnung, wie ich in diesem Zustand fahren soll, aber auch das ist mir egal. Auch, dass ich vor lauter Tränen nur verschwommen sehe, genauso, dass meine Beine so stark scheppern, dass mir der Wagen zweimal abstirbt, als ich losfahren will. Ich denke nicht daran, mich anzuschnallen, sondern nur, wie ich am schnellsten zu Claire komme und weg von diesem Psychopathen, mit dem ich noch gestern nichtsahnend mein Bett geteilt habe. Jacob wird bei Claire sein, was bedeutet, dass ich sie alleine abfangen muss. Jacob soll nicht auch noch in dieses durchtriebene Spiel geraten und am Ende für etwas bezahlen, das *ich* scheinbar verbrochen habe. Was es auch sein mag, ich habe keine Ahnung.

Aiden muss ich jetzt schon erreichen. Ich rufe ihn während der Fahrt an die zehn Mal an, aber er geht nicht an sein Telefon.

»Fuck«, schreie ich, schlage auf das Lenkrad und weine ein Tal aus Tränen, während ich durch die Stadt rase.

Was wird mir zustoßen? Wenn er nicht vorhatte, mir etwas zu tun, dann bestimmt jetzt, wo ich sein Geheimnis kenne. Jetzt weiß ich, was er Merissa angetan hat, auch wenn ich noch nicht weiß, was er ihrem Vater angetan hat. Oder warum. Ich kenne außerdem ein paar Gesichter der Leute, an denen er sich gerächt hat. Oder rächen wird. Das wäre wohl zu riskant für ihn.

Wie im Verfolgungswahn starre ich non Stopp in den Rückspiegel. Wenn er wirklich seine Männer auf Merissa angesetzt hat, dann sicher auch auf mich. Irgendwer hat diese beschissenen Fotos schließlich von mir gemacht, also lässt er mich wohl auch verfolgen. Das alles ist so unglaublich surreal, dass ich mir vorkomme wie in einem falschen Film.

Mit einer Notbremsung halte ich ein Stück weit entfernt von meinem Gebäude. Ich atme tief ein, tief aus – versuche mein Gehirn einzuschalten und zu überlegen, wohin ich am besten fliehen könnte. Wieder rufe ich Aiden an, doch immer noch geht er nicht ran.

»Oh, verdammt, bitte nicht«, heule ich, als ich das leere Akkusymbol auf meinem Handys bemerke. Ich reiße die Mittelkonsole auf, um nach einem Ladegerät zu suchen, und beuge mich über den Beifahrersitz, um das Handschuhfach zu öffnen, als ich keines finde.

Beim Anblick des geöffneten Handschuhfachs gefriert mir das Blut in den Adern. Was ich jetzt zu Augen bekomme, ist noch viel angsteinflößender als diese versteckten Personenakten.

Es ist eine Waffe.

Eine, wie ich sie nur aus Filmen kenne. Ich lasse meine Hand langsam in das Fach gleiten und greife nach dem Lauf. Sie ist schwer, schwerer als gedacht – und sie ist geladen. Mit geöffnetem Mund starre ich auf sie nieder.

Warum zur Hölle hat Alexander eine Waffe in seinem Auto? Mir wird bewusst, dass ich tief in der Scheiße stecke. Instinktiv stecke ich mir die Waffe unter mein lockeres Shirt und verschränke die Arme vor der Brust, als ich aus dem Wagen steige. Jetzt gehört sie mir und kann nicht gegen mich verwendet werden.

Ich laufe zum Eingang meines Gebäudes, sehe mich überall panisch um und mustere sogar Peter verdächtig von der Seite. Alles scheint normal zu sein, also senke ich den Blick zu Boden und betrete das Haus. Ich habe keine Zeit, auf den Aufzug zu warten, also renne ich zu Fuß nach oben und hämmere mit Händen und Füßen an meine Wohnungstür, weil mein verfickter Wohnungsschlüssel in meiner verfickten Sporttasche in Alexanders verficktem Penthouse ist.

Da trifft mich plötzlich ein Geistesblitz. Wenn ich Claire und Aiden einweihe, ihnen von dem Vertrag zwischen Alexander und mir erzähle, von dem Geld, welches er mir geben wollte, und schließlich von dem, was ich heute Abend rausgefunden habe, sind sie genauso dran wie ich. Er wird alles tun, um sich selbst zu schützen. Immerhin war ein Grund, mich *einzustellen*, weil ich für gute Presse sorgen sollte. Oder war das alles nur gelogen?

Noch bevor ich zu Ende denken kann, reißt Claire die Tür auf. Ihre Augen weiten sich, als sie mich erblickt. Hektisch werfe ich einen Blick nach unten, doch sie kann die Waffe unter meinem Shirt nicht sehen.

»Was ist denn mit dir passiert?«, fragt sie nervös und mustert mich noch mal von oben bis unten.

Für lange Erklärungen habe ich keine Zeit und für überhaupt irgendwelche Erklärungen besitze ich zu wenig Ahnung von Waffen, um sie im Anschluss zu beschützen.

»Claire«, sage ich gepresst, gehe an ihr vorbei und signalisiere ihr, die Tür zu schließen. »Sperr zu!«

»Zusperren?«, fragt sie verwirrt. Sie trägt lediglich Hotpants und ein kurzes Top und sieht irgendwie zerwühlt aus. Eben wie Frauen direkt nach dem Sex aussehen.

Ich ignoriere es und renne in mein Zimmer. Ihre Zimmertür ist nicht geschlossen, nur angelehnt, was mich aber trotzdem nicht davon abhält, sofort loszulegen. Denn mir bleibt keine Zeit, bis Alexander bemerkt, was los ist, und sich auf die Suche nach mir macht. Oder seine Männer.

»Claire, hör mir zu. Es ist wichtig, dass du verstehst, was ich dir jetzt sage! Ich haue ab. Ich muss weg, zumindest vorübergehend. Ich kann dich nicht mitnehmen, obwohl ich es eigentlich wollte, und ich kann dir auch nicht sagen, warum ich gehen muss oder wohin, aber nur so kann ich dich vielleicht beschützen.« Ich greife nach einem ledernen Rucksack, in den gerade mal zwei paar Hosen und vier T-Shirts passen. Ich quetsche noch irgendwelche Unterwäsche, Chucks und mein Ladekabel mit hinein und ziehe den Rucksack zu. »Egal wer fragt, du weißt nicht, wo ich bin! Ich habe mich nie bei dir gemeldet und du hast mich nie gesehen!«

Claire sieht zuerst aus, als müsse sie lachen, aber dann verändert sich ihr Gesichtsausdruck. »Du meinst das ernst, oder?« Ihre Augen blinzeln unkontrolliert. Grob packt sie mich am Arm und drängt: »Sam!«

Hektisch nicke ich. »Claire, du bist neben Aiden der einzige Mensch, dem ich vertraue. Ihr seid die einzigen Menschen, an denen mir noch etwas liegt. Ich kann nicht riskieren, dass euch beiden etwas zustößt. Ich weiß selbst nicht, in was ich da geraten bin, aber eines weiß ich sicher: Wir müssen uns von Alexander fernhalten. Egal was er dir erzählt, es ist eine Lüge. Du musst mir bitte vertrauen«, flehe ich und lege ihr eine Hand auf die Wange. »Okay?«

Sie nickt heftig, den Tränen nahe. »Okay.«

Wir starren uns für einen Moment in die Augen und ich präge sie mir ein, als würde ich für immer von ihnen Abschied nehmen müssen. Von meiner einzig wahren Freundin.

»Was hat er getan?«, fragt sie ängstlich, doch ich ignoriere die Frage, denn ich kann kein Risiko eingehen. Ich drehe ihr den Rücken zu, ziehe mir meine Lederjacke an und stecke so schnell wie möglich die Waffe darunter.

Eine männliche Stimme ertönt aus Claires Zimmer und sie läuft schnell hinein. Die Lederjacke besitzt im Inneren ein Seitenfach, in das ich es irgendwie schaffe, die Waffe zu stecken, sodass es aussieht, als wäre die Jacke einfach sehr breit geschnitten. Ich höre Stimmen aus Claires Zimmer ertönen, doch dann verstummen sie plötzlich.

Ohne mir etwas dabei zu denken, öffne ich eilig Claires Zimmertür.

Ich erstarre. Fast mehr, als ich erstarrte, als ich die Waffe in Alexanders Auto fand.

Aiden steht neben Claire, der Knopf seiner Hose ist geöffnet und sein T-Shirt trägt er nicht am Körper, sondern hält es in einer Hand. Die Bettlaken auf ihrem Bett sind zerwühlt. Eine eingerissene Kondompackung liegt auf dem Boden und Aiden steigt darauf, als mein Blick darauf fällt.

Was zum Teufel …

Ich schaffe es nicht, ein Wort heraus zu bringen, sondern weiche automatisch zurück.

Da sind sie – meine zwei Freunde, meine Vertrauten, zwei Menschen, die ich auf eine spezielle Weise liebe – wortwörtlich zusammen unter einer Decke.

»Sam«, sagt Aiden unruhig, den Blick fest auf mich geheftet. Seine Augen wirken panisch. »Ich kann das erklären.«

Claire starrt konsequent zu Boden. Ich sehe ihr an, dass sie keine Ahnung hat, wie sie sich verhalten soll. Sie schämt sich.

»Ihr seid widerlich«, stoße ich zwischen zusammengepressten Lippen hervor. »Und verdammte Lügner.«

Ich werfe mir den Rucksack über die Schulter und stürme aus dem Zimmer. Aiden fängt mich sofort ab und zerrt mich von der Wohnungstür weg. Seine Augen glitzern ängstlich.

»Was hast du Claire da eben erzählt? Du haust ab?«

Ich zerre meinen Arm zurück, will ihm entkommen, aber er packt mich bei beiden Schultern und rüttelt mich. »Sam! Was ist los? Wie kann ich dir helfen?«

Meine Augen füllen sich erneut mit Tränen. Ich kann seinem Blick nicht standhalten. Das, was ich gerade gesehen habe, verletzt mich zu sehr. »Indem du nicht hinter meinem Rücken meine beste Freundin vögelst!«, brülle ich.

»Sam, bitte warte!« Claire.

»Lass mich verdammt noch mal los«, schluchze ich und Aidens Griff wird lockerer.

Ich drehe mich um und werfe Claire einen verachtenden Blick zu. Sie hat es nicht anders verdient. Sie weiß, was Aiden mir bedeutet, auch wenn ich mit Alexander zusammen war. Sie weiß, dass wir Sex hatten. Sie weiß, dass er mehr wollte. Und sie vögelt Jacob, seinen besten Freund. Und Aiden vögelt meine beste Freundin und die Freundin seines besten Freundes und das hinter seinem Rücken. Das ist so abgefuckt.

»Ich gehe«, murmele ich, steuere auf die Tür zu und schüttele warnend den Kopf, als Aiden mich erneut davon abhalten will.

»Wann kommst du wieder?«, fragt er zerknirscht.

»Du kommst doch wieder, oder?« Claire klingt verzweifelt.

Ich zucke mit den Schultern und verlasse die zwei Menschen, von denen ich dachte, sie wären mein Rückgrat.

Von denen ich eben erst behauptete, ich könnte ihnen vertrauen.

Wie es scheint, kann man heutzutage niemandem trauen.

KAPITEL 32

Flucht ist eine Reaktion auf Gefahren, Bedrohungen oder als unzumutbar empfundene Situationen. Ein heimliches und eiliges Verlassen eines Aufenthaltsortes oder Landes. Die eilige Bewegung weg von der Bedrohung ist oft ziellos und ungeordnet.

So steht es zumindest in Wikipedia. Ich dachte zu wissen, was Flucht bedeutet. Ich floh vor meiner alkoholabhängigen Mutter aus Detroit nach Manhattan. Ich floh vor den Auseinandersetzungen mit meinem Vater, wenn mir das egoistische Arschloch mal unter die Augen kam. Aber was Flucht jetzt für mich bedeutet, nimmt ganz andere Dimensionen an.

Ich dachte, Geldnot sei das Schlimmste, das jemandem widerfahren könnte. Nicht zu wissen, wie man an das nötige Geld kommen könnte, um seine Miete und Rechnungen zu bezahlen, oder überlebenswichtige Dinge zu kaufen. Stattdessen zu wissen, niemanden zu haben, der einem aushelfen könnte. Auf sich alleine gestellt zu sein – pleite.

Momentan frage ich mich, wie ich meine damalige Situation als unangenehm empfinden konnte, während ich gerade aus Todesangst und mit gebrochenem Herzen drauf und dran bin, meine heiß geliebte Stadt – mein auserwähltes Zuhause – für immer zu verlassen. *Das* ist wirklich unangenehm. Nicht zu wissen, wohin man gehen soll. *Das* ist wirklich unangenehm. Angst vor dem zu haben, was passiert, wenn man mich findet. *Das* ist wirklich unangenehm.

Lieber wäre ich gerade ein frierender Obdachloser unter einer Brücke. Oder eine Motte, die an die Wand geklatscht wird, nachdem man sie im Schrank entdeckt hat. Vor einem Menschen zu flüchten, der mir alles bedeutet, und zu realisieren, dass man heutzutage niemandem vertrauen kann – *das* ist wirklich unangenehm.

Mehr als das. Es ist die Hölle auf Erden, in die ich mich selbst katapultiert habe.

~

Ich sitze wie ein Schatten meiner selbst auf der Motorhaube des Audis und starre geistesabwesend auf die vorbeifahrenden Autos. An einem Schild entdecke ich, dass ich mich in Portland, Oregon, befinde. Ob es mein Ziel war, hier zu landen? Nein. Hatte ich überhaupt ein Ziel? Nein. Außer so schnell wie möglich, Manhattan zu verlassen. Da ich mit einer Knarre im Gepäck nicht in einen Flieger steigen kann, blieb mir nur der Wagen.

Nach knapp drei Stunden Fahrt ins Ungewisse befinde ich mich jetzt also in Portland auf dem Parkplatz eines Motels. Es ist ziemlich spät und trotzdem ist die Straße, die zum Motel führt, sehr befahren und laut. Das leuchtende Schild, das mit Palmen, bunten Farben und lateinischer Aufschrift auf das Motel hinweist, fiel mir sofort ins Auge. Irgendwie erinnerte es mich an ein Casino, oder zumindest an das Leuchten des Inneren eines Casinos.

»Wollen Sie noch ein Zimmer?«, ruft mir eine männliche Stimme zu und ich höre, wie Schritte sich mir auf dem Kies annähern. »Ich gehe gleich nach Hause, Miss.«

»Oh«, mache ich leise, drehe mich auf der Motorhaube um und sehe dem kleinen Mann im Holzfällerhemd in die Augen. Sie sehen freundlich aus. »Ja, bitte.«

Er deutet mir mit einem Kopfnicken, ihm zu folgen. Widerwillig rutsche ich langsam die Haube herab, greife nach meinem

Rucksack, der mich als einziges begleitet, und folge ihm. Ich weiß nicht wirklich, wie lange ich hier gesessen und in die Ferne geblickt habe, aber ich weiß, dass ich es noch die ganze Nacht lang tun könnte. Die Stille trotz des Straßenlärms war angenehm. Das Motel ist nicht sehr edel oder aufwendig gestaltet, aber zum Schlafen sollte es reichen. Außerdem bin ich ja bekannterweise Schlimmeres gewohnt.

»Wie viel kostet eine Nacht?«, frage ich den Mann, als er hinter den hölzernen Empfangsbereich schlendert und in einer Lade voller Schlüssel kramt.

»Vierzig Dollar.« Eine Haarsträhne klebt ihm auf der Stirn. Er sieht trotz der Kühle der Nacht verschwitzt aus. »Wie viele Nächte?«

»Eine«, antworte ich ohne zu zögern, da ich vorhabe, morgen sofort nach dem Aufstehen weiterzufahren.

Bis ins Nirgendwo, um von vorne anzufangen. Wieder einmal. Irgendwo, wo mich niemand je vermuten würde. Und in geraumer Zeit werde ich auch meine Mutter zu mir holen. Nur noch nicht jetzt.

»Das macht dann vierzig Dollar«, sagt der Mann schmunzelnd und überreicht mir einen Schlüssel, der an einem abgewetzten, alten Lederband hängt.

Wortlos überreiche ich ihm die Scheine, nehme den Schlüssel vom Holzbrett und gehe zurück auf den Parkplatz. Von hier aus kann ich das Zimmer mit der Nummer 019 nicht sehen, also stampfe ich durch den Kies, die Hand fest um die Waffe in meiner Lederjacke geschlossen, bis ich auf der anderen Seite des Motels ankomme. Gegenüber breitet sich ein unendlich tiefer und dunkler Wald aus. *Toll.* Sollte man mich hier finden, bringe ich die Leute gleich noch auf grandiose Ideen, wie mich direkt hier zu verscharren. Wie praktisch.

Das erste Zimmer ist die *019*. Ich stecke den Schlüssel in das Schloss und schließe sofort nach dem Eintreten ab. Ich rüttle an der Türschnalle, um sicher zu gehen, dass sie versperrt ist. Sehr sicher scheint mir das Schloss nicht zu sein, aber mir bleibt wohl nichts anderes übrig. Im Auto wäre ich leichtere Beute. Außerdem ist es unmöglich, mich hier zu finden. Heute Nacht.

Ich ziehe die orangefarbenen Vorhänge zu und werfe den Rucksack zu Boden. Flüchtig sehe ich mich in meinem Zuhause für eine Nacht um. Das Bett ist groß, hat weiße, etwas vergilbte Bettwäsche und hölzerne Pfosten. Ein Mini-Fernseher steht gegenüber auf einer alten Kommode, daneben eine orangefarbene Couch, die schon deutlich bessere Tage gesehen hat. Im Badezimmer bekomme ich Platzangst, bin aber froh, mir endlich das Gesicht waschen zu können.

Als ich meine Lederjacke ausziehe, lege ich die Waffe unter das Kopfkissen auf dem Bett und überlege kurz, ob sie vielleicht losgehen könnte. Aber sie ist unter meinem Kissen wahrscheinlich am besten aufgehoben und verleiht mir hoffentlich ein wenig das Gefühl von Sicherheit. Ich kann nicht glauben, dass ich mit einer Waffe rumrenne, die nicht mal mir gehört, und mit einem Wagen, der so gesehen gestohlen ist, abgehauen bin. Wahrscheinlich stehe ich schon ganz oben auf der Interpol-Seite.

Als ich mein Handy einschalte, sehe ich sieben verpasste Anrufe und drei Nachrichten. Ich habe es im Auto laden lassen und wusste nicht, wie man die GPS-Funktion ausschaltet, also drehte ich es komplett ab. Jetzt finde ich sie endlich in den Einstellungen und deaktiviere sie. Nur für den Fall.

Drei Anrufe habe ich von Aiden verpasst, drei von Claire. Alexander, der Psychopath, hat nur ein einziges Mal versucht, mich zu erreichen. Vielleicht ist es ihm doch egal, dass ich weg bin? Vielleicht habe ich mich da in etwas verrannt und er legt gar keinen Wert darauf, wohin ich verschwinde oder dass ich überhaupt abgehauen bin? Hauptsache ich mache ihm keine Probleme.

Ich kann es nur hoffen. Die Nachrichten sind allesamt von Aiden.

Sam, wir müssen reden. Bitte ruf zurück.

Checkt er nicht, dass ich abhauen musste? Habe ich das nicht klar und deutlich ausgedrückt? Idiot.

> Das mit Claire tut mir leid! Als ich gehört habe, was du zu ihr gesagt hast, dass du nur ihr und mir vertrauen würdest und ich dir viel bedeute, habe ich mir sofort gewünscht, ich hätte die Sache rückgängig machen können ...

Tja, zu spät.

> Verdammt noch mal, wo bist du?

Natürlich werde ich ihm nicht sagen, wo ich bin. Ich bin nicht lebensmüde. Und sehen will ich ihn ehrlich gesagt auch nicht. Wenn ich daran denke, dass er mit meiner besten Freundin gevögelt hat, wird mir schlecht. Claire ist kein Stück besser, eigentlich fühle ich mich von ihr noch mehr verraten. Ich bin mir sicher, dass das keine einmalige Sache zwischen den beiden war, überhaupt in Anbetracht ihres merkwürdigen Verhaltens in den letzten Tagen, welches jetzt natürlich Sinn ergibt.

Aber wen zum Teufel schert das? Ich stehe auf einer gottverdammten Rachefeldzug-Liste und muss mich vor einem möglichen Psychopathen, getarnt in edlem Anzug, verstecken! Einem, dem ich mein Herz geschenkt habe.

Kopfschüttelnd schalte ich das Handy wieder ab und lege mich auf das Bett. Aus irgendeinem Grund habe ich es eilig, das Licht auszumachen. Soll ja keiner wissen, dass hier drin jemand übernachtet. Die Gegend scheint mir sowieso nicht sicher. Viel zu abgelegen und zu wenig beleuchtet. Der perfekte Ort für Einbrecher oder Überfälle. Oder um jemanden im Wald zu verbuddeln.

Falls der schicke Audi morgen Früh nicht mehr da sein sollte, kaufe ich mir irgendwo für zweitausend Dollar eine Rostlaube, mit der ich zur nächsten Stadt fahren kann. Danach werde ich mir überlegen müssen, wo ich Geld herbekomme. Zwar habe ich eine Waffe, aber ich werde keinen auf Bonnie & Clyde, ohne Clyde, machen. Die Bonnie-Nummer ist dann doch etwas zu schräg für mich. Aber ich könnte die Waffe im Notfall sicher irgendwo loswerden, um an Geld zu kommen. Obwohl ich sie gerne zu meiner Sicherheit behalten würde.

Ob ich abdrücken könnte? Keine Ahnung. Wahrscheinlich wäre ich zu tollpatschig, würde den Lauf verkehrt herum halten und elendig dabei draufgehen. Also eher nicht.

Ich nehme einen langen Atemzug und schließe die Augen. Obwohl mich die Angst förmlich zerfrisst, denke ich ständig an ihn. Und an die Zeit, die wir miteinander verbrachten. Ich kann einfach nicht glauben, mich so in ihm getäuscht zu haben. Wer würde bei einem Mann wie ihm schon davon ausgehen, dass hinter der täuschend perfekten Maske so viel mehr steckt als ein leichter Kontrollzwang? Ich habe mich in jemanden verliebt, den ich nicht mal annähernd kenne, und das schmerzt höllisch. Ob der Schmerz jemals vorübergehen wird?

Gott, ich werde niemals wieder jemandem vertrauen können. Wie sollte ich auch? Ich hielt Alexander für den perfekten Mann und ahnte nicht, was sich hinter der Fassade verbirgt, dabei habe ich sie so oft zu durchschauen geglaubt. Er wollte mir wirklich weismachen, dass er dasselbe für mich empfindet wie ich für ihn. Wahrscheinlich gehörte das zum Teil seines abgefuckten Plans. Ich verstehe trotzdem nicht, warum er mir diesen Vertrag angeboten hat, mich bei sich wohnen ließ – besser gesagt darauf bestand – und mich förmlich vergötterte, als wir uns liebten. Oder er mich fickte. Ja, sogar dann vergötterte er mich. Ich sah es in seinen Augen, merkte es an der Art, wie er mich berührte, und an den Küssen, die mich verschlangen.

Eine salzige Träne erreicht meine Lippe und ich lecke sie mit der Zunge fort. Ein Schluchzen wirbelt in meiner Kehle, doch ich verbitte mir, zu weinen.

Ich habe keine Zeit, um schwach zu sein und darüber zu trauern, dass ich wieder einmal von Menschen enttäuscht und verraten wurde. Ich muss jetzt stark sein und meinen Weg weiter gehen.

Ohne sie.

~

Mein Puls verfünffacht sich. Ein leichter Luftzug stößt in mein Gesicht und ich reiße schweißgebadet die Augen auf. Obwohl ich gerade noch geschlafen habe, fällt es mir nicht schwer, mich vollkommen zu konzentrieren. Ich bin plötzlich hellwach. Finsternis umgibt mich, doch ein leichter Lichtstrahl leuchtet durch den dünnen Vorhang am Fenster und ich erkenne eine gerade Linie auf dem Teppichboden, die sich aus dem minimalen Spalt zwischen den Vorhängen bildet.

Aber sie ist nicht so gerade, wie sie es sein sollte. Ein Schatten unterbricht sie, ein unregelmäßiger Schatten. Nichts in diesem Zimmer könnte so einen Schatten verursachen. Mein Herzschlag dröhnt mir bis in die Ohren, aber ich liege ruhig da, atme leise ein und aus und bewege mich keinen Zentimeter weit.

Bitte lass mich träumen.

Bitte lass niemanden in diesem Zimmer sein.

Im richtigen Moment hebe ich meinen Kopf, reiße mein Kopfkissen beiseite und greife nach … nichts!

Meine Waffe! *Scheiße!* Wo ist sie?

»Suchst du die hier?«

Die tiefe und mir nur allzu vertraute Stimme bringt mich sofort dazu, meine Augen zu schließen.

Todesangst überkommt mich und ich spüre sie bis ins Knochenmark. Alles, was ich wahrnehme, sind leise Schritte, die sich vom Ende des Zimmers aus auf mich zu bewegen. Dann spüre ich etwas auf meine Bettdecke sinken und reiße erneut die Augen auf. Die Waffe liegt unmittelbar vor mir. Meine Hand ist nur wenige Zentimeter davon entfernt.

Ebenso wie der Schatten, der neben meinem Bett steht und auf mich herabsieht.

Ich blinzele nach oben, obwohl ich das gar nicht muss. Ich weiß, wer vor mir steht. Wenn ich ihn nicht bereits an der

Stimme erkannt hätte, dann an seinem Duft und der Aura, die ihn umgibt.

Er sagt kein weiteres Wort. Wie hat er mich bloß gefunden?

Ich warte darauf, von ihm zu hören, was es nicht für ein Fehler war, wegzulaufen, und dass er mich ohnehin überall aufspüren wird; darauf, dass er mich aus dem Zimmer zerrt und zurück nach Manhattan schleppt oder noch Schlimmeres mit mir anstellt, worüber ich gar nicht erst nachdenken möchte, doch es geschieht nichts.

Ich keuche vor Panik. Ich könnte einfach warten, bis er nach der Waffe greift, sie mir an die Stirn hält und meinem Schädel den letzten Hauch Leben auspustet, aber stattdessen greife ich wie im Wahn danach und richte sie in die Dunkelheit – direkt auf den Schatten, der vor mir steht. Meine Hände zittern so stark, dass sich die Waffe in ihnen wie wild auf und ab, bewegt.

Ich weine. Gott, ich weine so jämmerlich laut und verzweifelt. Alexanders Atem ist das Einzige, das ich nebenbei wahrnehme, aber ich bin mir sicher, dass diese teuflischen Augen mich gerade durchbohren, auch wenn sie mich kaum sehen können. Er macht einen Schritt auf mich zu. Sein Schatten kommt dabei näher und bedeckt meinen Körper. Ich knie mich sofort auf die Matratze und halte die Waffe noch höher.

»Ich drücke ab!«, warne ich ihn. Meine Hände sind eindeutig nicht dafür gemacht, Waffen zu halten. Ich zittere und schwitze und fuchtele ungewollt damit herum. Gott sei Dank wollte ich nie ein Cop werden.

»Der, der eine Waffe trägt, sollte auch bereit sein, abzudrücken.« Er klingt kein bisschen ängstlich, stattdessen macht er einen weiteren Schritt auf mich zu.

Die Luft in diesem Raum ist so dünn, dass ich gleich zu ersticken drohe. Es wird mucksmäuschenstill, man würde eine Stecknadel zu Boden fallen hören. Als er plötzlich die Bettkante mit seinem Knie berührt, reißt mich die Panik vollkommen mit sich. Gleich wird er mich packen und dann …

Ich tue etwas, wovon ich in meinem Leben niemals gedacht hätte, es jemals zu tun. Wovon ich schwören hätte können, dass mich nie etwas dazu veranlassen könnte, es zu tun.

Klick.
Ich drücke ab.
Aber es löst sich kein Schuss.
Klick. Klick.
Nein, bitte …
Klick. Klick. Klick. Das Geräusch klingt verzweifelt.
Er hat die Waffe entladen. Und ich war so dumm davon auszugehen, er hätte es nicht getan.
Wie in Zeitlupe löse ich meine Finger von der Waffe. Sie fällt mit einem dumpfen Geräusch zu Boden, nachdem sie an der hölzernen Bettkante abgeprallt ist. Ich rühre mich nicht von der Stelle und halte den Atem an. Ich spüre Schweißtropfen, die sich aus blanker Furcht in meinem Nacken und auf meiner Stirn sammeln. Zu beschreiben, was ich gerade fühle, ist schier unmöglich.
Eine quälend lange Zeit sagt er einfach nichts. Und was er dann sagt, lässt das Blut in meinen Adern gefrieren.
»Jetzt haben wir ein großes Problem, Samantha.«

To be continued.

DANKSAGUNG

Liebe LeserInnen,

ich möchte mich wie immer bei euch für das Lesen dieses Buches bedanken. Die Geschichte von Samantha und Alexander war die allererste, die ich je veröffentlicht habe. Sie erschien 2018 unter dem Titel „*Among The Shades Of Love: Devotion & Fear*" und eröffnete mir völlig neue Wege. Wer weiß, ob ich ohne die beiden heute da wäre, wo ich bin. Vermutlich nicht. Ich bin so dankbar dafür, den Schritt gewagt und diese Geschichte veröffentlicht zu haben. Und noch dankbarer dafür, von euch auf meiner Reise unterstützt worden zu sein. Ohne euch wäre ich heute ebenfalls nicht da, wo ich bin.

Nach Samantha und Alexander folgten etliche Protagonisten und Storys, doch in meinem Herzen werden die beiden immer einen besonderen Platz haben. Deswegen habe ich mich auch dazu entschieden, die Geschichte zu überarbeiten und neu zu veröffentlichen. Sie verdiente einen weiteren Feinschliff, einen neuen Titel und ein hübscheres Cover.

Ich hoffe, dass sie euch ein paar nette Lesestunden bereiten konnte und wünsche euch viel Spaß beim Folgeband „*Dark Shades Within Your Love*"!

XOXO,
eure Roxxi

Impressumsanschrift:
S. H. Roxx
Helmut-Rantschl-Gasse 3
8605 Kapfenberg
Österreich